ELISABETH FREUNDLICH

Der Seelenvogel

ROMAN

PAUL ZSOLNAY VERLAG
WIEN · HAMBURG

Alle Rechte vorbehalten, insbesondere das der Übersetzung, des öffentlichen Vortrags,
der Übertragung durch Rundfunk und Fernsehen, auch einzelner Teile.
© Paul Zsolnay Verlag Gesellschaft m.b.H., Wien/Hamburg 1986
Umschlagentwurf: Bine Cordes
Umschlagbild: Stadtmuseum, München
Fotosatz: S. Melzer, Wien
Druck und Bindung: May & Co., Darmstadt
Printed in Germany
ISBN 3-552-03804-3

CIP-Kurztitelaufnahme der Deutschen Bibliothek
Freundlich, Elisabeth:
Der Seelenvogel: Roman/Elisabeth Freundlich.
– Wien; Hamburg: Zsolnay 1986.
ISBN 3-552-03804-3

Dem Andenken meiner Eltern Jacques Freundlich und Olga Freundlich-Lanzer, ohne deren teils heitere, teils traurige Familienerinnerungen dieses Buch nicht hätte geschrieben werden können.

Der Seelenvogel

Die Cousine Marie, der Onkel Eduard, Großmama Rosalie, für mein Leben schienen sie nicht so bedeutungsvoll; ich habe nur eine nebelhafte Vorstellung von Großmama Johanna, wie sie, nach einem arbeitsreichen Leben, unter dem Nußbaum saß. Großmama Rosalies Grab habe ich, so scheint mir, seit dem Begräbnis nie wieder aufgesucht. Und daß Onkel Eduard überhaupt kein Grab hat, daß er als einer der ersten Vermißten des Ersten Weltkrieges irgendwo verscharrt in russischer Erde liegt, hat auf mich gar keinen Eindruck gemacht. Ich erinnere mich nur daran, wie unangenehm und lästig es mir war, daß meine Mutter, der lustige Spielkamerad, für mich nicht zu haben war, und daß wir täglich zu Onkel Eduards Frau gingen, wo ich stillsitzen mußte und wir mit all den anderen Familienmitgliedern zu warten hatten, bis die Tante aus einer ihrer tiefen Ohnmachten erwachte, die sie in regelmäßigen Abständen befielen, seit die Nachricht gekommen war. Denn sie war gleich uns allen Jüdin, und sie trauerte so maßlos und schaurig, wie es nur Juden tun.

Es ist eine uralte Sehnsucht der Menschen, daß der Tote in Heimaterde begraben werde, daß er bei seinen Anverwandten liege. In Heimaterde! Da die Großeltern sich ihre Grabstätte wählten auf dem kleinen Friedhof mit der Sicht über ganz Wien, hielten sie diesen für Heimaterde, in der sie ruhen könnten.

Die Cousine Marie, der Onkel Eduard, Großmama Rosalie, sie müßten ein Grab haben, ein Familiengrab, damit ihrer nicht ganz vergessen werde. Es beunruhigt mich, es verfolgt mich, daß ich ihnen nicht diese letzte Liebe tun kann, daß ich sie nicht beisetzen kann in einem gemeinsamen Grab.

Bei Paulus Diaconus heißt es, daß die Langobarden über ihren Familiengräbern eine lange Stange errichteten, auf deren Spitze ein geschnitzter Vogel saß, der sich in die Richtung drehte, in der die Länder lagen, wo die Verwandten verstorben waren, wo man sie verscharrt hatte; es war der Vogel, der ihre Seelen zurückrief, damit sie Ruhe und Frieden im Familiengrab fänden. »Perticae id est, trabes erectae ut sciri possit in quam partem qui defunctus fuerat quiesceret«, heißt es bei Paulus Diaconus.

Ach, wenn ich ihnen als letzten Liebesdienst diesen Vogel errichten könnte. Aber wo?

Am Grabe der Großeltern? Es ist längst zerstört und geschändet. Und selbst wenn es bestünde, zu viel ist geschehen, als daß es für Euch noch Heimat bedeuten könnte.

Von den Juden gilt der Glaube, daß, wer in fremden Ländern sterbe, sich rastlos durch unterirdische Klüfte wälzen müsse bis ins Gelobte Land, um Ruhe zu finden. Im Gelobten Land also? Soll ich Euch etwa dort den Seelenvogel errichten? Euch hat es ja nie eine Verheißung bedeutet.

So bleibt mir nichts übrig, als den Seelenvogel zwischen diesen weißen Blättern aufzupflanzen; zu versuchen, Euer aller Leben der Vergessenheit zu entreißen, zu versuchen, es hier in diese Blätter zu bannen, damit Ihr Ruhe findet und damit auch meine Seele ruhiger werde. Möge ich die Kraft haben, Euch in diese Blätter zu ziehen und Euch hier noch einmal Leben zu geben, damit Ihr nicht nur einen Handvoll der sechs Millionen seid, die, da fünfzig Millionen zu beklagen sind, bald vergessen sein werden.

Mein Seelenvogel steht. Die Richtung, in die er blickt, ist bestimmt. Fast scheint mir, als ob Ihr nur auf ihn gewartet hättet: Ich fühle das Näherkommen Eurer Gestalten.

Umringt mich, helft mir. Denn kann ich mit Eurem Leben die noch unbeschriebenen Seiten dieses Buches füllen, dann habe ich, so scheint mir, Eure Leichen zwar nicht, wie mir als letztem Nachfahr der Familie obliegt, überführen und in Heimaterde bestatten lassen, aber ich habe Euch und Euresgleichen der Vergessenheit entrissen bis zum Tage, da wir das Gelobte Land erreicht, bis wir eine Welt geschaffen haben, in der alle, in allen Ländern, in Frieden leben und sterben dürfen.

Von Großvater Heinrich weiß ich eigentlich nur noch die Barttracht und die merkwürdige Kleidung, die ich seither nur auf alten Wiener Stichen gefunden habe: die karierten Hosen, den sandfarbenen kurzen Überrock und den »Stößer«, eine Art Zylinder mit breiter Krempe, wie er in manchen Nestroycouplets besungen wird. Großvater Heinrich hatte zwölf Jahre beim Militär gedient, weil er zu arm gewesen war, sich freizukaufen. In seinem Wortschatz müssen sich merkwürdige italienische, kroatische, serbische, tschechische Wörter befunden haben, die mich manchmal aufhorchen ließen, wenn Großmama Rosalie oder eine der Tanten sie gebrauchten und, nach dem Ursprung der Wörter befragt, nichts aussagen konnten, als daß sie eben zu Großvaters Zeit in Gebrauch gestanden hatten. Das Spachgemisch der Monarchie muß ihm, der den lombardischen Feldzug des Jahres 1859 mitgemacht hatte, selbstverständlich gewesen sein, weit natürlicher als jüdische Wörter, jüdische Gebräuche, die er bei anderen Zweigen der Familie wie etwas ganz Exotisches bestaunte. Er war als Waisenkind in einem böhmischen Dorf aufgewachsen, die Gemeinde hatte ihn das Schlosserhandwerk lernen lassen, und vor der Zeit, da sich wohlhabende Verwandte plötzlich seiner entsannen, lang nach seiner proletarischen Cavalierstour durch die Monarchie, hatte er kaum einen Juden gekannt. Er ließ seine fromme Frau gewähren, aber er hatte so viele Völker, so viele Nationen gesehen – das Leben hatte ihn zu einem Freigeist und zu einem Skeptiker gemacht.

In Onkel Adolfs Studierstube bin ich als Kind gerne gesessen. Und die Liebe zu den Pflanzen verdanke ich sonntäglichen Spaziergängen mit ihm in das Schönbrunner Palmenhaus, in dem es nicht nur Palmen, sondern die merkwürdigsten exotischen Pflanzen gab. Wie hätte Onkel Adolf mich beneidet, hätte er gewußt, daß ich die einmal wild wachsen sehen würde; auf meiner jahrelangen Flucht, irgendwo durchgeschlüpft durch das Netz von Einwanderungsbestimmungen, fand ich mich plötzlich in tropischen Ländern, wo ich viele der Märchengebilde aus dem Palmenhaus wiedergefunden habe.

So weit, auch nur zu wünschen, diese seine Lieblinge freiwachsend zu sehen, verstieg sich Onkel Adolf nicht einmal in seinen Träumen. Wohl aber muß er oft und schmerzhaft davon geträumt haben, Verwalter einer der staatlichen Gärten und Glashäuser zu sein oder auf der Lehrkanzel zu stehen und einer aufhorchenden Hörerschaft seine Leidenschaft für seine Forschungen einzuflößen. Ob ihm, dem scheuen, gedrückten Menschen das gelungen wäre, wer weiß es? Da ich noch heute beim Betreten eines Glashauses in die alte Festtagsstimmung gerate, könnte ich schon glauben, daß er Studenten zur Leidenschaft für seine Forschungen hätte erziehen können. Statt dessen wurde er ein kleiner Journalist, bei einem üblen Blatt, schrieb Personal-, Hof- und später Gesellschaftsnachrichten. Und wenn er manchmal ehrerbietig gegrüßt wurde, so von Leuten, die sich bemühten, die soziale Leiter hinaufzuklettern, und die hofften, sich oder ihre Töchter in der Rubrik »man bemerkte auf dem Concordiaball unter anderen« mit einem Epitheton belegt zu finden und nicht nur unter den »anderen« zu sein.

Daß diese merkwürdige Lebensführung, die zwischen pflanzenphysiologischen Büchern, zwischen Herbarien, Mikroskopen und Photographien mit schwungvollen Widmungen von Schauspielern und Kommerzialräten, die er lobend erwähnt hatte, die »auch erschienen« waren, verlief, ein Ergebnis des Antisemitismus war, das selbst wieder neuen Antisemitismus zeugte, wurde mir eigentlich erst als Erwachsener klar.

Mein Vater tat diesen Onkel mit dem Beiwort »korrupt« und »Journaille« ab und ließ ihn deutlich spüren, wie er den »Dienst im Solde der herrschenden Klasse« verachtete; so deutlich, daß sich Onkel Adolf ihm gegenüber genau so unsicher und übertrieben devot gebärdete wie gegenüber dem Direktor der Schönbrunner Glashäuser oder dem Universitätsprofessor, den er »ergebenst die Kühnheit zu ersuchen hatte, seine bescheidenen Ausführungen, einmal, gelegentlich, wenn es die Zeit gestatte, zu überfliegen«.

Daß das Wort »Journaille« ganz und gar nicht auf Onkel Adolf zutraf, begriff ich sofort, nachdem ich endlich mit viel Mühe den Sinn des Wortes herausgefunden hatte, und ich empfand meinen Vater als ungerecht. Aber daß die Rubrik »Aus der Gesellschaft« dem Lebensunterhalt diente, weil eine akademische Laufbahn, ja selbst die kleinste Stelle in der Verwaltung der Gärten, ihm, dem Juden, verschlossen war, verstand ich sehr lange nicht, weil es mir niemals ausdrücklich klargemacht wurde. Man schämte sich nicht, Jude zu sein, man stand dazu, und sonderbarerweise betonten es meist diejenigen Familienmitglieder häufig, deren tschechischbäuerischer Einschlag Zweifel an dieser Abstammung hätte aufkommen lassen können. Aber es schien fast, als schämte man sich der anderen, die einem den Weg versperrten.

So habe ich also auf unseren Sonntagsspaziergängen, schon als ich Mittelschülerin war und stolz berichtete, wie ich unsere Lehrerin durch Kenntnisse, die ich ihm verdankte, verblüfft hatte, auf meine Ausrufe »Warum bist *du* nicht mein Lehrer?« nie eine direkte Antwort erhalten. Der Schmerz über dieses nicht erreichte Ziel und die Scham über die, die etwas verwehrten, was doch gerechterweise nicht hätte verwehrt werden dürfen, muß so tief gesessen haben, daß ich mich nur an Antworten erinnere, wie »ach, ich habe ja meinen Beruf, ich bin eben Journalist«. Ein Schmunzeln der Befriedigung über die bewundernde Anbetung seiner einzigen Schülerin konnte er dann allerdings nicht unterdrücken.

Daß die Nachrichten »Aus der Gesellschaft« also ein reiner Gelderwerb waren, wurde mir erst klar, als ich schon reichlich erwachsen war. Mein Vater tat Onkels Beruf als Charakterdefekt ab, mir blieb völlig rätselhaft, wie zwischen Gelderwerb und Liebhaberei – denn als solche erschienen mir Gesellschaftsnachrichten und Pflanzenphysiologie – ein Zusammenhang bestehen konnte, ist mir doch dieser Zusammenhang bis heute nicht klargeworden.

In meiner Kindheit schien es mir, als wollte die Familie den von früheren, unbekannten Generationen ausgeübten, weil einzig erlaubten Beruf des Geldhandels – die mir bekannten Vorfahren waren, wenn überhaupt als Kaufleute tätig, höchstens Buchhändler – dadurch ungeschehen machen, daß sie die Wörter »Geld« oder »Verdienst« einfach nicht verwendeten. Ich erinnere mich nicht, in meiner Kindheit auf einen geäußerten Wunsch je die Antwort bekommen zu haben: »Dazu sind wir zu arm«, oder: »Da muß der Vater erst einmal mehr Geld verdienen«. Ich erinnere mich auch nicht, daß irgendeinem Kind der näheren oder weiteren Verwandtschaft ein Wunsch aus Geldgründen abgeschlagen wurde. Die unmöglichsten Vorwände wurden angeführt, um nicht sagen zu müssen, daß dies oder jenes außerhalb der finanziellen Möglichkeiten sei. Hingegen habe ich meine christlichen Schulkolleginnen oft völlig unbefangen äußern hören, daß es für dies oder jenes eben nicht reiche.

Ach, Onkel Adolf, der du dich schon so sehr deiner Landsleute schämtest, weil sie dich nicht zum Professor machten – sie *waren* deine Landsleute, du hattest keine anderen; der Kaftanjude, und war er auch der gelehrteste, erfüllte dich bereits mit gleichem Schrecken und gleicher Abscheu, mit denen er die Christen erfüllte, deren Vorurteile du aufgenommen hattest, weil du in der gleichen Schule erzogen worden warst – wie groß war wohl deine Scham, als sie dich zur Verschickung nach Polen holten.

Ich habe dich in den Umsturztagen nur noch einmal kurz gesehen, aber du warst vollkommen ruhig und gefaßt. Du hattest so viele christliche Freunde. »Wer weiß«, sagtest du lächelnd, »wozu es gut ist, daß sie mich nie haben Professor werden lassen. Sie haben ein schlechtes Gewissen, sie werden nicht dulden, daß man mich zum Straßenreiben holt.«

Es war das erstemal in all den Jahren, daß du offen aussprachst, daß man dich ausgesperrt hatte von deiner eigentlichen Lebensfreude. Aber nun war es ja auch wirklich nicht mehr zu verheimlichen.

Onkel Adolf, du hast dich deiner Landsleute – wen sonst hättest du als solche ansprechen sollen? – noch ganz fürchterlich schämen müssen. Und ich bin felsenfest davon überzeugt, daß du auch damals durch Devotion wettzumachen suchtest, was nicht wettzumachen war. Der Nazimob hat deine altmodische Höflichkeit, deine Bücklinge, sicher als die belustigende Todesangst des Judens angesehen. Aber ich weiß, daß du den Tod nicht fürchtetest: Man beschäftigt sich nicht ein langes Leben hindurch mit dem Werden und Vergehen der Natur, ohne ein Weiser zu werden, und das warst du, Onkel Adolf, obwohl es dein Beruf war zu schreiben:»Man bemerkte unter den Anwesenden in einem entzückenden Surahkleidchen die anmutige Gattin des ...«

Obwohl es sich anders abgespielt haben wird, sehe ich dich deutlich vor mir, Onkel Adolf, wie du den Gestapomännern, die dich zur Verschickung nach Polen holten, Platz angeboten hast, während du deine Sachen zusammensuchtest. Ich *sehe* ganz deutlich, wie du ihnen die Tür aufgehalten hast, ihnen mit vielen Bücklingen den Vortritt geben wolltest. Und ich *weiß* nur noch, wie sie dich gröhlend mit Fußtritten vor sich her die Treppe hinunterbeförderten. Wie tief mußt du dich damals geschämt haben, der du dich dein ganzes Leben ihrer geschämt hattest. Ich weiß, daß du mit deiner alle belustigenden Liebedienerei verbergen wolltest, was dir und anderen geschah. So wie ein Ehemann die unerträgliche Taktlosigkeit seiner Gattin durch besondere Höflichkeit gutmachen will, ängstlich bestrebt, sie zu decken und nicht bloßgestellt zu sehen.

Weit, weit hinten beginnt es sich aufzuhellen; man muß schon so tief zurückgehen in die Zeit, um ein Bild hervorzuholen, das nicht von grauenhafter Erinnerung getrübt ist.

Es wird heller und heller, die Sonne blendet geradezu. Es ist ein schöner sandiger Badestrand, und meine Cousine Gemma läuft mir davon, und ich hinter ihr her. Sie hat nur eine winzige weiße Badehose an, und ihre buschige blonde Mähne schwingt auf und nieder im Lauf. »Mia Lionella«, sagt die Tante voll Stolz. Es ist lustig, plötzlich so eine kleine Schwester zu haben, aber man muß verdammt aufpassen, daß sie einem nicht zwischen den Händen entwischt.

Der heiße Sand brennt auf meinen Sohlen, da wendet sie und verschwindet hinter einem der Strandkörbe, und da ich glaube, sie erwischt zu haben, liege ich auf der Nase im weichen Sand, und es kichert von der anderen Seite. Schließlich habe ich sie, und wir liegen einen Augenblick erschöpft und freuen uns an der Stille. Die Strandkörbe stehen in drei Reihen, zwischen den Reihen ein Weg, der etwas Schatten gibt, da sitzen wir nun und malen Figuren mit unseren Zehen in den Sand, der hier nicht so unerträglich heiß ist. Kinderlachen, Stimmengewirr kommt gedämpft zu uns. Durch das Meeresrauschen hindurch dringt ein feines Klingeln. Gemma hebt den Finger in die Richtung, sie weiß weit früher als ich, was das bedeutet.

»Gelati«, sagt sie und umarmt mich, bevor sie wieder weiterstolpert. Sie hat mich atemlos gemacht und geärgert, denn ich nehme es sehr ernst mit meiner Aufgabe, sie nicht aus den Augen zu lassen, und sie möchte mich versöhnen mit einem Gelato. Nun höre auch ich schon deutlich die Klingel und die Rufe: »Gelati, Gelati«.

Ich laufe nach vorne, wieder in die pralle Sonne, und da steht der Gelatimann, weiß, mit einer weißen Schildermütze, und ist umringt von Kindern. Gemma redet auf ihn ein, winzig steht sie vor ihm und weist auf unsere Cabana; und wir trotten neben ihm her bis vor den Eingang, und wirklich, Tante Romana kommt heraus und kauft jeder von uns ein Gelato, obwohl sie heute ihren schlechten Tag hat: Es weht der Scirocco, und das bedeutet Migräne für sie.

»Es wird gleich wieder gut, wenn die Bora kommt«, sage ich später altklug in Wien, wenn sich jemand krank fühlt und zu Bett begibt und kann gar nicht verstehen, warum man mir das als »Unsinn« verweist. Denn ich liebe die Triestiner Verwandten, und wenn Tante Romana sagt, die Gesundheit hänge von der Bora ab, so wird das wohl so stimmen.

Auch Onkel Riccardo mag ich gern, obwohl er ungeheuer laut ist und mit den Händen gestikuliert. Ich weiß, daß die Großmama ihm das bestimmt verwiesen hätte: »Du bist nicht in der Judenschule«, hätte sie gesagt. Onkel Riccardo ist sehr lustig, sehr laut, nur manchmal tut er plötzlich so, als ob er mich nicht verstünde, wenn ich ihn etwas frage. Aber dann sagt er gleich wieder: »Scusi, scusi, mia piccola nipote«, und ist wieder sehr freundlich. Bös' war er nur einmal, als er hereinkam ins Kinderzimmer und wir sangen »Gott erhalte unseren Kaiser, unseren Kaiser, unser Land«. Ich war ganz stolz, wie schön Gemma das von mir gelernt hatte.

Da brüllte er laut:»Basta, basta, una assurdita«, und funkelte mich böse an, so daß ich mich ein bißchen fürchtete. Tante Romana sprach dann auf ihn ein, ganz schnell und italienisch, meist wurde vor mir deutsch gesprochen, nur untermischt mit einzelnen italienischen Brocken. Am nächsten Tag blieb Gemma mit ihrer Mutter in der Cabana, und der Onkel nahm mich mit und zeigte mir die Sardinenfabrik, die unweit von Grado lag, wo die Fische in riesigen Bottichen gehäuft wurden, von Frauen, die sie zuvor an langen Tischen gesäubert hatten.

Nach Ablauf eines Monats fuhren wir nach Triest zurück, ich las Gemma schon aus ihren italienischen Kinderbüchern vor, sie verstand auch Grimms Märchen, aber am liebsten war ihr der »Pinnocchio«.

Wir fuhren baden nach Barcola oder mit der Drahtseilbahn nach Opčina, »Opicina«, verbesserte mich der Onkel. »Überlaß es der Zlatka, Opčina zu sagen.« Zlatka war die Köchin, die, wenn sie mit den Lieferanten sprach oder mit dem Dienstmädchen von nebenan, noch eine andere Sprache gebrauchte, die ich überhaupt nicht verstand.

Abends gab es viel Besuch, und die, die kamen, waren auch laut und gestikulierten, und es drehte sich offenbar jeden Abend um dasselbe Thema: »Una universitá, dá«, sagten sie. »Nostra giovinezza deve studiare a casa, in italiano«, und dann schrien sie alle »hurra« und »bravo« und umarmten und küßten einander; die Männer küßten einander, das hatte ich zu Hause nie gesehen.

Gemma, das kleine Löwchen, war inzwischen mein Trabant geworden, und ich versklavte sie ganz gehörig: »Tu dies, tu das!« ging es den ganzen Tag, und sie folgte mir leidenschaftlich ergeben. »Sprich nicht so viel mit den Händen!« verwies ich sie eines Tages. »Man muß nicht gleich merken, daß du eine Jüdin bist.«

Gemma war bereit, alles zu tun, was ich verlangte, und vergrub die Hände beschämt – beschämt, weil sie meine Unzufriedenheit erregt hatte, in ihre dichte Mähne.

Aber bei Onkel und Tante errang ich mit dieser Bemerkung einen ungewöhnlichen Lacherfolg: »Romana, carissima, das ist der beste Witz«, schrie Onkel Riccardo immer wieder und bog sich vor Lachen.

Tante Romana glaubte mir eine Erklärung schuldig zu sein: »Carina«, sagte sie, »es gibt hier keinen Antisemitismus. Wir wollen Italiener sein, weil Italien Freiheit bedeutet, verstehst du, Freiheit für alle.«

Onkel Riccardo schnitt ihr das Wort ab:»Laß das Kind«, meinte er.»Das kann sie wirklich nicht verstehen.«

Daß man nicht mit den Händen redet, weil das jüdisch ist, hatte ich oft gehört. Aber Antisemitismus, Freiheit, damit verband ich keine Vorstellung.

Noch einmal fuhren wir mit der Drahtseilbahn nach Opčina, Opicina, wie ich inzwischen zu sagen gelernt hatte. Der hier aufgeforstete Wald war der Stolz der Stadt, mit ungeheurer Mühe wurde die Erde für jeden einzelnen Baum heraufgefahren. Daß es hier grünte und wir im schattigen Wald Rast machen konnten, war jedem Triestiner wie ein Wunder, und während Onkel Riccardo versuchte, mir zu erklären, wie man hier aufgeforstet hatte, verzehrten wir unsere mitgebrachten Butterbrote. Dunkelblau und glitzernd lag das Meer unter uns, winzig klein bewegten sich die Wagen der Elektrischen zum Strand von Barcola, ganz in der Ferne glänzte das Schloß von Miramare. Noch heute scheint mir in der Erinnerung dieser Platz zu den schönsten der Welt zu gehören.

»Wer weiß«, sagte der Onkel und streckte sich wohlig im Schatten aus,»ob wir uns nächstens noch hier werden rekeln können. Diese verdammten Slowenen, die brennen uns ja vor den Wahlen immer wieder diesen herrlichen Wald ab. Verbrechergesindel.« Plumps, fiel so ein Ausspruch, und ich trug ihn mit mir herum, oft Jahre, bis ich ihn eines Tages hervorholte und zum besten gab.

All diese Reden interessierten mich gar nicht. Mich interessierte die Drahtseilbahn, die Dampferfahrt nach Capodistria und das Schloß Miramare, das aussah wie aus Tausendundeiner Nacht.

»Der arme Kaiser Max«, sagte ich, als wir im Park von Miramare spazierengingen, und dachte an ein Bild in einem Goldschnittband, in dem ich manchmal bei der Großmama blättern durfte: »Erschießung des Kaiser Max durch die Truppen Juarez.«

»Hättest du das gern, wenn einer kommt, den du gar nicht kennst, von dem du nie gehört hast, und er sagt, er ist dein Kaiser und du bist ihm jetzt tributpflichtig?«

Das Wort»tributpflichtig« gefiel mir außerordentlich.»Ich bin gern tributpflichtig«, sagte ich ernst.

»Ach, du kleiner Affe, was für einen Dummkopf habe ich zur Nichte«, lachte der Onkel in komischer Verzweiflung und zog mich ein wenig am Ohr hoch, das er vorgab, unter meinen Haaren erst lange suchen zu müssen.»Wär' er als Erzherzog Max dageblieben, säß' er noch heut' in Miramare«, sagte er und tat so, als habe er genaue Einsicht in das Weltgeschehen.

Die Indianer haben den Kaiser Max ermordet«, bestand ich auf meiner Weisheit. Der Onkel gab es auf, meine feststehenden Ansichten weiter erschüttern zu wollen.

Das Gespräch in Miramare über den tatsächlichen und möglichen Verlauf der Weltgeschichte sollte mein letztes Gespräch mit Onkel Riccardo sein, bevor ich am nächsten Tag nach Wien zurückfuhr, die Ferien waren zu Ende.

Ich wurde der Obhut des Kondukteurs anvertraut, mein Gabelfrühstückskörbchen war voll gepackt mit guten Dingen, in der Ecke des Coupés lehnte mein Rucksack mit weiteren Fressalien und einer großen Thermosflasche. Um den Hals hatte ich einen Pappkarton mit Namen und Adresse. Um diesen hatte es einen erbitterten Kampf gegeben: Tante Romana hatte ihn ganz riesengroß geschnitten und Onkel Riccardo hatte einen Abend darangegeben, in kolossalen Lettern Namen und Adresse daraufzumalen, mit Bleistift vorzuzeichnen und mit Tusche auszufüllen. Nur mein ständig wachsendes Geheul, in das auch das Löwchen pflichtschuldigst eingestimmt war, hatte bewirkt, daß der Karton immer kleiner und kleiner geworden war, bis er die Größe einer Visitenkarte hatte, und Onkel Riccardos schöne Auszieharbeit mit der Redisfeder sich als überflüssig erwies. Und schließlich hatte ich noch erwirkt, daß ich das kleine Stück Pappe *unter* dem Kleid tragen durfte und nur im Falle der dringendsten Notwendigkeit herausziehen würde. Ich war sieben Jahre alt, ich konnte lesen und schreiben und fand, daß man wegen einer zwölfstündigen Bahnfahrt nicht so viel Aufhebens machen sollte.

Ich stand am Fenster, der Kondukteur neben mir. Er hob mich hoch, damit ich denen draußen noch einmal die Hand geben könne. Auch Gemma wurde hochgehoben, und wir küßten einander. Ihre blonden Zotteln kitzelten mich angenehm am Hals.

»Nächstes Jahr kommst du wieder«, tröstete die Tante. »Vielleicht kommen deine Eltern auch, und dann fahren wir alle zusammen an den Lido. In Venedig gibt es Gondeln, nicht nur Barken, wie am Molo San Carlo, mit denen fahren wir dann durch die ganze Stadt.«

»Und der Gondoliere singt, weißt du«, sagte der Onkel, um die letzten Minuten rascher vorbeigehen zu lassen. »Weißt du, wie?« Und er begann: »Funiculi, funicula, iambo, iambo.« Und die Tante und das Löwchen fielen ein, und ich sang auch mit. Natürlich kannte ich »Funiculi, funicula«, natürlich würde ich mit dem Gondoliere durch die Wasserstraßen von Venedig fahren.

Ein Ruck, der Zug fuhr an. Der Kondukteur hielt mich hoch. Onkel Riccardo hatte Gemma im Arm, ein paar Schritte gingen sie mit. Wir winkten.

»A riveder la, piccola. Respetti a genitori.«
»A rivederla, Tante Romana. A rivederle, Onkel Riccardo. A rivederla, kleines Löwchen.«
A riverderci, a riverderci, übers Jahr!

Man schrieb neunzehnhundertdreizehn, und es war der letzte Friedenssommer der österreichisch-ungarischen Monarchie.

Wir saßen um den großen Speisezimmertisch, Mutti, Großmama und die Tanten und stopften Zigaretten. Das heißt, die Erwachsenen stopften, ich durfte mit der stumpfen Papierschere die ungleichen Tabakfasern abschneiden und die Zigaretten dann in Schachteln füllen. Das war eine hübsche Beschäftigung, ich hätte es gern den ganzen Tag getan. Auch war es lustig, daß so viele Leute da waren, denn meine Mutter spielte gar nicht mehr richtig mit mir, und am Abend, wenn die Verwandten gegangen waren, war es ein bißchen traurig mit ihr allein. Wir brauchten aber auch viele Zigaretten, es konnten nie genug sein: für Onkel Eduard, der diente beim Landsturmregiment Nr. 4, für den Vater, der war Reitende Artilleriedivision Nr. 2 – ich konnte das fließend und ohne Stocken aussprechen – und für Onkel Riccardo, der stand mit dem Infanterieregiment Nr. 36 bei Kragǔjevac, auch diesen Namen brachte ich glatt und ohne zu stocken heraus.

Das Zigarettenstopfen im Familienkreis hatte auch aus anderen Gründen einen ganz besonderen Reiz für mich:»Das Kind soll uns was aufsagen«, meinte manchmal eine der Tanten. Dann legte ich meine Schere nieder, wischte meine Hände an der blauen Kattunschürze ab, stellte mich auf die erhöhte Stufe, die zum Erker unseres Speisezimmers führte, wie auf ein Podium und begann mit »Das Heldenmädchen von Rawaruska« und endete mit »Heil dir, mein Volk, du hast gesiegt«. Endete unfreiwillig, denn meine Mutter machte ein Gesicht, als ob sie Zahnweh hätte und schüttelte den Kopf und sagte:»Also genug für heute.« Und zu der Familie gewandt – und ich spürte genau den Tadel in ihrem Ton:»Ich kann es wirklich nicht anhören.«

So stand ich auf dem Podium, winzig, mit meiner Pagenfrisur, die wie eine schlechtsitzende Puppenperücke wirkte, so stellte ich unzufrieden bei eifrigem Schielen in den Wandspiegel fest. Dann begann ich mit einer weithin schallenden Stimme und einem unerschöpflichen Programm – was sonst als blutrünstige Lob- und Preisgedichte des Hauses Habsburg lernten wir damals in der Schule – und nahm meiner Mutter übel, daß sie mein Talent unterdrückte.

Das Zigarettenstopfen ist nicht lange so ein behagliches Familienfest geblieben. Onkel Eduards Frau blieb bald weg, das Landsturmregiment Nr. 4 war am Lubkowpaß aufgerieben worden, aber die Großmama wußte es noch nicht und stopfte weiter.

Später zupften wir Scharpie, das war noch hübscher als die Zigaretten ordnen, aber man mußte sich dazwischen immer wieder die Hände waschen.

An einem Hochsommertag, als das Scharpiezupfen bereits Routine war, seufzte die Großmama auf: »Ach, dieser Cesare Battisti. Er hat sein gerechtes Ende gefunden. Seine Heimat so zu verraten.«

Ich hatte den Namen noch nie gehört, aber er klang mir angenehm in den Ohren, weil er mich an Triest erinnerte.

Meine Mutter zog die Augenbrauen hoch und schwieg, aber ich spürte deutlich, daß sie die Worte der Großmama mißbilligte.

»Wenn nur der Riccardo sich nicht in irgendeinen Unsinn hineinziehen läßt, er fängt so leicht Feuer«, seufzte die Großmama.

»Onkel Riccardo macht keinen Unsinn«, höre ich mich plötzlich sagen. »Er ist für Italien, weil er für die Freiheit ist. Italien ist Freiheit, auch für die Juden. In Italien gibt es keinen Antisemitismus.« Draußen war das Wort, das zu kennen ich so stolz war, ohne Stolpern kam es.

Woher hatte ich das alles nur? Meine Mutter wurde feuerrot, Großmama schlug die Hände zusammen. »Wo das Kind diesen Unsinn aufgeschnappt hat«, schrie sie. »Was weißt du von Juden und Christen? Wer das Vaterland schützt, wer den Kaiser schützt, der gilt, der ist Österreicher, ganz gleich ob Jud oder Christ.«

»Aber Tante Romana sagt«, rief ich und wies wild gestikulierend in die Richtung, in der ich Triest vermutete, und dann machte ich weitere hilflose Bewegungen, ohne ein Wort herauszubringen, und die Bewegungen sollten ersetzen, was in meinem Kopf durcheinander ging, und was ich doch nicht in Worte bringen konnte. »Università«, rief ich aufgeregt und verzweifelt, »sie haben keine Università.«

»Red' nicht mit den Händen, das ist jüdisch«, wies mich die Großmama zurecht.

»Dann ist es wirklich noch besser, du sagst Gedichte auf«, meinte meine Mutter kopfschüttelnd, und das ließ ich mir allerdings nicht ein zweites Mal sagen. Schon stand ich auf der Stufe und schmetterte »Das Heldenmädchen von Rawaruska« durch den Raum.

Was es mit der Besorgnis der Großmama auf sich hatte, habe ich aus Andeutungen, aus arglosen Antworten der Tanten, denen ich vortäuschte, daß ich ohnedies wüßte, daß Onkel Riccardo es mir erzählt hätte, schließlich herausbekommen. Man sprach nicht gern über diesen dunklen Punkt in Onkel Riccardos Vergangenheit, aber man war andererseits auch nicht gewillt, diese alte Sache zu vergessen. Er hatte, so erfuhr ich jetzt, als Gymnasiast in seinem Klassenzimmer, dem dort gegenüber dem Kruzifix an der Wand hängenden Bild Kaiser Franz Josephs in wildem Tyrannenhaß, wie er es selbst genannt haben soll, die Augen ausgestochen und war daraufhin von sämtlichen Gymnasien der Monarchie ausgeschlossen worden.

»Stell dir vor«, sagte Tante Leonie, und das Grauen über diese Möglichkeit war noch jetzt in ihrem Gesicht zu lesen, »stell dir vor, er hätte die Matura nicht machen dürfen und wär' als gemeiner Soldat in den Krieg gegangen. Die hätten ihn ja schön schikaniert: ein Jud beim Militär, der noch dazu ein Gemeiner ist. Es ist so schon arg genug.«

Und dann vernahm ich, daß Tante Anna um eine Audienz beim Kaiser hatte ansuchen müssen, und welch fürchterliche Aufregung für die ganze Familie es gegeben hätte, als sie von Triest gefahren kam und schließlich wirklich vom Kaiser in der Hofburg empfangen worden war. Weil er nun doch Matura hatte machen können, war er Leutnant und stand mit dem Infanterieregiment Nr. 36 in den Waldkarpaten.

Großmamas Beunruhigung erschien mir auf einmal nicht mehr so grundlos, und im Laufe der Kriegsjahre verstand ich immer mehr, was man für Riccardo fürchtete.

Onkel Riccardo ist wie mein Vater heil zurückgekehrt, aber wir in Wien haben ihn nicht zu Gesicht bekommen, denn er wollte natürlich so rasch wie möglich in sein befreites, nunmehr italienisches, Triest. Die schöne, neue Hafenanlage ist allerdings sehr bald tot dagelegen, und Triest nahm nicht ganz den Aufstieg, den sich Riccardo und seine wild gestikulierenden Freunde aus dem Trento vorgestellt hatten. Aber Onkel Riccardo wurde eine Art Berühmtheit drüben, und man konnte von ihm öfter in der Zeitung lesen. Nach Triest oder gar nach Venedig bin ich auch nach Kriegsende nicht gekommen, denn den Mann, der dort ans Ruder kam, empfand mein Vater schon von Anfang an als einen, dem man so weit wie möglich aus dem Weg geht.

Nicht so Onkel Riccardo. Es kamen begeisterte Berichte über den Aufstieg des Landes und daß die Züge endlich pünktlich waren, und bei dem Marsch der Schwarzhemden auf Rom soll auch Onkel Riccardo in einem der vollgepferchten Züge, die man zu diesem Zweck bis knapp an die Stadtgrenze heranführte, mitgefahren sein.

Das Löwchen hat sehr jung geheiratet, einen, von dem auch oft in der Zeitung zu lesen war. Das junge Paar zog nach Rom, und Onkel und Tante sind ihnen bald nachgezogen, weg aus dem geliebten Triest, das eigentlich eine tote Stadt geworden war, und die Universität, nach der man sich in meiner Kindheit heiser geschrien hatte, ist dort auch erst sehr viel später errichtet worden.

Ich habe manchmal an den so mühsam angelegten Wald in Opčina gedacht, ob er jetzt hat wachsen dürfen, ob die Slowenen, das Verbrechergesindel, wie der Onkel gesagt hatte, andere Methoden gefunden hat, ihre Rechte, die nun von einer anderen Nation unterdrückt wurden, geltend zu machen?

Ein einziges Mal ist Onkel Riccardo nach Wien gekommen, rund zwanzig Jahre nach meinen Triester Ferien. Es war im Frühling 1934, mein Vater saß seit dem 12. Februar in Untersuchungshaft, und Riccardo erschien im Schwarzhemd, das Commendatorekreuz auf der Brust, mit einem Bart á la Balbo, wie es in Italien noch Mode war, obwohl der Flieger Balbo bereits in Ungnade gefallen war.

Unser Haus war im Februar mit einem Schlag seiner soliden Sicherheit, die mir seit der Kindheit so selbstverständlich gewesen war, beraubt. Erst jetzt mußte ich erwachsen sein. Pötzlich hatte ich mit Behörden zu verhandeln, wichtige Nachrichten meines Vaters heimlich ins Ausland zu leiten, und ich mußte alles versuchen, gewisse Maßnahmen bei der Gefängnisverwaltung durchzusetzen, ich hatte den hemmungslosen Ausbrüchen meiner Mutter mit Ruhe zu begegnen – kurz: Ich war in die Welt gestoßen worden und sollte mich in ihr bewähren.

Es war schwankender Grund, auf dem ich stand – was wunders, daß ich mich Riccardo an den Hals warf, als er plötzlich vor mir stand. Er erschien mir so schön und friedvoll, wie einem der von Macht Geschützte und der Machtverkörpernde erscheinen. Außerdem war er für mich ein Abgesandter aus der Kindheit, in die ich mich gerade damals so gern wieder hätte flüchten wollen. Ich schluchzte an seinem Hals und rief nach dem Löwchen.

Aber als er nähertreten wollte, um meine Mutter zu begrüßen, da hatte ich mich wieder ganz in der Gewalt und verwehrte ihm den Eintritt. Ich wies auf seine ordenfunkelnde Brust, auf sein schwarzes Hemd und schüttelte den Kopf.

»Du bis der Feind, Onkel Riccardo«, sagte ich. »Ohne eure Hilfe hätte Dollfuß das nie durchführen können. Ach, Onkel Riccardo, was ist aus deinem Tyrannenhaß geworden«, brach es aus mir heraus.

Erst jetzt schien er zu begreifen, daß es vielleicht nicht ganz angebracht war, in dem Haus eines Sozialisten mit allen Insignien der fremden Gewalt zu erscheinen. Er machte ein ratloses und ganz trauriges Gesicht.

»Daß das Leben uns so auseinanderbringen muß«, meinte er schließlich und strich mir unsicher übers Haar.

Ich schüttelte den Kopf. »Nicht das Leben, Onkel, die Anschauungen.« Und damit wollte ich ihn bei der Tür hinausschieben. »Grüß Tante Romana, grüß das Löwchen.«

»Du würdest deinen Spaß haben«, sagte er noch. »Bei Gemma laufen schon zwei herum mit dichten blonden Mähnen. Sehen aus wie Gemma damals in Grado.«

Ich wollte jetzt nicht erinnert werden. »Ciao«, sagte ich. »Grüß alle.«

Da beugte er sich über meine Hand, küßte sie und hielt sie noch einen Augenblick fest. »Denkt nicht zu schlecht von uns«, sagte er. »Freiheit ist immer nur dies und das. Für uns ist es, daß man uns Italiener sein läßt. A rivederla, piccina.« Nun ging er endlich.

Zwei Tage später war mein Vater zu Hause, obwohl wir erwartet hatten, daß man die Untersuchung noch viel länger hinausziehen würde. Ob die vorzeitige Entlassung etwas mit Riccardos Wiener Aufenthalt zu tun hatte? Jedenfalls hatte ich Hemmungen, von des Onkels Besuch zu erzählen, und habe seiner nie Erwähnung getan.

Es war das letzte Mal, daß ich ihn gesehen habe. Er soll noch immer weiter an Ansehen gestiegen sein, bis er schließlich, erst während des Krieges, unter Druck Deutschlands in der Rassenfrage, nicht mehr zu halten war. Er hat dann zurückgezogen und sehr elend gelebt, bis er in den Umsturztagen irgendwo erkannt und erschlagen wurde. Als sie ihn erschlugen, haben sie in ihm nicht den Juden, sondern den Faschisten gesehen, den italienischen Faschisten.

Die Geschichte seines Endes verdanke ich einer von Gemmas Töchtern, die, weiß der Himmel wieso, in die jugoslawische Partisanenarmee verschlagen wurde. Ein jugoslawischer Arzt, der die Verschiffung von in Amerika gesammelten Lebensmitteln und Arzneien zu überwachen hatte, zeigte mir das Bild seiner Braut, ein Gesicht, umrahmt von zottiger blonder Mähne, und ich erkannte sofort Gemma wieder. Das Löwengesichtchen mit der Mähne, es hatte aber auch wirklich nicht seinesgleichen.

Onkel Riccardo, ich sehe dich vor mir mit all den Zeichen deines Zugelassenseins und mit der traurigen Ratlosigkeit im Gesicht, wie damals, als ich dir den Eintritt in unser Haus streitig machte.

Und auf dem Gesicht des Erschlagenen muß auch noch diese Ratlosigkeit gestanden haben. Du warst doch ein Freund Cesare Battistis, und die Jugend aus dem Trento hat in deinem Haus nach der italienischen Universität geschrien. Und du warst für die Freiheit, aber die Slowenen waren ein Verbrecherpack. Und später vergaßest du den Battisti und glaubtest die Freiheit erreicht zu haben, weil man dir gestattete, für die italienische Nation, für das Imperium Romanum zu sein.

Ach, Onkel Riccardo, du hast zwar auf der falschen Seite gestanden, aber könnte man dich fragen, hätte man dich wählen lassen, du hättest diesen Tod gewählt: als Italiener von Italienern erschlagen zu werden. Selbst darin hättest du noch etwas Freiheit gesehen, verglichen mit dem Schicksal der übrigen Mitglieder der Familie, die als Juden, die zu sein sie längst vergessen hatten, in die Gaskammern getrieben wurden.

So ruhe in Frieden, Onkel Riccardo. Saluto te, ich grüße dich von der gegenüberliegenden Seite der Front. Ich darf dir die Lider nicht zudrücken, denn du bist der Feind, aber mein Blick trübt sich vor der fragenden Ratlosigkeit deiner Augen, die langsam verglasen und erstarren.

Gib dich zufrieden, rede ich mir zu, der Vorhang ist gefallen, such nicht nach dem, was dahinter liegt, such dir deinen Platz in dem neuen Stück. An die sechs Millionen Juden unter fünfzig Millionen Opfern. Wie war das mit den Armeniern? Wer gedenkt ihrer heute noch? Eine Geschichte im Schullesebuch, weiter nichts.

Wühl nicht in der Vergangenheit, sonst versäumst du die Gegenwart, versäumst du, deinen Platz auszufüllen.

Tante Lotti habe ich nur zweimal gesehen. Einmal in der Kindheit – ich bin da wohl schon ins Gymnasium gegangen –, da kam sie nach Wien, eine ältere Frau, uralt erschien sie mir damals bereits. Sie, die schon seit zwanzig Jahren Witwe war. Sie sprach aber von ihrem Mann durchaus so, als ob er lebte, nur eben eine bestimmte Zeit fern von ihr sein müßte. Sie sprach von ihm zärtlich und vergnügt, und damals schon war mir klar, daß sie zum Tod eine gänzlich andere Beziehung hatte als die sonst in der Familie übliche.

Tante Lotti lachte viel und gern, gurrend und kichernd, obwohl die Tage, da sie mit diesem Lachen geworben und festgehalten hatte, offensichtlich längst vorbei waren.

Sie war von einer jugendlichen Freude am Schabernack, wodurch sie uns Kindern gleich sehr nahekam, und sie kehrte die wenigen Tage ihrer Anwesenheit von keinem Ausgang zurück, ohne mit Spielzeug und Zuckerwerk für uns beladen zu sein. Dies, obwohl sie offensichtlich mit irdischen Gütern nicht überreich bedacht worden war, was an ihrer Kleidung zu merken und ihren Reden zu entnehmen war. Denn *sie* sprach von Geld, *sie* durchbrach die Familienregel, und in einer so merkwürdigen Weise, daß es mir in Erinnerung geblieben ist.

Sie erzählte vom Grab ihres seligen Anton, und welch schönen Platz er am Friedhof habe; sie beschrieb genau die Aussicht auf die kleine Stadt, die man so lieblich von keinem anderen Grab dort hätte. Sie schilderte genau den Grabstein, der vorerst langen müsse, der aber später gegen ein richtiges Grabmal ausgetauscht werden sollte. Sie berichtete von Verhandlungen mit Steinmetzen und von Kostenvoranschlägen; daß sie sich gegenwärtig für keinen Vorschlag entschließen wolle, es ja auch gar nicht könne, denn sie müsse noch viele Jahre sparen, ehe sie genug Geld haben würde, dieses Grabmal zu bestellen. Auch das erzählte sie unbekümmert und unumwunden, in einer Weise, wie es keinem in der Familie eingefallen wäre.

Sie hatte ein winziges Sparkassenbuch und rechnete nun genau aus, wie viele Jahre sie wie sparsam würde leben müssen, um unter den Vorschlägen der Steinmetze auswählen zu können. Sie sprach gern und ausführlich von ihrem eigenen Tod, wie schön sie es haben würde neben ihrem geliebten Anton, auch ihr Platz sei schon bezahlt; das hätte bald nach des Seligen Tod geschehen müssen, denn sie hätte ja keine ruhige Minute mehr gehabt, wäre sie dieser gemeinsamen Grabstätte nicht völlig sicher. Dabei war, trotz dieser intimen und fast zärtlichen Beziehung zum Tod, von einem Wiedersehen im Jenseits oder überhaupt von irgendeinem Jenseits gar keine Rede.

Dann wollte sie von der Großmama noch wissen, was denn auf dem Grabstein stehen sollte. Die Großmama war offenbar eine Autorität in schwierigen, geistigen Angelegenheiten, die einen festen Begriff für das, was wohlanständig und statthaft war, voraussetzten. Sie ließ sich also die Grabschrift von der Großmama genau aufsetzen und verstaute dann den Zettel mit überströmendem Dank zu meinem ungeheuren Erstaunen im Strumpf, wo es knisterte, und wo sie, wie sie erklärte, auch ihr Geld aufbewahrte, denn dort sei es auf der langen Reise am sichersten. Noch heute kann ich das maßlose Erstaunen nicht vergessen, mit dem ich Tante Lottis Bewegung folgte: Sie hob blitzschnell den Rock bis übers Knie und steckte die Grabschrift neben die Banknoten unter ein hellblaues seidenes Strumpfband, wie ich es noch nie gesehen hatte und am wenigsten bei dieser Tante vermutet hätte.

Großmama behandelte die geliebte Schwester ihres verstorbenen Mannes mit all der Achtung, die ihr gebührte, aber auch mit einer spontanen Zärtlichkeit, die dieses fröhliche, mit sich selbst und der Welt durchaus zufriedene Geschöpf, trotz allem, was ihr damals schon widerfahren war, offenbar jedem Menschen einflößte. Nur ganz selten wurde Großmama plötzlich zurückhaltend, versuchte sie einen hochmütigen Ton anzuschlagen, den sie ihrem wohlanständigen Hausfrauentum, den sie sich als Mutter von sieben Kindern schuldig zu sein glaubte. Aber immer wieder wurde sie entwaffnet und von Zärtlichkeit überwältigt, ganz gegen ihre Absicht, von der unbekümmerten Fröhlichkeit, der Wärme und dem großen Respekt für ihres Heinrichls Frau, die aus Tante Lotti sprachen.

Was es bewirkte, daß man von Tante Lotti halb zärtlich und halb zurückhaltend sprach, ist mir nie recht klar geworden. Erst als ich die Tante zum zweiten und letzten Mal sehen sollte, habe ich etwas davon zu begreifen gemeint.

Es war bald nach 1934, daß ich am Deutschen Theater in Troppau eines Stückes wegen zu verhandeln hatte und mir der Gedanke kam, Tante Lotti zu besuchen, die bei Freistadt auf dem Lande wohnte. Ich habe nicht einmal die Wiener Familie allzu häufig aufgesucht, und mein Einfall erstaunte mich eigentlich selbst. Aber die Grundpfähle meines Lebens standen damals nach Hitlers Rassengesetzen, nachdem auch in Österreich das, was ich als Recht und Gesetz anzuerkennen gelernt hatte, bis in die Tiefe erschüttert war, nicht mehr so unerschütterlich fest; damit hatte es wohl zu tun, daß ich nach Bindungen suchte.

Aber ein Gutteil Neugier war natürlich auch dabei, denn Tante Lottis Existenz war fast mythisch geworden: Nach Berechnung meiner Mutter mußte sie um die fünfundneunzig sein. Bis vor wenigen Jahren waren regelmäßig, einmal im Jahr, am Geburtstag des verstorbenen Heinrich, ein Brief von ihr gekommen, dem immer, trotz der von der Schule einer längst vergangenen Zeit geprägten Phrasen und Schnörkel, noch die Lustigkeit anzumerken war. In den allerletzten Jahren waren schließlich nur mehr Karten gekommen, auf denen stand, daß es ihr gut ginge und sie gesund sei; die Karten waren aber von fremder Hand, das Schreiben war ihr natürlich zu beschwerlich geworden.

Sie wohnte dort, wo die Vororte schon zu Ende gehen, und das flache Land mit den ebenerdigen, kleinen Bauernhäusern beginnt. Ich kam unangesagt, aber sie war über mein Kommen durchaus nicht erstaunt. Und wiewohl sie mich nur einmal und dies vor mehr als zwanzig Jahren gesehen hatte, erkannte sie mich sofort. Sie hauste in einem freundlichen Zimmer, von einem Fenster sah man weit übers Land, von dem anderen auf die Dorfstraße, auf der man das Kommen und Gehen der Schulkinder beobachten konnte.

Im Garten vor dem Haus blühten die Levkojen und die Sonnenblumen, uund als ich bei Tante Lotti eintrat, schnurrte zu ihren Füßen ein Kater. In dem beginnenden Verfall der Welt draußen schien mir hier vollkommener Friede zu herrschen. Die bald Hundertjährige blickte mich aus winzigen Augen an, die noch immer vergnügt dreinsahen.

Sie sprach genau wie vor zwanzig Jahren von dem seligen Anton, bei dem sie begraben sein würde. Als aber die Bäuerin, bei der sie sich offenbar auf Lebenszeit eingekauft hatte, mit dem Essen erschien, wollte sie erst nicht richtig zugreifen. Aber die freundliche und tüchtige Frau mußte nur sagen: »Frau Ammersdorfer, Sie müssen gut essen, damit Sie bei Kräften bleiben, sonst werden sie uns bald sterben«, damit Tante Lotti ohne Widerrede ihre ganze Portion aufaß, denn nein, sterben, das wollte sie noch nicht.

Es gab ein schmales Bett, das nicht überaus weich und komfortabel gewesen sein dürfte. Eine hübsche Maria-Theresia-Kommode stand da und ein mit Intarsien eingelegter Tisch; keinen Teppich gab es, kein Sofa, nur den Lehnstuhl beim Fenster; nein, von einem sehr komfortablen Leben sprachen diese Reste ihrer einstigen Wohnungseinrichtung nicht.

Auf der Kommode reihten sich viele Photographien; eine junge schlanke Frau mit vielen Löckchen und Chignons – Großmama und die anderen Tanten hatten nie so viel gekämmtes Haar auf den Bildern gezeigt – Arm in Arm mit einem ein wenig schwermütig und auch wieder humoristisch dreinblickenden Offizier in einem weißen Mantel. Er sah aus wie von der Garde.

»Dein Mann?« fragte ich zögernd. Es schien mir unwahrscheinlich, aber ich dachte, daß, falls es Beziehungen in Tante Lottis Leben gegeben hatte, die nicht mit dem Sittenkodex einer ehrsamen Bürgerfamilie in Einklang zu bringen waren, die Patina der Zeit diesen Makel wohl schon überdeckte.

Aber ihr machte die Frage offensichtlich großen Spaß. »Das ist doch nicht der Anton«, lachte sie. Noch jetzt girrte es ganz leise in ihrem Lachen. »Das ist doch der Heinrichl, dein Großvater, wie er aus der Lombardei zurückkam.«

Jetzt blickte ich genauer auf das Bild: Der sah aus wie von der Garde und war doch nur ein jüdischer Schlosser, der zwölf Jahre auf Cavalierstour gewesen war. Er blickte sehr verliebt auf das Mädl neben sich. Die Geschwister, Waisenkinder, müssen sehr aneinander gehangen haben: Auf Tante Lotti, so fröhlich, so klug, wie Großvater immer erzählt hatte, war die Großmama ihr ganzes Leben eifersüchtig gewesen.

»*Das* ist der Anton«, sagte Tante Lotti und staubte ihm liebevoll mit dem Ärmel das Gesicht ab: Ein wenig ängstlich und geniert saß da jemand mit einem Hut in den Händen, mit dem er nichts Rechtes anzufangen wußte, und ein nicht sehr vielsagendes Gesicht war durch die Vergilbung noch vager geworden.

»Was der alles konnte!« sagte Tante Lotti und wunderte sich noch immer voll Stolz darüber. »Tische und Stühle und Betten hat er gezimmert, wenn der dich eingerichtet hätt'. Aber meist haben sie nur Küchenstühle von ihm wollen. Das da hat er für mich gemacht, zum letzten Hochzeitstag, bestellt hat das nie jemand«, und sie wies auf den eingelegten Tisch.

Ein Tischler war es also gewesen, der selige Anton, offensichtlich, ein christlicher Tischler aus Freistadt.

Dann zeigte sie mir noch andere Bilder: ein Gruppenbild, ein Dutzend Mädchen, alle schrecklich auffrisiert, mit vielen Löckchen, eine Schärpe quer über die Brust, manche hielten Instrumente, Geigen, Flöten, geziert in den Händen, und alle lächelten, süß und unnatürlich.

Ich sah Tante Lotti fragend an.

»Das bin ich«, sagte sie, noch jetzt ein bißchen beschämt, als säße sie vor der sittenstrengen Frau ihres Heinrichl. Und selbst heute noch stolz, wies sie auf eines der albernen Mädchengesichter, das sich durch nichts von den anderen unterschied. »Damenkapelle im Prater. Schön war das. Gegeigt hab' ich.«

Das war es also. Das große Geheimnis. Meine Großtante war Geigerin in der Damenkapelle gewesen. Sie hatte dazugehört zu diesem etwas komischen Wahrzeichen Wiens, Wahrzeichen wie der Fiaker, wie das Riesenrad. Dieses Orchester, gut hat das nicht gespielt und hatte doch für den Spießer den Anreiz, nicht gerade der Sünde, aber doch des leichten Lebens gehabt. Dabei waren es einfach unbegabte Schülerinnen, die es in der Musikschule nicht weiterbringen konnten, die nicht begabt genug für einen Freiplatz und für Stundengeben waren und sich doch ihr Brot verdienen mußten.

»Wie der Heinrichl zum Militär ist, da hätt' ich sterben wollen vor Sehnsucht. Und dann hat sich *das* getroffen. Eine Hetz war's schon manchmal.« Und wieder gurrte und zwitscherte es ganz schwach in ihrer Stimme. »Wir waren sehr beliebt, wir von der Damenkapelle. Aber so einen feschen Kavalier wie ich hat doch keine gehabt. Wie's mich um den beneidet haben. Um den Heinrichl mit dem weißen Mantel. Sie haben geglaubt, daß er von der Garde ist.« Und sie schüttelte sich aus vor Lachen über ihren Kavalier. »Ich wär' gern geblieben, so viel Hetz haben wir g'habt dort. Aber das hätt' sich nicht geschickt für den Heinrichl, wie er geheiratet hat, daß seine Schwester dort geigt. Und der Anton hat mich ja auch wirklich heiraten wollen.« Auch darüber war sie noch immer verwundert.

Tante Lotti, das jüdische Waisenkind bei der Damenkapelle im Prater und dann als Tischlersfrau in Freistadt. Fast hundertjährig, saß sie vor mir, sehr vergnügt; wahrscheinlich hat sie mehr vom Leben gehabt, hat sie mehr vom Leben gewußt als die sittenstrenge Verwandtschaft. Jüdisch, christlich, das machte für sie nichts aus. Sie genoß das Leben noch heute, sie wollte es ausdehnen, so lange es ging. Aber man brauchte auch keine Angst zu haben, sie hatte ein Grab, und sie würde bei ihrem lieben Anton ruhen.

Beim Abschied küßte ich ihre Hände und wollte sie gar nicht loslassen. Jetzt ging es wieder hinaus in den Kampf, in eine ungewisse Welt, und hier war ein völlig erfülltes Leben, so schien es mir. »Brauchst du nicht irgend etwas, Tante Lotti«, brachte ich schließlich heraus. »Womit kann man dir eine Freude machen?« Da schüttelte sie ablehnend den Kopf. »Hab' mein Lebtag von niemand was gebraucht, nicht einmal vom Heinrichl. Und ich hab' auch wirklich alles«, sagte sie tröstend, da sie mein enttäuschtes Gesicht sah, und blickte sich suchend in ihrem ärmlichen Zimmer um. »Ich wüßt' wirklich nichts. Grüß mir alle. Grüß mir die Schwägerin.« Das war die Großmama. Die war nun auch schon lange tot. »Grüß mir die Kinder«, und damit meinte sie wohl meine Mutter und deren Geschwister.

Sie hatte mich freundlich empfangen, und sie entließ mich freundlich. Aber Bedeutung hat dieser Besuch keine für sie gehabt. Bedeutung hatte er für mich, Bedeutung sollte er bekommen durch das, was die nette Bäuerin mir erzählte, die mich bis ins Dorf begleitete, um wegen eines Fuhrwerks zu verhandeln, das mich zur Station bringen sollte.

Auf meine Frage nach dem Tagesablauf Tante Lottis, und ob es nicht manchmal allzu einsam für sie wäre, erwiderte sie lachend, daß die Tante oft mehr Besuch hätte, als ihr lieb wäre, daß die Stadt wohl kaum an dem Wohlergehen irgendeines anderen ihrer Bürger so lebhaften Anteil nehme wie an dem der Frau Ammersdorfer.

Meinem erstaunten Blick begegnete sie mit der Bemerkung, daß dies allerdings nicht immer so gewesen sei und daß die alte Frau viele Jahre bei ihr still und unbemerkt das Leben einer Alten im Ausdingstüberl geführt hätte; fröhlich und guter Dinge wäre sie aber auch damals meist gewesen.

Vor vier Jahren etwa sei das Ereignis eingetreten, das Frau Ammersdorfer tief getroffen und ihr die Popularität verschafft habe, die noch immer anhalte.

Schon längst sei der Friedhof, auf dem Frau Ammersdorfer vor rund fünfundzwanzig Jahren ihren Mann begraben und sich die letzte Ruhestätte bestimmt hatte, nicht mehr der allgemeine Stadtfriedhof gewesen. Der alte Friedhof war immer mehr zu einem gänzlich verwilderten Garten geworden, die Anzahl der Gräber, die noch regelmäßig gepflegt wurden, sei immer kleiner geworden, die Familien seien nach und nach ausgestorben, oder die letzten Nachkommen seien weggezogen, und niemand sei geblieben, der sich der Pflege der Gräber angenommen habe, oder für die Instandhaltung aufgekommen sei. Frau Ammersdorfer sei eine der letzten gewesen, die regelmäßig zu Allerseelen, aber auch zu anderen Zeiten auf den Friedhof gewandert sei, mit dem Verwalter genaue Verrechnung über die Instandhaltung des Grabes ihres Seligen geführt habe. Es gab keinen Friedhofsbesuch, nach dem sie nicht befriedigt genau die Aussicht beschrieben hätte, die man gerade vom Grab ihres Anton, gerade von dort, wo auch ihre letzte Ruhestatt sein werde, genießen könne.

Nun hatte es die Gemeindeverwaltung schon längst satt, einen Verwalter zu bezahlen für einen Friedhof, um den sich zu kümmern die Menschen fast vollständig aufgegeben hatten. Und da von der Landesregierung in Prag die Benachrichtigung kam, daß eine neue Autostraße gebaut werde, die gerade über dieses Stückchen Land geführt werden solle, auf dem der Friedhof lag, da nahm die Gemeinde dies als willkommenen Anlaß zur Lösung eines leidigen finanziellen Problems und ließ verlauten, daß in der ersten Novemberwoche die Gräber derjenigen, deren Anverwandten sich melden würden, auf Gemeindekosten auf den neuen Friedhof überführt werden würden, daß dann aber der alte Friedhof verschwinden und die Vermessungsarbeiten für die neue Autostraße dort beginnen würden. Diese Kundmachung erreichte auch Tante Lotti, und es muß ein schwerer Schlag für sie gewesen sein, sich mit dem Gedanken vertraut zu machen, den Anton nicht mehr in einer Behausung mit so herrlicher und vertrauter Aussicht zu wissen und auch darauf verzichten zu müssen, selbst einmal dort zur Ruhe gebracht zu werden, wo sie sich in ihrer Vorstellung längst eingelebt hatte.

Sie ließ sich von dem Schlag nicht entmutigen. Sie verhandelte, sie fuhr auf den neuen Friedhof, sie fand ein Plätzchen, lang nicht so schön wie das alte, ganz und gar ohne nennenswerte Aussicht, wie sie berichtet haben soll, aber dafür sei es dort vielleicht windgeschützter, und ein großer alter Ahornbaum würde im Sommer angenehmen Schatten geben, jetzt allerdings sei der Baum entlaubt und biete einen ziemlich trostlosen Anblick.

Die Überführung des seligen Anton wurde festgelegt, und auch ihre letzte Ruhestätte am gleichen Platz war gesichert. Da ergab sich eine neue Schwierigkeit. Die Friedhofverwaltung, um die Allerseelenzeit mehr als sonst beschäftigt, die Gräber nach den Wünschen der Hinterbliebenen zu schmücken, weigerte sich, die Überführung vor Allerseelen zu veranlassen. Der Beamte blieb Tante

Lottis Drängen gegenüber taub, es war ihm durchaus nicht beizubringen, warum ein Mensch, der nun fünfundzwanzig Jahre auf dem alten Friedhof schlafe, es durchaus so eilig haben sollte, unbedingt vor Allerseelen in seiner neuen Ruhestatt beigesetzt zu werden.

Tante Lotti muß es bald aufgegeben haben, ihm zu erklären, daß, wenn dieser traurige und von ihr gewiß nicht gewünschte Umzug nun schon einmal notwendig war, er dann eben so rasch und schmerzlos wie möglich vor sich gehen müsse, daß der selige Anton und sie auch noch richtig Zeit fänden, sich wieder einzugewöhnen.

Der Beamte wird recht froh gewesen sein, die starrsinnige Alte loszuwerden – sie hat nicht viel Zeit verloren, als sie seine Verständnislosigkeit bemerkte. Aber ich kann mir seinen Schrecken vorstellen, als sie genau zwei Tage vor Allerseelen erschien, seelenruhig, aber zu allem entschlossen, neben dem Schubkarren hergehend, den ein Knecht schob und auf dem ein einfacher, schwarzer Sarg lag, ein neuer, wie sie erklärte, in den sie das, was sie unter der alten Grabplatte als die letzten Reste des Seligen gefunden, fein säuberlich verstaut hatte. Sie kam nicht allein, die Frau Lotti Ammersdorfer, ein Rudel Kinder lief hinter ihr her, und auch ein paar Erwachsene, sich verlegen den Schweiß wischend, waren ihr in der Absicht, ihr das Unstatthafte ihres Beginnens klarzumachen, quer durch die Stadt gefolgt; sie brachten es aber auch jetzt nicht über sich, den Mund aufzumachen.

So ist Tante Lottis sonderbare Aktion rasch in der Stadt bekannt geworden, ja, die Sache ist sogar in die Zeitung gekommen; und wenn auch mancher gelacht und mancher geschimpft hat, und niemand ganz herausbekam, wie sie es bewerkstelligt hatte, mit dem idiotischen Knecht, denn alle anderen, an die sie sich gewandt, hatten sie abgewiesen, ungehindert die Grabplatte zu heben, einen leeren Sarg dort hinaufzubringen, den Inhalt wieder fein säuberlich zu verstauen und auf den Schubkarren zu laden, so war doch Tante Lotti mit einem Schlag zu einer Berühmtheit geworden. Und wenn viele Besucher, die sich nach diesem Ereignis eingestellt hatten, sich auch bald wieder verlaufen haben, so blieben noch immer genug, die in Respekt und mit lächelnder Verehrung ihrer gedachten und sich regelmäßig einstellten.

Frau Ammersdorfer habe tatsächlich damals am Allerseelentag vor einem neuen Grab mit frisch gepflanztem Grün ihre Andacht verrichten können, schloß die Bäuerin. Und dies auch noch an zwei folgenden Allerseelentagen tun können. Sie habe dann zwar jedesmal bedauernd berichtet, daß es dort nicht die schöne Aussicht des alten Friedhofes gäbe, aber sie kam doch ruhig zurück, getröstet durch den Gedanken an den schattenspendenden Ahornbaum. Die letzten zwei Jahre habe sie Allerseelen allerdings zu Hause verbringen müssen, der Gang zum Friedhof sei jetzt doch schon zu beschwerlich. Aber gerade an diesem Tag kämen immer eine ganze Anzahl von Besuchern, die ihr genau berichteten, wie das Grab jetzt aussähe.

Tante Lotti, du ruhst jetzt auch schon lange neben deinem Anton, auf einem christlichen Friedhof, neben einem christlichen Mann. So ist anzunehmen, daß euer Grab nicht den Vandalen zum Opfer gefallen ist. Aber ich kann mir den Ort nicht richtig vorstellen, obwohl ich weiß, daß ein alter schattenspendender Ahornbaum dort steht und daß es keine Aussicht auf die Stadt dort gibt, eigentlich leider überhaupt keine Aussicht.

Du hast es dir Jahrzehnte ausgemalt, wie schön es sein werde, dort gemeinsam zu ruhen mit dem herrlichen Blick auf die Stadt. Und du warst schon sehr alt, als du dich von dieser Vorstellung trennen mußtest. Da hast du, ohne zu zögern, unbekümmert um die Umwelt, das getan, was du als deine Pflicht ansahst, was dir als Zweitschönstes und als Zweitvernünftigstes erschien, nachdem man dir das Schönste und das Vernünftigste zerschlagen hatte.

Von niemandem etwas brauchen, sich selbst sein Brot verdienen, lieben, daß man vor Sehnsucht sterben möchte, seine Hetz haben, seine Pflicht tun und sein Liebstes bis zum letzten Tag mit Nägeln und Zähnen verteidigen – das warst du, Tante Lotti, und das erscheint mir in den Wirren dieses unseres heutigen Lebens fast als der Weisheit letzter Schluß.

· Wodurch bist du so viel kräftiger und so viel besser, so viel gütiger und so viel großzügiger gewesen als die übrigen der Familie? Vielleicht deshalb, weil du gewußt hast, daß Lieben »vor Sehnsucht fast sterben« ist; und auch deshalb, weil du gewußt hast, was das ist, »seine Hetz haben«. Und weil die anderen das nicht wußten, nur sittenstrenge Frauen und Mütter waren, nur an Pflicht dachten, nie Grenzen überschritten und nie ihre Hetz hatten. Ist es das, Tante Lotti, was die Kraft und den Gleichmut fürs Leben gibt? Ich höre dein Lachen, Tante Lotti, dein lockendes, werbendes, nicht ganz wohlanständiges Lachen, und ich höre auch mich, deren Lachen immer eine Spur zu laut, immer etwas anders gewesen ist, als das der übrigen.

Ich winke dir zu, Tante Lotti, dir, der dritten Geigerin aus der

Damenkapelle im Prater, ich winke dir zu über alle anderen Familienmitglieder hinweg.

Hat man dir deinen Lieblingsplatz mit der Aussicht genommen, du fandest einen anderen im Schatten des Ahorns. Traurig sein, daß man immer hat weiterwandern müssen? Hoffnungslos sein, weil das Leben so anders wurde, als man es sich einst erträumte? Ich finde mir schon noch meinen Platz im Leben, und wenn er keine schöne Aussicht hat, so wird er eben unter einem schattenspendenden Ahorn sein, oder er wird ganz andere Vorzüge haben, die zu entdecken ich noch vor mir habe. Es gibt noch so viel zu entdecken im Leben, Tante Lotti.

Tante Lotti, Hundertjährige, von irgendwoher kommt dein Lachen. Es erfüllt den Raum mit einer Melodie, und mich erfüllt es mit unbändiger Arbeitsfreude.

Und so fahre ich in meinem Bericht fort.

1
Versehentlich wird ein Hausstand gegründet

Da, schon wieder. Dieser langgezogene, zweisilbige Ruf, der sich wie ein Bogen spannte über das Gesumme der Großstadt. Die Sommerhitze brodelte und kochte auf dem heißen Pflaster, und aus dem Meer von Dunst und Lärm leckte nur hie und da ein einzelner heller Ton hoch, Metall auf Stein, in regelmäßigen Abständen. Irgendwo hackten wohl Straßenarbeiter. Und darüber der Tonbogen.

»Uüü---er, üüü---er.«

Jetzt kam es näher.

»Fliiiigenfänger, Fliiiigenfänger«, konnte man jetzt schon verstehen.

Die Sonne stand im Zenit. Nirgends ein Schattenfleck. Vereinsamt lag die Gasse.

»Fliegenfänger, Fliegenfänger!«

Gleich mußte die Ruferin um die Ecke biegen.

An die Mauer gepreßt, stand ein Mann. Er hatte die Augen geschlossen und atmete schwer. Und jetzt griff er auch mit der Hand nach dem Herzen und blieb so eine Weile, stumm und bewegungslos. Auf seiner Stirn standen helle Schweißtropfen. Sein bronzefarbiges Gesicht wurde fleckig. Kein Wunder, bei dieser glühenden Mittagshitze. Statt angelehnt in der prallen Sonne zu stehen, sollte er sich doch an einen geschützten Platz begeben!

»Fliegenfänger, Fliegenfänger«, kam es nun von ganz nah, und da bog auch schon eine schäbige Weibsperson um die Ecke.

Der Mann an der Mauer hielt die Augen noch immer geschlossen. Auch als die Ruferin dicht an ihm vorbeiging und ihm fast ins Ohr schrie, ließ er sie passieren, ohne sie anzuhalten.

Nirgendwo öffnete sich ein Fenster oder eine Tür, niemand schien in der Nähe, um der Alten ihre Ware abzunehmen. Die erwartete das wohl auch nicht, blickte nicht einmal auf, sondern schritt gleichmütig dicht vorbei an dem Mann an der Mauer und rief in regelmäßigen Abständen ihr »Fliegenfänger«, nicht als hätte sie eine Ware anzubieten, eher als wäre ihr Ruf ein merkwürdiger orientalischer Singsang.

Der Mann an der Wand öffnete langsam die Augen und sah gerade noch den gebeugten Rücken der Alten, über dem wie eine ungeheure Bienenwabe die kleinen, hohlen Kegelchen der Fliegenfänger, konzentrisch zusammenfügt und als einzelne Teile unerkennbar, an einem Draht lässig hin- und herschaukelten. Die Hausiererin bog um die Ecke, ihr Ruf wurde ferner. »Fliegenfänger«, wiederholte der an der Wand und versuchte leise den langgezogenen Rhythmus nachzuahmen. »Fliegenfänger«, wiederholte er. Jeder schien in den Schatten geflohen, nur unser Mann stand da, lächelte und rührte sich nicht. Zwölf Jahre hatte er gewartet. Auf diesen Tag, auf diese Minute. Auf das Aufklingen des Metalls auf Stein, das Straßenarbeit bedeutete, und auf den Ruf »Fliegenfänger«. Beides war für ihn Hochsommer und – Wien. Die Erfüllung des großen Traumes eines vierzehnjährigen Buben, der aus einem Dorf kam. Ein Traum, der nur ein paar Jahre gedauert und dann zwölf Jahre lang unterbrochen worden war. Und der nun, endlich, wieder seine Fortsetzung finden sollte.

In endlosen Sommernächten, von Moskitos geplagt, unter Zeltplachen, durch die es regnete, beim Pferdestriegeln, ja selbst beim ersten Anblick des Adriatischen Meeres hatten diese Laute durch alles andere durchgeschlagen.

Da stand er also, mein Großvater Heinrich, der von nun an nur Heinrich Lanzer genannt sein soll, der den lombardischen Feldzug mitgemacht hatte, der zwölf Jahre lang in den entlegensten Garnisonen der Monarchie stationiert gewesen war, abgerüstet, in Zivil, mit einigen Gulden Ersparnissen in der Tasche, an einem Hochsommertag des Jahres 1870, lächelte selig und wußte: »Waschhausgasse« und »um die Ecke in die Molkerei« und »ganz nah von hier ist die Nordbahn«. Dort war er einmal angekommen, vor zwölf Jahren und hatte gewußt »Heimat« und »mein Wien« und »jetzt beginnt das Leben«. Dabei war er schon acht Tage in der Stadt, acht volle Tage, aber die zählten nicht. Erst die Abrüstung in der Heumarktkaserne, einer fremden Kaserne in einem fremden Bezirk, dann die endlosen, öden Gespräche in der Herberge mit den Herbergsgesellen, die einen zum besten hielten und die nichts anderes im Sinn hatten, als noch ein Krügl und noch einen Sliwowitz herauszulocken, die er durchschaute, die ihn maßlos langweilten und mit denen er sich doch vertragen mußte, denn sie waren die einzigen, die ihm, der keinen Menschen in der Stadt kannte und zwölf Jahre lang seinen Beruf nicht ausgeübt hatte, zu einem Platz verhelfen konnten. Es fehlte ihm noch ein Jahr zur Meisterprüfung. Für die hatte er das Geld gespart. Aber jetzt wollte er als Geselle arbeiten, denn das war er schon gewesen, oder auch als Wagenschmied und Pferdebeschläger, das war ein weiterer Zweig des Gewerbes, den er beim Militär gelernt hatte.

»Ich arbeit' in der Schlosserei Mittermeyer.« Immer hatte er sich vorgestellt, daß er das einmal sagen würde, so ganz nebenbei, und der Name würde sofort Dutzende der Eisenhämmer eines großen Unternehmens erklingen lassen. Erst dann würde er Lotti aufsuchen. Er hatte Zeit. Sie hatten zwölf Jahre auf dieses Wiedersehen warten müssen. Er würde es sich nicht durch Voreiligkeit verpatzen.

Aber nach acht Tagen war ein großer Teil seiner Ersparnisse weg, und die Meister, die in die Herberge gekommen waren, hatten ihn doch nicht genommen. Weil er sein Gewerbe so lang nicht ausgeübt, oder weil er dem Herbergsgesellen nicht genug Branntwein bezahlt, oder weil er sich beim Herbergsvater über Ungeziefer beschwert hatte – kurz, man hatte dem Meister immer einen anderen zugeschoben. Und da war ihm plötzlich die Angst gekommen. Und er hatte beschlossen, Lotti aufzusuchen, solange er noch sicher war, sie auf ein Nachtmahl ausführen zu können – das hatte sie sich wirklich verdient um ihn, daß er sie einmal zum Nachtmahl führte, und daß nicht sie ihm alle guten Bissen zusteckte, wie einst.

Trotz Verlust seines Geldes, obwohl er nicht sah, wie er zu seiner Schlosserarbeit kommen sollte, zu irgendeiner, nicht zu der bei Mittermeyer & Sohn, wo es zwölf Eisenhämmer gab, lächelte er schon wieder, jetzt, da er an Lotti dachte –

Die Gasse war noch immer leer. Er überquerte sie und verschwand um die Ecke. Genau dort, wo die Alte mit den Fliegenfängern vorbeigegangen war. Leer blieb es hier und sonnenüberflutet. Aus der Geräuschmasse der Großstadt kam immer wieder nur dieser helle Ton hoch – Metall auf Stein – Straßenarbeiter im Hochsommer.

Ein besserer Herr, einer, der heiratet, dachte die Frau Strobinger und war gleich wieder ärgerlich, daß so einer nie nach ihrer Hermin' fragte.

»Nein, die wohnt schon lang nicht mehr hier«, erwiderte sie unfreundlich auf die bescheidene Frage nach Fräulein Lotti. Das hätte sie nicht vertragen dies stundenlange tägliche Gewinsel auf der Geige. Das hätt' kein anständiger Mensch ausgehalten.

Der Heinrich verstand nicht.

»Ja«, sagte die Strobinger, am Türstock gelehnt, und ließ es den Fragesteller entgelten, daß sie ihrer Mieterin nicht mehr das Leben sauer machen konnte. »Gekündigt habe ich ihr«, sagte sie triumphierend und stand im Türrahmen, als ob sie die Schwelle gegen einen Eindringling zu verteidigen hätte. »Gekündigt habe ich ihr. Vielleicht hätt' ich's rückgängig gemacht, hat ja schließlich immer pünktlich bezahlt, akkurat war's schon, das Fräulein Lotti. Aber die und bitten! Gleich hat's ihre Sachen gepackt und ist fortgezogen, wohin, das weiß ich nicht.«

Aus der Nebentür war ein Mädl in kornblumenblauem Kattunkleid auf den Gang getreten, schwenkte ihr glühendes Kohlenbügeleisen und schielte neugierig hinüber.

Das fehlte noch, daß die dort zu einem Kavalier kam. Dann schon lieber in die Wohung bitten. Ein hübscher Mann. So adrett, so breit in den Schultern, so ein schöner Bart und so ein feiner, schwermütiger Blick. Vielleicht hat die Hermin' doch einmal Glück. Frau Strobinger entschloß sich, die Hände noch einmal an der Schürze abzutrocknen, und da die mit dem Bügeleisen keinerlei Anstalten machte zu verschwinden, öffnete sie die Tür mit einer einladenden, wenn auch nicht gerade herzlichen Geste.

Heinrich Lanzer winkte kopfschüttelnd ab und wandte sich resigniert zum Gehen. Da wurde die Strobinger aber erst recht wild. Wie sollte die Hermin' je zu einem Mann kommen. »War ihr nicht gut genug, die Hemdennäherei, hätt' ja weiter dort arbeiten können mit der Hermin'.«

Heinrich Lanzer war schon am Stiegenabgang.

Jetzt ließ die Strobinger die Tür ganz offen und trat auf den Gang: »Hergelaufene wie die, die wollen immer hoch hinaus.«

Der Heinrich stieg langsam die Treppe hinunter. Er war entschlossen, sich mit der in keinen Disput einzulassen. Die Strobinger aber beugte sich noch übers Treppengeländer und rief ihm nach: »Wird nicht schwer sein, das feine Fräulein zu finden, geigt ja im Prater, spielt ja den Herrschaften auf in den Wirtschaften.«

Keine Antwort kam aus dem Schacht. Dumpf verhallten die letzten Schritte unten im Treppenhaus.

Nur die Kornblumenblaue mit dem längst ausgekühlten Bügeleisen war näher getreten. Sie hatte keine Ahnung gehabt von der interessanten Nachbarschaft.

Sollte sie nur erfahren, was ihr entgangen war, und Kavalier be-

kam sie doch keinen, ebensowenig wie die Hermin' – und dabei
war der da sogar ein besserer Herr, einer, der geheiratet hätt'.

Nach seinem vergeblichen Besuch bei der Strobinger war der
Heinrich ziemlich ratlos durch den Prater gezogen, vorbei an den
Buden und Ringelspielen, vorbei an dem riesigen Calaffati, der
noch immer grinsend mit dem Kopf wackelte, während die Wagen
und Pferdchen mit jauchzenden Kindern und lustigen Paaren um
ihn kreisten. Er hatte einen Augenblick lang den Husar mit seinen
roten Hosen und seinem hübsch aufgezwirbelten Schnurrbart beneidet, wie der mit seinem Mädl vor sich, einer hochbusigen Hannakin mit unzähligen gestreiften Röcken, auf einem hochaufge-
bäumten weißen Holzpferdchen vorbeischaukelte: *Der* mußte sich
nicht sorgen, ob er Arbeit fand und wo der einzige Mensch verblie-
ben war, den er kannte. Dem waren alle Sorgen, alle Entschlüsse
abgenommen. Gab's wenig zu essen, schimpfte man aufs Aerar;
lag man untätig durch Wochen, spielte man Karten; brach man auf
zu unbekanntem Ziel, seufzte man gottergeben; und fiel man in
der Schlacht – er, der Heinrich, hatte zwei Kriege mitgemacht und
war nicht liegengeblieben, und er hatte schließlich schon so manchen auch bei der Arbeit an den Eisenhämmern frühzeitig zugrunde gehen sehen. Und man war angesehen und beneidet als
Soldat, und sein weißer Mantel war mindest so schön, wie dem
seine roten Hosen. Und man hatte sein Mädl, und am Ende hätte
er beim Militär bleiben sollen.

Dieses Gefühl verstärkte sich noch und nahm völlig überhand,
je heißer es wurde, und je fester er entschlossen war, auch nicht ein
einziges Seidl zu kaufen. Er sah nur zu, wie sich die Menschen vor
den Buden drängten und da und dort ein neues Faß angeschlagen
wurde.

Das einzige Geld, das er heute noch ausgeben würde, war fürs
Nachtmahl, für sein Brot und ein Stück Wurst, wenn er allein blieb;
und was Feines, Warmes, wenn er doch noch die Lotti fand, was
aber eigentlich unwahrscheinlich war. Ob das überhaupt stimmte,
daß die Lotti im Prater geigte? Vielleicht hatte die alte Hexe das
nur gesagt, um ihn irrezuführen? Boshaft genug hatte sie ausgesehen.

Eine Geige zwar hatte die Lotti schon damals gehabt, vor zwölf
Jahren, daran konnte er sich noch erinnern, von der Frau Kammerrat war die. Die Frau Kammerrat hatte Heinrich nie gesehen,

aber die Lotti hatte ihm von ihr erzählt. Die Frau Kammerrat hatte offenbar einen Narren gefressen an dem Mädl, und durch vier Monate war Lotti in die Musikstund' gegangen, mit der Geige unterm Arm, ganz wie ein Institutsfräulein. Von dem Geld, das die Lotti damals für sich zum Leben bekam, hatten sie zu zweit gelebt und auch noch seine Gesellenprüfung bezahlt. Aber eines Tages, als sie wieder zur Lektion ging, hatte es sich herausgestellt, daß die Stunden nicht weiter bezahlt waren, daß die Frau Kammerrat verreist war, unbekannt, wann sie zurückzuerwarten sei, und der feine Professor hatte auch noch geschimpft und geschrien, daß er ohnedies dreifache Preise gerechnet habe, denn so viel Talentlosigkeit könne nicht hoch genug besteuert werden. Sie hatten damals ausgerechnet, wie lang sie hätten leben können von der Summe, die für die teuren Stunden ausgegeben worden war. Dann hatte ihm die Lotti vorgespielt, den Radetzkymarsch, und ihm hatte es sehr talentiert geklungen. – Dann war's halt in die Näherei gegangen, und er war bald darauf mit dem Büschl am Hut nach Haus gekommen. Dann war er nach Pola in die Garnison. Geschrieben, nein, geschrieben hatten sie einander nie.

Ihm sollte es recht sein, wenn die Lotti geigte. Es war nicht deshalb, weil's hoch hinaus wollte, wie die Hex' ihm nachgerufen hatte. Aber war halt leichter als die Näherei. Im Wirtshaus wird ja nur am Abend und höchstens noch am Nachmittag aufgespielt, und die Näherei war von sieben in der Früh bis spät auf'd Nacht und jeden zweiten Sonntag auch.

Er hatte gegen Abend, müde und hungrig, in jeden Wirtshausgarten, aus dem Musik ertönte, hineingeschaut. Von außen nur, zwischen die Boskettln durch, aus Angst, daß ihn beim Eingang gleich einer hineinkomplimentieren würd', zu einem weiß gedeckten Tisch und verlangen würd', daß er eine Bestellung macht. Die Angst davor war immer größer geworden, bis er schließlich kaum mehr wußte, daß er die Lotti suchte und daß er in Wien war, was gerade hier im Prater kaum zu vergessen war. Aber daß das zwölf Jahre lang das Ziel und der Traum gewesen war, konnte er im Augenblick einfach nicht mehr verstehen. Schließlich hatte man langsam begonnen, in den Wirtsgärten die Lichter zu löschen, und die Musiker von: Orchester hatten ihre Instrumente zusammengepackt. Er hatte bei den zwei Dutzend Schanigärten, die er passierte, fast nur männliche Musiker gesehen. Beim dritten Platz waren grad die Letzten dabei, mit ihren Instrumenten unterm Arm, den Garten zu verlassen. Die Damenkapellen, die er gesehen hatte, hatten in ihm überhaupt die Überzeugung gestärkt, daß die alte Hex' im fünften Stock in der Krummbaumgasse ihn zum besten gehalten hatte. Die Lotti war ja viel zu jung, um dort zu spielen. Die hatten zwar alle weiße Kleidln wie bei der Fronleichnamsprozession und drüber schöne, hellblaue Schärpen, auf denen goldgestickt der Name der Kapelle stand, aber wenn man's näher ansah, war da keine, die nicht zwischen dreißig und vierzig war. Man muß halt so lang studieren, dachte er, bis man aufgenommen wird. Ob sich das lohnt? Zwölf Jahre Soldat sein, das muß ein jeder, der sich nicht loskaufen kann, und man hat sich ja dann auch um nichts zu sorgen. Aber zwölf Jahre immerfort geigen, bevor man eine Anstellung kriegt? Waren die alle so reich, daß sie sich das leisten konnten? Sahen eigentlich gar nicht danach aus. Vielleicht hatten die alle eine Frau Kammerrat? Halt eine verläßlichere? Aber wo doch unsere schon nach drei Monaten auf und davon ist? Zwölf Jahre müßt' so eine das Studium bezahlen. Und wofür eigentlich? Nur damit sie an einem fein gedeckten Tisch sitzen kann und beim Gulaschessen aufgespielt bekommt und sagen kann:»Die dritte von links, die hab' ich ausbilden lassen.«? Vielleicht darf der Schützling auch einmal ein Solo spielen, wenn's so eine wie die Frau Kammerrat anschafft. Na, war schließlich egal, *wer* denen das zahlte. Die Lotti war jedenfalls doch nicht unter denen. Keine, die er fragte, als sie herauskamen – hinein hat er sich ja nicht getraut in den Garten –, hatte Lottis Namen je gehört.

»Eine Brautnacht in Venedig« hatte gerade ihr aufrauschendes Finale gefunden und damit der Kapelle von schräg gegenüber das Zeichen zum Beginn ihres Konzertes gegeben. Das war so eine Abmachung der konkurrierenden Wirte. Langsam begann es sich zu lichten im Publikum, man rief:»Zahlen!«. Todmüde humpelte der Ober von einem Tisch zum andern, die Estrade des Orchesters hatte sich im Nu geleert, die Damen mit den himmelblauen Schärpen verpackten eilig ihre Instrumente und machten sich zu ihren Kavalieren, die an verschiedenen Tischen warteten. Wer jetzt noch im Wirtsgarten saß, der wollte nicht unterhalten sein durch Musik, der hatte Unterhaltung genug an seinen Tischgenossen. Und die Damenkapelle hatte das Recht auf ein Nachtmahl, das Recht auf Bedienung.»Ein warmes Nachtmahl«, das stand in ihrem Kontrakt, war für viele ein nicht unwichtiger Punkt ihres Vertrages.

Nur eine schien gar nicht hungrig und hatte es offenbar besonders eilig, davonzukommen.

»Ich lad' das Stummerl ein, soll's mit uns nachtmahlen«, sagte eine hochbusige Vierzigerin, die eher wie eine Meisterin im Schwergewicht, als wie eine Musikerin aussah:»Hallo, du, willst du dich nicht zu uns setzen?«

»Danke«, erwiderte freundlich und eilig die mit»Stummerl«Bezeichnete. »Ein andermal, ich hab' ein Rendezvous.« Und mit nicht gerade graziösem Schritt ging sie, ihren Geigenkasten unterm Arm, vorbei und verschwand zwischen den Oleanderkübeln und den Boskettln; in Gang und Haltung nicht gerade eine Muse.

»Die redet doch«, wunderte sich der eine der Kavaliere, der bei der hochbusigen Schwergewichtlerin saß:»Die ist doch gar nicht stumm!«

Die Angeredete kicherte und stieß ihre Nachbarin in die Seite, eine zarte, etwas fanierte Blondine mit müdem Gesichtsausdruck, die eifrig durch einen Zwicker die Speisekarte studierte.

»Sie ist die Stummgeigerin«, erklärte sie, kurz aufblickend, als wäre das etwas wie erste oder zweite Geige.

Der Kavalier verstand nicht.

»Na, die Lotti, die tut halt allerweil nur, als ob s' geigt«, sagte die Dicke ungeduldig. »Am Bogen hat s' Schmierseife, damit nur ja kein Ton kommt. Die sitzt halt da und tut, als ob s' geigt. Darf aber nicht!«

Und damit war die Wißbegierde des Kavaliers nach der Stellung der Kollegin seiner Damen befriedigt, und man wandte sich wieder wichtigeren Themen zu.

Was mag das für ein Mensch sein, wie wird man einer, der sein Leben lang nur so tut, als ob er mitspielt im Konzert? Oder weiß diese Lotti, denn sie ist es, – die inzwischen vom Heinrich sehnsüchtig von Wirtsgarten zu Wirtsgarten gesucht wird – nur einfach etwas, was wir alle uns nie einzugestehen wagen: daß man den meisten von uns den Bogen mit Schmierseife bestreicht, daß wir gar nicht gehört werden im großen Konzert der menschlichen Bemühungen?

Sie geht, ohne rechts und links zu blicken, schiebt sich durch das Gewühl mit ihrem Geigenkasten, was nicht ganz leicht ist, und verlangsamt erst ihre Schritte, als sie eine stillere Allee erreicht hat, und dann betritt sie einen einfachen Wirtsgarten, in dem nur einzelne Lampions leuchten und nur wenige Tische besetzt sind.

Da sitzt dann unsere Stummgeigerin und, wahrhaftig, nicht nur mit *einem* Kavalier, sondern sie hat deren sogar drei. Und ist sie auch als Geigerin stumm, so redet sie hier viel und erregt, und gelegentlich schlägt sie sogar mit der Faust auf den Tisch. Seht ihr, so ist das eben. Ihr glaubt, ihr könnt die Menschen einfach zum Narren halten, ihnen den Bogen mit Schmierseife bestreichen, sie hindern, mitzuspielen und doch zwingen, so zu tun, als ob sie spielten. Man kann aber nicht mit jedem ungestraft so verfahren, vielleicht kann man überhaupt mit viel weniger Menschen so umgehen, als man gewöhnlich meint. Die Stummgeigerin jedenfalls ist erstaunlich gesprächig, und selbst wenn sie schweigt und zuhört, ist sie dabei, aufs regste und lebendigste dabei.

Worüber unterhalten sich diese vier schäbigen Gestalten in einer lauen Sommernacht im Prater? Werben die drei Männer um diese junge Frau, überbieten sie einander in Witz und Höflichkeit, um Eindruck zu machen? Oder gibt es auch hier endlose Gespräche über das Essen, die genaue Beschreibung der Lieblingsspeisen, dieses große und unerschöpfliche Thema des Wiener Spießers?

Falsch. Was diese vier inmitten dieser Vergnügungswelt bewegt, ist etwas gänzlich anderes. Es ist ein Prozeß, den sie besprechen, und den sie Tag für Tag mit atemloser Spannung im Gerichtssaal verfolgen. Und weil Lotti heute vormittag Probe hatte – denn selbst bei den Proben muß die Stummgeigerin dabei sein und proben, wann sie so tun soll, als ob s' zu streichen einsetzt, und daher nicht bei Gericht hatte sein können –, war's ihr besonders eilig herzukommen und über den heutigen Verlauf des Prozesses zu hören.

Es ist kein Raub- und kein Mordprozeß, an dem die vier so leidenschaftlichen Anteil nehmen, niemand ist körperlich verletzt, niemandes Eigentum ist beschädigt oder gefährdet worden. Es geht um eine Demonstration. Eine Demonstration von zwanzigtausend Menschen, die im Dezember des vergangenen Jahres in musterhafter Ordnung vor dem Parlament defiliert waren, vorbei an den Berittenen, vorbei an der Polizei, an den Husaren, die man alle aufgeboten hatte. Zwanzigtausend Menschen hatten für Koalitionsrecht und für den Elf-Stunden-Tag demonstriert. Und nun wird über die vermeintlichen Anstifter zu diesem empörenden Unternehmen seit Tagen schon zu Gericht gesessen.

»Der Anton war noch nicht dran«, sagte der eine der Männer zu Lotti, noch bevor diese sich hingesetzt hat.

Und dann nehmen sie eigentlich gar nicht weiter Notiz von der Anwesenheit einer Frau und setzen ihr Gespräch einfach fort.

Es ist die Rede von einer Petition um Koalitionsrecht, von Eisenach und dem freien Volksstaat, die Namen der Hauptangeklagten Scheu, Oberwinder und Most fallen. Der Name Liebknecht ruft bei allen eine Erinnerung wach, und ehrfürchtiges Schweigen hemmt einen Augenblick ihren Redefluß. Paragraphen werden diskutiert und wieder verworfen, und schließlich faßt man zusammen, wie man es zehn Tage lang bereits getan hat, und stellt fest: Die Verurteilung kann nur wegen »öffentlicher Gewalttat« erfolgen.

Und wie jedesmal bei dieser Wendung, schlägt die Lotti auf den Tisch und erklärt, daß man doch nicht, wenn zwanzigtausend in musterhafter Ordnung und ohne jeden Zwischenfall demonstrieren, von Gewalttat sprechen könne.

Die Männer aber zucken die Achseln und versuchen zum hundertsten Male zu erklären, daß die, die die Demonstration organisiert haben, juristisch eben als öffentliche Gewalttäter gelten und als solche verurteilt werden würden. Und sie fügen hinzu, daß, wenn es dem Gericht durch seine ständige Fragerei nach dem Volksstaat gelingen würde, die Angeklagten aufs Glatteis zu führen, noch ein paar weitere Jährchen dazukommen könnten.

Sie sind ganz sachlich, die Männer, nur die Frau ist gleich wieder empört und ruft: »Ein paar Jährchen! Der Oberwinder hat ihnen doch erklärt, daß wir mit dem ›freien Volksstaat‹ nicht die Republik meinen.«

Da lächeln die Männer vielsagend, zucken wieder die Achseln und schweigen.

Die Lotti hat vielleicht für eine Frau eine etwas zu große Nase, aber kluge graue Augen hat sie, und da die Rede auf den narrischen Subaric kommt, diesen aus der Kadettenanstalt entsprungenen Buben, der im Gefängnis aus Langeweile eine Karte zur Entsetzung Wiens entworfen hat, da vergißt sie sogar all ihre Sorgen und lacht laut auf. Es ist aber auch zu läppisch, wie sich der Staatsanwalt abplagt, aus dieser kindischen Kritzelei einen revolutionären Aufmarschplan zu machen. Es ist ein hübsches Lachen, eines, das sofort vergessen macht, daß es ursprünglich höhnisch und herausfordernd gemeint und auf den Staatsanwalt gemünzt war. Es ist vielleicht ein bißl zu laut, der Lotti ihr Lachen, aber es ist ein tiefes, girrendes, werbendes, lockendes Lachen. Plötzlich lockt und ruft und wirbt es im abendlich dunklen Garten. Und für einen Augenblick sind es eben doch, ganz gleichgültig, was die vier verhandeln, drei Männer und eine Frau in einer lauen Sommernacht im Prater. Aber nur einen Augenblick lang, dann reden die drei wieder weiter in diesem seltsamen Gemisch von Dialekt und ledernen hochdeutschen Phrasen, die sie offenbar aus ihrer Zeitung haben, denn »der Volkswille sagt«, »der Volkswille schreibt«, heißt es immer wieder. Er wird mit Ehrfurcht genannt, zitiert und sogar verstohlen aus der Tasche gezogen.

Da sitzt eine Geigerin, die nur so tun darf, als ob sie geigte, da sitzen drei Männer und sprechen über einen Prozeß. Na ja, ein Prozeß, das passiert schließlich alle Tage. Aber wie die drei darüber sprechen, das ist so, als hinge von diesem Prozeß die Zukunft aller Menschen ab. Vom Koalitionsrecht und dem Elf-Stunden-Tag sprechen sie, als wär's eine ausgemachte Sache, daß die kommen. Und vom Staatsanwalt wird lang und breit geredet, so als ob der bald gar nichts mehr zu sagen hätt', dabei wird er schließlich bestimmt den Oberwinder und den Scheu und die vielen anderen verurteilen, und vor allem den Anton, von dem öfters die Rede ist, und nach dem die Lotti sie immer wieder ausfragt. Laut und auffällig sind diese Männer zwar nicht, aber sie sind von einer verblüffenden Selbstsicherheit und tun so, als läge die Zukunft in ihren Händen. Und das alles im Prater, an einem schönen Sommerabend, in Gegenwart einer Frau, einer netten Frau, einer Frau, die so lachen kann, daß man aufhorcht, und der ihre Anteilnahme und Erregtheit, wenn sie auf den Tisch schlägt, auch ganz gut zu Gesicht steht. Und das alles in Wien, der Kaiserstadt, der Haupt- und Residenzstadt der österreichisch-ungarischen Monarchie, die vom Karst bis zu den Karpaten reicht und deren Armee wirklich nicht diese drei Männer da zu fürchten, ja nicht einmal zu beachten brauchte, auch wenn's vielleicht tatsächlich zwanzigtausend solche gibt, die sich's einfallen lassen, vorm Parlament vorbeizumarschieren, statt mit einem Mädl am Arm spazieren zu gehen.

Eine Stummgeigerin, die vor Beginn des Konzerts ihren Bogen statt mit Kolophonium mit Schmierseife bestreicht, damit es ja nur keinen Ton erzeuge, die ist bestimmt lächerlich. Aber diese drei, denen man es ansieht, daß sie sich nie sattessen können, die aber trotzdem glauben, Weltgeschichte zu machen, die sind noch viel lächerlicher.

Der Heinrich, todmüde wie er war, hatte inzwischen beschlossen, die Suche nach der Lotti für heute aufzugeben. Vielleicht konnte er in den nächsten Tagen einmal die kornblumenblaue Büglerin abpassen. Die hatte nett und freundlich ausgesehen. War eine so freundlich, dann hatte sie die Lotti bestimmt gekannt und gern gehabt und wußte vielleicht auch, wo man sie finden konnte. Da entdeckte er einen Wirtshausgarten, in dem es keine gedeckten Tische gab, in dem nur ganz wenige Lampions brannten. Aber hohe Bäume waren auch da, halblaute Stimmen und Gelächter gab's auch hier, und gerade kam der Gottscheer heraus mit seinem großen Korb über dem Bauch und bot ihm ein Lotto an. Das lehnte der Heinrich zwar gleich ab, nicht einen Kreuzer wird er hinauswerfen, sollen andere Narren an die Lotterie glauben. Aber der Gottscheer lachte über sein ganzes rundes Gesicht bis in seinen Schnauzbart hinein, und da fiel es dem Heinrich ein, daß ihn in den letzten Tagen eigentlich keiner freundlich angelacht hatte, eigentlich die ganzen zwölf Jahre keiner, bis auf die Mädln, die natürlich. Aber das zählte nicht, war zwar angenehm, und man vermißte es, aber die lachten jeden an, der in Montur war. Des Gottscheers Lachen also war es gewesen, was ihn in dieses Wirtshaus hineingebracht hatte, und daß der ihm gar nicht bös war, weil er sein Lotto zurückgewiesen hatte. Was er suchte, war ein Nachtmahl, kein warmes, sondern ein Brot und eine Wurst. Nun hielt er schon beim dritten Bier und hatte die Lotti ganz fest an der Hand, die er immer wieder drückte, um zu spüren, daß es auch wahr war. Und doch konnte er über das Wiederfinden nicht richtig froh werden. Denn er mußte immer wieder an die schwierige Arbeitssuche denken, an das Unbehagen vor der Herberge, vor dem Herbergsvater und den schmierigen, versoffenen Herbergsgesellen, der einzigen Arbeitsvermittlungsstelle, die er kannte. Und nach der Spannung des Wartens, nach der jahrelangen Sehnsucht, nach dem stundenlangen Suchen und nach der Freude des unerwarteten Wiederfindens, hatte ihn plötzlich eine übergroße Müdigkeit und Enttäuschung überkommen, Enttäuschung darüber, daß das Wiedersehen sich so ganz anders abspielte, als er erwartet hatte, und daß er jetzt nicht allein mit seiner Lotti saß, sondern in einem Kreis merkwürdiger Männer, gar nicht sehr respektabel. Waren höchst merkwürdig, die drei. Wenn die mit so langen Haaren zum Appell gekommen wären, hätt' man sie erst einmal vom Regimentsbarbier ratzekahl scheren lassen und dann auf ein paar Tage in den Arrest gesteckt. Und was sie redeten, war noch viel merkwürdiger, lauter Namen, die er nie gehört und von denen sie annahmen, daß sie ihm wohlvertraut waren; das war erst recht merkwürdig. »Daß Sie sich hier versammeln dürfen, meine Herren«, sagte gerade der eine, und es war klar, daß er zitierte, »verdanken Sie nicht Ihrer Regierung, das verdanken Sie der Niederlage von 1866. Weißt, Pankerl, wie er das gesagt hat, jetzt ist's bald ein Jahr, daß er bei uns gesprochen hat, der Liebknecht. Bürger, ich sag' dir, das war großartig.« Warum nannte er ihn »Bürger« und warum sollte man sich hier zusammenfinden dürfen, weil es Königgrätz gegeben hatte? Er war ja dort, zum Glück, nicht dabei gewesen. Noch bei Trautenau hatte es wie ein Sieg ausgeschaut, na, dann hatte man doch abziehen müssen. Damals hatten viele geweint, richtige Männer, die im Kampf gestanden, hatten damals geweint. Heinrich Lanzer drückte wieder einmal seiner Schwester Lotti fest die Hand unterm Tisch, weil ihm alles so unwirklich vorkam. Er stierte wieder die drei Gesellen an, die da mit ihm rund um den Tisch saßen und aus denen er nicht klug werden konnte.

Sie nannten einander »Bürger«, ja selbst seine Schwester nannten sie nicht »Fräulein Lanzer« oder »Lotti«, sondern »Bürgerin«. Und dabei sahen sie ganz und gar nicht wie wohlhabende Bürger aus, denn die Wohlhabenheit, wenigstens eine bescheidene, gehört doch schließlich zum Bürgerstand. Diese da aber hatten vorhin ihre Sechser aus der Tasche gezogen und zusammengelegt und nach mancherlei gemeinsam angestellten Berechnungen jeder noch ein Seidl bestellt.

Was waren die also? Künstler, die wie Lotti im Orchester spielten, Kollegen von ihr, die jetzt Feierabend hielten? Das waren sie wohl noch am ehesten.

Zwei von ihnen hatten große schwarze Schlapphüte, die mußten sich ja seltsam auf den unordentlichen, viel zu langen Haaren ausnehmen. Und wie sie ängstlich auf ihre Hüte achteten. Immer wieder griff einer nach seinem Hut. Dabei lagen die beiden Hüte friedlich auf einem Stuhl. Keiner würde sie ihnen stehlen. Ganz breite, flotte Maschen trugen sie als Krawatte. Waren eben Künstler. Aber von Musik sprachen sie nun gar nicht. Und der Pockennarbige, der immerfort Reime aufsagte, wobei er aufstand und heftig gestikulierte, bis ihn die anderen beschwichtigend auf seinen Stuhl drückten, hatte ihm doch gesagt, daß er ein Pfeifendreher sei? Dabei rauchte er gar nicht. Hingegen sog sein Nachbar, dessen strohiges blondes Haar bis zu den Schultern reichte, was Heinrich besonders ärgerte, weil es diesen wunderschönen hellblauen Frack, den der trug, gänzlich um seine Wirkung brachte, an einer elegant geschwungenen Meerschaumpfeife. Jetzt legte er diese nieder, beugte sich weit über den Tisch, blickte einem nach dem andern fest in die Augen, auch Lotti, drehte sich dann mit einem Ruck zu seinem Nachbar und fragte – und es sah aus, als ob er nur von diesem eine Antwort erwartete:

»Bürger, sag selbst, schreiten wir nicht vorwärts, unaufhaltsam vorwärts? Wie viele waren wir in Zobels Bierkeller, als der Liebknecht sprach? Und wie viele haben im Dezember vor dem Parlament demonstriert?«

Der Heinrich, der neben ihm saß, blieb stumm. Aber die anderen antworteten leise im Chor, und plötzlich lag der gleiche entrückte Ausdruck auf ihren Gesichtern: »Zwanzigtausend.« Auch Lotti schien in wunderbare Fernen zu blicken und drückte die Hand, die sie noch immer in der ihren hielt, wie in einem feierlichen Versprechen.

Der Pockennarbige lächelte überlegen: »Ihr könnt den Drang nicht hemmen und nicht stillen, den unaufhaltsam starken Frühlingswillen.« Er sprach rasch, überstürzt kamen die Worte aus seinem Mund, wie wenn er Angst hätte, man ließe ihm nicht lang genug das Wort.

Der Himmelblaue blickte anerkennend. »Das Ganze«, befahl er. Und zu Lotti gewendet: »Man muß es abschreiben und dem Anton mit der Wäsch' in die Zelle schmuggeln.«

Der Pockennarbige zog ein verknülltes Zeitungspapier aus der Tasche, strich es glatt, während der Himmelblaue dem Neuling erklärte: »Der ›Volkswille‹, das hat vorige Woche im ›Volkswillen‹ gestanden.«

Dann las der Pockennarbige, zuerst buchstabierend, dann rascher:

»Gedanke heißt der Heilige, der Held,
Der im Urkampf ersiegt dies weite Feld.
Ihn wollt ihr hemmen, wenn er sichtbar werden
In Menschengestalt will auf Erden?«

Der eine, der bisher kaum den Mund aufgemacht hatte, nur dünn und hüstelnd dagesessen war, in einem braunen Samtjacket, fiel jetzt ein, ohne einen Blick auf das Papier seines Nachbarn zu werfen, und nun sprachen die beiden im Chor weiter:

»Haut alle grünen Sprossen ab zur Stunde,
Reißt alle Wurzeln aus dem Muttergrunde,
Und schießt die Vögel aus den Lüften nieder,
Wenn ihr das Grünen hasset und die Lieder,
Ihr könnt den Drang nicht hemmen und nicht stillen.«

Jetzt fielen auch Lotti und der Himmelblaue ein, während Heinrich erstaunt von einem zu anderen blickte:

»Den unaufhaltsam starken Frühlingswillen.«

Einen Augenblick lang blieb es still am Tisch. Dann sagte der Himmelblaue zu Lotti:»Du mußt ihm dazuschreiben, daß es von einem gewissen Lenau ist, Lenau«, wiederholte er. »Wir müssen die Namen wissen. Und es hilft auch, zu wissen, daß einer so was schreibt – für uns.«

»Lenau«, wiederholte Lotti folgsam. »Schreib ihm an den ›Volkswillen‹«, sagte sie zu dem Pockennarbigen. »Er soll uns ein Gedicht machen über den Prozeß.«

Der Dünne sagte:»Er ist tot. Schon lange.«

»Lange?« wiederholten traurig und erstaunt die anderen.

Der Himmelblaue sagte:»Er kann also nicht mit uns für das Koalitionsrecht kämpfen.«

»Er hat Achtundvierzig für die Bürgerrechte gekämpft«, sagte der Hüstelnde.

Ein Schweigen folgte.

»Schon damals?« fragte Lotti schließlich erschrocken,»so lange kämpft man schon.«

Dem Hüstelnden paßte die Stimmung nicht, die er da heraufbeschworen hatte. Pedantisch nahm er seine Belehrungen über den Ablauf des Prozesses wieder auf.

Der Heinrich hörte gar nicht zu. Nennen einander Bürger, dachte er, sehen aus wie Künstler und haben alle mit der Obrigkeit zu tun.

Rasch blickte er sich im Wirtsgarten um und war erleichtert, daß er keinen Vorgesetzten sah. Keinen Offizier, vor dem er habt acht stehen müßte. Erst da fiel ihm ein, daß er der k.u.k. Armee vor acht Tagen in der Heumarktkaserne adieu gesagt hatte. Und dann kam ihm plötzlich wieder der erbitternde Gedanke, daß er von den verdammten Herbergsleuten abhängig war, da ja nur die ihm eine Stelle finden konnten.

Der Pockennarbige meinte:»Sie können schließlich aus einer Petition für Koalition nicht einen Umsturzversuch machen.«

Alle lachten.

Der Himmelblaue sagte:»Sie meinen Eisenach und den Volksstaat, aber verurteilen werden sie wegen Organisierung einer Demonstration.«

»Wie s' marschiert sind«, erinnerte sich bewundernd der Himmelblaue. »Ich war Ordner bei der Bastei.«

»Gut haben S' es gemacht, alle haben Respekt gehabt vor Ihrer hellblauen Konfederatka, und manche waren gar nicht so sicher, ob das nicht eine Uniform ist«, sagte die Lotti und lachte. Aber dann wurde sie gleich wieder ernst und drängend:»Wie wird das Urteil ...?«

Der Pockennarbige zuckte die Achseln:»Ich glaub' halt, daß das Urteil auf öffentliche Gewalttat lauten wird.«

»Der Toni ist doch nur ...«, begann Lotti und war wieder ganz zaghaft geworden.

Der Dünne hüstelte und sah sie mißbilligend an. Sie vollendete den Satz nicht.»Wie lange, wie viel«, flüsterte sie kleinlaut. Jetzt zuckten alle die Achseln.

»Wie viel?« beharrte Lotti.

»Drei Jahre, vier Jahre«, antwortete der dritte Mann, der Korbflechter mit dem dicken Daumen.

Da ließ selbst der Pockennarbige einen Pfiff hören, einen schrillen Pfiff, so daß der Heinrich, der seinen eigenen Sorgen nachhing, zusammenfuhr.

»Meinst du wirklich«, sagte der Pockennarbige schließlich. Der Korbflechter und der Himmelblaue nickten.

Heinrich wurde es unbehaglich. Jetzt stellte sich gar heraus, daß diese Männer Freunde oder Verwandte hatten, denen drei oder vier Jahre Kerker drohten.

»Der große militärische Erhebungsplan zur Entsetzung Wiens von dem Subaric, der da gestern vor Gericht so lang verhandelt wurde, ist ja Unsinn«, wiederholte der Hüstelnde.

»Spielereien eines entsprungenen Kadetten«, bekräftigte der Pockennarbige.

»Militärischer Erhebungsplan«, jetzt hatte der Heinrich aber genug. Die sahen zwar höchst komisch und gewiß nicht gefährlich aus, aber das konnte man sich einfach nicht bieten lassen.

Er stand auf, kerzengerade, und sein Blick wurde durchdringend:»Ich trag' des Kaisers Rock, ich bin Soldat der k.u.k. Armee, ich kann nicht dulden, daß ... Hochverräter seid ihr, ich zeige euch an ... ich hol' die Polizei ... komm, Lotti«, und er wollte sie von ihrem Sitz hochziehen, weg aus dieser Gesellschaft. Viel zu lange hatte er nicht verstanden, was da vorging, viel zu lange hatte er gute Miene zu einem offenbar sehr bösen Spiel gemacht.

Aber die Lotti war von seinem Ausbruch, in dem manches Wort seiner früheren Vorgesetzten mitgeklungen hatte, ganz und gar nicht beeindruckt. Sie war die ältere Schwester, sie hatte sich früher manches abgespart, sie hatte ihm manch guten Bissen zugesteckt, sie hatte seine Gesellenprüfung bezahlt, und sie war nicht nur froh, ihn wiederzuhaben, sie war auch froh, daß er sie so ihre Sorgen vergessen machte.

»Zu Befehl, Herr Hauptmann«, spöttelte sie und sprang salutierend auf. »Arretieren wir's halt alle.« Dann fiel sie zurück auf ihren Stuhl und lachte, lachte, daß ihr die Tränen kamen.

Sie zog ihn noch immer lachend auf seinen Platz zurück: »Spiel dich nicht auf, Heinrichl«, sagte sie schließlich begütigend, »geh, bist ja nimmer Soldat, sind ja lauter Freunde, lauter arme Teufel wie du und ich. Arretieren wir's alle«, wiederholte sie und eine neue Lachsalve setzte ein und schüttelte ihren ganzen Körper. Die Männer stimmten ein in das Gelächter. Einen Augenblick lang war es ihnen nicht ganz so gemütlich erschienen, weiß Gott, was so ein ausgedienter Soldat alles anrichten kann. Aber nun löste sich die Spannung in immer neuen Lachsalven.

Die Uniform, dachte der Heinrich, wie werd' ich leben ohne Uniform, keiner hat mich je ausgelacht, solang ich in Uniform war, und jetzt lachen sogar solche mich aus.

Lotti ahnte, was in ihm vorging. »Mußt dich daran gewöhnen, daß du nimmer Soldat bist«, sagte sie schließlich beschwichtigend. »Was willst du eigentlich jetzt tun?«

»Davonlaufen«, hätte er am liebsten geantwortet. Aber ehe er sich noch eine Antwort überlegt hatte, die seine erschütterte Würde wieder hätte herstellen können, wurde auch der Korbflechter versöhnlicher: »Ja, was sind jetzt Ihre Pläne, was werden Sie arbeiten?« fragte er. Der Anton wird seine paar Jahre bekommen, dachte er. Die Lotti geht einer schweren Zeit entgegen. Die wird uns den Bruder werben, dachte er. Der gehört ja schließlich zu uns, auch wenn er es noch nicht weiß.

Heinrich zuckte die Achseln. »Ich bin Schlosser«, sagte er schließlich unsicher.

»Schlosser«, wiederholte der Pockennarbige anerkennend.

»Bruderherz«, lachte der Himmelblaue, »mußt du aber stark sein. Der ist ein Pfeifenmacher«, und er wies auf den Pockennarbigen, »ein Korbflechter unser Anderl, und ein Harmonikamacher bin ich«, und er verbeugte sich elegant.

Also doch ein Künstler, dachte der Heinrich.

»Und der Anton ist ein Tischler«, sagte die Lotti.

Heinrich sah sie heimlich von der Seite an. Der Name war schon mehrmals gefallen. Die Lotti, seine Lotti, die Braut gar von einem Aufrührer, von einem Verbrecher.

»Du bist der Stärkste«, sagte anerkennend der Himmelblaue.

Heinrich fühlte sich gar nicht stark, sondern recht elend. »Wo arbeitest du?« fragte der Korbflechter und rieb sich seine von der Arbeit schmerzenden Daumen. Da schämte sich Heinrich. *Die* Schande, vor denen gestehen zu müssen, daß er keine Arbeit hatte! »Ich bin erst acht Tage hier«, brachte er mühsam hervor, »hab' noch nichts Passendes gefunden.« Der Korbflechter lächelte unmerklich. »Wie suchst du denn?« fragte der Pockennarbige. »Ich wohn' in der Herberge im Lichtenthal«, gab der Heinrich zögernd zurück. »Da kommen ja die Meister hin, anwerben.« Der Himmelblaue hob seine Hände flehend nach oben: »Heilige Mutter Gottes, vergib ihm sein Gottvertrauen.« Wieder fühlte sich der Heinrich wie eingezwängt, gern wäre er von dem da wenigstens fortgerückt. »Was hat's bis jetzt gekostet, die Herrschaften dort freizuhalten?«, fragte schneidend der Korbflechter. Mit einem Mal überkam den Heinrich eine wilde Wut gegen die drei. Daß sie keine Künstler waren, gewiß, das war noch erleichternd. Sie waren zur Not erträglich, wenn sie von diesen Dingen sprachen, die ihm ganz und gar nicht paßten, vom Prozeß und vom Eingesperrtsein, von militärischen Aufstandsplänen und von einem Aufmarsch. Aber wenn sie, wie jetzt eben anfingen, sich um ihn zu kümmern, wurden sie völlig unausstehlich. Sie behandelten ihn, grad als ob er der Dumme sei, dumm und stark, und er war doch beides nicht, *er* hatte schließlich die Welt gesehen, und *er* wußte sich adrett zu kleiden und *die* liefen in diesem lächerlichen Aufzug herum. *Er* kannte das Leben, und *sie* hatten keine Ahnung, man konnte ja gut sehen, wohin sie das geführt hatte. Bis hart ans Kriminal, und Freunde hatten sie, die saßen sogar schon drin. Er gab keine Antwort. »Vereine auflösen«, erklärte der Korbflechter, »das können sie. Aber die Veteranen anstellen und eine Stelle schaffen, wo sie die Arbeit vermitteln, das nicht.« »Den letzten Posten, den der Anton gehabt hat, vor der Demonstration, den hat er durch die Selbsthilfler bekommen«, sagte die Lotti. Der Korbflechter schnitt ihr das Wort ab. Er wollte jetzt keine Diskussion über die Selbsthilfler. »Die Vereine, die Fachvereine müßten die Arbeit beschaffen. Aber das paßt halt der Regierung nicht.«

»Ich werd' mir schon was finden«, sagte der Heinrich trotzig. »Ich brauch' keinen Verein und keine Regierung, und ich bin auch nicht kleinlich. Wenn die in der Herberg' gern trinken, sollen s' ihren Schnaps haben. Für nix ist nix. Man muß zahlen, und ich tu's. Und ich werde arbeiten«, fügte er nach kurzer Pause, sich selbst Mut zusprechend, hinzu.

Die anderen schwiegen.

»Bürger Lanzer«, sagte der Pockennarbige und schob seine Hand quer über den Tisch, »wir werden dir helfen. Wir helfen dem, der keine Arbeit hat.«

»Ja, dem helfen wir«, stimmten auch die anderen Männer zu. Heinrich schlug recht widerstrebend in die ihm hingestreckten Hände. Er wollte nichts von ihnen, und er erwartete sich auch nichts von ihnen. Schließlich, sie waren knapp am Kriminal vorbei. Dann schon lieber die ganzen Ersparnisse den Herbergsleuten hinhauen. Das war dann wenigstens ein klares Geschäft.

»Ja, habt *ihr* denn anständige Arbeit?« fragte er schließlich.

Da war es nun an den anderen, betreten zu sein.

»Mich haben sie rausgeschmissen, weil ich Ordner war im Dezember bei der Demonstration. So helf' ich derweil aus beim Bau. Schwere Arbeit. Aber wenn die freigesprochen werden, dann muß man mich bei meiner alten Firma wieder einstellen. Dann ist ja erwiesen, daß das keine Gewalttat war.«

»Pfeifenschneiden ist Saisonarbeit. Sommer ist tote Saison. Sie haben mich für die Zwischenzeit in den › Volkswillen‹ genommen«, sagte der Pockennarbige. »Ich verschick' das Blatt. Nicht immer ganz leicht«, lachte er, »wegen der Konfiskation.«

Marken schlecken ist keine Arbeit, dachte Heinrich hochmütig und sah die funkelnden und blitzenden Eisenhämmer vor sich.

»Ich bin in Arbeit«, sagte der Korbflechter und sah den Heinrich scharf an. Er erriet ganz gut, was in dem da vorging. »Zwölf Stunden täglich und sechzig Kreuzer am Tag. Wenn die Daumen nicht brandig werden, geht das so weiter, jahraus, jahrein«, verhöhnte er sich selbst.

»Bürger Florian«, sagte die Lotti streng, und jetzt war es an ihr, aufzumuntern und zur Ordnung zu rufen: »Und das Koalitionsrecht und der Elf-Stunden-Tag? Es geht *nicht* so weiter. Wozu sitzen die schließlich, der Anton und all die anderen?«

Die Männer hatten rote Köpfe bekommen, und der Pockennarbige wiederholte gleich folgsam: »Ihr könnt den Drang nicht hemmen und nicht stillen, den unaufhaltsam starken Frühlingswillen.«

Heinrich lächelte überlegen. Wenn die nicht Verbrecher waren, dann waren sie einfach Kinder. Grad die richtigen, um ihm zu helfen. Kinder waren diese Männer, und die Lotti war es auch. Zum Korbflechten brauchte man gewiß keine Meisterprüfung, und der andere war Hilfsarbeiter, ein ganz gewöhnlicher Taglöhner, trotz seiner himmelblauen Weste. Und der dritte lebte einfach von einem Almosen, denn was war es schließlich anderes, wenn er Marken schlecken durfte. Eine Schande für einen gesunden kräftigen Mann war das. Und der feine Anton, den s' eingekastelt hatten und der glaubte, er könnte die Lotti zur Braut haben, war bald ein Abgestrafter, und selbst wenn er frei kam, blieb immer noch was hängen von der Anklage, und arbeitslos war er auch. Wollt' am End' heiraten. Er, der Heinrich würde das aber nie zugeben. Er war da und würde von nun an wieder nach dem Rechten sehen bei der Lotti. Obwohl s' fünf Jahre älter war als er, war sie so kindisch wie diese Männer: Koalitionsrecht und Elf-Stunden-Tag – was ging sie das alles an!

Was die da wünschten – einfach lächerlich! Und wenn s' nicht weiter wußten, sagten sie Gedichte auf. Und die wollten ihm helfen! Sollten sich selbst erst einmal helfen! Ganz schön, übrigens, wie war das gewesen? ...»den unaufhaltsam starken Frühlingswillen.«

Viele Stunden sind sie damals noch spazieren gegangen, der Heinrich und seine Lotti, nachdem die drei Männer sich verabschiedet hatten. Beide waren sie todmüd. Das Erzählen und Plänemachen hätten sie eigentlich gern auf den nächsten Tag verschoben, beide fürchteten sich, hinausgeworfen zu werden aus ihrem »Zuhause«.

Beide lachten, als sich herausstellte, daß sie heimlich den gleichen Plan gefaßt hatten, nämlich sich erst bei Morgengrauen in ihre Betten zu stehlen, hoffentlich unbemerkt, und falls ertappt, frech von frühzeitigem Aufstehen zu faseln. Heinrich trug jetzt vorsichtig Lottis Geigenkasten und sah die Schwester nur heimlich so von der Seite an, während sie plauschte und von ihrem Tag erzählte. Er mußte schräg hinaufsehen, denn sie war gut einen halben Kopf größer als er. Sie hielt mit der Rechten den Rock gerafft und schritt mit ruhigen, ein wenig zu großen Schritten aus. Vergessen war, daß sie ihn noch vor kurzem ausgelacht hatte. Er hatte das Verlangen, mit ihr im gleichen Tritt zu marschieren, wie sie es als Kinder stundenlang getan, sonntags, durch die leise schaukelnden Kornfelder um das mährische Dörfchen, in dem sie aufgewachsen waren. Er blieb stehen und klappte mit einer scherzhaften Verbeugung die Hacken zusammen und bot ihr gleichzeitig seinen Arm. Sie lächelte, raffte den Rock noch höher, knickste, was zu ihrer großen, knochigen Gestalt nicht recht paßte, schob den Arm unter seinen, und Arm in Arm gingen sie weiter. Langsam zog in Heinrichs Herz Friede ein und fast eine kleine Seligkeit. Es war seine Lotti, die seit den Kindertagen immer Rat gewußt hatte, auch in den verzwicktesten Lagen, und es war sein Wien, diese staubigen Alleen und diese weiten Wiesen mit den kleinen Teichen: So wanderten sie dahin, machten kurz Rast auf Bänken, trauten sich aber nicht, lange sitzen zu bleiben, wie es ihre schmerzenden Füße verlangt hätten, aus Angst, von einem Wächter ausgefragt zu werden und – waren doch fast glücklich.

Vergessen waren zwölf Jahre Sehnsucht und vergessen war die so ungewisse Zukunft. Vergessen war die Damenkapelle und der Freund im Gefängnis und das drohende Urteil und der Kampf für das Koalitionsrecht und der Elf-Stunden-Tag. Ganz von ferne hörte man hie und da Räderrollen, die Stadt schlief noch. Eine winzige Kastanie, noch mit zarten Stacheln, fiel ihnen vor die Füße. Lotti bückte sich hie und da und hob eines von den grünen Kügelchen auf und steckte es in ihren Pompadour. So hatte schon die kleine Lotti, die für ihn immer die große Schwester gewesen war, allerhand Steine und Früchte vom Wege aufgeklaubt und ihm über die alltäglichsten Dinge, die er mit dem Fuß weggestoßen hätte, die wunderlichsten Geschichten vorgefabelt. Heinrich sah sie an, die unzähligen Zuckerwasserlöckchen über den Ohren und der Stirn paßten gar nicht zu ihr. Als sie wieder seinen Arm nahm, wußte er: Nie, nie, würde er eine Frau so lieben, keine konnte schöner sein, als diese ganz und gar nicht schöne Lotti, die ihm Mutter gewesen war und zu der er gehörte, so wie Wien zu ihm gehörte, und beide würde er nie, nie mehr verlassen.

Heinrich hatte unterwegs erfahren, daß Lotti ihre tonlose Tätigkeit in der Damenkapelle als Glück ansah, in mehr als einer Beziehung. Sie verdiente ein Vielfaches von dem, was ihr jede frühere Tätigkeit eingebracht hatte, außerdem unterrichtete sie am Nachmittag, wenn sie ausgeschlafen war, den Buben vom Fleischhauer im Nachbarhaus.

»Eine Lehrerin also«, sagte der Heinrich, und Bewunderung lag in seiner Stimme.

»Ja, eine Lehrerin«, bestätigte die Lotti. Sei ihr Spiel auch für die Damenkapelle zu schlecht, um dort wirklich mitzuspielen, so habe ihre Zugehörigkeit zu dieser Kapelle ihr doch den Ruf einer Geigerin eingetragen, gut genug jedenfalls für diesen Schüler. Die Frau Fleischermeister wußte nicht, daß die Lehrerin nur Stummgeigerin war, und das war gut so. Sie zahlte zwar nicht, die Frau Fleischermeister, aber statt dessen gab sie jede Woche drei Würste, dicke, schwere Würste, die bekomme dann der Anton in die Zelle, und das sei mehr wert als Bargeld. Sie könnte es ja sonst gar nicht bestreiten, die bessere Verpflegung.

Heinrich hatte sich fest vorgenommen, die Lotti zur Rede zu stellen wegen dieses Anton, eines Kriminellen, wie er wußte, und jetzt erfuhr er noch dazu, daß die Lotti ihn aushielt. Aber als er sie ansah, und in ihrem Gesicht diese fast fröhliche Zuversicht und Entschlossenheit stand, die er so gut kannte aus den schwierigen Zeiten, in denen sich die Lotti für ihn durchgekämpft hatte, da wagte er es nicht und seufzte nur tief.

Dann hatte die Lotti ihn nochmals nach seiner letzten Vergangenheit gefragt, und man war an diesem Tag nicht mehr auf den Anton zurückgekommen. Auch Lotti war stolz auf ihres Bruders Schlosserberuf. War sie es doch gewesen, die in der Dorfgemeinde durchgesetzt hatte, daß er zum Schlosser in die Lehre gegeben wurde, sie war es gewesen, die die Summe für seine Gesellenprüfung aufgebracht hatte.

Sie war stolz gewesen, als seine Schultern immer breiter, sein Brustkasten voller und seine Arme muskulöser geworden waren. Und es stand fest für sie, daß er bei der Schlosserei bleiben mußte. Und der Berndl, womit sie den Himmelblauen meinte, und der Severin, das war der Korbflechter, die kannten alle Fachvereine, und wenn man die auch jetzt schon wieder aufzulösen begann, so würden sie ihm doch vielleicht weiterhelfen können. Sie gab ihm an, wen er in den nächsten Tagen aufsuchen sollte.

Auch zum »Volkswillen« sollte er gehen, die dort wüßten vielleicht auch Rat. Im übrigen kenne er jetzt ja auch schon einen von dort, und der habe doch auch versprochen zu helfen. Da aber wurde der Heinrich ungeduldig, und es fiel ihm wieder ein, wie kindisch die Unterhaltung mit den dreien gewesen, und daß er die auch gar nicht wiedersehen wollte. Einen Meister müßte er kennen, und die Bekanntschaft eines solchen könnte ihm nur in der Herberge vermittelt werden. Die Lotti hatte die Achseln gezuckt und von etwas anderem geredet, aber beim Abschied hatte sie

plötzlich, offenbar frühere Überlegungen beschließend, gesagt: »Weißt, schaden kann's ja nicht. Mich hat s' sitzen lassen, die Frau Kammerrat. Aber wahrscheinlich hat ihr der Professor wirklich gesagt, daß es rausgeschmissenes Geld ist. Das kann ich ihr nicht übelnehmen, nur hätt' s' halt vorher was sagen sollen. So sind s' halt, die reichen Leut'. Aber du könntest hingehen, du heißt ja schließlich auch wie sie. Und bist ein Veteran. Du warst ein k.u.k. ..., was warst?«
»Feldwebel«, hatte der Heinrich stolz erwidert.
»Na, siehst du, ein k.u.k. Feldwebel, da können sie dir nicht die Tür vor der Nase zuschmeißen.«
Heinrich sah zwar nicht ein, wozu ein solch höchst genannter Besuch bei völlig Unbekannten, die wohl verwandt waren, aber man wußte gar nicht wie, und die überdies auch noch so reich waren, was die Schwierigkeit des Besuches noch erheblich erhöhte, gut sein sollte. Deshalb hatte er nur gesagt: »Aber die haben ja doch keine Schlosserei!«
»Reiche Leute haben alles«, hatte die Lotti gemeint. »Sehr gut möglich, daß sie auch eine Schlosserei haben. Wo s' doch einen Musiklehrer gehabt haben. Wenn sie aber keine Schlosserei haben, dann kennen s' jemand, der eine hat. Und wenn dich die Kammerrätin wo hinschickt, dann kriegst du die Stelle.«
Und sie hatte ihm die Adresse der Kammerrätin Lanzer gegeben.

»Mais, voyons, Simon, tu exagères, l'existence, qu'on mène ici, est bien bourgeoise, hein«, kicherte der Kammerrat, das schön geschliffene Glas hochhebend und einen Augenblick selbstvergessen drehend, um die fliehende Persephone zu betrachten, deren Geschichte das Glas erzählte. Die Firma Lobmeyer war berühmt für ihre gerade damals in Mode kommenden Weinservices. Er goß dem Schwager ein.
Der andere schüttelte den Kopf, während er krachend die Krebsenscheren auseinanderbrach und sich dann, mit Genuß kauend, die Hände umständlich an der vorgebundenen Serviette trocknete und schließlich mit dem Tuch auch gegen seinen Schnauzbart fuhr. Er hatte die Fingerschale, die Madame ihm hingeschoben hatte und die schön geschliffen eine andere Szene aus der Geschichte der Persephone zeigte, unbeachtet stehen lassen.
Madame lächelte.

Der Angeredete trank einen vollen Zug und lehnte sich aufatmend zurück.

»Wenn du das ›bourgeoise‹ nennst, lieber Schwager«, sagte er und wies auf das allerdings erlesene Service – kleine Amoretten tummelten sich auf hellblauer Tellerbordüre, und ein massiver Aufsatz aus Silber, in dem die Krebse serviert worden waren, stand in der Mitte der Tafel aus blütenweißem Damast.

Madame legte ihre Rechte auf den Arm des Bruders. »Weißt du, warum du von unserem besten Service von Sèvres Porzellan ißt und aus Lobmeyer-Gläsern trinkst? Weil wir nichts anderes hier haben. Wir sind doch schon vor zwei Wochen aufs Land übersiedelt. Wir sind verreist«, sagte sie und wies auf die Möbel mit den Schonbezügen, unter denen hie und da ein gedrechseltes Goldfüßchen hervorsah.

Der Salon präsentierte sich in der Tat in seinem wenig anziehenden Sommergewand. Ein leiser Geruch von Kampfer und Moschus lag in der Luft.

»Thérèse ist erst gestern abend aus Dornbach hereingekommen«, erklärte der Kammerrat dem mit ›Simon‹ angeredeten Gegenübersitzenden und unterzog das Schalentier auf seinem Teller einer letzten eingehenden Prüfung.

»Je regrette, Simon«, sagte die Dame des Hauses. »Du wirst tausend incomodités haben. Es war nicht anders zu machen. Ich hätte eine Woche gebraucht, um das Haus für dich einigermaßen in Stand zu setzen. Und ich konnte draußen nicht abkommen. Der Garten trägt. Ich habe noch zwei Mädchen engagieren müssen zum Einkochen.« Ihre Stimme war ungewöhnlich tief, melodisch und hatte einen leicht fremdländischen Akzent.

»Und du willst uns absprechen«, meinte der Kammerrat, »daß wir Bürger sind, geradezu Kleinbürger, die ächzend unter dem Diktat der Hausfrau stehen, pardon, unter dem der Anforderungen von Garten und Haus. Dein Bruder Simon hat heute nämlich öffentlich erklärt, daß es bei uns in Österreich keinen Bürgerstand gebe.«

Thérèse zog fragend die Brauen hoch, was ihrem weichen Gesicht einen etwas hochmütigen Ausdruck verlieh.

»Pas encore«, sagte sie und nahm dem Bruder ruhig die Zigarre aus der Hand. »Es gibt noch Dessert. Framboise à la crème. Eigene Ernte.«

»Unsere Himbeeren«, sagte der Kammerrat und ließ nun endlich die Reste seines Krebses liegen. »Du wirst sehen, die sind

60

wirklich großartig. Wieviel Liter, Thérèse, haben wir heuer geerntet?«
»Dreißig«, erwiderte sie und läutete mit einem Silberglöckchen.
»Seid ihr eigentlich satt?«, fragte sie. »Du weißt doch«, erklärte sie dem Bruder, »Krebse gibt's hier nur in den Monaten ohne r, Mai bis August.«
»Deswegen soll aber mein Schwager nicht hungern bei mir«, sagte der Kammerrat.
»Merci, merci, völlig befriedigt.«
Die Kammerrätin klingelte zum zweiten Male.
»Für mich bleibt es dabei, Poldl«, sagte Simon – er hatte kaum merklich Mühe beim Aussprechen des Namens –»Das ist wirklich einer der Hauptgründe, warum ich hier nicht leben könnte: Ihr habt keinen Bürgerstand, keinen selbstbewußten, zumindest. Ihr habt die Hausherren, die Rentiers, die jetzt natürlich auch langsam ins Spekulieren kommen, aber im großen und ganzen sind das eben Rentiers, eine entsetzliche Menschenklasse, wie hast du sie nur einmal genannt?«
»Backhendlfriedhöfe«, lachte der andere. »So nennen sie selbst sich oft, das ist das Erstaunliche. Die Sumper, die sich auf ihre dikken Bäuche schlagen und voll Stolz erklären: ›Mein Bauch ist ein Backhendlfriedhof.‹ Müssen aber nicht unbedingt Hausherren sein.«
»Menschen ohne Unternehmungsgeist, die gut leben wollen, ohne zu arbeiten, sind es jedenfalls«, sagte Simon. »Schön, diese Klasse gibt es also. Und sonst? Sonst habe ich bei euch nur Leute gefunden, die unglücklich sind, keinen Rang, keinen Titel haben und danach rennen, einen zu erwerben, oder wenigstens einen, wenigstens einen armseligen Baron bei sich zu Tisch zu haben.«
»Mais c'est fort exagéré, Simon«, lachte Thérèse. »Bei uns im Haus hast du noch nie einen Adeligen zu Gast gefunden.«
»Na schön«, gab der nach. »Wir wollen das jetzt nicht weiter untersuchen. Jedenfalls hab' ich heute im Prozeß die Unterschiede zwischen der Rolle des Bürgers hier und in Frankreich mit Absicht zur Sprache gebracht. Das schien mir günstig für den Angeklagten. Wenn nämlich ...«, er brach ab, denn das Stubenmädchen war eingetreten und begann, auf einen Wink der Kammerrätin, den Tisch abzuräumen. Einen Augenblick herrschte Schweigen.
»Voyons, die Mizzi«, rief Simon, als ein weiteres Dienstmädchen in schwarz-weißer Stubenmädchentracht eintrat. »Sind wir aber gewachsen«, sagte er anerkennend und streckte ihr beide

Hände entgegen. Thérèse und Poldl waren leicht zusammengezuckt wegen dieser sichtlichen Bevorzugung des einen Mädchens und schielten ängstlich nach dem zweiten, das sich mit unbeweglichem Gesicht an der Kredenz zu schaffen machte.

Die mit Mizzi Angeredete stellte erst vorsichtig ihre Last, eine schwere Silberschüssel mit leuchtenden Himbeeren, in die Mitte des Tisches, ehe sie an Simon herantrat, die dargereichte Hand ergriff, tief knickste und ihm beide Hände küßte. Dann stellte sie vor jedes Gedeck einen Dessertteller. Das andere Mädchen war lautlos verschwunden, während Mizzi Zucker und Schlagobers herumreichte.

Simon sah ihr mit Wohlgefallen zu.

»Wie alt sind wir denn jetzt?« fragte er.

»Sechzehn«, erwiderte Mizzi, während sie ihm die Schüssel mit dem Schlagobers entgegenhielt.

»Und ein tadelloses Extramädchen ist sie geworden.« Thérèse nickte ihr freundlich zu.

Dann wurde der Kaffee gebracht, wobei Madame sich entschuldigte, daß er nicht im Rauchsalon eingenommen wurde sondern an dem Tisch, an dem man gespeist hatte, weil es hier noch die beste Luft gab, alle anderen Räume seien durch den Kampfergeruch einfach unbewohnbar. Auf einen Wink der Hausfrau verschwanden die beiden Mädchen, und man kam zurück auf das unterbrochene Gespräch über den Bürgerstand.

Thérèse und Poldl hatten sich erwartungsvoll zurückgelehnt, als wüßten sie, daß es jetzt eine längere Rede anzuhören galt.

»Die Frage von Scheus Verteidiger, was ich mit dem sogenannten ›Bürgerstand‹ meine, kam mir sehr gelegen. Ich hoffe, sie kam der Verteidigung zugute. Denn wenn ich darauf verweisen konnte, daß diese angeklagten Arbeiter nicht finstere Verschwörung und Umsturz planten, sondern einfach für die Bürgerrechte eintraten, die es in Österreich eben erst zu verwirklichen gilt, dann, scheint mir, ist meine Reise aus Paris zu dieser Zeugenaussage nicht umsonst gewesen.«

»Die militärischen Pläne des Herrn Subaric, die der Staatsanwalt vorlegte, scheinen aber doch nicht so harmlos gewesen zu sein«, warf der Kammerrat ein.

Simon Deutsch machte eine ungeduldig abwehrende Bewegung. »Glaubst du dem Staatsanwalt mehr als dem Zeugen Pater Florenscourt?«

Leopold Lanzer zuckte die Achseln. »Ich bin nicht für die Verurteilung dieser Leute. Wie ich sie da heut' gesehen hab', die meisten hundsjung und tuberkulös! Die lange Untersuchungshaft ist auch nicht gerade die beste Medizin. Wie sie da alle gesprochen haben, erstaunlich, was manche von ihnen wissen, dabei hat die Mehrzahl keine vier Volksschulklassen, da war ich unbedingt für Freispruch. Junge Leute sollen die Möglichkeit zur Ausbildung haben. Aber nachher, als wir mit dem Mauthner beim Tommasoni frühstückten, gerade weil der so viel erzählt hat über die Kinderei und Harmlosigkeit seiner Klienten, da bin ich plötzlich wieder anderer Meinung geworden. Wo sollen wir schließlich landen, wenn man diese Jugend, geführt von einigen Desperados, zu Zwanzigtausenden vor dem Parlament demonstrieren läßt. Am Ende werden die ihren Elf-Stunden-Tag durchsetzen, und die ganze Wirtschaft wird daran zugrunde gehen. Und was dann? Man soll ihnen ihre Bildungsvereine lassen, aber die sollen auch wirklich nur der Bildung dienen, nicht irgendwelchen anderen Zwecken. Junge Menschen sollen die Möglichkeit zur Ausbildung haben«, wiederholte er abschließend wie einen Glaubenssatz. »Aber die Regierung hat recht, gegen öffentliche Gewalt vorzugehen. Und das war schließlich diese Demonstration.«

»So! Das war sie! Wirklich? Wie viel' Tote, wie viel' Verwundete hat es denn dabei gegeben?« fragte spöttisch der Schwager.

»Einzig der Umsicht unseres Militärs verdanken wir es, daß es keine gegeben hat!« erwiderte nun heftig der Kammerrat.

Madame begann sich zu langweilen bei diesem politischen Männergespräch, auch sorgte sie sich um die Mädchen, die heute unüberwacht dreißig Liter Himbeeren einkochen würden. Sie erhob sich. Die Herren standen gleichfalls auf. »Es ist halb drei geworden«, sagte sie, »und da ich nun schon in der Stadt bin, will ich noch einiges im Haus besorgen. Was sind die weiteren Pläne?«

Leopold blickte den Schwager fragend an.

»Du hättest im Mai kommen sollen, Simon«, klagte Madame.

»Jetzt gibt es keine Trabrennen, keine Praterfahrt, und kein Mensch ist in der Stadt, den ich dir einladen könnte.«

»Ich hab' alles, was ich brauch'«, sagte Simon und beugte sich zum Handkuß über die Hand seiner Schwester. »Zu schade, daß du deine Gründe nicht dem Staatsanwalt angeben konntest, er hätte sie sicher verstanden und den Prozeß auf Mai verlegt. Und die Angeklagten hätten gewiß gegen eine Vorverlegung des Termins auch nichts einzuwenden gehabt.« Es klang vollkommen ernst, er sprach mit unbewegtem Gesicht, nur seine Augen zwinkerten.

»Er spottet, und ich mein' es doch nur gut mit ihm.« Thérèse blickte anklagend zu ihrem Mann.

»Ja, mein Kind, du meinst es gut«, er schloß sie tröstend in seine Arme. »Soll er sich nur ums Trabrennen und um die Praterfahrt bringen, wenn er durchaus die Welt verbessern muß.«

»Also was machen wir am Abend?« meinte Madame.

»Rotes Stadl?« schlug Simon vor.

Thérèse klatschte in die Hände. »Ich laß' anspannen für sieben Uhr. Ist's recht?«

»Oh, ihr habt den Wagen in der Stadt, ich wollte einen Fiaker mieten.«

»Du kennst die neuen Pferde noch nicht«, sagte Thérèse. »Rappen, wunderschön.«

»Sieben Uhr?« vergewisserte sich Leopold noch einmal bei seinem Schwager.

»Sieben Uhr, c'est parfait«, stimmte der zu. »Kommst du denn in Dornbach ohne den Wagen aus?«

»Sie hat ihren Jucker draußen«, erklärte Leopold stolz. »Sie kutschiert selbst, solltest sehen, wie.«

»Der Ferdl sitzt neben mir auf dem Bock«, beruhigte Thérèse, da sie das besorgte Gesicht des Bruders sah.

»Also um sieben! Und jetzt schick' ich euch noch die Mizzi, damit sie euch den Tisch abdeckt. Zu dumm, daß ich euch den Rauchsalon nicht öffnen kann.«

»Laß' die Mizzi, wo sie ist«, sagte Simon. »Wir plaudern noch ein halbes Stündchen, dann geh' ich zum Verwaltungsrat. Ich geh' durch den Belvederegarten und durch die Stadt. Mir ist nach ein wenig Flanieren.«

»Also dann die Mizzi in einer halben Stund', und den Wagen auf sieben. Au revoir.«

Leopold begleitete sie bis an die Tür. Da drehte sie sich noch einmal zu ihrem Bruder um: »Au revoir, Herr Franzose. Sei er nicht so stolz auf seinen Bürgerstand! Madame est Viennoise, tu sais. Und die Wiener wollen a Ruah!«

Die Herren lachten. Das Wienerische mit französischem Akzent klang komisch.

»A Ruah und nicht zwanzigtausend vorm Parlament und die Kavallerie und die Garde und die Bosniaken, daß keiner durchkann. Also regelt das jetzt rasch, daß das nie wieder vorkommt.«

Und draußen war sie.

Die Männer lachten noch immer.

»Wien steht ihr, der Thérèse«, sagte Simon. »Keine Frage, sie ist reizender geworden. Sie fehlt mir oft zu Haus'.«
»Du solltest heiraten«, sagte Leopold. »Wirklich, es wird Zeit. Bist bald ein alter Junggeselle. Fünfunddreißig, nicht?«
Der andere nickte. »Schon der Thérèse ist's zu viel, mein Politisieren. Keine Frau mag das. Wenn ich ein Gelehrter wäre, ein Künstler! Aber einfach ein erfolgreicher Geschäftsmann und noch dazu einer, der Zeitungen gründet und in suspekten Prozessen als Zeuge auftritt, zwischen Paris und Wien hin- und herfährt, wer will den schon?«
»Einem on-dit zufolge«, lächelte der andere, »bist du nicht nur in Geschäften sehr erfolgreich.«
»Ich kann nicht klagen, aber heiraten, das ist doch noch was anderes«, er schüttelte den Kopf. »Leopold«, sagte er und ging jetzt rasch auf ein anderes Thema über, »du mußt es doch verstehen, daß ich besorgt bin für euch. Wer wieder nach langem in die Stadt kommt, spürt die Dinge besser, als wer nie fort war. Es ist nicht nur dieser Prozeß, aber gewiß auch er. Du sagst, du bist für den Freispruch, weil junge Leute sich ausbilden sollen. Schön, ich hör' nur das Positive aus deinen Worten, eben, daß du für den Freispruch bist. Das bin ich auch, deshalb bin ich ja hier. Aber ich weiß auch, daß es unmöglich zu einem Freispruch kommen kann. Es geht ja auch gar nicht darum, ob man einem Dutzend Menschen die Ausbildung versagt, wie du dir das offenbar vorstellst. Es geht nicht einmal darum, daß man ihnen wahrscheinlich jede weitere Lebensmöglichkeit nehmen wird. Das geschieht ohne unser Wissen täglich, in dieser oder in jener Form. Auch deshalb hätte ich die Reise von Paris hierher nicht gemacht. Die Luft, Poldl, die Luft ist es, die hier weht, die einem angst und bang macht, daß man jedem zurufen möchte: ›Gebt acht, ehe es zu spät wird! Gebt Wahlrecht, gebt Vereinsrecht, gebt Elf-Stunden-Tag!‹ Ich bin heut früh, auf dem Wege zum Prozeß, durch den Belvederepark gegangen und später dann durch den Volksgarten. Da blüht der Flieder und der Goldregen hängt schwer zu Boden, und auf den Bänken überall Herren, die lasen. Bücher, wohlgemerkt. Die wenigsten Zeitungen. Und da noch Zeit war und ich gern wissen wollt', was so einer liest, hab' ich mich zu einem dazugesetzt. Was las er? Ovid! Auf lateinisch! Und was war er? Sektionssekretär. Wir kamen ins Gespräch und ich erkundigte mich, weil ich voll bin von Problemen, die mir durch den Prozeß wieder so recht ins Bewußtsein getreten sind in ihrer ganzen Dringlichkeit, über das Wohnungselend

und was dagegen getan werde. Ich kenne ja die Lage der unteren Klassen ziemlich gut. Hab' für die schließlich diese Zeitung gründen geholfen, weshalb ich jetzt als Zeuge aus Paris hierher gekommen bin. Ich weiß, daß da Abhilfe geschaffen werden muß, ich weiß, daß die bestehende Gesellschaft sich für die Arbeitschaft mehr interessieren muß, daß die Arbeiter am Gewinn, den ihrer Hände Arbeit einbringt, beteiligt werden müssen, daß die Regierung außerdem verpflichtet ist, für menschenwürdige Wohnungen Sorge zu tragen, und daß es, wenn das nicht geschieht, eines Tages zu einem furchtbaren Delogement in den Palästen und anderswo kommen wird.«

»Sehr beliebt wirst du dich nicht gemacht haben mit deinen Forderungen.«

Simon zuckte die Achseln. »Jedenfalls war ich ganz falsch am Platz. Denn was wußte der? Nichts, gar nichts. Mühsam gerad', daß er ein paar Ziffern zustande brachte. Und von dem Prozeß, der ja schließlich nicht irgendein Prozeß ist, sondern schon fast ein Monsterprozeß, wenn man nur danach geht, was da alles aufgeboten ist, an Zeugen, an Gutachten und angeblichen Zusammenhängen mit Eisenach und mit Liebknecht, mit Deutschland und Frankreich und nationalen Verschwörungen – wußte er auch nichts.«

»Ich fürchte, nächstens sperrt man auch dich noch ein. Es gibt genug Spitzel, die in den Parks herumsitzen und mit Ovid unverfänglich tun.«

»Ich bin Franzose«, sagte der andere mit fast kindischem Selbstbewußtsein. »Wohlhabender Bürger und schon dadurch unverdächtig für etwaige Spitzel und auch für den Staatsanwalt, für den meine Aussage von Gewicht sein sollte. Aber für die Franzosen«, er erhob jetzt seine Stimme zu einer Lautstärke, als redete er zu einem größeren Auditorium, »heißt das citoyen. Noch heute. Heißt Bürger der französischen Revolution, die mir meine Menschenrechte gegeben hat. Mir, dem Juden. Allen Juden.«

»Ich bin Österreicher«, sagte Leopold und lächelte. »Österreichischer Jude, wenn du durchaus willst, obwohl ich das eigentlich schon längst vergessen habe. Und ich höre nicht gern Revolutionen lobpreisen, besonders dann nicht, wenn es sich um eine handelt, die, wie sie sagen, der liebreizenden Tochter Seiner apostolischen Majestät den Kopf abgeschlagen hat. Und was deinen braven Beamten im Park angeht, der lieber Ovid liest als die Zeitungen – immer vorausgesetzt, daß das kein Spitzel war, der sich dumm stellte, um dich dadurch gesprächiger zu machen –, so solltest du nicht so schrecklich pathetisch sein und gleichzeitig wiederum so primitiv. Unsere Bürokratie ist sehr weise, wenn sie ihre eintönige, armselige Arbeit ohne viel nachdenken tut. Denn niemand kann sich schließlich durch all die Probleme und Verordnungen dieses Landes durchfinden, oder gar sich eine eigene Meinung darüber bilden. Wir sind ein großes Land, Simon, ein mächtiges Reich mit ungeheuren Problemen, ein Land mit achtzehn Sprachen. Das allein ist Verwaltungsproblem genug. Du sprichst immer vom Elf-Stunden-Tag, vom Koalitionsrecht und vom Wahlrecht. Schön, ich leugne nicht, das sind Probleme. Aber ich halte sie nicht für so dringend wie du. Ich glaube an das Recht des Tüchtigen zu allen Zeiten. Insofern bin ich ein Liberaler.«

Die Uhr am Kamin schlug halb drei. »Ich muß gehen«, rief Simon und sprang auf. »Ein Glück nur, daß Thérèse nicht auch der Uhr einen Sommerbezug gemacht hat. Sonst hätte ich bestimmt meine Zeit verpaßt. Leopold, der Prozeß dauert, wie man mir sagt, noch zehn Tage. Ich bleibe bis zur Urteilsverkündigung. Wir haben also noch reichlich Zeit, Geschäfte zu besprechen.«

Schon hatte er die Klinke in der Hand. »Keine Begleitung«, wehrte er ab. »Ich bin hier zu Hause.«

Noch lange nachdem er gegangen war, schritt Leopold gedankenversunken auf und ab. Mizzi trat ein. Geräuschlos deckte sie den Tisch, und erst als sie die schwere Tischdecke aus Brokat auflegte, blickte er auf.

»Gnädiger Herr«, begann sie zögernd, »die Frau Kammerrat hat sich hingelegt und darf nicht gestört werden –«, sie stockte.

»Na und?« fragte er ungeduldig. Auch er wollte nicht gestört werden, am wenigsten mit einer Wirtschaftsangelegenheit, und er ahnte ein solches Anliegen.

Die Mizzi wurde rot und wagte nicht, weiterzureden.

»Na, was gibt's?« sagte er zerstreut und nicht gerade freundlich. Er hatte so viel Zeit verloren durch dieses Gespräch mit dem Schwager, er hätte sich nicht hinreißen lassen sollen zu diesen politischen Diskussionen. Es war ihm von diesem Gespräch ein irritierendes Gefühl geblieben, ohne daß er genau wußte, warum. Er roch plötzlich dumpfe Luft und sah ein Kellergewölbe vor seinem geistigen Auge, und er schüttelte sich innerlich, als ob man das abschütteln konnte. Und dabei die Wirklichkeit doch ganz anders: Sonnenschein und das kleine Palais auf der Wieden.

Die Mizzi stotterte:»Es ist ein Mann draußen, der die Frau Kammerrat ...«

»Er soll halt wiederkommen, wenn die Gnädige nicht schläft«, gab er zur Antwort.»Oder sagen Sie ihm, wir sind auf dem Lande. Fragen Sie halt, was er will, Madame wird schreiben.«

»Er heißt Lanzer«, sagte die Mizzi leise.

Ach, dachte der Leopold, einer von den unzähligen armen Verwandten, die dauernd wie Pilze aus dem Boden schießen, für die Thèrese eine eigene Kasse und winters sogar eine Sprechstunde hatte. Er wollte damit nicht belästigt werden.

»Sagen Sie ihm, Madame hat erst im Winter Sprechstunden.«

»Er ist ein Veteran«, brachte die Mizzi schüchtern vor. Sie war entschlossen, so leicht nicht aufzugeben, aber das Herz klopfte ihr bis zum Halse.

»Na und?« fragte der Kammerrat. Das Gespräch dauerte ihm schon viel zu lang.

»Er hat gekämpft bei Solferino, sagt er, und zwölf Jahre war er beim Militär.«

»So geben Sie ihm halt einen Sechser, und er soll im Winter zur Sprechstunde kommen. Wir sind verreist, verstehen Sie nicht, wir sind nicht in Wien.«

Eine Frechheit, dachte er, im Hochsommer schnorren zu kommen. Sicher stimmt das nicht, daß das ein Verwandter ist. Lächerlich, ein Jude, zwölf Jahre beim Militär! Juden kaufen sich frei oder simulieren, bis man sie nach Hause schickt.

»Er nimmt kein Geld, und er sagt, er will auch keines«, antwortete die Mizzi leise. Da sie sich nicht gleich hatte in die Flucht schlagen lassen, war es auch leichter geworden zu insistieren, dem da draußen zu Hilfe zu kommen.

»Er will kein Geld«, wiederholte der Kammerrat, und jetzt überwog die Verwunderung bereits die Ungeduld, und die Mizzi spürte, daß sie gewonnen hatte.

»Ja, was will er denn?« Einer, der sich als Verwandter ausgab und kein Geld wollte, das war entschieden eine Seltenheit.

»Er sagt, er kommt von der Schlosserei und möcht' die Frau Kammerrat sprechen.«

»Von der Schlosserei?« Er dachte voll Mitleid an Thèrese, die sich den ganzen Tag mit so unfähigem Personal abgeben mußte. Das hatte man von seinem guten Herzen. Diese Kleine da war nichts als hübsch, aber was hatte so eine schon von der Hübschheit, konnte nichts, aber rein gar nichts, nicht einmal richtig Botschaften überbringen. Wahrscheinlich hieß der überhaupt nicht Lanzer, sondern kam mit einem Auftrag der Schlosserei zur Familie Lanzer. Die Thérèse, die alles doppelt und dreifach versperren ließ, eine Manie war das direkt, hatte wahrscheinlich neue Sicherheitsschlösser bestellt.

»Soll morgen wieder kommen«, sagte er bereits versöhnlicher gegen den Mann da draußen.

»Es ist Matthäi am letzten, hat er gesagt, und deshalb kann er morgen nicht wiederkommen. Er muß gleich in die Schlosserei.«

Einen entsetzlichen Unsinn redet die Mizzi zusammen, und er würde doch noch sehen, ob man so ein albernes Ding nicht ein bißl abrichten könnte. Er würde sich den Mann anhören und der Mizzi beweisen, wie falsch sie alles bestellt hatte. Damit sie es lernt für ein andermal. Sie muß doch einen Blick bekommen dafür, was ein armer Verwandter war, und was ein Veteran, und was ein Schlosser.

»Führn S' den Mann in die Küche«, herrschte er die Mizzi an. Warten lassen muß man solche Leute in jedem Fall, sonst haben sie keinen Respekt. »Ich komm' hinunter.«

Die Mizzi knickst und ist heilfroh, daß sie's erreicht hat und auch, daß sie nicht sagen muß, daß der Mann schon eine Stunde dort sitzt. Eine Stunde lang, in der sie sich die Seiten gehalten hat vor Lachen, so komisch ist der, und so lustige Geschichten erzählt der. Und er sagt, er geht nicht weg, bevor er die Frau Kammerrat gesprochen hat, er will arbeiten, und darauf hätt' ein jeder ein Recht, und er will in die Schlosserei.

Die Mizzi ist sechzehn, und vor den ganz jungen Burschen hat sie Angst. Aber bei den Kammerrats ist's sehr langweilig, besonders im Sommer, da draußen in Dornbach, da sieht sie oft wochenlang keinen Menschen. Und dieser da ist so lustig, was der zu erzählen weiß, von der Garnison und dem Leben beim Militär – gut muß der aussehen in Uniform. Und dabei kann man direkt Vertrauen zu ihm haben. Er hat nicht einmal versucht, nah heranzurücken, was doch sonst ein jeder versucht, der neben sie zu sitzen kommt.

Und dann ist sie draußen. Der Herr Kammerrat geht noch mehrmals hin und her, die eine Längsseite des kleinen Saales hin und die andere zurück. Gerade lang genug, wie er meint, um dem draußen genügend Respekt vor der Überbeschäftigtheit eines großen Herren beizubringen. Dann geht er langsam in die Küche hinunter. Mit dem angebrochenen Nachmittag kann er ohnedies nichts mehr anfangen, und so läßt er sich eigentlich ganz gern stören. Und der Mizzi wird er schon beweisen, daß sie nie richtig aufpaßt auf das, was die Leut' sagen. Und er wird ihr beibringen, wie man lernt, die Leut' ein bißl einzuschätzen. Wenn er ein Schlosser ist, dann soll er morgen wieder kommen, wenn die Therèse wach ist. In jedem Fall wird er ihn jetzt ganz rasch abfertigen. Und wenn er doch ein armer Verwandter ist, halt einer von den vielen, die unangenehmerweise heißen wie er und aus irgend einem Dorf in Mähren oder Ungarn kommen, und von denen man ja nie richtig herausfinden kann, ob sie wirklich verwandt sind, was aber auch wieder ganz gleichgültig ist, dann wird er ihn auf den Herbst bestellen. Zu der Therèse ihrer Armensprechstunde. Das ist ihre Aufgabe, und ob verwandt oder nicht, ob Jud' oder Christ, auch bei der Weihnachtsbescherung gibt es da keinen Unterschied. Aber, wenn es ein Veteran sein sollte, dann wird er sich doch ein bißl dazusetzen an den Küchentisch, und dann darf die Mizzi dem auch einen Marillenschnaps einschenken. Vom Militär hört er gern, und so einer weiß oft mehr als die Leitartikler und seine Kommissionäre, die er oft ganz vergeblich auszufragen sucht, wie es mit dem Deutschtum steht weiter unten im Land. Ja, wenn der wirklich ein Veteran ist, dann wird es wohl nichts mehr werden mit seinem Nachmittagsschlaf, bevor er abends nach Rodaun geht.

Der Herr Kammerrat sitzt gähnend im Schlafzimmer auf dem Fauteuil, der auch einen Sommerbezug hat und nach Moschus riecht, und sieht zu, wie die Fanny letzte Hand anlegt an Madames Toilette. Die Therèse hat das im Anfang ihrer Ehe gar nicht sehr gern gehabt, wenn er ins Schlafzimmer kam, grad wenn sie Toilette gemacht hat. Hat sich halt daran gewöhnen müssen, denn er sieht das gern, wie sie dasitzt im Frisiermantel, und wie die Fanny die vielen Löckchen brennt, und er hört es gern, das Geraschl und Geknister von den vielen Seiden.

Jetzt steht die Therèse da vor dem großen Spiegel, in der weiten Krinoline aus changierendem Taft, und über das Dekolleté laufen die Brüssler Spitzen. Er versteht sich auf Spitzen, eine Königin müßte sich nicht schämen, die von Therèse zu tragen, so kostbar sind sie. Und die Schultern schimmern durch, aber sind doch nicht ganz frei, so wie's eigentlich Mode ist. Und während die Therèse sich grad eine Teerose in den Ausschnitt steckt, dort, wo die Spitzen zusammenlaufen, kniet die Fanny auf dem Boden und legt da die Seide enger und hebt dort den Rock hoch, um das Drahtgestell drunter ein bißchen zurecht zu biegen.

Er sieht sich das an, die Teerose in dem Perlgrau – Geschmack hat sie, die Thérèse, jede andere Frau hätt' sich da eine rote Rose angesteckt – und während die Fanny aufsteht und Madame die Hand küßt, vor ihr knickst und verschwindet, zieht er den Schlüssel aus der Tasche und geht zu der kleinen, eisernen Kasse, die neben der Kommode steht, und sperrt langsam und umständlich auf. Dann reicht er Madame erst ihre Boutons, vierzigkarätige Brilliantboutons sind das, und dann tritt er hinter sie und legt ihr vorsichtig und zärtlich die dreireihige Perlenschnur um. Das Bouton im rechten Ohr sitzt schon und das andere Bouton hält sie in der Hand, muß aber warten mit dem Festmachen, bis er die Schließen der Perlenschnur vorsichtig ineinander geschoben hat. Diese Handlung dauert kaum eine Minute und sie wiederholt sich seit Jahren jede Woche ein paar Mal, besonders im Winter, wenn man eingeladen ist oder ins Theater geht! Aber diese eine Minute sieht er sich und Thérèse zusammen im Spiegel, und wär' er ein Maler, er könnt' das längst auswendig malen, mit jedem kleinsten Detail, und er sieht sich dabei wie einen völlig Fremden. Sich so von sich selbst abgerückt zu sehen, das gelingt einem nur ganz selten.

Groß und ein bißchen zu massig ist er, im nächsten Sommer wird man nach Marienbad gehen müssen. Er trägt Backenkoteletten, wie sie der Kaiser trägt. Einen Bürger sieht er im Spiegel, einen wohlhabenden Wiener Bürger. Da kann der Simon hundertmal sagen, daß es hier keinen Bürgerstand gibt. Das ist Wohlstand, ständig wachsender Wohlstand.

Nun wendet sich Thérèse ihm zu und hält ihm die Wange hin. Vorsichtig küßt er sie, vorsichtig, um die Frisur nicht zu gefährden. Dann bietet er ihr seinen Arm, und sie gehen ab. Das ist fast ein Zeremoniell, ein kleines, halb scherzhaftes, halb ernsthaftes. Es stellt die Erfüllung alles dessen dar, was ein Mensch wie er erreichen kann. Es ist wie der Moment vor einem Bühnenauftritt, gleich werden sie vor dem Publikum stehen, und alle werden sie anblicken.

»Sag' einmal Thérèse, hast du eigentlich jemals eine Geigerin ausbilden lassen?«

»Eine Geigerin?« wiederholte sie verwundert und schüttelt den Kopf.

»Es war da nämlich vorher ein Mann da, muß ein Sohn von der seligen Esther sein, die doch ein Geschwisterkind der Mama war.

71

Er weiß nicht viel über die Familie, eine Waise angeblich, aber hergefunden hat er doch zu den reichen Verwandten«, lachte er.

»Na und?« sagte Madame, sie konnte sich immer noch nicht denken, was das mit einer Geigerin zu tun haben sollte.

»Erstaunliche Leut' gibt es«, sagte der Kammerrat und hielt heute das Zeremoniell so wenig ein, daß er erst im letzten Augenblick hinzusprang, um Madame in die Mantille zu helfen. »War tatsächlich zwölf Jahre beim Militär und ist Schlosser und wollte durchaus kein Geld.«

»Wozu ist er dann hergekommen?« fragte Madame, ganz ohne Neugierde, nur aus Wohlerzogenheit. Sie hatte die Frage nach der Geigerin bereits vergessen und suchte nach ihren fingerlosen Handschuhen.

»Das möchte ich auch wissen«, erwiderte der Kammerrat. »Er will, daß man ihn in der Schlosserei unterbringt.«

»In welcher Schlosserei?«

»Hab' ich ihn auch gefragt. Und darauf hat er gesagt, wir sind doch fast allmächtig. Wir haben Musiklehrer, wir haben Schlossereien, wir kennen ganz Wien und besitzen es zur Hälfte. Es ist mit uns ganz genau wie mit dem König Drosselbart. Wo immer du hinblickst, wen immer du fragst: Das gehört dem König Drosselbart.«

Beide lachten. Madame war fertig zum Ausgehen.

»Oh, jetzt erinnere ich mich«, rief sie plötzlich. »Lotti hieß sie. Das ist viele Jahre her.«

»Also doch«, sagte der Kammerrat. »Angeblich haben wir der ihr Glück, ihre ganze Existenz, begründet. Übrigens hat er es erst ganz zum Schluß erwähnt, daß diese Lotti seine Schwester ist.«

Eine feine Röte begann Madame leise ins Gesicht zu steigen.

»Was kannst du tun für den Mann?«

»Gar nichts, natürlich. Geld nimmt er keines, und da ich eben doch nicht der König Drosselbart bin ... ich kenne keine Schlosserei.«

Sie schüttelte ablehnend den Kopf. Das mit der Schlosserei kam ihr albern vor.

»Wie sieht er denn aus?«

Der Kammerrat lachte. »Willst du dir einen Privatschlosser anstellen? Stattlich, hübsch, ein bißchen schwermütig, dabei witzig und mit erstaunlich guten Manieren.«

»Laß mir jedenfalls die Adresse. Vielleicht ...«

»Aber gewiß, Chérie. Ich kann bestimmt nichts für ihn tun. Aber da du ja offenbar deine geheimen Beziehungen zu Schlossereien unterhältst ...« Er kramte einen Zettel aus der Tasche und warf ihn in die Visitenkartenschale.

Am Arm ihres Mannes rauschte die Kammerrätin hinaus. Auf dem Zettel in der Visitenkartenschale stand zu lesen: Heinrich Lanzer, Herberge Zu den drei Gesellen, Lichtenthalergasse Nr. 3.

Madame blieb noch acht Tage in der Stadt. Sie blieb des Bruders wegen, denn sonst war ja, wie sie vielfach betonte, einfach kein Mensch in der Stadt. Gleich am Morgen nach dem Rodauner Ausflug ließ Madame anspannen. »Comptoir Segal, Glockengasse 10«, befahl sie dem Kutscher und lehnte sich bequem unter ihrem grünen Sonnenschirmchen zurück, während die Rappen anzogen.

Es war glühend heiß, die Straßen lagen verödet. Nicht ganz angenehme Gedanken hatte sie da, wie sie zugeben mußte. Wieso stand plötzlich diese leidige Affäre, die sie völlig begraben dachte, so deutlich wieder vor ihr? Diese lächerliche Geschichte mit dem spanischen Geiger, die, Gott sei Dank, nie zur wirklichen Affäre geworden war.

Zwei oder drei heimliche Rendezvous in verschwiegenen Vorstadtgärten hatte es gegeben. Dann hatte sie ihm auch eine Schülerin verschafft, eine einzige, die's wahrscheinlich gar nicht verdiente, bei einem so begnadeten Künstler zu lernen. Aber, so hatte sie damals überlegt, die würde ihr wenigstens keine üble Nachrede machen, diese Kleine würde einfach dankbar sein. Freilich, daß die wirklich dankbar geblieben war, das hätte sie, die Thérèse, bis gestern nicht für möglich gehalten. Komisch, daß dieses ungelenke unhübsche Armeleutekind wirklich begabt gewesen sein sollte. Gleichviel, so war diese Lotti jedenfalls damals zu ihrem Violinenunterricht gekommen. Aber dann hatte Thérèse sich entschlossen, Pablos Drängen nachzugeben und sich von ihm vorspielen zu lassen. Für sie allein werde er spielen in seinem bescheidenen Atelier. Sie war herzklopfend, aber doch entschlossen, hingegangen. Es war nicht zum Vorspielen gekommen, und Gott sei Dank auch zu nichts anderem. War es die Armseligkeit des Ateliers – plötzlich sah Pablo Labatto, der in verschwiegenen Gärten wie ein großer Künstler gewirkt hatte, aus wie der Friseur an der oberen Alleegasse, bei dem sich der Leopold manchmal den Bart stutzen ließ. Als sie ganz nahe neben ihm gestanden war und der billige Pomadegeruch aus seinem Haar gestiegen war, da hatte sie plötzlich

73

kehrt gemacht und war wie gejagt die winkelige Treppe hinuntergelaufen.

Wenige Tage später war sie verreist, nach Karlsbad. Therèse lächelte versonnen. Es war viel, viel schöner geworden als die Hochzeitsreise. Leopold war der aufmerksamste Gatte gewesen, die kleinen Gekränktheiten und die Langeweile ihres Ehelebens waren mit einem Schlag vergessen gewesen. Sie hätte Kinder haben sollen, das ist es, dann wäre ihr diese blamable Sache mit dem Labatto nie passiert. Na, es war ihr ja schließlich auch nicht passiert. Erleichtert atmete sie auf und kuschelte sich in die Wagenecke. Sie fuhr jetzt am Schwarzenbergpalais vorbei und in beschleunigtem Trab ging es die Technikerstraße hinunter. Mit dem Labatto hatte sie damals auch die Lotti beiseite geschoben. Offenbar hatte der Labatto die Lotti auch weiter unterrichtet, als sie die Stunden schon nicht mehr bezahlte. So, so, die war also Musiklehrerin geworden und konnte sich damit ihr Brot verdienen. Madame sah plötzlich sehr verlegen drein, wie ein gescholtenes Schulkind. Und auch ein bißchen schlau. Der Labatto war schuld daran gewesen, daß sie damals diese Lotti abgeschoben hatte. Aber auch die Rosi hatte sie aus dem weitläufigen Haus geben müssen. Die Rosi war eine von den vielen Verwandten, die schon überhaupt nicht mehr verwandt waren. Nur eben auch aus Boskowitz war sie gekommen, wie die verehrte Schwiegermama. Wieso die armen Leut' alle so früh sterben? Die Rosi war ja auch ein Waisenkind. Ich bin zehn Jahre älter als die Rosi, denkt sie, und meine Eltern leben noch, Rosis Eltern sind schon lange tot. Dann denkt sie, was für ein stattliches Paar die Eltern noch sind, und sie denkt an die neue Wohnung am Boulevard Haussman, von der Simon erzählt hat, und wer dort aller zu Besuch kommt!

Die Rosi hat sie zwei Monate im Haus gehabt, zur Gesellschafterin hat sie sie heranziehen wollen. Clarisse Tedesco hat auch eine Gesellschafterin gehabt. Vornehm ist das schon, so eine zu haben, aber meistens sind die auch lästig. Aber so arme Verwandte, die wissen's doch zu schätzen, arbeiten für drei und sind noch dankbar, daß sie mit am Tisch sitzen dürfen. Und was die für eine Freud' gehabt hat, die Rosi, als sie ein bißl Französisch lernen durfte. Und wie anstellig die war, wenn Gäste da waren! Nie einen faux-pas, immer das richtige Porzellan und die richtigen Gläser und das Sèvres Cafégeschirr nur, wenn der Baron Springer kam. Und gekleidet hat sich die Rosi ganz wie eine richtige Gesellschafterin, ganz von sich aus. Geschmackvoll und doch bescheiden. Wär' gut gewesen, wenn sie die hätt' behalten können: Wär' eine Gesellschafterin gewesen, jemand zum Ausgehen und doch auch ein bißchen wie ein eigenes Kind, wenn sie auch nur zehn Jahre jünger war. Aber der Leopold hat es nicht gewollt. »Wenn ich müd' nach Hause komm', will ich bei Tisch mit meiner Frau allein sein«, hat er gesagt. Es tue auch nicht gut, so einem Mädl Rosinen in den Kopf zu setzen. »Wenn du sie zum Stubenmädl machen willst, meinetwegen. Aber Gesellschafterin? Lächerlich. Wir sind Bürger, Chérie. Und wir wollen kein Adel sein, auch keiner werden. Man wird bald sagen: ›Solide Geschäftsleute, das sind die, die kein ›von‹ verliehen bekommen.‹ Also mach' ein Stubenmädl aus der Rosi und laß sie in der Küche essen, oder gib sie fort!«

Aber sie konnte doch nicht gut der Rosi sagen: »Von heut' ab ißt du in der Küche.« Und dem Personal: »Das ist nicht mehr das Fräulein Herlinger, die Aufträge erteilt, sondern das neue Stubenmädl.« Wie die Männer manchmal sind. So hat sie halt die Rosi weggeben müssen. Leid ist ihr manchmal um sie gewesen. Eine Schönheit war's zwar nicht, eher ein plumpes rotbäckiges Bauernkind, aber es war doch spaßig zu beobachten, wie selbstverständlich sie sich in dem fremden Milieu zu benehmen wußte. Elle avait du savoir vivre. Kam aus dem Dorf bei Boskowitz, sah aus wie ein mährisches Landkind und benahm sich so, als wär's aufgewachsen in dem Palais in der Heugasse.

Die Idee, sie bei der Viehhändlersfamilie unterzubringen, für die sie auch eine der zahlreichen mährischen Verwandten war, hatte von Leopold gestammt. Die sollten auch mal was aufgeladen bekommen, hatte er gemeint, besonders, da sie ja schließlich dem Leopold verpflichtet waren. Er hatte ihnen einmal eine nicht unbeträchtliche Summe zur Vergrößerung des Geschäftes vorgestreckt. Bei den Viehhändlern würde sie wohl schwer arbeiten müssen, die Rosi, so wie sie es gewohnt gewesen war, ehe die Kammerrats sie zu sich genommen hatten. Aber es waren brave Leute, und man würde sie behandeln, als gehörte sie zur Familie.

Die Pferde waren in Schritt gefallen, und sie begannen erst wieder anzutraben, als es die Taborstraße hinunter ging. Thérèse ließ ihre Blicke neugierig über die Straße schweifen. Hier war es nicht mehr so verödet wie auf der Wieden, wo alle Herrschaften auf dem Land waren. Geschäftig eilten die Menschen hin und her, Lastwagen fuhren und manch einer blieb stehen und sah bewundernd auf den herrschaftlichen Wagen, auf die prächtigen Rappen, auf den livrierten Kutscher und die schöne Insassin, die lässig unter ihrem

Sonnenschirm ruhte. Ein solches Gespann sah man selten in dieser Gegend. Thérèse hatte sich unwillkürlich ein wenig aufgerichtet und saß jetzt gerade und stolz und genoß es, daß man zu ihr aufsah und sie bewunderte.

Als das Gespann das Kloster zu den Barmherzigen Brüdern passierte, klappte sie ihr Schirmchen zu. Ihr Ziel war nicht mehr weit, und sie wußte nun auch schon ganz genau, was sie von dem alten Segal verlangen würde. Wahrscheinlich würde es nicht ganz leicht sein, der Alte war zwar umgänglich, aber sofort zugeknöpft, wenn auch nur der kleinste Geldbetrag im Spiel war. Und sie selbst würde nichts beisteuern können, der Leopold sollte von der Sache nichts wissen. Freilich,»Kammerrat Lanzer«, sie wußte ganz genau, was das für die Segals bedeutete: Es bedeutete das Palais auf der Wieden und Konnektionen und Geschäftsfreunde in Paris und London und»Wiener Gesellschaft« und In-der-Zeitung-Stehen und eine Frau, die französisch sprach und Kleider trug, die sie nie zuvor gesehen hatten. Als der Wagen Ecke Taborstraße und Glokkengasse hielt, war sie entschlossen, mit einem Gemisch von Herablassung und Hochmut durchzusetzen, was durchzusetzen sie sich vorgenommen hatte.

Der Praktikant aus der Apotheke»Zum braunen Bären« war neugierig vor die Tür getreten, als der prächtige Wagen hielt, und blickte nun verwundert der glänzenden Erscheinung nach, die mit gerafften Röcken die dunkle Treppe hinaufstieg. Er hätte gar zu gern gewußt, wen diese Fee hier besuchte. Der Prinzipal rief »Kundschaft«, und der Praktikant sprang eilig zu seinem Ladentisch zurück, ohne feststellen zu können, in welchem Stock und bei welcher Partei die Dame anläutete.

Zwei Wochen waren seit Heinrich Lanzers Wiederbegegnung mit seiner Schwester Lotti vergangen. Zwei Wochen, in denen er täglich eine ganze Skala von Empfindungen durchzulaufen hatte, in denen sein Stolz manch harten Stoß erdulden mußte. Es waren Stöße, denen er in den zwölf Jahren seiner Militärzeit eigentlich niemals ausgesetzt gewesen war, nicht in der stillen Garnison und nicht im Felde. Seine Anschauungen, die er sich stückweise und langsam in seiner Militärzeit aufgebaut hatte, indem er Brocken aus den Gesprächen der Offiziere aufgeschnappt hatte, und durch sein Leben unter fremden Völkern, gerieten erheblich in Unordnung.

Er war, freilich in einem unüblichen Sinn, ein»gebildeter«

Mann, der Heinrich. Statt in Büchern war er in der Welt herumgekommen, in den zwölf Jahren seiner Dienstzeit hatte er unter Slowaken und Kroaten gelebt, unter Böhmen und Slowenen, unter Italienern, Rumänen und Polen, unter Christen, Mohammedanern und Juden: Und er hatte gesehen, daß das, was dem einen eine unumstößliche Sitte, dem anderen eine im höchsten Grade verabscheuungswürdige Unsitte ist. Heinrichs Bildung entsprach eher der des Adels als der des Bürgertums, und er sollte später einmal die bürgerliche Bildung maßlos überschätzen, weil er in ihr die einzige Chance für den Aufstieg seiner Kinder sah.

In der Praterwirtschaft, wo er mit Lotti und ihren merkwürdigen Freunden gesessen, war ihm erstmals, seit er es verlassen, Mostar mit seinen Minarets und seiner dunklen Bazarstraße wieder aufgestiegen. Und mit Mostar war unzertrennbar ein Frauengesicht verbunden, und die Abschiedstränen, die ihn damals in seinem Entschluß nicht hatten wankend machen können, bereiteten ihm plötzlich Unbehagen. Er war entschlossen, nicht mit leeren Händen dorthin zurückzukommen, nicht als einer, den diese böse, grausame Stadt in die Knie gezwungen hatte. Aber fast war ihm nun, als sei es ein Unsinn gewesen, mit seinen Ersparnissen nicht den schönen Teppichladen vergrößert zu haben.

Der Stolz auf das Schlosserhandwerk war hin, da ihn und sein Handwerk ja keiner zu benötigen schien, und die Heimatstadt hatte sich nicht als Heimat erwiesen. Vielleicht würde er doch noch einmal dorthin zurückkehren: Die Türmchen nahmen immer klarere Gestalt an, die braune Schönheit der Frau stand immer deutlicher vor ihm, je länger er unverrichteter Dinge durch die prächtigen Straßen der Kaiserstadt irrte. Zum Überfluß setzte auch noch schlechtes Wetter ein, es war ein verregnetes Frühjahr gewesen und sollte auch ein verregneter Sommer werden, nachdem der Juli unvermittelt die große Hitze gebracht hatte. So gab es für Heinrich bei seiner vergeblichen Arbeitssuche nicht einmal die kleine Erholung, sich dann und wann auf einer Parkbank ausruhen zu können und den spielenden Kindern zuzuschauen. Außerdem minderte die nasse und zerknitterte Kleidung seine ohnedies geringen Chancen noch mehr. Beim Militär hatte er penibelste Sauberkeit gelernt. Gewichste Stiefel waren ihm so sehr zum Bedürfnis geworden, daß schmutzige Schuhe sein Selbstvertrauen schmälerten. So saß er oft trübsinnig und untätig in der Herberge herum. Und da er weder bereit war, Karten zu spielen, noch in der Lage, den anderen Schnäpse zu spendieren, begegnete man ihm von Tag zu Tag mürrischer.

Die stolzen Eisenhämmer der Firma Mittermeyer, nein jeder Firma, hatten längst aufgehört, ihm wie die schönste Musik zu klingen. Eigentlich hatte er seinen Beruf, nach dessen Wiederaufnahme er sich so gesehnt hatte, bereits aufgegeben. Bald würden ihn Lottis Freunde nicht mehr als den Stärksten bewundern. Erschreckend rasch hatte sich sein Leben dem ihrigen angeglichen. Er fühlte seine Kräfte erschlaffen. Es war nur gut, daß er für den Watschenmann im Prater kein Sechserl mehr hätte spendieren können, denn er hätte keine Bewunderer mehr gehabt, die beim Hinaufschnellen des Skalazeigers in Ahs und Ohs ausgebrochen wären.

Die Reden von Lottis Freunden, die umso radikaler wurden, je weiter der Prozeß fortschritt und je wahrscheinlicher die Verurteilung der Angeklagten wurde, stießen ihn nach wie vor ab, und Flüche gegen die Regierung erschienen ihm auch in höchstem Grade lächerlich. Die Armee, die sie so verspotteten und die er gründlich kennen gelernt hatte, sie war trotz Solferino und Königgrätz der Schutz dieses mächtigen Landes. Am Biertisch die Regierung zu beschimpfen, war nicht nur verwerflich, es kam ihm auch so vor, als ob Möpse den Mond anbellten.

Dennoch saß er manchmal mit den dreien beisammen, weil er sonst Lotti kaum zu Gesicht bekommen hätte, denn sie wartete ängstlich auf Nachricht über den Verlauf des Prozesses, und wenn auch keiner der drei dem Prozeß beiwohnen konnte, so brachte der Pockennarbige doch wenigstens die Berichte aus dem »Volkswillen« mit. In das Hinterhaus der Alserstraße, Redaktion und Setzerei in einem, kamen von weit und breit die Leute und brachten ihre Sechserln als Unterstützung für die Familien der Angeklagten, die unversorgt zurückgeblieben waren. Dies machte zwar auf Heinrich einen gewissen Eindruck, aber er war doch mit seinen eigenen Sorgen zu sehr beschäftigt und von den hochverräterischen und lächerlichen Reden zu sehr abgestoßen, als daß ihn diese Solidarität nachhaltiger hätte beeindrucken können. Freilich hütete sich Heinrich, seine Ansichten in diesem Kreis preiszugeben. Er nahm die drei in Kauf, um überhaupt mit jemandem reden zu können. Außerdem war ihm wirklich von dieser Seite eine Arbeit beschafft worden. Der Himmelblaue mit der seidenen Weste und den gewichsten Stiefeln, dessen Kleidung Heinrich noch lange nicht als polnisches Nationalkostüm erkannte, sondern für eine ihm unbekannte Uniform hielt, und der den spaßhaften Beruf eines Harmonikamachers ausübte, sollte sich als Retter erweisen.

Das Harmonikageschäft lag brach, der Himmelblaue verdiente sein Auslangen als Taglöhner am Bau, und dorthin hatte er Heinrich auch eines Tages mitgenommen. Zusammen hatten sie Bretter getragen und Kalk gelöscht, und Heinrich war mit einmal wieder ganz redselig geworden, weil er seine Glieder bewegen und seine Muskeln spüren durfte. Die Luft, die er hier atmete, war zwar stauberfüllt, aber doch nicht so beklemmend wie die Ausdünstung der Schlafgesellen in der Herberge. Nicht einen Augenblick lang dachte er noch an den Traum vom Schlosserhandwerk, er war nur einfach froh, sich regen zu dürfen und wieder etwas Geld in seine Tasche zu bekommen. Und schon am ersten Tag auf dem Bau hieß es: »Arbeit' neben dem Neuen«, »Sitz' in der Mittagspause neben dem Neuen.« Am dritten Tag kannte bereits jeder seinen Namen. »Ja, der Lanzer«, hieß es, »Man zerkugelt sich, wenn man mit dem Bretter trägt oder eine Grube gräbt.«

Heinrich war strahlender Laune, er hatte plötzlich weder Verachtung noch Angst vor der namenlosen Existenz eines Hilfsarbeiters. Er fühlte seine Kräfte wachsen, sein Selbstvertrauen zurückkehren. Es sollte ja nur kurze Zeit dauern, und mit einem siegreichen Anlauf würde er dann die steile Höhe, die zum Gipfel führt, in einem Anlauf nehmen: Eines Tages würde er doch in der Firma Mittermeyer landen.

Die Tätigkeit auf dem Bau dauerte wirklich nur kurze Zeit, freilich fand sie auf andere Art ein Ende, als Heinrich es erwartet hatte. Bauarbeit ist saisonabhängig, und die Saison dauert von Mai bis September, bestenfalls noch in den Oktober hinein, wenn es ein schöner, langer Herbst ist. Das schlechte Wetter hatte bewirkt, daß die Bautätigkeit in diesem Jahr verspätet eingesetzt hatte, aber bereits in der zweiten Juliwoche mußte man sie wieder des Wetters wegen stark einschränken, und so wurden der Himmelblaue und der Heinrich eines Morgens wieder weggeschickt.

Leute, die ihre Schlafstellen nur in Herbergen finden, haben gewöhnlich keinen großen Freundeskreis und auch keine große Familie. Und selbst wenn sie eine Familie haben und deren Namen und Adresse kennen, sind sie meist schon längst von diesen an die Luft gesetzt worden. Oder sie haben sich endgültig davon überzeugt, daß bei diesen Verwandten nichts zu holen ist. Und aus diesem Grunde bereitet auch die Herbergsadresse in der Lichtenthalergasse dem Briefträger kaum je Zeitverlust. Zumeist kann er hier einfach vorübergehen, höchstens bleibt er vorn beim Herbergsvater stehen und hat für den eine Postkarte oder eine Firmenrechnung.

Heute aber tritt er über die Türschwelle, von der Stufen hinunterführen in den düsteren Kellerraum – den einzigen Raum, in dem man sich nach der Hausordnung tagsüber aufhalten darf. In einer Ecke spielen gerade zwei Männer Karten, und in einer anderen hockt der Heinrich. Der Briefträger steht dort oben und ruft laut, als hätte er das Geschrei einer dichten Menge zu übertönen:»Herr Lanzer!« Die Kartenspieler blicken verwundert auf, und hinter dem Briefträger erscheint der Herbergsvater, denn ein solches Ereignis kommt selten vor, und er will von hinten nach dem Brief greifen und zetert:»Vom Gericht? Eine Gerichtsvorladung? Ich dulde keine Kriminellen hier!«

Heinrich ist aufgesprungen und mit einem Satz an der Treppe und hat den Brief geschnappt, ehe der Herbergsvater zugreifen kann. Aber dessen Gebell hat ihn einen Augenblick lang auch erschreckt: Weiß Gott, in was ihn Lottis Freunde da hineingerissen haben. Aber dann, als er einen Firmenaufdruck sieht, ohne daß er ihn gleich richtig lesen könnte, da verschwimmt es vor seinen Augen und er weist nur noch hochmütig auf den Brief, hält ihn aber so, daß der Herbergsvater den Absender doch nicht lesen kann und sagt laut und vernehmlich:»Unsinn, ich bekomm' halt Arbeit, brauch' eure Gesellen zum Krenreiben!«

Das ist aber unklug von ihm, denn wer weiß, wie lang er hier noch wird wohnen müssen, und er hat ja auch keine Ahnung, was in dem Brief steht. Er hat es halt nicht unterdrücken können. Der eine der Kartenspieler läßt einen anerkennenden Pfiff hören, und der Herbergsvater verschwindet brummend, gefolgt von dem Briefträger.

Dann sitzt der Heinrich da und betrachtet den Brief von beiden Seiten: Steht da in zierlich verschnörkelter Schrift:»Wohlgeboren Herr Heinrich Lanzer, Feldwebel, Herberge Lichtenthalergasse 3.« Und als Absender: Joseph Segal & Sohn, Glockengasse 10. Der Heinrich hat sich eingebildet, daß er alle Großschlossereien in Wien beim Namen kennt. Von dieser da hat er noch nie gehört.

Dann machte er endlich vorsichtig das Kuvert auf und liest:»Euer Wohlgeboren! Wollen Sie uns an einem der nächsten Wochentage zwischen zwei und vier Uhr nachmittag in unserem Comptoir aufsuchen. Hochachtungsvoll, Firma Segal.«

Den Namen hat er noch nie gehört. Aber wieso wissen die von ihm? Das kann nur durch die Selbsthilfler kommen. Oder vielleicht doch durch den Kammerrat? Der hat aber doch steif und fest behauptet, daß er keine Schlosserei hat und auch keine kennt. Was zwar sicher eine Lüge war, so eine Ausrede von reichen Leuten. Wieso haben die eigentlich einen Musiklehrer für die Lotti gehabt? Also, daß es sich bei diesem Absender um eine Schlosserei handelt, die ihm einen Posten geben will, darüber ist er keinen Augenblick im Zweifel. Das Wort »Comptoir« macht ihn zwar stutzig und auch, daß in dem Brief nichts von einer Werkstatt steht. Aber dann tröstet er sich wieder. Er kennt eben nicht die Sitten der großen Firmen. Kann sein, daß der Mittermeyer, bei dem zu arbeiten er sich immer so gewünscht hat, auch ein Comptoir hat.

Es ist jetzt ein Uhr. Und es hat gerade aufgehört zu regnen. Und sehr weit ist die Glockengasse nicht. So eine Stunde wird er zu Fuß brauchen. Es heißt zwar »an einem der nächsten Wochentage«, aber es versteht sich, daß er da gleich hin müsse. Wer zuerst kommt, malt zuerst. Und die haben bestimmt an andere auch geschrieben. Sein Zeugnis von der Gesellenprüfung wird er gleich mitnehmen. Kann schon sein, daß ihm einer zuvorgekommen ist, aber dann bleibt immer noch die Hoffnung, daß der kein so ausgezeichnetes Zeugnis hat wie er.

Zwei Stunden später sitzt er vor Joseph Segal, auf dem gleichen Stuhl, auf dem vor Tagen Thérèse Lanzer, die Frau Kammerrat, gesessen ist, die der Heinrich nie zu Gesicht bekommen hat. Der Unterschied ist, daß vor der Frau Kammerrat der Chef der Firma Segal nicht zu bewegen gewesen ist, sich niederzulassen, während er sich jetzt auf seinem Comptoirstuhl, den er drehen kann wie einen Klaviersessel, so hochgeschraubt hat, daß er gerade in der richtigen Höhe sitzt, um in das große Kassabuch eintragen zu können, aber auch hoch genug, um zu erreichen, daß sich der Heinrich ganz klein vorkommt und immer zu ihm hinaufschauen muß. Vorerst bekommt Heinrich nur ein Profil zu sehen und selbst beim Handschlag zum Abschied, der gleichzeitig die Abmachung bekräftigt, gelingt es dem Heinrich nicht, einen Blick aus den Augen des anderen aufzufangen.

Joseph Segal hatte einen festen Plan mit dem jungen Mann, als er ihm das Briefchen schrieb. Einen Plan, zu dem er sich widerstrebend entschlossen hatte und nur unter dem Druck eines Besuches aus einer anderen Welt. Aus einer Welt, in der die Frauen völlig anders aussahen als seine Frau und seine Töchter, aus einer Welt, in der man anders sprach und sich anders trug, in der Luxus, den er nie gekannt hatte, selbstverständlich war, kurz, aus einer Welt, die er mit einem Gemisch aus Neid und Verachtung betrachtete.

Da er nun aber einmal zu seinem Entschluß gekommen war und er sich von seiner Frau auch noch davon hatte überzeugen lassen, daß ihre Idee gar nicht so übel war, wollte er auch unverzüglich an die Ausführung des Planes gehen, und deshalb ließ er den Heinrich gar nicht erst zu Wort kommen, sondern setzte ihm nur in möglichst knappen Worten auseinander, was zu tun sei. Daß Joseph Segal bei seinen Erklärungen seine Stimme zu einer Tonstärke erhob, die bewirkte, daß der Buchhalter, die Lehrjungen und auch Joseph Segal junior im Nebenraum erfuhren, daß ihnen ein neuer Mitarbeiter zugesellt werden sollte, noch bevor Heinrich selbst das erfaßt hatte, hatte seinen Grund darin, daß der Mann, der da vor ihm saß, in seinen Augen kein Feldwebel der k.u.k. Armee, sondern einfach ein Mittelloser war: Arme Leute sind harthörig, das war in der Familie Segal ein verbreiteter Grundsatz, von dem man nicht genau wußte, woher er stammte, der aber zur Folge hatte, daß man mit Untergebenen in der Regel freundlich, aber doch so laut sprach, daß die Lautstärke Energie verriet und die Freundlichkeit dabei doch etwas abschwächte. Reiche Leute dagegen galten als überaus feinhörig, und so war die Unterhaltung, die sich vor kurzem am gleichen Ort mit der Kammerrätin zugetragen hatte, im Flüsterton geführt worden. Deshalb waren die Angestellten heute doppelt erstaunt über den Entschluß des Chefs. Noch als Joseph Segal, der es durchaus nicht nötig fand zu erwähnen, auf wessen Initiative hin er ihn hatte kommen lassen, den Heinrich aufforderte, am besten sofort zu übersiedeln, damit er morgen auch gleich früh genug zur Stelle sei, war der Herbeizitierte voll davon überzeugt, daß es sich um seinen endlichen Eintritt in eine Großschlosserei handle.

Der Brief, das Angebot eines ihm völlig Fremden, der ihm ungeheuer großzügig erscheinende Wochenlohn, Verpflegung und Logis nicht gerechnet, das alles war ein Märchen, das jenes aus Mostar mit den Minarettürmchen, der verschleierten Frau, die mandeläugig vor ihrem Teppichladen saß und Wasserpfeife rauchte, um vieles übertraf und im Augenblick zumindest viel mehr nach seinem Sinn war. Unverständlich blieb nur, daß dem dicken, glatzköpfigen Joseph Segal in diesem Märchen entschieden die Rolle einer Fee zukam, obwohl er doch ganz und gar nicht danach aussah.

Hatte es auch für den Heinrich während des ganzen, sehr eindeutig geführten Gespräches festgestanden, daß es sich um seinen Eintritt in eine Schlosserei handle, so warf es ihn doch nicht völlig nieder, als er schließlich erfuhr, daß er eben durch den Handschlag besiegelt hatte, als Markthelfer bei der Firma Joseph Segal einzutreten, denn die Erleichterung darüber, aus der scheußlichen Herberge herauszukommen, überwog bei weitem die Enttäuschung, sich plötzlich als Markthelfer im Viehhandel zu sehen. Er war jung, er war gewohnt, daß sich seine Lage immer wieder änderte, und sicher, daß er eines schönen Tages noch zu seiner Schlosserei kommen würde.

Er konnte nicht ahnen, daß der Handschlag, mit dem er eingewilligt hatte, noch am gleichen Tag zu übersiedeln, um am nächsten Morgen bei Anbruch der Dämmerung bereits nach dem Schlachthaus zu fahren, ihm nicht nur für die nächste Zeit ein Dach über dem Kopf sicherte, sondern eigentlich sein ganzes Leben bestimmte.

Der Sprung von der Lichtenthaler Herberge zu der Firma Segal war für Heinrich sehr groß, nicht kleiner als der vom Soldaten ins Zivilleben. Täglich ging er nun bei Morgengrauen mit dem Juniorchef der Firma, mit einem slowakischen Einkäufer und einem uralten dalmatinischen Markthelfer auf den Markt. Mit dem jungen Segal betrat er die Ställe, in denen, nach dem Gewicht geordnet, die Rinder warteten. Dort roch es warm und vertraut. Er war voll Bewunderung für die Furchtlosigkeit und Sachkundigkeit des jungen Chefs, mit der dieser dem Vieh ins Maul griff und sich nichts vormachen ließ über Alter und Gesundheitszustand. Bald verstand auch er es, die ängstlich muhenden Kälber, die von der Mutter getrennt wurden, zu beruhigen, so wie er es bei den anderen gesehen hatte. Um vier Uhr morgens trieb er zuweilen eine ganze Herde schöner braunweißgefleckter Piemonteser Rinder von der Südbahn, wo sie angekommen waren, über die Länden und den Kanal entlang bis zu den Schlachthäusern. Oder er holte ein Rudel Schweine, die aus Serbien gekommen waren, von der Westbahn und trieb die grunzenden schweren Muttersäue vor sich her. Diesen Trupp beisammenzuhalten war leichter als den der Rinder; hielt man eine alte Sau auf der Bahn, lief quiekend in Gruppen zu vier und fünf die nächste Generation nach und auch gleich eine Gruppe noch kleinerer. Gott weiß, wie oft so eine Sau Junge warf, Heinrich jedenfalls hatte keine Ahnung. Er sollte es lernen, wie auch so manches andere, was zu diesem Beruf gehörte. Er holte

Schafe, die aus Rußland kamen, von der Nordbahn und brachte sie in Baracken neben dem Bahnhof, wo sie von Angestellten einer anderen Firma geschoren wurden. Diese Schafe gehörten Segals erst nach der Schur, die Wolle, schmutziggraue, talgverklebte Büschel, wurde von der anderen Firma übernommen.

Er lernte die Veterinäre kennen und die wichtige Rolle, die diese für die Gesundheit der Bevölkerung am Umschlagplatz der Fleischversorgung spielten. Nach und nach verstand er auch, daß sie nicht immer nur dem Gesundheitswesen dienten, sondern oft auch den Wirtschaftsplänen der Regierung, indem sie nach neuen Märkten suchten und preissenkende Ware beschlagnahmen ließen. Das alles ging Hand in Hand mit einem komplizierten Bestechungssystem, in das vom kleinsten Marktschreier angefangen bis zum Regierungskommissär und dem Vorstadtfleischhauer jeder verwickelt war. Er betrat die Schlachthäuser und fiel beim ersten Mal durch den Blutgeruch und den Anblick der hoch aufgeschichteten, noch warmen Fleischteile in Ohnmacht, genau so, wie es Studenten oft beim ersten Betreten der Anatomie passiert. Und genau wie diese suchte er entsetzt das Vibrieren seiner Nerven durch besonders rohe Witze zu verbergen, die er irgendwo aufgeschnappt hatte. Heimlich dachte er, daß er, der schließlich auf dem Schlachtfeld doch viele hatte verbluten gesehen, nicht jetzt im Schlachthaus umkippen durfte. Auf den Schlachtfeldern hatte es außerdem ja stets Glückschancen gegeben, man hatte ja auch lebendig davonkommen können. Aber da fiel ihm ein, daß ihn sonderbarerweise auch damals schon die sterbenden Tiere, die sterbenden Pferde, die nicht begriffen, was ihnen da zugestoßen war, oft mehr entsetzt hatten, als die sterbenden Menschen. Die Bilder der aufgedunsenen und alle viere zum Himmel streckenden Gäule hatten ihn damals oft bis in den Traum verfolgt. Und auch hier erschreckte ihn das angstvolle Gebrüll der großäugigen Rinder und der oft ungeschickten Nackenhieb, der die Tiere maßlos leiden ließ, immer noch, als er bereits ohne jedes Schwindelgefühl durch die Schlachthäuser gehen konnte. Bei dem fast täglichen morgendlichen Treiben der Viehherden am Donaukanal entlang, die dem Heinrich so rasch lieb wurden, freundete er sich auch mit dem alten Janko und mit einem schmächtigen sechzehnjährigen russischen Judenjungen an, einem etwas merkwürdigen Halterbuben.

Senkel war ein findiger kleiner Kerl, der es in seinem Heimatort Sloczow nicht ausgehalten hatte. Dort war er zwar zu Hause gewesen, aber sein Zuhausesein hatte nur im Herumgepufftwerden durch fremde Leute bestanden. Denn von seinen Eltern wußte er nichts. Deshalb hatte er sich eines Nachts im Viehzug zwischen den Schachten versteckt, um so dem ausweglosen Elend zu entrinnen und in die glänzende Kaiserstadt Wien zu gelangen, wo der Kaiser »meine lieben Juden« sagte und wo jeder verdienen und es warm haben konnte, ohne von der Polizei aufgegriffen zu werden.

Die Schafe jedenfalls hatten ihn auf der mehrtägigen Reise im eisigen Viehwagen warm gehalten, wie er versicherte, aber halb verhungert sei er angekommen. Die detaillierte Schilderung der Mahlzeit, die ihm der edle Herr Segal, wie er sich ausdrückte, hatte verabreichen lassen, als er vom Tageslicht benommen zum Vorschein gekommen war und zähneklappernd und heulend gebeten hatte, ihn nur ja nicht wieder zurückzuschicken, spielte eine wichtige Rolle in der Schilderung seiner Reise, die Heinrich auf den gemeinsamen Märschen immer wieder hörte. Er war von rührender Dankbarkeit für seinen edlen Wohltäter und dessen Familie, von der er sprach, als wäre es die kaiserliche Familie selbst. Er wurde nicht müde, von der Ehrwürdigkeit des Hauses zu berichten, von der Güte der Frauen und der Herrlichkeit ihres Schuhwerkes. Zu seinen täglichen Pflichten gehörte es, die Schuhe der Familie zu putzen, und er kam diesem Geschäft mit fast andächtigem Eifer nach.

Täglich um halb sieben trat er dort an, um sieben Paar Schuhe zu wichsen, und er erhielt, sobald diese blank in Reih und Glied standen, auch noch ein warmes Frühstück. Zu dieser Tageszeit hatte er meist schon mehrere Stunden Arbeit hinter sich.

Heinrich Lanzer hatte außer dem Senior- und Juniorchef der Firma noch kein anderes Familienmitglied zu Gesicht bekommen, als er bereits wußte, daß Madame Knöpfelschuhe mit Lackkappen trug, Fräulein Rosi hingegen Schnürstiefeletten und daß das Fräulein Pauline die meisten Schuhe kaputt machte. Heinrich hörte sich Senkels ausführlichen, fremdländisch klingenden Schuhbericht lächelnd an, behielt dabei aber immer sein Auge auf das Vieh. Er wußte weder, wie die Töchter der Familie hießen, noch wie viele es überhaupt gab. Es sollten noch einige Wochen vergehen, ehe er die weiblichen Mitglieder der Familie zu Gesicht bekam.

In diesen Wochen arbeitete Heinrich schwer. Lotti sah er in dieser Zeit kaum, hatte sie nur benachrichtigt über die Wendung in seinen Lebensverhältnissen. Auch sie hätte in diesen Tagen wenig

Zeit für ihn gehabt; Ende Juli war das Urteil im Hochverratsprozeß Scheu-Oberwinder erfolgt, und die Angeklagten waren zu Kerkerstrafen zwischen sechs und zehn Jahren verurteilt worden. Lottis Anton war mit zwei Jahren davongekommen und mit anderen Verurteilten gleich in die Strafanstalt Garsten abtransportiert worden. Das Urteil war in der Tat, so wie es der Korbflechter vorausgesagt hatte, wegen »öffentlicher Gewalttat, begangen durch Organisierung und Teilnahme an der Dezemberdemonstration« erfolgt.

Lotti saß weiter mit ihren Freunden beisammen, es gab viel zu besprechen, es galt, Sammlungen zu veranstalten, und die mittellos zurückgebliebenen Familien über Wasser zu halten.

Heinrich merkte nichts von dem, was da an Hoffnungen auf ein menschenwürdigeres Leben zerschlagen wurde, denn er sah nicht, wie sich Grüppchen für und gegen Frankreich bildeten, und hätte er es auch gesehen, wie hätte er das alles begreifen können!

Was er bei seinem Viehtreiben sah, waren höchstens militärische Posten an verschiedenen Brücken, die er passierte. Das Gewehrbündel, bewacht von je einem Kavalleristen und zwei Unberittenen, war ihm ein so wohlbekannter Anblick, daß er vergaß zu fragen, aus welchem Anlaß mitten im Frieden Militär bereitstand. Manchmal sah er auch irgendwo Menschen vorbeiziehen, hörte sie die Marseillaise singen, und eines Abends sah er ein Regiment Bosniaken einziehen und geriet in einen Strom von Menschen, die von Guntramsdorf hereinfluteten.

Er las keine Zeitung, und so wußte er auch nicht, daß Wien tagelang in Aufregung gehalten worden war über das aufständische Gumpendorf, das sich angeblich bereitmachte, die Verurteilten des Hochverratsprozesses zu befreien. Tagelang stand darüber in der Zeitung zu lesen, über die Gefahren, denen Wiens Bürger ausgesetzt wären, Militär wurde aufgeboten, Familien packten Frühstücksproviant und machten mit der ganzen Kinderschar Landpartien nach Guntramsdorf zur Besichtigung dieser Tiere in Menschengestalt. Aber die Wiener wurden um ihre Hetz gebracht: Auch in Guntramsdorf zog wieder der Friede ein, die Soldaten erhielten den üblichen Urlaub, das Heer lag nicht mehr in Bereitschaft, und selbst die Hausherren in Gumpendorf saßen wieder ruhig vor ihren Häusern und lobten das Militär.

Es war gut, daß Heinrich nur Momentaufnahmen erhaschte, die er gleich wieder vergaß; es war auch gut, daß er gerade jetzt nie mit Lotti und ihren Freunden zusammentraf. Die waren alle recht einsilbig geworden, aber wenn sie etwas sagten, dann hätte der Heinrich allen Grund gehabt, darüber zusammenzuschrecken: Untertanentreue war es jedenfalls nicht, was aus ihren Reden klang.

Wochen waren vergangen, seit der Heinrich zum ersten Mal im Comptoir Joseph Segals gesessen war. Wochen, in denen er nur den jungen Chef gesehen und die Comptoir-Räume nur am Zahltag betreten hatte.

Eines Samstags aber bestellte Joseph Segal Heinrich für den folgenden Sonntag um ein Uhr zu sich. Das bedeutete eine Einladung zum Mittagessen, eine Einladung in den Familienkreis, aber Segal hatte sie in so kurzem Befehlston, und ohne den Heinrich dabei anzusehen, geäußert, daß dieser eigentlich gar nicht an die Ehre dachte, die eine solche Einladung bedeutete, sondern sie eher als lästig empfand. Im Kreis einer Familie fühlte er sich sonst unsicher, wußte nicht, was er zu sagen, was zu verschweigen hatte. Aber neugierig war er doch, eigentlich hauptsächlich deshalb, weil er an Senkels Erzählungen dachte. Und er nahm sich vor, sofort jedem auf die Füße zu schauen, und so herauszufinden, wer die dunkelbraunen, wer die gelben und wer die Knöpfelschuhe trage.

Nun, der Heinrich kam nicht dazu, den Damen auf die Füße zu schauen, hingegen war er selbst einer ziemlich genauen Musterung unterzogen, die gleichfalls bei den Schuhspitzen begann, aber bis zum Kopf, langsam und Zentimeter für Zentimeter, durchgeführt wurde. Dennoch verlor sich Heinrichs Vorurteil gegen Familien ziemlich rasch. Als sich herausstellte, daß der Chef fast humorvolle Augen besaß, die er ihm heute eigentlich zum ersten Male direkt zuwandte, begann er sich ganz wohl zu fühlen. Der Chef sprach mit ihm wie mit einem Gleichgestellten über Rinderpreise und Veterinärsvorschriften, die Frauen hörten schweigend zu, vergaßen aber nicht, seinen rasch leer gegessenen Teller immer wieder vollzuhäufen.

Auch bei einem nächsten Besuch hätte er noch nicht zu sagen gewußt, welches der drei Mädchen das älteste, welches das jüngste und welches das hübscheste war. Bei einem dritten Besuch wurde er mit einem bebrillten jungen Mann bekanntgemacht, der sich Moritz Feldmann nannte, Doktor Feldmann, ein Arzt. Er sprach wenig, hörte aber aufmerksam den Unterhaltungen über Schlachtverordnungen und Lebendgewicht zu. Heinrich war nun schon recht gesprächig, brachte alle zum Lachen und machte so sachverständige Bemerkungen über den Viehhandel, daß Joseph Segal mehrmals ein beifälliges Gebrumm hören ließ. Die Anwesenheit des eigentlich recht unscheinbaren jungen Arztes hatte den Heinrich so befeuert, daß alle dachten, was auch die Kameraden beim Militär und die Leute vom Bau gesagt hatten:»Mit dem Lanzer lacht man viel.«

Daß er in die Familie seines Chefs eingeladen worden war, hatte ihm merkwürdigerweise keinen Augenblick klargemacht, wie sehr sich seine Lage verbessert hatte, seit der Zeit, da er in der Herberge gewohnt hatte. Erst die Anwesenheit des schweigsamen jungen Arztes brachte ihm die völlig geänderte Lage vor Augen. Heinrich zitterte vor Erwartung, Doktor Feldmann wiederzubegegnen. Er enttäuschte Senkel, der sich gierig nach seinen Eindrücken erkundigte, dadurch, daß er nichts über die Töchter, nicht einmal etwas über deren Schuhe zu berichten wußte, sondern nur von einem jungen Mann erzählte, den er allerdings von der Uhrkette bis zu den Schuhen genauestens zu beschreiben wußte. *Diese* Schuhe interessierten nun aber Senkel ganz und gar nicht.

Der Heinrich hätte sich nicht fürchten müssen, daß der angebetete junge Mann so plötzlich, wie er gekommen war, auch wieder verschwinden würde. Moritz Feldmann blieb ein ganzes Leben lang in Heinrichs Umkreis und sollte ihm die Treue wahren, über alle Meinungsverschiedenheiten hinweg, die sie täglich am Stammtisch würden auszufechten haben.

Es vergingen keine zwei Monate, und man feierte Doppelhochzeit. Moritz Feldmann erhielt die ältere Segal, Heinrich Rosalie Herlinger zur Frau, ein Geschwisterkind der Frau Segal, die wie auch Rosalie aus Boskowitz stammte. Rosalie war eine Waise und erst seit wenigen Jahren, nach einem kurzen Intermezzo bei der Kammerrätin, im Haus. Aufgewachsen war sie bei einer Tante im Schlesischen, in Freistadt.

Ihre Stellung im Hause Segal war nicht ganz leicht zu bestimmen. In einer gehobeneren Schicht hätte man sie vielleicht als Gesellschafterin ihrer Tante bezeichnet, ein Rang, der aber in diesem Hause unbekannt war. Vielleicht wäre die Bezeichnung Wirtschafterin eher am Platz, eine Stellung, der aber weder Alter noch Erfahrung der jungen Waise entsprach.

Ihre Obliegenheiten waren auch eher die eines Extramädchens, das überall dort einspringen muß, wo die Hände der Köchin und des»Mädchen für alles« nicht ausreichten. Andererseits aber stand sie doch auch wieder über den anderen Mädchen, da ihr die Hausfrau die Schlüssel zum Wäscheschrank und zur Speisekammer anvertraut hatte. Sie gab Zucker und Kaffee für die Woche aus, und die Seife für den Waschtag, ihr hatte die Köchin abzurechnen, wenn sie ausnahmsweise einmal auf den Markt ging, was sonst Rosalie selbst oder die Tante besorgte. Überdies hatte Rosalie jede Woche eine komplizierte Verrechnung mit dem Onkel zu tätigen, der darauf bestand, sich vom monatlichen Wirtschaftsgeld jede Woche jene Summe zurückzahlen zu lassen, die auf den Fleischverbrauch entfiel, und diese dann säuberlich in das große Comptoirbuch unter »Eingang« zu buchen. Rosalie saß mit am Tisch der Familie, in die einfachen und seltenen Vergnügungen der Töchter war sie eingeschlossen. Hingegen stand sie lang vor der Familie auf, ja auch vor dem Personal; sie bereitete dem Onkel seinen Morgenkaffee, sie schloß morgens das schwere Haustor auf. Sie schien den Töchtern so gleichgestellt, daß von den Besuchern keiner gleich merkte, daß sie keine Tochter war. Bei Familieneinladungen war sie miteinbezogen, aber Klavierstunden erhielten doch nur Emilie und Pauline. Dreimal die Woche gingen die beiden Töchter in das Institut des Fräulein Schmidt, aber niemand dachte daran, daß auch Rosalie an diesen Fortbildungskursen für »höhere Töchter« hätte teilnehmen können.

Für die Doppelhochzeit allerdings wurde für beide Bräute alles im Haus geschneidert, die Kleider für Emilie und Rosalie waren aus dem gleichen Stoff, in gleicher Art geschnitten. Emilie erhielt eine doppelt so hohe Mitgift wie Rosalie. Rosalies Mitgift stellte nur zu einem Drittel die Familie Segal, zwei Drittel hatte die Kammerrätin beigesteuert. So war es zwischen Joseph Segal und Thérèse Lanzer bei deren Besuch im Comptoir ausgemacht worden, nach einigem Widerstreben des alten Segal, der die kammerrätliche Beteiligung hinaufgetrieben hatte unter Hinweis auf die geschäftliche Position, die er dem damals noch ahnungslosen Bräutigam bieten werde.

Heinrich kam im Wirbel der Hochzeitsvorbereitungen gar nicht dazu, sich die Braut näher zu betrachten, und da selbst das schicklichste Beisammensein von Brautleuten à deux nicht üblich war, fiel das niemandem weiter auf. Außerdem hatte Heinrich ja tagsüber vollauf damit zu tun, sich für seinen neuen, den vierten Berufswechsel in so kurzer Zeit vorzubereiten. Joseph Segal hatte ihm nämlich nicht nur eröffnet, welche Mitgift er zu erwarten habe, sondern auch, daß man nicht wünschte, Rosalie mit einem Markthelfer zu verheiraten. Darum hat er für ihn einen kleinen Fleischerladen in der Vorstadt erworben, dort wo die Simmeringer Straße auf die Himberggasse mündete, wo die Häuser immer niedriger wurden, und wo man sich damals zehn Minuten vom Laden entfernt auf freiem Feld befand.

Joseph Segal übernahm es auch, das Schild zu bestellen, aber dem Heinrich wurde es wenigstens gestattet, die Gestaltung selbst zu bestimmen, was er umständlich und bedächtig tat. Es war dies der einzige Moment in diesen wirbeligen Wochen, in dem er etwas nachdenklich wurde. Er hatte sich alle möglichen, vergleichsweise unwichtigen Details des Selbständigwerdens ausgemalt, aber an ein eigenes Schild mit seinem eigenen Namen darauf hatte er nie gedacht. Flüchtig tauchte jetzt, da er mit gerunzelter Braue die verschiedenen Lettern betrachtete, das Schild der Schlosserei Mittermeyer auf, auch die exotischen Buchstaben auf dem Schild vor dem Teppichbazar in Mostar fielen ihm ein, aber schon konnte er sich an dessen Farbe und Aussehen kaum mehr erinnern. Die Tafel, die er wählte, zeigte in der linken Ecke einen Ochsenkopf, der mitten auf der Stirn einen braunen Fleck hatte. Heinrich bestand gerade auf diesem Fleck, er meinte, damit werde auf die besondere Güte der braungefleckten Piemonteser Rinder hingewiesen. In der rechten Ecke aber wollte er einen Schafskopf im Profil haben, ein Widder mit schön geschnörkelten Hörnern, denn die Kundschaft sollte wissen, daß man bei ihm, Heinrich Lanzer, selbst hier in Simmering auch Schöpsernes kaufen konnte. In der Mitte des Schildes stand in Buchstaben, gegen deren Schlichtheit der Schildermaler vergebens protestiert hatte, weil er meinte, daß diese schmucklose Fasson in der Vorstadt nicht »ginge« und auch überhaupt nicht in die Lebensmittelbranche, er sprach es als »Brantsche« aus, nicht paßten: HEINRICH LANZER und darunter »Bürgerlich konzessionierter Fleischhauer«.

Mit der Konzession gab es im letzten Augenblick eine kleine Schwierigkeit, weil sich herausstellte, daß Heinrich Lanzer noch immer nicht nach Wien zuständig war. In Anbetracht seiner zwölfjährigen Militärzeit, und nachdem Joseph Segal, pochend auf das Drittel der Mitgift, das er für Rosalie gestellt hatte, den Kammerrat noch einmal inkommodiert hatte, war auch dies zunächst erledigt worden. Die endgültige Verbriefung der Zuständigkeit sollte allerdings noch viele Jahre auf sich warten lassen.

Die Abende seiner kurzen Brautzeit verbrachte der Heinrich meist im Hause Segal, und wenn wir daran denken, wie innig er Lottis Hand unter dem Tisch gedrückt hatte, als sie alle in der Praterwirtschaft beisammen gesessen waren, wie entschlossen er gewesen war, den anrüchigen Anton zu vertreiben, um die Menage mit der Schwester wieder aufzunehmen, sobald er erst eine Arbeit gefunden haben würde, müssen wir zugestehen, daß er ihr, die ihm Mutter, Schwester und Freundin zugleich gewesen, nun einfach untreu geworden war.

Aber dies ist nun einmal der Lauf der Welt, und wir wollen es dem Heinrich nicht ankreiden, denn er war eben verliebt. Er steckte bis über die Ohren in dieser Verliebtheit, die ihn rot werden ließ, wenn die angebetete Person ihn einer Ansprache würdigte, was allerdings selten genug geschah. Er war verliebt, über beide Ohren verliebt, er würde heiraten, einen Berufswechsel vornehmen, ja er wäre noch ganz anderes auf sich zu nehmen bereit gewesen. Denn was auf ihn wartete, war die Nähe Moritz Feldmanns. Schon durfte er »Schwager« und »Du« zu ihm sagen, zu einem Arzt, zu einem, der alles wußte, den man alles würde fragen können. War er auch dieser Nähe nicht würdig, die Verwandtschaft der Frauen sicherte die Nähe des Wohnortes, sicherte die nie abreißende Verbindung. Verwandtschaft, dachte der Heinrich verwundert, was die alles bewirkt. Wie hätte ich, Heinrich Lanzer, mit nur vier Volksschulklassen in Leitmeritz und nur der Gesellenprüfung je daran denken können, von einem Mann wie Doktor Feldmann mit »Du« angeredet zu werden! Jetzt sagt er sogar »Schwager«, obwohl unsere Bräute nicht direkt Schwestern sind, und später wird er sogar »Freund« sagen. Verwandtschaft tut Wunder! Natürlich wußte er nicht, daß seine Heirat einem Wunsch der Kammerrätin entsprach, ebensowenig wie er wußte, daß sie zwei Drittel der Mitgift beigestellt, nur daß der Kammerrat sich für seine Zuständigkeit verwendet hatte, das wußte er. So wurde versehentlich ein Hausstand gegründet, der Hausstand meiner Großeltern. Das vorletzte Kind dieser Familie, das nicht mehr als Kind des Prokuristen Heinrich Lanzer zur Welt gekommen ist, sollte meine Mutter werden.

Die Doppelhochzeit fand statt, ohne daß der Heinrich noch einmal Gelegenheit gefunden hätte, Betrachtungen über das Ende seiner Junggesellenfreiheit anzustellen. Daß Moritz Feldmann in sein Leben getreten, das allein war es, was zählte, was bewirkt hatte, daß er mit sich geschehen ließ, was eben geschah, und daß er keinerlei Wehmut empfand, seine Freiheit aufzugeben. Aber auch kein eigentliches Behagen darüber, daß seine Existenz nun gesichert war. Vergessen war Mostar, die Witwe mit der Wasserpfeife, vergessen vorerst auch die Schlosserei. Aber keineswegs war an dessen Stelle der neue Hausstand und die Braut getreten. Hätte man ihn nach der Augenfarbe Rosalies gefragt, er hätte nur höchst ungenaue Auskunft darüber geben können.

Nach dem Hochzeitsessen, zu dem zwölf Personen eingeladen waren und bei dem Rosalie zum ersten Male in diesem Hause nicht mithelfen mußte, ja nicht einmal durfte, verabschiedeten sich die jungen Paare rasch: Moritz Feldmann und seine Frau fuhren im Mietfiaker in die Brigittenau, wo sie eine Dreizimmer-Wohnung bezogen. Heinrich aber machte sich mit der Seinen, nachdem das Brautkleid sorgfältig verpackt worden war und Rosalie in Rock und Bluse dastand, mit zwei leichten Köfferchen per Stellwagen auf die Fahrt nach Simmering, wo sie oberhalb des Fleischerladens, an dem das von Heinrich so sorgfältig ausgesuchte Schild bereits angebracht war, ein Kabinett in Untermiete bezogen, bei einer Witwe Navratil. In Aftermiete, wie der schöne Ausdruck hieß, aber doch möbliert mit eigenen Möbeln, wie die Rosalie nie vergaß hinzuzufügen.

Die beiden jungen Paare sollten sich vorerst mehr als ein Jahr nicht wieder zu Gesicht bekommen. Als es dann einmal geschah, aus Anlaß irgendeiner Familienfeierlichkeit, war es nur auf kurze Stunden. Zum Besuche-Abstatten hatte man weder Zeit noch Veranlassung. Es sollte noch einige Jahre dauern, ehe die beiden Ehepaare im selben Bezirk wohnten und die Männer gemeinsam am Stammtisch saßen.

Vorerst fand sich Heinrich in dem Kabinett seiner jungen Frau, einer ihm völlig fremden Frau, wie er mit Erschrecken plötzlich erkannte, ganz allein gegenüber. Er kam seinen Pflichten wohl nach, ja, deren Erfüllung wurde ihm bald zu einer Selbstverständlichkeit, wahrscheinlich ohne daß er über die äußeren Vorzüge seiner Gattin viel mehr als bei der Hochzeit hätte sagen können. Es gab Arbeit zu tun, schwere Arbeit, es gab Verantwortung, man teilte sie miteinander, es gab Gewohnheit, es kam Vertrauen, es entstand eine Ehe, nicht schlechter, nicht unter falscheren Voraussetzungen geschlossen als in anderen Schichten zu anderen Zeiten.

Und sie? Rosalie? War sie glücklich? Noch ist von ihr gar nicht die Rede gewesen, und doch; auch sie hatte Träume gehabt, auch sie, das plumpe, rotwangige Dorfkind, das in die Stadt geraten war, aus Mitleid aufgenommen, sich plötzlich ohne ersichtlichen Grund bei anderen, ebenfalls Verwandten gefunden hatte, selbst sie hatte von einem Prinzen geträumt. War sie auch nicht mit den

Cousinen dreimal wöchentlich in Fräulein Schmidts Institut gegangen, um dort Dinge zu lernen, die auch die beiden Segalmädchen nie in ihrem Leben würden brauchen können, so war sie doch wie die beiden Schwestern der Wohltat von »Über Land und Meer« teilhaftig geworden, besonders der darin abgedruckten Romane: Mit glühenden Backen hatte auch sie die »Ehre des Herzens«, »Die weiße Dame im Orangengarten« und ähnliche Geschichten verschlungen, in denen Männer, geschmückt mit blonden Vollbärten, arme, aber liebreizende Mädchen an ihre stattliche Brust drückten, natürlich nur, um sie heimzuführen, um sie im Brautkleid über die Schwelle des eigenen Heimes zu tragen, wo livrierte Diener auf sie warteten. Selbst wenn keine Diener und keine Equipagen vorkamen, so waren doch die Männer Gerichtsassessoren oder Förster oder gar Prinzen, aber diese standen der Rosalie nicht ganz so nahe. Nun aber war es ein Fleischhauer geworden, noch dazu einer, der dieses Geschäft, wie sie bald erkennen mußte, nur höchst mangelhaft verstand, und niemand hatte sie über die Schwelle des Kabinettes in Aftermiete getragen. Täglich addierte man den Tagesertrag und konnte leicht berechnen, daß er kaum die Auslagen deckte, und doch war sie glücklich, wäre wohl auch mit jedem anderen glücklich gewesen. Eine jung Verheiratete *war* eben glücklich.

Um vier Uhr früh erhoben sich die jungen Eheleute und fuhren in dem von ihren Schecken gezogenen Leiterwagen – beides stammte von Joseph Segal, der dafür eine halbjährig fällige Gebühr ausgemacht hatte, zu Markt. Heinrich kutschierte geschickt, das machte ihm Spaß, er schnalzte mit der Zunge oder summte ein Liedchen, er war vergnügt, er spürte seine Kraft doppelt, weil er die acht Nachtstunden nicht durchgeschlafen, sondern seinen Schlaf, seinem neuen Stande entsprechend, mehrmals unterbrochen hatte. Er war dankbar und freundlich und dachte noch nicht an die Schwierigkeiten des Einkaufes, an die Geschäfte des Tages. Gegen ein Uhr würde man wissen, ob es ein guter oder schlechter Geschäftstag gewesen war.

Und Rosalie? Sie saß neben ihrem Mann, hatte die Geldkatze um das blaue Kattunkleid geschnürt, denn da Heinrich sich würde viel bewegen müssen, war das Geld bei ihr sicherer in Verwahrung. Um den Kopf trug sie ein Tuch, das die Stirn und das glattgebürstete braune Haar freigab.

Wenn die beiden am Markt ausstiegen und die Rosalie ihrem Mann zur Hand ging, umsichtig zupackend, wie sie auch bei Segals zugepackt hatte, da unterschied sie sich in nichts von den vielen

Marktweibern, die gleich ihr am frühen Morgen unterwegs waren. Gewiß, sie führte nicht immer das große Wort, wie die Tratschlerinnen, sie überließ ihrem Mann die Entscheidungen. Aber wenn sie sich mit den anderen Frauen am Markt unterhielt, dann war ihre Sprache schon leise vom Dialekt gefärbt, anders als die der Frauen im Hause Segal, wohl aber so wie die des Firmenchefs, der hier mit den Fleischhauern und Selchern aller Wiener Bezirke zusammentraf.

Um acht Uhr mußte man wieder zurück sein und den Laden aufsperren, und der Heinrich stand dann vor der Fleischbank in weißer Schürze mit Beil, Messer und Säge, um die Hausfrauen und Dienstmädchen zu bedienen. Um diese Zeit war Rosalie meist zum Umsinken müde und hätte sicher ein paar Stunden traumlos durchgeschlafen, wäre sie so kühn gewesen, daran zu denken, sich niederzulegen. Statt dessen saß sie nun in einer schwarzen hochgeschlossenen Seidenbluse an der Kasse und mußte die Augen immer wieder gewaltsam aufreißen, um nicht einzunicken. Und gab sich alle Mühe, ein freundliches und interessiertes Gesicht zu zeigen und nicht zu vergessen, diese Kundschaft nach dem kranken Mann zu fragen und bei jener den Heinrich um eine Zuwag für die Katze zu bitten.

Wenn Heinrich und Rosalie schließlich den Höhepunkt ihrer Müdigkeit überwunden hatten, dann begann das Geschäft auch bereits wieder abzuflauen, und es wurde im Nebenraum gekocht und gemeinsam gegessen, wenn auch diese kurze Ruhezeit durch vereinzelte Nachzügler im Laden unterbrochen wurde.

Dennoch waren sie an den Sonntagen, wenn sie sich von ihrer schweren Arbeit hätten ausruhen dürfen, merkwürdig still, traurig und sogar ein wenig verdrossen. Die Sonntage waren trostlos, beide empfanden dies, wenn auch keiner wußte, warum.

Heinrich saß dann und las die »Konstitutionelle Vorstadtzeitung«, wie jeder im Bezirk, obwohl ihn das, was darin stand, eigentlich nichts anging. Gewiß, hier in seinem neuen Heim war es schöner und sauberer als in der Herberge, aber auch wieder nicht besser als in der Kaserne, wo er immer einen hatte finden können, der zu einem Gespräch bereit war. Irgendwie störte es ihn auch, daß da eine Frau hin und her ging, Ordnung schaffte und bei aller Unaufdringlichkeit bekundete, daß sie hierher und zu ihm gehörte. Jetzt erst kam ihm zu Bewußtsein, daß er verheiratet war mit einer, die er sich nicht gewünscht hatte, daß er mit einer Fremden unter völlig Fremden saß.

Und sie? Sie hatte erst an solchen Sonntagen die Zeit zu spüren, wie müde und ausgehöhlt sie war, ihr Körper war ihr fremd geworden und irritierte sie, vor ihr saß dieser schöne, breitschultrige Mann, und sie wäre so gern auch einmal bei Tag an seine Brust gesunken, so wie sie es hundertmal gelesen hatte, und hätte sich gern ausgeschluchzt, weswegen, das hätte sie nicht so genau zu sagen gewußt.

Statt dessen ging sie in dem engen Kabinett hin und her, das heißt, eigentlich mußte sie sich mühsam durchzwängen zwischen den beiden Betten und der Waschtischkommode, um zum Tisch zu kommen, an dem ihr Mann, ihr anbetungswürdiger, herrlicher Mann saß. Sie ging hin und her und wollte es behaglich machen und wußte nicht genau, wie, und war froh, wenn es Zeit war, den Jausenkaffee zu bereiten, mit viel Feigenkaffee und wenig Bohnen, und auch das war schon ein Luxus, denn wochentags gab es keine Jause, und morgens aßen sie Kümmelsuppe. Sie war dann froh, in die Küche zu entschlüpfen und mit jemandem ein paar Worte wechseln zu können, war dieser Jemand auch nur die Witwe Navratil, die zwar mit Küchenbenützung vermietet hatte, dann aber doch argwöhnisch bei allen Hantierungen zusah. Die junge Frau gab dann aus Angst vor den Bemerkungen über junge Leute, die sich sowas leisten können, noch weniger Bohnen in den Kaffee, als sie es sonst schon getan hätte. Der Heinrich schob dann den Kaffee nach dem ersten Schluck mißmutig beiseite, und dann meldete sich wieder der trostlose Sonntag und wollte nicht von der Stelle rükken.

Ein- oder zweimal war Lotti erschienen, aber die Blicke, mit denen sich die beiden Frauen gemessen hatten, obwohl sie in ihren Worten außerordentlich höflich geblieben waren, hatten in Heinrich ein unangenehmes Gefühl aufkommen lassen. Auch hatte Rosalie allem, was Lotti über Bügeln, Waschen und Gründlichmachen sagte, freundlich aber entschlossen mit der stereotypen Redewendung »Man macht das besser anders« oder »Man macht das besser so«, widersprochen, daß die andere es müde wurde, ein Gespräch zu beginnen, an dem sie ja ohnehin nicht sonderlich interessiert war.

Lotti hatte dann versucht, sich nach dem Geschäftsgang zu erkundigen und wollte dabei auch ihre Kenntnisse beweisen, indem sie berichtete, was die Würste bei Florian Czesnek kosteten, jenem Fleischhauer, dessen Sprößling sie das Fiedeln beibrachte.

Aber auch da ergriff die sonst so bescheidene Rosalie das Wort, noch ehe Heinrich die Frage hatte beantworten können, und erklärte, daß ein richtiger Fleischhauer und Selcher gerade die von Lotti erwähnten Würste im Sommer nicht führe. Darauf gab Lotti auf und beschloß, von Anton und allem, was sie wirklich bewegte, dem Heinrich erst auf dem Weg zum Stellwagen zu erzählen.

Die Sonntage blieben, ob durch Besuche unterbrochen oder nicht und ohne daß die beiden es sich eingestanden hätten, noch jahrelang das Schreckgespenst ihres Leben. Dagegen waren sogar die beschwerlichen Werktage während der kalten Jahreszeit leicht zu bewältigen.

Im Winter fuhr man eine Stunde später zum Markt, in dicke Schafspelze gehüllt, die Heinrich durch Vermittlung Senkels am Markt erstanden hatte. Vor dem Aufladen mußte Rosalie erst einmal die Arme heftig kreuzweise um den Leib schlagen, so wie sie es die anderen machen sah, um sich aus ihrer Erstarrung zu lösen und mitanpacken zu können.

Das Ankleiden am Morgen nahm viel Zeit in Anspruch. Denn dutzende Male war in den Wintermonaten das Waschwasser im Krug mit einer dicken Eisschicht bedeckt. Die mußte Heinrich dann mit einem eisernen Schürhaken aufschlagen, mit dem Schürhaken, der sonst ja überhaupt keine Funktion hatte, da sie zwar eigenes Mobilar, aber keinen Ofen besaßen. Im zweiten Winter wurde freilich doch ein Ofen gesetzt, weil Rosalie ein Kind erwartete; ein Ofen, der leider ständig rauchte und viel zusätzlichen Ärger verursachte. Aber bis dahin hackten sie Eis in der Stube und schlugen sich die Arme um den Leib, um warm zu werden, und sammelten Kreuzer auf Kreuzer, bis es Gulden waren, und rechneten abends das tagsüber Eingenommene in die Geldkatze, um die Einkäufe am Markt zu bezahlen. Beide hielten streng auf prompte Bezahlung, auch dann, als sie bereits Kredit genossen. »Onkel Joseph soll nicht glauben, daß wir auf seinen Namen Kredit nehmen«, meinte Rosalie, und Heinrich war durchaus ihrer Meinung, wie es denn überhaupt kaum je Meinungsverschiedenheiten zwischen ihnen gab. Von der ungeheuren Umwälzung der damaligen Wirtschaft wußten sie sehr wenig, ebenso wenig wie von vielen anderen Dingen, die damals in der Kaiserstadt vorgingen. Sie lebten abgeschieden, obwohl sie täglich Hunderte von Menschen auf dem Markt und als Kundschaft sahen. Zwar lebten sie in Wien, aber sie gehörten eigentlich noch nicht zu dieser Stadt, noch hatten sie keinen Anteil an ihren Chancen, Vergnügungen und Sünden, aber auch keinen Grund, die Teilnahme zu verweigern.

Anfang Februar hatte das Wetter plötzlich umgeschlagen. Ein warmer Wind blies, der einem den Regen ins Gesicht trieb und schon den Frühling verspüren ließ. Heinrich und Rosalie hatten einander strahlend angesehen und gleichzeitig die Schafspelze geöffnet. Die schwere Winterzeit schien vorbei, man würde frühmorgens nicht mehr das Waschwasser aufhacken müssen.

Aber dann zeigte es sich, daß auch dieses Wetter ihnen noch unbekannte Tücken hatte, denn einige Stunden blickte Rosalie ängstlich von ihrer Kasse auf die Steinfliesen, wo sich schmutzige Wasserlacken bildeten. Und während sie mit aufmerksam gerunzelten Brauen Geld zurückgab und gleichzeitig auch für jede Kundschaft ein freundliches Wort bereit hielt, blickte sie heimlich nach ihrem Heinrich in seiner weißen, blutbefleckten Schürze. Heute freute sie sich nicht daran, wie schnell und geschickt er das Fleisch zu zerteilen gelernt hatte, und während sie sonst ängstlich auf jeden Kunden lauerte, hoffte sie jetzt inständig auf einen stillen Augenblick, denn Heinrich hatte, seit sie vom Markt zurückgekommen waren, noch keine Zeit gefunden, seine tropfnassen Kleider und Schuhe zu wechseln.

Dann waren endlich alle abgefertigt, und Heinrich verschwand in den dunklen Hinterraum, der ihnen zur Zeit der Geschäftsstunden als Umkleideraum, Küche und Gerätekammer diente, um sein nasses Zeug endlich loszuwerden. Rosalie war hinter ihrer Kasse hervorgekommen, hatte sich rasch eine Schürze vorgebunden und begann mit Lappen und Besen zu hantieren, um die Steinfliesen wenigstens vom gröbsten Schmutz zu reinigen.

Draußen goß es in Strömen. Eine Frau mit Einkaufstasche und einem kleinen Mops, der sich nur widerwillig an der Leine aus dem Haustor ziehen ließ, trat aus dem letzten Haus der Raaberbahngasse, das vom Laden aus sichtbar war. Rosalie hielt einen Augenblick beim Bodenaufwaschen inne und beobachtete interessiert den Kampf, den die Frau Postmeisterin mit Schirm, Hund und Einkaufstasche gegen den Wind führte. Die kam nicht etwa für sich einkaufen, das tat sie einmal in der Woche, sondern für den Hund, für den kaufte sie täglich ein, der mußte selbst heut' was bekommen, bei diesem Sauwetter. Auf den Hund, der draußen in der Nässe zittert und an seiner Leine zerrt, auf den hat die Rosalie plötzlich eine wilde Wut. Sie spürt förmlich, wie er naß wird und dreckig, und freut sich, weil's der Frau Postmeister ihr Liebstes ist,

97

weil der beim warmen Ofen liegen darf, und weil der Heinrich für ihn die besten Markknochen einpacken muß. Da steht sie da mit dem Ausreibfetzen in der Hand und während sie den Hund und die Frau draußen im strömenden Regen beobachtet, taucht es plötzlich grausam klar vor ihr auf: dieses verflossene halbe Jahr, und wie sie um vier Uhr morgens zu Markt fahren, und wie man das Waschwasser aufhackt, und wie sie sich die Arme um den Leib schlagen müssen wie die Kutscher, um warm zu werden, und daß sie mit anderen Marktweibern in der Kantine einen Sliwowitz trinken muß, vor dem ihr graust, und den sie doch trinkt, weil's manchmal das einzige ist, was einem warm macht. Und dann fällt ihr auch das gemütliche Haus bei Onkel und Tante ein und die Cousinen, die sie monatelang nicht gesehen hat, und einen Augenblick lang ist der Heinrich, der sich da drüben umzieht, vergessen; vergessen, daß sie verheiratet ist und keine alte Jungfer wird werden müssen, wie es armen Verwandten doch so oft passiert. Jetzt hat sie ein Wort auf den Lippen, das sie nicht ausspricht, weil ja niemand da ist, zu dem sie sprechen könnte, und wenn einer da wäre, würde sie es erst recht nicht sagen, aber *da* ist es, dieses Wort, das der scheußliche Köter heraufbeschworen hat, den sie haßt, und dem sie so gern einen tüchtigen Tritt geben möchte: »ein Hundeleben«. Ein Hundeleben ist das, jetzt denkt sie es schon ganz klar und erschrickt. Aber sie kann nichts dafür für das Wort, es ist eben da, und zum Überfluß fallen ihr jetzt auch noch die kurzen Monate bei der Kammerrätin ein, und daß dort ihr Zimmer in den Garten ging und sie nicht hatte um vier Uhr früh aus den Federn kriechen müssen.

Die Frau Postmeister ist inzwischen mit dem sich sträubenden Mops fünf Häuser weitergekommen. Aber da dreht ihr der Wind den Schirm einfach um, und sie hat Mühe, ihn zuzuspannen. Sie gibt es auf und nimmt den Mops hoch und läuft so schnell, wie sie kann, und sehr schnell kann sie nicht, eng an die Hauswände gedrückt, und verschwindet dorthin, woher sie gekommen ist.

Und jetzt, da der Anlaß ihres stillen Wutausbruches verschwunden ist, erschrickt die Rosalie sehr, denn das war furchtbar sündhaft, was sie da gedacht hat und undankbar war es auch. Hatte sie nicht im weißen Brautkleid geheiratet, hatte es nicht eine Hochzeit gegeben, schöner, als sie sich's hätte wünschen können, und hat sie nicht einen prächtigen, stattlichen Mann, der sie liebt, sie, das unscheinbare, mittellose Waisenkind?

Wie um ihm etwas abzubitten, wischte sie weiter, energisch und ohne aufzublicken, und die alte Tante Sarah in Sasitsch, bei der sie ihre Kinderjahre verbracht hatte, fiel ihr ein und die Lichter am Freitagabendtisch kamen ihr in den Sinn und auch die Gebete, und sie dachte, daß sie seit damals die Gebräuche nicht mehr gehalten hatte und daß das wahrscheinlich der Grund für ihre sündhaften Einfälle war. Es war ein arbeitsames Leben, das sie führten, und sie liebte ihren Mann, aber, daß es sie so plötzlich überkam, eine so grenzenlose Undankbarkeit, nur weil sie einem Mops zugesehen hatte, der sich vor dem Regen graulte! Sie schüttelte beschämt den Kopf. Die Rosalie hatte sich so eifrig mit zu Boden geneigtem Kopf ihrer Arbeit hingegeben, daß sie erst durch das Bimmeln der Eingangsglocke aufgeschreckt wurde und zusammenfuhr, als da triefend und ohne Schirm ein Mann in hohen Stiefeln und Wetterkragen vor ihr stand und seine Pudelmütze völlig ungeniert auf ihre eben trockengewischten Fliesen auszubeuteln begann. Er war pitschnaß, und dabei strahlte er über das ganze Gesicht und lachte.

»Madame Lanzer?« er blickte sie fragend an.

Sie nickte so hoheitsvoll, wie sie nur konnte. »Madame Lanzer« hatte sie bis jetzt noch keiner genannt. Und im nächsten Moment rief sie auch schon gellend: »Heinrich! Heinrich! Zu Hilfe!«

Als der Heinrich, nur einen Arm im Rock, erschien, sah er einen Mann im Wetterfleck seine Frau über die nassen Steinfliesen wirbeln und hörte ihn rufen: »Ein neues Ministerium, wir haben ein neues Ministerium!«

Der Himmelblaue war's, der Heinrich erkannte ihn an der Stimme, er war nicht leicht erkennbar durch den Wetterfleck. Die hohen Stiefel trug er auch jetzt, und als er den Umhang, unbekümmert um die strafenden Blicke der atemlosen Rosalie, die eben erst mühsam zum Stehen gekommen war, über die Fliesen schwenkte, sah man, daß er auch heut' seine schöne himmelblaue Konfederatka trug.

»Bruderherz«, rief er und umarmte den Heinrich und küßte ihn auf beide Wangen, »Hohenwart ist angetreten mit einer Amnestie! Amnestie«, wiederholte er, als Heinrichs Gesicht nicht gerade viel Verständnis zeigte. »Morgen kommen sie an, aus der Strafanstalt, alle, an der Westbahn. Wer hätte das für möglich gehalten.«

Heinrich war durchaus nicht mitgerissen von der Begeisterung des Himmelblauen. Mühsam mußte er sich zurechtfinden in dem, was der andere sprach. Die Freunde aus der Praterwirtschaft, die Arbeit mit dem Himmelblauen am Bau, wie lange war das her und wie wenig war das auch damals seine Welt gewesen. Und wieso kam der her, dachte er. Eine Frechheit war das im Grunde.

»Komm«, sagte er, »du erzählst mir besser drin alles«, und schob ihn in die Hinterstube, aus der ihn vor wenigen Augenblicken die Hilferufe seiner Frau hervorgelockt hatten. Rosalie blieb in äußerster Verwunderung zurück. »Madame«, hatte er gesagt, aber eine Madame nimmt man doch nicht einfach um die Hüfte und tanzt mit ihr! Es war ihr richtig warm geworden von dem Schreck und von der Wirbelei. Und ganz vergnügt war sie auf einmal auch. Es war einfach das trübsinnige Wetter, das ihr so scheußliche Gedanken gebracht hatte. Eigentlich ist sie noch nie mit dem Heinrich tanzen gewesen. Seit der Hochzeit hat sie nicht getanzt. Sie muß ihn doch fragen, ob sie nicht einmal am Sonntag tanzen gehen könnten. Und was das wohl ist, »Amnestie«, worüber der Komische sich so gefreut hat?

Inzwischen saßen die Männer im Hinterzimmer, und der Heinrich goß jedem ein Stamperl Sliwowitz voll, berechnet eigentlich für kalte Tage, mehr als Vorbeugungsmittel, aber es war ein gutes Getränk, und der Heinrich goß reichlich voll, gastfreundlich, damit der andere nicht merken sollte, daß ihm dieser Besuch alles andere als angenehm war.

Der Himmelblaue versuchte zusammenhängend mitzuteilen, was geschehen war, daß das Ministerium Hohenwart eine versöhnende Geste bei seinem Antritt getan und eine Amnestie für politische Gefangene erlassen habe, was bedeutete, daß die, die im vergangenen Sommer wegen öffentlicher Gewalttat angeklagt und verurteilt worden waren, zu zwei, drei, fünf, ja sechs Jahren, zurückkommen würden. Für morgen bereits erwartete man den Scheu, den Most und den Oberwinder und viele andere, ja natürlich auch den Anton, und deshalb sei er ja hier.

Die Lotti habe es wahrlich verdient, das erleben zu dürfen. Wer hätte das gedacht, daß sie den Anton nach knapp einem halben Jahr wiederhaben würde. Der Anton hätte zwar nur zwei Jahre bekommen, aber man wüßte ja, wie die von dort meist zurückkämen, selbst nach einem Jahr; tuberkulös und machten es nicht mehr lange.

Der Himmelblaue tratschte weiter drauf los, unbekümmert und strahlend, während der Heinrich sich unruhig auf seinem Sessel hin- und herschob, weil er ein Anliegen witterte, ein unangenehmes. Er wünschte sich sehnlichst Rosalies oft gehörten Ruf »Kundschaft«, um diesem Redefluß vorerst zu entgehen, um sich zurechtlegen zu können, während er Fleisch zerteilte und Knochen zersägte, was er dem auf sein Anliegen würde erwidern können. Aber der Ruf »Kundschaft« kam nicht, wohl aber das Anliegen.

»Wir holen sie morgen ab, von der Westbahn, wir wollen sie richtig empfangen, Tausende werden da sein. Und wir brauchen Geld; die, die keine Familie haben, müssen untergebracht werden, und wir wollen's doch ein bißl feierlich machen, sie haben für uns, für mich, für dich, gelitten«, sagte der Himmelblaue etwas pathetisch, mit einer Geste, die nicht ganz richtig saß.

Heinrich war erleichtert. Er konnte zwar nicht einsehen, warum die für ihn gelitten haben sollten; das allgemeine Wahlrecht betraf ihn überhaupt nicht, jedenfalls nicht, solange er hier nicht zuständig war; und selbst, wenn diese Zuständigkeit erreicht sein würde, sein Fleischerladen würde mit oder ohne allgemeines Wahlrecht um nichts besser oder schlechter gehen.

»Mit der Amnestie«, sagte der Heinrich langsam und entwickelte den ihm wichtigsten Gedanken, ohne auf die Geldlage einzugehen, »hat die Regierung damit nicht eigentlich erklärt, daß die Angeklagten keine Verbrecher sind?«

Der Himmelblaue nickte ungeduldig, wiewohl er besser wußte, was »Amnestie« bedeutet; so viele Fragen mußten heute erledigt werden, Unterbringung, Beköstigung, und der da wollte ein allgemeines Gespräch über die Bedeutung des Wortes »Amnestie«: »Ja, ja«, sagte er, »das neue Ministerium sucht sich Vertrauen zu erwerben.«

Warum das Ministerium sich bei diesen armen Zerlumpten Vertrauen zu erwerben wüschte, auch das verstand der Heinrich nicht. »Ich bin froh, daß ihr nicht mit einem Fleck auf der Ehre herumgehen müßt«, sagte er schließlich. »Und der Lotti werde ich geben, was ich kann, was sie für's erste braucht, für den Anton.« Und doch bleibt er ein Abgestrafter, dachte er heimlich.

Der Himmelblaue schüttelte den Kopf. »Bürger Lanzer«, sagte er, »die Lotti hat, was sie braucht, der Anton hat auch ein Dach überm Kopf fürs erste, aber vielleicht nimmt sie doch was von dir, das mach dir mit ihr aus, das geht mich nichts an. Aber uns sollst du was geben für den Unterstützungsfonds. Wir brauchen deine Hilfe, auch wenn es wenig ist, du bist auch einer von denen, die ums Brot kämpfen müssen. Weißt du noch, wie wir zusammen am Bau waren? Und was wir hier sammeln, und wie wir die empfangen, davon erfährt die ganze Welt, das verbindet uns mit der ganzen Welt; wenn der Liebknecht davon hört, das gibt ihm Mut in seinem Gefängnis, und das hilft den Spinnern in Manchester und den Hafenarbeitern an der Themse, und das wird einmal die Macht sein der Sozialdemokratie.«

Der Himmelblaue hielt inne und ärgerte sich, daß er sich hatte hinreißen lassen zu diesem Wort, das den anderen abstoßen mußte, oder das ihm bestenfalls nichts sagte.

»Ich wünsch' euch alles Gute«, sagte der Heinrich, »und ich geb' dir auch was«, er zog seine Börse aus der Tasche und schon lag ein Sammelbogen auf dem Tisch, den der Himmelblaue ihm zuschob. »Aber du weißt, ich hätte lieber gesehen, wenn die Lotti einen anderen geheiratet hätt'. Und – ich gehör' nicht zu euch. Ich will nicht eure Vereine und eure Selbsthilfe, ich will mir ehrlich mein Brot verdienen, aus eigenem«, ein bißl stolz setzte er sich in der armseligen Kammer in Positur, und dann fiel ihm brennend heiß ein, daß all dieser Besitz durch Rosalie gekommen war, und daß er allein dies nie hätte schaffen können. Ich hab's nicht angestrebt, dachte er trotzig und in Selbstverteidigung, es ist mir zugefallen.

Der Himmelblaue sah ihn an und dachte: Wär' der nur noch ein paar Monate mit mir auf dem Bau gewesen, wär' der nur weiter bei uns gesessen, der hätt' sich auf den morgigen Tag genau wie tausend andere gefreut. Laut sagte er nur, während er die Sammelliste in die Tasche schob und das Geldstück dazu: »Du sollst das nicht so einfach sagen, Bürger Lanzer. Vielleicht tut's dir einmal leid, daß du nicht früh genug zu uns gehört hast. Vielleicht weißt du es nur nicht und gehörst doch zu uns, auch wenn du nicht willst.«

Heinrich zuckte die Achseln.

»Bürger Lanzer«, sagte der Himmelblaue, stand auf und legte dem Heinrich die Hände auf die Schultern, so daß sich der auch erhob und die beiden Männer nun Aug in Aug standen: »Wir sind zusammen auf dem Bau gewesen, ich hab's nicht gern getan, möcht auch lieber meine Harmonikas bauen«, geschwind pfiff er eine Tonleiter, »so tu's halt mir zulieb, ist ja nicht so viel verlangt, komm mit morgen auf die Westbahn. Die Lotti würd' sich freuen, und du siehst das einmal, so viele Menschen, die sich zusammmen freuen. Und die Regierung hat da auch nichts dagegen, wo's doch durch die Amnestie bewiesen hat, daß sie die nicht für Verbrecher hält«, fügte er listig hinzu, und Heinrich wußte nicht recht, ob der letzte Satz im Ernst oder im Scherz gesprochen war. »Einverstanden?« Er hielt ihm beide Hände hin. Ich wart' auf dich, morgen um vier Uhr, Ecke Mariahilferstraße und Kaiserstraße, und wir gehen zusammen.«

Der Heinrich hielt den Blick des anderen nicht gut aus. Wegen der Lotti, na ja, und wenn dem da so viel dran lag. Er fühlte sich hilflos und war deshalb wütend. Mit dem Doktor Feldmann, mit dem Schwager Moritz, mit dem Doktor, mit dem müßt' man halt so was besprechen können, ein halbes Jahr hatte er den nicht gesehen. Ein halbes Jahr, das man nur gerackert und geschunden hatte, das gleiche halbe Jahr, in dem die, die man morgen zurückerwartete, nur Kerkermauern gesehen hatten. Zögernd schlug er ein. »Ich weiß nicht, warum dir so viel dran liegt, daß ich mitkomme, wo ihr doch so viele dabei haben werdet ...«

»Eben deshalb«, lächelte der andere.

Der Himmelblaue umarmte und küßte aus Freude über die Zusage den Heinrich auf beide Wangen, was dem außerordentlich genant war.

»Kundschaft«, kam jetzt endlich der lang ersehnte Ruf aus dem Laden.

Der Heinrich schob rasch den Gast vor sich in den Laden, es gab keinen anderen Ausgang.

»Also morgen um vier, Ecke Mariahilferstraße und Kaiserstraße«, konnte der noch flüstern, und war, nach einem Kratzfuß vor Madame, die schon länger wieder hinter der Kassa saß, durch die Bimmeltür hinaus auf die Straße, die jetzt spiegelglatt und wie frischgewaschen glänzte, während die Sonne da und dort die graue Wolkendecke durchstoßen hatte und Fetzen der Himmelbläue sichtbar wurden.

Die Kundschaft, für Stunden durch den Regen abgehalten, strömte herbei, und Heinrich hatte alle Hände voll zu tun, Rierdeckel und Hieferschwanzl, Schnitzelfleisch und Schweinshaxen zu wiegen, Fettes gegen Mageres zu vertauschen und auch die Zuwag nicht zu vergessen.

Komisch, dachte er, während er mit dem Beil zuhieb, daß die Knochen splitterten, und während er geduldig auf Beschwerden hinzuhören schien und lächelte. Nichts gehen mich die an, und ob das gescheit war von der Regierung, die zu amnestieren, wer weiß, und doch freu' ich mich auf morgen. Auf die Freude von den vielen. Ein halbes Schweinernes und ein Achtel Schmalz und ein Suppenfleisch und vom Markt zum Laden und vom Laden ins Kabinett. Warum kommt mir das auf einmal so eng vor? Und die dort wissen von den Webern in Manchester und daß sich der Liebknecht freuen wird. Er verstand das nicht. Und dabei hatten die *ihn* angestaunt, er war der, der weit herumgekommen war. In der Lombardei war er gewesen und im Holsteinschen und, ja, in Mostar auch, als k. u. k. Feldwebel der österreichisch-ungarischen Armee. Den Schwager Moritz, den müßt' man mal besuchen, fällt ihm auch ein.

Und dann denkt er wieder, morgen, vier Uhr, Ecke Mariahilferstraße, und freut sich.

Am nächsten Morgen ist das Wetter wunderbar und der Himmel blitzblank und ein leiser Wind weht, der schon ein bißl Erdgeruch mitbringt und aus dem man den Frühling spürt. Heinrich sagt der Rosalie, daß er um drei Uhr einen Weg zu machen hat und daß sie ihn nicht zu früh zum Nachtmahl erwarten soll. Seine Schuhe putzt er sich selbst und ganz besonders schön, nach allen militärischen Putzregeln, die er ihr ja doch nie so richtig beibringen kann. Die Rosalie fragt nicht, wohin er geht und auch nicht nach dem gestrigen Besuch. Was der Heinrich nicht von selbst erzählt, das sind Männersachen, die sie nichts angehen.

Um halb drei, wie sie gegessen haben und keine Kunden mehr zu erwarten sind, fängt sie an, die Fliesen zu reiben, heut' muß ganz besonders gründlich gerieben werden. Heinrich zieht sich um, im Hinterstübchen.

Plötzlich hört er was vorn im Laden, und wie er hinzuspringt, da liegt die Rosalie mit der Reibbürste in der Hand auf dem nassen Fußboden und rührt sich nicht. Und in dem sonst so rotbäckigen Apfelgesicht ist auch kein Blutstropfen.

Heinrich hat Mühe, sie wieder zu sich zu bringen und dann ins Bett, hinauf ins Kabinett zu schaffen. Liegen bleiben will sie durchaus nicht und schämt sich schrecklich, wie das hat passieren können. Er kocht ihr einen Tee und besteht darauf, daß sie liegen bleibt, und Rosalie sieht in sein ehrlich besorgtes Gesicht, und sie denkt nicht an die Segals und nicht an die Kammerrätin und selbst die Tante Sarah in Sasitsch fällt ihr nicht ein. Und das Wort »Hundeleben« kommt ihr überhaupt nicht in den Sinn. Der Heinrich aber erfährt, daß der bürgerliche Fleischhauermeister in Simmering bald Nachkommenschaft zu erwarten hat.

Ecke Mariahilferstraße und Kaiserstraße hat an diesem Nachmittag der Himmelblaue vergeblich gewartet und hat sich schließlich doch im Laufschritt in Bewegung gesetzt, ist auch keuchend noch zurecht gekommen, um einer von der tausendköpfigen Menge zu sein, die dem Oberwinder, dem Scheu und dem Most und vielen, vielen anderen zujubelte.

Rosalie fuhr nach diesem Zwischenfall weiter um vier Uhr morgens mit ihrem Mann zum Markt, saß weiter freundlich grüßend und ängstlich rechnend an der Kasse, aber einige Veränderung hatte sich doch in ihrem Leben ergeben.

Der Heinrich half ihr sorgsam beim Einsteigen in den kleinen Leiterwagen, auch kam wöchentlich einmal eine Frau, die die Fliesen des Ladens rieb, und man entschloß sich, sonntags die Verwandten zu besuchen, die Segals, bei denen es noch immer eine unverheiratete Tochter gab, und die Feldmanns. Die Frauen hatten viel miteinander zu bereden, so daß es dem Heinrich häufig gelang, den Schwager für sich allein zu haben; aber zu den Gesprächen, die er sich hundertmal ausgemalt hatte, kam es auch jetzt nicht: Dazu waren die Lebenskreise zu verschieden, die Bekanntschaft zu lose, war man einander doch zu fremd, wenn man sich auch als Schwager anredete. Was unverändert bestand, war Heinrichs Verehrung, die aber nie sichtbar wurde, und der Trost, den er aus der bloßen Existenz des anderen schöpfte. Daß der da war und daß man mit dem hätte reden können, wenn auch sichtbar war, daß er es nie tun würde, brachte es mit sich, daß Heinrich mit Anstand durch die nächsten Monate kam, ja bei seiner Rosalie durchaus den Eindruck des liebend besorgten Gatten erweckte, besorgt und auch stolz auf das, was da in ihr heranreifte, kurz, ganz den Eindruck, den sie erwartet hatte.

Heinrich aber versank in immer tiefere Schwermut durch das, was andere, die den Tag des freudigen Ereignisses nicht erwarten können, für die eigentliche Bestätigung des Lebens halten. In dem beschränkten Kreis, in dem er lebte, fiel sein neuer Seelenzustand kaum auf, und selbst der edle und kluge Doktor Feldmann hätte ihn wahrscheinlich überhaupt nicht begriffen. Zudem war Heinrich weit davon entfernt, sich ihm anzuvertrauen. Rosalie aber nahm den schwermütigen Blick seiner grauen Augen, der jetzt oft nachdenklich auf ihrem sich rundenden Leib haften blieb, gerührt zur Kenntnis, während dieses Etwas in ihr ruhig dem Leben entgegenwuchs.

Nun erst, da seine Frau, die er mit all der Rücksicht und Fürsorge umgab, die ihr in ihrem Zustand gebührte, im achten Monat schwanger ging, nun erst kam ihm voll zu Bewußtsein, daß er nicht mehr frei war, Beruf oder Frau oder Aufenthaltsort zu wählen, kurz, daß man seinen Platz im Leben festgelegt hatte. Noch einmal standen die Minarets von Mostar in vollem Sonnenlicht vor ihm, noch einmal sah er eine glutäugige Frau mit einer Wasserpfeife vor

einem Teppichbazar sitzen, noch einmal klangen lustig die Eisenhämmer der Firma Mittermeyer in sein Ohr, noch einmal dachte
er an das Wiener Jahr, als er für die Gesellenprüfung arbeitete.
Vorbei. Nach monatelanger Tätigkeit als bürgerlich konzessionierter Fleischhauer, nach monatelangem Eheleben an der Seite einer
Frau, die er doch sehr wohl »erkannt« hatte und das mit Lust und
Freude, begriff der Heinrich nun in voller Schwere, daß er verheiratet war mit einer Frau, die er sich nie gewünscht, und daß er einen Beruf hatte, den er nie selbst gewählt hätte.

Die einzige, die ihn vielleicht verstanden hätte, die einzige, der
er es vielleicht auch rückhaltlos gesagt hätte, wie es um ihn stand,
war seine Schwester Lotti, die gerade jetzt durch ihre neue Freiheit
und Unabhängigkeit wie auf einem Postament vor ihm stand. Er
dachte an ihren gemeinsamen nächtlichen Spaziergang durch den
Prater, den einzigen, den sie damals zusammen gemacht hatten,
nachdem er sie schließlich nach so vielen Jahren doch wiedergefunden hatte. Er sah sogar die zartstacheligen Kastanienkügelchen,
die sie damals aufgelesen hatte, und er spürte die Freiheit, die
ganze Welt hätte sich ihm damals noch schenken können.

Und obwohl er so dachte, betreute er doch gleichzeitig rück-
sichtsvoll seine Frau, tat er doch peinlich genau alles, was ihr gemeinsames Leben täglich erforderte. Und sonntags begleitete er
sie sogar zu den Verwandten und unterließ es, Lotti zu besuchen
und sich ihr zu eröffnen.

Ein Gespräch mit Lotti fand dennoch statt, ganz kurz vor Rosalies Niederkunft. Lotti hatte ihren Besuch auf einer Postkarte für
den folgenden Sonntag angekündigt, um, wie sie schrieb, der
Schwägerin ihren Bräutigam vorzustellen. Ferner stand da etwas
von einer in den nächsten Wochen bevorstehenden Hochzeit, was
Rosalie zu der tadelnden Bemerkung veranlaßte, daß man das Datum besser gemeinsam hätte festlegen sollen, da sie selbst zu diesem Zeitpunkt wohl im Wochenbett liegen werde. Heinrich ließ
diese Bemerkung unerwidert, eine Hochzeitsgesellschaft mit Lottis und Antons Kumpanen und Rosalie erschien ihm ohnedies un-
vorstellbar, und so war er über das bereits festgesetzte Datum heilfroh.

Es kam an einem wunderbaren Mainachmittag zu einer Jause zu
viert, zu der Rosalie mehr Bohnen als sonst in die Mühle und weniger Zichorie als üblich in den Kaffeetopf tat, auch trotz ihrer
Schwerfälligkeit es sich nicht hatte verdrießen lassen, in Frau Nav-

ratils Küche und unter deren mißbilligenden Blicken einen Gugl-hupf zu backen, der mit Mandeln besteckt und mit einer dicken Zuckerschicht bestreut, in der Mitte des weiß gedeckten Tisches stand, als die Gäste erschienen.

Von den eigenen Möbeln in dem Kabinett in Aftermiete war die Kommode schon längst draußen auf dem Gang von Frau Navratils Wohnung aufgestellt worden, da Rosalie sich nicht mehr zwischen Bett und Kommode hätte durchzwängen können. So war reichlich Platz zu Umarmungen mit Lotti und Händeschütteln mit dem zu-künftigen Schwager, ehe man sich zu Tische setzte.

Wiewohl Heinrichs Melancholie damals ihren Höhepunkt be-reits überschritten hatte und wiewohl er vor den anderen Lotti ja nicht einmal hätte andeuten können, was ihn bedrückte, schon deshalb nicht, weil die Fähigkeit zu Andeutungen im Gespräch ein klares Denken und eine Überlegenheit voraussetzen, die er nicht besaß, erwies sich der Besuch doch für seine Gemütsverfassung als im höchsten Grade wohltuend. Das Wiedersehen stimmte Hein-rich noch tagelang sehr nachdenklich und führte schließlich zusam-men mit dem Gedanken an die baldige Niederkunft Rosalies dazu, daß die Bilder, die ihn bedrängten, langsam verblaßten. Und als sie Jahre später, gelegentlich und immer nur einzeln, nie mehr als Bilderkette, auftauchten, hatten sie ihre Schmerzlichkeit bereits verloren.

Daß es ein Abschiedsbesuch war, wurde erst im Lauf des Ge-spräches klar, ebenso, daß die Hochzeit der beiden in Freistadt stattfinden sollte, denn schließlich stammten Heinrich und Lotti aus dieser Gegend, hatten aber keinen Anhang mehr, und doch wollte sich das junge Paar dort ansässig machen, weil Lotti den Platz immerhin kannte und in Antons Heimat im Böhmischen gar keine Arbeitsmöglichkeit bestand. Wien kam, wie sich heraus-stellte, nicht in Frage, da Anton zwar amnestiert, gleichzeitig aber als Nichtwiener ausgewiesen worden war.

Der Anton trank zwei Schalen Kaffee und aß drei Stück Gugl-hupf. Rosalie war geschmeichelt, daß man ihrem Kuchen zu-sprach, und vergaß darüber, daß man nicht so gierig sein sollte. Der Anton sprach nicht viel, außer daß er den Guglhupf lobte, aber er sah, wenn er sprach, mit seinen wasserblauen Augen jedem ernst und gerade ins Gesicht, und das gefiel der Rosalie. Man kann schon Vertrauen zu dem da haben, dachte sie. Das wenige, was er sagte, klang bestimmt und überzeugte.

»Es ist so lang, daß wir uns nicht gesehen haben, da muß ich doch der Reihe nach erzählen«, sagte Lotti und dann rechnete man aus, daß es über ein halbes Jahr her war, seit man zusammengesessen hatte.

»Ja, Leute, die viel arbeiten, haben halt keine Zeit zum Besuchemachen«, sagte Rosalie und nickte dem Anton freundlich zu, sie konnte ihn gut leiden, den mit seinen groben Händen, die schon tüchtig zugepackt haben müssen. Was die Lotti eigentlich macht, das weiß sie nicht so genau; ja, »Geige«, das weiß sie schon und »Stunden geben«, das haben sie ihr gesagt. Die Damenkapelle hat man ihr verschwiegen, weiß Gott, was sie sich darunter vorgestellt hätt'.

Alle nicken und sind froh, einer Meinung zu sein, und die Lotti denkt krampfhaft nach, wie sie dem Heinrich alles erzählen könnte, ohne daß die Rosalie zu genau ins Bild kommt. Die mit ihrem »Man tut« und »Man tut nicht«, die soll man lassen, wie sie ist, und nicht durcheinander bringen.

»Weißt, Heinrichl, kannst dir denken, was wir für Scherereien gehabt haben«, sagt sie schließlich nur und blickt schlau vom Heinrich zum Anton und wieder zurück, nur die Schwägerin blickt sie nicht an: »Wir haben doch jetzt eine so gute Regierung mit dem Ministerium Hohenwart. Aber die kleinen Leut', die sind halt immer gleich aufsässig, die möchten sich am liebsten nicht kümmern um das, was der Herr Minister verfügt hat.«

Der Heinrich schaut sie an und weiß nicht recht, was sie meint, aber er bemerkt mit einem Mal, daß die Lotti graue Haare bekommt, grad die kleinen Lockerln, die sie sich über den Ohren brennt, die sind schon ganz richtig grau, und eine scharfe Falte geht ihr von der Nase zum Mund, müd sieht sie aus und richtig alt, und er beginnt nachzurechnen, und dann hat er es heraus, daß sie sechsunddreißig sein muß. Ja, das ist halt nimmer jung, und von Kindheit an hat sie sich rackern müssen, immer, bis vielleicht auf die allerletzten Jahre bei der Kapelle, und da hat sie andere Zuwiderheiten gehabt.

»Na, ihr habt doch die Amnestie«, sagt er endlich, nur, um etwas zu sagen, ohne allzu großes Interesse, und für einen Augenblick huscht der Himmelblaue durch seine Gedanken.

Rosalie nickt, das Wort kennt sie schon, der Narrische, der ihnen vor Wochen ins Geschäft reingeplumpst war, hat es auch gebraucht. Sie ist gar nicht neugierig zu wissen, was es bedeutet, sie hat so viel zu denken in diesen Wochen vor der Niederkunft, und es lohnt sich gar nicht, denen ihre Wörter kennenzulernen, wo sie doch ohnedies nicht in Wien bleiben; aber sie nickt in jedem Fall, weil sie freundlich sein will und nicht nur den Guglhupf zur Gemütlichkeit beisteuern möcht'.

»Na, eben«, antwortet die Lotti. »Und die Kundgebung war schon festgesetzt für die Sophiensäle, aber im letzten Moment haben sie es verbieten wollen.«

Nur so dasitzen und nicken und lächeln, das geht aber wieder auch nicht, beschließt die Rosalie, und so fragt sie – man kann da ruhig seine Unwissenheit eingestehen, weil das, was die wissen, das sind nicht so die Sachen, die die Segal-Cousinen im Institut lernten und die man also wissen muß –: »Was ist das, eine Kundgebung?«

»Wenn die Arbeiter beweisen wollen ...«, fängt der Anton langsam und bedächtig an zu erklären. Aber er kommt nicht dazu weiterzusprechen, die Lotti fällt ihm ins Wort. Was muß man der Rosalie was von Arbeiterrecht erzählen. Kann nur Unfrieden stiften.

»Weißt«, kommt sie dem Anton zuvor, »wenn Menschen sich bedanken wollen bei der Regierung, oder um was bitten, dann kommen sie zusammen und machen Resolutionen, damit man's an den Kaiser schickt.« Sie streichelt dabei der Rosalie ihre abgearbeiteten Hände und schaut auf ihren hohen Leib und denkt: Noch ein paar Jahre und ein paar Kinder und das Geschäft trägt auch nicht genug und du gehörst eigentlich auch zu uns. Gut, daß du es nicht weißt, was hat es uns schon anderes gebracht als Elend und Angst.

Die Rosalie versteht auch das Wort »Resolution« nicht, aber jetzt fragt sie auch nicht weiter, genug, daß sie ihr Interesse für das Gespräch gezeigt hat.

Der Anton wieder ist zufrieden mit Lottis Erklärung und lächelt nur ein bißl trüb in sich hinein.

»Na, wofür habt ihr euch denn bedanken wollen?« fragt der Heinrich ein bißl amüsiert über die Art, wie Lotti die Politik darstellt, und ein bißl beschämt, weil er plötzlich spürt, wie erleichtert er ist, weil die Lotti Wien verläßt, die Lotti, die einzige, die ihn vielleicht hätt' herausreißen können aus seiner Schwermut.

»Na für die Amnestie halt«, lacht die Lotti und gibt dem Bruder einen verständnisvollen Blick. Er weiß wenigstens, worum es geht.

»Achttausend Menschen waren da«, sagt der Anton.

»Achttausend«, wundert sich die Rosalie, »gibt's denn das, einen Saal für achttausend?«

»Da gibt's noch viel größere Säle«, sagt die Lotti. »Warst du nie tanzen beim Wimberger? Da ist Platz für Tausende und Tausende. Führ s' doch einmal hin, Heinrichl, eine junge Frau muß doch was sehen.«

Auf einmal hat sie ein ganz zärtliches Gefühl für die apfelbäkkige Schwägerin, die hochschwanger dasitzt und so sicher ist über das, was sie will, und auch ein bißl hochmütig mit ihrem ewigen »Man tut«. Gott segne deinen Hochmut und erhalte ihn dir, denkt die Lotti, und viel, viel Glück für euren Laden.

Rosalie muß schon wieder staunen. Ein unverheiratetes Frauenzimmer und geht so einfach zum Wimberger, wo Tausende tanzen. Daß sie dann überhaupt einen Mann bekommen hat, da muß man sich direkt wundern. Aber wo der her war, das weiß man ja nicht; immer sagen die, daß sie so lang getrennt waren, und zuständig ist er nicht und Verwandte hat er auch keine.

»Stell dir vor, Heinrich«, fährt die Lotti fort, »am Sonntagabend, plötzlich, alles ist vorbereitet, wollen s' es verbieten.«

»Und wir sind das den anderen schuldig«, sagt der Anton, »das wär' eine Enttäuschung gewesen, auf der ganzen Welt, wenn wir diesen Sieg nicht gefeiert hätten.« Es klingt ein bißl abgeleiert, sein Sprüchl, aber das ist nicht seine Schuld, zu oft hat man es ihnen eingehämmert, diese Phrase.

Für die beiden, für die das alles neu ist, was da erzählt wird, ist es keine Phrase, dafür aber ganz und gar unverständlich. Schon wieder die Welt, die da angeblich aufpaßt, wundert sich der Heinrich. Aber er spricht es nicht aus.

»Na und deshalb«, sagt Lotti, »gehen noch am Samstag drei von unseren Leuten, eine Delegation, zum Minister. Kannst dir vorstellen, wie die sich gefühlt haben, am Ballhausplatz. Unter lauter Bittstellern mit Orden und Federbüschen, sogar ein Bischof soll dabei gewesen sein«, sagt die Lotti.

»Vorgekommen sind s' aber«, ergänzt der Anton. »Vor allen anderen, selbst vor dem Bischof.«

»Na und?« fragt der Heinrich, neugierig gemacht, und denkt, daß das doch ein anderes Leben ist, als täglich zu Markt zu fahren. War man schon nicht beim Militär, so war bei denen doch immer was Aufregendes los, auch wenn's arme Teufel waren. Freilich, zumeist führt's in die Strafanstalt. Und wer da mitmachen will, der muß halt den Glauben haben. Er aber glaubt nicht dran, und er hat ja auch gar nicht mehr die Wahl. Heimlich blickt er auf die Rosalie und ihren gewölbten Leib.

»Ausgerichtet haben s' zwar nicht viel«, fährt die Lotti fort.

»Zum Lemonier hat sie der Hohenwart geschickt. Er, der Herr Minister, wär' ganz arm und machtlos und alle seine Kollegen auch, und sie möchten so gern, und sie verstehen die Wünsche, aber leider Befugnisse haben s' keine, haben s' gesagt. Sag dem Heinrich, was der Hohenwart über den Giskra gesagt hat«, ermuntert sie den Anton.

Der Anton hat das nicht gern, wenn man ihn aufzieht wie einen Automat, aber unfreundlich will er auch nicht sein: »Das wär' Willkür von ihm, wenn er das Verbot aufheben tät', reine Willkür, und wir sind eben nicht in der Türkei«, berichtete er.

»Willkür, das!« wiederholte die Lotti und findet das offenbar im höchsten Grad unterhaltend. »Wir sind nicht in der Türkei.« Das findet auch der Heinrich lustig, denn das hat er auch hundertmal gehört, beim Militär: »Wir sind nicht in der Türkei.«

»Na, und was hat dann der Lemonier gesagt?« fragt der Heinrich. Er liest ja, seit er verheiratet ist, ausführlich die »Konstitutionelle Vorstadtzeitung«, und so weiß er, daß der Lemonier der Polizeipräsident ist, ein ausgezeichneter, wie er immer liest. Er weiß auch, daß der Lemonier gut steht mit dem Stadtkommandierenden und aus Vorsicht immer gleich mit dem übereinkommt, die Garnison auf jeden Fall in Bereitschaft zu halten. Das zu lesen interessiert den Heinrich immer, weil er sich dann gleich vorstellt, wie die Soldaten sich ärgern, wenn sie jeden zweiten Sonntag um ihren Ausgang kommen.

»Das war ja längst abgekartet zwischen dem Lemonier und dem Hohenwart«, sagt die Lotti.

»Allein hätte der Lemonier nie was zurückgenommen.«

»Er mußte diesmal«, fügt der Anton hinzu.

»So sagen sie es beim ›Volkswillen‹«, sagt die Lotti, weil sie im Blick ihres Bruders Zweifel zu lesen meint.

Aber der Heinrich wundert sich bloß, was die alles wissen, und wie sie Zeit finden, sich Gedanken zu machen über den Lemonier und den Hohenwart, trotz all ihrer Sorgen.

»Daß er durchgesetzt hat, daß man das Wort streichen muß, das war ein großer Schaden für die Sache«, sagt der Anton ein bißl patzig.

»Was für ein Wort?« fragt der Heinrich.

Und bevor der Anton antworten kann, springt die Lotti auf und sagt: »Paßt's auf, so hat er das gesagt«, und sie macht eine komische Verbeugung und eine Geste, mit der sich plötzlich die ganze scheinheilige Bürokratie der österreichisch-ungarischen Monarchie hier, im Kabinett der Frau Navratil, höchst persönlich zu ver-

111

beugen scheint: »Meine Herren«, sagt sie, und die tiefen Falten sind mit einem Mal ganz plötzlich ganz weg, und die Augen zwinkern lustig: »Meine Herren, wir wollen nicht Verstecken spielen. *Sie* wissen, was *ich* kann, und *ich* weiß, was *Sie* können. Bei *Ihrer* Disziplin. Bei Ihrer Disziplin«, wiederholte sie, jetzt in ihrem eigenen Ton, und Stolz liegt in ihrer Stimme, da sie den Anton anblickt.

Alle lachen, auch die Rosalie. Sie versteht schon längst nicht mehr, wovon die Rede ist, aber wie lustig die Lotti nachmachen kann, das versteht sie, es hat auch ihr gefallen.

»Na, und die Bedingung?« fragt der Heinrich und ist sehr stolz auf seine kluge Schwester.

Lotti weist auf Anton und überläßt ihm die Antwort: »Sozialdemokratie«, sagt er, »das Wort darf nicht vorkommen. Das war die Bedingung vom Lemonier.«

Einen langen Augenblick ist es ganz still im Zimmer. Das Wort dröhnt im Kopf aller vier. »Insubordination«, bedeutet es und »arbeitsscheues Gesindel«, und nach Brand riecht es und »die Sansculotten stehen auf«, das ist es für die einen. Und für die anderen ist es das Versprechen auf ein besseres Leben und riecht nach weiter Welt und frischer Luft und bedeutet »alle Menschen sind Brüder«.

Die vier, die hier sitzen, merken grad bei diesem Wort das, was sie trennt, und keiner will's die anderen merken lassen, und alle beginnen doppelt so viel und doppelt so rasch zu reden, damit man nicht spürt, wie weit voneinander sie leben, wenn sie auch da so eng um einen Tisch hocken.

Das Wort hat es mit sich gebracht, daß der Heinrich sich wieder ganz als Militär fühlt, und weil es seine Schwester ist, so will er das auch gar nicht so genau wissen, wie das war mit der endlich bewilligten Kundgebung, und er ist entschlossen, ganz beim Privaten zu bleiben.

»Wo arbeitet eigentlich der Herr Schwager?« fragt er. Er umgeht die direkte Anrede, er kann dem da doch nicht gut »Du« sagen, wo der grad aus dem Gefängnis kommt!

Rosalie merkt, daß ihr Heinrich nicht die richtige Anrede findet und denkt, das geht schließlich nicht. Und verwandt ist verwandt, und man hat zusammenzuhalten. In Grenzen, gewiß, aber doch auf jeden Fall. Und das kommt ihr ganz selbstverständlich vor, besonders, da sie noch immer nicht weiß, was Amnestie ist und keine Ahnung hat, daß der Anton im Gefängnis war. Aber »ausgewiesen«, das weiß sie, und das ominöse Wort »Sozialdemokratie« kennt sie zumindest.

Dann sagt sie etwas vom »Herrn Schwager« und »Jetzt seid's schon zwei Stunden da, und wir haben noch nicht einmal Bruderschaft getrunken.«

Sie räumt rasch das Jausengeschirr weg und stellt den Marillenbrand auf den Tisch, und sie erfüllen den Brauch kreuzweise und hakeln sich ein mit den vollen Gläsern, ängstlich bedacht, nichts zu verschütten, und leeren die Gläser, die Männer in einem Zug, und die Frauen nippen nur ein bißl und küssen einander auf beide Wangen, und alle sind der Rosalie dankbar, daß sie über all die Verlegenheit hinweg hilft, die entsteht, wenn Menschen miteinander intim sein sollen und doch auf verschiedenen Planeten wohnen. Und die Lotti denkt, daß der Anton etwas extra Schönes wird schnitzen müssen für das Kleine, wenn es erst einmal da ist.

Die Rosalie nimmt Heinrichs Frage noch einmal auf, betont das Ergebnis des gemeinsamen Marillenbrandtrinkens und sagt: »Also hast du gute Arbeit, Schwager Anton?«

Die Lotti denkt: Unausstehlich bin ich, wie wenn man ein Hundl durchaus mit der Nase auf einen nassen Fleck stubst, damit's lernt, was es tun soll, aber sie kann es sich einfach nicht verkneifen und sagt, und kann sich selbst nicht leiden, daß sie es sagt: »Seit der Versammlung sind zweieinhalb Monate vorbei, und nicht *einmal* hat der Anton seither Arbeit gehabt. Wir müssen wenigstens nicht traurig sein, wegen der Ausweisung. Wir verlieren rein gar nichts.«

»Na, wovon«, fährt es der Rosalie heraus, aber dann verschluckt sie den Rest des Satzes. Auch einen Schwager, mit dem man gerade Bruderschaft getrunken hat, fragt man schließlich nicht, wovon er lebt.

»Gearbeitet hab' ich trotzdem«, sagt der Anton. »Jeden Tag, seit ich draußen bin.« Er findet die Frage, die verschluckte Frage, natürlich und durchaus nicht genant.

Bei dem Wort »draußen« schielen Lotti und Heinrich einander erst einmal ängstlich an, und dann schauen sie auf die Rosalie, aber die hat darüber hinweggehört, weil es ihr bedeutungslos ist, weil »draußen« und »drinnen« ja für sie nicht Gefängnis und Freiheit bedeuten. Nur an der faktischen Antwort ist sie interessiert.

»Auf dem Bau hab' ich ausgeholfen und in einer Parkettenfabrik, das war schon besser. Aber immer nur als Taglöhner.«

»Und er macht so schöne Betten und Kästen«, wirft die Lotti ein. »Wenn der euch eingerichtet hätte! Tausendmal schöner wär's.«

Die Rosalie ist ein wenig beleidigt. Schließlich sind ihre Möbel aus einer Möbelfabrik, und die Emilie hat genau die gleichen bekommen, wenn sie vielleicht auch ein paar Stück mehr hat. Man kauft heut' nicht mehr beim Tischler, sondern in der Fabrik, hat sie bei Segals gehört und möchte das jetzt gern laut wiederholen. Sie unterdrückt es tapfer, weil sie den neuen Schwager nicht kränken will.

Aber wenn es aufs Persönliche kommt, da ist der Anton auch ganz mild, und er widerspricht der Lotti: »Die machen jetzt schon sehr schöne Sachen in den Möbelfabriken, und sie haben auch gute Tischler dort, auch wenn sie mich nicht genommen haben.«

»In Freistadt werden sie dich nehmen«, versichert die Lotti. »Und wenn nicht, dann machen wir uns halt eine eigene Tischlerei auf, mit meinem Erspartem«, fügt sie hinzu. Die Rosalie hat großes Mitleid mit der Lotti: Einen Ausgewiesenen heiraten, der immer nur Hilfsarbeiter ist, wo es doch schon traurig genug wär', wenn er ein richtiger Arbeiter oder Handwerker wär'. Und in einer Stadt, in der sie niemand kennen, werden sie heiraten, keiner verheiratet sie, und niemand sorgt für die Aussteuer, und sie beschließt, sie wird mit dem Heinrich sprechen, sie werden ihr was Anständiges, Praktisches zur Hochzeit schenken, wenn sie schon so ein armes, verlassenes Waisenkind ist, die Lotti.

Dann wird es Zeit für die beiden zu gehen, sie haben einen weiten Weg, und auch noch manches vorzubereiten, denn in der nächsten Woche geht die Reise los. Man umarmt einander wieder kreuzweise und wünscht Glück, und das meint man auch wirklich. Der Heinrich überlegt einen Augenblick, ob er die beiden zum Stellwagen bringen soll, und dann fällt ihm »Strafanstalt« ein und »ausgewiesen« und auch das ominöse Wort »Sozialdemokratie«. Er ist schließlich ein konzessionierter bürgerlicher Fleischhauer, und seine Frau erwartet ein Kind.

Es ist noch gar nicht so lange her, da wollte er durchaus mit der Lotti sprechen von seinen Ängsten, und daß er sich wehren und nicht alles hinnehmen will, wie etwas Unabänderliches. Und mit einemmal erhöht ihn grad das, was ihm bis jetzt einen solchen Schrecken eingejagt hat: Daß er einen Beruf hat und seine Frau ein Kind erwartet, grad das gibt ihm jetzt Frieden und auch eine Gewichtigkeit.

Er ist richtig gerührt, wie er die Lotti umarmt, es ist nicht nur ein Abschied von ihr, es ist auch der Abschied von der Schwerelosigkeit, der Ungebundenheit ihrer Jugend, was er da zurückhalten will, und doch auch sehr froh ist loszuwerden. Fremd ist ihm das geworden. Einerseits ist das schmerzlich, aber es ist auch wieder gut, daß es da drinnen nicht so hemmungslos tobt und weh tut.

So sitzt er, nachdem die Gäste gegangen sind, wieder über seiner ›Konstitutionellen‹, während die Rosalie hin- und hergeht und bei der Frau Navratil draußen das Geschirr wäscht und trocknet. Dann kommt sie wieder, um es einzuschließen. Sie muß sich dazu bükken, das ist nicht mehr ganz bequem, aber sie will auch nicht die schönen Augartenschalen in der Küche bei der Navratil lassen. Es ist das erstemal, daß sie aus denen getrunken haben, fällt ihr ein, das erstemal, daß sie Gäste hatten. Ich bin eine Hausfrau, denkt sie verwundert, während sie schnaufend einordnet.

»Du sollst dich nicht bücken«, sagt plötzlich der Heinrich hinter seiner Zeitung. Rosalie fährt zusammen, sie hat gar nicht gewußt, daß er ihr Kommen und Gehen überhaupt bemerkt hat.

Dann kniet er vor dem Waschkasten, der unten einen Schub hat, wo sie die feinen und zerbrechlichen Dinge aufbewahren, und sie reicht ihm Stück für Stück, neben ihm stehend.

»Wie reich wir sind«, sagt der Heinrich lächelnd und blickt auf die vier Tassen und Teller mit dem gleichen goldenen Rand aus der kaiserlichen Porzellanmanufaktur Augarten.

»Ja, sehr reich«, bestätigt ganz ernst die Rosalie, und als er sich erhebt, liegt sie plötzlich an seiner Brust, und er schlingt die Arme um sie, ganz fest.

»Was für ein gesichertes, beschütztes Leben«, sagt er und ist aufs äußerste verwundert.

Sie liegt in seinen Armen und muß gar nichts sagen, aber sie wissen beide, daß es ein sehr langes, gemeinsames Leben sein wird und daß der Sprößling, den sie erwarten, nicht der einzige bleiben wird. Sie fühlt sich gesichert und beschützt, und er, der es ausgesprochen hat, ist dessen schon wieder gar nicht so sicher, und doch wird er es schaffen müssen.

Ende Juli kommt Rosalie nieder. Es ist keine schwere Geburt, aber auch keine sonderlich leichte; es geht so gut, wie es bei Erstgeburten eben gehen kann, die nächsten Male wird es schon leichter sein, versichert die Hebamme.

Ein Mädchen ist es, und Rosalie möchte sie gern Sarah nennen, nach der Großtante, bei der sie ihre Kindheit verbracht hat und die immer so gut zu ihr gewesen ist. Aber der Heinrich und die Familie Segal sind aufs äußerste dagegen, sie meinen, daß der Name ganz aus der Mode gekommen ist, vor drei Generationen habe man noch so geheißen; auch passe der Name vielleicht noch nach Boskowitz, aber bestimmt nicht nach Wien. Dann schlägt die Wöchnerin Thèrese vor, nach der Kammerrätin, und der Heinrich ist einverstanden, wenn man Resi draus macht, aber das gefällt der Rosalie wieder nicht. Die Segals wissen auch nichts Rechtes vorzuschlagen, und so wird es schließlich Lina, weil Lina Lanzer kurz ist und nett klingt.

Die noch unverheiratete Segaltochter kommt helfen, und tapfer sitzt sie in der Kasse und rechnet, obwohl ihr manchmal übel wird von dem Blutgeruch im Laden. Ein Gehilfe wird gefunden, der mit Heinrich zu Markt fährt. Die Wöchnerin spricht so viel, wie die Cousine glaubt, daß sie die ganzen Jahre nicht geredet hat. Und komischerweise ist da eigentlich wenig vom Heinrich und auch wenig von dem roten schreienden Bündel, das nun Lina heißen soll, die Rede. Von der Schwägerin Lotti spricht die Rosalie, vor allem aber von der Tante Sarah, von der die Cousine bis jetzt gar nicht gewußt hat, daß sie sowas ganz Herrliches und Großartiges gewesen ist.

Nach acht Tagen kehrt die Cousine Pauline wieder heim, zu den Pflichten im Elternhaus und auch um sich bereit zu halten zur Hilfe für die Schwester Emilie, die nächste Woche ihre Niederkunft erwartet.

Die Rosalie kann es jetzt schon allein leisten, das Kind zu pflegen und das Kabinett in Ordnung zu halten; das alles ist noch immer viel leichter, als um vier Uhr morgens zum Markt zu fahren und den ganzen Tag im Laden zu stehen; das tut jetzt der Gehilfe, der Branko heißt und früher Markthelfer bei Segals gewesen ist. Der Heinrich wird ein bißchen schmäler, er kann ja auch keine Nacht durchschlafen, weil die kleine Lina sich energisch zu Wort meldet.

Er versucht so freundlich zu sein, wie er kann, und in manchem ist es ja auch wieder leichter geworden: Das Eis in der Waschschüssel muß beispielsweise im folgenden Winter nicht mehr aufgehackt werden, denn man hat ja einen Ofen setzen lassen, auf eigene Kosten, weil die Witwe Navratil sich geweigert hatte zu bezahlen und findet, man sollte ihr noch dankbar sein dafür, daß man Aftermieter mit Säugling nicht vor die Tür setzt.

Lina ist im Juli 1871 geboren, gerade zu der Zeit, da in Paris die Massaker losgehen, gegen die, die so naiv gewesen waren, das Wort »Vaterland« und das Wort »Menschenrechte« ernst zu nehmen. In den Wiener Zeitungen ist über diese Vorgänge wenig zu lesen, und auch das Wenige dringt nicht in das Bewußtsein unserer kleinen Familie.

Auch im nächsten Jahr und im übernächsten geht Rosalie schwanger, und so gibt es jedes Jahr, durch viele Jahre, eine Niederkunft oder eine Fehlgeburt. Rosalie wird von Jahr zu Jahr mächtiger und statiöser, und in den Gesprächen mit den Cousinen nimmt der Bericht über ihre Erfahrungen bei den vielen Geburten und Fehlgeburten einen ungeheuer breiten Raum ein.

Mit fünfunddreißig weiß sie wohl, einem Haus vorzustehen, aber das Mädchenhafte hat sie verloren, und niemand kann sich vorstellen, daß auch sie auf einen Prinzen gewartet hat und entschlossen gewesen ist, ihn in Heinrich zu sehen. Der Entschluß gilt auch später noch: Wenn sie den Heinrich ansieht, wird ihr auch in späteren Jahren noch immer ein wenig weich in den Knien. Aber die Kinder drängen sich vor und wollen betreut und versorgt sein, sie nimmt es ihnen oft übel, daß sie immer weniger für den Heinrich dasein kann.

Das zweite Kind kommt im Frühjahr 1872 und ist wieder ein Mädchen, und sie nennen es Romana, obwohl die Familie Segal den Kopf schüttelt und auch der Heinrich seine Bedenken hat. Aber die Rosalie ist eben fürs Besondere, und wenn sich das nicht immer ganz verträgt mit ihrem »Man tut dies« und »Man tut das nicht«, so fällt ihr das nicht weiter auf. Es ist der Heinrich, der der Rosalie den Namen überhaupt erst zur Kenntnis gebracht hat, als er ihr von Görz erzählte, wo er einmal stationiert war in einer Familie, wo die Frau des Offiziers aus Polen kam, Romana hieß, aber Romanca gerufen wurde.

Das Kabinett ist nun endgültig zu klein geworden. Auch halten Heinrichs und der Witwe Navratils Nerven diese Art der Menage nicht mehr aus.

Eine Zimmer-Kabinett-Küche-Wohnung wird frei, grad über dem Laden, und die beziehen sie, obwohl es ein sündhaftes Geld kostet – die Mieten gehen gerade rasend in die Höhe. Jetzt könnte der Heinrich eine ungestörte Nachtruhe haben, aber doch wälzt er sich oft schlaflos hin und her; besonders die letzte Woche im Monat geht er verdüstert herum. Er kann sich nie vorstellen, daß er das Geld für die Miete am Ersten beisammen haben wird. Es ist eine Zeit rapid wachsendes Wohlstandes im Lande, und die Gründungen schießen täglich nur so aus dem Boden; für ihn aber scheint eines festzustehen, zweieinhalb Jahre, nachdem er sich als bürgerlicher Fleischermeister in Simmering niedergelassen hat: Er ist brav, fleißig und ehrlich, aber so den richtigen Geschäftsgeist, den hat er eigentlich nicht. Er ist beliebt, dort wo er einkauft, er ist beliebt bei der Kundschaft, aber Unternehmungsgeist, nein, den hat er nicht. Er hält aufs pünktliche Bezahlen und hat entsetzliche Angst vor Schulden, und er wiegt der Kundschaft so genau zu, daß die Waage oft ein bißl drüber, aber nie drunter zeigt, und wenn einer sekkant ist, so gibt er ihm lieber ein Rierdeckel und rechnet es wie Vorderes, nur damit er nicht diskutieren muß.

Schon lang kommt er nicht mehr dazu nachzudenken, ob es nicht doch besser gewesen wär', er wär' ein Schlosser geworden, aber so viel hat er in den Jahren eingesehen: Zum Wohlstand kommt man, so wie er das Geschäft führt, nicht. Es ist sogar fraglich, ob es überhaupt immer auch nur auslangen wird. Er ist schon erleichtert, wenn die Miete bezahlt ist und man keine Schulden hat, aber daß das keine aussichtsreiche Geschäftsgebarung ist, das weiß er ganz genau, nur – er kann es halt nicht ändern. Er hat keine richtige Beziehung zum Geld, soviel steht fest. Wenn er sieht, wie die anderen am Markt ihre Geldkatzen aufmachen, wie sie draufschlagen, stolz und selbstbewußt; wenn er denkt, wie der alte Segal über Geld spricht, über die Anlage, über die Geschäftsvergrößerung, über die Verzinsung, wie das für ihn lebt und pulst, das tote Geld, da beneidet der Heinrich solche Leute fast; nicht nur deshalb, weil die am Ersten jeden Monates keine Sorge um die Miete haben, sondern deshalb, weil sie doch auch einen Mittelpunkt haben, um den ihr Leben kreist, und der ihm einfach fehlt.

»Der Ferdinand sitzt drin«, sagt Rosalie eines Abends, als der Heinrich aus dem Laden heraufkommt, wo er noch lange nach Geschäftsschluß gerechnet und mit dem Branko den nächsten Marktgang besprochen hat.

Ist er auch müd', so ist er gar nicht bös' über den Besuch, denn der Ferdinand bedeutet Unterhaltung und Abwechslung in der Zimmer-Kabinett-Küchen-Monotonie über dem Laden des bürgerlich konzessionierten Fleischhauers.

»Was erzählt er denn heut'?« fragt er, schon im voraus amüsiert, und schaut noch rasch der Frau in die Kochtöpfe. Grad steigen die weißen Knödl im kochenden Wasser hoch, und daneben stehen schon die braungerösteten Brösel, in denen die Knödl gewälzt werden, bevor sie auf den Tisch kommen.

»Was wird er schon erzählen«, sagt die Rosalie und lacht, denn sie hat auch eine Schwäche für den Ferdinand. »Lauter Lügen, wie immer. Hol' ihn dir aus dem Kabinett, er läßt mir ohnedies die Kinder nicht schlafen. Ich trag' gleich selber auf.«

Wie der Heinrich ins Kabinett kommt, steht der Ferdinand über den Waschkorb gebeugt, der als Wiege dient, während die Lina daneben im Bettchen schläft, einem Geschenk der Familie Atmannsdorfer aus Freistadt, und singt ein Wiegenlied von Brahms, eindringlich und mit angenehmem Vortrag. Er winkt dem Heinrich ab, und der muß still stehen und warten, bis der andere ausgesungen hat. Dann schütteln sie einander herzlich die Hände. »Gute Musik«, sagt der Ferdinand statt jeder Begrüßung und spricht gestelzt und dozierend, »für die Kinder immer das Beste, auch wenn s' noch so klein sind, das wächst dann mit ihnen.«

Wie die Rosalie schon im Nebenzimmer die dampfenden Knödel aufträgt, spricht der Ferdinand noch immer von Brahms, und dann trällert er weiter. Die Rosalie sucht ihn zu beschwichtigen und macht eine Geste zu den Kindern, die schlafen sollen, aber wie das gar nichts nützt, häuft sie ihm einfach eine gute Portion auf den Teller, und das beschwichtigt wirklich, denn mit vollen Backen kann der zwar noch immer ununterbrochen weiterreden, aber doch wenigstens nicht singen.

»Ich werd' ihn heuer sehen im Sommer, den Brahms«, sagt er, mit vollen Backen kauend, »ich geh' im Sommer nach Ischl.«

»Nach Ischl?« fragt die Rosalie erstaunt. »Was machst *du* in Ischl?«

»Wahrscheinlich läßt ihn sich der Kaiser kommen, als k. u. k. Kammerschneider«, sagt der Heinrich und lacht. Er ist immer gleich gut gelaunt, wenn der Ferdinand da ist.

»Fast erraten«, antwortet der Ferdinand. »Ich geh' auf Ferien. Findet ihr nicht, daß auch ein Schneider einmal Ferien braucht?«

Wie ein Schneider sieht er eigentlich nicht aus. Eher wie ein Maler, in seinem schwarzen Samtjackett und mit einer mächtigen Künstlerkrawatte. Ein bißchen erinnert er in der Art sich zu tragen an Lottis Kumpanen aus der Praterwirtschaft. Nur ist alles viel adretter an ihm. Sein Haar ist auch etwas zu lang, aber es ist sorgfältig gescheitelt, und es glänzt ölig, es ist offensichtlich, der Ferdinand verwendet Pomade.

Dabei hat er ein hübsches, lustiges Jungengesicht mit stark südländischem Einschlag; am ehesten sieht er aus wie ein älterer Bruder der Melonenesser von Murillo; mit gleicher Lust spricht er auch dem Essen zu. Eins, zwei, drei, vier von den dunklen Marillenkernen häufen sich rasch hintereinander auf seinem Teller. Mit Behagen nimmt er den fünften Knödel in Angriff. Dabei ist er ganz dünn und beweglich. Gewiß hat er nur ein richtiges Schneidergewicht. Niemand kann ahnen, wohin die Mengen verschwinden, die er in sich hineinschluckt.

»Bist du denn ein Schulkind?« fragt die Rosalie. »Schulkinder haben Ferien, Sommerhaus und Reisen, das gibt's schon auch, aber doch erst aufwärts von Kammerrats.«

»Wahrscheinlich macht er eine Kur in Ischl«, neckte der Heinrich. »Salzbäder sollen sehr verjüngend sein.«

»Noch jünger«, ruft der Ferdinand entsetzt. »Ich bin doch ohnedies allen viel zu jung. Nein, Salzbäder werde ich keine nehmen. Aber am Sonntag werd' ich auf der Promenade sein. Sommer in Ischl«, wiederholt er und läßt den Satz auf der Zunge zergehen und blickt sich triumphierend um. Ja, um das zu haben, dazu muß man ganz reich sein, oder so schlau wie der Ferdinand. »Ich nehm' einen Posten an beim Severin Petter. Dort soll ich den Loden zuschneiden.« Er spricht den Namen mit solchem Aplomb aus, als handle es sich mindest um den Schneider des Herzogs von Wales. Dann erklärt er den neu aufblühenden Zweig des Lodengeschäftes, und daß alle Kurgäste in Ischl ihre ortsgemachten Janker und Lodenflecke haben wollen. Er erklärt, daß der Petter schon im vergangenen Jahr dieses Saisongeschäft kaum habe leisten können und für dieses Jahr ihn, den Ferdinand, dort als Sitzgesellen angestellt habe.

»Und Sonntag gehst du dann auf die Kurpromenade?« fragt die Rosalie voll Bewunderung. Sie war noch nie in einem Kurort, überhaupt nie außerhalb von Bielitz und Wien gewesen, aber die Frau Kammerrat hatte einmal von Karlsbad erzählt, und das Schönste, was sie selbst je gesehen hatte, war ein Springbrunnen im Park gewesen, und so entsteht vor ihrem geistigen Auge als Schönstes vom Schönen eine Allee mit weiten Wiesen zu beiden Seiten und mit vielen kühlen Springbrunnen darauf.

»Ei freilich«, sagt der Heinrich. »Sonntagsruhe im Saisongeschäft. Das könnt' dir passen. Die Sommergäste wollen doch ihre Gwandln gleich.«

»Kannst schon recht haben, daß es da einen Kampf geben wird. Aber wir werden ihm halt sagen, dem Petter, was wir in Wien erreicht haben.«

Die Kleiderkonfektion befindet sich gerade in raschem Aufschwung. Die für Stücklohn arbeitenden Sitzgesellen, die gleich Ferdinand eigentlich Meister waren, aber nicht die Mittel besaßen, sich niederzulassen, hatten gerade wichtige Zugeständnisse erreicht.

»Wirst rausfliegen, wenn du dort Wiener Sitten einführen willst«, bemerkt trocken der Heinrich.

Ferdinand zuckt die Achseln und lehnt sich aufatmend zurück. Nach dem zehnten Knödel kann er wirklich nicht mehr. »Dann fahr' ich halt zurück«, erwidert er gleichmütig, »aber nicht, bevor ich den Brahms und den Kaiser besucht hab'.« Und er fährt patzig fort: »Flieg' ich raus, komm ich hundertmal unter, heutzutag', Wien ist jetzt ein guter Platz, excellent, besonders seit die Livorneser da sind.«

»Livorneser?« fragt der Heinrich erstaunt. Das Wort gefällt ihm. Es klingt nach Livorno, nach Italien und erinnert an die Militärzeit.

»Ja«, erwidert der Ferdinand. »Die Livorneser sind die, die aus Livorno kommen. Das sind die, die den Kleiderhandel von dort nach dem Orient gemacht haben. Jetzt sitzen sie plötzlich alle in Wien, am Kai, und haben immer Arbeit für unsereinen. Aber ich will ja gar keine Arbeit mehr. Ich werde einfach Rentier. Jetzt geh' ich nach Ischl und dann werd' ich Rentier«, sagt er und zwinkert lustig.

»Könntest du nicht immer so um den Fünfundzwanzigsten von jedem Monat kommen?« erkundigt sich der Heinrich gutgelaunt. »Bei deiner Renommiererei vergißt man wenigstens seine Sorgen, und daß es einen Zinstermin gibt.«

Ferdinand straft ihn mit Verachtung. Der Heinrich zieht den Strohhalm aus seiner Trabucco und zündet sie an. Der Ferdinand stopft seine Pfeife, eine prächtig geschwungene Meerschaumpfeife. Rosalie stellt den Aschenbecher hin und räumt das Geschirr ab.

»Rosalie«, sagt der Ferdinand, »wenn mir mein Coup gelingt, dann werd' ich Göd bei deinem nächsten.«

»Das gibt es doch nicht bei Juden«, sagt die Rosalie abweisend und erschrickt. Sollte der schon etwas gemerkt haben?

»Dann führen wir's halt ein bei den Juden«, lacht der Heinrich. »Nimmst du dann auch einen Fiaker in den Prater, Herr Göd«, neckt er. »Aber das Geschäft ist uns zu unsicher. Am Ende haben wir dann drei zu füttern und keinen Göd, der aushilft.«

»Ihr solltet nicht so leichtsinnig die Millionen verscherzen«, warnt der Ferdinand. »Ein Göd führt nicht nur zur Firmung, er vererbt auch was.«

Alle lachen. Rosalie ist froh, mit dem Geschirr aus dem Zimmer hinauszukommen. Sie spürt, daß sie rot wird. Und hat Angst, daß der Heinrich was merken könnt. So lang wie möglich will sie ihm die Sorge fernhalten.

Der Ferdinand springt auf, da sie beladen auf die Tür zugeht, und reißt sie auf mit clowniger Verbeugung. Der Heinrich sieht sie halb im Profil, wie sie hoheitsvoll nickt. Es ist anmutig und ein bißl rührend. Meine Frau, denkt er. Erstaunlich, wie selbstverständlich sich das schon denkt.

»Immer Kavalier, was, Ferdl?« lacht er.

»Na, wenn man bald Millionen hat, dann muß man sich auch danach benehmen.«

Die Rosalie ist froh, als sie wieder allein in der Küche steht.

Eine halbe Stunde später, nachdem sie alles fortgeräumt und auch noch einmal nach den Kindern gesehen hatte, fand sie die Männer in Rauchwolken, aber nachdenklich und einsilbig.

Der Ferdinand soll ihn doch lachen machen, dachte sie, als ob das ein Ehrenamt vom Ferdinand wäre. Der Ferdinand plötzlich ein Sinnierer, das paßt doch gar nicht.

»Na, erzähl doch was«, munterte sie ihn auf und setzte sich nieder mit ihrem Stopfkorb. Jetzt konnten wenigstens die Beine ruhen.

»Gern, was denn?« Der Ferdinand schrak aus Gedanken hoch.

»Erfind' halt was, wennst nichts Wirkliches weißt, bist ja sonst nicht so heikel«, meinte sie.

»Sekkier mir den Ferdl nicht«, sagte plötzlich Heinrich. »Vielleicht ist der gescheiter, als wir beide zusammen.«

Rosalie sah verwundert von einem zum andern. Da war ein ernsterer Ton drin als der, in dem man gewöhnlich mit dem Ferdinand sprach.

»Ah, ich weiß, was ich erzähl'«, rief der Ferdl. »Von der Rotunde, die s' bauen. Ich war dort. Ein Riesenhaus im Prater. Und wie eine Kugel, rund. So schaut es aus.« Er zog ein Notizbuch aus der Tasche und begann, den Plan zu zeichnen.

»Wozu soll denn ein Haus rund sein?« fragte die Rosalie. »Bloß, damit du was zum Lügen hast?«

»Nein«, sagte der Heinrich, »er hat schon recht. Das bauen sie wirklich dort, für die Weltausstellung.«

122

»Also fertig wird das nie«, sagte der Ferdinand. »Jetzt ist es März, und was steht, sind einfach die Gerüste. Und im Juni wollen sie eröffnen.«

»Und dabei erwartet man den Prinzen von Wales und den Zaren«, warf Heinrich ein.

»Der Montenegrische wird im Goldenen Lamm wohnen, ganz nah von den Segals«, sagte die Rosalie. Ein ganz klein wenig wußte sie schon auch Bescheid.

»Das wird alles zur Zeit fertig«, meinte der Heinrich. »Das gibt es nicht bei uns. Heut' stehen nur die Gerüste, aber es wird alles zur Zeit fertig. Bis zur Praterfahrt vom Kaiser wird richtig eröffnet. Millionen sind schließlich im Budget bewilligt worden für die Ausstellungsbauten.«

»Millionen«, wiederholte bewundernd die Rosalie. »Wenn die so viel Geld haben, warum sollten sie denn da nicht fertig werden?«

»Na, halt, weil s' durchaus rund bauen müssen«, eiferte sich der Ferdinand. »Stell dir vor, *rund*«, und er kritzelte wieder. »Schau, so und so laufen die Wände. Keine Ecken, nichts, wo man was festmachen kann. Das ist ein Übermut, Heinrich, rund bauen.«

»Der Kaiser wird schon wissen, wen er als Baumeister bestellt«, wies ihn die Rosalie zurecht. »Man muß doch auch den hohen Herrschaften was Besonderes zeigen, damit sie dann zu Hause erzählen, wie es bei uns ist. Schließlich, wir sind ja in der Kaiserstadt.«

»Ja, in der Kaiserstadt«, wiederholten alle drei.

»Es gibt nur eine Kaiserstadt, 's gibt nur ein Wien«, trällerte der Ferdinand, und Rosalie summte mit.

»Ja, unsere Kaiserstadt«, schmunzelte der Heinrich behaglich und sog an seiner Zigarre. Vergessen war der monatlich drohende Zinstermin. Man hatte Frau und Kinder und war ein bürgerlich konzessionierter Fleischhauer in Simmering, so übel war das schließlich gar nicht.

Ferdinands Besuch war im März gewesen. Im April wußte der Heinrich bereits, daß ein weiterer Sprößling zu erwarten war. Die Zinszahlung hatte doch von laufenden Eingängen beglichen werden können, und die Halbjahresbilanz, die er um diese Zeit abschloß, ergab immerhin einen Sparpfennig für das Einlagbüchl.

Auch Rosalies Mitgift lag unangetastet, gleichfalls bei der Ersten Österreichischen Sparkasse. In dieser Zeit brachte der Heinrich öfters neben der »Konstitutionellen« auch noch andere Zeitungen nach Hause und studierte aufmerksam den Börsenteil. Es fiel ihm nicht leicht, sich da zurechtzufinden, und dem Ferdinand traute er ja doch nicht so ganz, auch wenn alle seine Worte bei seinem letzten Besuch erstaunlich überlegt und vernünftig geklungen hatten. Aber da die Bäcker kein Mehl und die Viehhändler wenig Vieh kauften, weil sie alle an der Börse spielten, gab es hinlänglich Aufklärung durch die Kommissäre, Veterinäre, Markthelfer und Treiber, wenn man nur richtig hinzuhören verstand und sich rechtzeitig durch eine knappe, beiläufig hingeworfene Frage bemerkbar machte.

Es war an einem stürmischen Apriltag, daß der Heinrich sich aufmachte zu einer Fahrt in die Stadt.

Er überließ das Geschäft für zwei Stunden dem Gehilfen, war aber zur Essenszeit pünktlich zurück. Wäre er nicht im Sonntagsgewand mit karierten Hosen, Zugschuhen und einer grauen Melone aus gewesen, Rosalie hätte gar nicht gewußt, daß er sein übliches Tagwerk unterbrochen hatte. Und sie fragte ihn nicht, da sie sich nie unziemlich in Männersachen einmischte.

Gerade heute war ihr der Heinrich dafür besonders dankbar, denn es war ihm gar nicht wohl bei dem, was er unternahm. Mit leiser unsicherer Stimme hatte er seine beiden grünen Einlagebücher in der Sparkasse verlangt und hatte dann in einem kleinen Bankhaus in der Praterstraße Auftrag zum Kauf verschiedener Aktien gegeben.

Der Heinrich stand vor dem Schalter, und er, dessen Freimütigkeit und Aufrichtigkeit seine hervorstechendsten Eigenschaften waren, fühlte sich plötzlich gejagt; er glaubte zu wissen, wie der Anton sich gefühlt haben mußte. Er erwartete dauernd, daß von hinten eine harte Gendarmenhand auf seine Schulter fallen würde. Er hatte nur *einen* Gedanken: Zurück nach Simmering in das vertraute Milieu – zurück nach Hause. Mit äußerster Anstrengung überwand er das würgende Gefühl im Hals und fragte nach dem genauen Stand der Papiere, die er zu erwerben wünschte. Die Antwort verschaffte ihm keineswegs Klarheit, aber er genierte sich, seine ganze Unwissenheit einzugestehen. Sehr nachdenklich trat er den Rückweg an.

Nachdenklich blieb er auch die nächsten Tage und Wochen, er überdachte all die kleinen Sünden seines Lebens, und sie alle erwiesen sich als winzig und kaum gewesen vor der einen Tatsache, daß auch er in den Sumpf gestiegen und alles getan hatte, um ohne Arbeit Geld, viel Geld, zu verdienen. Daß fast ganz Wien in diesem Sumpf steckte, war selbst ihm, dem bürgerlichen Fleischhauer aus Simmering, nicht verborgen geblieben. Er wußte nicht, bis in welch schwindelnde Höhe sich die Ziffern dieser Spekulation versteigen konnten, aber daß die ganze Welt zu Börsenspielern geworden war, konnte er auch auf dem Markt beobachten und bei den Gesprächen, die seine Kunden führten. Vergeblich versuchte er, den Ekel vor sich selbst zu unterdrücken, indem er sich immer wieder vorsagte, daß er ja nichts anderes getan hätte, als was alle um ihn herum taten. Nicht als ob die biblische Drohung: »Im Schweiße deines Angesichtes sollst du dein Brot essen«, ihm als unumstößlicher Befehl erschienen wäre. Aber den Satz: »Mit deiner Hände Arbeit sollst du Brot essen«, den hatte er doch bedenkenlos akzeptiert.

Heinrichs Schwermut brach in diesen Tagen erneut heftig hervor, verbunden mit den Angstzuständen von damals, als Rosalie ihr erstes Kind getragen hatte. Nur der Gedanke, daß es Moritz Feldmann gab, der diese wirren Schuldgefühle in ihm hätte verscheuchen können, war tröstlich. Im Ernst aber hätte er es nie gewagt, mit dieser Angelegenheit vor Moritz Feldmanns kurzsichtige Augen zu treten.

Es wurde ihm erst etwas leichter durch einen Zwischenfall, den er rasch und gut bereinigen konnte. Als er in den letzten Apriltagen einmal vom Markt kam, rief ihm Rosalie vom Fenster ihres Wohnzimmers über dem Laden aus zu, er möge heraufkommen. Es mußte schon etwas Dringendes sein, wenn sie ihn aufforderte, in den Stunden des eifrigsten Betriebes den Laden dem Gehilfen zu überlassen. Sie war bereits im achten Monat, klagte viel über Rückenschmerzen und vermied das Stiegensteigen, wenn es nur irgend anging.

Er fand sie hochrot und völlig verzweifelt mit einer Note des Hauswirtes, die besagt, daß die Miete für den Laden vom ersten Mai auf das Dreifache und die Miete für die Wohnung aus besonderem Entgegenkommen, weil man so anständige, pünktlich zahlende Mieter behalten wollte, nur auf das Doppelte hinaufgesetzt werde. Falls sie mit der Erhöhung nicht einverstanden wären, müßten Wohnung und Laden bis ersten Oktober geräumt sein.

»Er setzt uns auf die Straße«, flüsterte sie, vor Schreck völlig stimmlos. »Mit drei kleinen Kindern, im Oktober. Wie sollen wir denn das zahlen, Heinrichl«, klagte sie. »Ob die Lotti uns für eine Weile die Kinder abnimmt?« fragte sie zögernd. »Damit ich arbeiten kann?« So verzweifelt sie war, ihr praktischer Verstand suchte sofort Auswege aus der Katastrophe.

Nun war es an Heinrich, tief rot zu werden, und sein Herz klopfte gewaltig. Diese zufällige Wendung der Dinge bedeutete doch eine Gutheißung dessen, was ihm seit Wochen so schwer auf dem Herzen lag. Rosalie würde ihm ewig dankbar sein, für etwas, das er sich selbst schwer verzeihen konnte.

»Dein Heinrichl kann hexen«, lachte er ihr ins Gesicht, das nach dieser Eröffnung nur noch erschreckter wurde. »Wir *haben* das Geld und noch manches darüber. Wir ziehen bald aus von hier, aber nicht, weil die Miete zu hoch ist, sondern weil wir uns einen größeren Laden und eine bessere Wohnung werden suchen können. Ich erklär' dir das alles später. Hexen muß gelernt sein«, lachte er unendlich erleichtert. »Nur mit der Hilfe von Ferdinand, diesem Lügenpeter, hab' ich es erlernt.« Sein Lachen klang stolz und befreit, aber auch etwas bitter. Man tat unrecht und wurde nicht bestraft, sondern belohnt. Das war angenehm, aber froh machte es nicht.

Rosalie blieb verwirrt und ratlos zurück. Und verwirrt und ratlos war sie auch noch am Abend, als Heinrich ihr seine gewagte Unternehmung erklärte.

Sie verstand es nicht ganz, aber jedenfalls so viel, daß man zusammenbleiben würde, daß man die Kinder nicht würde fortgeben müssen und daß das, was so mühsam aufgebaut worden war, nicht durch eine Zinssteigerung, die eine Katastrophe für die ganze Stadt bedeuten mußte, einfach würde umgeblasen werden. Es war so viel Erleichterung, die ihr nun durch ihres Mannes Eröffnung wurde, daß ihr kein Augenblick Zeit blieb, Betrachtungen darüber anzustellen, ob das Spielen an der Börse ihnen zukäme oder ob es ganz allgemein verwerflich sei. Sie verstand ihres Mannes Andeutung nicht. Man hatte pünktlich seine Rechnung zu zahlen, und dies konnten sie also auch weiterhin. Das allein schien ihr maßgebend.

Am ersten Mai hatte eine allgemeine Zinserhöhung viele Existenzen vernichtet oder in ihren Grundfesten erschüttert. Am zehnten Mai, einem Freitag, fegte ein anderer Sturmwind durch die Stadt: Um zehn Uhr morgens wurde die Wiener Börse behördlich geschlossen; was gestern Glanz und Namen gehabt, versank ins

Dunkel oder erschien im grellen Licht eines finanziellen Skandals, Selbstmord folgte auf Selbstmord, tausend kleine Leute wurden mitgerissen. Andere wieder atmeten befreit die gereinigte Luft und erklärten, erst jetzt könnte ein anständiger Mensch wieder aufrecht auf der Straße gehen; ein schäbiges Gewand sei wieder ein Ehrengewand, Schusters Rappen stünden wieder in höherem Ansehen, als die vor die Kalesche gespannten. Die so dachten, bedauerten nur, daß die Börse nicht zehn Tage früher, vor der großen Mietensteigerung, geschlossen worden war, wodurch viel Elend hätte verhütet werden können. Die Semmeln erhielten wieder langsam ihre normale Größe, da die Bäcker wieder anfingen, Vorräte statt Aktien zu kaufen, und auch auf dem Viehmarkt wurden allmählich wieder Rinder und Schweine und nicht Börsenpapiere gehandelt. Kurz, es war der berühmte Schwarze Freitag, der zehnte Mai 1873. Für den bürgerlichen Fleischhauer Heinrich Lanzer in Simmering bedeutete dieser Schwarze Freitag den Verlust seiner gesamten Ersparnisse, den Verlust dessen, was er in drei Jahren zusammengelegt hatte, den Verlust aber auch der Mitgift seiner Frau.

Die Aufregungen riefen bei Rosalie eine Sturzgeburt hervor, und die Familie Segal war wieder einmal zur Stelle. Die unverheiratete Pauline, deren Mutter, die Tante Elise, erschienen bei der Wöchnerin; der alte Joseph Segal bestellte sich den Heinrich ins Comptoir, offenbar aufgrund des Berichtes, den ihm Frau und Tochter von der Situation in Simmering gegeben hatten.

So saß der Heinrich auf dem gleichen Stühlchen, auf dem er vor drei Jahren gesessen war, und von wo aus sein Leben eigentlich entschieden worden war. Sehr weit hatte der von hier angetretene Lebensweg eigentlich nicht geführt, eher konnte man sagen, daß der Heinrich, selbst wie ein eingespannter Ochse, einen Mühlstein im Kreise herumgeführt hatte. Es war keine Zeit für solche Betrachtungen, denn jetzt würde das Donnerwetter losbrechen und Heinrich hörte schon im Geiste die Worte »Verbrecher«, »Börsianer«, »Spieler« und »Heiratsschwindler«, alles Epitheta, mit denen er sich selbst dauernd belegte.

Was aber folgte, war die kurze Eröffnung des Firmenchefs, daß es sich offenbar erwiesen habe, daß der Heinrich Lanzer nicht eigentlich ein Geschäftsmann sei. Es ermangle ihm die Lust am Erwerb, der wahre Unternehmungsgeist, und wenn er ihn dann einmal bekunde, geschähe es, wie die letzten Ereignisse gezeigt hätten, durchaus am falschen Platz.

Der Heinrich konnte nicht anders, als ernst und zustimmend mit dem Kopf zu nicken. Joseph Segal nahm davon überhaupt keine Notiz und fuhr fort, in dem gleichen knappen und sachlichen Ton, ohne jeden Vorwurf und ohne jede persönliche Stellungnahme. Was sich hingegen erwiesen habe, fuhr er fort, sei eine gute Kenntnis des Marktes, des Metiers, was einer großen Firma wie seiner unter Umständen zustatten kommen könnte. Heinrich Lanzer sollte also als Einkäufer der Firma Segal eintreten, mit einem fixen Jahresgehalt und dem üblichen perzentuellen Kommissionsanteil bei Abschluß von Einkäufen größerer Viehbestände. Auch eine Wohnung werde man zu beschaffen wissen, denn es sei unumgänglich notwendig, daß der Heinrich von nun an in der Nähe des Comptoirs wohne; eine der Folgen des Kraches sei es ja, daß Wohnungen plötzlich reihenweise leer stünden, man würde also unschwer etwas Passendes finden.

So übersiedelte Heinrich Lanzer während der Sommermonate des Jahres 1873 in die Pazmanitengasse 10, grad um die Ecke von dem Platz, wo wir ihm am Beginn unserer Geschichte, an einem heißen Sommermorgen, begegneten, wie er in der Sonnenhitze dem Ruf »Fliegenfänger« lauschte.

Es war auch nicht weit von dem Platz, wo Lotti einmal bei der Witwe Strobinger ein Kabinett bewohnt hatte, und es war drei Minuten von der Wohnung und der Ordination des Doktor Moritz Feldmann entfernt. Es war eine helle, freundliche Drei-Zimmer-Wohnung, in die sie zogen, mit Küche und Dienstbotenkammer und den üblichen Nebenräumen, eine richtige Bürgerwohnung. Heinrichs Gehalt gestattete ihm ohne weiteres, seiner Frau jetzt ein Dienstmädchen zu halten.

Keiner in der Familie und keiner der später hinzukommenden Verwandten ahnte, daß die Gegend einmal der Werder geheißen hatte. Für sie alle war es ein Wiener Bezirk, der »Leopoldstadt« hieß, und in dem mehr Juden wohnten als in anderen Bezirken. Man sah gelegentlich in ärmeren, lichtloseren Seitenstraßen Juden mit Löckchen und Kaftan, die ganz offensichtlich nach anderen Gebräuchen und Gesetzen lebten als man selbst. Man nahm dies als eine Tatsache, über die nachzudenken es wohl kaum lohnte.

Rosalie und Heinrich waren aus schlesischen und mährischen Dörfern eingewandert, wo ihnen die Freiheit vergönnt gewesen war, die jedem anderen Waisenkind der Gemeinde zugestanden

128

worden war. Joseph Segals Vater war aus Ungarn gekommen, wo die Judenschaft reich und mächtig war. Für sie alle war die Leopoldstadt ein Wiener Bezirk wie jeder andere. Wie hätten sie auch ahnen sollen, daß dies einst das Wiener Ghetto gewesen war, das im 15. Jahrhundert zweimal dem Erdboden gleichgemacht worden war, und daß man die Juden aus Wien vertrieben hatte.

Hätte man es ihnen erzählt, sie hätten zugehört wie jeder anderen Geschichte auch. Und es ist mehr als wahrscheinlich, daß Rosalie die Liebesromane der »Gartenlaube« dieser Tragödie bei weitem vorgezogen hätte. Sie hätten beide in der Geschichte der Leopoldstadt keinerlei Beziehung zu ihrem eigenen Leben gefunden: Das waren Sagen und Legenden aus grauer Vorzeit, für die in ihrer Zeit kein Raum mehr war.

Der Heinrich stellte aus Anlaß des Umzugs Betrachtungen ganz anderer Art an, die bei sich zu behalten er allen Grund fühlte. Nicht nur war er nicht seines Glückes Schmied gewesen und wäre nach Absicht und Ausbildung Schlosser geworden, nicht nur hatten andere sein Leben bestimmt und er sich plötzlich in einem Beruf gefunden, den er nicht gelernt, an den er zuvor nie gedacht hatte, nicht nur hatte er sich plötzlich verheiratet und sich bald als Familienvater gefunden, es war ihm auch das einzig wirkliche Vergehen seines Lebens, das andere in den Ruin und zum Selbstmord treibt, ganz ohne sein Dazutun, zum Guten ausgeschlagen.

Nicht einen Augenblick trauerte er dem verlorenen Vermögen nach. Was ihm hier wie im Traum zugeflogen war, war ihm bei weitem lieber: ein sicheres Einkommen, bei dem es auf seinen Fleiß, seine Verläßlichkeit, nicht aber auf seine Geldgier und seinen Unternehmungsgeist ankam. Nur der Gedanke, daß er auch dieses nicht aus eigenem Vermögen erreicht hatte, war ihm ein wenig genant. Auch daß alle seine Gewissensskrupel überflüssig gewesen waren, verwirrte ihn. Doch wollte er es Joseph Segal nicht vergessen, daß der ihn nicht wie einen armen Sünder niedergedonnert hatte. Heinrich sollte zu ihm und der Firma durch rund zwanzig Jahre in Treue stehen, und dabei sind alle Beteiligten gut gefahren. Er ahnte nicht, daß kurz vor ihm ein anderer auf dem Besucherstuhl in Segals Comptoir gesessen war, daß bei seiner erneuten Anstellung bei dieser Firma ein anderer Besucher sein Schicksal bestimmt hatte.

Es war diesmal nicht die Kammerrätin gekommen, sondern es war der Kammerrat persönlich gewesen, der erschienen war, und wenn der auch noch seine Rappen im Stall hatte, das Stubenmädchen noch knickste und der Kutscher den Hut zog, hatte er es doch für richtiger gehalten, seinen Besuch zu Fuß abzustatten oder, wenn wir ganz genau sein wollen, den Wagen zwei Straßen vor der Glockengasse halten zu lassen und heimzuschicken und das letzte Stück Weges zu Fuß zurückzulegen.

Kammerrat Lanzer war es gewesen, der vor Jahren durch eine Anleihe zu einer beträchtlichen Vergrößerung der Firma Segal beigetragen hatte. Jetzt kam er um ein Vielfaches der damaligen Anleihe und war ehrlich genug zu sagen, daß er nicht wisse, wann er es würde zurückzahlen können.

Es war ein Männergespräch unter vier Augen gewesen, ungefähr acht Tage vor Heinrichs Gespräch mit Joseph Segal. Bei dem Gespräch zwischen Kammerrat und Segal aber waren die Rollen nicht ganz klar. Sowohl Bittsteller sein wie Richter sein erfordert eine bestimmte Haltung, die eingeübt sein muß, und die beiden Gesprächspartner hatten die Rollen, die dieser Augenblick ihnen vorschrieb, durchaus nicht geübt.

»Herr Segal«, sagte der Kammerrat, lehnte sich zurück und sah schräg aufwärts zu dem, der da auf seinem hohen Comptoirstuhl saß. »Ich verstehe Sie wirklich nicht. Ich komme zu Ihnen um eine Anleihe, gewiß, ich gebe es zu, um eine große Anleihe. Ich erkläre Ihnen, daß auch mich der Schwarze Freitag ruiniert hat, und daß ich ohne Ihre Anleihe nicht weitermachen kann. Und was erwidern Sie mir darauf? Sie halten mir einen Vortrag über die verheerenden Folgen des Börsenspielens für den einzelnen und für die Wirtschaft, und sie entwickeln Vorstellungen, die durchaus einer Kassandra würdig wären: Wie die Geschäftsusancen der letzten Jahre sich vernichtend auf die Stellung der Juden auswirken wird. Herr Segal, das heißt aber wirklich Steine statt Brot geben. Übrigens bin ich so wenig ein Börsianer, wie Sie es sind. Ich lehne es ab, mit jenen, die vom Spiel leben, in einem genannt zu werden. Eine Katastrophe wie diese hat eben auch solide Firmen getroffen.«

»*Meine* Firma steht«, sagte der andere, und was er sonst noch dachte, war ihm nicht anzumerken.

Der Kammerrat zuckte die Achseln. »Ich kenne Ihre Geschäftsgebarung nicht und habe kein Urteil darüber.« Er lächelte ein wenig gequält, aber doch sehr hochmütig. Es ging ums Leben, er wußte es, er vergaß es keinen Augenblick, aber er vergaß auch keinen Augenblick die Kluft zwischen dem reichen Viehhändler und dem Kammerrat. Er konnte sie einfach nicht überbrücken, auch jetzt nicht. Bittsteller sein muß gelernt werden, manche lernen es nie, dieser da wird es nie lernen. Man konnte es sehen, schon die Art, wie er scheinbar bequem zurückgelehnt saß, wie er gekleidet war in dunklen, englischen Cheviotstoff, mit der Pepitakrawatte und der taubengrauen Perle darin, die aufdringlich unaufdringlich den Mann von Distinktion unterstrich – das mußte aufreizend wirken auf einen Mann wie Joseph Segal.

»Ich bin Ihnen Dankbarkeit schuldig, gewiß. Die Vergrößerung meiner Firma verdanke ich Ihrer Großzügigkeit. Nur, wie weit hat meine Dankbarkeit zu gehen? Das ist die Frage. Bis zum eigenen Ruin?« Es war entschieden eine rhetorische Frage, die er da stellte, und sie mußte dem anderen herausfordernd klingen. Joseph Segal stieg von dem hohen Comptoirsessel herunter und begann, mit den Händen auf dem Rücken, im Raum auf- und abzuwandern.

Der Blick des Kammerrats folgte ihm, das war unangenehm, aber es war doch leichter so, im Gehen zu sprechen. War man schon Richter, hatte man letzte Entscheidungen in der Hand, dann mußte dies nicht auch noch äußerlich kenntlich sein. Es war ihm ungemütlich geworden, so aus der Höhe seines Comptoirstuhls zu dem anderen zu sprechen.

Das Gespräch drehte sich im Kreis, seit einer halben Stunde waren sie einer Entscheidung um nichts näher gekommen. Kammerrat Lanzer fühlte sich elend und zerschlagen, er hatte im Grunde seit etwa zehn Minuten aufgegeben. Er hatte verloren und dabei nahm er die unwichtigsten Dinge haarscharf wahr: diesen Kugelkopf, die glänzende Glatze, die in zwei dicke Nackenfalten überging, die schlechte Haltung, der schlurfende Gang. Interessiert ließ er seinen Blick zu den Schuhen wandern und stellte fest, daß ein Knöpfchen daran fehlte. Das Bild, das ich mitnehme, wird dieser fehlende Schuhknopf sein, dachte er verwundert. Dann kam eine große Ruhe über ihn. Was für ein Aufstieg, dachte er. Was für ein Leben. Ein Palais auf der Wieden. Ein Sommerhaus in Dornbach. Und Thérèse. Und mit ihr bei der Maifahrt. Nun noch ein Abgang in Ehren. Und endlich Ruhe. Es hatte so oft atemlos gemacht. Was wollte er eigentlich hier noch? Es war längst entschieden.

»Ich wiederhole Ihnen noch einmal mein Angebot, Ihnen die Hälfte der geforderten Summe gegen die übliche Verzinsung vorzustrecken. Den Rest müßten Sie schließlich aus dem Verkauf Ihrer Häuser und des Schmuckes Ihrer Frau zustande bringen. Sie sind noch immer besser dran, als ich es im gleichen Fall wäre«, konnte Segal sich nicht versagen zu bemerken. »*Ich* besitze weder Immobilien, noch haben meine Frau und meine Töchter wertvollen Schmuck.«

»Ich habe Ihnen schon gesagt, daß mir mit dieser Teilsumme nicht gedient ist«, erwiderte der Kammerrat müde und wischte sich die Stirn.

Der andere blieb für einen Augenblick stehen, machte eine ironisch bedauernde Bewegung, nahm dann seinen Gang durch den Raum mit auf den Rücken verschränkten Händen wieder auf.

»Dann bleibt mir nur noch die Kugel«, sagte der Kammerrat und stand auf. Wozu erniedrige ich mich vor dem da, dachte er verwundert, noch während er den Satz aussprach. Wozu?

Joseph Segal schien gar nicht gehört zu haben. Er blieb vor dem Kammerrat stehen und legte ihm schwer die Hand auf die Schulter. Der zuckte leicht zusammen. Der Geruch des Viehhändlers wehte ihm ins Gesicht. Es war Stallgeruch darin und Blut und die scharf riechende Ausdünstung eines Männerkörpers. Der Kammerrat sah genau, daß der Kragen des anderen nicht ganz sauber und daß seine braune Joppe fleckig war. Ich ertrage keine Menschen so nahe, dachte der Kammerrat verzweifelt und hielt doch den kleinen, tiefliegenden Augen des anderen stand.

»Herr Lanzer«, sagte Segal feierlich, und der Ton klang merkwürdig genug in dieser Umgebung, aus diesem Mund und bei diesem Anlaß. »Ihre Kinder und Kindeskinder werden es Ihnen noch vorwerfen, das, was Sie und Ihresgleichen an unserem Volk jetzt verschuldet haben.«

Der andere lächelte überlegen und machte sich frei von der schwer lastenden Hand, trat einen Schritt zurück, hervor aus dem ätzenden Dunstkreis des Viehhändlers. Nicht einen Augenblick länger hätte er dem standhalten können. Er fühlte sich frei und überlegen und war froh, daß der andere vorgab, die Drohung mit der Kugel nicht gehört zu haben oder vielleicht wirklich nicht gehört hatte. Er wollte sich wenigstens einen guten Abgang sichern; daß er das jetzt konnte, dessen fühlte er sich gewiß.

»Ich habe keine Kinder«, erwiderte er nun lächelnd, und hielt es für gut, sich niederzusetzen. Der Boden hatte bedenklich unter ihm zu schaukeln begonnen. Hier zusammenzubrechen, dieses Schauspiel gönnte er dem Alten denn doch nicht.

Segal tat den Satz mit einer Handbewegung ab. »Alle Juden werden die Folgen dieser Schwindelära zu tragen haben, alle, Sie auch.«

»Es sind nicht nur Juden, die da hineingezogen wurden.«

»Aber nur sie werden verantwortlich gemacht werden«, erwiderte der andere.

»Ich wußte gar nicht, daß Sie so jüdisch gesinnt sind. Ein Viehhändler, der mit Schweinen handelt, sollte sich doch nicht so auf sein Judentum berufen.« Es kam mit leisem Spott. Er war nicht mehr Bittsteller, er fühlte sich befreit, wie aus einer Umklammerung. Er war wieder ein großer Herr, für den die Welt weit und licht gewesen war und bis zuletzt bleiben sollte. Auf einmal war wieder alles federleicht.

»Ich lebe in der Welt«, sagte der Viehhändler, »da kann man sich nicht an überholte Gebräuche klammern, aber deswegen habe ich doch nicht vergessen, daß einer für den anderen herhalten muß. Ein Jude für den andern. Sie werden es noch erleben.«

Ich werde es nicht erleben, dachte der Kammerrat. Laut sagte er: »Der übertriebene Gründungseifer der letzten Jahre war verheerend für das Land, damit haben Sie völlig recht. Aber wie viele Juden dabei beteiligt sind, ist gleichgültig und nicht einmal feststellbar. Ich meinerseits, zum Beispiel, habe völlig vergessen, daß ich Jude bin.«

»Man wird nicht vergessen, es anzumerken, wenn Ihr Zusammenbruch publik wird«, kam die Antwort. Segal sah rachedurstig und wie ein bösartiger Clown aus. »Jeder einzelne, der davon betroffen sein wird, wird sagen ›ein Jud’, wieder ein Jud‹.« Die letzten Worte hatte er laut und emphatisch gesprochen, und er wies dabei mit ausgestrecktem Zeigefinger auf den Sitzenden.

Welche Situation, dachte der Kammerrat. Ich komme um Geld, um Hilfe, zu einem, der mir viel verdankt. Er versagt mir diese Hilfe. Schön. Er möchte mich aber am liebsten an den Pranger stellen, und er glaubt so sicher zu wissen, was recht ist. Beruft sich darauf, daß ein Jude für den anderen einstehen muß. Aber worin besteht eigentlich sein Judentum? Wie lächerlich das alles ist! »Ich würde mir darüber an Ihrer Stelle keine Sorgen machen«, sagte er und stand auf. »Ich möchte aber auch Ihre Zeit nicht länger in Anspruch nehmen.«

»Ich war immer ein reeller Geschäftsmann, Hunderte und Hunderte, die mit mir gearbeitet haben, wissen das«, sagte Segal, als würde dies die Ablehnung rechtfertigen, und nahm den anderen am Revers seiner grauen Weste.

Na, mein Lieber, dachte der Kammerrat, und die Situation fing bereits an, ihn zu amüsieren. Und wenn du vor fünf Jahren die Anleihe von mir nicht bekommen hättest, dann wäre der Bau der Baracken an der Nordbahn, von denen dein ganzes Geschäft abhing, eben unterblieben. Bist du so sicher, daß du ohne diese Hilfe nicht auch in den Strudel hineingezogen worden wärest, und hättest du dann nicht auch versucht, durch Spekulation zu diesem für dich so notwendigen Geld zu kommen?

»Ich bin überzeugt davon«, sagte er laut. »Wenn es Sie beruhigt, so halten Sie fest daran, daß Sie nicht nur Glück sondern auch Prinzipien haben, nach denen Sie, nicht für Ihren Wohlstand, sondern um der Juden willen handeln, die Ihnen deswegen sehr dankbar sein sollten. Mich jedenfalls haben Sie sich nicht zu verpflichten gewußt«, fügte er lächelnd hinzu. »Aber Sie haben recht, ich fühle mich auch nur als ein ruinierter Geschäftsmann, nicht einmal als ein besonders unreeller. Einfach als einer, der mit in den Strudel geraten ist. Und daß ich Jude bin, ist im Augenblick wirklich ganz gleichgültig. Daran dachte ich höchstens damals, als Sie Ihre Baracken bauen wollten.«

Er griff nach Hut und Stock. »Damals fiel mir ein langvergessenes Wort ein: ›Mischpoche‹. Die Mischpoche muß zusammenhalten. Sie aber haben eben andere Gesichtspunkte. Meine Verehrung.« Und draußen war er.

Joseph Segal war seiner so sicher, daß er die letzten Worte zwar hörte, aber sich keineswegs von ihnen getroffen fühlte. Er blieb für den Rest des Tages in gehobener Stimmung. Er war ein ehrlicher Geschäftsmann, der unverschämte Bittsteller hatte ihn dies doppelt fühlen lassen, und er war im Recht; das hatte ihn die soziale Kluft zwischen sich und dem anderen überspringen lassen, und er hatte sie mit einem weiten Satz übersprungen. Er spürte noch einmal den Glanz jener fremden Welt, genau so, wie er ihn bei dem Besuch der Kammerrätin vor drei Jahren gespürt hatte. Es hatte gelockt in glitzernden Farben, und er hatte da mit der Faust hineinschlagen dürfen und fühlte sich erleichtert: Zerstören, was man nicht haben kann, kann sehr berauschend sein. Nicht, daß er das gewußt hätte. Was er wußte, war nur, daß er gekämpft hatte für den guten Ruf aller Juden. Es war eine ehrenhafte Rolle, und er fühlte sich durchaus im Recht. Durchaus.

Zwei Tage später las er die Nachricht vom Faillissement eines großen Bankhauses, dessen Verwaltungsrat Kammerrat Lanzer gewesen war.

An anderer Stelle las er, daß Kammerrat Leopold Lanzer, wohnhaft auf der Wieden, Heugasse 4, sein Leben durch einen Pistolenschuß beendet hatte.

Heinrich ahnte nicht, daß es abermals der Kammerrat war, dieser Kammerrat, den er einmal im Leben gesehen hatte, dem er die glückliche Wendung des Schicksals verdankte, so wie es ihm Segal von seinem Comptoirstühlchen herunter eröffnet hatte.

Segal war ein schwerfälliger Mann, in dem die Gedanken nur langsam arbeiteten, und auch die Nachricht vom Tode des Kammerrates konnte vorerst sein Bewußtsein, im Recht zu sein, nicht ins Wanken bringen. Aber der letzte Satz des Kammerrates hatte nicht aufgehört, in seinen Ohren nachzuklingen. Und dieser Satz eines ihm fast völlig Fremden war es auch, dem Heinrich es verdankte, daß ihm keinerlei Vorwürfe gemacht wurden, keinerlei Rechenschaft von ihm verlangt wurde, und daß er vorerst als Beamter der Firma mit einem Jahresgehalt angestellt würde. Daß es das überhaupt gab, ein Jahresgehalt, hatte er bisher nicht gewußt. Welche Sicherheit, welche Möglichkeit des Einteilens brachte das mit sich!

Heinrich Lanzer hörte auf, bürgerlicher Fleischhauer zu sein. Ein Beamter mit Frau und drei Kindern zog in die helle, freundliche Wohnung Pazmanitengasse 10 ein.

Er sollte in Kürze Prokurist und später Direktor der Firma werden. Sein Jahreseinkommen stieg ständig, so daß er um die Jahrhundertwende den Seinen ein nicht unbeträchtliches Vermögen hinterließ. Ein großes Vermögen, gemessen an den Begriffen des Veteranen Heinrich Lanzer vom Jahr 1870, der fremd durch die glühend heiße, fremde Stadt geirrt war. Die rund fünfundzwanzig Jahre von der Übersiedlung in die Pazmanitengasse bis zur Jahrhundertwende waren Jahre wachsenden Wohlstandes. Jahre, die Freude brachten, von deren Existenz der Waisenjunge aus Freistadt keine Ahnung gehabt hatte: Es war die Seßhaftwerdung und das Einwachsen in das gehobene Kleinbürgertum der Stadt. Es waren aber auch Jahre, in denen sich mancherlei Anzeichen bemerkbar machten für etwas, was erst Heinrichs Kinder und Kindeskinder in voller Härte treffen sollte. Dazwischen lag, daß dem Zuständigkeitsgesuch nach Wien, genau zehn Jahre nach Einreichung, stattgegeben wurde. Dazwischen lag das Aufkommen einer großen und mächtigen Arbeiterpartei, die das Leben dieser Familie kaum zu berühren schien und doch stärker auf ihr Dasein wirkte, als man damals ahnen konnte.

Für Heinrich bedeuteten diese Jahre auch einen Stammtisch in einem bescheidenen Café, in dem sich Christ und Jud' zusammenfanden in guter Freundschaft. Er war hier zugelassen, fast als Gleichberechtigter, mit dem man die Parteikämpfe, die nationalen Kämpfe der auseinanderstrebenden Monarchie, besprach. Er, der nur vier Volksschulklassen absolviert hatte, saß mit Doktoren und Staatsbeamten zusammen. Er las nicht mehr die Konstitutionelle Vorstadtzeitung, sondern die Neue Freie Presse und das Tagblatt. Er hat seine harte Jugend nie vergessen und nahm regen Anteil an allen sozialen Fragen, aber unmerklich geschah es, daß er das Ausbleiben einer Zeitung in späteren Jahren am schwersten vermißte: »Blochs Österreichische Wochenschrift, das Centralorgan für die gesamten Interessen des Judenthums«, las er von den achtziger Jahren an am aufmerksamsten durch. Er war nicht etwa religiös geworden, aber der laute Antisemitismus der Luegerbewegung hatte ihn auf diesen Weg gedrängt.

Was am Stammtisch eingefangen wurde, vom Brodeln und Lärmen, vom Wachsen und Zerfallen der Kaiserstadt, daran hatte von nun an auch Heinrich seinen bescheidenen Anteil.

2
Der Stammtisch

»Den Boden wischen Sie nach dem Kehren mit dem Flanelltuch auf, und jeden zweiten Tag wird gebürstet. Die Parketten dürfen nicht nachdunkeln«, sagte die Rosalie und ging dem Mädchen voraus ins nächste Zimmer, um ihr weitere Anweisungen zu geben. Der weite Rock schaukelte, es gab ein raschelndes Geräusch, wenn der Saum über den Boden strich.

Ein Schlüsselbund klirrte leise in ihrem Gürtel. Sie hielt sich sehr gerade, trug den Kopf hochgereckt, da sie den Blick der Nachfolgenden im Nacken spürte. Hatte das Kreuz je bis zur Unerträglichkeit geschmerzt? Hatte sie die Füße je schwer nachgeschleppt? Sie konnte es sich nicht mehr vorstellen, sie war leicht und gewichtlos, sie führte das Mädchen, das Fini hieß und aus Krieglach stammte, in den sehr nüchternen Arbeitstag ein, und doch war alles wie im Traum. Die unwahrscheinlichsten Dinge waren plötzlich selbstverständlich. Sich wieder reibend auf den Steinfliesen zu finden und ratlos über der gesteigerten Miete zu brüten, hätte sie nicht erstaunt. Ihre Anweisungen gab sie, als hätte sie seit eh und je Dienstboten befehligt, ein ganzes Heer von ihnen, nicht grad nur ein kleines »Mädchen für alles«, dessen erste Stelle dies war, denn in einem Haus mit drei kleinen Kindern zu dienen, wo die Wäsche im Haus gewaschen wurde, war für eine, die schon bessere Posten gehabt hatte, durchaus nicht verlockend.

Rosalies Ton war freundlich und gemessen, aber ohne den Anflug eines Lächelns, das hätte ihr etwas von ihrer Würde genommen. Die Anweisungen gab sie so, wie sie sie Tante Segal hatte geben hören, ihr selbst und später dem Mädchen, das in der Küche half. All die leidenschaftlichen Liebesromane, die sie seit ihrer Mädchenzeit zu lesen nie mehr Zeit gefunden hatte, fielen ihr wieder ein. Ihr Heinrich, dachte sie stolz und zärtlich, für sie war er immer der Ritter gewesen, der sie gefreit, oder der Prinz, der sie erlöst, oder der Assessor, der gekommen war »in Sturm und Regen; er hat genommen mein Herz verwegen«, wobei ihr am dunkelsten von den drei Ständen der des Assessors geblieben war. Nun, das war alles verschüttet gewesen, beim gemeinsamen Rechnen, beim gemeinsamen Zum-Markt-Fahren. Daß er sie liebte, das hatte sie sich immer gedacht, aber erst jetzt war es bewiesen, jetzt, da er ihr, der Dame seines Herzens, solche Schätze zu Füßen gelegt hatte.

Die Küche war dunkel, das einzige Fenster hatte eine Milchscheibe und war überdies vergittert. Rosalie öffnete es, es ging auf den Gang. Man hörte von irgendwoher das gleichmäßige Geräusch des Teppichklopfens. Rosalie nahm ihren Schlüsselbund, sperrte auf, wogte voran und gab Erklärungen. Fini sah zu, sie war vielleicht sechzehn Jahre alt, ein Gesicht, rund und rotbäckig wie ein Borsdorfer Apfel, mit dicken blonden Zöpfen um den Kopf gelegt. Aus Angst, etwas falsch zu machen, hatte sie die Arme eng auf dem Rücken verschränkt und wagte sich gar nicht an den Küchentisch heran. Sie würde lernen, wie man in der Großstadt kocht, wie man einen »bürgerlichen Mittagstisch« bereitet, hatte ihr die Stellenvermittlerin versprochen.

»Ich war noch viel jünger als du, wie ich schon mein erstes Mittagessen gekocht hab'«, sagte die Hausfrau. »Lern nur gut, damit du's zu was bringst und dir eine Aussteuer zusammensparst. Das hab ich mir alles selbst verdient«, sagte Rosalie und wies auf den rohen Küchentisch und auf ein unförmiges Möbel, das fast die ganze Wand einnahm: die Küchenkredenz. Ihre Geste war dabei durchaus die einer Schloßherrin. »Und dabei hab' ich ohne Lohn arbeiten müssen. Aber die Verwandten haben mir die Aussteuer gegeben.« Weg war die Schloßherrin. Und die Bewegung, mit der sie die andere auf den Sessel niederdrückte und sich selbst setzte, war die eines Mädels, das sich auf einen Plausch freut. Wann hatte sie das je gehabt? Seit Jahren nicht, seit sie nicht mehr mit den Cousinen lebte.

»Eine ganze Aussteuer!« wiederholte die Fini bewundernd und ließ ihren Blick von der Kredenz zum Tisch und vom Tisch zur Kredenz laufen, als könnte man nicht damit fertig werden, die beiden einzigen Möbelstücke, die hier standen, zu bewundern.

»Wir haben schwer gearbeitet, ehe wir uns das haben leisten können. Ja, Fini«, sagte sie, und sie hatte Lust, ihre abgearbeitete Hand auf die der anderen zu legen, die rot und rissig auf dem Küchentisch lag. Dann wagte sie es nicht. War doch so fremd, das Mädl, nicht wie die Cousinen.

»Erst sparst du dir eine Aussteuer zusammen und lernst was, und dann suchen wir einen braven Mann für dich, und ihr arbeitet, bis ihr so was habt.« Da war wieder die Schloßherrinnengeste. »Fleißig muß man sein, geschuftet haben wir, bis in die Nacht, das muß man, um's zu was zu bringen.«

Die Fini nickte. Die Frau gefiel ihr. Arbeiten, das tat man zu Hause auch, von früh bis spät, acht Geschwister und die Mutter saßen den ganzen Tag beim Federnschleißen. Aber sie wollte ja schon höher hinaus, einen »bürgerlichen Mittagstisch« lernen, aber daß man sich auch eine Aussteuer verdienen konnte!

»Ja«, sagte die Rosalie und stand auf, reckte sich hoch, »halt immer fleißig sein, dann wirst du es auch so weit bringen.« Dann ging sie, nach den Kindern zu sehen.

Das Vorzimmer, in das sie aus der Küche trat, war stockdunkel, obwohl es zehn Uhr morgens war. Sie öffnete die Tür, die gegenüber der Küche lag und blieb einen Augenblick geblendet stehen; genoß es, in all der Helligkeit im Türrahmen zu stehen. Meine Kinder, dachte sie, unsere Kinder, in Licht und Sonne. Die Fenster waren weit offen. Straßenlärm drang herein: Das Rollen von Rädern, Schwerfuhrwerken und dazwischen das flinkere Klappern der Einspännerpferde.

Die beiden Mädchen lagen zusammen in dem Kinderbett, dem vom Anton geschnitzten, und Lina hielt, fest an sich gepreßt, eine große Zwirnspule, während Romanca auf dem Rücken lag und versuchte, ihren winzigen großen Zeh in den Mund zu stecken. Dann streckte sie das Beinchen wieder ganz durch und führte zufrieden ein langes, unverständliches Selbstgespräch.

Aus dem Wäschekorb greinte es. Rasch nestelte die Rosalie ihre Bluse auf: »Jetzt wird schnabuliert«, sagte sie, »und dann gehen wir in den Augarten.«

Dann saß sie still in der Mitte des Raumes mit dem kleinen Edi an der Brust und sah zu, wie er zuschnappte, schluckte, wie das Schlucken erst immer schneller und schneller ging, dann wieder langsamer wurde, bis es ganz aufhörte, die Atemzüge gleichmäßiger wurden und die Augen zufielen. Ein sanfter Wind trieb ins Zimmer, Altweibersommer. »Lavendel, kauft's an Lavendel«, wehte es gedämpft herauf, der Ruf der Straßenverkäuferinnen. Die Mädchen hatten sich an die Gitterstäbe geschoben und schauten still aus aufgerissenen Augen zu.

Ein Kinderzimmer, dachte die Rosalie, ein helles Kinderzimmer. »Frau Lanzer« bin ich, sie konnte es wieder einmal gar nicht glauben. In einer eigenen Wohnung bin ich und abends kommt der Heinrichl, und er hat ein Jahresgehalt. Weil wir so fleißig waren, weil der Heinrichl so tüchtig ist. Seit sie es der Fini so erklärt hatte und angesichts der Kinder, denen man doch ein Beispiel sein muß, auch wenn sie es noch nicht verstehen, seit es ihr aus allen Ecken dauernd entgegenschrie: »Eigene Wohnung«, glaubte sie auch wirklich, daß es so war. Sie wußte »faillit« und »verspekuliert« und »sogar meine Mitgift« und »war im guten Glauben« und »es haben doch alle getan«. Aber vor diesen Kinderaugen fühlte sie: »aus eigener Kraft« und »durch schwerste Arbeit«. Eine Lüge ist nie über ihre Lippen gekommen, aber daß sie so fühlt und der Stolz ihre Brust weitet, allem Wissen zum Trotz, und daß sie nicht einmal denkt, daß alles, alles, und zum zweiten Mal, den Verwandten zu danken ist, ist das nicht viel schlimmer als eine Lüge? Gewiß nicht, Rosalie konnte nur einfach, wie jede andere auch, ohne Träume nicht leben. Und ist das die schlimmste der Sünden, wenn man in Träumen lebt, die, zu bescheidenster Wirklichkeit zu machen, doch möglich sein sollte?

Die Rosalie ist wirklich eine Bürgersfrau geworden. Wie wir sie so auf der Straße sehen, herankommend aus dem engen Gewirr der winkeligen Gassen der Altstadt, die prächtige breite Taborstraße entlanggehend, da unterscheidet sie sich in nichts von all den Frauen, die hier zu ihren Kaffeeklatschen eilen. Ihrer Kleidung und ihrem Gehaben ist nicht anzumerken, daß sie vor noch gar nicht so langer Zeit mit den verrufensten Marktweibern in der Kantine einen gekippt hat, ebensowenig ist ihr anzumerken, daß sie auf dem Boden kniend, vor aller Leute Augen, die Steinfliesen des Fleischhauerladens gerieben hat.

Sie ist schwarz gekleidet, ihr Taftrock raschelt und rauscht wie der aller anderen Frauen, sie trägt ein Kapotthütchen mit einer Rose darauf und die Schleife unterm Kinn, um das Hütchen festzuhalten, ist sorgfältig und fast mit Raffinement seitlich so gebunden, daß es ihr etwas zu rundes Gesicht schmäler erscheinen läßt. Sie trägt nicht mehr die schwere Geldkatze, aus der sie in blutige Fleischhauerhände das Geld hätte zählen müssen: Der perlengestickte Reticule, Ridicule, wie die Wiener sagen, baumelt an ihrem Arm.

Sie geht gegen den Strom. Die Masse der Menschen bewegt sich in entgegengesetzter Richtung, die Taborstraße hinunter, gegen den Prater zu, zur Rotunde, dem Weltwunder, das zu bestaunen es die Wiener drängt. Sie geht stadtwärts. Vierspänner und Fiaker fahren an ihr vorbei, auch Mietwagen gibt es wieder. Die Fiakerkutscher, die bei der Eröffnung der Weltausstellung vor der Rotunde streikend für bessere Löhne demonstriert hatten, rufen wieder »Fahr' ma, Euer Gnaden!« und dazwischen drängen sich Jukkerwagen mit schnellfüßigen Trabern vor. Für sie alle hat Rosalie keinen Blick, auch nicht, als sie über die Ferdinandbrücke kommt und den Kai überschreitet und langsam in die ansteigende Rotenturmstraße einbiegt. Es wäre vielleicht ganz gut, wenn sie ihrer Umwelt ein wenig Beachtung schenkte: Sie würde sehen, daß in dieser Geschäftsstraße die Lokale reihenweise geschlossen sind, daß überall Zettel kleben, die leere Wohnungen anbieten, etwas, was die Wiener seit Jahren nicht gesehen haben. Aber sie sieht das nicht, auch nicht die Plakatanschläge, von denen es entgegenruft, daß Joachim sein einziges Solistenkonzert gibt, das Suppés »Turnerfahrt nach Hütteldorf« in den Blumensälen und die »Waise aus Lowood« im Burgtheater gegeben wird. Sie sieht es nicht, weil sie tief in Gedanken ist, und auch weil es sich nicht schickt, die Blicke umherschweifen zu lassen: Frauen schauen züchtig zu Boden, das weiß sie genau. Aber selbst wenn sie aufblickte und die Anschläge sehen würde, keiner der hier prangenden glänzenden Namen könnte sie auch nur einen Augenblick dazu veranlassen, stehenzubleiben. Was den Ruhm und Glanz der Kaiserstadt ausmachte, was so seltsam in diesem Volk verwurzelt war, daran hatte Rosalie noch durchaus keinen Anteil. Aber sie ist immerhin nun nicht mehr die arme Verwandte, halb ein Dienstbote, halb, oder zu einem Viertel Familienmitglied. Nun ist sie immerhin Frau Lanzer, eine verheiratete Frau, Mutter von drei Kindern. Und nun ist sie sogar eine Frau, die einer anderen beistehen muß, eine Frau, die von einer anderen benötigt wird, wenn sie auch noch nicht so genau weiß, wie sie wird beistehen müssen. Sie hatte ihre Schüchternheit überwunden und sich auf den Weg gemacht, quer durch die Stadt, bis auf die Wieden, zu dem kleinen Palais, in dem sie die schönsten Monate ihres Lebens verbracht hatte.

»Mais non, c'est ridicule, je suis déjà partie«, hörte sie die müde Stimme der Tante Thérèse. Und dann eine Männerstimme, die etwas fragte, was sie nicht verstand.

»Die gnädige Frau läßt sich entschuldigen«, sagte knicksend mit einem listigen Lächeln die Mizzi, »die gnädige Frau ist eigentlich schon abgereist, nach Paris.« Ach, sie hatte es noch immer nicht gelernt, wie man lästige Besucher geschickt abweist, und sie würde es in diesem Hause wohl auch nicht mehr lernen: Teppiche lagen zusammengerollt, Koffer und Ballen lagen halb gepackt hier im Flur, der Hausstand offensichtlich in Auflösung begriffen.

143

Rosalie zögerte einen Augenblick, sie wollte die Kleine mit dem verlegenen und frechen Gesicht beiseite schieben, wagte es aber nicht, suchte nach einem Wort, das ihr doch noch den Zutritt ermöglichen würde, da hörte sie noch einmal die Stimme der Tante: »C'est une de ces certains de Schnorrverwandten de Boskowitz ou de Saybusch.« Die Rosalie wandte sich brüsk zum Gehen.

Am Abend erzählte sie dem Heinrich nur, daß ihr Besuch vergeblich gewesen, da die Frau Kammerrat bereits abgereist gewesen sei.

»Wie schön«, meinte Heinrich, etwa eine Woche später, da er eines Abends nach Hause kam, und bewunderte ein resedagrünes schillerndes Taftkleid und eine duftige Mantille, die zuoberst auf einem Haufen Kleider lagen, vor dem die Rosalie ziemlich ratlos stand.

»Sieh an, was für Roben sich die Frau Lanzer kauft« scherzte er. »Dürfen wir jetzt einen ganzen Monat hungern? Denn das ist doch mindestens das Wirtschaftsgeld von einem Monat?«

Die Rosalie war nicht geneigt, auf seine Scherze einzugehen. Sie machte ein ratloses, aber auch ein sehr indigniertes Gesicht. »Das muß zurück, alles zurück, ich rühr' das nicht an, kein Stück. Sieh doch, was sie uns noch geschickt hat! Zurück damit, wozu brauchen wir das!« Sie wies auf die massive Wertheimkasse, die da in der Ecke stand.

Der Heinrich fand auch daran Vergnügen und probierte die vielen Schlüsselchen, die daran hingen. Ob auch was drin war? Neugierig setzte er seine Untersuchung des Möbels fort.

Die Rosalie erklärte, daß dies alles von Kammerrats käme und warf ihm ein Kärtchen hin, eine Visitenkarte von Madame Thérèse Lanzer, auf der ein kurzer Gruß stand.

Heinrich begriff den Ärger seiner Frau nicht. »Wahrscheinlich hat die Kammerrätin vor ihrer Abreise so verfügt. Das ist doch sehr freundlich, wenn sie in all dem Unglück an dich denkt. Und die eiserne Kasse können wir gut gebrauchen, bei dem vielen Geld, das wir ersparen werden.«

Rosalie schüttelte energisch den Kopf. »Ich will nichts geschenkt von denen.«

»Abergläubisch?« lachte der Heinrich.

Sie schüttelte den Kopf und wiederholte störrisch: »Ich will nichts von der Tante Thérèse.«

144

»Na, komm«, redete er ihr zu und zog sie vor den Hängespiegel, der knapp bis zur Hüfte abkonterfeite. »Schau, wie du damit aussiehst!« Und er hielt ihr das Resedagrüne vor, hielt es oben an den Schultern fest. Plötzlich war Stille und der Streit um das Zurückschicken oder Nicht-Zurückschicken völlig vergessen.

»Sapperlot«, sagte der Heinrich leise, und beinahe war es, als ob er seine Frau zum ersten Mal erblickte.

Eine fremde, vornehme Frau sah ihm entgegen, abweisend war das Gesicht, wie die Gesichter der Reichen, und erstaunlich selbstbewußt war es auch. Das fand auch sie. Und gar nicht so übel. Das Resedagrüne ließ die Pausbacken pastellig erscheinen. Der Mann hinter ihr im Spiegel war weniger fremd als sie selbst. Das Kleid fiel von den Schultern, der Heinrich ließ es fallen, und die ordentliche Rosalie ließ es einfach liegen. Die zarte Mantille und der ganze Haufen von raschelnden Frou-Frous wurde glatt auf den Boden gefegt, und die leere Wertheimkasse blieb sperrangelweit offen ...

Beim Nachtessen saß die Rosalie ganz steif und kerzengerade und sah nicht von ihrem Teller auf. Die Leber war steinhart, ohne daß die Fini diesmal den kleinsten Putzer erhalten hätte. Es ist an diesem Abend ganz ungewöhnlich spät geworden, ehe die beiden zu Bett gingen. Der Heinrich trank das Viertel Haugsdorfer, das er sich ausnahmsweise hatte holen lassen, in kleinen Schlucken, und sie saß dabei und wagte nicht, ihn anzusehen, konnte sich nicht vorstellen, daß sie es je noch einmal wagen würde.

Es waren sechs Roben in Taft und Moiré und eine in durchsichtiger Seide, so hauchdünn, wie sie noch nie einen Stoff gesehen hatte. Ferner die cremefarbige Mantille und ein Fuchs, was alles zusammen die Rosalie in die hinterste Ecke ihres Kastens hing, wenigstens aus den Augen kam es ihr so, wenn es schon nicht zurückgeschickt werden sollte.

Der Heinrich verlangte noch öfters, seine Frau das Resedagrüne oder das braune Moirékleid tragen zu sehen. Aber die Rosalie hatte immer eine Ausrede. So vergaß der Heinrich schließlich die herrschaftliche Garderobe, und die prächtigen Gewänder der Kammerrätin hingen ungenutzt und vergessen, bis Lina und Romanca alt genug waren, die Eltern in den Kegelklub zu begleiten. Damals kam es dann der Rosalie sehr zupaß, daß sie zwei der Kleider für die Mädchen umschneidern lassen konnte. Denn die Wertheimkasse war damals gerade ziemlich leer, weil man wieder einmal dem Ferdinand, diesem immer wieder mal auftauchenden, um sieben Ecken verwandten Windbeutel und Witzbold, hatte aushelfen müssen. Aber der Rosalie ist das fatale Wort der Kammerrätin, »Schnorrverwandte«, auch damals nicht über die Lippen gekommen.

Der Heinrich ist jetzt so weit, daß er den angebeteten Schwager um die Ecke wohnen hat. Er nennt ihn »Schwager«, obwohl er ja nur der Mann einer Cousine seiner Frau ist, um dessentwillen er eine Frau geheiratet hat, die er nicht hatte heiraten wollen, die er vorher nicht angesehen hatte, weil er ja überhaupt keine hatte heiraten wollen. Aber es war inzwischen so viel geschehen, daß er sich dieses Glückes im ersten Jahr in der Pazmanitengasse gar nicht hatte bewußt werden können.

Die Sehnsucht nach einem Freund war ein wenig niedergebrannt. Es war also nicht mehr mit klopfendem Herzen, wie es wohl noch vor ein paar Jahren der Fall gewesen wäre, daß der Heinrich der Aufforderung Moritz Feldmanns Folge leistete, als dieser ihn einlud, ihn doch einmal in seinem Café, wo er dienstags und freitags nach seiner Ordination Tarock zu spielen pflegte, aufzusuchen.

Der Freitag war nicht günstig, da war das Marktleben besonders rege und hielt ihn lange fest: Die Fleischhauer kauften mehr, weil für den Samstag mehr verlangt wurde, über die Restbestände des Lebendviehes mußten Anordnungen getroffen werden, die Abrechnung im Comptoir nahm auch Zeit in Anspruch, und Rosalie legte Wert darauf, daß gerade am Freitag pünktlich gegessen wurde. Sie hielt den Freitagabend auf ihre Art, dies jedoch merkwürdigerweise erst, seit sie in die Pazmanitengasse übersiedelt waren. In Simmering hatte er nie bemerkt, daß sie an irgendwelchen religiösen Gebräuchen hing. Nun ließ sie sich, auch wenn sie sonst alle Entscheidungen ihm überließ, durch seine spöttischen Bemerkungen nicht hindern, und deckte den Tisch festlicher als sonst, bot ein feiertägliches Essen, stellte die brennenden Leuchter auf, Leuchter, deren Existenz er vorher nie bemerkt hatte. Er ließ ihr den Willen, wenn er auch manche Bemerkungen nicht unterdrücken konnte. Aber allmählich begannen die bis spät in die Nacht hinein brennenden Lichter, die an die Wand flackernde Schatten warfen, ihn anzuheimeln.

Freitag war also kein guter Tag für das Treffen mit Moritz Feldmann. Aber an einem Dienstag, man wohnte ja schon über ein halbes Jahr nur einen Katzensprung entfernt, fand Heinrich am späten Nachmittag doch seinen Weg ins Café Withalm.

Es war ein stürmischer Märztag, einer der Tage, an denen halbstundenweise die Schneeflocken herumwirbelten, die aber nicht mehr liegen blieben; einer der Tage, an denen der Wind schon Erdgeruch mitbringt und die Kinder in der Schule ernst und angestrengt ihre ersten Schneeglöckchen abzeichnen.

Das Café lag neben der Nordbahn, wo er selten zu tun hatte. Aber als er das erste Mal bei der Firma Segal gearbeitet hatte, hatte er von dort aus mit Senkel und dem Branko Schafe getrieben. Er blieb einen Augenblick vor dem großen Bahnhofseingang stehen, obwohl der Schnee wieder herunterstöberte und die kleinen Sternchen Heinrichs drappfarbenen kurzen Überrock überstreuten. Vier Jahre ist das jetzt her, fiel es ihm ein, daß ich dachte, vorübergehend Markthelfer zu sein. Und nun bin ich verheiratet, Vater von drei Kindern, ein viertes ist unterwegs und um den morgigen Tag muß ich mich nicht sorgen und auch um den übermorgigen nicht. Dann schritt er eilends aus und stand plötzlich verlegen in der Tür des Cafés und sah sich suchend um. Es war ein niedriger verrauchter Raum, an dessen Wänden Tische standen, während in der Mitte zwei mächtige Billardtische Platz fanden.

An den Tischen entlang der Mauer saßen nur wenige Zeitungsleser. Auf den Garderobehaken hingen nasse Mäntel und unzählige Zeitungen, in Rahmen eingespannt. Moritz Feldmann war nicht hier, das hatte der Heinrich sofort festgestellt.

»Suchen der Herr Doktor vielleicht eine Schachpartie?« fragte ein Kellner und wedelte mit dem Wischtuch, das er unter dem Arm hervorgezogen hatte. »Spielzimmer sind dort«, und er wies gegen die halboffene Tür im Hintergrund; ohne Heinrichs Antwort abzuwarten, ging er voraus. Der Heinrich folgte widerspruchslos. Jetzt machten ihm die Blicke der anderen nichts aus. Gar nichts. Wenn sie ihn doch für einen Doktor hielten! In der Tür blieb der Heinrich erstaunt stehen. Bis man mit den Augen den Qualm der Pfeifen und Zigarren durchdrang, das dauerte einen Augenblick. Da standen in zwei, manchmal in drei Reihen, Kopf an Kopf und völlig schweigend Männer und reckten ihre Hälse nach den Schachspielern, die unbewegten Gesichtes unter dem leise summenden Auerlicht auf das Brett vor sich starrten.

Der Kellner wies auf ein kleines Männchen im Hintergrund, zu dem sich durchzudrängen überaus schwierig sein mußte, und das ebenso gebannt wie die anderen auf das ihm zunächst sitzende Spielerpaar blickte.

»Der Herr Ingenieur nimmt die Anmeldungen zum Spiel entgegen«, sagte der Kellner und begann gerade, sich durchzuwinden. Heinrich erwischte ihn noch an den Rockschößen. »Ich suche die Kartenspieler«, flüsterte er, um nicht zu stören, denn die Zunächststehenden blickten bereits unwillig auf, wegen der Durchbrechung der Stille.

»Ah, die Kartenspieler«, wiederholte der Kellner, und der Schatten einer Enttäuschung überflog seine Züge. »Wenn der Herr mir folgen will.«

Moritz Feldmann war gerade am Ende einer Partie. Der Heinrich bat ihn, sich nicht stören zu lassen und beutelte seinen feuchten Mantel aus. Dann zog er sich einen Stuhl heran, neben Moritz Feldmann, aber doch in gehöriger Entfernung von den Spielern, um nicht zu stören. Von da konnte er ganz gut folgen.

Man spielte Tarock, und der Mann, der Schwager Moritz gegenübersaß, schien am Gewinnen zu sein. Je länger der Heinrich zusah, desto mehr freute er sich darauf, da bald mitspielen zu dürfen. Wie oft hatte er in der Militärzeit Tarock gespielt, wieviele öde Sonntage im Kasernendienst waren dadurch erträglicher geworden. Ein anderes Kartenspiel fiel ihm ein. Ob die wohl auch Strohmandl spielten?

Der Mann, der am Gewinnen war, trug einen langen, blonden Bart, der so wenig von seinem Gesicht frei gab, daß man sein Alter so leicht gar nicht hätte schätzen können. Er hatte einen Augenblick aufgeschaut und auf den Neuankömmling geblickt, sich dann aber wieder ins Spiel vertieft. Dieser Augenblick hatte genügt, um Heinrich sehen zu lassen, daß der ganz wunderschöne blaue Augen hatte. Der Mann gefiel ihm. Wer das wohl war? Wer mit dem Schwager Moritz Karten spielte, der mußte schon was Besseres sein. Er trug einen merkwürdig geschnittenen grünen Rock, wie Heinrich keinen je gesehen und ihm nicht ganz schicklich vorkam.

Der dritte Spieler hatte ganz kurz geschnittenes schwarzes Haar, das borstig in die Höhe stand, und darunter ein etwas verwittertes gebräuntes Gesicht. Er sieht aus wie ein lustiger Zwetschkenkrampus, dachte der Heinrich. Auch der gefiel ihm.

Der Blondbärtige gewann. »Du mußt früher kommen, wenn du spielen willst, das war die letzte Partie für heute«, sagte Moritz Feldmann.

»Fragen Sie nur nicht, wie viele Partien wir schon hinter uns haben«, lachte der Zwetschkenkrampus. »Seit drei Uhr sitzen wir da.«

»Bitte mich auszunehmen«, meinte Doktor Feldmann und machte die Herren miteinander bekannt. »Mein Schwager, Herr Lanzer, Beamter der Firma Segal«, stellte er vor.

»Sehr angenehm, sehr angenehm«, versicherten die anderen, und es gab ein allgemeines Händeschütteln.

Der Zwetschkenkrampus hieß Oskar Stummvoll und war Magazinör bei den Nordbahndepots, und der mit dem langen blonden Bart war der Direktor der Volks- und Bürgerschule Holzhausergasse, Direktor Übelhör, Fach Geographie und Geschichte, wie sich in einem folgenden Gespräch herausstellen sollte.

»Freut mich, freut mich aufrichtig, Herr Lanzer, daß wir einen neuen bekommen«, sagte der Magazinör. »Wir sind gar zu abhängig von Doktor Feldmann, und der kommt halt immer so spät.«

»Ich bin manche Tage schon um drei Uhr frei«, versicherte der Heinrich bereitwillig.

Der Schuldirektor blickte sich um, ob man mit dem lauter werdenden Gespräch nicht andere Spieler störe. Aber der Nebentisch war gerade im Aufbruch. Die vier konnten sich ungestört unterhalten.

»Na, Herr Direktor«, sagte Doktor Feldmann, während er die Karten einsammelte und zusammenschichtete, »der Gewinner muß uns doch irgendwie schadlos halten, also geben Sie uns noch was Interessantes zum besten. Wie steht es mit der Tegetthoff? Und was hört man vom Franz-Joseph-Land?«

Der Heinrich sah seinen Schwager erstaunt an. Der Tegetthoff hatte bei Lissa gesiegt und sein Denkmal stand auf dem Praterstern, eine Säule mit unzähligen kleinen Schiffchen darauf, um den Sieg der Flotte der österreichisch-ungarischen Monarchie zu versinnbildlichen. Aber daß man ein Schiff so genannt hatte, das Schiff, mit dem der Julius Payer nach dem Nordpol gefahren war, hatte er wohl schon einmal gehört, aber auch gleich wieder vergessen. Das war doch schon bald zwei Jahre her, daß die Tegetthoff ausgefahren war, gerade damals, wie er sich so gar nicht hatte vorstellen können, daß es je ausreichen würde für Miete und Essen, und Roncza schon geboren war und Rosalie mit dem Edi schwanger ging. Da verloren Nordpolfahrer an Interesse, wiewohl das schon aufregend sein mußte, mindestens so aufregend wie bis ins Holsteinische zu kommen, das war der nördlichste Punkt, den er erreicht hatte.

149

Nun begann der Schuldirektor Übelhör ein bißchen zu erzählen. Heinrich wußte gar nicht, was mit der Tegetthoff geschehen war, seit sie ausgefahren, und Doktor Feldmann wußte gerade so viel, wie in der Zeitung stand. Direktor Übelhör dagegen las auch die Berichte der geographischen Gesellschaft, und die Nachrichten der Militärakademie, an der Payer jahrelang unterrichtet hatte.

Die Tegetthoff war zwei Jahre im Eis eingeschlossen gewesen, und erst in diesem Frühjahr hatte die Schiffsbemannung es gewagt und war mit Schlittenfahrten weit vorgedrungen bis zu 82° nördlicher Breite, und dort hatten sie eine Fahne aufgepflanzt, die schwarz-gelbe Fahne, und von da an hieß es dort oben Franz-Joseph-Land.

Den Zwetschkenkrampus namens Oskar Stummvoll interessierte es weder, etwas über das Leben der im Eis Eingeschlossenen zu erfahren, noch darüber, ob das Schiff würde preisgegeben werden müssen. Er wollte einzig und allein wissen, bis zu welchem Breitengrad es noch Rentierflechten oder anderc Pflanzen gab. Er erklärte dem Heinrich, daß er ein Herbarium besitze, dessen Mappen die Wände seines Zimmers bis hoch hinauf füllten; das Ergebnis zwanzigjährigen Sammlerfleißes.

Der blondbärtige Übelhör ließ sich durch die Zwischenfragen nicht beirren und erzählte in langsamem, leicht dozierendem Ton von den Ergebnissen der Expedition. Der Heinrich sowohl wie Moritz Feldmann horchten mit weit aufgerissenen Augen. Ihrer beider Weg war so verschieden gewesen, die Bildung des einen der des anderen so turmhoch überlegen, daß der Heinrich es jedesmal erneut nicht fassen konnte, daß der andere ihn »Schwager« nannte. Aber in einem waren sie sich völlig gleich: Beruf bedeutete für sie beide durchaus Erwerb zur Deckung der täglichen Lebensbedürfnisse. Hätte Moritz Feldmann etwa zu Beginn seines Studiums noch davon geträumt, zu helfen oder gar zu forschen, so waren diese Träume sehr bald verflogen; es war ein Erwerb, dem er oblag, mit aller Verantwortung für die ihm Anvertrauten, aber doch eben ein Erwerb.

Und nun gab es da einen, irgendwo in eisigen Gegenden, der zwei Jahre hindurch täglich kämpfte, um sich zu behaupten, und – was noch erstaunlicher schien – den Erzählungen des Schuldirektors zufolge, hatten die Menschen seit Jahrhunderten immer wieder um diese kalten Regionen gekämpft, aus keinem irgendwie erklärlichen Grunde. Übelhör sprach von der sagenhaften Insel Thule im Mittelalter, nach der hoch im Norden zu suchen offenbar die Mönche für ein gottgefälliges Werk gehalten hatten, er sprach von den Kosaken, die im achtzehnten Jahrhundert auf Fahrt gegangen waren und schließlich von jenem, dem zu Ehren die Beringstraße benannt worden war. Das war zumindest ein reales Erlebnis, wenn man es schwarz auf weiß auf der Landkarte lesen konnte. Auch daß einer auf dieser Fahrt herausgefunden hatte, daß Europa und Amerika kein zusammenhängendes Festland waren, ließ Moritz Feldmann noch gelten. Und doch: »Übermut«, sagte er. »Nichts als Übermut. Da heißt nun dort oben ein Stück Franz-Joseph-Land. Wem nützt das bitte? Dem Kaiser vielleicht? Der Kaiser ist auch ohne das Franz-Joseph-Land der Herrscher über ein Riesenland. Hätten die doch lieber ein Spital gebaut! Ich werde täglich zurückgewiesen mit meinen Patientinnen, weil keine Spitalsbetten frei sind.«

Der Zwetschkenkrampus nickte. Er war nicht ganz der Ansicht des anderen, aber er war so gewohnt, Zustimmung zu nicken. Leise nur jammerte er, daß sie doch wenigstens die Moose studieren sollten bei ihrer Schlittenfahrt über das Festland. Und er zählte rasch einige Werke auf, die Moose und Flechten nur unvollkommen beschrieben.

Dem Heinrich dröhnte der Kopf, und er staunte nur so. Er war viel zu bescheiden, um dem Schwager, dem er es verdankte, daß er an diesen aufregenden Gesprächen teilnehmen durfte, zu widersprechen gewagt hätte. Aber Übermut war das nicht, oh nein! Freilich, wozu das gut sein sollte, warum man so kostspielige und lebensgefährliche Expeditionen machte, er hätte es nicht zu sagen gewußt. Aber man denke, schon die Mönche im Mittelalter wollten gerne wissen, wie es dort oben war. Die Weite, er wußte, was sie bedeutete. Er war über die Grenzen des Landes nach Nord und Süd gekommen, und wie oft sehnte er sich hier heraus. Gewiß, er hatte sich damals nach Lotti und Wien gesehnt, aber so schwer wie jetzt, wo er manchmal gar nicht wußte, wozu das Ganze war, dieses Sorgen und Sammeln, so schwer war ihm damals nicht gewesen. Und auch der Zwetschkenkrampus setzte ihn in Erstaunen. Herbarien! Erst hatte er gar nicht begriffen, was das war. Dann verstand er allmählich: Getrocknete Pflanzen. Und aus der ganzen Welt! Da war einer Magazinör bei der Nordbahn, und abends saß er zu Hause und schnupperte die Pflanzen der ganzen Welt. Der Heinrich dachte an Rosalie und daran, daß die kleine Lina ihm jetzt schon entgegengewatschelt kam, wenn er das Kinderzimmer betrat. Aber allein war der mit seinen Herbarien offenbar auch nicht, oder er fühlte es jedenfalls nicht.

Der Übelhör sprach gerade von der lange zurückliegenden deutschen Expedition nach Ostgrönland, an der Payer teilgenommen hatte, und Moritz Feldmann beendete das Gespräch, indem er noch einmal sagte: »Herr Direktor, ich kann mir nicht helfen, nehmen sie es mir nicht übel, das ist Übermut, nichts als Übermut.«

Der Schuldirektor lächelte. Gutmütig und ein wenig überlegen. »Also, Herr Doktor, lassen wir halt vorerst den Payer auf seiner Tegetthoff, er findet bestimmt auch ohne uns den Rückweg. Aber was sagen Sie zu dem Ofenheimprozeß? Das hätte man doch nie für möglich gehalten, daß selbst die höchsten Kreise belastet werden?«

Da konnten sie nun alle mitreden. Diesen Prozeß hatte jeder verfolgt. Es waren die letzten Wellen, die der Börsenkrach vom Vorjahr schlug.

»Hoffen wir auf eine endliche Gesundung der Moral unseres Landes bis in die höchsten Kreise, nach Beendigung dieses Prozesses«, meinte Doktor Feldmann etwas salbungsvoll.

»Mit Moralsprüchlein baut man keine Eisenbahnen«, zitierte kopfschüttelnd der Schuldirektor den Hauptangeklagten Ofenheim. »Daß einer sowas zu sagen wagt, vor seinen Richtern, grad als ob es ein Verdienst sei, nur einfach etwas zu unternehmen, gleichgültig ob Tausende dabei ruiniert werden.«

»Natürlich, ich bin wieder übergangen worden«, sagte der Zwetschkenkrampus, und plötzlich sah er gar nicht wie einer aus, den man sich fröhlich und verspielt unter seinen staubigen Pflanzen vorstellen konnte, sondern ganz genau wie ein Beamter der zehnten Rangklasse, der seit Jahrzehnten versauert über der Verspätung seines Avancements. »Der Kutilek ist Obermagazinör geworden, trotzdem zu seiner Dienstzeit doch der große Brand ausbrach, wahrscheinlich hat er Beziehungen zu den feinen Herren, die jetzt ins Kriminal wandern, aber unsereins sitzt schon Jahre am Platz und wartet aufs Avancement.«

»Ja, ein solches Vermögen, wie das des Herrn Ofenheim, das erwirbt sich nicht im Handumdrehen«, ließ sich erstmals der Heinrich vernehmen. »Was über die Millionen geht, da hat man immer zumindest mit einem Ärmel das Zuchthaus gestreift, oder man gehört eigentlich ganz hinein.« Das klang nur wenig überzeugend, wann hätte er Berührung gehabt mit solchen, die Millionen erwarben. Aber den andern fehlte der Kontakt gleichfalls. Es war ein Satz, der damals gerade umging in Wien, und in den der Heinrich die ganze Wichtigkeit legen konnte, die ihm aus seiner schlimmen Erfahrung mit Spekulation bekannt war.

Für die anderen, denen selbst diese Erfahrung fehlte, war der Satz neu, und sie nickten zustimmend. Mit diesem Satz hatte sich der Heinrich eingeführt. Mit diesem Satz war er aufgenommen in die Stammtischgemeinde. Er hatte heute hier erfahren, daß es Leute gab, die ihr Leben wagten, um auf 82° nördlicher Breite eine Fahne aufzupflanzen. In Zukunft sollte er hier noch ganz andere Dinge erfahren. Dinge, die meist mehr Bezug zu seinem eigenen Leben hatten. Im großen und ganzen blieb die Stammtischrunde zwanzig Jahre, so bis zur Jahrhundertwende, zusammen. Und der Heinrich rückte in ihr ganz allmählich vom bescheidenen Zuhörer zum gleichberechtigten Mitsprecher auf.

Die Rosalie ging wieder einmal hochschwanger, und im Mai kam sie nieder, mit einer Totgeburt. Der Heinrich wanderte betreten durch die Wohnung, die unbehaglich war, da ihr die Hand der Hausfrau fehlte. Er strich Rosalie, die klaglos, aber mit erstaunten und traurigen Augen dalag, verlegen übers Haar und wagte nicht, sie anzublicken, so als ob er an dem Unglück Schuld trüge.

Seit jener Zeit begann Rosalie, etwas zu kränkeln, und Heinrich mußte sich schon ein wenig anstrengen, bis er in ihr wieder seine Frau sah. Damals ergab es sich wie von selbst, daß ein zweites Dienstmädchen engagiert wurde. Eine Köchin kam ins Haus, und Fini durfte ihr zwar gelegentlich etwas abgucken, aber ihr eigentlicher Pflichtenkreis wurden nun die Kinder. Die Fini war vom »Mädchen für alles« mit der Aussicht, Bürgersköchin zu werden, zum Kindermädl degradiert, aber mußte auch weiter bei Tisch bedienen und sonstige Stubenmädchendienste erfüllen.

Die Umstellung des Haushaltes von einem mit einem »Mädchen für alles« zu einem mit zwei Dienstboten hatte sich unmerklich vollzogen. Daß dies einen weiteren Aufstieg auf der sozialen Stufenleiter bedeutete, fiel keinem der Beteiligten mehr auf. War Finis Dienstantritt für die Rosalie noch ein feierlicher Moment gewesen, den sie bewußt genossen hatte, so war ihre jetzige Gleichgültigkeit durch ihre Geschwächtheit verursacht.

Die neu engagierte Köchin hieß Božena und stammte aus der Bergarbeitergegend von Falkenau. Es zeigte sich, daß Rosalie noch eine Reihe von böhmischen Brocken konnte, die sie jetzt aus ihrem Gedächtnis hervorholte. Sie selbst behauptete sogar, daß sie perfekt böhmisch beherrschte, eine Behauptung, der Božena nicht gut widersprechen durfte. Wohl aber tat der Heinrich dies ganz energisch und nannte Rosalies lange und umständliche Unterhaltungen mit Božena »kuchelböhmisch«.

Gelegentlich revoltierte Heinrich gegen das Überhandnehmen von »Mauzda«, »Potschkei« und der böhmischen Kosenamen für die Kinder und drohte dann, mit Fini gemeinsame Front zu machen und sich mit ihr nur slowenisch zu unterhalten. Sein Wortschatz in dieser Sprache schien größer als Rosalies Wortschatz im Böhmischen. Er hatte slowenische Kameraden beim Militär gehabt. Fini war stolz, von ihm angesprochen zu werden, wenn sie die dampfenden Schüsseln auf den Tisch stellte und replizierte schlagfertig: In ihrer Gegend gab es slowenische Taglöhner, von denen sie einiges aufgeschnappt hatte.

Hatte der Heinrich manches gegen den zu häufigen Gebrauch der böhmischen Sprache einzuwenden, so war er doch sehr einverstanden mit den böhmischen Speisen, die jetzt regelmäßig auf den Tisch kamen. Die in einer Serviette gekochte, mit Mohn und Nüssen gefüllte, »Serviettenknödel« genannte Speise, die eher wie ein Brotlaib aussah, oder der Krautstrudel, den man zuckerte, obwohl das Kraut scharf gewürzt war, das alles schmeckte prächtig und hatte noch das Gute, daß die Rosalie damit das Wirtschaftsgeld erstaunlich strecken konnte, obwohl es jetzt vier Erwachsene und drei Kinder zu sättigen galt. Überließ Rosalie auch zum größten Teil Božena die Küche, so wollte sie doch nicht ganz auf des Heinrichs Lob verzichten. Sie behauptete, alle diese duftenden Speisen gekannt und auch zuzubereiten verstanden zu haben; ihre Kenntnisse stammten aus der Zeit, die sie bei Tante Sarah verbracht hatte. Es seien jüdische Speisen, erklärte sie, denn bei Tante Sarah hätte es eine streng nach Vorschriften geführte jüdische Küche gegeben. Hatte Božena nicht widersprochen, wenn die Gnädige behauptete, fließend böhmisch zu können, so widersprach sie bei solchen Gelegenheiten ganz entschieden und erklärte, daß es böhmische Speisen seien. Sie hatte, bevor sie hier ins Haus kam, nie einen Juden gesehen. Der Streit um die Herkunft der Serviettenknödel, Krautstrudel, Grammelpokatscherl und all der anderen Herrlichkeiten verlor im Lauf der Jahre nicht an Unnachgiebigkeit von beiden Seiten, blieb aber durch all die Jahre unentschieden. Das verminderte in keiner Weise das gute Einvernehmen der Hausfrau mit Božena. Nannte die eine die andere auch »Gnädige«, so war ein trennender sozialer Unterschied kaum merkbar. Die Rosalie setzte sich oft an den Küchentisch, während Božena herumhantierte, und besprach mit ihr nicht nur Küchenangelegenheiten, sondern auch lange und umständlich Geburtsvorgänge und Ursachen von Fehlgeburten. Sie empfand es als wohltuend, daß Boẑena, wenn auch unverheiratet, gut zehn Jahre älter als sie selbst war und manches zu dem Thema beisteuern konnte, da sie im Lauf der Jahre viel gesehen und gehört hatte.

Die Kinder waren noch zu klein, die Verwandten nicht regelmäßig genug zu Gast, die Außenwelt blieb noch zu sehr draußen, als daß die in der Welt bestehende Rangordnung sich auch hier im Hause hätte durchsetzen können. Gewiß, sie war die »Gnädige«, und Fini knickste vor ihr: Aber vorerst empfand sie nur dankbar die größere Lebenssicherheit, die sie Fini und Boẑena voraus hatte. Sie empfand sie ohne Hochmut, in einem Zustand sozialer Unschuld gewissermaßen; dem war kein Gran Unbehagen beigemischt über die täglich vorexemplifizierte, nicht auf Verdienst beruhende, Rangordnung der Welt. Dazu war der Rosalie die Zeit schwerer Arbeit noch zu gegenwärtig, dazu mußte sie, trotz aller Hilfe, noch zu viel selbst mit anpacken: Sie lernte in jenen Jahren erstaunlich gut, die Arbeit einzuteilen und anzuordnen; sie tat es bereits damals mit Würde und einer bedenkenlosen Selbstsicherheit, die aber nicht ohne Anmut war. Immer höher und höher gehoben zu sein, über andere Menschen hinaus, sollte ihr erst in einer viel höheren Etage ihrer sozialen Existenz bewußt werden.

War der Streit um die jüdische oder böhmische Herkunft der Speisen, die immer mehr zu Heinrichs Leibgerichten wurden, auch unentschieden geblieben, so hatte er doch ein merkwürdiges Ergebnis. Als Heinrich an einem schon sehr frühlingshaften Apriltag, kurz vor Ostern, nach Hause kam, fand er seine Frau damit beschäftigt, das nach Größe geordnete Zwiebelmuster-Geschirr, das ohne ersichtlichen Grund auf dem Speisezimmertisch aufgestapelt stand, in einen unteren Schub der mächtigen Kredenz zu räumen.

»Du sollst dich doch nicht bücken«, sagte er vorwurfsvoll, denn die Rosalie war wieder einmal hochschwanger, und man blickte der Geburt mit Besorgnis entgegen: Das Jahr nach der Totgeburt war ein schwieriges Jahr gewesen, auch für ihn. Es hatte ihn manchmal ratlos werden lassen, daß, was immer er sagte oder tat, Rosalie irritiert hatte.

Rosalie erhob sich mit hochrotem Gesicht, sie hatte ihn nicht so früh zurückerwartet. »Diesmal geht alles gut, Heinrichl, ich weiß das ganz genau«, meinte sie und gab ihm einen Willkommenskuß, was ihn erstaunte. Diese Sitte war nur vorübergehend bei ihnen

155

üblich gewesen, in der Zeit nach den größten Aufregungen, als sie in die neue Wohnung gezogen waren.

»Du nimmst es doch nicht übel, daß ich das da gekauft habe?« Sie zeigte auf einige einfache Teller und Schüsseln aus Steingut mit schmalem rotem Rand, weit weniger hübsch als das mit dem Zwiebelmuster, wie dem Heinrich schien. Sie stand vor ihm, ein wenig schuldbewußt, denn der Kauf war ja nun offensichtlich geschehen und nicht mehr rückgängig zu machen. Die Entschlossenheit, keine Mißstimmung aufkommen zu lassen, brachte ein halb listiges, halb scheues Lächeln auf ihr Gesicht, das den beleidigten Zug, der es jetzt meist beherrschte, auslöschte. Heinrich sah seit langem zum ersten Mal, daß seine Frau anmutig war, trotz ihres hochgewölbten Leibes.

»Weißt du«, sagte sie, »Ostern ist vor der Tür, und all die Jahre haben wir auch Ostern vom gleichen Geschirr gegessen. Und weil ...« Sie wies mit einer schüchternen Bewegung auf ihren gewölbten Leib, »und weil doch voriges Jahr ...« sie vollendete den Satz nicht und spielte offenbar auf die Fehlgeburt an, aber der Heinrich begriff noch immer nicht den Zusammenhang.

»Das Gesetz verlangt, daß wir zu Ostern ein anderes Geschirr verwenden«, sagte sie schließlich mit Recht ein wenig unsicher, denn sie wußte ja, was der Heinrich von diesen und anderen Gebräuchen hielt. »Ich will die Gebräuche halten«, fügte sie trotzig hinzu. »Seit wir verheiratet sind, habe ich sie nicht gehalten.«

»Nun, wie du meinst«, sagte er begütigend, und damit war der Kauf des Geschirrs, der ihr so viel Gewissensbisse bereitet hatte, ohne weiteres hingenommen.

Mitten in die Vorbereitungen zum Osterfest, als Rosalie in der Küche stand und ungesäuerte Brote bereitete, mit der Hand Gottes darauf, wie sie der Božena erklärte, während sie ihre gespreizte Rechte in den weichen Teig grub, platzte Ferdinand herein, den man, seit er seine Badereise nach Ischl geplant, nicht wiedergesehen hatte. Und war auch im Haus das Unterste zuoberst gekehrt, und standen auch bedrohlich an jeder Ecke Eimer mit Seifenwasser, Besen und Wischlappen, über die man stolpern konnte, nein mußte, und ließ sich Rosalie auch sonst nicht gerne mitten in einer Arbeit überraschen – dem Ferdinand bereitete sie trotzdem einen stürmischen Empfang.

»Ferdinand!« rief sie, fast schluchzend, und warf sich ihm an die

Brust, so daß der dünne Schneidergeselle von dem unvermuteten Anprall wankte. »Das ist schön, daß man dich wieder mal zu sehen bekommt. Du bleibst zum Abend-Pessachessen«, sagte sie.

Ferdinand war erstaunt und überaus erleichtert, ein solcher Empfang würde seinem Vorhaben den Boden bereiten.

Rosalie schluchzte noch immer und setzte sich einen Augenblick nieder zwischen all die Kübel, die Besen und die Wischtücher. Hatte das Wiedersehen mit Ferdinand, dem lustigen Lügenbeutel, sie wirklich so arg mitgenommen? Um die Wahrheit zu sagen, Ferdinand hatte sie nur aus einer Verlegenheit befreit, und jeder andere, dessen Ergebenheit sie hätte sicher sein können, wäre dazu ebensogut imstande gewesen.

All die Zeit schwerer Arbeit und ungewissen Lebens, da jedes Jahr ein Kind gekommen war, hatte sie sich tapfer gehalten. Nun, da ihr Leben ruhiger geworden war, hatte es sie plötzlich überkommen, sie war nervös und irritierbar, sie weinte und sah der Geburt mit Sorge entgegen, sie dachte an Tante Sarah und an deren Leben und bedauerte es, nachgegeben und Lina nicht doch nach dieser benannt zu haben. Das Grünseidene der Kammerrätin verfolgte sie, und sie war geneigt, die Totgeburt und alle künftigen Schicksalsschläge diesem Unglücksbringer zuzuschreiben und der Tatsache, daß sie seit Jahren die Gesetze nicht eingehalten hatte.

Ferdinand wurde vorerst ins Kinderzimmer verwiesen, wo er, noch etwas benommen von dem herzlichen Empfang, nur langsam zu sich kam. Er sah zu, wie Fini die Jause der beiden Großen beaufsichtigte. Die dreijährige Roncza war die mutigere, sie holte ein grüngefärbtes Osterei aus ihrer Spielecke und brachte es dem Onkel. Die um ein Jahr ältere Lina schien ein vorsichtigeres Temperament zu haben. In einer Hand ein buntes Ei festhaltend, schluckte sie schließlich ihre Milch hinunter.

Als die Fini sich dem Säugling zuwandte, waren die Mädchen doch schon so zutraulich, daß sie auf Ferdinands Knien saßen und es sich gefallen ließen, daß er ihnen vorsang. Von all den Liedern, die er versuchte, kannten sie nur »Mach auf das Tor!«, das sie mitsangen und in das auch Fini einstimmte, während sie den Säugling wickelte.

Als Rosalie eine Stunde später, festlich angetan im schwarzen Taftkleid und mit der dünnen, goldenen Uhrkette, ein Geschenk von Tante Sarah und das einzige Schmuckstück, das sie besaß, hereinkam, da war schon richtig Freundschaft geschlossen, und es scholl ihr aus drei Kehlen entgegen:

»Auf der Simmeringer Had
Hat's an Schnader verwaht.
Ja, es g'schieht ihm schon recht,
Warum naht er so schlecht?«

Hätte ein strenggläubiger Jude aus dem Osten diesem Pessachmahl beigewohnt, er hätte Grund gehabt, den Kopf zu schütteln. Wohl war der Tisch festlich gedeckt, wohl gab es Ungesäuertes und süßen Wein, wohl sprach das älteste der Kinder mit ernstem Gesicht »Ma nischtanah, halajloh haseh« und ging dabei von einem zum anderen – sie hatte die unverständlichen Worte von Rosalie genauso rasch erlernt wie das Schneiderspottverschen –, aber das Tischgebet sprach die Rosalie verlegen, da sie die verlegenen Gesichter der Männer sah, auf denen nur die Bereitschaft stand, ihr ihren Willen zu lassen.

Der Abend war insgesamt gelungen. Linas Aufsagekunst wurde bewundert, und im weiteren Verlauf gaben die beiden Mädchen auch noch Gedichte zum Besten, die sie von Fini gelernt hatten. Der Heinrich amüsierte sich königlich, als das neugelernte Schneiderverschen hergesagt wurde.

»Ja, ja, die Simmeringer Zeiten«, erinnerte er sich und lobte nun diese Jahre als eine schöne Zeit. Auch Ferdinand taute auf, denn offensichtlich wurde ihm die Spekulation, in die er damals den Heinrich mitgerissen hatte, nicht mehr übel genommen.

Aufatmend lehnte sich Rosalie nach dem schweren Essen zurück. Es war gut, daß die Männer wohlgelaunt waren und daß der Heinrich heute nicht nach seinem Haugsdorfer verlangte, sondern dem Pessachwein zusprach; es war gut, daß die Fini die übermüdeten und plärrenden Mädelchen übernahm und zu Bett brachte und sie ihre immer schwerer werdenden Füße ausruhen lassen durfte. Es war gut, daß der Tisch gedeckt, nach Vorschrift gedeckt, und daß die Speisen nach dem Gesetz bereitet gewesen waren.

Das Gespräch der Männer, das zuerst durch das Ritual, das sie nicht kannten und an das sie nicht glaubten, gehemmt worden war, wurde inzwischen immer lebhafter. Man unterhielt sich über die Kaiserfahrt nach Dalmatien, und plötzlich war es wieder der k. u. k. Feldwebel, der aus Heinrich sprach, als er sich darüber empörte, daß die Türkei Einspruch erhoben hatte gegen die Kirchenglocken von Durazzo, die zum Empfang des Kaisers geläutet hatten.

Ferdinand war um ganz andere Dinge als um das Prestige der Monarchie besorgt. »Solange es da unten nicht ruhiger wird, wird die Arbeitslosigkeit hier weiter steigen«, sagte er, und es war nicht ohne Absicht, daß er es sagte. »Wir beliefern den Balkan, überall hin, nach Saloniki, nach Konstantinopel, selbst die Montenegriner tragen unsere Konfektion. Aber die Lager stauen sich, keiner will seine Lieferung ausschicken, solange man nicht weiß, ob es der Kaiser oder der Sultan ist, der dort unten unsere Rechtsforderungen schützt.«

»Der Montenegriner hat doch selbst dem Kaiser zum Einmarsch in die Herzegowina geraten. Einmarschieren wär schon gut«, sagte der Heinrich, »wo wir doch so viel verloren haben, bei Magenta und bei Königgrätz! Aber so einfach ist das eben nicht, dort einzumarschieren, ich kenne die Gegend ein wenig. Keine Wege, kein Wasser. Das kann uns teuer zu stehen kommen.«

»Der Andrassy ist auch mehr für die Türken. Er hat Angst, die Panslawisten zu stützen.«

»Ja, die Panslawisten würd' ich auch nicht unterstützen! Du kannst dir nicht denken, wie ich unter böhmischem Diktat stehe, seit wir die Božena im Haus haben«, lachte der Heinrich. »Den ganzen Tag wird böhmisch geredet, aber, zum Glück auch böhmisch gekocht.«

»Gekocht wird jüdisch«, widersprach die Rosalie, aber es klang doch versöhnlich und friedlich. Der gereizte Ton der letzten Monate war weg.

»Was hat der Andrassy eigentlich gegen die Slawen«, nahm der Heinrich das Gespräch wieder auf. »Hat er auch eine böhmische Köchin?«

»Der Andrassy ist doch ein Achtundvierziger«, sagte der Ferdinand.

»Ein Revoluzzer«, wunderte sich der Heinrich, »und da haben wir ihn als Außenminister!«

»Ja, so ist eben unser Kaiser«, erwiderte der Ferdinand. »Weißt du nicht, daß er sagt, ›Todesurteile nur gegen die, die im Ausland sind, nachher kann ich's begnadigen, zurückholen und zu Ministern machen.‹?«

»Sowas hat der Kaiser bestimmt nie gesagt«, meinte die Rosalie.

Ferdinand zuckte die Achseln. »Der Andrassy war wirklich in Ungarn zum Tod verurteilt, und den Ideen des Kossuth ist er auch treu geblieben. Deshalb ist er auch gegen die Versklavung der Völker. Und der Panslawismus will alle versklaven.« Jetzt war er wieder ganz der alte großspurig daherredende Ferdinand. »Versklaven« sagte er, und dann fügte er noch etwas hinzu von der »Knute des Zaren« und von »Freiheit« und gebrauchte lauter Ausdrücke, die in Zeitungen und Bücher gehörten und nicht in eine Pessachfeier, fühlte die Rosalie.

»Du hörst immer das Gras wachsen«, meinte der Heinrich lachend. »Was dir da wieder der Andrassy und der Kaiser alles erzählt haben!«

»Ob's so ist oder anders«, sagte der Ferdinand diesmal erstaunlich friedfertig, »Tatsache ist, daß es brandelt in Bosnien und in der Herzegowina, und die Dalmatiner wollen uns auch nicht, und nicht einmal der Sultan möcht' ich sein, heutzutag, so sehr wackelt sein Thron.«

»Na, dann kannst du ja froh sein, daß du ein Schneider bist«, sagte die Rosalie. »Das Gewerbe erhält immer seinen Mann.«

»Hast du eine Ahnung«, seufzte der Ferdinand. »Der Weltmarkt! Der hat auch seine scharfen Runen in mich gefressen.«

»Na, na«, sagte der Heinrich, dem des Ferdinands Ausdrucksweise zuwider war, »was hat der Weltmarkt mit deiner Näherei zu tun?«

»Die ganze Konfektion steht still«, schrie der Ferdinand. »Die Herren Kleiderexporteure, die haben genug im Sack, daß sie abwarten können, die setzen sich einfach hin und warten. Aber die Sitzgesellen und die Stückmeister! Keine Arbeit für uns und nicht abzusehen, wann es wieder welche gibt, solange es da unten kriselt. Die Exporteure warten ab.«

Es war ein Ausbruch. Auf Ferdinands Stirn standen Schweißtropfen, und es folgte betretenes Schweigen. Dämmerung füllte bereits den Raum. Noch glänzte rot der Wein in den Gläsern, aber aus einer dunklen Ecke grinste bereits die Fratze ›Elend‹ triumphierend über das Bemühen der kleinen Leute.

»Du meinst«, fragte der Heinrich zögernd, »diese Stockung kann anhalten? Wie lange?«

Ferdinand hatte sich mit einem roten Schnupftuch umständlich den Schweiß von der Stirn gewischt. Dann verstaute er das Tuch und hob beide Hände fragend hoch und ließ sie dann wieder sinken. »Die Historie«, sagte er schließlich. »Die wird von den hohen Herrschaften gemacht. Wer kann da voraussagen? Es kann Jahre dauern.«

Das verstand der Heinrich. Die Historie, die hatte er auch kennengelernt. Und er war nicht nur ihr Opfer gewesen, er hatte sie sogar gemacht. Hieß es denn nicht Geschichte machen, wenn man bei Magenta, bei Solferino dabei gewesen war? Auch ihm, der Ge-

160

schichte gemacht hatte, war sie ein Rätsel geblieben. Eine hohe, unberechenbare Dame, die Launen hatte. Wieso hatte es erst wie ein Sieg ausgesehen bei Magenta und war dann doch eine Niederlage geworden? Und Venetien und die Lombardei, warum hatten die nicht österreichisch bleiben können? Nein, der Ferdinand hatte recht, in der Historie konnte man nichts voraussagen.

»Könntest du nicht etwas anderes beginnen?«, fragte er schließlich zaghaft. Gewiß, Ferdinand war ein Windbeutel und ein Lügenmaul und hatte ihn mächtig mitgerissen, damals mit der Spekulation. Aber der Heinrich nahm ihm das nicht mehr übel, es war seine Schuld gewesen, daß er sich von einem Windbeutel hatte beschwatzen lassen. Er fragte zaghaft, weil die Frage bereits in gewissem Sinn verpflichtend war. Man mischt sich nicht ein, nicht einmal mit einer Frage, wenn man nicht auch einen Vorschlag hat. So unverbindlich Schicksal zu spielen, das überließ man den Reichen, die die Lotti übermütig auf einen Weg gelenkt und dann ebenso übermütig vergessen hatten.

»Was anderes anfangen?« wiederholte der Ferdinand und merkte vor lauter Sorgen gar nicht den Unterton von Hilfsbereitschaft, der in der Frage lag. Was umso verwunderlicher war, als er doch eigentlich um Hilfe gekommen war. »Ich verstehe ja doch nur das Schneidern«, klagte er. »Ich könnte dir einen Mantel nähen, Rosalie«, fiel ihm ein. »Solid, sag ich dir. Und vielleicht könnte man auch andere veranlassen, bei mir arbeiten zu lassen?« Das war alles was ihm zur Lösung seiner Schwierigkeiten einfiel.

»Du darfst doch gar nicht selbständig arbeiten, du bist doch gar kein Meister.«

Da war aber der Ferdinand empfindlich getroffen in seiner Berufsehre. »Oho«, rief er, »bitte, ich bin ausgelernt, ein Sitzgeselle ist ausgelernt, er muß nur die Gebühr bezahlen, um Meister zu sein und um den Gewerbeschein zu bekommen.«

»Und ein Lokal und eine eigene Maschine muß er haben, das kostet schon noch«, sagte der Heinrich. »Und woher wirst du die Kundschaft nehmen? Segals und wir, das ist wohl nicht genug.« Aber er zog ein Blatt Papier hervor und begann zu rechnen. »Vier-, fünfhundert Gulden brauchst du am Anfang«, hatte er schließlich ausgerechnet.

Ferdinand zuckte die Achseln. »Wenn ich die hätte, wäre ich nicht Sitzgeselle geworden. Im dreiundsiebziger Jahr hätt' ich's erspekulieren können, wenn ich was davon verstanden hätt'. Aber ersparen, ersparen kann man das nicht.«

»Besonders, wenn man auf Sommerfrische gehen muß«, konnte sich die Rosalie nicht enthalten zu sagen. Aber es klang ganz gutmütig.

»Na, bin ich denn gefahren?« erwiderte der Ferdinand. »Das ist doch auch nur ein Traum geblieben.«

Die Fini erschien mit der Anzündestange, und singend sprangen die Auerhähne an. Man saß einen Augenblick geblendet in dem zu weißen Licht.

»Ist nebenan schon Licht?« wollte der Heinrich wissen, und dann verschwand er mit dem Ferdinand ins Schlafzimmer.

Als der Ferdinand sich später verabschiedete, saß der Heinrich noch lange im Schaukelstuhl und rauchte. Regelmäßig stieß er sich mit dem Fuß ab und schaukelte heftig. Für gewöhnlich konnte er das Schaukeln nicht leiden, und er saß selten in diesem Stuhl. Heute schien es ihm wohlzutun.

Die Rosalie ging mit der Fini hin und her zwischen dem Speisezimmer und der Küche, und dann verlosch das Licht dort und auf dem Korridor.

»Du hast die Kasse offen lassen«, wunderte sich die Rosalie und wies auf den weit offen stehenden Flügel des untersetzten kleinen Ungetüms. Dann stieß sie das Fenster weit auf. Es war eine milde Frühlingsnacht. Sie war jetzt in ihrem Zustand so empfindlich gegen Gerüche, daß der kalte Zigarrenrauch ihr Übelkeit verursachte. Es war auch sonst nicht Heinrichs Gewohnheit, im Schlafzimmer zu rauchen. Aber sie unterdrückte tapfer eine Klage darüber. Er hatte ihr ihren Willen und das Pessachfest gelassen, und das mit dem Grünseidenen war nun doch sicher auch längst gesühnt. Sie wollte sich mehr Mühe geben, nicht ewig zu nörgeln und beleidigt zu sein.

»Soll's halt offen stehen«, kam es langsam und matt durch den Qualm durch. »Ist ja nichts drin in der Kasse.«

»Und die dreihundert Gulden?« wollte die Rosalie aufschreien. Sie wußte genau, wie die hineingekommen waren: einmal waren es hundertsiebzig Gulden gewesen für ein besonders gutes Kommissionsgeschäft, dazu waren zwanzig Gulden alle Monate einmal dazugelegt worden. Beide hatten sich nie so recht vorstellen können, daß es neben einem sicheren Gehalt auch noch solche Ersparnisse geben konnte. Rosalie fiel die Mitgift ein. Wer wird meine armen Töchter heiraten, wenn sie keine Mitgift haben! Und drei waren schon da und nur *ein* Bub und, wer weiß, ob nicht wieder ein Mädchen auf dem Weg war. Ihre Töchter sollten nicht dienen müssen bei Verwandten. Sie sollten tüchtig arbeiten im eigenen Haus. Aber dazu mußte eine Mitgift da sein, und die beiseite zu legen, damit konnte man nicht früh genug anfangen. Sie sah im Geiste ihre Töchter bereits, bläßlich und altjüngferlich, mit Zwicker auf der Nase als Gouvernanten ein freudloses Schattendasein führen. Gewiß, sie würden Französisch lernen und Klavier, wie die Frau Kammerrat es konnte, das stand felsenfest. Auch daß sie nie Dienstboten bei Verwandten sein würden, stand fest. Aber heiraten, heiraten würden sie eben doch nur, wenn sie eine Mitgift haben würden. Und daß es gerade Ferdinand gewesen war, dieser Windbeutel, der auf Sommerfrische hatte gehen wollen, der die dreihundert Gulden davongetragen hatte! Sie seufzte tief auf, dann aber sagte sie nur: »Wenn er nur weiß, wie man es anfängt mit so einem Geschäft. Wir haben es nicht verstanden mit der Fleischhauerei, und wir waren zwei und fleißiger als der Ferdinand.« Der Heinrich war froh, daß sie es so ruhig hinnahm und verstanden hatte, ohne daß er es eigens aussprechen mußte. Aber er fühlte sich müde, so müde und ausgelaugt, er konnte sich nicht einmal entschließen, aufzustehen und die Kassentür zuzumachen, damit ihn der eiserne Schlund nicht so vorwurfsvoll anstarre.

»Er ist wenigstens von der Profession«, meinte er nur. Und: »Er muß es halt versuchen, der Ferdinand.«

Er fühlte sich nicht imstande, jetzt der Rosalie zu erklären, daß er die gesamten Ersparnisse hergegeben hatte, nicht weil er an Ferdinands Tüchtigkeit und Fleiß so unbedingt glaubte; oder weil er so gütig war zu wünschen, daß der Ferdinand wenigstens beim Schneidern bleiben durfte, da er selbst schon nicht beim Schlossern hatte bleiben dürfen. Nein, er kannte den Wert des Geldes sehr wohl, so eine Regung hätte nicht vermocht, ihn die schwere Wertheimkasse aufsperren zu lassen und dreihundert Gulden auf den Tisch zu zählen. Was ihn eigentlich bewogen hatte, war vielmehr ein Gefühl gewesen, das Vernunftgründen ebensowenig standhielt: Der Heinrich hatte plötzlich unangenehm scharf gespürt, daß er nicht aus eigener Kraft saß, wo er saß, daß keiner seinesgleichen je aus eigener Kraft auf festem Boden stand. Plötzlich war ihm gewesen, als hätte er gar nicht das Recht auf die dreihundert Gulden, gar kein Recht auf dieses Heim, auf diese Möbel, den festlich gedeckten Abendtisch. Es hatte ihn geradezu gedrängt, das Geld loszuwerden, grad als ob es unrechtmäßig erworben sei, und er wußte doch, daß es ehrlich verdientes Geld war und ihm zukam. Er hätte nicht zu sagen vermocht, was es war, das ihm dieses Gefühl der Erleichterung gebracht hatte, als Ferdinand zögernd, aber auch wieder nicht zu viele Umstände machend, das Geld einsteckte. Er hatte sich unendlich befreit gefühlt, und wenn er jetzt müde und erschöpft war, so deshalb, weil ihm wie nach einer ungeheuren Anstrengung zumute war, wie wenn endlich etwas, woran man schwer getragen, von einem genommen ist. An den Ferdinand dachte er schon längst nicht mehr.

Heinrich saß noch lange im Dunkel, und das Knarren des Schaukelstuhls schien zu beweisen, daß er noch immer darüber nachdachte, warum ein Spargroschen die Lebensangst nimmt, und warum man doch erleichtert ist, ihn wieder loszuwerden.

Im Juli kam Rosalie nieder, und hatte sie auch schon verschmerzt, daß das Anfangskapital, aus dem die Mitgift ihrer Töchter hätte erwachsen sollen, abhanden gekommen war, so war es doch erleichternd, daß es ein Bub war, ein gesunder, kräftiger Bub. Erleichternd war es, und es erfüllte sie auch mit größerem Stolz als die Geburt der Töchter. Buben konnten die heimlichen, nie erreichten Träume der Eltern erfüllen, Buben konnten im Eiltempo die soziale Leiter hinaufklettern. Gab es bereits in dieser Generation einen Verwandten, wenn auch nur einen angeheirateten, der Arzt war, – wer weiß, ob die Buben nicht auch Ärzte oder Advokaten oder gar Staatsbeamte werden würden.

Das Neugeborene wurde, nach dem Erben des kaiserlichen Hauses, Rudolf genannt. Rudolf, so hieß der Kronprinz, der schön, mit ernst verschlossenem Knabengesicht, vom Bratfisch kutschiert, manchmal durch die Hauptallee fuhr, wenn die Rosalie dort, den Kinderwagen neben sich, stickend unter den Kastanien saß.

Das Kinderzimmer, das doch eigentlich nur ein Kabinett war, beherbergte nun vier, und Fini konnte die Arbeit in den ersten Wochen, da die Wöchnerin zu pflegen war, gar nicht richtig bewältigen. Dazu kam, daß diesmal, infolge einer schmerzenden und langwierigen Brustentzündung, die Mutter nicht imstande war, den Säugling zu stillen.

Eine hochbusige Hannakin erschien, mit ihrem eigenen schreienden Säugling an der Brust, mit flatternden Bändern im Haar und an den Röcken, die nur bis zum Knie reichten, von denen aber nie

164

genau festzustellen war, wieviele sie übereinander anhatte. Sie sollte den kleinen Rudolf mitnähren, und das tat sie auch, offensichtlich zu dessen Zufriedenheit, denn er schnappte nur so nach ihrer Brust, daß es eine Freude war, und nahm vorschriftsmäßig zu an Gewicht. Die Hannakin, Marcia mit Namen, brachte aber dennoch Unruhe und Unfrieden ins Haus: sie paßte nicht recht in den soliden Rahmen eines kleinbürgerlichen Haushaltes, in dem jeder mitanpackte. Sie war sich nämlich, mit gutem Recht, ihrer Wichtigkeit voll bewußt, verlangte zu den unmöglichsten Tageszeiten eigens für sie bereitete Speisen, unter finsteren Drohungen, daß ihr lebensspendender Quell sonst versiegen könnte, und im übrigen beschäftigte sie sich, außerhalb des ihr aufgetragenen Amtes, hauptsächlich damit, ihre kniehohen, roten Stiefel zu putzen und ihre vielen gefalteten Röcke zu stärken, zu bügeln und anzuprobieren.

Fini stand manchmal staunend dabei und zählte, aber die Fülle der zu bewältigenden Hausarbeit war schuld, daß sie nie die Beendigung der Toilette abwarten konnte und die Anzahl der gesteiften Röcke, die da übereinandergezogen wurden, ihr ein Geheimnis blieb.

Der Božena wieder, deren Beine vom jahrelangen Stehen am Herd schmerzten, so daß sie an heißen Abenden in der Küche auf einem Schemel saß und die Füße in einer blechernen Waschschüssel kühlte, war der ganze Aufzug dieser Nichtstuerin im höchsten Grade zuwider. Sie ließ sich zu der ethnographisch nicht zu rechtfertigenden Äußerung »Zigeuner« hinreißen und davon war sie durch keinerlei Erklärungen über die geographische Herkunft der Hanna abzubringen.

Es waren unruhige Monate und eine schwere Lehrzeit für die Rosalie, die plötzlich pädagogisch diplomatische Kunststückchen zu entwickeln hatte, um das Haus einigermaßen in Gang und in Frieden zu halten.

Aber nicht nur hier im Haus war es unruhig und spannungsgeladen, auch draußen in der Welt, und wenn der Heinrich jetzt häufiger als sonst seine Zuflucht zu einer Tarockpartie im Café Withalm nahm, so überlegte er manchmal bei den Gesprächen, die er dort zu hören bekam, wer wohl da draußen in der Welt – und dies »da draußen« bedeutete »da drunten am Balkan« – die Störrolle der Hannakin spiele. War es an den Türken, war es an Rußland, war es an Österreich, diese Rolle zu spielen? Und waren die Großmächte wenigstens geneigt, die Rolle der Hannakin auch insofern zu übernehmen, als sie bereit waren, all diese Völker und Stämme, von denen man nur eine unklare Vorstellung hatte, auch zu ernähren?

Im Juli brachen Unruhen in der Herzegowina aus, und im August in Bosnien; Serbien und Montenegro mischten sich ein, und der Balkan schien in der Tat in Brand zu geraten. Ferdinand hatte recht behalten: Ein kluger Geschäftsmann würde sich von einem Partner fernhalten, von dem es keinen Tag sicher war, unter wessen Rechtsschutz er stand.

Daß Ferdinand dennoch ein Lügenschippel war, auf dessen Wort man nichts geben konnte, zeigte sich bei den Gesprächen am Stammtisch über Andrassy, den Ferdinand als einen Freund aller Völker da unten geschildert hatte und der sich im Lauf der nächsten Jahre als Fürsprecher der Okkupation erweisen sollte. Wer konnte verstehen, daß in dem Lavieren zwischen den Mächten Türkei und Rußland Andrassy erst die Türkei zu friedlichen Zugeständnissen bringen wollte, wiewohl es doch in Saloniki drunter und drüber ging und erst der deutsche, dann der französische Konsul ermordet worden waren? Und was wollte der Andrassy nach dem Sturz der türkischen Regierung durch die Zusammenkunft des Kaisers mit dem Zaren im böhmischen Schloß Reichsstadt erreicht sehen?

Es wurde weniger Karten gespielt in diesem Jahr und mehr politisiert. Heinrichs Wissen wurde um viele Tatsachen vermehrt, aber selbst der Schuldirektor und der Magazinör, die Herren Übelhör und Stummvoll konnten ihm keinen besseren Schlüssel zum Verständnis der Gesetzmäßigkeit der Historie geben als Ferdinand.

Dieser war nach Erhalt der dreihundert Gulden wie vom Erdboden verschwunden. Nur einmal, im Herbst, wurde man an ihn erinnert. Moritz Feldmann erschien in einem besonders schlecht sitzenden Überrock, was aber nur Heinrich auffiel, der aus der Militärzeit ein Auge für gut passende Kleidungsstücke behalten hatte. Es erwies sich, daß dieses Kleidungsstück von Ferdinands Künstlerhand stammte, und der Heinrich ließ sich die Adresse des Ladens geben und beschloß, dort einmal vorbeizusehen, um zu erkunden, wie es dort stünde, nicht etwa, um sich einen Anzug anmessen zu lassen. Er trug damals bereits gut sitzende maßgearbeitete Kleidung und hatte seine Freude an ihr.

Er unterließ dann allerdings wieder diesen Besuch, denn kaum war man nach Abzug der Hannakin wieder einigermaßen zur Ruhe gekommen, da brach der türkisch-russische Krieg aus. Bei Wit-

166

halm wurde er eifrig diskutiert, und zu Hause traten Ereignisse ein, die vermuten ließen, daß eine Frontlinie gerade durch die Wohnung laufe.

Eines schönen Frühsommerabends fand der Heinrich bei seiner Heimkehr das Haus in völliger Auflösung. Seit den Tagen der Hannakin war es hier nicht so zugegangen. Die Fini, die die Tür öffnete, hatte Tränen in den Augen, die Rosalie war hochrot und flüsterte ihm gleich etwas Unverständliches zu, und im Kinderzimmer fand er, zu seinen vier, noch zwei weitere Kinder – es gab einen Höllenspektakel, und man konnte sein eigenes Wort nicht verstehen.

Im Speisezimmer saß auf dem Sofa, aufrecht und offenbar entschlossen, nicht zu weichen, ein Paar, das ihm als der seligen Tante Sarah Geschwisterkind Emilie und deren Gatte Bernhard präsentiert wurde.

Der Mann war, trotz der Wärme, bis hoch hinauf zugeknöpft. Er trug die schwarze Eisenbahneruniform nebst Tschako, und an der Seite schaukelte ein Degen. Der Heinrich konnte sich eines leisen Gefühls des Neides nicht erwehren, er hatte wohl zur Parade einen weißen Mantel tragen dürfen, der dem der Gardeoffiziere nicht unähnlich war, aber bis zu einem Degen hatte er es nie gebracht. Bernhard Rosenthal hatte ein Recht auf den Säbel, weil er Beamter der dritten Rangklasse war, was besagte, daß er die Gymnasialmatura abgelegt haben mußte. Er war in Rzesow stationiert, unmittelbar an der russischen Grenze, und konnte, wie er versicherte, durchaus mit der Möglichkeit rechnen, im Laufe der nächsten Jahre zum Stationsvorsteher aufzurücken, möglicherweise sogar in die Metropole Krakau versetzt zu werden. Vorerst aber war er gekommen, um seine Frau Emilie, die dauernd hüstelte und der das rauhe Klima von Rzesow offenbar nicht bekam, zu einem Wiener Arzt zu führen. Die Wiener Ärzte seien ja berühmt, und da man doch sogar einen in der Familie habe, den DoktorFeldmann, den zu kennen er bis jetzt allerdings nicht die Ehre habe, so hatte man sich eben auf den Weg gemacht, ohne durch Vorankündigung des Besuches die gute Rosalie in übertriebene Vorbereitungen zu stürzen.

Der Heinrich war, nach einem Blick in das Gesicht seiner Frau, in dem sich Fassungslosigkeit spiegelte, überzeugt davon, daß die Voranmeldung eher aus Furcht vor der Gefahr einer Absage unterblieben war. Die Verwandtschaft mit einem Bahnbeamten einer Rangklasse, die das Recht zum Tragen eines Degens verlieh, verfehlte aber doch nicht, einen gewissen Eindruck auf ihn zu machen, wenn auch das bedenkenlose Besitzergreifen der Wohnung nicht gerade seine Achtung vor dieser sozial übergeordneten Welt erhöhte.

Rosalie, die sonst so tatkräftige, die immer Rat wußte, saß ratlos und völlig gebrochen da und ließ Lob und Tadel und alle Dispositionen, die der angeheiratete Verwandte einer Tochter des Geschwisterkindes von Tante Sarah traf, widerpruchslos über sich ergehen.

Emilie, ungefähr in Rosalies Alter, aber ihr bis dahin gleichfalls unbekannt, ließ ihren Mann das Wort führen und begnügte sich damit, blond und überaus liebreizend, dazusitzen, mit modischer Frisur, zart glitzerndem Ohrgehänge, leise klirrenden Armbändern und einer schmeichelnden pastellblauen Spitzenbluse. Sie sah aus, wie keine der Segaltöchter aussah, überhaupt wie niemand sonst in der Verwandtschaft.

Trotzdem war, was sie sprach, von einem einzigen Grundton getragen: dem einer maßlosen Bewunderung für die Wiener Verwandten. »Ja, ihr in Wien«, hieß es immer wieder. »Ja, freilich, wenn man in der Kaiserstadt wohnt!« Sie stellte sich und die Ihren als die unwissenden, aufklärungsbedürftigen Hinterwäldler hin. Die Wiener Verwandten hatten erreicht, wonach die Rzesower Familie sich vielleicht ein ganzes Leben lang verzehren würde, ohne daß dieser Herzenswunsch je Erfüllung finden würde: in Wien wohnhaft zu sein.

Die Rosalie blickte von einem zum andern, auf die rosig glänzenden, gepflegten Nägel Emiliens, auf die tadellosen Gepäckstücke, auf die gestickten, duftenden Taschentücher und wunderte sich.

Emiliens Mutter, so wußte sie, führte eine Bahnhofsgastwirtschaft an der Ludwigsbahn. Sie hatte sechs Töchter, eine schöner als die andere, die sie auch alle verheiratet hatte, an Bahnbeamte und kleine Offiziere, ja selbst ein Fabrikant war unter ihren Schwiegersöhnen. Emiliens Mutter war zeitlebens eine schwer arbeitende Frau gewesen, aber sie hatte jeder der Töchter eine ansehnliche Mitgift mitgeben können, eine weit größere, als die der Segaltöchter, wie Rosalie ganz genau wußte.

Der angeheiratete Schwager einer Gliedcousine sprach alle mit »Du« an, bemängelte, daß es kein Klavier im Haus gab, weil er gewohnt sei, abends zu spielen, inspizierte die Wohnung, bemängelte weiter, daß keine Gastbetten und offenbar nicht einmal zusätzliche Matratzen vorhanden waren.

»Ja, alle haben wir nicht Platz, um hier zu schlafen«, sagte er schließlich mißbilligend und blickte die Wohnungsinhaber so herausfordernd entschlossen an, daß die schon lange vor Mitternacht im »Goldenen Lamm« landeten, wo es Heinrich nur schwer gelang, die fassungslos schluchzende Rosalie zu beruhigen. Vergeblich wies er darauf hin, daß so hohe Herrschaften wie der Fürst von Montenegro hier genächtigt hatten, vergeblich suchte er sie mit dem Gedanken zu trösten, daß sie beide eben verreist seien, jetzt ihre Hochzeitsreise, wie sie bei feinen Leuten selbstverständlich sei, nachholten. Hochzeitsreisen gab es für Rosalie nur in den Romanen der »Gartenlaube«, nicht aber in der Wirklichkeit, und sie konnte diesem ersten und, auf Jahrzehnte hinaus, auch letzten Aufenthalt im Hotel keinerlei Reiz abgewinnen.

Die Nächtigung im »Goldenen Lamm« wurde durch acht Tage fortgesetzt, denn so lange blieben die Verwandten mit ihren Sprößlingen. Gesprächsstoff sollten sie noch lange hergeben. Der Heinrich nannte sie nur die jungtürkische Revolution, mit Bezug auf den Regierungswechsel, der vor kurzem dort stattgefunden hatte.

Bernhard Rosenthal gab dies selbst ausführlich am Stammtisch zum besten, wohin er von Heinrich durchaus mitgenommen werden wollte. Es zeigte sich, daß er sich dort, wo er keine verwandtschaftlich rechtlichen Ansprüche zu haben glaubte, weit besser einführte. Herr Übelhör hörte ihm aufmerksam zu. Einer, der an einem Bahnknotenpunkt dort oben saß, wußte über das, was in Rußland vorging, vielleicht nicht immer über die Fakten, aber doch eben über die Stimmungen, durchaus etwas auszusagen. Gar mit dem Zwetschkenkrampus hatte der Schwager viel Gemeinsames. Es fiel dem Heinrich auf, daß die beiden, wie wohl äußerlich durchaus nicht ähnlich, doch wie Brüder wirkten. Sie hatten die gleichen Gesten, den gleichen erbitterten Tonfall, wenn sie von »Protektion« sprachen, von Beförderungen von Kollegen mit weniger Dienstjahren oder von der unverdienten Zurücksetzung durch verblendete Vorgesetzte. Die Ähnlichkeit verlor sich, wenn es gelang, den Zwetschkenkrampus dazu zu bringen, von seinen Pflanzen zu sprechen, oder den Schwager an das bei Segal vorhandene Klavier zu setzen, das er so vermißt hatte und das er in der Tat ganz gut zu spielen wußte. Konnte man die beiden so ablenken, dann verschwand die Ähnlichkeit, und sie wurden zu gar nicht so üblen Individuen.

Mußte Heinrich den Schwager beim Stammtisch einführen, so wurde Rosalie dazu bestimmt, die Cousine zum Arzt zu begleiten, zu dem Schwager Moritz, dessentwegen die Reise ja eigentlich unternommen worden war und den als »Professor« zu bezeichnen die beiden sich offenbar schon bei den Vorbereitungen ihrer Reise so sehr angewöhnt hatten, daß sie trotz Richtigstellung davon nicht mehr abzubringen waren.

War man bisher in allem und jedem der jungtürkischen Revolution gewichen, so widersetzte sich diesmal der Heinrich der schwägerlichen Disposition aufs entschiedenste, erklärte genau den Weg, der höchstens fünf Minuten lang über unbelebte Straßen führte und betonte energisch, daß seine Gattin von der gesteigerten Inanspruchnahme durch den Haushalt nicht ferngehalten werden dürfte, wenn die Verwandten wünschten, ihre Mahlzeiten zu bekommen.

Rosalie war dankbar, aber auch erstaunt: Von allen Zumutungen der letzten Tage, erschien ihr die, die Cousine zum Arzt zu begleiten, die geringste.

So saß Emilie mit kokettem Halsrüschchen und einem Manethut, der gerade in Paris letzte Mode war und den sie einer Krakauer Freundin nachkopiert hatte, in einem grasgrünen Kleid, in dem Rosalie nie im Leben über die Straße gegangen wäre, in Moritz Feldmanns Wartezimmer und fühlte sich bereits vor der ärztlichen Untersuchung wohlbetreut und gesundet; das konnte nicht fehlen, begab man sich in die Obhut eines Wiener Professors, gar wenn noch dazu kam, daß dieser ein Verwandter war. Daß andere ihm das gleiche Vertrauen wie sie schenkten, daß sein Ruf bis Rzesow gedrungen war, eben weil er in Wien laut erscholl, fand sie bestätigt durch die stattliche Zahl der Patienten im Wartezimmer.

Es waren meist junge Frauen, blasse Stadtgesichter, fand Emilie, die sich in ihrem Grasgrünen unbehaglich zu fühlen begann, denn die anderen trugen ruhigere Farben und einfachere Kleider. Dies war Wiener Geschmack, Wiener Distinktion, Emilie kam sich in ihrem kopierten Pariser Modellhut einfach provinzlerisch vor. Viele der Anwesenden schienen einander zu kennen, man unterhielt sich manierlich, in unterdrücktem Ton. Nebenan übte jemand auf der Geige. Immer die gleichen Skalen, erstaunlich sicher, ein ganz ungewöhnlich schlakenloser Klang. Emilie war geschult genug, um das zu erkennen. Der Wiener Bogenstrich, dachte sie, den hat hier jeder, hier fände der Bernhard an jeder Ecke einen, mit dem er Kammermusik treiben könnte.

Da hörten die Skalen auf, es setzte neu an, breit und voll die Romanze in G von Beethoven. Der Bernhard hatte sie hundertmal begleitet. Aber hier klang es anders als zu Hause. So muß es sein, wußte Emilie plötzlich.

Das halblaute Gespräch der Wartenden verstummte. Alles lauschte. Eine ganz Blasse mit übergroßen Augen, ein halbes Kind noch, in dunklem Kleid mit winzigem Spitzenkrägelchen, die aussah, als käme sie gerade aus der Klosterschule, begann heftig zu schluchzen.

»Wie ein Engerl«, sagte sie. »Wie wenn ein Engerl singt.«

»Ja, wie wenn ein Engerl singt«, pflichteten einige bei.

Alle lauschten. Das Anfangsthema wiederholte sich.

»Und so klein ist er« sagte die Schluchzende in die Stille und wies mit der Hand kaum über Tischhöhe.

»Ja, unserm Doktor sein Bub, der spielt noch einmal dem Kaiser auf«, sagte eine mit piepsender Stimme, die sich aus einem mächtigen, schwer gemiederten Busen mühsam hervorquetschte.

»Nächstes Jahr spielt er im Konzert«, sagte eine mit einer tiefen Baßstimme und einem schwarzen Schnurrbartanflug auf der Oberlippe.

»Er hat doch schon im Konzert gespielt«, widersprach die, die zuerst herausgeschluchzt hatte.

»Nur mitgewirkt hat er«, berichtigte die Baßstimmige. »Aber nächstes Jahr gibt er ein eigenes Konzert.«

»Dann wird der Herr Doktor reich«, sagte die noch immer Schluchzende andächtig und schneuzte sich. »Dann muß er sich nimmer mit uns ...«

Sie sprach den Satz nicht aus, denn die Tür wurde aufgerissen und hochrot erschien Frau Feldmann im Türrahmen. Sie überschritt nicht die Schwelle.

»Emilie«, rief sie und winkte diese zu sich: »Daß ich das erst jetzt erfahre. Du kannst doch bei mir in der Wohnung warten. Du mußt doch nicht hier ...«, und Arm in Arm verschwanden die beiden Frauen.

Moritz Feldmann verschrieb Inhalierungen und Eisenpräparate, und diese Medizin vertrieb endlich Müdigkeit und Heiserkeit. Emilie hatte also alle Ursache, auch zu Hause zu erzählen, daß der Professor in Wien, der überdies ein Verwandter war, sie geheilt hatte. Ihr Mann widersprach ihr dann nicht, wenngleich er in den acht Tagen des Wiener Aufenthaltes gelernt hatte, daß dieser Schwager nicht Professor, sondern nur Polizeiarzt war. In Bernhards Achtung hatte ihn dies nicht im geringsten heruntergesetzt. Denn Polizeiarzt, das bedeutete beamtet, und ein Staatsbeamter in Wien, das bedeutet entschieden mehr als einer in Rzesow, selbst wenn der dortige Posten die Möglichkeit, ja sogar die Wahrscheinlichkeit barg, noch einmal Stationsvorsteher in Krakau zu werden. Der Herr Schwager war nicht nur ein Wiener Beamter, sondern es konnte durchaus sein, daß er einmal in den ersten Bezirk versetzt würde. Dann könnte er womöglich sogar als Polizeiarzt zu einem guten Platz in der Oper kommen. Und dafür hatte es für Bernhard Rosenthal während des Wiener Aufenthaltes nicht gelangt. Seine Achtung vor dem Schwager, dem Professor aus Wien, hatte sich also durch die Titulierung »Polizeiarzt« um nichts verringert; Emilie hatte eine wirksame und kostenlose Behandlung erfahren, beides Fakten, die für einen Mann wie Rosenthal entscheidend waren. Und daß Feldmanns Einkommen in der Hauptsache daher kam, daß ihn die »eingetragenen« Huren des Bezirkes regelmäßig zu honorieren hatten, um es in ihren »Büchln« polizeilich bestätigt zu bekommen, daß der Ausübung ihres Berufes nichts entgegenstünde, hat er Emilie nicht berichtet, das Wort konnte in ihrer Gegenwart natürlich nicht über seine Lippen kommen. Aber die Welt, in der er und sie alle lebten, war eine wohlgeordnete, und Bernhard Rosenthal, der alle seine unerfüllten Träume im Verlauf der kommenden Jahre immer mehr in sein Klavierspiel würde verlegen müssen (denn er sollte es ja doch niemals zum Stationsvorstand in Krakau bringen), lebte mit all seiner Schlauheit im Stande der Unschuld. Die Monarchie war eine geheiligte Einrichtung, wahrscheinlich auch das Zarenreich oder jedes andere Imperium, in das er hineingeboren worden wäre und dem er immer und überall beamtet gedient hätte.

Die nächsten Jahre sollten friedlich dahingehen, so friedlich dies in einer Familie mit vier Kindern möglich ist, zu denen noch zwei weitere hinzukommen sollten.

Der Stammtisch freilich hatte bald wieder Grund zu kopfschüttelnden Betrachtungen über das Weltgeschehen und das, was denen, die es lenkten, offenbar erlaubt war, denn noch im März 1878 hatte Andrassy feierlich erklärt, daß von einer Besetzung Bosniens und der Herzegowina keine Rede sein könnte. Denen, die dazu gewillt waren, ließ man vier Monate Zeit, diese Beteuerung zu vergessen, denn erst im Juli überschritt Philippovic mit den österreichischen Truppen die bosnische Grenze. Es schien mir genügend Zeit bis zu Kaisers Geburtstag, an dem die durchgeführte Okkupation als Angebinde überreicht werden sollte. Sie erfolgte in der Tat noch zeitgerecht, wenn auch ein wenig knapp. Erst am neunzehnten August, einen Tag nach Kaisers Geburtstag, besetzte Philippovic Saloniki. Das Geburtstagsgeschenk wurde überreicht, allerdings unter Hinterlassung von unermeßlichen Opfern an »Blut und Geld«, wie es in einer Adresse hieß.

Die Neue Freie Presse wies trotz des Interesses ihres Leserkreises an den neuen Märkten, die man nun wieder würde beruhigt beliefern können, entrüstet und pathetisch auf die hohen Kosten des Geburtstagsgeschenkes hin. Und damit konnte auch der Stammtisch unbedenklich in diese Kritik an der Regierung einstimmen.

Im Frühjahr desselben Jahres hatte Rosalie wieder ein Mädchen zur Welt gebracht, dem sie den Namen Camilla gaben. Dies brachte eine Veränderung im Haushalt mit sich, keine ganz so einschneidende wie diejenige, die von den Rzesower Verwandten hervorgerufen worden war, aber dafür eine anhaltendere. War das Kabinett als Kinderzimmer schon für vier recht eng gewesen, so war es für fünf einfach unmöglich groß genug, besonders da Lina im gleichen Jahr zur Schule kam und für sie irgendwo ein Eckchen geschaffen werden sollte, wo sie auf ihrer Schiefertafel kratzen konnte.

So verließen die Eltern ihr geräumiges Schlafzimmer, diesmal nicht, um ins »Goldene Lamm« zu übersiedeln, sondern um ihrer kleinen, teils schon trappelnden und plappernden, teils noch nässenden und schreienden Herde Raum zu schaffen.

Die neue Autorität hieß nun Ernestine Kalmus, Tante Kalmus drang auf unbedingte Einhaltung der Speisegebote, wodurch Rosalie sich bestätigt fand, andererseits aber in Schwierigkeiten mit ihrem Heinrich geriet, der der neuen Tyrannei, freilich nur teilweise erfolgreich, durch Spott zu begegnen versuchte. Übrigens fand seine Spottlust im Laufe der Jahre Beifall und Nachahmung bei den Kindern, was wieder Rosalies Bemühungen durchkreuzte, die so lang ersehnte »Familienautorität« auch von den Ihren unbedingt anerkannt zu sehen. Tante Kalmus wurde zur letzten Instanz in manch schwierigen Entscheidungen.

Es gab Waschtage und Bügeltage, es gab Tage, die unter der Diktatur der Flickschneiderin Fräulein Motzkonis standen. Es gab Masern und Schafblattern und es gab den Badetag, den allwöchentlichen Badetag. Bei den Kindern war der dafür bestimmte Donnerstag überaus beliebt, nicht so sehr wegen seines eigentlichen Zweckes der Reinigung, sondern wegen der damit verbundenen Außerordentlichkeiten. Weniger beliebt war der Donnerstag bei Heinrich, der an diesem Tag eine Stunde später als gewöhnlich zu seinem Nachtmahl kam.

Für die Kinder war es ein Heidenspaß. Weit ergiebiger als jede Kinderjause hätte sein können, schöner auch als der Wurstl im Prater, den sie manchmal mit Fini gesehen hatten, schöner als das Ringelspiel, auf dem man ja doch nie auf dasjenige Pferdchen zu sitzen kam, dem man sich besonders befreundet fühlte. Vielleicht wäre die Grottenbahn noch schöner, das Land, in das der feuerspeiende Lindwurm so oft vor ihren Augen eingefahren war, aber wissen, sicher wissen, konnte man es nicht, denn keines von ihnen war je mitgefahren, nie hätte die Mutter die drei Kreuzer für eine solche Fahrt spendiert. Der Badetag jedenfalls war reich an Erlebnissen, eben nicht an unvorhergesehenen Überraschungen. Die Ereignisse an jedem Donnerstag wiederholten sich in immer gleich entzückender Regelmäßigkeit, keine Enttäuschung war zu gewärtigen. Der Badetag wog auf, daß es keine Geburtstagsfeiern gab für die Kinder, ja, überhaupt keine Feiern. Schon um fünf Uhr, an Wintertagen bereits um vier Uhr, hatte man im Kinderzimmer die Möbel an die Wand gerückt, um Platz zu schaffen. Die drei Großen hüpften aufgeregt herum in ihren ärmellosen, kniekurzen, überaus weiten Badekleidern, die, wie fast alles, was Fräulein Motzkoni schneiderte, aus schadhaften Leintüchern geschnitten waren. Edis Anzug unterschied sich von dem der Mädchen nur dadurch, daß er wie ein weites Röckchen aussah, das er sich immer wieder über sein rundes Bäuchlein hochziehen mußte, weil es ihm dauernd hinunterrutschte.

Und dann kamen sie: Die Männer vom »Scharfen Eck«, der am Praterstern gelegenen Badeanstalt mit angeschlossenen Heil- und Dampfbädern, die auch der Heinrich gelegentlich besuchte, weil der Dampf, wie Doktor Feldmann erklärt hatte, seinen rheumatischen Schmerzen, die er seit dem Neunundfünfziger-Feldzug nie mehr ganz losgeworden war, Linderung bringen würde.

Zuerst erschien ein uralter freundlicher Mann mit einem langen weißen Bart, das Bottichmandl, für die Kinder der Inbegriff der

Heiterkeit und des Glückes. Das Bottichmandl lief auf arg verkrümmten, rachitischen Beinen und keuchte ganz jämmerlich, wenn es mit dem ersten Bottich bei der Wohnungstür landete. Der Bottich war ein tischhohes Ding, in dem gut zwei erwachsene Personen hätten stehen können. Zwei eiserne Reifen umspannten ihn und an den eisernen Griffen trugen ihn das Bottichmandl und Fini ins Zimmer hinein. Dieses schwere, solid gearbeitete Stück schleppte das Bottichmandl mit Hilfe von Gurten drei Stockwerke allein auf dem Rücken herauf. Was wunder, daß er keuchte! Stand der erste Bottich in der Mitte des Zimmers, ging das Bottichmandl, den zweiten zu holen. Dies war der Augenblick, daß die Aufregung ihren ersten Höhepunkt erreichte: Edi zog sein weites Röckchen immer häufiger hoch, um es nicht zu verlieren, Lina und Roncza schoben die Badekleider immer wieder über ihre mageren Schultern, denn Fräulein Motzkoni war alles eher als eine Künstlerin ihres Faches. Badekleider, die so weit sein sollten, daß man sich bequem darunter waschen konnte und die gleichzeitig auch elegant und schnittig waren, das übertraf entschieden Fräulein Motzkonis Fertigkeiten, wiewohl das Schneidern solcher Badekleider von jeder Hausnäherin verlangt wurde.

Während versucht wurde, den mangelnden Halt der Kleider durch Schubsen mit den Schultern und mit all den Körperteilen, mit denen zu schubsen eben gelang, unter gelegentlicher Zuhilfenahme der Hände auszugleichen, hüpften die drei um den Bottich und lugten über seine Kante ins Innere. Der Bottich war schwer, aber auch wieder nicht so schwer, daß nicht dauernd Gefahr drohte, daß die Kinder ihn umstürzen würden. Ihre Absicht aber war dies nicht, sie wollten nur feststellen, ob am Boden des Bottichs die Badetücher lagen und sehen, ob es ein oder zwei Tücher waren.

Die Badetücher waren nicht etwa Tücher, mit denen die Kinder nach dem Bad abgetrocknet wurden, sondern, was gelblich und verwaschen am Boden des Bottichs lag, wurde, ehe man das Wasser eingoß, hineingebreitet, so daß die Zipfel der Tücher weit über den Rand hingen und die Wände auslegten. Zum Abtrocknen gab es einen gleichfalls von Fräulein Motzkoni geschneiderten Kinderbademantel, einen für drei, was zur Folge hatte, daß Edi jedesmal mörderisch zu schreien begann, wenn man versuchte, ihm nach Lina und Roncza den pitschnassen Bademantel umzuhängen. Worauf dann jedesmal die Rosalie seufzend noch ein Handtuch spendierte und über den ungeheuren, ruinösen Wäscheverbrauch

175

jammerte. Jedesmal gab sie, durch Edis Geschrei herbeigelockt, seufzend das Handtuch heraus, aber jedesmal mußte Fini erst versuchen, ob der Bademantel nicht doch für alle drei reiche.

Das Auslegen des Bottichs mit Tüchern war des Bottichmännleins Amt, das es sich unter keinen Umständen nehmen ließ; erst wenn auch der zweite Bottich heraufgebracht, aufgestellt und ausgelegt war, nickte das Bottichmännchen befriedigt, sprach einen merkwürdigen Gruß: »Wohl bekomm's und in drei Stund'« und verschwand.

Dies war der Moment, da eine gewisse Antiklimax einsetzte, die Kinder, bereits erschöpft von der Aufregung, sich brav hinsetzten und still mit großen Augen den weiteren, eigentlichen Vorbereitungen folgten.

Es war auch der Augenblick, da Fini ihren Pfleglingen am herzlichsten zugetan war, denn jetzt fiel auch für sie meist ein Scherz oder Neckwort ab, und man kann es ihr nicht verübeln, daß sie mehr Interesse für die nun auftretenden Personen als für das Bottichmännlein zeigte. Denn nun wurden von zwei schweren, schnauzbärtigen Männern zwei mächtige Fässer hereingerollt. Dumpf donnerten sie über die Parketten. Während einer der Männer ging, ein drittes Faß zu holen, konnte der andere, auf einen der Bottichs gestützt, seine Aufmerksamkeit der Fini zuwenden, die nun gleichfalls, wenn auch aus anderen Gründen als die Kinder, in eine, ihr selbst nicht verständliche, leise Aufregung geriet. Die Anwesenheit dieser seltsamen Männer, die alle den gleichen scharfen Geruch von Schweiß und von Seife an sich hatten wie alle, die vom »Scharfen Eck« kamen, ängstigte sie und lockte sie gleichzeitig, so daß die stämmigen Fässerroller sie bis in ihre Träume verfolgten.

Waren dann beide Männer mit den drei Fässern im Raum, dann wurden unter anfeuernden Zurufen die Fässer, eines nach dem anderen, auf den Rand des Bottichs gesetzt und angestochen, und kochend heiß schoß der Wasserstrahl in den Bottich. »Wohl bekomm's«, sagten dann auch sie, nachdem sie die entleerten Fässer abgesetzt hatten, und machten sich davon.

Die eigentliche Badeprozedur war umständlich und zeitraubend: Das Zugießen des kalten Wassers, das Waschen, das aber unter allen Umständen *unter* dem Hemd zu geschehen hatte, wobei die Kinder ihre Aufmerksamkeit weit mehr auf die Blasen konzentrierten, die man mit den im Wasser sich blähenden Kleidchen bilden konnte, als auf die Reinigung, die sie eben nur geschehen ließen. Mit viel Gespritze versuchten sie, einander die Blasen zu

176

zerstören, wobei Edi in seinem Bottich allein herrschte und dadurch entschieden im Vorteil gegenüber den Mädchen war.

Heißer Dampf lag im Raum, und der Geruch der Männer vom »Scharfen Eck«, deren Rückkehr bevorstand, zu welcher Zeit die Fini die Kinder schon gern im Bett hatte, jedes mit einem Tablett dampfenden Apfelreis vor sich, denn Donnerstag saß man abends im Bett, und es gab Apfelreis, und manchmal gab es auch Himbeersauce dazu. Dies allerdings nur im Sommer, unmittelbar vor der Einsiedezeit, wenn man das Eingesottene vom Vorjahr aufbrauchen wollte. Meist war der Apfelreis nur mit Zucker und Zimt bestreut, aber es war eben Apfelreis.

Während die Kinder, erregt und todmüde zugleich, ihre Löffel zum Munde führten, hörten sie von nebenan die schweren Schritte der Männer, das dumpfe Rollen der leeren Fässer, das Schlurfen des Bottichmännleins. Wenn die Fini, hochrot von der Arbeit und wohl auch von den Bemerkungen der Männer, in das Zimmer kam, schliefen alle drei schon fest, und die blankgegessenen Teller standen ordentlich neben den Betten auf dem Stuhl. Immer ferner und ferner hatte sie das Poltern der Fässer, die Tritte der Männer, Finis unterdrücktes Auflachen und ein letztes »Wohl bekomm's« erreicht.

An einem solchen Donnerstag war es, daß der Heinrich nach dem Abendessen und nachdem das Geräusch der Bürsten, die über den Parkettboden fuhren, um die Wasserflecken zu tilgen, endlich verstummt war, an seiner Zigarre sog und der Strümpfe stopfenden Rosalie für den folgenden Sonntag einen Besuch ankündigte, Herrn Ingenieur Kalmus aus dem k. u. k. Münzamt nebst Frau Mama.

War Besuch schon unüblich, so war dieser es nach Rang und Alter der Angekündigten erst recht: Heinrich erzählte seiner Frau über die zu Erwartenden alles, was er selbst wußte, so wie auch über die im Hintergrund gehaltene Absicht, die er mit dieser ersten Anknüpfung verband. Sein Bericht war unvollständig, bezog sich, was die Persönlichkeitsschilderung angeht, nur auf den männlichen Teil der Familie, da der weibliche ihm noch selbst unbekannt war. Und doch war die Mutter des Ingenieurs, Frau Ernestine Kalmus, die durchaus bestimmende, die eigentliche Persönlichkeit in dieser Menage von Mutter und Sohn; war sie es auch, die Rosalies tätigem Leben erst einen Sinn geben sollte. Sie wollte Rosalie in späteren Jahren es jedenfalls verstanden wissen. Sicher ist, daß vom Auftreten der Ernestine Kalmus an Rosalie sich immer mehr von einer kleinen, ängstlichen, nervlich durch Geburten und Fehlgeburten überlasteten Hausfrau zu einer Matrone mit schönem Selbstgefühl entwickelte. Das gereizte, larmoyante Wesen, das viele Jahre hindurch ihre einzige Waffe gegen ein sinnloses Leben gewesen war, verschwand.

Ingenieur Kalmus war, wie Heinrich berichtete, ein erst seit wenigen Monaten neu acquirierter Tarockpartner der Stammtischrunde. Ein Stammgast des Café Withalm war er freilich schon seit vielen Jahren, aber einer, der im vorderen Raum, dem Schachzimmer, seinen ständigen Platz hatte und dem Heinrich nur dadurch aufgefallen war, daß er und Moritz Feldmann einander grüßten. In letzter Zeit war der Ingenieur öfters einmal an den Spieltisch getreten, hatte sich wohl auch auf einen kurzen Plausch niedergelassen, da er, wie er sagte, das Schachspiel einzuschränken habe, es rege ihn auf und verstärke seine Neigung zu Migräne.

Zu dieser Zeit hatte das Schicksal mit dem Zwetschkenkrampus, den der Heinrich Rosalie gegenüber bei seinem richtigen Namen, Stummvoll, nannte, endlich ein Einsehen. Er war versetzt worden, nachdem seine Partner sich durch Jahre hatten anhören müssen, daß er, wiewohl tüchtiger als der oder jener, ständig übergangen werde. Der Stummvoll hatte es schließlich erreicht und war von einem Magazinör in Wien zu einem Obermagazinör in der Provinz avanciert. Der Ingenieur hatte den Platz des Stummvoll übernommen. Heinrich schloß seinen Bericht mit der Mitteilung, daß der Ingenieur aus dem Münzamt ein weitläufiger Verwandter von Moritz Feldmanns Frau, demnach von den Segals, und demnach auch von ihr sei.

Nun sah die Rosalie dem Besuch gleich viel ruhiger entgegen, dem Verwandten, der es bis zum Ingenieur im Münzamt gebracht hatte, war sie gewillt, mit Achtung und Respekt zu begegnen, sich dank der verwandtschaftlichen Beziehung in bescheidenem Maß im Glanz dieser hohen Stellung zu sonnen, kurz, dem Besuch ein Interesse entgegenzubringen, das sie für einen nicht verwandten Ingenieur aus dem Münzamt nicht aufzubringen imstande gewesen wäre.

Das gleiche Interesse, nicht an der Familie eines Tarockpartners, sondern an einer verwandten Familie schien auch auf der anderen Seite zu bestehen, auf derjenigen der Mutter des Ingenieurs. So wenigstens hatte sie sich angeblich geäußert. Frau Kalmus hatte nicht zu sich geladen, sondern den Wunsch geäußert, die Kinder zu sehen, was aber wohl nur ein Vorwand war, die lieben Verwandten in ihrer Häuslichkeit kennenzulernen und sie danach eintaxieren zu können, wie der Heinrich lachend hinzufügte. Er aber habe sich mit einer Einladung reichlich Zeit gelassen, er mache sich keine Ehre aus diesen beiden, die neugierig, wohlhabend und eingebildet auf ihren Stand waren. Der entfernte, noch gar nicht genau festgestellte Verwandtschaftsgrad gebot ihnen keineswegs das Recht, Bewunderung und Respekt von allen erreichbaren verwandtschaftlichen Seiten einzusammeln. Schließlich war aber die Einladung nicht länger hinauszuschieben gewesen, um so weniger, als der Heinrich auch einen bestimmten Zweck damit verfolgte.

Man lebte in Wien, der Kaiserstadt, was der anmaßende Traum eines Dorfbuben gewesen war, man war versucht, dies in dem eingewerkelten Leben, das sich um Viehtransporte und Tarockpartien bewegte, ganz zu vergessen. Nun waren seit Monaten alle Zeitungen voll mit Berichten über die Vorbereitungen zum dreißigjährigen Regierungsjubiläum des Kaisers, das am 30. April mit einem Festzug begangen werden sollte. Von diesem Festzug sprachen sie auch auf dem Markt, im Comptoir, im Caféhaus, überall, wohin Heinrich kam. Den Festzug sollte man sich ansehen, so etwas würde man so bald nicht wieder zu sehen bekommen, hieß es. Ingenieur Kalmus hatte von einem Fenster auf der Ringstraße gesprochen, an dem ihm Plätze zur Verfügung stünden und auf eine Andeutung hin sich bereit erklärt, nicht nur seine Mutter, sondern auch Herrn und Frau Lanzer dort zu plazieren. Eine vorherige Bekanntschaft der Beteiligten schien geboten, und so war schließlich die längst fällige Einladung erfolgt.

Rosalie hatte gleich, auch ohne die Verwandten zu kennen, ihres Mannes Bemerkung, er mache sich keine Ehre aus einem Ingenieur aus dem Münzamt, auch wenn er verwandt sei, nicht ganz gebilligt, obwohl sie von der Funktion des Münzamtes keinerlei Vorstellungen hatte. *Sie* machte sich eine Ehre aus den Verwandten, deckte den Tisch mit einem damastenen Tischtuch, das noch nie aufgelegt worden war, sie bereitete einen Guglhupf mit viel Mandeln und Rosinen und fingerdick mit Zucker bestreut, und sie entschloß sich im letzten Augenblick noch zu einem weiteren Gebäck, da ihr schien, daß sie vor einer älteren Frau auch weitere Beweise ihrer Backkünste zu geben hatte. So wurden es Vanillekipferln, ein zartes, im Munde zerfließendes Gebäck, das sündhaft viel Butter verbrauchte und Gefahr lief, zu zerbröckeln, wenn man es nicht vorsichtig von der heißen Backplatte auf die Schüssel tat. Für Stunden durfte niemand die Küche betreten, Božena bekam Ausgang und war dennoch beleidigt, daß man sie ihrer Aufgabe beraubte, und Fini hatte das schwierige Amt, die Kinder fernzuhalten.

Die Gesellschaft wurde zwar ein Erfolg, aber kein voller. Noch tagelang nachher fühlte Rosalie einen unangenehmen Druck in der Magengegend, wenn sie daran dachte, daß die Kinder, nach ihren Gebeten befragt, nur sehr mangelhaft hatten erwidern können. Lina war gleich steckengeblieben, während Roncza fehlerhaft, aber fließend bis zum Ende gekommen war, dann aber auf die Frage nach weiteren einfach aus dem Zimmer gelaufen war. Der Bub gar hatte nur das Abendgebet zu sagen gewußt, das ihm die Fini beigebracht hatte, und als Antwort auf die entsetzt hochgezogenen Augenbrauen der würdigen alten Dame hatte er sich still aus dem Zimmer geschlichen. Der Abzug der Kinder ins Kinderzimmer war in allgemeinem Gelächter untergegangen, ohne daß es der Rosalie klar wurde, ob diese mangelhafte religiöse Erziehung wirklich mit Nachsicht zur Kenntnis genommen worden war, oder ob man das Entsetzen darüber nur wohlerzogen unterdrückt hatte.

Der scharfe Druck in der Magengegend trat auch später noch zuweilen auf, dann, wenn Rosalie daran dachte, daß sie beim zweiten Kuchenanbieten versehentlich erst dem Ingenieur und dann erst seiner Mutter angeboten hatte. Das ›Man tut‹ und ›Man tut nicht‹, das in der Mädchen- und ersten Ehezeit so häufig und unangebracht angewendet worden war, war ihr beim ersten Anblick der Besucherin zurückgekehrt. Frau Kammerrat und Tante Sarah waren mit einem Schlag in ihr lebendig geworden, und das hatte bei Tisch einige Verwirrung gestiftet. Was tat man und was tat man nicht? Rosalie geriet in Aufregung, niemand sagte es ihr, und die Kommerzienräte und Assessoren aus den Romanen ihrer Mädchenzeit waren in dem Trubel ihrer Mutter- und Hausfrauenpflichten schon lange nicht mehr zu Wort gekommen.

Immerhin, es ging passabel. Heinrich ließ sich die Aufgaben und die Organisation des Münzamtes erklären und die hervorragende Rolle, die der Ingenieur dort spielte. Nicht, daß ihn dies sonderlich interessiert hätte, auch war ihm der wichtigtuerische und gleichzeitig leutselige Ton, in dem die Erklärungen gegeben wurden, nicht angenehm. Aber er ließ es eben über sich ergehen und sah zu, wie das kleine spitzbärtige und verbuckelte Männchen sprach und dabei große Mengen von Kuchen in sich hineinschlang. Trotz der Bedeutung und Wichtigkeit seiner Stellung schien auch er nicht völlig ausgefüllt von seinem Beruf, denn auch er hatte eine Liebhaberei, auf die er nach einiger Zeit zu sprechen kam, und über die er sich ausführlich und mit Leidenschaft erging; Heinrich sah ihn aus seinen sanft verschleierten grauen Augen maßlos verwundert an, was der andere als intensivstes Interesse werten mußte. Es war aber auch zu merkwürdig, fast unheimlich, das kleine buckige Männchen von Pferden reden zu hören, von den Trabern, die er mit allen Fachausdrücken zu benennen wußte; von den Pferden, die liefen, ihrer Biographie, ihren Preisen wußte er zu berichten, und dabei war es sichtlich ein, wenn auch etwas merkwürdiges, reines Interesse am Sport, denn bei Rennen etwas zu setzen, kam ihm gewiß nicht in den Sinn, das empfand er als standeswidrig, auch fehlten ihm dazu wohl die Mittel. Nein, es war klar, daß er ohne Wettinteresse von den einzelnen Jockeys sprach, von den irischen und arabischen Pferden, die er genau schilderte. Heinrichs Blick wurde immer starrer, er hoffte, daß wenigstens der Gesichtsausdruck seines Gegenübers sich ändern würde, sowie der lustige Zwetschkenkrampus im Stummvoll hervorgetreten, sobald er von seinen Pflanzen sprach, oder wie der degenschlenkernde Eindringling sich gewandelt hatte, sobald er beim Klavier saß. Hier geschah nichts dergleichen. Ob vom Münzamt oder vom Rennen die Rede war, es blieb der gleiche Krüppel, mit scheuem Blick und gelegentlich auftrumpfender Feldherrengeste, die er aber meist im letzte Moment durch eine unbestimmt fahrige Bewegung selbst zurücknahm.

Seine Mutter hingegen sprach von ihrem Sohn als »mein Sohn, der Ingenieur« und empfand sein sportliches Gerede wohl auch als unangemessen und fürchtete, daß er sich lächerlich mache. Deshalb unterbrach sie, sobald die Rede des Sohnes sich vom Münzamt dem Sport zugewendet hatte, seine Rede wiederholt, indem sie mit dem Ringfinger der Rechten, an dem sie zwei schwere goldene Eheringe trug, auf den Tisch klopfte und fast drohend zur Gastgeberin sagte: »Mein Sohn, der Ingenieur, hat eine große Zukunft vor sich.« So als wollte sie ihn davor warnen, daß seine Sportleidenschaft seine Zukunft gefährden könnte. Während des zweistündigen Besuchs fiel dieser Ausspruch fünf Male – woraufhin Rosalie jedesmal zustimmend nickte, und der Ingenieur noch erschreckter dreinsah, gehorsam »gewiß, Mama« sagte, um für zwei Minuten bei der Münzprägung zu bleiben, danach aber rasch einen besonders erfolgversprechenden Jockey auf ein anderes Vollblut springen zu lassen.

181

Heinrich fühlte beschämt, daß er für den Krüppel nicht das gebührende Mitleid aufbringen konnte, selbst von der Bildung und der dem anderen vorausgesagten großen Zukunft nicht gebührend beeindruckt war.

Restlos beeindruckt hingegen war die Rosalie. Gewiß, den Ingenieur und noch dazu im Münzamt, selbst den Höcker fand sie irgendwie seiner Stellung entsprechend und alles zusammen überaus ehrfurchtgebietend. Aber was bedeutete er neben seiner Mutter! Schon als diese ins Zimmer getreten war, eine grobknochige Frau, hoch in den Fünfzig, mit einem wallenden Witwenschleier, der ein ebenmäßiges, blasses Gesicht umschmeichelte, war Rosalie von ihr begeistert gewesen. Es war ein stolzes und kluges Gesicht, dessen Anblick an Gefälligkeit nur etwas einbüßte durch einen strengen Zug um den Mund und eine pockennarbige Nase, die in irritierendem Gegensatz zu der Glätte und Weiße der Haut des übrigen Gesichtes stand. Rosalie wußte gar nicht, weshalb ihr, während sie mit der Tante (denn als solche sie anzusprechen, war sie aufgefordert worden) die alltäglichsten Haushaltsgespräche führte, über das Rezept der Vanillekipferl, die sehr gelobt wurden, über die Einteilung des Waschtages, über das letzte Kindbett, über die Gewichtszunahme der kleinen Camilla, dauernd ein Schluchzen im Halse steckte, das sie nur mit Mühe unterdrücken konnte. Die Last der Jahre fühlte sie von sich abfallen, während sie sprach: Hier war eine ältere Frau, eine Tante, schön, verehrungswürdig! Was nützten ihr die Assessoren und Förster aus ihren Romanen, was hatte selbst Heinrich, der über alles geliebte Heinrich, dessen Haus zu führen, dessen Alltag zu erleichtern, dessen Kinder zu erziehen, ihr Stolz war – was hatte selbst er ihr helfen können, in all ihren Zweifeln und Bedenken? Hier war eine Frau, eine ältere Frau, eine vornehme Frau, die zeigte, daß sie wußte, wie man Kinder erzog, hatte sie ihren Sohn doch zum Ingenieur gemacht, zu einem, der noch dazu eine große Zukunft vor sich hatte, obwohl man sich nicht vorstellen konnte, was Höheres es noch geben konnte, wenn einer einen Titel hatte und eine Lebensstellung beim Staat, diesem großen und mächtigen Staat. Diese Tante würde sie fragen können, ob das alles so recht war, wie sie es machte, ob sie bestehen sollte darauf, daß es nur zweimal in der Woche Fleisch gab, und ob es recht war, daß sie nur widerstrebend und in geringem Maße den Anweisungen Moritz Feldmanns nachkam und nur selten Grüngemüse und Äpfel für die Kinder kaufte, die doch so sündhaft teuer waren und weil man das Geld doch zurücklegen mußte für später, damit der Edi studieren und auch die Mädchen was lernen könnten. Aber die Gesundheit war doch wieder das Wichtigste, und wie oft sollten die Kinder also frisches Gemüse haben? Und hatte sie den Stoff für den Wintermantel, der doch wieder zehn Jahre halten sollte, nicht am Ende doch viel zu teuer gekauft? Und hatte sie recht getan, den Ratenhändler abzuweisen, der ihr gesagt, es wäre an der Zeit, langsam, und eben auf Raten, die Klassiker zu kaufen, da ihre Kinder doch schon eine Bibliothek würden haben müssen? Und war es recht, nur die Großen in den wöchentlichen Jugendgottesdienst zu schicken, und konnte ihnen nicht der Umgang mit den Ardittis schaden, obwohl die doch so reich waren und überdies auch in einen andern, den türkischen Tempel gingen? Und mußte sie das Geschirr wechseln, obwohl das soviel Arbeit machte, und der Heinrich jedesmal spottete und sagte, er könne es nicht verstehen, daß Gott damit gedient sei, daß sie von verschiedenen Tellern essen. Diese und ähnliche Fragen purzelten gleichzeitig in Rosalies Kopf durcheinander. Sie ließ keine laut werden, es war Glück genug, daß man nun wußte, an wen man sie würde stellen können. Während sie bescheiden Rede und Antwort stand, zog Friede und Ruhe in ihr Herz, ein Druck war von ihr genommen. Erst jetzt, da er wich, spürte sie, *wie* groß er gewesen, und das bewirkte, daß sie nur mühsam das hochkommende Schluchzen unterdrücken konnte.

Man schied in Herzlichkeit, die bei der Überwältigten kaum zum Vorschein kam, dagegen dort lauter war, wo sie weniger gefühlt wurde; die sich, wegen des Bildungsunterschiedes, beim Ingenieur in Maßen hielt, der freilich nachher seiner Mutter erklärte, daß er sich schon lange nicht so wohl gefühlt habe wie bei diesen »einfachen Leuten«. Tante Ernestine aber hatte den langen, kleidsamen Witwenschleier nach hinten geworfen, die Jüngere umarmt und ans Herz gedrückt. Ließen die hier herrschenden religiösen Gebräuche auch manches zu wünschen übrig, sie traute sich schon zu, da wieder Ordnung zu schaffen, zudem waren es Verwandte, die unter ihre Obhut gehörten, eine sympathische Familie, sichtlich von zunehmendem Wohlstand, gerade das Rechte für ihre Zwecke, die einen sich erweiternden Kreis benötigten.

Die Einladung, dem Festzug vom Fenster eines Ringstraßenhauses aus gemeinsam mit Mutter und Sohn beizuwohnen, erfolgte auch tatsächlich.

Ernestine Kalmus hatte ihre frühe Kindheit auf dem Lande verlebt, an der Chaussee, der endlosen, durch die die Räder der Fuhrwerke knietiefe Kotfurchen zogen, die im Sommer bröckelnde Klumpen bildeten, welche, fuhr einer darüber, als mächtige Staubwolken aufwirbelten. An der Wegkreuzung, von wo es rechts nach Zebinje und links, in halbstündiger Fahrt, zur Bahnstation Krakau ging, stand die einsame Branntweinschenke, die Ernestines Heimat war. In späteren Jahren, da die Strecke ausgebaut war und die Bahnstation bereits zwei Dutzend Bahnbeamte beschäftigte, auch schon ein eigenes Materialdepot angeschlossen war, übernahm Ernestines Mutter, eine Witwe mit drei Töchtern, die Bahnhofswirtschaft. Ernestine kehrte nach kurzem Ehestand, der offenbar in ihrem Leben keinen nachhaltigen Eindruck hinterlassen hatte, denn niemand konnte sich in späteren Jahren erinnern, daß sie des Frühverstorbenen je Erwähnung getan hätte, aus Bielitz, das sie als eine ungesunde und gottlose Stadt schilderte, mit einem kleinen Sohn in die Gegend zurück und übernahm die Gastwirtschaft nahe dem russischen Schlagbaum, die sie bis zum achtzehnten Jahr des Sohnes führte. Dieser besuchte die Realschule in einem Nachbarort, zu dem Ernestine mindest einmal monatlich fuhr, immer an einem andern Wochentag und zu einem andern Datum, um die Kostgeberin des jungen Studenten unvorbereitet zu treffen. Ernestine war eine mißtrauische Frau, besorgt um Gesundheit, rituelle Kost, fleißiges Studieren und sittsames Betragen ihres Einzigen, mit dem sie so große Pläne hatte. Nun, er hielt sich zu ihrer Zufriedenheit, und auch die Kostgeberin resignierte, den Besuchstag im voraus wissen zu wollen, und entschloß sich, die gewünschte Ernährung und die sonstige Betreuung dem Kostgänger gleichmäßig alle Tage des Monats angedeihen zu lassen, wobei sie als Rache für die nicht angekündigten Besuche allerdings eine ungebührlich hohe Summe verlangte, die Ernestine, ohne je zu feilschen, pünktlich erlegte. Ihre Seelenruhe während der angestrengten Arbeit in der Gastwirtschaft war ihr damit nicht zu hoch bezahlt.

Für die durchziehenden und für die fest stationierten Bahnbeamten war die tüchtige Frau mit ihrem blühenden Geschäft und ihrer großstädtischen Bielitzer Vergangenheit eine gewisse Attraktion in dem eintönigen Dasein, in das sonst nur der wöchentlich einmal durchfahrende Expreßzug nach Wien ein rasch vorbeiflitzendes Glanzlicht warf. Die Witwentracht, der jüdische Scheitel, den sie trug, eine Perücke, unter der sie das geschorene Haupt verbarg, da man ihr, nach jüdischem Brauch, bei der Eheschließung

die Zöpfe abgeschnitten, die Mesuse an ihrer Wohnungstür, erlaubten ihr nicht, das, was sie den Bahnbeamten und den wenigen
durchziehenden Gästen vorsetzte, jemals selbst zu berühren. All
das verstärkte eigentlich nur ihre Anziehungskraft, umgab sie mit
einer Aura von Geheimnisvollem, das zu jener Zeit, mindestens
an jenem weltverlorenen Platze, keineswegs als nicht-hierher-ge-
hörig abstieß, sondern umgekehrt eine farbige Abwechslung in der
Grauheit des Daseins darstellte.

Ernestine Kalmus hätte in diesen achtzehn Jahren ihrer Tätigkeit verschiedene Male heiraten können, christliche Bahnbeamte,
versteht sich, auch ein Studierter war darunter, einer, dessen Ver-
setzung in eine größere Stadt bevorstand und dann auch tatsächlich
erfolgte. Sie wußte mit Takt abzulehnen: Eine Ehe kam für sie
nicht mehr in Betracht, schon aus religiösen Gründen nicht. Auch
wollte sie das Leben ihres Sohnes allein leiten. Was blieb aus jener
Zeit, war ein gutes, auf gegenseitigem Respekt begründetes Einvernehmen zwischen ihr und dem ›Studierten‹, einem Ingenieur
der Karl-Ludwig-Bahn, der später Hofrat im Eisenbahndienst
wurde und seine weiteren Dienstjahre in Krakau verbrachte. Mit
diesem beriet sie sich an langen Winterabenden, wenn an den Ne-
bentischen der Gastwirtschaft Karten gespielt wurde, eingehend
über die Zukunft ihres Sohnes. Diesem war die Wahl der Realschule zuzuschreiben, und nach seinem Rat und eigener Überle-
gung und nach vielen Zwischenfragen entschloß sie sich, ihren
Sohn Isidor an der Wiener Technik studieren zu lassen. Er sollte
Ingenieur werden, und der wohlwollende Berater meinte, daß er,
wenn er fleißig und verläßlich bliebe – woran ja kein Zweifel sein
könne bei dem Vorbild dieser Mutter –, sicher damit rechnen
könnte, in den Staatsdienst aufgenommen zu werden und als Ei-
senbahnbeamter höheren Grades seinen Weg zu machen. Ernestine Kalmus wies mit Würde auf die jüdische Konfession hin und
wagte den Einwurf, ob dies nicht ein wesentliches Hindernis, gerade in dieser Laufbahn, sein würde. Der Stationsvorstand wußte
dieses Bedenken mit Hinweis auf andere, wenn auch nicht zahlrei-
che jüdische Beamte der Eisenbahnverwaltung zu zerstreuen.
Wenn es keine größere Anzahl von jüdischen Beamten in der Eisenbahnverwaltung gäbe, so offenbar nur deshalb, weil diese Laufbahn mit ihren so engen finanziellen Grenzen und ihrer etwas eintönigen Tätigkeit für den expansiven jüdischen Unternehmungsgeist wenig Anziehendes hätte.

Für Ernestine Kalmus aber hatte die in Aussicht genommene

Karriere nicht nur Anziehendes, sondern geradezu Aufregendes, ja, Abenteuerliches, an sich, was bewirkte, daß sie nach solch abendlichen Gesprächen noch lange wachlag, während draußen die Züge vorbeiratterten, die Station ausrufen hörte und genau wußte, wer es war, der ausrief.

Ein Studierter und ein Fixbesoldeter! Gewiß einer, dessen Einkommen zeitlebens nur einen Bruchteil dessen ausmachen würde, was sie mit ihrer Gastwirtschaft, selbst was man mit der Branntweinschenke an der Wegkreuzung, als die Eisenbahn noch nicht bis dorthin verlief, verdient hatte.

Ernestine hatte in der Kindheit Schimpfworte aufgeschnappt, die Vater oder Mutter gegolten hatten, und war Zeuge gewesen, daß dem Schimpfenden nicht die Tür gewiesen wurde, sondern die Angepöbelten hochroten Kopfes darauf doppelt große Portionen ausgegeben hatten. Stand sie auch in gutem Einvernehmen und in distanziertem Respekt zu jenem, dem sie die Ratschläge für des Sohnes Zukunft verdankte, so war auch sie oft, herbeizitiert, neben einem Tisch gestanden, an dem ein Bahnbeamter der untersten Rangklasse saß und entrüstet auf das zu fette oder zu magere Rindfleisch wies, das man gewagt hatte, ihm vorzusetzen; ihm, der zwar, wie Ernestine Kalmus genau wußte, ein lächerlicher Zwerg draußen in der Welt war, der aber Macht genug besaß, durch eine Beschwerde, wenn auch eine durchaus unberechtigte, die Weiterverpachtung der Gastwirtschaft ernstlich zu gefährden. Das Leben hatte Ernestine Kalmus zu der vielleicht irrtümlichen Meinung gebracht, daß Geld, daß ihr Sparkassebuch, ihr beträchtliches Sparkassebuch, nichts war, da es Würde und Unabhängigkeit ja doch nicht verschaffen konnte. Dies war im Lauf eines tätigen Lebens ihre Ansicht geworden, und ein bescheidenes Einkommen, der Titel eines Studierten, der die Menschen in gebührend respektvoller Distanz halten konnte, war es, was sie für den Sohn erstrebte.

So gab sie, nachdem Isidor die Realschule mit ausgezeichnetem Erfolg absolviert hatte, die Gastwirtschaft auf und übersiedelte nach Wien, in der Absicht, in Zurückgezogenheit mit dem Sohn dort zu leben; dies schien die Erfüllung aller Wünsche, als sie ja auf des Sohnes Anwesenheit seit seinem sechsten Lebensjahr, als sie ihn in Kost und Quartier gegeben hatte, hatte verzichten müssen. Auch hatte sie nur bei den monatlichen Besuchen des Sohnes Gelegenheit, einen Tempel zu besuchen; jetzt wählte sie ihren Wohnsitz so, daß die »Technik« für Isidor nicht allzu schwierig zu erreichen war, aber vor allem der Tempel in ihrer unmittelbaren Nachbarschaft lag.

Sie siedelte sich in einer Zwei-Zimmer-Wohnung an, die sie mit einer nur für Stunden kommenden Aufwartefrau bewirtschaftete. Denn das Studium war lang, und nach dessen Beendigung war mit Volontärdienst zu rechnen, das Geld mußte eine ganze Weile vorhalten.

Isidor Kalmus absolvierte seine Prüfungen auch hier mit Auszeichnung, aber schon in den letzten Studienjahren war es klar geworden, daß er nicht, wie seine Mutter für ihn vorgesehen hatte, die Tradition des Bahndienstes fortsetzen würde. Für Ernestine Kalmus hatte die Welt schließlich bis dahin eigentlich aus einem ungeheuren Bahnnetz bestanden.

Durch die Vermittlung eines Professors wandte er sich dem Münzwesen zu und trat zu Beginn des Jahres 1875 in das Münzamt ein. Ernestine war es zufrieden, daß Isidor ein Beamter wurde, dem der Einkauf von Gold für die Münzprägung des Landes oblag. Die Beschäftigung auf diese Weise war nicht einträglich, aber sie hielt die Menschen in respektvoller Entfernung, und das war es, was anzustreben Ernestine Kalmus das Leben gelehrt hatte.

Was sie bedauerte, war wunderlicherweise nur, daß sie nun zeitlebens an die Residenzstadt gebunden sein sollte. Einen Tempel hätte sie auch in einem kleineren Ort gefunden, und sie hatte sich nur schwer und in der Hoffnung, daß es vorübergehend sei, an das Fehlen der ratternden Züge gewöhnt. Sie hatte gehofft, noch einmal als Mutter eines Bahnbeamten durch eine Bahnhofswirtschaft zu gehen; nachts in ihrem Schlaf die Station ausrufen zu hören und genau zu wissen, wer ausrief. So, hatte sie gemeint, würden ihre alten Tage sein. Es kam anders, und sie ergab sich darein. Worin sie sich aber schwerer fügen konnte, als sie gedacht hatte, war die Untätigkeit. Den kleinen Haushalt besorgte vom Augenblick an, da Isidor ein Fixbesoldeter war, ein junges Dienstmädchen. Einmal deshalb, weil es unmöglich schien, daß die Mutter eines Studierten Teppiche klopfte. So blieb ihr viel Zeit, die sie bald gottgefällig auf ein bestimmtes Werk zu konzentrieren wußte: Auf das Ausfindig-Machen von Verwandten, wobei als Verwandter auch ein Cousin sechsten Grades galt, den sie genau wie einen Cousin ersten Grades oder wie Neffen und Nichten daraufhin prüfte, ob er an den rituellen Vorschriften festhielt. Sie verlegte all ihre freigewordene Energie auf die Rückführung der Verwandtschaft zu den Sitten der Väter, wodurch sie sich immer mehr zu einem Familienschreck entwickelte. Sie beschränkte ihre Betreuung nicht nur auf das Religiöse, sondern verstand auch, dem einen die Mittel zu entreißen, die dem andern fehlten, das heißt dort, wo durch Krankheit oder berufliche Fehlschläge eine Katastrophe drohte, das Notwendige zu beschaffen. Und da sie jede Geldsammlung durch eine, wenn auch winzige Summe aus eigener Tasche eröffnete, war es schwer, ihr etwas abzuschlagen. Ihre philanthropische Tätigkeit wog, selbst bei dem, dem es zugute kam, nicht auf, was sie durch ihren Eifer an Unannehmlichkeiten schuf. Beliebt wurde sie nicht, aber sie schuf tatsächlich so etwas wie einen Familienkreis von Menschen, die bis dahin von der Existenz der anderen überhaupt nichts gewußt hatten. Die Kinder sollten sie später die ›Schnorrtante‹ nennen, und Heinrich hatte oft seufzend, aber ohne Widerrede, wenn sie eine Aussprache unter vier Augen verlangte, die Wertheimkasse aufgeschlossen. Rosalie aber hing an ihr voll Liebe und Gehorsam in allen wichtigen Lebensfragen bis zu Ernestines Tod, und trotz Heinrichs Gegenwehr sollte Ernestine Kalmus' Rat in Zukunft im Haus den Ausschlag geben.

Vorerst sah man sich gemeinsam an einem strahlend schönen Apriltag den Festzug zu Ehren des Kaiserjubiläums von einem Fenster der Ringstraße aus an, jenen Zug, der in die Geschichte unter dem Namen seines Leiters einging, der einer ganzen Epoche ihr Gepräge geben sollte: Es war der Makartfestzug, dem Ernestine Kalmus, infolge der Position ihres Sohnes, bereits von einem bevorzugten, wenn auch noch recht schlechten Platz aus beiwohnte. Alle vier wußten nicht, wer Makart war, auch der Sinn und Bezug der Figuren, meist Gestalten aus der Mythologie, blieben ihnen verschlossen; ihnen allen, selbst dem gebildeten Ingenieur mit der großen Zukunft: Das Bildungsgut war ihm ja nur durch die Schule vermittelt worden, als Realschüler hatte er nicht Griechisch und nicht Latein gelernt, was den Respekt bei den Kindern der Verwandtschaft später entschieden mindern sollte.

Man wußte also nichts von Makart, auch nicht, wer ›Abundantia‹ war und all die andern Figuren, die da vorüberzogen. Dennoch genoß man das Schauspiel, genoß es, etwas bequemer, als die, die sich zu beiden Seiten der Straße drängten. Aber man genoß es so voraussetzungslos wie diejenigen, die da unten sich drängten, als eine großartige Riesenhetz, in die sich Ehrfurcht und Bewunderung für den Kaiser mischten und das Glücksgefühl, ihm untertan zu sein.

Pläne machen war im Hause Lanzer nicht üblich. Zu sehr forderte der Alltag Entschluß und Handlung. Gewiß, man sparte und legte zurück für die Erziehung der Kinder und für die alten Tage. Aber Genaueres über die Verwendung des Sparpfennigs stellte man sich nicht vor, in Träumen erging man sich nicht. Dennoch, im Laufe dieses Jahres wurde viel und Folgenreiches besprochen, und gegen alle Gepflogenheiten gab es verschiedene, ein wenig zu hochfliegende Pläne.

Es handelt sich um das Jahr 1880, das herannahte und gegen dessen Ende Heinrich und Rosalie zehnjährige Hochzeit feiern würden. Geburtstage wurden in diesem Hause nicht gefeiert, auch die der Kinder nicht. Wie hätten Eltern, die selbst arme Waisenkinder gewesen waren, denen niemand einen Geburtstagstisch gedeckt hatte, in fröhlicher Erinnerung Sitten auf ihre Kinder überliefern sollen? Weihnachten gab es gleichfalls nicht, und auch von Ostern hätte man nichts gewußt, hätte die Fini nicht daran festgehalten, den Kindern Ostereier zu verstecken. Es gab Freitagabende, und es gab Chanukka und Pessach, aber da der Heinrich das nur eben geschehen ließ, brachte es für die Kinder höchstens eine seltene Speise. So ist es eigentlich erstaunlich, daß von dem zehnjährigen Hochzeitstag wie von einem Fest gesprochen wurde, und es ist unerklärlich, weshalb dies geschah. Aber man sprach davon, als ob die runde Zahl einem das Recht auf eine angenehme Unterbrechung des eintönigen Alltags gäbe. Man machte Pläne.

Ernestine Kalmus schlug sogar einen Theaterbesuch vor, die Operette ›Fanitza‹ hatte man loben gehört. Gott mochte wissen, wieso das Wort ›Theater‹ eines Tages aufklang. Wahrscheinlich war es Isidor Kalmus, der Brocken aus Gesprächen über Theateraufführungen aus dem Amt nach Hause brachte, die dann seine Mutter weiter in der Familie verstreute.

Isidor Kalmus selbst besuchte seit seiner Studentenzeit gelegentlich das Theater, sehr selten, weil seine Mutter es höchst ungern sah; da es für die Plätze auf der vierten Galerie mit einem stundenlangen Schlangestehen verbunden war und man ihr den Sohn einmal nach Hause gebracht hatte, nachdem er im Foyer ohnmächtig zusammengebrochen war.

Ernestine Kalmus war einmal, das erste Mal, in ihrem fünfzigsten Lebensjahr, im Theater gewesen, mit dem Sohn, aus Anlaß seiner Ingenieurprüfung. Es mußte, seinem neuen Titel entsprechend natürlich etwas Gebildetes sein, und so war man ins Burgtheater geraten, zu einem Klassiker. Bereits am nächsten Morgen konnte sich Ernestine an den Namen des Autors und auch an den Titel des Stückes nicht mehr erinnern. Der Theaterbesuch war nicht wiederholt worden, ohne daß man ausdrücklich festgestellt hätte, daß er eine Niete gewesen war.

Es war klar, daß, wenn schon Tante Ernestine, die Seelenfreundin eines Hofrates, den Vorgängen auf der Bühne nicht viel Interesse abgewinnen konnte, die »einfachen Leute«, die Lanzers, das noch viel weniger können würden. Der Vorschlag, eine Operette zu besuchen, ging von Isidor aus, der selbst aber ein Operettenhaus nie betreten hatte.

Nun, der Hochzeitstag fiel in den Oktober, es war Zeit genug, noch seine Wahl zu treffen.

Zu Beginn des Jahres, das stürmisch und naßkalt einsetzte, mit Schneefällen, die unangenehm waren, weil die Flocken nicht liegen blieben, sondern sich in Nässe auflösten, die in die Knochen drang, kam am Stammtisch eigentlich durch Monate keine richtige Tarockpartie in Gang. Die Karten lagen vorbereitet, aber blieben unangerührt, und man verqualmte den Raum mehr als gewöhnlich und sprach über dies und jenes. Es gab wieder einmal genug, was durchaus besprochen werden wollte.

»Ich bin aufs äußerste erstaunt, Herr Schulrat«, hörte Heinrich Isidor Kalmus sagen, während er seinen schneebedeckten Mantel ausklopfte und dann aufhängte. »Aufs äußerste erstaunt über Ihre – wie soll ich es nennen? – Herzenslaxheit«, setzte er fort, während Heinrich Platz nahm.

»In anderen Worten, Sie werfen mir mangelnde Kaisertreue vor«, sagte der andere lächelnd. »Weil ich glaube, daß die ganze Welt davon profitieren könnte, wenn Gladstone wieder Premier werden würde.«

»Das habe ich nicht gesagt«, erwiderte Isidor Kalmus und machte eine erschrockene abwehrende Geste. »Aber bedenken Sie doch, wie er in Manchester unsern Kaiser angegriffen hat.«

»Die österreichisch-ungarische Monarchie ist stark genug, er wird es zurücknehmen müssen. Sie können sich verlassen, daß eine Démarche unseres Ministeriums erfolgt.«

»Die hoffentlich Gladstones Chancen erschüttern und Disraelis Position festigen wird.«

Der andere zuckte die Achseln.

»Disraeli hat ja völlig das Ohr der englischen Königin«, fügte Isidor Kalmus nach einer Pause ehrfürchtig hinzu.

Heinrich sah verwundert und ein wenig ungeduldig von einem zum anderen. Seit Wochen sprach Isidor Kalmus nicht vom Münzamt, nicht von irischen Vollblutpferden, nicht von den chancenreichsten Jockeys, sondern einzig und allein von Disraeli. Die wöchentlichen Besuche im Hause Kalmus waren inzwischen zur Gewohnheit geworden, und Isidor Kalmus' Gespräch bestand wie bei seinem ersten Besuch aus einem ununterbrochenen Redeschwall. Ängstlich schnappte er dazwischen nach Luft, um keine Pause entstehen zu lassen, in der der andere sich hätte einfallen lassen können, etwas zu erwidern.

So war Heinrich dazu gekommen, die ganze wunderbare Lebensgeschichte Disraelis zu hören: Was Isidor Kalmus daran so begeisterte, konnte er nicht ganz verstehen, wahrscheinlich war der Grund einfach der, daß er sein ebenso unbegreifliches Interesse für irische Vollblutpferde nun auch auf die Menschen in England übertrug. Heinrich war es unangenehm, wenn der Ingenieur auf andere komisch wirkte. Nun trug er diese lächerliche Begeisterung für den Premier eines fremden Landes auch noch dem Schuldirektor vor.

»Gladstone hat eine herrliche Arbeit über Homer geschrieben«, erklärte der Schuldirektor. »Ein wahrer Humanisteneifer spricht aus seinem Bericht über die Greuel der Türken in Bulgarien.«

Heinrich war nicht ganz sicher, was ein Humanist war. Der Schuldirektor führte dieses Wort oft im Munde: Bisher hatte er gedacht, daß es einer sei, der Latein und Griechisch gelernt, also das Gymnasium absolviert hatte. Er kannte endlose Gespräche zwischen Isidor und dem Schuldirektor über die Vorzüge des Gymnasiums gegenüber der Realschule. Er kannte all die Argumente genau, mit denen jeder sein Eigentum, seine Schulbildung, verfocht.

Es amüsierte ihn, fast wider Willen, daß der Schuldirektor mit dem Hinweis auf Homer dem anderen wieder dessen Bildungsmangel vorführte. Ein wenig mit Gewalt aufs Tapet gebracht, fand Heinrich, denn was hatte die Kenntnis Homers mit den Greuln der Türken zu tun?

»Er hat auch eine Arbeit gegen den Katholizismus veröffentlicht«, sagte Isidor Kalmus tadelnd, als ob er sagen wollte: Und diesen Mann verteidigen Sie, mein Herr!

Plötzlich freute sich der Heinrich wieder, weil Isidor zu replizieren wußte und so gut informiert war, gleichzeitig wunderte er sich über seine eigene heimliche Parteinahme und auch darüber, daß Isidor, der seiner Mutter zuliebe den Tempel besuchte, sich als Verteidiger des Katholizismus aufspielen mußte.

»Unser Katholizismus hat wenig Anstoß genommen an dem, was, nach Gladstones Bericht, die Türken verbrochen haben. Wollen Sie den Bericht lesen, Herr Ingenieur, ich habe ihn zu Hause«, sagte der Schuldirektor.

Isidor Kalmus wehrte ab, als habe man ihm Gift angeboten. »Danke, danke«, sagte er. »Ich verstehe durchaus die Politik unseres allerhöchsten Kaiserhauses, und ich bin geneigt, sie für eine weise Politik zu halten: Die Türken zu stützen und Ruhe und Ordnung zu erhalten, solange keine andere Macht die türkische Rolle übernehmen kann. Möglicherweise wird Rußland diese Rolle erben.«

»Und die Völker werden Rußland, genauso wie die Türkei, abzuschütteln wissen.«

»Wir wollen nicht hoffen«, erwiderte Isidor Kalmus steif. »Österreich wird dies nicht zugeben. Es hat selbst zu großes Interesse dort, die Macht unseres Landes steht auf dem Spiel.«

Heinrich liebte sonst solche Gespräche, wenn sie auch widerstrebende Gefühle in ihm auslösten. Meist neigte er der Ansicht des Übelhör zu, liebte es, sich belehren zu lassen in Dingen, in denen er keine Ansicht haben konnte; gleichzeitig hatte er immer ein Gefühl des Unbehagens, hatte Angst, daß der Ingenieur den kürzeren ziehen würde. Er kannte den Schuldirektor nun schon seit mehreren Jahren, den Ingenieur kaum seit einem; sonderlich zugetan war er ihm gewiß nicht, und doch glaubte er sich öfters schützend vor ihn stellen zu müssen, mit seinen geraden Schultern, seinem breiten Brustkasten, der sich, so meinte er zu spüren, weitete, sah er auf das kleine bucklige Männchen hinunter.

Heute schien der Augenblick gekommen, um dem Gespräch eine andere Wendung zu geben; zwölf Jahre hatte er selbst dem Kaiser gedient, gerne gedient, und doch kam ihm plötzlich des Ingenieurs beflissene Besorgnis um den Thron unangebracht vor. Wahrscheinlich nur, weil es komisch wirkte, wenn so ein kleines, verbuckeltes Männchen für irgend etwas und irgendwen zu kämpfen wünschte.

»Moritz«, sagte Heinrich, er wünschte durchaus den Doktor Feldmann ins Gespräch zu ziehen, um den Redeschwall der beiden anderen zu unterbrechen. »Erzähl was von Preßburg, Du bist doch dort aufgewachsen. Ich werde jetzt nämlich öfters dort hinfahren müssen, in Geschäften.«

Widerstrebend ließ der andere die Zeitung sinken, die er so vors Gesicht gehalten hatte, daß man nicht hätte sagen können, ob er von den Gesprächen etwas vernommen, oder ob er Heinrichs Kommen überhaupt bemerkt hatte. »Nach Preßburg gehst du? So, so«, sagte er nur.

»Ach, reisen«, meinte der Übelhör schwärmerisch. Er ließ Gladstone Gladstone sein. »Daß unsereins das nie erreicht. Und dabei war der Payer auch nur Geograph und ist bis zum Nordpol gekommen.«

»Sie kommen schon auch noch dorthin«, tröstete der Ingenieur. »Sie pflanzen noch einmal die schwarz-gelbe Fahne auf dem Südpol auf«, meinte er augenzwinkernd, aber der andere merkte den Stich gar nicht.

Sieh mal an, du kannst auch einen Witz machen, dachte der Heinrich und war angenehm erstaunt. Es lag ihm an dem guten Einvernehmen aller hier. Gern, wirklich gern, hatte er nur den Moritz, aber er wollte wissen, daß die freundschaftlich miteinander Tarock spielten, auch wenn er nicht da war. Sein Stammtisch, der blieb, bis er wieder kam. Auf einmal erschien ihm das sehr wichtig.

»Preßburg ist ja keine Reise«, sagte er. »Drei Stunden. Keine Reise, nur eine Unannehmlichkeit.«

Alle lachten.

»So macht er seine Geschäfte«, sagte Moritz Feldmann. »Mein Schwiegervater erzählt das gern: Alle seine Kommissionäre berichten, daß die Fleischer sagen: Kauf du nur vom Lanzer deine Ochsen, dann lachst du dich gesund!«

Heute geht alles schief, dachte der Heinrich. Erst macht der Ingenieur sich lächerlich. Und jetzt der Moritz mich. Es ist keine Schande, Ochsen zu verkaufen, aber reden muß man doch nicht davon. »Also erzähl von Preßburg«, lenkte er ab.

»Nicht viel zu erzählen von dort. War nur die Gymnasiastenjahre dort. Ein Operettentheater gab's, die Liebhaberin hieß Piruska, und ich hab' sie einmal am Bühnentürl mit einem Strauß Mohnblumen abgepaßt«, erzählte der Moritz. »Sie hat mir dann ein Stück Schokolade geschenkt dafür. Seither ess' ich keine Schokolade und kann Mohnblumen nicht sehen.«

»Deine Piruska interessiert mich nicht, Familienvater mit einem Schippel Kinder, der ich bin. Sonst weißt du nichts zu erzählen von dort?«

Der andere verneinte. »Ein Drecksnest. Und ein Ghetto, noch heute. Damals wurde es jeden Abend abgesperrt. Ich hab' aber nicht drin gewohnt.«

Man lachte. Der Gedanke, daß Moritz Feldmann im Ghetto gewohnt haben könnte, erschien ihnen erheiternd.

»Ein Ghetto«, wiederholte der Schuldirektor. »Interessant! Es soll überhaupt eine Stadt mit vielen alten Baudenkmälern sein.«

War der Gladstone schon weit, irgendwo über dem Kanal, so war das alte Preßburg, drei Stunden von hier, noch viel weiter. Sie war schön, die Historie, eigentlich war sie das einzig Interessante, aber jetzt wollte der Heinrich nichts von ihr hören, wo er so gegenwärtige Angelegenheiten dort zu erledigen hatte.

Da also nichts weiter zu erfahren war, begann er zu berichten und sprach von den täglich schwieriger werdenden Marktverhältnissen. Daß der Staat den freien Handel immer mehr beschränkte, durch Schlachthauszwang. Er berichtete von der Vieh-und-Fleischmarktkasse, einer Gründung der Agrarpartei, die den Zwischenhändlern, solchen wie der Firma Segal, das Leben erschwerte.

Der Heinrich war ein guter Zuhörer und ein guter Beobachter, aber zu längerer zusammenhängender Rede ergriff er selten selbst das Wort. Im Kreis dieser Studierten hatte es sich so ergeben. Übrigens war auch Moritz Feldmann eher ein Einsilbiger, die eigentlichen Diskutanten waren der Schuldirektor und der Ingenieur. Und bevor der Ingenieur noch ständig zur Partie gerechnet werden konnte, war es eigentlich der Schuldirektor allein gewesen, der seine lehrhaften Reden aus der Klasse hierher übertragen hatte. Denn der Zwetschkenkrampus war, wenn es sich nicht um Avancements oder um Botanik handelte, an den Ereignissen der Stadt und der Welt völlig uninteressiert gewesen.

Nun aber wollte Heinrich unbedingt von seinen Ochsen erzählen, weil die Aussicht, nach Preßburg zu reisen, ihn doch beschwingte und sein Selbstbewußtsein erhöhte.

»Ich soll mit der Preßburger Gemeinde verhandeln, vielleicht können wir der Vieh-und-Fleischmarktkasse Konkurrenz machen und dort einen Markt einrichten, wo man billiger kauft als in Wien«, sagte der Heinrich und kam sich einen Augenblick lang wie ein geheimer Emissär in wichtiger Staatsmission vor.

»Ein Unternehmen also, das die von der Regierung unterstützte Fleischmarktkasse untergraben soll«, sagte Isidor Kalmus stirnrunzelnd. Er mißbilligte bereits das Unternehmen, er mißbilligte es überhaupt, daß der Verwandte es wagte, hier mitten auf den Tarocktisch seine Ochsen zu stellen.

»Das ist freier Wettbewerb, Herr Ingenieur«, lachte der Schuldirektor. »Ein durchaus legitimes Geschäftsprinzip.«

»Dann bin ich für Verstaatlichung«, erwiderte dieser. »Oder ist es vielleicht keine Schande, wie lange sich die Nordbahnverhandlungen hinziehen, und wie viele endlose Parlamentsdebatten darauf verschwendet werden?«

»Ja, ja«, meinte Moritz Feldmann, »mit den Nordbahnjuden, finden Sie, sollte man kurzen Prozeß machen, aber mit Ochsen geht das eben nicht so einfach.«

Man lachte.

»Nordbahnjuden.« Der eine sagte es, die anderen dachten es. Überall sprach man darüber, und was man meinte, war »Nordbahnschwindler«. Man gebrauchte das Wort völlig bedenkenlos, jedem gegenüber, man hatte ja nichts gemein mit jenen. Aber das Wort war viel in aller Leute Mund und bedeutete Unterschiedliches: Dem einen war es der Schwindel, in den freie Wirtschaft ausartete, dem anderen war es das jüdische Prinzip schlechthin; und dem dritten war es die Fortsetzung des Krachs und der Korruption der Gründerjahre.

»Du führst also jetzt deine Ochsen am Gängelband bis nach Preßburg«, sagte Moritz Feldmann. »Viel Vergnügen! Aber laß mich zufrieden damit. Ich hör's bis zum Überdruß schon vom Schwiegervater, das welterschütternde Projekt einer Markterrichtung in Preßburg. Das ist dann immer so der Moment, wo ich mich lieber ans Klavier setze und den Julius begleite.« Julius war Moritz Feldmanns achtjähriger Sohn aus seiner ersten Ehe, der bei einem Joachim Schüler lernte. Aus seiner Ehe mit Emilie Segal gab es keine Kinder. Der Schwiegervater hatte es auch glatt abgelehnt, die sündhaft teuren Stunden zu bezahlen, was einen weiteren Grund für die Mißstimmung gegen die Ochsen ergab. Eine Schwester Moritz Feldmanns, die nie jemand zu Gesicht bekommen hatte, war mit dem Buben bis zum Baron Königswarter vorgedrungen, einem jüdischen Kunstfreund, der vorerst die Stunden bezahlte.

»Wie sind die Fortschritte?«, fragte liebenswürdig der Schuldirektor.

»Danke, danke«, erwiderte Moritz Feldmann, und es gelang ihm nur schwer, seinem Gesicht den Ausdruck überlegener Gleichgültigkeit zu geben, »wir spielen schon die Frühlingssonate.«

Der Heinrich fühlte sich ausgelacht. Und verursacht hatte dies Moritz, sein Schwager, auf den er sich jeden Tag freute wie ein Kind, und dessentwegen ihm der Montag wie ein verlorener Tag erschien, Markttag, der ihm keine Zeit fürs Café Withalm ließ.

Nur der Schuldirektor fühlte sein Unbehagen. »Können Sie denn damit rechnen, dort billiger Vieh auf den Markt zu bringen?« fragte er, nicht gerade aus Interesse, sondern um Heinrich mit seinem Vieh nicht im Stich zu lassen.

»Die Zuckerrüben- und Spiritusfabrikanten in Arat und Temesvar sind interessiert und wollen uns billiger liefern«, erwiderte der Heinrich tonlos, als ginge ihn das Ganze gar nichts mehr an. Die Freude war kurz gewesen: Nur einen Augenblick lang hatte er gedacht, daß er auch was zu erzählen hätte.

»Was haben *die* damit zu tun?«, wunderte sich der Ingenieur. Es lag ihm zwar nichts an dem Gegenstand, aber er konnte auch wieder nicht dulden, daß etwas verhandelt wurde, ohne daß ihm alle Zusammenhänge aufgedeckt wurden. Er hatte auch seinem Chef im Ministerium Referat zu erstatten über Dinge, über die er sich erst informieren mußte. Sollte gefälligst der mit seinen Ochsen auch Rede stehen, hatte er schon die Unverschämtheit, davon anzufangen, was unangenehm genug war.

Der Heinrich kam nicht dazu, Referat zu erstatten, wie es gewünscht wurde, denn Moritz Feldmann antwortete statt seiner.

»Die Ökonomie scheint bei Ihnen die Phantasie nicht zu beflügeln«, fand er lachend. »Die Zuckerrübenpflanzer wollen doch ihre Rübenreste verwerten. Man verfüttert sie ans Vieh, und man brennt auch Schnaps und verdünnt ihn.«

»Ach so ist das!« Der Ingenieur hielt es für gut, die Frechheit mit dem Schnaps einfach zu überhören. Der spielte immer wieder auf seiner Mutter Branntweinschenkenvergangenheit an, obwohl das schließlich schon ziemlich weit zurücklag: Er nahm ihm eben einfach übel, daß er sich mit dem Heinrich und der Rosalie duzte und daß er ihn nur einmal besucht und alle weiteren Aufforderungen abgelehnt hatte. Aber, ein Polizeiarzt, da lehnt man eben ab: Einer, der Huren behandelte! Woher, bitte schön, kam das Geld, das die bezahlten? Die Ochsen in der Verwandtschaft waren schon genant, aber ein Hurendoktor? Man mußte nur froh sein, daß es ein angeheirateter Cousin war, ein Cousin dritten Grades, da mußte man wirklich nicht du sagen.

Der Schuldirektor wußte nichts von diesen geheimen Nadelstichen, von den verschiedenen Verwandtschaftsgraden, von denen, auf die man stolz sein konnte und die es eigentlich kaum gab, und von denen, die grad schon akzeptabel wären, und von denen, deren man sich schämte. Er wollte friedliche Gesichter und eine anständige Tarockpartie.

»Na, wie wär's?« fragte er und nahm die Karten auf, die völlig nutzlos seit einer ganze Weile auf dem Tisch lagen. Man stellte die geleerten Kaffeetassen beiseite, da der Kellner sich ja doch nicht so bald zeigen würde: War auch schwer für ihn, sich durch die sich drängenden Schachkiebitze im Nebenraum seinen Weg bis zu den Kartenspielern zu bahnen.

So war man wieder friedlich vereint, ohne Nadelspitzen, die weh taten und ohne Anspielungen, die man besser überhörte. »Ein Pique, drei Treff, ich passe«, war alles, was sie jetzt einander zu sagen hatten, und Friede und Eintracht verband sie, während draußen der Laternanzünder seinem bei diesem naßkalten Wetter unangenehmen Geschäft nachging und die Menschen sich beeilten, eine warme Stube zu erreichen.

Seit der Heinrich die Woche über oft in Preßburg war, kam er manchmal ins leere Haus zurück. Auch an diesem Tag ging er durch die Wohnung, die ihm fremd erschien, und wußte nicht recht, was beginnen.

Dann kam Roncza und sprang ihm an den Hals. Sie trug ein Samtbändchen quer über den Kopf, gerade über dem Ansatz ihrer Ponyfransen. Die Ohren waren frei und die Haare hingen offen bis über die Schultern. Heinrich fiel es zum ersten Mal auf, daß Roncza so verständige Augen hatte und lustige dazu. Es waren seiner Lotti Augen. Auf seine Bitte hin lief das Kind, die Weinkaraffe unterm Arm, um einen halben Liter Haugsdorfer aus der Schank zu holen und für vier Kreuzer Paprikaspeck.

Im letzten Jahr hatte es sich so ergeben, als es immer mehr und mehr zu tun gab für die Fini und die Božena, daß zunächst die großen Mädchen für ihn da waren, und dann eigentlich immer nur Roncza ihm diesen kleinen Dienst leistete. Lina war ein wenig ängstlich, ließ sich auch leichter beschwatzen, während Roncza die Weinkaraffe oder das Krügl Bier so stolz trug, als brächte sie das köstlichste Geschenk.

Dann saß sie ihm gegenüber an dem kleinen Tisch am Fenster, wo sonst meist Rosalie saß. Sie hatte die Hände auf die Knie gestützt und die Füße, die noch nicht auf den Boden reichten, rechts und links um die Stuhlbeine geschlungen. Ernst und aufmerksam sah sie zu, wie er seinen Wein trank, und nahm auch, artig dankend, ein Stück von dem Speck, das er ihr, auf sein Taschenmesser gespießt, über den Tisch reichte. Der Speck lag wie immer auf dem Papier, in das er beim Kauf eingepackt worden war. Auch Rosalies Hausfrauensinn hatte nachgeben müssen, der Paprikaspeck zum Wein wurde nicht vom Teller gegessen.

Es fiel ihm ein, daß Lotti ihm früher so zugesehen hatte, damals, als der Paprikaspeck noch kein Leckerbissen, sondern das Nachtessen gewesen war. Erstaunlich, da wuchs neben ihm so ein kleines Wesen auf und eigentlich sah er's heute zum ersten Mal: Wenn er es ihr langsam beibringen würde, sie könnte es vielleicht schon verstehen, seine Sorge und seine Furcht, daß dieser Fleischhauerzug nach Preßburg am Montagmorgen zum dortigen Markttag sich für die Firma nicht würde bezahlt machen. Aber dann sah er sie an, wie sie so dasaß, nicht gerade hübsch, aber sehr lieb, sehr neugierig und verwarf sofort wieder diesen Gedanken. In ihrem Alter hatte er den abenteuerlichen Traum gehegt, als Schlosser nach Wien zu kommen. Weiß der Himmel, welche Wünsche sich hinter dieser Kinderstirn verbargen. Sie sollte ihre Träume behalten, die Kinder mußten nicht wissen, wie schwer man es hatte, nein, das war ungerecht, wie schwer es gewesen war; sie mußten auch nicht wissen, daß der Tag über der Sorge um Ochsen und Schweine verging.

Roncza knabberte an dem Speck, bis an den roten Paprikarand, den sie nicht mochte.

»Die sind alle so lustig da unten«, sagte sie schließlich in die Stille hinein.

»Lustig? Wer? Was?«

Ganz leise sang sie: »Es wird ein Wein sein, und wir wer'n nimmer sein.« Sie sang ganz richtig, mit ihrer hellen Stmme.

Der Heinrich kicherte. »Von wem hast du denn das?«

»Vom Schorschi«, kam die Antwort. »Schoorschi«, dehnte sie den Namen, als probierte sie aus, wie es sich anhörte. »Lustig, nicht?«

»So, so, vom Schorschi. Wer ist er denn, der Schorschi?«

»Der Schankbursch!«

»So, der Schankbursch heißt Schorschi, und von dem lernst du singen. Und lustig ist er also?«

»Alle sind lustig da unten«, wiederholte Roncza trotzig. »Alle.«

»So, die sind so lustig. Lustiger als bei uns zu Haus?«

Roncza sah ihn verständnislos an, als hätte er etwas ganz Erstaunliches gesagt. »Bei uns? Bei uns ist es doch immer so still. In der Schank singen sie alle und lachen, alle.«

Was das Kind für Freunde hatte! Die Rosalie sollte das hören. Aber ihn amüsierte das aufs höchste. »So still ist es bei uns«, wiederholte er und dachte daran, daß das Kindergeschrei seit Jahren ihn oft aus dem Haus getrieben oder, wenn er nicht wußte, wo er hingehen sollte, völlig verzweifelt gemacht hatte.

»Es lacht doch keiner bei uns«, gab Roncza zurück. Das war es offenbar, was sie als Stille, als drückende Stille empfand.

Dieser Abend zu zweit sollte ihren Lebenspakt begründen, und war es gerade zu Hause, ließ er sich von nun an öfters von ihr den Wein holen. Der Blick, den sie einander zuwarfen, wenn sie die Karaffe auf den Tisch stellte, war ein Blick des Einverständnisses. Der Heinrich wußte, was es heißt, einsam zu sein unter vielen Menschen, und daß Roncza vordrang in die Welt, war es auch nur die Welt da unten, die Welt der Ausschank, schien ihm irgendwie verheißungsvoll dafür, daß ihnen der Boden hier wirklich zur Heimat wurde.

Jetzt war die Arbeit kaum mehr zu bewältigen für die beiden Dienstboten: Es gab Wasch- und Bügeltage, an denen die Hausfrau kochte und die Kinder mangelhaft beaufsichtigt blieben. Bei fünf Kindern gehört eben ein Fräulein ins Haus, entschied Ernestine Kalmus, der Himmel mochte wissen, wo sie das her hatte.

»Eine Gouvernante, die französisch spricht mit den Kindern?« fragte die Rosalie ganz leise, und ihr Herz klopfte ob dieser Vermessenheit.

Daran hatte Ernestine Kalmus zwar noch nicht gedacht, aber lernen, das war wichtig, damit konnte man nicht früh genug anfangen. Auch ihr gefielen Kinder, die zu zweien, dreien oder vieren mit weißen Söckchen und weißen Handschuhen, artig parlierend, von der Gouvernante geführt, im Prater spazieren gingen.

Und so wurde beschlossen, eine Gouvernante zu engagieren. Seit der Heinrich viele Tage in Preßburg verbrachte, ergab es sich, daß Rosalie im Haus öfters Maßnahmen traf, ohne ihn ausdrücklich zu befragen.

Der Heinrich wetterte ganz entsetzlich, als er eines Tages am Mittagstisch eine Fremde fand, er wurde fast rüde zu dem bläßlichen jungen Mädchen mit gebrannten Stirnlöckchen, das ihm als ›Mademoiselle‹ vorgestellt wurde.

Konnte es billigerweise auch niemand der Mademoiselle übelnehmen, daß sich durch ihre Anwesenheit, durch die Anwesenheit eines farblosen, unschönen Mädchens, der Zuschnitt des Hauses zusehends veränderte, so hatte Heinrich doch richtig diese ihm unliebe Veränderung erkannt. Zwar hielt er eisern daran fest, Paprikaspeck und Äpfel mit seinem Taschenfeitel zu behandeln, weder Rosalie noch Mademoiselle hätten gewagt, daran auch nur mit einem Blick Kritik zu üben, aber ihr geflissentliches Darüber-Hinwegsehen irritierte ihn noch mehr, als es eine Bemerkung getan hätte.

Dann nahm man ihm eine Freude, die Lust an einem Anblick, der ihm auch während der Arbeit vorschwebte und bewirkte, daß er an sein Haus nicht nur als eine Bürde, nicht nur als an eine neue Fremde dachte, in der er, Gott allein mochte wissen, warum, nun schon fast zehn Jahre verweilte. Zwischen Roncza und ihm war seit jenem Abend, da sie ihm gestanden hatte, daß es zu Hause immer so still sei, während ihn der Lärm der Dienstboten, die Anordnungen der Hausfrau und das Kindergeschrei oft das Weite suchen ließen, ein heimlicher Bund entstanden. Er liebte es, wenn sie stolz den schweren Krug mit dem schäumenden Bier oder dem Wein vor ihn hinstellte und sich dann erwartungsvoll ihm gegenüber setzte. Über die Schank, den Schorschi und die Welt da unten hatten sie sich nie mehr unterhalten, aber es amüsierte ihn, ihr in die Augen zu blicken, es machte sein Herz warm, seiner Schwester Lotti Züge hier wiederzufinden, und es war rührend zu beobachten, wie die Kleine erwartungsvoll zusah, wie er sein Getränk eingoß und trank. Er liebte es, wie sie aufsprang, wenn er den letzten Tropfen getrunken und ihm artig ›Gute Nacht‹ wünschte. Er liebte ihre Rückenansicht, wenn sie mit etwas zu großen Schritten auf Storchenbeinen davonging und in der Tür noch einmal kehrtmachte, um ihm zuzuwinken. Diese schüchternen Ansätze für ein Sich-Zu-Hause-Fühlen nahm man ihm. Was man Roncza damit nahm, drang nicht an die Oberfläche, wurde überhaupt nicht berührt. Mademoiselle entschied, daß es nicht ›convenable‹ sei, ein Kind in die Schank zu schicken. Heinrich widersprach polternd, ausfällig werdend gegen Mademoiselle, rüde, was selten geschah, gegen seine Frau. »Mach mir keine Affen aus den Kindern«, sagte er, »es sind Schlosserkinder, die können wohl dem Vater was aus der Schank holen.«

Rosalie weinte und nahm ihre Zuflucht zu Tante Ernestine. Da war sie entschieden an die Richtige gekommen. Was ein Kind in

Schank und Gasthof zu hören bekam, das wußte die nun, wenn es ihr auch niemand ansah, dieser vornehmen Dame in Schwarz mit langwehendem Schleier, Mutter eines Ingenieurs, eines k.u.k. Beamten im Münzamt. »Wieso Schlosserkinder?« fragte sie erstaunt und entschied zugleich, ohne eine Erklärung abzuwarten, daß die Kinder des Prokuristen Lanzer nicht in der Schank herumstehen dürften.

Nun, von Herumstehen konnte zwar keine Rede sein, er wünschte einfach den Anblick seiner Roncza, wie sie in die Tür trat mit dem schweren Krug in beiden Armen. Aber er gab nach. Gab nach, aus der unklaren Schuldempfindung, daß er hier ein Fremder war. Allein Ronczas Dasein ließ ihn zuweilen verstehen, daß das, was er tagsüber tat, dem glatten Funktionieren des Haushaltes dienen sollte. Aber er gab nach, wenn es auch nur deshalb war, weil ihm zu Bewußtsein kam, daß sein Tage, manchmal Wochen währender Aufenthalt in Preßburg dort langsam eine Art von zweitem Leben entstehen ließ. Dort, in Preßburg, hatte er begonnen, wieder der alte Heinrich Lanzer zu sein, und deshalb gab er hier in dieser merkwürdigen, unwirklichen Welt nach: Mademoiselle blieb, und Fini übernahm brummend von neuem die Pflicht, die ihr schon einmal abgenommen worden war, den Weg in die Schank.

Die vier Großen begannen, Messer und Gabel zierlicher zu handhaben, plapperten bald munter auf französisch, Gott allein mochte wissen, wozu dies gut sein sollte. Rosalie aber, die kleine, füllige Rosalie, die ihre dauernden Schwangerschaften immer schwerfälliger machten, war glücklich. Wäre nicht die allzu häufige Abwesenheit ihres Heinrich gewesen, man hätte sagen können, außerordentlich glücklich.

Sie saß an der Spitze der schon recht stattlichen Tafel, an deren unterem Ende Mademoiselle saß, zu ihrer Rechten blieb Heinrichs Platz leer, außer wenn Tante Ernestine zu Besuch kam, dann hatte sie diesen Ehrenplatz inne; zu ihrer Linken saß Lina, die Älteste, die, still in sich gekehrt, den lästigen mütterlichen Erziehungsversuchen, die in hundert Verboten, Geboten, Kontrollen über gestopfte Strümpfe und ähnlichem bestanden, am wenigsten Widerstand bot. Jeder Mittagstisch war für Rosalie wie ein Traum: Sie sah die adrett gekleideten, gesunden Kinder – »Frau Lanzers Bildergalerie« hatte einmal eine Mutter zu ihr gesagt, die auch ihre Sprößlinge im Prater spazieren führte, sie hörte die fremde Sprache, die ihr ein wenig, ganz wenig, aus der schönsten Zeit ihres Lebens, aus der Zeit, die sie bei Kammerrats verbracht hatte, vertraut war, und sie fühlte: Sie hatte erreicht, was auf dieser Welt zu erreichen möglich war. Nie mehr las sie von Assessoren und Forstadjunkten, nie mehr dachte sie auch nur an diese Bücher, die Realität war eingezogen, hatte all dieses um ein Vielfaches übertrumpft.

Aber ihr Stolz machte sie nicht vermessen und vor allem nicht träge. Sie würde auch weiterhin dem Gut ihres Heinrichs eine treue Hüterin sein; kam die dampfende Schüssel mit den Mohn- oder Nußnudeln auf den Tisch, oder gar den mächtigen Serviettenknödeln, so sah ihr wachsames Auge sofort, wenn eines der Kinder, meist waren es nur die Buben, die solches keck wagten, nach dem bereitgestellten, aber nicht zur Verwendung gemeinten Zukkerstreuer griffen, und es ertönte in das französische Geschnatter hinein laut und entschieden ihre Stimme: »Die Mohnnudeln *sind* schon gezuckert« – wie ein drohendes Ultimatum, und sofort zog auch jeder die ausgestreckte Hand zurück. Nur für den Heinrich war dieser trompetende Ruf nicht gemeint, und er griff auch wirklich, war er Ehrengast am Mittagstisch, ruhig nach dem Zuckerstreuer und bediente sich bedenkenlos.

Mademoiselle hat es natürlich nie gewagt, ebensowenig Fräulein Motzkoni, die einmal im Monat an der Tafel teilnahm, während die Wäscherin, die gleichfalls einmal im Monat erschien, in der Küche mit Božena und Fini aß und dank dieses Rangunterschieds vielleicht einer zusätzlichen Bezuckerung teilhaftig wurde.

»Die Mohnnudeln *sind* gezuckert!«, wie oft hat noch die dritte Generation, rund fünfzig Jahre später, den Ausspruch verwendet, in lächelnder Rührung über dieses tägliche kleine Sparbemühen, das den Zeit- und Lebensgenossen den Alltag verbitterte, in des Wortes wörtlicher Bedeutung. Das Wort strafte offenbar den Gaumen Lügen, wie sonst wäre es zu verstehen, daß jeder den vergeblichen Griff nach dem Zuckerstreuer immer wieder versuchte. »Die Mohnnudeln *sind* gezuckert«, wir sagten es vor kostbaren Leckerbissen, als ditat, als kleine Ehrenbezeugung für die, deren tätiges Streben uns Späteren ein schöneres Leben ermöglicht hatte.

Heinrichs Sparbemühen entstammte gänzlich anderen Motiven. Wir haben schon erfahren, daß sein Sinn fürs Reale manche Lücke aufwies. Wir erinnern nur an das Fortwerfen – anders kann an es wohl nicht nennen – seiner ersten Ersparnisse an der Lügenschippel und Großsprecher Ferdinand. Aus Protest war das damals geschehen, und aus Protest drängte er jetzt manchmal aufs Sparen. »Kaffee«, murrte er manchmal beim Frühstück, wiewohl man das dünne, mit viel Zichorie versetzte Getränk, das da gereicht wurde, von den Kindern heimlich Abwaschwasser genannt, kaum als Kaffee ansprechen konnte; die Kinder hätten es nie gewagt, in seiner Gegenwart Kritik laut werden zu lassen, er hätte sie wohl auch nicht verstanden, denn das Extrakännchen, das vor seinem Platz stand, war wirklich ein echtes Getränk aus frisch gerösteten Bohnen. »Kaffee«, polterte er, »die Mutter und ich, wir haben morgens unsere Kümmelsuppe gegessen, bevor wir zum Markt fuhren, und das Eis mußten wir zerschlagen, ehe wir an die Waschschüssel kommen konnten. Meine feinen Kinder bekommen das heiße Bad ins Haus geliefert und den Bohnenkaffee auf den Tisch. Taugenichtse, Nichtstuer, werdet ihr werden.«

Rosalie hatte Mühe zu beschwichtigen. Es entspann sich eine, für den Rest der Anwesenden unverständliche Unterhaltung auf böhmisch, und keineswegs flüssig ging sie den beiden von den Lippen, aber es war Heinrichs Protest gegen das Französische, und Rosalie war klug genug, darauf einzugehen, um nicht Mademoiselle an den Familienzwistigkeiten teilnehmen zu lassen. Das Ergebnis war, daß es mindestens eine Woche lang zum Frühstück Kümmelsuppe gab, keine wesentliche Ersparnis gegenüber dem dünnen Kaffee, aber eben doch wichtig, damit aus den Kindern keine Taugenichtse und Nichtstuer würden.

Wir haben schon früher darauf hingewiesen, daß in diesem letzten Jahr des Jahrzehntes, in dem dieser Hausstand versehentlich gegründet worden war, manches in dieser Familie überraschende Formen annahm. Das Engagement der Mademoiselle, das Ende von Ronczas abendlichen Schankbesuchen waren nur zwei der Symptome. Ein anderes war, daß man plötzlich, wie schon erwähnt, Pläne zu machen begann, die über die Bewältigung der allernächsten Zukunft hinausgingen und die doch schon Pläne mit festen Umrissen, nicht Träume, waren. Wir wissen nicht, welche rebellischen Träume der Heinrich Lanzer noch manchmal hegte, ob die mandeläugige Witwe in Mostar, vor ihrem Teppichbazar sitzend und Wasserpfeife rauchend, ihm noch oft lieblich winkte. Wir wissen noch nicht, ob etwa Preßburg neue Figuren in sein Blickfeld geschoben hatte, die vielleicht Mostar, aber gleichzeitig auch sein Heim in den Schatten stellten. Soviel war gewiß: Der Hausstand der Lanzers, war er auch nur versehentlich gegründet worden, wuchs nun nach eigenen Gesetzen, unbekümmert um die Träume oder die Sehnsüchte, die in des Gründers Kopf vielleicht noch herumspukten. Und nun wollte man den zehnjährigen Bestand der Ehe feiern, und man sagte »der Ehe«, um der ewig sorgenden Mutter Respekt zu erweisen. Das Datum sollte markiert werden, um der Bejahung einer Arbeit willen, die zu schwer gewesen, aber zu reiche Früchte getragen hatte.

Man beschloß zur Feier des zehnjährigen Hochzeitstages den ersten Theaterbesuch und wählte, beraten von Ingenieur Kalmus und seiner Mutter, »Hoffmanns Erzählungen«, etwas Leichtes für diese »einfachen Leutchen«, wie der Ingenieur sich seiner Mutter gegenüber auszudrücken pflegte, die ihm beistimmte, weil sie noch mit Schrecken der Langeweile gedachte, die sie bei ihrem ersten und einzigen Besuch im Burgtheater hoffnungslos überfallen hatte.

Da Heinrich gerade in den Herbstmonaten länger in Preßburg würde sein müssen, beschloß man den Theaterbesuch auf Anfang Dezember zu verschieben, wiewohl die Hochzeit selbst ja in den Oktober gefallen war.

In die Zwischenzeit aber, die Zeit vor dem in Aussicht genommenen Kunstgenuß, fiel ein anderes künstlerisches Ereignis, dessen die Familie in Abwesenheit des Familienoberhauptes teilhaftig wurde, ohne es in seinem vollen Ausmaß zu begreifen, ein Ereignis, das sich eigentlich an der Peripherie dieses kleinen Kreises abspielte und doch dessen Zentrum treffen sollte. Es handelt sich um das erste Konzert Julius Feldmanns, das zu Beginn der Saison im Bösendorfersaal stattfand.

Der Saal allein ist ein Stück Wiener Kulturgeschichte. Leute, die in dem noch vor Beginn des Ersten Weltkrieges abgerissenen Gebäude Konzerte besucht hatten, die dort Joachim und Liszt spielen, die Patti singen gehört hatten, rühmen ihm eine legendär gewordene Akustik nach. Der alte Bösendorfer, ein ingeniöser Klavierbauer, versäumte, so erzählt man, kein einziges Konzert in dem ihm gehörenden Saal. Stets kam er im letzten Moment, um das Grüßen und Dienern der sich nach vorne schiebenden Gesellschaft Wiens zu vermeiden. Und er verschwand stets, ehe noch jemand die Zeit finden konnte, ihn abzufangen. Gegen die Illusion, daß Wiens Gesellschaft und Wiens Musikkultur selbstverständlich eines gewesen seien, spricht das Diktum eines Wiener Aristokraten. Beim Eintreten in den Saal, der ursprünglich zu den kaiserlichen Hofstallungen gehört hatte – tatsächlich musizierte man noch, beleuchtet von Stallaternen –, rief er aus: »Wie schade, daß man die schönen Ställe so verschandelt hat!«

Nun, dieser Ausspruch bei der Eröffnung des Saales stammt aus einer Zeit, die einige Jahre vor dem Auftreten des Julius Feldmann liegt, aber der alte Bösendorfer war auch im Konzert des Julius und hat den Saal, wie gewöhnlich, knapp vor Schluß verlassen. Unsere Familie war gleichfalls anwesend. Rosalie mit den vier Großen hatte auf die für den abwesenden Heinrich bestimmte Karte Mademoiselle mitgenommen.

Man saß ziemlich weit vorne, die Kinder flüsterten in jenem nur Kindern eigenen Flüsterton, der trotz stärkerer Stimmanstrengung weit deutlicher und auf größere Entfernungen hörbar ist, als jedes halblaute Sprechen.

Dieses Konzert war ein außerordentliches Ereignis für sie, obwohl sie sich noch nichts Richtiges darunter vorstellen konnten und obwohl sie sich aus dem Julius nicht sehr viel machten: Der war ein langweiliger, wenn nicht sogar unangenehmer Spielkamerad, den sie gar nicht so gerne sahen, weil er sie seine Überlegenheit immer deutlich fühlen ließ.

Heute waren sie gewillt, ihm dankbar zu sein, dankbar für diese außerordentliche Abwechslung, die herrlicher zu werden versprach, als es die Grottenbahn je sein konnte, die noch immer keines von ihnen betreten hatte.

Rosalie ließ ihren Blick über ihre »Bildergalerie« schweifen, die vier, die in ihrer pausbäckigen Gesundheit, in ihrer maßlosen Verwunderung über alles, in ihrer Adrettheit manchen Blick auf sich zogen und grüßte dann, lächelnd den Kopf neigend, nach der anderen Seite des Saales, wo in gleicher Reihe die alten Segals saßen. Sie saßen geniert und eingeengt durch die ungewohnte Festkleidung, hochrot und verlegen, sichtlich nicht hierher gehörend. Wer hätte ahnen können, daß die junge Frau, die in Begleitung einer Mademoiselle und mit vier Kindern dieses Konzert besuchte und so hoheitsvoll zu grüßen verstand, noch vor zehn Jahren ein kleines Dienstmädchen im Hause dieser nicht hierher Gehörigen gewesen war?

Von Julius Feldmann ist bisher nur wenig die Rede gewesen. Daß er sehr musikalisch und schon vor Jahren öffentlich aufgetreten war, daß sein Vater große Hoffnungen in ihn setzte, die Stiefgroßeltern freilich nicht gewillt gewesen waren, eine Ausbildung zu bezahlen, dies wissen wir bereits. Über dieses Konzert ist in den zeitgenössischen Musikberichten nachzulesen; es wurde noch lange darüber nicht nur in der Wiener Musikwelt, sondern in der ganzen Wiener Gesellschaft geredet, mit immer neuen Details. Es erreichte eine Berühmtheit, die nicht ausschließlich auf der musikalischen Leistung beruhte, obwohl die Kritik einstimmig den vollen und süßen Ton des elfjährigen Wunderkindes und die unglaubliche Sicherheit seiner Doppelgriffe pries.

Freilich darf nicht verschwiegen werden, daß es sich bei diesem Konzert, das für die aufgeregten Lanzerkinder und für Rosalie natürlich nur das Konzert des Julius war, in Wahrheit um das Konzert einer weltberühmten Sängerin handelte, in dem dem jungen Geiger eine Einlage zugeteilt war. Es war die Epoche der großen Sängerinnen, der Pregi, der Patti, denen die Welt zu Füßen lag und die so schwer zu bewegen waren, von der Bühne abzutreten, darin unterstützt von einer gewissen Treue des Publikums, das »seine« Patti, »seine« Pregi in keiner Saison missen wollte und mit seinem Jubel auch seinen eigenen Erinnerungen Reverenz erwies, dabei aber gern darüber hinweghörte, daß die glockenhelle Koloratur nicht mehr recht glückte, der edle Ton schon längst brüchig geworden war. Es war üblich in solchen Fällen, zur Entlastung der Künstlerin, eine Einlage zu schaffen, etwa die eines vielversprechenden, oder besser nicht allzuviel versprechenden Talentes, eines unbekannten Talentes, das der Künstlerin eine Ruhepause gönnte, ohne das Interesse von dieser wirklich abzulenken.

So geschah es, daß der kleine Julius Feldmann, der durch seinen Lehrer und seinen Mäzen in Musikerkreisen schon bekannt geworden war, dazu kam, im Konzert der weltberühmten Patti in einer Einlage die Ungarischen Tänze von Brahms zu spielen. Als Julius Feldmann, nach dem Abtreten der Sängerin, elfjährig, im blauen Matrosenanzug, die Geige im Arm, ein für sein Alter etwas zu plumper Junge mit vor Aufregung kalkweißem Gesicht, das Podium betrat, hatte bereits eine gewisse Entspannung Platz gegriffen, man hatte bereits den größten Teil des Konzertes hinter sich, dumpfes Stimmengewirr, eine gewisse Unruhe hatte eingesetzt. Im Hintergrund hatte sich leise die Tür geöffnet, die während der Dauer des Konzertes für das Publikum geschlossen blieb, und der alte Bösendorfer setzte sich auf sein kleines Stühlchen, das sich neben den Stehplätzen befand. Im Hintergrund ertönte da und dort ein Klatschen, Ermunterung für das blasse Kind, im Stehparterre erbarmten sich noch einige Hände, die Lanzerkinder fielen ein und verlängerten die Begrüßung ein wenig, so lange, bis sich noch andere bequemten und schließlich doch so etwas wie ein allgemeiner, wenn auch recht schütterer Begrüßungsapplaus daraus wurde.

Das Kind horchte auf den Tonanschlag des Begleiters, stimmte

206

sein Instrument, legte sein Tuch auf die Schulter, rückte sein Kinn zweimal fast verzweifelt hoch, sein Kopf stak auf sehr kurzem Hals zwischen den Schultern, verständigte sich mit dem Begleiter, der ihm aufmunternd zunickte und setzte an. Begann sein Spiel in ein ermüdetes, fast verärgertes Publikum hinein, das undeutlich übelnahm, diesem unbekannten Kind zuhören zu müssen, da es doch gekommen war, um sein Idol zu hören. Der Ärger wäre vielleicht gemildert worden, wenn statt des plumpen Julius eine holde, verängstigte Kindergestalt vor ihnen gestanden wäre. Aber dieser dicke blasse Bub hatte wenig Einnehmendes.

Der begann mit dem ersten der Ungarischen Tänze von Brahms, anfangs in ein unruhiges, sich hin und her bewegendes Publikum hinein. Nach wenigen Takten aber horchte man auf, der wilde süße Ton erweckte Erstaunen, es wurde still im Saal. Manche schoben – ihre Münder waren halb offen – ihren Oberkörper vor. Das ging ins Blut, das erregte selbst die Alten, sogar den alten Segal. Das war Zigeunermusik.

Nach dem ersten Tanz herrschte einen Augenblick lang völlige Stille, dann folgte ein Applaus, der mit dem mühsam zustandegebrachten Ermunterungsapplaus, als das Kind das Podium betreten, nichts mehr gemein hatte.

Julius Feldmann ließ seine Geige sinken, verbeugte sich ungeschickt, ohne daß seinem Gesicht eine Erleichterung anzumerken gewesen wäre. Rasch setzte er wieder an, bevor der Applaus noch abzuebben begann, seine Verständigung mit dem Begleiter schnitt den Beifall ab, als wollte der Bub die schwere Aufgabe rasch hinter sich bringen, als machte der Applaus ihn nur verlegen, weil er glaubte, ihn noch nicht zu verdienen, vor allem aber, weil er so rasch wie möglich vom Podium herunterzukommen wünschte.

Da er erneut ansetzte, war man sofort wieder völlig gefangen, selbst der alte Segal hatte es aufgegeben, mit dem Oberkörper zu schaukeln. Julius verlor nun den letzten Rest von Schüchternheit, er vergaß, wo er sich befand, denn es war ja Musik um ihn.

Nach dem zweiten Tanz wagte niemand seine Hand zu rühren, und das erhitzte, fast unglückliche Kindergesicht schien um diese Stille sogar zu bitten. Einen Augenblick lang war Julius wieder nur ein Kind, das nach Hause wollte. Aber da half nichts, er mußte wiederum ansetzen. Als nun der letzte Ton verklungen war, als er nun Geige und Bogen sinken ließ, da brach ein Sturm los, ein tobender Beifallssturm. Und der hielt minutenlang an.

Der kleine dicke Bub blickte zuerst erschrocken, dann verwundert in die tobende Menge, bis plötzlich ein Lächeln sein Kindergesicht erhellte. Er lächelte so, wie nur ein Kind lächeln kann: ein strahlendes, unverbrauchtes Lächeln. In ihm lag zwar schon etwas Stolz über eine vollbrachte Leistung, aber dennoch blieb es eben ein Kinderlächeln.

Er ließ es toben da unten und verbeugte sich ungeschickt, in kurzen Abständen. Der Beifall hielt in unverminderter Stärke an, man schrie »bravo« und »da capo«. Vergessen war, daß man eigentlich um der hochberühmten Sängerin willen gekommen war. Jemand warf eine weiße Rose Julius dicht vor die Füße, wahrscheinlich war sie bestimmt gewesen, am Schluß des Konzertes der Sängerin zugeworfen zu werden. Julius bückte sich halb, um sie aufzuheben, wie man sich automatisch bückt, wenn etwas zu Boden fällt, wahrscheinlich ohne sich überhaupt bewußt zu sein, daß es eine Blume, eine für ihn gemeinte Huldigung, war. Mitten in der Bewegung stockte er und erinnerte sich seiner Pflicht: Man hatte ihm eingeschärft, sich zu verbeugen. Wie man sich zu benehmen habe, wenn einem Rosen vor die Füße geworfen werden, hatte man ihn nicht gelehrt. Der Begleiter hob sie statt seiner auf, reichte sie ihm, drängte ihn dann leicht zum Abgang und schob ihn zum Künstlerzimmer hin. Ein Dacapo war nicht vorgesehen, und der Erwachsene hatte sehr wohl bemerkt, daß die Tür zum Künstlerzimmer schon einige Male geöffnet und geschlossen worden war, erst sanft, dann ziemlich brüsk und schließlich war sie mit Knall zugeschlagen worden. Im Donner des Applauses war dies unbemerkt geblieben.

Der Beifall und die Rufe dauerten unvermindert an, hinderten eigentlich noch fünf Minuten lang das Wiederauftreten der Patti. Nur langsam legte sich das Klatschen, da Julius nicht mehr erschien, eine Zugabe offenbar nicht zu erreichen war. Das Konzert nahm nun also seinen Fortgang. Der alte Bösendorfer hatte unbemerkt den Saal verlassen.

Es gab einstimmig gute, ja glänzende Rezension, kein einziger Kritiker tat die »Einlage« nur als »Einlage« ab. Jeder nahm sie zum Anlaß, über den außerordentlichen Ton, das Temperament, die Auffassung des Wunderkindes zu schreiben: Man verhieß ihm eine glänzende Karriere. Die Besprechungen der Patti waren zwar wie immer enthusiastisch, aber las man die Berichte ein zweites Mal durch, dann sprang doch ins Auge, wie viel Raum überall der »Einlage« vergönnt worden war. In zwei, drei Besprechungen fand man sogar, wenn auch verhüllte, Hinweise auf einen »Zwischenfall«, hervorgerufen durch »vielleicht begreifliche Überregung einer

208

großen Künstlerin«. In diesen Andeutungen kam weder der Name der Patti noch der des Julius Feldmann vor, und für viele Leser blieben sie vermutlich unverständlich und pointenlos.

Dennoch war der Zwischenfall für Tage Stadtgespräch. Und er bewirkte, daß die hochberühmte Sängerin einige Jahre in Wien nicht mehr auftrat. Wahrscheinlich übrigens eine übertriebene Vorsicht ihres Agenten, denn Stadtklatsch, wie rasch ist der vergessen!

Hier die Tatsachen: Die Sängerin war zuerst, als Julius das Podium betrat, dankbar dafür gewesen, sich ein wenig ausruhen zu dürfen. Wohlwollend hatte sie dem aufgeregten, todblassen Kind die Wange getätschelt, ja noch rasch über ihm das Kreuz geschlagen, ehe man ihn hinausschob. Dann, als der so unerwartet heftige Applaus auch ins Künstlerzimmer drang, war sie in steigende Erregung geraten, die weder durch die Baldrian-Tropfen reichende Gesellschafterin, noch durch den beschwichtigenden Agenten zu beruhigen gewesen war. Statt die »Einlage« zu benutzen, wozu sie beim Engagement des Julius gemeint gewesen: zum Ausruhen und Sammeln der Kräfte, geriet sie in steigende Aufregung, begann sie wie eine Löwin im Käfig hin und her zu rennen, durch den Türspalt nach außen zu horchen, die Tür dann immer wieder wütend zuzuschlagen – bis sie schließlich, wohl einer Ohnmacht nahe, stöhnend in einen Fauteuil sank und keinen der sie Umgebenden und sie Beschwichtigenden bemerkte.

Als aber Julius, das strahlende Kinderlächeln noch immer auf seinem erschöpften Gesicht, Rose und Geige in Händen, erschien, um sich seinem Vater in die Arme zu werfen, da war die edle Sängerin, die mit ihren Koloraturen eine Welt zu Begeisterungsstürmen bringen konnte und selbst so unverbildeten Menschen wie Rosalie als der Inbegriff von Vornehmheit und Würde erschien, mit einem Sprung an der Tür und schlug, noch ehe Vater und Kind einander umarmen konnten, rechts und links klatschend in das noch eben leuchtende Kindergesicht, so daß Julius Geige und Rose entfielen. Und noch ehe sich andere dazwischenwerfen konnten, hatte sie mit katzenhafter Behendigkeit ihn vorne beim Ausschnitt gefaßt und die Krawatte heruntergerissen. Dann erst konnte man ihr in den Arm fallen, sie von dem Kinde trennen. Schließlich gab sie ihrem Begleiter mit der gleichen, edlen Würde, die Rosalie auf dem Podium bewundert hatte, ein Zeichen und rauschte hinaus. Zumindest eine Zugabe des unverschämten Bengels hatte sie verhindert.

So begann Julius Feldmanns Musikerlaufbahn. Mit zwei Schlägen ins Gesicht.

Julius nahm später seinen Weg, trotz dieses wenig ermunternden Auftaktes, freilich nicht einen Weg, der ihn in die glänzenden Höhen internationaler Berühmtheit geführt hätte. Die, nennen wir es verharmlosend, »Bedenkenlosigkeit« der Weltberühmten, die zu glänzenden Karrieren wohl unerläßlich ist, brachte er nicht auf. Vielleicht fehlte ihm auch ein wenig Glück. Obwohl ursprünglich ein Wunderkind, so scheint doch der kein Glückskind werden zu können, dem bei seinem ersten Auftreten so etwas zustieß. Vielleicht war es dieser Zwischenfall, der tagelang zum Stadtklatsch von Wien wurde, der die Grundlage für seinen späteren Charakter legte, weil dem kleinen Julius das Zweifelhafte jeder Virtuosenlaufbahn auf diese Weise schon früh klar wurde. Seine Herkunft und die Vermögenslage seiner Familie veranlaßten darüber hinaus seine Professoren, ihm von einer solchen abzuraten. Die Karriere, auf die er sich nun statt dessen vorbereitete, war die eines Dirigenten, die seine Familie ahnungslos als eine geringere ansah. Sie waren also enttäuscht, als der Achtzehnjährige an die Oper in Breslau ging, um dort als jüngster Korepetitor zu beginnen. Zur Enttäuschung war wahrhaftig gar kein Anlaß, denn statt ein pausenlos herumreisender Geiger wurde er ein vorzüglicher, hochangesehender Dirigent, auf den gelegentlich sogar später das volle Licht der internationalen Öffentlichkeit fiel.

Es wird Zeit, daran zu erinnern, daß wir bereits spät im Winter sind, daß wir in jenen Monat treten, der alle Kinderherzen höher schlagen läßt, in dem sie eifrig ihre Wunschzettel schreiben, ihre Schuhe abends vor die Tür stellen, und selbst die Ärmsten einen Zwetschenkrampus mit Augen aus Nüssen oder einen milden Nikolo mit goldenem Bischofsstab und einem Säckchen voll Süßigkeiten morgens in ihren Schuhen finden.

Nun, die Lanzerkinder stellten keine langen Wunschzettel für den Weihnachtsmann auf, sie sangen »Oh, Tannenbaum!« in der Schule und »Noël, joyeux Noël« mit Mademoiselle und waren noch zu klein, als daß sie das als Hohn empfunden hätten. Vielleicht klagten sie manchmal heimlich darüber, daß andere Kinder Süßigkeiten bekamen und sie nicht, und als solche Klage einmal laut wurde und Rosalie ihnen streng erklärte, daß sie jüdisch seien, und der Weihnachtsmann also nichts für sie sei – sie sagte dies weniger aus religiösem Gefühl, als weil sie keine Gelegenheit zu sparen ausließ, auch gar nicht recht wußte, wie ein Weihnachtsfest, ja, eigentlich wie ein Fest überhaupt zu bereiten sei –, da antworteten die Kinder im Chor, daß es selbst bei Ardittis, die doch auch jüdisch wären, einen Weihnachtsbaum gebe, jedes Jahr, habe Pacquita gesagt, gebe es einen, der bis an die Decke reiche. Auch darauf hatte Rosalie eine Erwiderung und meinte, daß so reiche Leute, die ein ganzes Stockwerk bewohnten, ihren Kindern eben auch einen Weihnachtsbaum kaufen könnten. Man sieht, sie war nicht sehr konsequent in ihren Argumenten, im Denken nicht sehr geübt und offenbar auch nicht sehr pädagogisch, die Rosalie.

Mademoiselle versuchte zu trösten, man sang gern und laut, man lernte außer »Noël, joyeux Noël« auch noch andere Weihnachtslieder, Rosalie hörte es mit Befriedigung, gegen das Singen von französischen Weihnachtsliedern hatte sie nichts einzuwenden, es erfüllte sie sogar mit Genugtuung. Mademoiselle tröstete weiter, indem sie eines Tages einen winzigen Zwetschkenkrampus nach Hause brachte, der ungeheure Bewunderung hervorrief, den zu essen aber alle entrüstet ablehnten, so daß er eines Tages verstaubt und verschrumpelt wieder verschwand.

Rosalie ging in diesen ersten Dezembertagen still und in sich gekehrt umher, fast schien es, als ob ihr Auge weniger wachen würde darüber, daß nichts verschwendet wurde; jedenfalls soll Fräulein Motzkoni bei ihrem monatlichen Besuch eine leichte Zerstreutheit der Hausfrau bemerkt und sie sich zunutze gemacht haben, indem sie mit raschem Griff nach dem Zuckerstreuer langte, die Mohnnudeln bestreute, noch ehe der Ruf »Die Mohnnudeln *sind* schon gezuckert« ausgestoßen werden konnte. Allerdings schien Rosalies plötzlich erwachter Blick es niemandem zu raten, dem Beispiel der kühnen Flickerin zu folgen. Dieses und ähnliche Anzeichen wiesen auf ein leichtes Nachlassen der Straffheit der Haushaltsführung hin. Kein Wunder, denn der Heinrich wurde nach einer ungewöhnlich langen, fast vierwöchigen Abwesenheit zurückerwartet, und zu besonderem Anlaß, zur Feier des zehnjährigen Hochzeitstages, zu lang geplantem Theaterbesuch, zum Besuch der Oper »Hoffmanns Erzählungen«.

Eine Französin im Haus, ein Konzert, nun ein Theaterbesuch, es würde möglich sein müssen, alle Schüchternheit, alle Hemmungen zu überwinden und dem Heinrich von einem weiteren, großen Wunsch zu sprechen: Von der Anschaffung eines Klaviers für die Kinder. Manchmal erwachte Rosalie mitten in der Nacht. Hatten ihr Alben kichernd auf der Brust gesessen und ihr Herz beschwert, so daß sie emporgeschreckt war? Sie hatte geträumt, daß sie die

Zeit nicht genutzt hatte, daß Heinrichs Aufenthalt zu Hause vorbeigegangen war, ohne daß sie es gewagt hatte, ihren vermessenen Wunsch auszusprechen. Sie hatte sich mit ihm, Abschied nehmend, an einer düsteren Bahnstation gesehen, »Klavier«, hatte sie gedacht, »Klavier! Jetzt mußt du es sagen, und er wird dir böse sein, daß du ihm nichts anderes, kein Abschiedswort, zu sagen weißt. Du mußt es dennoch tun, jetzt –«, sie öffnete den Mund, da fuhr pfeifend und fauchend die Lokomotive an, und sie war erwacht.

O gewiß, sie freute sich sehr auf ihren Heinrich, daß er wieder an der langen Tafel mit den französisch plappernden Kindern seinen Ehrenplatz einnehmen sollte. Sie freute sich, an seiner Seite ins Theater zu gehen, sie sah dem zehnjährigen Hochzeitstag in Freude und Dank entgegen; aber es lastete doch auch wieder auf ihr, was es in diesen Tagen zu erfüllen galt: Den schweren Auftrag, der ihr von niemandem aufgegeben und den zu erfüllen sie doch übernommen hatte: das Klavier für die Kinder durchzusetzen.

Der Heinrich in Preßburg führte indessen ein gar seltsames Leben; vergleicht man es mit seiner Wiener Existenz der letzten zehn Jahre, aber selbst mit der zwölfjährigen Militärzeit, die davor lag, so läßt sich kein Zusammenhang erkennen. Es war eine völlig neue Existenz. Was war das aber für eine merkwürdige Einrichtung, dieser Montagmorgen-Zug, der allwöchentlich rund fünfzig Wiener Fleischhauer aus allen Bezirken Wiens auf Kosten der Firma Segal und einiger anderer Firmen, die sich zu diesem Zweck zusammengeschlossen hatten, nach Preßburg brachte! Es war, ganz im kleinen, bereits der beginnende Kampf der freien Wirtschaft gegen die Preisdiktate der Regierung; hatte sich doch in Wien die Fleischmarktkasse gebildet, die die Preise diktieren wollte. Nun, die Firma Segal war schon ein recht kapitalkräftiges Haus, sie konnte es sich leisten, ihre Kunden vom Wiener Markt abzuziehen und nach Preßburg zu leiten. Man würde bei diesem Geschäft draufzahlen, so viel stand fest, aber es würde eine günstigere Verhandlungsbasis mit der Regierung geschaffen werden. In der Zwischenzeit mußten die Wiener Fleischhauer bei Laune gehalten werden, sollte es sich nur verbreiten in Wien, wie preiswert man in Preßburg einkaufte, wie elegant man im Extrazug reiste und was sonst einem dort Bemerkenswertes geboten wurde. Die Wiener Fleischhauer nahmen durch Monate hindurch gern in Kauf, zu dieser außerhalb Wiens gelegenen Bezugsquelle gebracht zu werden, es kostete die zu dieser Protestaktion zusammengeschlossenen Firmen ein hübsches Sümmchen und stellte den Heinrich und eine Reihe von Mitarbeitern vor ziemlich neuartige Aufgaben.

Die Reisenden des Extrazuges, während der ganzen Fahrt mit kostenlosen Würsteln und Bier traktiert, kamen in guter Laune an, und diese Laune sollte ihnen erhalten bleiben. Man ging auf den Markt, man sah ins Schlachthaus, man machte seine Bestellungen, und im Nu waren die zahlreichen Gasthöfe und Wirtsstuben voll besetzt durch diese Invasion, die dann aber auch in wenigen Stunden wieder vorbei war.

Ein nicht unwichtiger Teil der Vergnügungen, die man diesen Reisenden bot, um sie zu bewegen, eine Geschäftsreise als notwendig und nützlich anzusehen, ist bis jetzt verschwiegen worden. Der Montag-Extrazug der Wiener Fleischhauer sollte Aufsehen und gewiß auch Ärger bei der Konkurrenz erwecken. Es durfte andererseits aber auch nicht zum Skandal werden. Niemandem lag daran, von drohenden Fleischhauersgattinnen beschuldigt zu werden, ihren Männern Wege nicht nur auf einen billigeren Markt, sondern auch in ein sehr irdisches Paradies eröffnet zu haben. Es ging also zwar fröhlich, lärmend, derb zu, aber doch als Vergnügung der Männer unter sich. Man saß lang beim Gabelfrühstücksgulasch, man ging von diesem gleich zum Mittagessen über, die Gesichter erglühten, erhitzt von Bier und einer Kostzufuhr, die eigentlich seit der Abfahrt im Morgengrauen vom Wiener Westbahnhof an nicht mehr unterbrochen worden war.

Heinrich nun, der sich mitten unter diesen Klacheln bewegt, macht ganz und gar nicht den Eindruck, sonderlich unglücklich zu sein. Er kann gut mitlachen und im »Goldenen Ochsen« und im »Weißen Kreuz« und selbst im »Elefanten« hört man immer wieder anerkennend: »Beim Lanzer ist gut Ochsen kaufen« oder: »Man zerkugelt sich vor Lachen, wenn man beim Lanzer einkauft.« Das macht die Sache für ihn vielleicht ein bißchen heikel: Da gehen seine Kinder in weißen Zwirnhandschuhen mit einer Mademoiselle im Prater spazieren, und nächstens sollen sie sogar Klavier spielen lernen. Ist das ein Vater für so gesittete Kinder? Seine Späße sind beliebt bei diesen Leuten. Und er selbst ist beliebt, das heißt: Man kauft gern und gut bei ihm. Und das wiederum hebt sein Ansehen bei der Firma und wird ihm auch tüchtig Geld einbringen, Kommissionsgeld.

Sieht er aus wie einer der Ihren, wenn er zwischen dem brüllenden Vieh und den Kerlen über den Markt streift? Oder wie einer, der am Stammtisch mit einem Doktor, einem Schuldirektor und einem Beamten des k.u.k. Münzamtes sitzt und unter ihnen ganz passable Figur macht? Weder Zugehörigkeit zu dem einen, noch zu dem anderen Milieu würde man vermuten, wenn man ihn sieht. Er geht schon recht nobel angezogen, der Heinrich, das macht ihm Spaß, das spendiert er sich, seit er in Preßburg Kommissionsgelder macht, er trägt ein wenig zu enge Hosen und einen drappen Paletot und einen niederen Stößer, und wir würden uns nicht wundern, ihn irgendwo hoch auf dem Bock eines Fiakers zu finden, den Hut ziehend und rufend: »Fahr'n ma, Euer Gnaden?« Ja, am ehesten sieht er wie ein Fiakerkutscher aus, ein Nobelkutscher wohlgemerkt, und, wahrhaftig, da die Geschäfte erledigt sind, führt er zwei von seinen Kunden zu einem Wagen. Die anderen zerstreuen sich, die wissen schon ganz gut Bescheid, wo es das beste Beinfleisch mit Kren oder das beste Gulasch gibt. Es ist zwar kein Fiaker, zu dem er die beiden führt, es ist ein zweirädriger Wagen mit überhöhten Rädern, die über den Sitz hinausreichen und die sich in Fahrt rasch drehen zu sehen, vom Sitz aus Spaß macht – ein leichter Juckerwagen ist es und davor ein Brauner, der glänzt wie frisch aus der Schale gesprungene Roßkastanien, so gut gestriegelt ist er. Der Heinrich ist ein wenig schwerer geworden in den letzten Jahren. Aber jetzt ist er mit einem jugendlichen Satz, den man ihm gar nicht mehr zugetraut hätte, oben. Die zwei anderen kletterten schwerfällig hinauf. Dann schnalzt der Heinrich mit der Zunge und läßt die Peitsche knallen, und elegant führt er seinen Jucker, geschickt lavierend, durch das Gedränge des Marktes und durch die schmalen dunklen Gassen der Altstadt. Der Wagen rattert über das Katzenkopfpflaster, ehe die beiden Kunden wieder mühsam, mit Dank für die Fahrt, hinunterklettern vor dem »Goldenen Ochsen«.

Der Heinrich fährt beim anderen Tor wieder hinaus auf die Landstraße, und dann schlägt er ein anderes Tempo ein, bis der Braune dampft. Da er sich schräg zurücklegt und die Zügel straff spannt, mit der Peitsche knallt und dem Pferd und dem Fahrer der Atem rauchig vor dem Mund steht in der kalten Frühwinterluft, da sieht der Heinrich so aus, als fühlte er: »Es ist eine Lust zu leben.«

Er ist so rasch herausgetrabt, als hätte er es besonders eilig, an ein Ziel zu kommen. Aber nein, er verlangsamt das Tempo und wendet; und mit verhängtem Zügel geht es jetzt im Schritt wieder der Stadt zu. Leise gluckst es von der Donau herauf, er läßt sich überholen von einem Schwerfuhrwerk, gezogen von zwei dicken Pinzgauern, auf den Bäumen, die am Donauufer gepflanzt sind, liegt leichter Reif, eine ferne Hügelkette taucht augenblickslang aus dem Nebel auf, als gerade ein Sonnenstrahl durch die Wolken bricht. Und noch immer fehlt auf des Heinrichs Gesicht die Schwermut, die wir doch seit Jahren als zu ihm gehörig kennen. Noch immer steht in diesem Gesicht: »Es ist eine Lust zu leben«, fast mit einem triumphierenden Ausdruck. Und dies, weil er ein paar Ochsen günstig verkauft hat?

In diesen Wochen ist der Heinrich oft zu sehen, wie er seinen Braunen sich austraben läßt, hinaus ins freie Land, weit hinaus aus der Stadt. Und wer wollte nicht auch andere am Genuß solcher Juckerfahrten teilnehmen lassen? Der Heinrich ist nicht immer allein bei diesen Fahrten, oft sitzt eine pelzvermummte Gestalt neben ihm; eine Frau ist es, lachend schüttelt sie ihren roten Lockenkopf, wenn er ihr hilft, sich aus den Decken und Pelzen zu schälen, und sie das Kopftuch abnimmt; ganz ungeniert läßt sie sich in seine Arme fallen, was ihn ein wenig geniert – er hatte sie doch nur stützen wollen, um ihr den hohen Tritt vom Wagen zu erleichtern.

Sie heißt Piruska und singt im Chor im Stadttheater, und weil sie öffentlich nie Soli singen darf, trällert sie privat den ganzen Tag lang. Das ist ganz reizend, aber auch wieder etwas genant, besonders, wenn es beim Eintritt in die stille verschwiegene Konditorei geschieht, in der die beiden nach ihren Ausfahrten zumeist landen. Was nützt der verschwiegenste Ort, wenn eine etwas laute Frauenstimme alles ausplaudert, auch wenn das, was sie sagt, ganz nichtssagend ist. Piruska, die Choristin Piruska, hat einen Protektor, der nur ihretwegen ins Theater geht. Jetzt kann es nicht fehlen, und sie wird aufrücken zur Soubrette. Man kann dessen ganz sicher sein, besonders, wenn sie jetzt auch noch die Sommersprossen zum Verschwinden bringen wird, mit denen sie über und über besät ist. Und unter Lachen und mit lauter Stimme fordert sie vom Heinrich, daß er eine Créme aus Wien mitbringe, die ihre Haut schneeweiß machen wird und die es nur in Wien gibt. Heute macht das dem Heinrich gar nichts, daß sie es so laut äußert, denn es ist noch früher Nachmittag und sie sind die einzigen Gäste. Und vergnügt tunkt er sein Mohnbeugel, eines der berühmten, dunkelbraun glänzenden, mit Mohn oder Nuß gefüllten Kipfl in seinen Café und verspricht ihr die Gesichtscreme, obgleich ihm gerade die vielen braunen Fleckchen, die Gesicht und Ausschnitt übersäen, besonders gut gefallen.

Daß er schon viele Wochen nicht in Wien war, auf Postkarten sich entschuldigte, mag hingehen. Aber, daß er auch den geplanten Wiener Theaterbesuch aufgab und wenige Tage vor dem achten Dezember schrieb, leider, leider sei er, selbst zu diesem Zeitpunkt, nicht abkömmlich, und die Rosalie sollte eben mit Tante Ernestine oder sonst jemandem aus der Familie gehen, das ist, Piruska hin, Piruska her, wirklich nicht zu entschuldigen. Gewiß, es war viel amüsanter, mit der trällernden Piruska im eigenen Juckerwagen spazierenzufahren, als es vor vielen Jahren mit Rosalie gewesen war, im Morgengrauen zu Markt zu fahren, von dem er damals nichts verstanden hatte. Aber schließlich handelte es sich bei diesem geplanten Theaterbesuch ja nicht um irgendein Vergnügen. Mochte Rosalie ohne ihn ihren ersten Theaterbesuch begehen, während er inzwischen in Preßburg die Geheimnisse hinter den Kulissen erkundete, darum ging es gar nicht. Den zehnjährigen Hochzeitstag zu begehen, war ein Plan, er bedeutete Vorschau und Rückschau mit Befriedigung und Dank für die erreichte Höhe, mit der Hoffnung auf Kraft für weiteren Aufstieg. So hatte es Tante Ernestine beschlossen, so hatte es Rosalie empfunden. Zum Markstein im Leben der Familie Lanzer sollte der Theaterbesuch werden. Heinrich aber wollte keinen Markstein, er war nicht dankbar für das, was er erreicht hatte, es gelüstete ihn keineswegs danach, weiterzumachen wie bisher. Er freute sich seiner neugewonnen Ungebundenheit, durch die er die schwere Bürde der letzten zehn Jahre doppelt empfand, er freute sich des Juckerwagens und des Braunen, und er freute sich der trällernden Piruska und ihrer Sommersprossen, die nun so bald verschwinden sollten. Hatte er ein schlechtes Gewissen? Kam es ihm so vor, als entzöge er Rosalie etwas, was von Rechts wegen ihr gehörte?

Das Haus mit Frau und einem Schippel Kinder, mit Fini und Božena, mit Fräulein Motzkoni und der Wäscherin, und nun seit langem und zum Überdruß mit einer französisch parlierenden Mademoiselle – es war schon fern und unwirklich, wenn er mitten unter ihnen war, wie nie gewesen schien es hier aus der Entfernung. Nur Ronczas kluge graue Augen blickten ihn manchmal an, das kleine Mädchen, mit beiden Händen den schäumenden Bierkrug haltend, im Türrahmen stehend, lächelte ihm manchmal zu. Vorwurfsvoll? Er hätte es nicht zu sagen gewußt. Selbst der Stammtisch, dem anzugehören er doch eigentlich als Ehre empfunden hatte, der die Historie, die Bildung, das Leben erschlossen hatte, war ihm seltsamerweise ferngerückt. Anderes war an seine Stelle getreten. Er würde weiter mit Piruska über Land kutschieren, mit ihr in verschwiegenen Lokalen sitzen, – vielleicht würde er noch einen Falben dazukaufen, bestimmt einen Hund, einen großen kastanienbraunen Setter, der gut zu Piruskas Haar passen würde – die Farbe hatte es ihm nun einmal angetan –, und der neben dem Wagen einherlaufen würde. Er hatte sich nicht gewünscht, Ochsenhändler zu werden, aber da er es nun einmal geworden war, da dies ihn nach Preßburg verschlagen hatte, wollte er hier bleiben. Es war eine schöne alte Stadt, düster, aber doch vertrauter als etwa Mostar und jedenfalls gut genug für ihn. Was hatte er schon davon gehabt, in der Haupt- und Residenzstadt zu wohnen?

So träumte er und meinte zu rebellieren, schrieb jedenfalls die Postkarte, die die Feier des Hochzeitstages annulierte, ja Hochzeit und Hausstand überhaupt annulieren sollte.

Lautlos fielen die ersten Schneeflocken des Jahres und zergingen auf dem Katzenkopfpflaster der engen Straße. Es war ein naßkalter, unfreundlicher Tag, verdrießlich blickte der Heinrich von dem kleinen Fenster der Konditorei ins Freie. Nicht einmal Piruska konnte ihn diesmal in Laune versetzen. Sie trällerte heute auch gar nicht. Sie war ganz voll von der großen Neuigkeit. Und da der Heinrich, trotz ihrer interessanten Berichte, immer einsilbiger wurde, wandte sie sich schließlich an die Kellnerin, die hatte es sogar *gesehen*, was man der Piruska nur berichtet hatte.

»Ich geh' durch die Sperlgasse«, erzählt die Piruska, »und da seh' ich sie rennen. Vielleicht fünfzig. ›Die Synagog' brennt!‹, haben s' gerufen. Ich bin nicht mehr durchgekommen. Beim Alttor hat die Polizei abgesperrt.« Sie zuckt bedauernd die Achseln. »Mir kommt so leicht kein Brand aus. Schad', *den* hab' ich versäumt.«

Die Kellnerin beruhigt sie. Sie ist in mittleren Jahren und hat die bleiche Gesichtsfarbe, die jahrelanger Dienst in solchen Kellergewölben, wie es die Konditorei ist, hervorruft. Liebe wird ihr Blut nicht oft in Wallung gebracht haben. Sie hat eine Geldkatze unter der weißgestärkten Schürze, die sie arg verknittert, weil sie immer am Schloß der Geldkatze herumspielt, es auf- und zuklappt, während sie spricht. Und wenn, was sie sagt, gar zu aufregend wird, dann greift sie, wie um sich selbst Halt zu geben, mit der Linken hinters Ohr, nach dem Bleistift, der dort steckt, und hört trotzdem nicht auf, mit der Rechten auf- und zuzuklappen. Auf und zu, auf und zu.

Der Heinrich wird schon ganz nervös, und sein Blick fordert sie nochmals auf, wegzutreten vom Tisch. Aber wie kann sie das, da die Dame so interessiert ist an ihrer Erzählung? Und außerdem ist das Fräulein Piruska vom Theater, und wenn sie ihr jetzt alles ganz genau erzählt, sie tröstet darüber, daß die Arme einen Brand versäumt hat, dann schenkt sie ihr vielleicht einmal Freikarten.

Also fährt sie fort, ohne Heinrichs unwillige Blicke zu beachten. »Es war kein Brand«, sagt sie. »Beim Jellinek seinem Geschäft haben sie angefangen. Die Fenster haben sie eingeworfen und die Holzwaren auf die Straße.«

»Marktgasse 6?« fragt die Piruska und versucht sich vorzustellen, wo das ist, und ob sie das Geschäft kennt, denn man genießt ja einen Bericht viel mehr, wenn man sich alles ganz genau vorstellen kann. »Jellinek?« wiederholt sie fragend und sucht in ihrem Gedächtnis, ob das nicht irgendeine Vorstellung hergibt.

Auch da hilft die Kellnerin dienstbeflissen. »Na, ja, der Jellinek, der was bis jetzt immer hausieren gegangen ist, mit Kochlöffeln und Sieben und polierten Tassen. Das da ist von ihm!« und sie weist auf den Ladentisch, wo einige Holzschüsseln aufgestapelt sind. Dunkelbraun glänzend, fast wie die Preßburger Beugeln, die sich dort auftürmen.

Der Piruska gibt das noch immer keine Vorstellung.

»Na, ja, der kleine Bucklige, der immer um die gleiche Zeit kam, mittwochs um vier.«

Jetzt hat es auch in Piruskas Kopf geknipst, nicht nur an der Geldtasche der Kellnerin. Die Piruska macht auch sofort ein ganz erleichtertes Gesicht. »Was haben s' ihm getan?« sagt sie und auf ihrem runden, sommersprossenübersäten Gesicht mit den lustigen, schwarzen Knopfaugen liegt der genäschige, kindliche und auch wieder unkindliche Ausdruck, der dem Heinrich so gut gefällt, daß er Preßburg zu seinem Wohnort machen und seinen Hochzeitstag à tout prix nicht feiern will.

»Aber nix«, erwidert die Kellnerin, »vielleicht haben sie ihm ein paar Zähne eingeschlagen. Ins Spital hat man ihn gebracht. Dabei soll das Bein gar nicht gebrochen sein, wie sie ihn die Treppe hinuntergeworfen haben.«

»Und kein Brand?« fragt die Piruska. »Sein Geschäft haben sie nicht angezündet?« Jellineks Schicksal ist schließlich nicht so interessant, aber ob sie nicht doch vielleicht einen Brand versäumt hat, das muß sie ganz genau wissen.

»Aber nein«, sagt die Kellnerin und knipst auf und zu an ihrer

Geldtasche. »Der Swoboda hat sich halt g'fuxt, der, der sich grad ein Geschäft aufgemacht hat, mit genau denselben Sachen, wie der Jellinek sie führt. Da wollt' er ihn halt schrecken. Seine Freunde hat der Swoboda zusammengetrieben, und erst haben sie dem Jellinek die Fenster eingeschlagen und dann halt alle in der Gasse. Und die Waren haben sie auf die Straße geworfen. Hat sich jeder nehmen können, was er wollte«, lachte sie.

»Alle Fenster in der Marktgasse?« Die Piruska will es ganz genau wissen.

Die Kellnerin überhört das, kann sein, sie weiß es auch nicht so genau. Aber über den Jellinek hat sie noch etwas auf dem Herzen. »Was muß sich der auch ein Geschäft machen«, sagt sie. »Hat ganz gut verdient als Hausierer. Und den Leuten so zeigen, daß man höher hinaus will und Erspartes hat, so viel, daß man sich ein Geschäft machen kann – aufreizend ist das halt. Aufreizend. Das hat er jetzt davon. Er liegt im Spital, und die Stadt hat einen Schaden, und am Ende sperren sie noch ein paar ein, die dem Jellinek doch bloß einen Schrecken haben einjagen wollen. Es war kein Brand«, schließt sie tröstend. »Nur die Holzvorräte vom Jellinek hat man vor dem Haus ein bißl mit Benzin übergossen, ist aber gleich gelöscht worden.«

»Kein Brand also«, sagt die Piruska, und man hört ihr wirklich die Erleichterung an. Dann erst nimmt sie ganz auf, was die andere vom Jellinek gesagt hat. »Natürlich, was braucht sich der ein Geschäft zu machen«, stimmt sie zu. »Das muß doch die Leute aufreizen, von so einem, nicht?« wendet sie sich an den Heinrich, und das ist auch für die Kellnerin das Zeichen, abzutreten, ein Zeichen, das sie eben akzeptiert, nicht so, wie Heinrichs unwillige Blicke, die sie geflissentlich übersehen hat.

»Kann sein«, sagt der und schaut auf den roten Wuschelkopf, und es ist alles noch da, die lustigen schwarzen Knopfaugen und das gewagte Decolleté mit den vielen Sommersprossen, und in der Ecke steht auch noch der grüne dickbauchige Kachelofen, aus dem die Holzscheite knattern, so gemütlich knattern, hatte er immer gefühlt, und er kann auch noch immer von seinem Sitz auf die Straße mit dem Katzenkopfpflaster sehen, die in der Stadt Preßburg liegt, in der er bis zum Ende seiner Tage bleiben will.

»Kann sein«, wiederholte er müde, und der Piruska ist ein bißchen unbehaglich dabei. Vielleicht hätte sie nicht so lange mit der Kellnerin plauschen sollen. Der Herr ist ein Jud', wenn er auch nicht so ausschaut, das weiß sie schon, Ochsenhändler sind immer

Juden, aber schließlich Jud und Jud, das ist nicht dasselbe. Ihr Kavalier ist ein feiner Herr mit einem Juckerwagen, der kann sich doch nicht beleidigt fühlen, weil man dem Jellinek die Fenster eingeschlagen hat? Schließlich, sie hat ja auch gar nichts gesagt gegen den Jellinek. Und daß die Leut' das aufreizen kann, wenn sich so einer ein Geschäft aufmacht, wo er doch ebensogut hausieren könnt', das muß doch jeder Gerechte einsehen!

Ganz geheuer ist ihr aber nicht, und sie möchte schon gerne wieder irgend etwas aus dem unbewegten Gesicht ihres Kavaliers lesen können. Sie beginnt drauflos zu plappern, wie ein Wasserfall ist das, sie erzählt von der Probe, und sie macht die Frau vom Direktor nach, und sie trällert den Hauptschlager und strengt sich wirklich sehr komisch an, die Tonleiter hinaufzuklettern und oben kixt sie mit verzweifeltem Gesicht, so, genauso, wie es angeblich die Soubrette tut. Und dann erzählt sie einen Witz, einen ziemlich gepfefferten, den ihr angeblich der Tenor erzählt hat, der ihr überhaupt nachstellt und lieber mit ihr Duo singen würde als mit seiner Partnerin, die ihm immer die Einsätze verpatzt. So plauscht sie, und während sie ein Geschichtl erzählt, lacht und trällert, denkt sie schon ängstlich nach, was sie als Nächstes zum besten geben könnte.

Der Heinrich aber sitzt noch immer mit unbewegtem Gesicht und sieht aus wie einer, dem es große Mühe machen würde, jetzt aufzustehen und bis zur Tür zu gehen.

Am nächsten Morgen bleibt der Braune im Stall. Bei so schlechtem Wetter ist es wirklich kein Vergnügen spazierenzufahren, und es schadet dem Braunen schließlich auch nicht, einen Tag im Stall zu stehen, wiewohl der Heinrich bis jetzt seinen Stolz dareingesetzt hat, den Braunen jeden Tag einzuspannen. Wenn man in freien Stunden, statt über Land zu fahren, durch die Straßen der Stadt schlendert, dann merkt man erst so richtig, was für eine düstere altertümliche Stadt das ist. Und sind die bösen Geister einmal los, dann beginnt es offenbar überall zu spuken, selbst am hellichten Tag, und die tollsten Gerüchte fliegen auf.

Gestern noch das mit dem Brand der Synagoge, und heute munkelt man allerorts über irgendeinen Unglücksfall in Wien. Tut ihnen offenbar leid, daß sie es nicht bis zu einem Brand gebracht haben, das hatte man ja deutlich gespürt, wie leid ihnen das tut, gestern bei dem Gespräch der beiden Frauen. Na, da erfinden sie halt jetzt etwas über Wien. Erst heißt es »Ein Brand in Wien!« Und der Heinrich möchte sich am liebsten irgendwohin verkriechen, und dann weiß man, daß es ein Riesenunglücksfall war, und im Lauf des Tages heißt es, daß das Ringtheater brennt, noch immer brennt, die ganze Nacht hat es gebrannt, und wieviel Tote, das weiß man überhaupt noch nicht, die Bergungsarbeiten sind sehr schwierig, und draußen vor der Brandstätte stehen die Anverwandten und warten.

Da nimmt der Heinrich den ersten Zug nach Wien. Auf der ganzen Fahrt sprechen die Menschen von nichts anderem als von dem entsetzlichen Unglück in Wien. Und die Gerüchte steigen ins Unermeßliche. Der Heinrich kann es einfach nicht anhören, was die sich alle erzählen, er sitzt in seiner Coupéecke mit vorgebeugtem Oberkörper, Ellbogen auf die Knie gestützt, die Hände drückt er fest gegen die Ohren – er kann es einfach nicht anhören. Und er denkt immer nur im Kreis, immer dasselbe: Ich bin schuld, ich hab' sie ins Theater geschickt, ich hab' sie in den Tod gejagt, weil ich in Preßburg bleiben wollte. Ich bin schuld, weil ich mir gewünscht hab', immer bei der Piruska in Preßburg bleiben zu können. Das denkt er, immer dasselbe. Er könnte sich sagen, daß ja schließlich noch Hoffnung ist, daß nicht alle umgekommen sein werden, die ins Theater gingen, daß die Leute immer schrecklich übertreiben, daß er schließlich den Beweis dafür hat: In Preßburg haben sie auch gesagt »Die Synagoge brennt«, und dann waren es nur ein paar eingeschlagene Fensterscheiben. Er könnte sich auch sagen, daß er nie gewünscht hat, daß Rosalie stirbt, nie, und daß sein Wunsch, in Preßburg bei der Piruska bleiben zu können, ja doch nicht einen Theaterbrand entzünden kann.

Aber er denkt nichts dergleichen. Immer nur die stereotypen Sätze und eigentlich ist das auch kein Denken, sondern eher wie ein Mühlrad, das ihm immer die gleichen Sätze krachend durchs Gehirn treibt. Gegen Ende der Fahrt läßt das Mühlrad nach, kreist es langsamer, bleibt es schließlich ganz stehen. Und nun ist sein Kopf ein entleertes, dröhnendes Faß. Wie der eiserne Ring der Faßdauben preßt es gegen seinen Kopf, und einen Gedanken zu fassen ist er nun überhaupt nicht fähig. Der Druck preßt ihm die Tränen in die Augen, und er weint, ohne es zu wollen, ohne es zu wissen, rinnen ihm die Tränen über die Backen und in den Bart. Er hat sich aufgerichtet auf seinem Sitz und lehnt gegen die Wand, ganz steif, um den Kopf etwas Erleichterung zu geben, und er ist ganz still, und die Tränen kommen ihm aus geschlossenen Augen, sie sickern durch und rinnen unaufhaltsam. Und die anderen im Coupé werfen scheue Blicke auf ihn, reden unwillkürlich leiser, sie ahnen den Zusammenhang zwischen dem einzigen Gesprächsstoff des Zuges und dem Leben dieses Mannes. Nach einer Weile, wie ihm so was Heißes die Backen herunterrinnt, da beginnt der Heinrich zu merken, daß noch andere da sind und versucht, seine Tränen zu unterdrücken. Nein, dazu ist er noch immer zu verzweifelt, zu gewiß seines namenlosen Unglücks. Aber doch haben ihn die Tränen gelöst, er beginnt jetzt mit Bewußtsein und aus vollem Herzen zu weinen. Er weint um die Rosalie und um die mutterlosen Kinder und schließlich auch um sich. So allein bin ich, denkt er, niemanden hab' ich, nur die Rosalie, die treue, gute, zehn Jahre sind schließlich nicht nichts, was haben wir zusammen schon durchgemacht, alles konnte ich mit ihr besprechen, alles; ein Haus haben wir aufgebaut, sie verstand mich, was soll mir der Stammtisch, dort bin ich ja doch nur der Ochsenhändler unter Studierten. Ein Zuhause, welches Zuhause, wir hatten es schon damals bei der Navratil, im Kabinett über der Fleischhauerei, und wie lustig waren wir, morgens um vier, wenn wir zu Markt fuhren. So weint er um sich, um die letzten häßlichen Tage in Preßburg, und langsam mildert sich der entsetzliche Faßdaubendruck um den Kopf, versiegen die Tränen, denn hat man erst Mitleid mit sich selbst, wird der Schmerz von einem wilden zu einem sanften. Mitleid mit sich selbst macht weich, ist nicht so nagend wie der ewige Mühlstein des »Ich bin an allem schuld«.

In Wien angekommen, zieht es ihm das Herz wieder ganz eng zusammen, aber sein Auge ist jetzt trocken, er hat die Hände ineinander gekrampft, und er sieht auf die Straße, auf die Menschen, während ihn der Mietwagen durch die Stadt trägt. Minutenweise kommt ihm alles wie ein böser Traum vor, und er ist versucht, es für eine Lehre zu halten, eine heilsame Lehre, die ihm irgend jemand erteilen wollte, dafür, daß er den Hochzeitstag nicht hat begehen wollen, für ihn, der bei der Piruska für immer hat in Preßburg bleiben wollen. Es ist später Vormittag, und bei einer Molkerei fährt der Milchwagen vor und die blechernen Kannen werden abgeladen, wie jeden Tag. Und dort drüben steht ein Möbelwagen, schwer beladen, ein Umzugswagen der Firma Rousseau. Das ist ungeheuer erleichternd. Man zieht nicht um, und man trinkt nicht Milch, wenn solch ein entsetzliches Unglück geschieht. Aber dann fahren sie weiter und begegnen einem Krankenwagen, und die Feuerwehr klingelt, und ob das mit dem Unglück zu tun hat oder nicht, es ist auf einmal wieder ganz da, ganz wirklich, und der Heinrich schließt die Augen, und seine verkrampften Hände bohren die Nägel ins Fleisch.

Wie er dann vors Haus gekommen ist, das aussieht wie das Haus auch sonst immer aussah, den Kutscher bezahlt hat und die Stiegen hinauf ist und das Schloß aufgeschlossen hat, das weiß er dann nicht mehr. Es ist elf Uhr vormittag, und das Vorzimmer liegt still und aus der Küche kommt das Geräusch des Schneeschlagens. Und dann sagt eine Stimme klar und vernehmlich: »Nur drei Eier nehmen, Božena, strecken, man kann die Masse strecken.« Es ist Rosalies Stimme.

Ganz leise schleicht er sich ins Speisezimmer, und da sitzt er unbeweglich in dem schwarzpolierten Schaukelstuhl und schaukelt nicht einmal. Sein Kopf ist leer, und er fühlt sich so leicht, als könnte er fliegen, aber auch recht schwach. Und deshalb wagt er auch gar nicht, aufzustehen und die Rosalie zu holen. Er weiß nicht, was, aber irgend etwas würde dann geschehen. Und die Rosalie soll doch einen starken Mann haben, der sie schützen kann und ihr Haus aufbaut, nicht einen, der vielleicht weint und schluchzt und sich wie ein Narr gebärdet. Was die im Zug von ihm gedacht haben, das war ihm ganz egal, bei dem entsetzlichen Unglück, da kommt es wirklich nicht mehr darauf an, was Fremde von einem denken. Aber die Rosalie, die soll doch einen Mann haben, zu dem sie um Trost und Hilfe kommen kann, und nicht einen, der flennt.

Er sieht sich um im Zimmer, er kennt das gut, die Kredenz und den schweren eichernen Ausziehtisch, das haben sie vor fünf Jahren gekauft, da der Eßtisch, den die Rosalie zur Ausstattung bekommen hatte, zu klein zu werden begann. Aber der kleine Pfeilerkasten, links in der Ecke, den haben noch die Segals mitgegeben. Eine schöne Kreuzstichdecke, blau auf grauem Grund liegt auf dem Tisch. Wie lang die Rosalie daran gearbeitet hat! Seit die Mademoiselle im Haus ist, sitzt die Rosalie abends nie mehr Kinderstrümpfe stopfend bei ihm, sondern immer mit einer Handarbeit. Er weiß, wie sie das liebt. Jedes Stück hier kennt er ganz genau, er weiß, was es gekostet hat, und wann sie es angeschafft haben. Und doch ist alles plötzlich neu, ganz vertraut und ganz neu. *Sein* Heim, Rosalies und sein Heim, er weiß es erst jetzt, daß er nie mehr ein anderes haben wird.

Als die Rosalie eine halbe Stunde später ins Zimmer tritt und ihn da sitzen sieht, erschrickt sie fast mehr, als sie sich freut. »Ja wieso, seit wann?« ruft sie nur und bleibt im Türrahmen stehen.

»Das Unglück«, bringt er nur heraus und kann noch immer nicht aufstehen, sitzt noch immer im Mantel. Seinen Schreck hat die Rosalie noch immer nicht, auch nur ahnungsweise, begriffen. Aber daß er vom gestrigen Ringtheaterbrand spricht, das versteht sie. Alle sprechen ja davon. »Hast du denn nicht meine Briefe, wir haben die Billets doch zurückgegeben – so teure Karten, ohne dich!«

»Schon, schon«, gibt er zur Antwort und ist verwundert, daß er so viel sagen kann. »Natürlich hab' ich gewußt, daß du nicht dabei warst, aber *die* Gerüchte dort! Man ist halt unruhig geworden, 's hat sich ja ang'hört dort, als ob ganz Wien nimmer steht.«

Sie ist näher getreten, will ihm aus dem Mantel helfen, da zieht er sie zu sich, wahrhaftig, er zieht sie zu sich auf seinen Schoß. Da sitzt sie nun, unbequem für beide, denn ein Federgewicht ist sie ja nicht gerade, und der schaukelnde Stuhl droht sie beide gleich auf den Boden zu setzen. Und sie ist geschmeichelt, aber auch ungeheuer geniert, es ist gleich Mittag, die Kinder können jeden Augenblick aus der Schule kommen, und die Fini ist im Nebenzimmer.

»Rosalie«, sagt er und streicht ihr übers Haar, wahrhaftig, er streicht ihr übers Haar, das kommt nicht alle Tage vor, »können wir nicht auswärts essen, im Hirschen, vielleicht, wir beide.«

»Aber es ist genug da«, sagt sie ahnungslos und stolz auf ihre Hausfrauentüchtigkeit, »für dich ist immer noch was da, auch wenn du nicht angesagt bist. Wir haben heut' –«

Dann verstummt sie vor seinem sonderbaren Blick und denkt, es tut ihm leid, daß er nicht hat den Hochzeitstag feiern können, daß er nicht rechtzeitig für's Theater hat da sein können. Und sie gibt nach.

So kommt es, daß an diesem Tag Mademoiselle allein mit den Kindern ißt. Sie hat nicht der Mutter Energie, sie kann es nicht verhindern, daß von der bereitgestellten, aber nicht zur Benützung gedachten Zuckerbüchse an diesem Tage zügellos Gebrauch gemacht wird.

Wo Rosalie und Heinrich gegessen, wo sie die nächsten Stunden verbracht, ist nicht auf uns überliefert worden. Es kann nicht ganz leicht gewesen sein, in dieser Stadt, durch die noch immer die Leichenwagen rollten, ein friedliches Plätzchen zu finden. Binsenweisheiten sind manchmal tröstlich. Mir jedenfalls ist es tröstlich, ja mehr als das, zu wissen, daß es so nahe neben dem Tod auch das Leben gibt.

Am Abendtisch der Familie nahmen die beiden wieder teil, aber

mit so fernen entrückten Gesichtern, daß die Kinder nur zu flüstern wagten, sie meinten, es wären Nachrichten vom Unglücks-
platz, die die Großen so seltsam dreinblicken ließen. Mademoiselle hatte schon andere Vermutungen, in denen sie sich, war
sie eine gute Rechnerin, durch Zahlen hätte bestätigt fühlen können: neun Monate später wurde eine Tochter geboren, der man
den Namen Valerie gab.

Es ist unschwer zu erraten, daß Rosalie in jenen Tagen auf geringen Widerstand stieß, als sie, ihr Ziel unbeirrt vor Augen, vom Ankauf eines Klaviers sprach. Es wurde bewilligt, so rasch bewilligt,
daß sie ihre Angstträume, die sie überkommen hatten bei dem Gedanken, daß sie Heinrich von ihrem Wunsch sprechen müsse, rasch
vergaß.

Es geschah noch etwas weiteres. Als es klar wurde, daß Rosalie
abermals schwanger ging, ein sechstes Kind also zu erwarten war,
und die Wohnung, die ihnen beim Einzug als Palast erschienen
war, noch enger werden würde, überraschte Heinrich seine Frau
eines Tages mit dem Mietvertrag einer geräumigen Wohnung, der
ganzen ersten Etage in einem zwei Stock hohen Biedermeierhaus
von außerordentlich schönen Proportionen.

3
Die Kinder

Im Frühjahr übersiedelte man in die Fugbachgasse 4, wo es nicht einmal mehr in Frage gekommen wäre, daß man Roncza hätte in die Schank schicken können, denn weit und breit gab es keine. Es war eine stille Wohngegend ohne Geschäfte, freilich immer noch in der Leopoldstadt, aber anderswo zu wohnen, wäre der Familie auch nicht in den Sinn gekommen.

Durch den Umzug ergab sich die Annehmlichkeit, daß die Buben und Mädchen je ein Zimmer hatten und dann noch ein weiteres für das Kleinkind Camilla und den zu erwartenden Säugling da war. Es ergab sich aber auch, daß es einen Wohnraum mehr gab, einen »Salon«. Das Wort lief nach kurzer Zeit allen Hausbewohnern selbstverständlich von den Lippen. Rosalie hatte es eingeführt, Rosalie bestimmte, daß das Klavier, an dem die Kinder nun ihre ersten Lektionen nahmen, ohne daß sie dabei vorerst ein bemerkenswertes Interesse entwickelten, im Salon zu stehen hatte. Woher sie das Wort nahm, woher sie wußte, wie ein solcher Raum auszustatten sei? Sie wußte es, wiewohl es weder bei Segals noch bei Feldmanns einen Salon gab und sie bei Ardittis nie gewesen war.

Der Salon zeichnete sich außer durch einige vergoldete Stühle und die Vitrine zusätzlich durch seine Temperatur aus. Die Beheizung hätte nach Rosaliens Meinung Unsummen verschlungen, und Kälte war gesund, diese Meinung teilten die Eltern seit den Tagen, als sie im Kabinett über der Fleischhauerei das morgendliche Waschwasser hatten aufhacken müssen. So gehörte Klavierüben im Wintermantel für die Kinder zu denselben Sparmaßnahmen wie die gelegentliche Kümmelsuppe zum Frühstück. Nur daß infolge der konsequenter durchgeführten Sparmeisterschaft Rosaliens die Verwendung des »Eissalons«, wie die Kinder ihn nannten, zu einer täglichen wurde, während die Kümmelsuppe immer seltener auf den Frühstückstisch kam und schließlich ganz in Vergessenheit geriet.

Den Ankauf des Klaviers erledigte Rosalie mit der gleichen Würde und Umsicht, mit der sie bei der Stoffwahl für Wintermäntel schlechteres und billigeres Material beiseite schob. War sie auch nicht zu bewegen, den »Eissalon« in einen behaglich geheizten Salon zu verwandeln, so gab sie für das Klavier bedenkenlos wesentlich mehr aus, als sie sich vorgenommen hatte, da man ihr erklärte, daß mit einem Bösendorfer nichts zu vergleichen wäre.

Am Beginn dieser politisch unruhigen Epoche liegt ein Familienereignis, in dem Heinrich den stolzesten Höhepunkt seines Lebens sehen wird. Und auch Rosalie ist stolz und erregt. Das Engagement der Mademoiselle war ein Markstein gewesen, der Ankauf des Klaviers ein zweiter, der Umzug in eine große Wohnung ein dritter. Und das heutige Ereignis schließlich noch einer.

Die Kinder tuscheln am Frühstückstisch, an dem – schon ungewöhnlich genug – der Vater, der sonst lang vor ihnen frühstückt, teilnimmt. Es ist Juni, eine gute Zeit, das Gemüse beginnt billiger zu werden, selbst in diesem sparsamen Haus kommt nun mancher Leckerbissen auf den Tisch, das Frühstückskörbchen für die Schule enthält gelegentlich eine Handvoll erster dunkler Kirschen. Es ist auch deshalb eine gute Zeit, weil in der Schule nichts Rechtes mehr los ist, die Noten stehen fest, manche der wohlhabenden Kinder sind bereits entschuldigt und auf Sommerfrische. Nicht so die Lanzerkinder, die wissen von Sommerfrischen nur durch die Ardittikinder, die schon längst verreist sind; auch der Rosalie ist das Wort nie mehr in den Sinn gekommen, seit den Tagen des Ferdinand, der sogar nach Ischl hatte reisen wollen. Na, man hatte ja gesehen, wie das endete. Die ersten sauern Ersparnisse hatte er mitgenommen und es doch zu nichts gebracht.

Aber auch ohne Sommerfrische ist es eine gute Zeit, und vielleicht werden die Buben sogar fischen im Heustadelwasser, sobald die Ferien endlich begonnen haben. Alle sind erregt und die Großen in sonderbar gehobener Stimmung. Nur einer ist es nicht. Sitzt da, totenblaß, Schweißtropfen auf der Stirn und bringt sein Frühstück nicht und nicht hinunter. Der Edi ist es, der zehnjährige Edi, sein großer Tag ist es eigentlich, aber er leidet fürchterlich, und wären nicht alle anderen so bewegt von der Größe des Tages, so würden sie diesen kleinen, zitternden Buben fürchterlich bemitleiden, denn heute ist Aufnahmsprüfung ins humanistische Gymnasium. Besteht er, so haben wir einen Gymnasiasten in der Familie, einen *stud. gymn.*, und später wird er dann vielleicht *stud. jur.* oder *stud. med.* heißen, ganz und gar unglaubhaft ist das. Der Vater hat heimlich schon ein Geschenk besorgt, allein daraus kann man auf das

Außerordentliche des Ereignisses schließen: Man hat eine Mademoiselle, man spielt Klavier, man singt vielleicht auch noch »Joyeux Noël«, aber Geschenke machen, Geschenke empfangen, das ist nahezu noch unbekannt in dieser Familie. Es ist Leichtsinn, würde die Rosalie sagen, und deshalb hat der Heinrich ihr auch das Geschenk nicht gezeigt. Leichtsinn ist es aus Geldgründen, und auch weil der Edi schließlich ja auch durchfallen könnte bei der Prüfung. Entsetzlich wäre das, undenkbar, niemand zieht ein so entsetzliches Unglück ernstlich in Betracht. Nur der Prüfling selbst sitzt da wie ein Häuflein Unglück, als wäre das Verdikt »durchgefallen« über ihn schon gesprochen.

Mademoiselle schließt ihn noch fest in die Arme, er läßt das gerne geschehen, das bißchen Zuspruch und Wärme kann er gut brauchen. Die Mutter rückt nur noch den Kragen zurecht, zärtlich zu sein, hat sie nie gelernt.

Und dann ziehen sie los, die großen Mädeln und der Rudolf in eine Richtung, und an der Hand des Vaters der käseweiße Edi in die andere. Mademoiselle und die Mutter blicken ihnen vom Fenster nach, wahrhaftig, der Heinrich dreht sich um und schwenkt seinen Hut wie ein ganz Junger. Der Kleine an seiner Hand dreht sich nicht um, er will überhaupt niemanden sehen, wünscht nur, daß alles schon vorüber wäre.

Weshalb sollte, weshalb mußte, Heinrich Lanzers Sohn unbedingt ins Gymnasium? Hatte nicht der Heinrich gerne an seine Militärzeit zurückgedacht, hatte er die nicht als die Zeit seiner Freiheit und Ungebundenheit angesehen, als die Zeit, die besser gewesen war als alles, was nachher kam? Es ist, weil es der Edi leichter haben und weiter bringen soll als Heinrich. Er soll nie bei reichen Verwandten ohne einen Groschen in der Tasche antichambrieren müssen, und er soll was lernen dürfen. Historie, zum Beispiel, die die Welt erklärt. Vielleicht kann er sie dann auch ihm, dem Heinrich, erklären, später einmal. Wenn er die Historie versteht, dann wird er klüger sein als sein Vater. Dann baut man sich sein Leben selbst. All das fühlt der Heinrich unklar, während er seinen Sohn zur Aufnahmeprüfung bringt, aber da der Kleine stumm bleibt, bleibt auch er stumm und nimmt eigentlich nicht sonderlich Notiz von dem zitternden Etwas, das er da zur Schlachtbank schleift.

Es ist sein, des Heinrichs, großer Tag, sein Leben beginnt heute neu, weil es diesen Tag gibt, hat sich all die Plackerei, das Leben in der Fremde, in der wirklichen und in der der Familie, gelohnt? Von heute an wird er ganz zu Hause sein, denn er wird nach Hause kommen zu seinem Sohn, dem Gymnasiasten, der es besser haben wird, leichter haben wird, und der ihm die Welt, die so verwirrte Welt, wird erklären können.

So mit sich beschäftigt ist der Heinrich in der Stunde der höchsten Seelennot seines Kindes. Da nimmt es schließlich nicht wunder, daß das erste Geschenk, das er je seinem Sohn gekauft hat und das dieser schließlich auch erhalten wird, – denn all seinen Befürchtungen zum Trotz besteht der Edi die Aufnahmsprüfung –, ein Geschenk ist, das der Heinrich eigentlich für sich selbst gekauft hat. Was ist es, was er abends dem Sohn überreicht und was dieser verlegen, aber keineswegs überwältigt wie der Vater hin und her dreht? Visitenkarten sind es, ein Päckchen Visitenkarten. In schönen Schnörkeln, der Mode der Zeit entsprechend, steht da auf kleine Kärtchen gedruckt: *Eduard Lanzer* und darunter in kleineren Buchstaben, aber doch auf den ersten Blick erfaßbar, das Unglaubliche, das dem Heinrich, dem melancholischen Heinrich, das Leben plötzlich so lebenswert macht: *stud. gymn.* Der Edi weiß gar nicht, was das ist und wozu das da ist, eine Visitenkarte. Die Rosalie erinnert sich, daß es bei den Kammerrats immer eine Schale voll solcher Karten gegeben hat, und sie schlägt natürlich die Hände über dem Kopf zusammen über den Leichtsinn, dem Kind so ein Geschenk zu machen. Sie nimmt es ihm auch gleich weg, um es fortzuschließen und aufzuheben, er hat ja acht Jahre Gymnasium vor sich, und später wird er vielleicht einmal Visitenkarten brauchen. Vielleicht darf er einmal einem Professor, einem wirklichen Professor, einen Besuch machen und seine Karte abgeben. Der Edi ist nicht sonderlich traurig über diese vorsorgliche Sparmaßnahme, die ihm sein Geschenk entzieht, er ist auch noch viel zu benommen, um es überhaupt richtig zu bemerken. Aber ehe die Rosalie die Karten in den Wäscheschrank sperrt, nimmt sich der Heinrich zwei und legt sie in seine Brieftasche, mit vorsichtigen, spitzen Fingern, so wie man sich ein vierblättriges Kleeblatt oder ein Kinderlöckchen aufhebt. Da stecken nun diese Visitenkarten neben den größeren, den seinen, auf denen *Heinrich Lanzer, Prokurist der Firma Segal* steht. Er braucht öfters mal so eine Karte, nicht zu eleganten Gesellschaften wie die Kammerrats, die als Dank Kärtchen abgeben ließen nach einem Ball etwa, durch den Kutscher beim Reconnaissancebesuch, wie es die Sitte der Zeit verlangte, sondern für seine Viehbauern und Fleischermeister, mit denen er zu tun hat. Er wird dann jedesmal versehentlich auch die

Karte von seinem Sohn herausziehen und jedesmal wird er sagen: »Ach, da hätte ich ihnen ja fast versehentlich die Karte von meinem Herrn Studiosus gegeben«, und wird die Karte so lang auf dem Tisch liegen lassen, bis der andere es unbedingt gelesen haben muß, daß der Sohn des Ochsenhändlers »stud. gymn.« ist.

Wahrhaftig, der Heinrich ist außer Rand und Band am Tag der Aufnahmeprüfung seines Sohnes. Der Edi möchte am liebsten irgendwo still in einer Ecke sitzen, erschöpft wie er ist, und sich von seinem Erstaunen erholen, darüber, daß er nun wirklich ein Gymnasiast ist. Freude verspürt er keine. Er wird mehr lernen müssen als bisher, und die großen Schwestern werden ihm nicht länger dabei helfen können, und auch die Mademoiselle wird nicht wie bisher immer Rat wissen. Denn er ist jetzt ein Lateinschüler.

»Freust du dich aufs Lateinlernen?« fragt der Heinrich seinen Sohn, der dasitzt, umringt von Mademoiselle und den schnatternden Geschwistern und der Mama und der Božena und der Poldl, und alle wollen genau erzählt bekommen, wie es war, und dabei ist aus dem Buben nichts herauszubekommen, außer der bedeutenden Tatsache, daß er durchgekommen ist. Der Edi schaut auf und dem Vater ins Gesicht, und den Jubel und das Glück dort, das versteht er schon zu lesen. Man darf den Großen ihre Freude nicht zerstören, spürt er, man darf überhaupt keinem eine Freude zerstören. »Ja«, sagt er artig, »ich freu' mich sehr. Jetzt kann ich Französisch, und jetzt lern' ich auch noch Latein.« Er ist ein feinfühliges Kind, und die Eltern wiederholen beide: »Französisch und Latein.«

»Und in zwei Jahren kommt noch Griechisch dazu«, sagt der Heinrich und schüttelt den Kopf und kann nicht glauben an so viel Glück.

»Ja, in zwei Jahren lern' ich auch Griechisch«, wiederholt der Edi, als wär's unabwendbar, und alle sind viel zu beschäftigt mit ihrem Stolz über den Gymnasiasten, als daß sie die Hoffnungslosigkeit heraushörten.

Es ist also nicht nur das Gymnasium, die völlig gesicherte Existenz, die sich mit dem Eintritt vollzog, gleich als legte man dem Edi ein Sparbuch an, nein, nein, viel, viel sicherer; nicht die Achtung, die ihm jeder entgegenbringen wird, es ist auch das Lernen von zwei Sprachen, die niemand spricht, was den Heinrich berauscht. Warum man im Gymnasium Latein und Griechisch lernt, das weiß der Heinrich nicht, und den Schuldirektor Übelhör zu fragen, der es ihm wohl erklären könnte, dazu ist er viel zu schüchtern. Wahrscheinlich wird er es also nie erfahren. Aber daß sein

Sohn etwas lernen wird, was ganz nutzlos, noch nutzloser ist als Geigenspiel, womit man sich schließlich sein Brot verdienen kann, wie die Lotti es schon in der Damenkapelle getan hatte, das ist es, was den Heinrich beglückt, ohne daß ihm klar ist, warum. Eine schöne saubere Schrift lernen, damit kann man vielleicht Buchhalter werden. Französisch? Er war zwar dagegen gewesen, aber man kann vielleicht Geschäftsbriefe schreiben, Korrespondent in einer Firma könnte man werden, wenn man es perfekt kann. Aber Latein und Griechisch? Viele, viele Stunden in den nächsten Jahren auf etwas zu verwenden, was außer zur Absolvierung des Gymnasiums zu nichts gut ist, das entzückt ihn. Von der antiken Welt weiß der Heinrich nichts, und keinen einzigen Autor könnte er nennen, den der Edi in den nächsten Jahren wird lesen müssen. So gehört er zum Glück auch nicht zu den Vätern, die ihren Söhnen was vorerzählen vom »Geist der Antike« und dem »harmonischen Menschen Griechenlands« und die trotz der Namen und Schlagworte eigentlich nur eines wissen, was aber der Heinrich auch weiß: Daß die achtjährige Gymnasialplackerei, gegen das Leben der Väter gesehen, das dem Broterwerb, dem Notwendigen, gilt, Muße ist. Muße, auch wenn es Arbeit ist. Muße nämlich, sich mit Dingen zu beschäftigen, die nicht unmittelbar ins praktische Leben führen. Und daß mit solch unpraktischer Arbeit eigentlich erst ein wirkliches Leben beginnt, das fühlt der Heinrich und fühlt mit Recht, daß der heutige Tag einschneidend im Leben der Familie ist. Einschneidender gewiß als die Übersiedlung und Besitznahme eines ganzen Stockwerks einer hochherrschaftlichen Wohnung.

Wir haben schon darauf hingewiesen, daß es ungute, unsichere Zeiten sind, in denen sich Edis Eintritt ins Gymnasium vollzieht. Mancher stellt dem Land düstere Prognosen, und auch »Blochs Wochenschrift« erinnert daran, daß nicht alles zum Besten steht. Aber die Familie wächst an Wohlstand und an Muße. Jede Stunde des Tages hat ihre genau vorgeschriebenen Pflichten, deshalb vollzieht sich der Aufstieg ganz unmerklich. Aber es ist bereits Vorstufe zum Genuß der Muße, wenn Rosalie bei einer Handarbeit sitzt und das Üben von Tonleitern, das Repetieren lateinischer Regeln an ihr Ohr dringt. Noch zehn Jahre, und die Lanzerkinder werden, haben sie Glück, teilnehmen am Musik- und Kunstleben dieser Stadt, sie werden Teil sein jener Öffentlichkeit, für die Bücher geschrieben, Theaterstücke gespielt, Konzerte gegeben werden.

Was ist von diesen zehn Jahren noch zu berichten? Gerade weil wir um Wahrheit bemüht sind, geraten wir vor der Beantwortung dieser Frage in Verwirrung. So verschieden sind die Berichte der verschiedenen Erzähler. Was die Älteste und was die Jüngste für die Überlieferung wert gehalten haben, das ist so verschieden, nicht nur gefühls- und temperamentmäßig, sondern bis hinein in die Beschreibung jedes Details der Kleidung, der Wohnungseinrichtung, daß wir manchmal versucht sind zu glauben, die beiden wuchsen überhaupt nicht im gleichen Vaterhaus auf. Lina berichtet von den liebevollsten Eltern, der soliden, vornehmen Atmosphäre eines Patrizierhauses. Vally spricht von Enge und Stickluft, von Prügeln durch eine von ewigen Schwangerschaften überreizte Mutter. In Linas Erinnerung spielt es eine außerordentliche Rolle, daß man weißbehandschuht, zu Paaren, von Mademoiselle geführt, im Prater spazierenging. Der engen Existenz der Erwachsenen gibt es noch ein Gefühl der Vornehmheit, der Gesichertheit, wenn sie davon erzählt. Vally erinnert sich nur an das Lästige solcher reglementierter Spaziergänge und an die Ängste, die man litt, wenn die Mutter die Blätter des ausgeschriebenen Schulheftes nachzählte und ein neues nur bewilligte, wenn man nicht etwa ein Blatt verpatzt und heimlich herausgerissen hatte.

Es ist mir, während ich diese Chronik niederschreibe, noch lebendig, mit welcher Gier ich als Kind den Berichten der Erwachsenen über ihre Jugend lauschte, sie anzuspornen wußte, um tausendmal Gehörtes wieder hervorzulocken. Wie ein Zwei- oder Dreikampf schien es mir, wenn ich den Geschwistern zuhörte, wie sie ein und dasselbe Ereignis aus ihren Kindertagen berichteten, wie sie darum kämpften, daß diese oder jene Darstellung auch von den anderen in einer bestimmten Deutung akzeptiert werde. Wie erbittert wurde dieser Kampf um Erinnerungen geführt, von Menschen, die sonst doch leidlich miteinander auskamen! Warum war es für sie, in der Mitte ihres Lebens, so wichtig, dieses oder jenes Ereignis in diesem und in keinem anderen Licht erscheinen zu lassen? Das verstand ich nicht, aber ich spürte, daß da etwas Seltsames vor sich ging.

»Wie kannst du das sagen, Valerie«, höre ich Tante Lina sagen. »Wir sind nicht ins Konzert, nicht ins Theater gegangen? Hast du nicht beim Auer Klavierspielen gelernt? Und haben wir nicht schon als Kinder berühmte Virtuosen gehört, zum Beispiel das erste Konzert vom Julius?«

Meine Mutter zuckte die Achseln. »Die Handhaltung, die mir

dieser großartige Lehrer beigebracht hat, bin ich, trotz großer Bemühungen, nie mehr ganz los geworden. Ich wüßte wirklich gern, wo unsere gute Mutter den Auer aufgetrieben hat. Komisch war er, aber Enthusiasmus allein macht noch keinen guten Klavierlehrer.«

Lina mißbilligte solche Bemerkungen aufs heftigste. »Er ist ein sehr gesuchter Lehrer, seit er sich in Brünn niedergelassen hat, direkt berühmt ist er. Er heißt bei uns nur der Leschetizkky von Brünn.«

»Du bist süß in deinem Familienpatriotismus, Lina. Man sollte ihn dir nicht nehmen! Leschetizkky von Brünn!« Sie lachte herzlich und fand das ungeheuer komisch. »Ja, wir haben beim späteren Leschetizkky von Brünn Klavier spielen gelernt, und nur der Graf Wimpfen hatte es vornehmer als wir.«

»Die Sommerwohnung in Gutenstein hatte auch eine Aussicht, die nur zu vergleichen war mit der vom Wimpfen-Schloß.«

»Da haben wir's«, lachte meine Mutter, »und aufgewachsen sind wir in einem Palais, wie?«

»Das Haus in der Fugbachgasse war wie ein altes Palais«, beharrte Lina trotzig.

»Aber, hoho, in der Leopoldstadt«, erwiderte meine Mutter. »Was mich anlangt, so legt es sich mir schwer auf die Brust, sobald ich in die Gegend komme: Prügel für jedes Loch im Strumpf, Klavier lernen, ja, aber üben im eiskalten Salon, den man nicht benutzen durfte. Zwar genug zu essen, aber nie einen zusätzlichen Apfel, wenn man mal Lust drauf hatte. Dafür aber mit Handschuhen spazierengehen und Französisch lernen bei unserer guten Mademoiselle, die offenbar ein Bauernmädl aus der Bretagne war, jedenfalls irgendeinen *pâtois* sprach. Ich versichere dir, ich habe keinen Menschen in Paris je mit solcher Aussprache reden hören.«

Lina stand auf, es war aussichtslos, und außerdem war es Zeit für den wichtigsten Spaziergang, den sie bei keinem ihrer Wiener Besuche versäumte – den Weg zum Haus ihrer Kindheit.

Solche und ähnliche Geplänkel zwischen den Geschwistern habe ich häufig miterlebt. Die eine wollte die Kindheit bewahren und verklären, die andere sie nach Möglichkeit vergessen.

In eines der nächsten Jahre fällt ein wichtiger Besuch. Es ist die Zeit, in der der Schweinekrieg mit unverminderter Heftigkeit tobt; in der Ausschreitungen gegen Juden zu schaffen machen; in der

236

Verfolgungen von Sozialdemokraten und Anarchisten oder aller derer, die man dafür hält, auf der Tagesordnung stehen; in der die immer schwieriger werdende lateinische Grammatik des kleinen Edi Gemüt belastet; in diese Zeit fällt also ein Besuch aus Schlesien, von Rosalie herzlich begrüßt und bald wieder vergessen. Den Kindern bleibt er länger in der Erinnerung, und dem Heinrich verursacht er viele Gedanken, mit denen er allein nicht fertig werden kann und die er doch niemandem mitteilt.

Es ist der Besuch von Heinrichs Schwester Lotti, von Tante Lotti, wie die Kinder sagen, die vom ersten Augenblick an unter der Faszination dieser neuen Tante stehen, ihr nicht von der Rockfalte weichen, so daß Rosalie Mühe hat, ein aufsteigendes Gefühl der Eifersucht zu unterdrücken, und Mademoiselle den Kopf schüttelt – sie kann es nicht verstehen, über welche geheimen Kräfte diese unscheinbare Frau verfügt, um ihr die Kinder im Verlauf einer halben Stunde völlig abspenstig zu machen. Nicht einmal einen Hut trägt diese Frau, ein Kopftüchl wie eine richtige Bäuerin, und daß man Handschuhe tragen könnte, weiß sie wahrscheinlich nicht einmal.

Rund fünfzehn Jahre haben der Heinrich und die Lotti einander nicht gesehen, und sie sind inzwischen sehr verschiedene Wege gegangen. Den Heinrich macht es doch etwas verlegen, seine Schwester so wiederzusehen: einen langen, bauschigen Bauernrock trägt sie, ihre Hände sind grob und abgearbeitet und – das Kopftuch! Eine Schönheit ist sie nie gewesen, knochig und derb und mit der Hakennase in dem klugen Vogelgesicht. Aber schließlich war sie doch einmal Geigerin in der Damenkapelle gewesen, hatte ein weißes Kleid und eine himmelblaue Schärpe darüber getragen und hatte sich Löckchen in die Stirne gebrannt. Und jetzt der Aufzug! Und so alt schaut sie aus! So viele Falten im Gesicht! Daneben sieht die Rosalie geradezu wie die Jugend und Gesundheit aus, obwohl das Behäbige doch eigentlich älter macht. Der Heinrich beginnt zu rechnen: Ist sie vierzig oder gar mehr? Aber er kommt zu keinem Schluß, denn die Lotti redet ununterbrochen und läßt ihn nicht zum Nachdenken kommen.

Sie macht »Hoppa, hoppa, Reiter« mit der kleinen Vally und hebt sie hoch in die Luft, und die Kleine jauchzt, wie man sie noch nie jauchzen gehört hat. Sie läßt aus ihrem unmodischen weiten Rock die geheimnisvollsten Dinge nach und nach ans Tageslicht kommen, eine Metallklapper, die eigentlich ein Frosch ist und auch quakt, und einen Federstil, in dessen Mitte ein Löchlein ist, durch das man, kneift man ein Auge zu, Freistadt sehen kann, winzig und doch mit aller Tiefenwirkung, so daß man Lust bekommt, in die Stadt hineinzuspazieren. Für jedes der Kinder hat sie so irgendein Wunderding und für jedes eine Tüte mit Bonbons. Malzbonbons bekommt die Lina und Himbeerbonbons, die wie richtige runde Himbeeren, zusammengesetzt aus winzigen Kügelchen, aussehen, und die Roncza und die Buben haben Boxhörndln, und die Vally schaut immer wieder in ihre Tüte mit den vielfarbigen, »Eibischteig« genannten, kleinen Würfeln, die sich so merkwürdig ziehen im Mund. Und da ist nun ein Gefutter und Getausche, denn jedes will natürlich auch aus dem Sack des anderen kosten. Und entbrennt ein Streit, so weiß die lustige Tante ihn sofort zu schlichten.

»Komm«, sagt sie zum Rudolf, der klein und stämmig ist und sich gerade auf Lina stürzen will, um ihr die Malzbonbons wegzureißen. »Du Armer, du hast ja solchen Husten. Gegen Husten gibt es nur Malzbonbons. Die Lina wird sie dir bestimmt geben, wenn du's so notwendig brauchst. Der arme Rudolf hat solchen Husten«, sagt sie mit ernstem Gesicht und zwinkernden Augen zu Lina. »Hör nur.« Und dann hustet sie etwas vor, und der Rudi macht es nach und zum Schluß versuchen alle Kinder, wer am schönsten husten kann, und die Lina bietet allen Malzbonbons an zur Besänftigung, weil das eben jetzt ein Spiel geworden ist, und sie kommt sich riesig wichtig und erwachsen vor, sie ist ja schließlich auch wirklich schon dreizehn Jahre. Dafür gibt der Rudolf jetzt widerspruchslos von den Boxhörndln ab, und die Lotti schlägt die Hände zusammen, weil keines der Kinder weiß, wie man die ißt. »Aber das gibt's doch bei jedem Greisler!«, ruft sie und blickt vom Heinrich zur Rosalie, als wollte sie sagen: »Kauft ihr denn wirklich den Kindern nie Boxhörndln, ja was kauft ihr ihnen dann eigentlich?«

Und dann zeigt sie ihnen, wie man die süße Fruchtmasse ißt und die harte Schale wegspuckt. Sie spuckt die Schale in die Hand, und die Kinder finden das ungeheuer amüsant, und jetzt essen alle Boxhörndln, die Säckchen wandern von Hand zu Hand, man hat ganz vergessen, wem eigentlich was gehört, und alle spucken ihre Schalen der neuen Tante in die Hand. Einzeln kommt jedes angetrippelt und spuckt, und auch das ist ein neues, sehr lustiges Spiel.

Die Mademoiselle stellt mit beleidigtem Gesicht einen Teller direkt vor die Nase dieses merkwürdigen Gastes, aber die Lotti nimmt davon überhaupt keine Notiz, sondern sitzt ruhig lächelnd da und hält noch immer die Hand mit dem Hineingespuckten auf, als trüge sie da etwas ganz Kostbares.

Die Rosalie würde gern ihre Wohnung zeigen, die Kredenz, die sie vor fünf Jahren gekauft haben, und das Klavier und den großen Teppich, die Lotti hat so eine Pracht wahrscheinlich noch nie gesehen.

Aber man kommt nicht dazu, daß man die Wohnung richtig herzeigt. Zwar führt die Rosalie durch alle Zimmer, aber alle Kinder laufen mit, denn die Lotti erlaubt nicht, daß man sie ins Kinderzimmer verweist, sie nimmt die Vally, die auf ihren dicken Beinchen nicht Schritt halten kann, rasch auf den Arm. Die Lotti freut sich sehr, daß ihr Spruchband noch immer da ist; im Salon hängt es, wenn auch nicht gerade auf einem prominenten Platz, aber die Lotti bemerkt es sofort. »Nett ist das, daß das noch bei euch hängt«, sagt sie, und das findet die Rosalie eigentlich auch, denn in einen Salon paßt es ja nicht mehr, aber forttun hat sie es nie wollen.

Natürlich bemerkt die Lotti das Klavier, aber sie scheint auch davon nicht überwältigt zu sein. »Wer spielt mir was vor?« fragt sie, und Roncza und Edi setzen sich hin und spielen vierhändig für die Tante. Aber die schaut nicht bewundernd oder kritisch wie Mademoiselle oder Tante Ernestine, um die Fingerhaltung zu beobachten, sondern sie setzt die Vally rasch auf den Boden und nimmt Lina und Rudolf an den Händen, sie bilden einen Kreis um die erstaunt sitzende Vally und tanzen ringelreihen. Das ist noch niemandem eingefallen, im Salon, auf dem großen Perserteppich, ringelreihen zu tanzen.

Rosalie blickt die Mademoiselle etwas ratlos an, und selbst Heinrich hat den Eindruck, daß es zu einem Gespräch zwischen den Erwachsenen kaum kommen wird.

Es ist ein Sonntag, und nach dem Mittagessen bringt Mademoiselle die Kinder energisch ins Kinderzimmer, und die Großen bleiben doch allein. Dann zieht sich auch die Rosalie zurück, denn sie hat es schon bemerkt, daß die Lotti mit ihrem Bruder allein sein möchte.

Der zündet sich eine Virginia an und hört ihr ruhig zu und ist nicht sonderlich erstaunt, daß es ein Anliegen um eine Geldhilfe ist. Sehr wohlhabend schaut die Lotti ja wirklich nicht aus, und fünfzehn Jahre lang ist sie niemals um etwas gekommen; er ist bereit, ihr jede Summe zu bewilligen, denn wieviel kann das schon sein, was die und ihr Anton an Schulden haben. Aber daß sie sich nicht hätte solche Ausgaben für die Kinder machen dürfen, kann er sich doch nicht enthalten zu sagen.

»Aber Kinder müssen doch eine Hetz haben«, sagt sie. »Ich bitte dich, Heinrich, das ist doch die Hauptsache, daß man viel Hetz hat in seinem Leben. Die Kinder müssen das doch haben, das ist doch wichtig, für später.«

Der Heinrich zuckt die Achseln. Daß die Hetz im Leben so wichtig ist, ist ihm ein neuer Gesichtspunkt. Und besonders, wenn es doch so knapp zugeht, wie es offenbar bei der Lotti der Fall ist.

Auf seine Frage, um wieviel es sich denn handle, nennt sie dann mit seelenruhigem Gesicht eine Summe, die den Heinrich doch für einen Augenblick aus der Fassung bringt. Es ist ungefähr der Monatsverbrauch seines Haushaltes, einer sechsköpfigen Familie, und die sind doch nur zwei, dort in Freistadt und leben doch schließlich, wie Lottis Kleidung ja zeigt, auf weit einfachere Art.

»Ja, habt ihr so viel Schulden? Verdient denn der Anton nicht?«

»Aber es ist doch nicht für uns!«, gibt die Lotti zurück, als wäre es eine Zumutung anzunehmen, daß sie für sich selbst etwas verlange. »Ich bin mein Lebtag auf eigenen Füßen gestanden, wir brauchen nichts, der Anton und ich, wir verlangen von niemand was für uns«, wiederholte sie.

»Ja, aber wofür dann?« verlangt der Heinrich zu erfahren und weiß nicht, ob er aufgebracht oder belustigt sein soll über die Selbstverständlichkeit, mit der sie ihre Forderung vorbringt, die Selbstverständlichkeit, mit der sie deren Erfüllung erwartet.

Sie legt den Kopf schief und blickt ihn von der Seite an. »Weißt'«, sagt sie dann und schüttelt den Kopf, »ich kann dir's ja erklären. Aber verstehen wirst du es nicht. Das kannst' nimmer verstehen«, sagt sie und macht eine unbestimmte Bewegung ins Zimmer gegen die anderen Räume hin, so als hätten die Wohnung und sein Verständnis für ihre Forderung irgend etwas miteinander zu tun. »Hast' es ja eigentlich nicht einmal damals verstanden, wie wir im Prater diskutiert haben, damals, wie du mich gefunden hast. Und auch nachher, wie du am Bau gearbeitet hast, hast du es nicht verstanden.«

Der Heinrich sieht sie verwundert an. Wie gut sie sich erinnert, diese fremde ältliche Bäuerin, die einstmals gegeigt hat in der Damenkapelle und die seine Schwester ist.

»Ja, damals«, sagt er weich. »Mein Gott, das war was, wie ich dich wiedergefunden hab', ich hatte es schon ganz aufgegeben an dem Tag.«

»Waren das Sorgen damals«, sagt die Lotti. »Um den Anton und um die anderen. Nur ein halbes Jahr waren sie eingesperrt, weil dann doch die Amnestie gekommen ist.«

Der Heinrich ist ein bißl geniert. Er macht sich zwar nichts aus der Mademoiselle, aber doch: Wenn die am Ende hört »eingesperrt«. So lenkt er ab. »Na, mir scheint, du hast dich gar nicht gefreut mit mir, damals«, scherzt er vorwurfsvoll.

Sie streichelt seine Hand, die schwer auf seinem Knie liegt. Ihm wird ganz seltsam dabei zumute. Die Lotti, die hat das immer können, zärtlich sein und warm machen. Die Rosalie, die schaut nur drauf, daß immer alles für ihn akkurat auf seinem Platz ist.

»Wie du gekommen bist, damals, wie du plötzlich vor mir gestanden bist beim Eisvogel, da war's halt ein bißl spät«, sagt sie. »Da waren Sorgen, so viel Sorgen.« Der Verwunderung in ihrer Stimme ist anzumerken, daß sie es jetzt noch nicht begreifen kann, wie sie fertig geworden ist damals mit den Sorgen. »Aber vorher, du mein Gott, Heinrichl, wie du weg bist zum Militär und ich allein war im Kabinett, da hätt' ich sterben können vor Sehnsucht.«

Der Heinrich ist gerührt und will es nicht zugeben, und deshalb sagt er ein bißl spottend: »Ja, ja, die Liebe. Liebe, daß man vor Sehnsucht sterben könnt'.« Der Spott gelingt ihm nicht ganz. Dann ist es still im Zimmer für einen Augenblick. Und die beiden halten einander fest bei den Händen, wieder halten sie einander an den Händen, heimlich unterm Tisch, obwohl ja niemand da ist, vor dem sie sich genieren müßten. Und hängen ihren Gedanken nach und sind wieder in einer Zeit, da die Gefühle noch so stark waren, daß man vor Sehnsucht zu sterben meinte.

»Du wolltest mir ja was erklären«, sagt er schließlich. Er wird ja doch nie mehr mit der Lotti auf einem Kabinett wohnen.

Und sie ist auch gleich wieder bei der Sache. »Es ist halt wieder einmal der Teufel los«, sagt sie. »Wie damals. Öffentliche Gewalttat hat man's damals genannt. Die Anarchisten legen Brände, heißt's halt jetzt.«

»Na, sind das vielleicht keine Brandstiftungen, wollen die vielleicht nicht Wien in Brand legen? Die Kinder können ja nicht einmal in den Praterauen spielen, so unsicher ist's dort.«

»Geh', sei stad«, sagt die Lotti und ist auf einmal kotzengrob. »Ich hab' ja gesagt, du verstehst wieder einmal nichts. Ein paar verschuldete Leute zünden ihre Häusln an, damit sie die Versicherung bekommen, und den hohen Herren paßt es halt in den Kram, und sie verhaften wieder einmal und weisen aus, genau wie damals.«

Der Heinrich zuckt die Achseln. Er will nicht streiten mit der Lotti. »Na, und?« fragt er.

»Wir haben in Freistadt jetzt alte Freunde vom Anton, die aus Wien ausgewiesen sind und bei uns auch nicht bleiben können. Sie müssen fort, in die Schweiz. Aber dafür brauchen sie Geld, wenigstens für die erste Zeit. Wir haben's versprochen, daß wir den einen versorgen und alles ordnen, so daß der in den nächsten Tagen über die Grenze kann.«

»Aber Lotti«, sagt der Heinrich, und jetzt ist er wirklich ein bißchen aufgebracht, »warum soll *ich* dir Geld geben, weil *du* einem Anarchisten, den sie nimmer zündeln lassen, in die Schweiz verhelfen willst?«

»Wenn du den Blödsinn glaubst«, sagt die Lotti. »Du mußt das Geld geben, Heinrich. Nicht, weil du verstehst, wofür es ist. Ich hab' dir ja gleich gesagt, du wirst es nicht verstehen. Aber – ich hab' nie was verlangt von dir, nie was gebraucht. Jetzt brauch' ich's.«

»Aber was gehen mich deine Anarchisten an«, begehrt der Heinrich auf, schon recht unsicher, denn es ist wahr, nie hat sie etwas verlangt von ihm.

»Wir sind Sozialdemokraten«, sagt die Lotti. »Und es kann auch noch ein Tag kommen, wo du froh sein wirst, uns geholfen zu haben.« Sie sagt das ganz patzig, und plötzlich glaubt der Heinrich, Lottis Freunde von damals vor sich zu sehen, nachzeichnen könnte er auf einmal die Gesichter, an die er seit damals nicht mehr gedacht hat. So patzig, als ob *sie* die Historie machten, so hatten die damals auch gesprochen, und genau so großspurig und lächerlich wirkt jetzt auch die Lotti.

»Ich bin für Ruhe und Ordnung, und daß man die Brandstifter hinter Schloß und Riegel setzt«, sagt er. »Ich kann dir doch nicht gut Geld dafür geben, daß solche Leute unterstützt werden.«

Die Lotti antwortet gar nicht auf diesen Unsinn. Sie wird ihm nicht noch einmal erklären, daß die, für die sie eintritt, keine Brandstifter sind. Sie blickt ihn nur an, spöttisch, so wie sie den kleinen Schlosserbuben, dem sie die Lehre bezahlt hat, angeblickt hat, wenn der vor ihr den großen Mann spielen hat wollen.

»Warum hast du nicht gesagt, daß du's für dich und den Anton brauchst«, ruft er schließlich in kläglicher Verzweiflung.

Die Lotti merkt gar nicht, daß sie am Ziel angelangt ist, daß sie das erreicht hat, weswegen sie nach fünfzehn Jahren zum ersten Mal den Bruder besucht. Ganz ernst geht sie ein auf seinen Vorwurf, es ist ihr plötzlich überaus wichtig, das klarzustellen.

»Weil ich von niemandem etwas verlang', auch von meinem Bruder nicht. Weil wir auf eigenen Füßen stehen«, sagt sie und reckt ihren Kopf hoch.

»Aber es wär' so viel leichter gewesen«, sagt der Heinricch kläglich, und die Lotti merkt noch immer nicht, daß das »gewesen« schon die Bewilligung ihrer Forderung bedeutet.

»Ich brauch' das Geld«, sagt sie störrisch. »Es ist traurig genug, daß du es nicht verstehst. Aber ich brauch's. Und nicht für mich.« Als wenn sie es ihm partout schwer machen wollte.

»Meine Schwester wird nie umsonst bei mir anklopfen«, sagt er schließlich. »Aber bilde dir nicht ein, daß ich euren Ideen zustimme, weil ich dir das Geld gebe.«

»Das wird niemand von dir glauben«, sagt die Lotti lachend und ist schrecklich erleichtert und vergnügt.

Am Nachmittag geht die Lotti mit den Kindern in den Wurstelprater, ohne Eltern und ohne Mademoiselle, das bittet sie sich aus. Sie fahren in der Grottenbahn, von einem Drachen gezogen fahren sie in die Unterwelt ein. Es ist kühl und schaurig da unten und rechts und links vom Gleis geschehen, rot und blau beleuchtet, die merkwürdigsten Dinge. Die Mädchen kreischen und die Lateinschüler bewahren überlegen die Haltung, aber doch ist es viel, viel schöner als des Julius erstes Konzert, und kaum glaublich, daß man, bequem zurückgelehnt, sich von einem Drachen ziehen läßt. Jahrelang hat man sich die angesehen, die so reich sind, daß sie mit der Grottenbahn fahren dürfen.

Auch Ringelspiel fährt man, sogar Roncza, auf einem Pferdchen, auf einem wild aufgebäumten Schimmel. Nur Lina zieht es vor, neben der Tante, in einer Kutsche sich ziehen zu lassen.

Von Bude zu Bude gehend essen sie zum zweiten Mal an diesem Tag Boxhörndl, und vor einer Schießbude fragt die Lotti die Buben, ob sie nicht schießen wollen; trifft man ins Schwarze, beginnt es zu rattern und verschiedene Figuren verbeugen sich. Dreimal darf man's versuchen. Der Edi lehnt ängstlich ab, nie wird er treffen, wozu es erst versuchen vor der ganzen Schar? Aber der Rudolf nimmt dankend an, nachdem er sich vorher altklug versichert hat: »Wenn es dir nicht zu teuer ist?« Diese Praterwanderung muß ja schon ein Vermögen gekostet haben, denkt er. Aber da die Tante lachend sagt, er solle sich keine Sorgen machen, weiß er, daß sie sehr reich sein muß und zielt und schießt. Nach dem ersten und nach dem zweiten Schuß stehen der Engländer mit den karierten Hosen und der Türke mit dem roten Fez weiter ungerührt da, aber nach dem dritten Schuß verbeugen sie sich, und vor der Bude wird Beifall geklatscht von einigen Herumstehenden, und der Rudolf ist geniert, plötzlich der Mittelpunkt zu sein.

Todmüde, mit zerknitterten Kleidern, klebrigen Händen – niemand hat darauf gesehen, daß sie die Handschuhe anbehielten – kommen sie schließlich nach Hause und werden von der Mademoiselle gleich ins Kinderzimmer verbannt, da sie in diesem wenig repräsentablen Zustand den Großen nicht mehr vorgeführt werden sollen. Bald schlafen sie ein, und als sie am Morgen erwachen, ist die Tante fort, aber auf jedem Nachttisch liegt ein Abschiedsgeschenk, ein Sechserl für jedes Kind. Es ist das erste Geld zu freier Verfügung.

Die Mutter murrt natürlich, ob der maßlosen Verwöhnung, aber diesmal wagt sie doch nicht, es ihnen fortzunehmen, sondern die Kinder dürfen es behalten, und endlose Gespräche setzen ein, was man alles für ein Sechserl erstehen könne. Geld existiert für sie erst von diesem Tag an, es gibt auch weiter kein Taschengeld, aber jedesmal, wenn Tante Lotti kommt, und sie kommt von nun an, nach dieser fünfzehnjährigen Pause, fast jedes Jahr einmal, bleibt nebst allen Geschenken, nebst dem gemeinsamen Pratergang oder einem anderen Vergnügen, der Sechser für jedes der Kinder.

Der Sechser nach jedem Besuch und ein neues Wort bedeuten für die Kinder Tante Lotti. Das Wort »Hetz« gehört seit dem Wurstelprater zu ihrem Wortschatz, wird es auch zumeist nur in negativem Sinn verwendet: »Bei uns gibt's gar keine Hetz« oder: »Man sollte wieder einmal eine Hetz haben«, hört man die Kinder oft klagen, und die Eltern blicken einander an, der Heinrich ist stolz, ob der Anerkennung für seine Schwester, die sich so anders trägt als seine Frau, ohne Handschuhe geht und doch so geliebt wird. Und die Rosalie ist ein wenig eifersüchtig. Alles geschieht für die Kinder: Klavier spielen sie, und Französisch sprechen sie, und die Buben gehen gar schon aufs Gymnasium, und da kommt eine mit Kopftüchl vom Land, und der Kinder Gesicht verklärt sich, wenn bloß ihr Name genannt wird.

Eine Hetz haben sie mit ihr. Was sie so nennen, das versteht die Rosalie freilich nicht ganz. Aber so viel versteht sie doch, daß es sich nicht nur um die zurückbleibenden Sechserln handelt und um die Mitbringsel. Dann aber scheucht sie diese unlösbare Frage fort und gibt es auf, über Lottis Beliebtheit nachzudenken. Ihre Kritik an der Schwägerin faßt sie dem Heinrich gegenüber nur gelegentlich in die Worte zusammen: »Die Lotti hat kein Streben.« Der Heinrich zuckt die Achseln bei diesem Ausspruch, aber innerlich kann er der Rosalie nur recht geben. Warum trägt sie sich so anders als die Rosalie, und warum hält sie an diesen alten Freunden fest, die ihr doch nur Scherereien machen? »Sie hat kein Streben«, heißt der Urteilsspruch. Aber er kann doch nicht verhindern, daß sich selbst Rosalies angestrengtes Gesicht erhellt, wenn vom Vorzimmer das Lachen kommt, dieses etwas zu laute Lachen, mit dem die Lotti zuerst immer eines der Kinder begrüßt, das ihr entgegenläuft.

Tante Lotti kommt einmal im Jahr, immer unangesagt, und verbreitet Glück und Freude. Selbst Mademoiselles Herz hat sie gewonnen, seit sie ihr aus Dakau, dem Freistadt naheliegenden Badeort, ein Mittel gegen Rheumatismus mitgebracht hat, über den sie Mademoiselle einmal hatte klagen hören.

Mag das Wort über Lotti »Sie hat kein Streben« stimmen oder nicht, Rosalie, die kleine, nicht sonderlich kluge Rosalie, sie jedenfalls hatte Streben für ihre Kinder. Und da sie dieses in täglicher Kleinarbeit durchzusetzen entschlossen war – wie hätte sie da noch Kraft für Hetz, für unbekümmertes Lachen, aufbringen sollen? Jedes Loch in einem Kleidungsstück war eine Katastrophe. Da setzte es Prügel, da gab es Strafen, und die Kinder wußten sich nur durch Spott zu helfen. »Jetzt hat die Lina den schönen Mantel fünf Jahre getragen, die Roncza gleichfalls fünf, und natürlich bei der Vally, dem leichtsinnigen Reißteufel, muß er kaputt gehen«, ist einer der Aussprüche, die von Rosalies Sparbesessenheit überliefert sind.

Und doch hat die Jugend den Lanzerkindern außer viel Schulangst auch all die Kinderfreuden gebracht, die jeder Kindheit zukommen. Die, die es konnten, machten sich harthörig gegen die ununterbrochenen Ermahnungen der Mutter, und wagten sie auch nicht, gegen das »Es ist schon gezuckert«, aufzumucken, so ließ man sich eben von Božena ein Schokoladerestchen zustecken oder grapste wohl auch aus der Kredenz ein Stück des köstlichen Teegebäcks, das höchstens einem Besuch, Tante Ernestine etwa, zugedacht war. Alles in allem wird es wohl so viel Freude und selbst »Hetz« gegeben haben – Tante Lotti hatte ihnen ja das Wort geschenkt –, wie Kinder brauchen. Rosalie, zäh und unverdrossen, bereitete ihren Kindern den Weg, murrte und schalt zwar, zu viel, wie die Kinder fanden, aber weiter nachzudenken, beglückt oder enttäuscht zu sein, dazu ließ ihr das Leben noch immer keine Zeit.

Anders Heinrich. Holte Roncza ihm auch schon längst nicht mehr den schäumenden Krug aus der Schank, so war die Sitte, daß sie abends bei ihm saß, nicht abhanden gekommen, und sie blieb sein Liebling. Sie lachte von allen Kindern am herzlichsten, sie sah Lotti am ähnlichsten, hatte deren Sinn für Hetz, auch das gleiche stolze Gefühl für Unabhängigkeit, ließ sich so leicht nichts einreden, ließ sich so leicht von nichts imponieren und entwickelte eine Beobachtungsgabe, die sie zu einer frechen Erzählerin werden ließ, bei deren Schilderung menschlicher Schwächen sich jeder amüsierte. Seit die Buben, jetzt schon lange beide Buben, aufs Gymnasium gingen, wurden sie diesen abendlichen Unterhaltungen zugezogen, und die erste Frage galt ihnen. Roncza war nicht eifersüchtig, sie war ihres Platzes im Herzen des Vaters gewiß, sie verstand, daß nur Buben imstande sind, den Blick in die weite Welt zu ermöglichen, wonach es den Vater verlangte.

Die Frage »Was war in der Schule los?« löste regelmäßig Ungeduld und Verlegenheit aus, man fürchtete sie: Zu viel gab es zu verheimlichen, zu wenig konnte man die freudige Erwartung verstehen, die ursprünglich in dieser Frage gelegen hatte. Sie wußten, was er als Antwort erwartete, und hätten doch nur von täglich neuer Plackerei, täglich neuen schlechten Noten berichten können. Ganz schlechte Schüler waren sie, die Lanzerbuben, nicht faul etwa, was ihnen unter dem strengen Regiment dieser Mutter gewiß noch auszutreiben gewesen wäre, sondern einfach unbegabt. Sie lernten schwer, die Gedanken liefen ihnen, saßen sie noch so lange vor ihren Büchern, einfach davon, in die verschiedensten Richtungen, und ließen sich nicht so leicht wieder zusammenfangen; da nützte kein Geschrei von Mutter und Mademoiselle, und schließlich auch noch der älteren Schwestern, die sie so lange gegen die Erwachsenen gedeckt hatten. Nun wurden diese gleichfalls energisch und aufsässig, denn das todbleiche und unglückliche Gesicht des Vaters, wenn es dazu kam, ein Zeugnis zu unterschreiben, aus dem man auf den ersten Blick ersehen konnte, wie unwahrscheinlich es war, daß die Noten sich bis zum Ende des Jahres erholen würden und daß man mit einem Aufsteigen in die nächste Klasse rechnen könnte, – das war einfach nicht zu ertragen.

Angesichts solchen Unglücks hatte auch die Mutter nicht gewagt, die Stimme zu lauten Ermahnungen zu erheben und Bestrafungen, wie Entzug des Abendessens und Zimmerarrest anzudrohen. Vierundzwanzig Stunden herrschte Grabesstimmung, ging man auf Zehenspitzen aus Rücksicht auf das Unglück, das den

Vater getroffen hatte. Lina und Roncza zwickten und stießen, gingen mit geballten Fäusten gegen den Edi los, aber stumm und verbissen, ohne Laut, ging dieser Kampf vor sich, aus Wut darauf, daß ein Unglück hier seinen Einzug gehalten hatte, man deswegen seine Stimme nicht laut erheben dürfe. Rudolf stand abseits, er kam dem Bruder nicht zu Hilfe, morgen konnte es ihn ja treffen, er war nur einfach noch nicht an der Reihe. Die zehnjährige Camilla nahm keinen Anteil, sie saß meist für sich in einer Ecke und begann oft zu weinen, ohne ersichtlichen Grund, Vally aber gesellte sich zu den großen Schwestern, obwohl sie nicht ganz verstand, was da eigentlich vorging, und hieb mit ihren kleinen Fäusten ebenfalls ein auf den, den sie zu dritt in eine Ecke getrieben hatten. Das tat dem Edi am meisten weh, daß sein Liebling, die süße kleine Vally mit dem ewig erstaunten Gesicht, auch auf ihn einhieb. Nein, der Edi wehrte sich nicht, er empfand die Volkswut, die sich da stumm gegen ihn entlud, als durchaus gerecht. Er hatte alles getan, was in seiner Macht stand, er hatte vor der letzten Prüfung bis spät in die Nacht hinein gebüffelt, dennoch fühlte er sich tief schuldig, schuldig, seine flatternden Gedanken nicht rechtzeitig einfangen zu können, schuldig, selbst wenn dies nicht in seiner Macht lag, schuldig, den Vater so tief gekränkt, ihn so sehr um seine Hoffnungen gebracht zu haben. Das Vierhändigspielen mit Roncza wurde verboten, die Sonntagsmorgenbesuche im Kunsthistorischen Museum untersagt, die herrliche Kunstgeschichte, ein Geschenk von Onkel Isidor, fortgeschlossen – und doch wurde es nicht wesentlich besser, mußte man in jedem Frühjahr zittern vor den »Versetzungen«, war es Kindern und Vater gleich bange vor dem »Was gibt es Neues in der Schule?«

Es war klar, daß da etwas geschehen mußte, daß Strenge allein nicht genügte, daß von irgendwoher, von außerhalb des Elternhauses, Anreiz, Zuspruch geschaffen werden mußte, sollte nicht des Heinrichs letzte Lebenshoffnungen in Trümmer gehen.

»Die Buben sind zu viel mit Mädln beisammen, sie müßten mehr Buben kennen, Buben, die besser lernen, die ihnen das Lernen schmackhaft machen, die ihnen gefallen und denen sie es gleich tun wollen«, entschied der Heinrich. Der Julius kam zwar gelegentlich, war aber der richtige Umgang nicht. Der Rudolf drehte ihm den Rücken, und der Edi hörte ihm mit offenem Munde zu, wenn der Julius sich herbeiließ, im Familienkreis zu geigen. Tagelang nachher war er noch so aufgeregt, daß er die fortflatternden Gedanken überhaupt nicht mehr einfangen konnte.

Bei den Ardittis gab es auch einen Buben, ein paar Jahre älter als Edi, der kam gelegentlich ins Haus, seine Schwestern begleitend. Ein hochaufgeschossener, eleganter Bub, der mühelos lernte, was von ihm verlangt wurde – aber was verlangten die schon von ihm, ging er doch eben bloß auf die Handelsschule. Der war also auch nicht geeignet, die Buben anzuspornen. Er war fast schon ein junger Herr, verglichen mit den Lanzerbuben, besprach mit seinem Vater bereits ernst dessen Geschäftsangelegenheiten. Die Lanzerbuben hatten von Beruf und Arbeit ihres Vaters nur sehr unklare Vorstellungen, aber waren sie auch schlechte Schüler, so waren sie schließlich Gymnasiasten, wie konnte ein Handelsschüler ihnen da ein Beispiel sein!

Heinrich brachte manchmal eine Erkundigung nach den Mitschülern vor, wollte herausbekommen, ob es da nicht einen gab, der den Buben gefiel und der obendrein gut lernte, den man ein wenig zu Ansporn und Unterweisung hätte ins Haus ziehen können. Aber die Antwort auf diese Frage fiel genauso negativ aus wie die nach dem Unterricht. War die Kluft zwischen guten und schlechten Schülern so groß? Sie konnten außer Namen und Sitzplätzen nichts über die guten Schüler berichten, wußten keinen zu nennen, den sie hätten einladen wollen. Die Mitschüler, ob gute oder schlechte Lerner, schienen überhaupt auf einem anderen Planeten zu wohnen, der Gedanke, sich mit ihnen anzufreunden, kam den Lanzerbuben einfach nicht in den Sinn. War die Schule zu Ende, wollten sie nicht noch durch Mitschüler an sie erinnert werden. Es war klar, sie unterhielten sich zu gut mit den Schwestern, die Schwestern waren die einzigen, die über die Schwere des Lebens, die durch das Gymnasium über sie hereingebrochen war, hinwegtrösten konnten.

Netties außerordentliches Glück hatte sich durch Tante Ernestine längst in der Familie herumgesprochen. Bei Nettie hatte sie noch nie vergeblich angeklopft. Deren Geschäft sei eine wahre Goldgrube.

Das berührte den Heinrich wenig. Was aber Ernestine von den drei Buben der Nettie erzählte, bewirkte meist, daß er rasch das Zimmer verließ, ehe ein häßliches Gefühl des Neides in ihm aufsteigen konnte.

Beim ersten Anhören von Netties Lebensgeschichte konnte man das ungeheure Glück dieses Lebens nicht so ohne weiteres erkennen. Gewiß, das Geschäft war eine Goldgrube. Aber was hatte schließlich eine junge Frau davon, wenn sie Tag und Nacht nicht loskam von der Sorge um dieses Geschäft? Und was vor dieser Etablierung lag, war doch gewiß nicht als großes Glück anzusehen.

Netties Mutter war ein Schwester der Ernestine, Pächterin einer Bahnhofsrestauration an der russischen Grenze, genau wie Ernestine es gewesen war. Die Nettie, eine rothaarige Schönheit, hatte Anspruch auf Besseres: Sie heiratete einen Gebildeten, einen Buchhändler, zog nach Bielitz, offenbar war Bielitz die Großstadt, aus der diese ganze Bahnhofsdynastie die heiratsfähigen Männer bezog. Die Liebe zu den Büchern scheint dem Geschäftsgeist dieses Mannes im Wege gestanden zu sein. Die stattliche Mitgift seiner Frau legte er in einer Vergrößerung, in einer für die Verhältnisse der Firma enormen Vergrößerung seines Sortimentes an, aber offenbar entsprachen die geistigen Bedürfnisse der Stadt Bielitz, von der ja schon Ernestine gesagt hatte, daß es eine gottlose und daher offenbar auch keine lerneifrige Stadt war, nicht dem Angebot der Firma Biedermann – kurz, das Geschäft, das doch nicht ein gewöhnliches Geschäft, sondern eine Buchhandlung gewesen war, ging zugrunde. Fort war die Mitgift der Frau, und man saß ratlos mit drei kleinen Kindern, die auf des Vaters Wunsch nach den drei Stammvätern Abraham, Isaak und Jakob genannt worden waren.

Nettie begriff, daß zusätzlich zur Armut die Namensgebung den Lebensweg der Kinder auch nicht gerade erleichtern würde. Der freundliche Buchhändler, von Jugend auf in staubigen, luftlosen Sortimentern über schwere Scharteken gebeugt, sich lesend in ihnen verlierend, um der Weisheit letzten Schluß zu finden, statt Bestandsaufnahme und Preislisten zu verfertigen, war nie sehr stark auf der Lunge gewesen, gehüstelt hatte er immer schon, wie sich Nettie nachträglich erinnerte. Jetzt wurde er durch die Sorge, aus der er keinen Ausweg sah, ernstlich krank. Er war den Seinen im Weg, konnte sich schließlich auch nicht der Schwiegermutter ins Haus setzen. Die Schwiegermutter hätte nicht mehr verstanden, was seiner Mutter noch selbstverständlich gewesen war: Daß, während sie saure Heringe verkaufen mußte, er im Hinterzimmer dem frommen Geschäft des Lesens obliegen durfte. So starb er, und die Schwiegermutter empfand auch, daß das wirklich die geringste Sühne war, die er für die durchgebrachte Mitgift hatte leisten können. Die weitverzweigte Hierarchie der Pächter von Bahnhofsrestaurationen machte eine Vakanz ausfindig, nahe von Wien sogar, an einem wichtigen Eisenbahnknotenpunkt, und dorthin wurde Nettie gebracht, nochmals mit einem Anfangskapital versehen und im übrigen mit ihren drei Kleinen ihrer eigenen Bewährung überlassen.

Sie war zwar in einer Restauration aufgewachsen, ihrer roten Haare und ihrer auch sonst fremdartig schönen Erscheinung wegen von ihrer Mutter zu Höherem bestimmt, aber nicht in die Geheimnisse des Geschäftes eingeweiht worden. So stand sie, noch ganz unter dem Eindruck des Todes des Mannes, mit dem zu leben sie kaum erst angefangen hatte, ziemlich ungerüstet in völlig fremder Umgebung mit drei kleinen Kindern da. Daß sie nicht gewillt war, ein zweitesmal die Zukunft herauszufordern und noch einmal Schiffbruch zu erleiden, bewies sie dadurch, daß sie erst einmal in der Namensgebung ihrer Buben jede Erinnerung an die drei Stammväter tilgte. Eine Witwe, die drei Kinder in bäuerlicher Umgebung durchzubringen hat, abhängig sowohl von der Umgebung wie auch von den Bahnbeamten, die sie zu kennen glaubte – sie waren überall in der Monarchie die gleichen –, konnte ihre Söhne nicht gut Abraham, Isaak und Jakob nennen. Jakob allein konnte bleiben. Mancher Bauernbub hieß so, und im Munde der Spielgefährten und der Dorfbewohner, die der Zugezogenen bald mit großer Achtung begegneten, wegen der Wohltätigkeit, die, außer einem Herzensbedürfnis, vielleicht auch der Angst entsprang, wurde der Name Jakob bald zu »Tschagl«. Isaak wurde zu Ischdur, hochdeutsch Isidor, auch so hießen Bauernburschen, und nur der Älteste, Abraham, veränderte sich völlig in einen weder biblischen noch bäuerischen Alfred. Einem Vorwurf der Pietätlosigkeit, den sie sich selbst machen zu müssen fürchtete, glaubte sie dadurch zu begegnen, daß sie ja an den Anfangsbuchstaben der Namen festgehalten hatte: Sie tat noch ein übriges und hielt in den Kindern die Erinnerung an die Namensänderung wach, indem sie ihnen wiederholt von den ursprünglichen, vom Vater gewünschten, Vornamen nach den drei Stammvätern erzählte. So pflanzte sie schon früh in die Kinder das Gefühl, daß das Alte Testament zwar etwas Ehrwürdiges sei, die öffentliche Bezugnahme darauf aber Schwierigkeiten mit sich brächte, denen *sie* sich jedenfalls nicht gewachsen gefühlt hatte.

So wenig gerüstet und so schwer belastet betrat sie nun ihr Arbeits- und Kampffeld und – bewältigte es. Die Restauration gedieh bald so, daß Ernestine erzählen konnte, sie sei eine Goldgrube. Auch hier wäre die Rede vom großen Glück der Nettie reichlich unpassend. Höchstens dürften wir einen gewissen Ausgleich, eine gewisse Entschädigung für die Schwere der Witwenschaft darin sehen, daß Nettie nun ihre Kinder allein durchbringen konnte. Es ist ja weder sorgenloses Dasein, noch Glück, wenn eine noch junge, schöne Frau, die kaum die Freuden der Ehe genossen hat, täglich um vier Uhr früh aufstehen, wie ein Mann arbeiten, wie ein Mann Verantwortung tragen, wie ein Mann eine Unzahl von Angestellten befehligen muß.

Es ist auch keineswegs der Augenblick, wenn das Wort »Goldgrube« fällt, daß Heinrich wortlos den Raum verläßt. Er gönnt dieser ihm unbekannten jungen Witwe von Herzen das Aufblühen ihres Geschäftes. Das Zimmer verläßt er erst, wenn die Rede auf Netties »eigentliches« Glück kommt. Das »eigentliche« Glück, das sie, nach Ansicht von Tante Ernestine, für frühe Witwenschaft reichlich entschädigen muß, sind die wohlgeratenen Buben. Die Nettie hat drei Buben, zwei sind stud. gymn. und einer geht auf die Realschule, und alle drei sind Vorzugschüler, und einer soll, so hört man, sogar der Beste in seiner Klasse sein, Primus, unter sechzig Buben Primus.

Wenn er das hört, dann krampft sich dem Heinrich das Herz zusammen, Neid und Eifersucht steigen in ihm hoch, und er muß einfach aus dem Zimmer gehen, er kommt nicht einmal zurück, um der Ernestine adieu zu sagen, er kann ihr einfach nicht ins Gesicht sehen. Im Nebenzimmer hört man ihn noch lange ruhelos auf und ab gehen. Es ist wirklich nicht schön von ihm, einer braven Witwe, die ihre Kinder ganz allein durchbringt, ihr Glück zu neiden. Aber er weiß sich einfach nicht zu helfen. Warum ihr, warum nicht ihm diese letzte Erfüllung, die er ersehnt, nachdem er doch schon auf alles, alles sonst, verzichtet hatte? Und es hätte ja gar kein Primus sein müssen, so hoch verstieg er sich ja nicht, selbst auf den Vorzugschüler hätte er verzichtet, obwohl es natürlich schön sein müßte, sagen zu können: »Mein Sohn geht ins humanistische Gymnasium. Er ist Vorzugschüler.« So nebenbei. Und etwa: »Seine Stärke ist Latein.« Ach, Stärke! Was war seiner Buben Stärke? Man mußte um jede einzelne ihrer Schwächen zittern, ob sie nur bis zum Abgrund oder direkt in diesen hinein führten. Wie groß war Ernestines Überraschung, als Heinrich ihr, da das Wort vom Glück der Nettie wieder einmal fiel, eröffnete, daß er wünsche, diese kennenzulernen, ja mit der ganzen Familie eine Landpartie nach Gänserndorf plane.

Rosalie schlug die Hände zusammen, wie immer bei Unvorhergesehenem. Aber sie war doch freudig erregt bei der Aussicht auf eine Landpartie – noch nie hatte sie eine solche unternommen –, auch bei dem Gedanken, ihre »Bildergalerie« einer anderen Mutter vorführen zu können.

Auch die Kinder – die Kleineren, Camilla und Vally, sollten mit Mademoiselle zu Hause bleiben – griffen den Gedanken mit Enthusiasmus auf. Eine Landpartie, ein Ausflug aufs Land, das war etwas so Unvorhergesehenes, daß selbst die Buben darüber ihren Graus vor den Musterknaben, von denen sie bereits zum Überdruß gehört hatten und mit denen sie sich anfreunden sollten, vergaßen. Tante Ernestine sollte mit von der Partie sein, war sie ja das Bindeglied zwischen den Familien. Sie übernahm es auch, die Nettie zu benachrichtigen.

Es war ein klarer Julimorgen, als man losfuhr, etwa acht Tage nach Schulschluß, der für die Buben, wie auch im Vorjahr, knapp an der Katastrophe vorbeigeführt hatte. Wegen der Zeugnisse hatte es ein Donnerwetter von seiten der Mutter, ein vierundzwanzigstündiges Schweigen von seiten des Vaters und einige Boxer von seiten der Schwestern gegeben, aber im ganzen war es doch eine Erleichterung, daß es nicht zur Katastrophe gekommen war. Heinrich war fröhlich, weil er sich von dem Besuch eine direkte Ansteckung seiner Buben durch die Vorzugschüler versprach. Er war so gut gelaunt, daß er noch eine Überraschung bereithielt.

Man brach am Morgen gegen zehn Uhr auf, die Bahnfahrt würde ja nur eine knappe Stunde dauern. Aber als man auf die Straße trat, da standen zwei Wagen vor der Tür. Rosalie schlug wieder die Hände über dem Kopf zusammen, diesmal wegen des Leichtsinns, und sie geriet in noch größere Erregung, als sie erfuhr, daß nur der Fiaker ein Mietwagen, der leichtbewegliche Jucker dagegen mit dem feuerglänzenden Fuchs Eigentum von Heinrich waren – offenbar seit langem.

»Ja, aber warum ...?« konnte sie nur hervorbringen und fragte, warum er ihr dieses Geheimnis vorenthalten hatte, warum er nie vorher in diesem Gefährt vorgefahren war. »Ach, man soll den Leuten nicht die Augen aufreißen machen, das schafft nichts Gutes«, meinte er nur leichthin, da sich auch wirklich schon einige Neugierige, die Hausmeisterin vom Nachbarhaus, die Köchin von gegenüber, einzufinden begannen.

Rosalie stand da in changierendem lila Taft, der weit abstand, die letzte Andeutung einer Krinoline, die man gerade zu tragen aufgehört hatte. Sie band ihr Kapotthütchen fest und sah dem

Heinrich verwundert zu, wie er seinem Fuchs den Hals klopfte. Sowas war ihr noch nie in den Sinn gekommen. Man plagte sich, man rackerte sich, aber schließlich durfte man doch auch stolz sein auf das Erworbene!

Der Heinrich verfrachtete sie rasch mit Lina und Rudolf in den Fiaker und ließ den Kutscher losfahren, Tante Ernestine abzuholen. Dann sollte es gleich weitergehen ins freie Land. In Gänserndorf erst würde man sich wieder treffen.

Roncza und Edi kletterten ihm nach auf den Jucker, noch völlig benommen bei dem Gedanken, daß der Vater kutschierte. Einen Augenblick kuschelte Roncza sich an ihn, als er die Zügel nahm, dann richtete sie sich gerade, strich ihr Kleidchen glatt, sah vom Vater auf den Bruder, genoß es, von beiden flankiert zu sein. Sie war jetzt fünfzehn Jahre, sprach französisch, spielte Klavier und ging in Fräulein Schmidts Institut, wo sie allerhand nutzloses Zeug lernte, wie der Heinrich meinte, der der Ansicht war, Mädln gehörten in die Küche. Die Mutter war es, die die Institutsjahre durchgesetzt hatte, und da sowohl Lina wie Roncza Zeugnisse nach Hause brachten, die der Heinrich sich für seine Buben gewünscht hätte, so blieb es vorerst dabei, wiewohl die ominöse Frage »Was war in der Schule los?« von Heinrich an die Mädln nie gerichtet wurde. Ronczas weißer Leinenrock ließ nur ein Stück der schwarz bestrumpften Storchenbeine sehen: Seit diesem Frühjahr trug sie die Kleider halblang. Den Kragen der Stickereibluse hielt rechts und links ein Stück Fischbein. Es war sehr unbequem, den Hals so eingeengt zu haben, aber das ertrug man mit Freude, denn es war ein Zeichen der Fräuleinwürde. Der Verkäufer im Papiergeschäft hatte sie unlängst wahrhaftig schon »Fräulein Roncza« genannt. Sie hatte einen großen, nach oben gebogenen schwarzen Strohhut auf, der trotz der Fräuleinwürde noch unterm Kinn mit Gummiband gehalten wurde. Sie hatte heimlich beschlossen, bei der Ankunft das Gummiband rasch unter den Hut zu stecken. Wie sollten die neuen Verwandten in ihr ein junges Fräulein sehen, wenn sie einen Hut mit Gummiband trug, ganz wie ein Baby!

Sie streifte die weißen Halbhandschuhe, die die Finger freigaben, nicht ab und ließ das Beutelchen im Schoß ruhen und blickte geradeaus, genoß das leichtfüßige Traben des Fuchsen, die sichere Zügelführung des Vaters, sein lustiges Schnalzen. Verstohlen warf sie ihm Seitenblicke zu. Sie hatten das gleiche Profil, der Vater mit dem gestutzten, nun schon etwas angegrauten Bart und die Tochter, die ihren Hals so hochgereckt tragen mußte wegen der Fischbeine.

Auch der Vater sah sein Kind heimlich von der Seite an. Die Lotti, dachte er, wie die Lotti. Nur, wie die Lotti in Ronczas Alter war, da sind wir bloßfüßig durch die Wiesen gelaufen. Daß es Schuhe gibt, hat die nicht gewußt, und daß es Handschuhe gibt, weiß sie heute noch nicht.

»Das ist die Lände«, erklärte er schließlich, wollte auch den Edi einbeziehen, da der wieder einmal vor sich hinträumte. »Wie ich jung war«, sagte er und überwand dabei seine Scheu, von der eigenen Kindheit zu sprechen, «hab' ich die Schweine und Kälber getrieben, von den Ausladeplätzen an der Nordbahn hinüber nach St. Marx zum Schlachthof. Mein Herr Sohn wird das nimmer tun müssen, er wird schon elegant in seinem Büro sitzen und die Klienten nach ihren Wünschen fragen.« Seit diesem Frühjahr hatte es sich, nachdem dem Edi totenübel geworden war, als Onkel Moritz von einem Krankenfall erzählt hatte, in Heinrichs Kopf festgesetzt, daß der Edi nicht Arzt, sondern Advokat werden müsse. Und an diesem schönen Sommermorgen, da er mit dem Braunen dahintrabte, schien alles so gut und hoffnungsreich zu sein.

»Ja, Papa, das wird schön sein«, sagte Edi und erschrak. Wie schön war es gewesen, einfach dahinzufahren und dem lustigen Geklapper der Hufe zu lauschen. Nun mußte er wieder daran erinnert werden, daß die Sommerferien ja nur eine kurze Frist waren. Warum sollte es so schön sein, Klienten zu empfangen? Man konnte sich ja gar nicht vorstellen, daß man je dahin gelangen würde. Und es mußte sehr nett sein, Kälbchen und kleine Schweine vor sich herzutreiben. Hübscher sogar als das Fischen im Heustadelwasser. Aber er ließ diese Gedanken nicht laut werden.

Man fuhr jetzt die Landstraße ins Freie hinaus, und es begegnete ihnen, hochbeladen, ein Lastwagen: »Was ist das?« fragte die Roncza neugierig und wies auf die schweren grünen Früchte, die da aufgetürmt lagen. »Wassermelonen«, lachte der Vater, »die kommen aus Ungarn, dort gibt's weite Felder mit Wassermelonen.« – »Schmeckt das?« wollte Roncza wissen. »Und wie!« antwortete der Vater, »die sind innen rot und ganz süß.«

Dann überholten sie einen Leiterwagen mit einer ganzen Gesellschaft – es war Sonntag, und auch andere Leute machten Landpartien. Sie sangen und winkten, und die Kinder winkten zurück, und als leer und weißglänzend die Landstraße vor ihnen lag, begannen auch sie zu singen: »Wie hell erglänzt am Morgen« und »Das Wandern«, beides Schullieder, die sie kannten, obwohl sie noch nie gewandert waren. Jetzt war auch der Edi in seinem Element, denn mit den Schwestern singen und musizieren, das tat er für sein Leben gern. Sie sangen dann auch noch französisch einen Kanon, vom Frère Jacques, der die Glocken läutet und »dindon, dindon« sangen sie, wie die Glocken machten, während von da und dort wirkliches Glockengeläute einfiel und der Klang der Kirchenglocken herüberwehte von den Dörfern, die langsam auftauchten. Rechts und links vom Weg neigten sich leise die Ähren. Roter Mohn blühte am Feldrand, und in der Ferne stiegen im Sommerdunst langsam die Konturen des Bergs auf.

Schließlich sang Roncza allein, und vom Wein handelte das Lied. »Es wird a Wein sein, und wir wer'n nimmer sein.« Sie sang es mit spitzbübischem Gesicht, es schickte sich nicht für ein Institutsfräulein, aber gleichzeitig wußte sie auch, daß es den Vater amüsieren würde, sie gerade das singen zu hören. Jetzt fiel er auch wirklich ein, das Singen wurde nun ganz Vater und Tochter überlassen, neidlos hörte Edi zu, solche Lieder kannte er nicht, der Himmel mochte wissen, wo Roncza sie aufgeschnappt hatte. Man sang »Verkauft's mei G'wand, i fahr' in Hiiimi eini«, und dann auch noch das larmoyante »Weißt du, Muatterl, was mir g'tramt hat«, wobei der Heinrich nur mitbrummte, weil es ihm Spaß machte, Ronczas witzige Wiedergabe eines Straßensängers zu hören.

Dann ertönte wieder nur das Getrabe des Braunen, der plötzlich in die Stille laut hineinwieherte, so daß beide Kinder erschraken, und alle drei lachten über den Schreck. Irgendwo aus den Kornfeldern stieg kerzengerade eine Lerche hoch und sang. Der Edi war es, der darauf aufmerksam machte. Rauchwolken tauchten auf, ein Zug kreuzte fauchend ihren Weg, ein schwarzgelber Schranken ging vor ihnen nieder, man mußte warten, bis der Zug vorbeigefaucht war. Der Schranken ging wieder hoch, zum Entzücken der Kinder, ohne daß man vorerst sah, wieso. Dann entdeckte man das Häuschen des Bahnwärters und, während man grüßend vorbei trabte, erging man sich in Vermutungen darüber, wie und wann der Schranken zum Niedergehen gebracht wurde. Und dann fuhr man ein in den kleinen, gleißend hellen, schattenlosen Ort inmitten der Kornfelder, der das Ziel war: Gänserndorf.

Die Bahnhofsrestauration war ein Teil der Wartehalle: ein langgestreckter Bau mit einem aufgesetzten Stockwerk. Ein Pikkolo mit einem weißen Tuch unter dem Arm kam vor die Tür und wies ihnen den Weg zum ersten Stock, ehe sie hätten fragen können, und verschwand rasch wieder. Roncza und Edi empfanden, daß man mehr Aufsehen von ihrer Ankunft hätte machen können, man kam schließlich nicht täglich, vom Vater kutschiert, wo an.

Oben war ein saalähnlicher Raum mit niedriger Decke, in dem man Rosalie und die anderen bereits vorfand. In der Mitte stand ein großer, weiß gedeckter Tisch, die Gastgeberin war nicht zu sehen. Man sah auf die Straße, wo sonntäglich geschmückte Bauern Gänse aufstörten. Die Kinder drängten sich vorm Fenster, da war alles neu. Die Erwachsenen schritten unruhig auf und ab, an dem schön gedeckten Tisch Platz zu nehmen, wagten sie nicht, und sonst fand sich keine Sitzgelegenheit.

»Die Nettie weiß, daß wir da sind«, beruhigte Tante Ernestine, »es ist gerade zwölf, da kommt der Krakauer, das ist die geschäftigste Stunde im Speisesaal, da kann sie nicht aus der Küche fort.« Der »Krakauer«, der »Lundenburger«, der »Wiener«, wie lange war es her, daß auch ihr Tagwerk sich nach Fahrplänen gerichtet hatte.

Endlich kam die Nettie, um die unbekannten Verwandten zu begrüßen. Auch die Kinder mußten den interessanten Beobachtungsposten am Fenster aufgeben, um ihre Diener, ihre Knickse zu machen, wie sie es von Mademoiselle gelernt hatten. Die neue Tante strich ihnen flüchtig übers Haar und umarmte die Erwachsenen. Wie sie da ins Zimmer gestürzt kam, war sie nicht die Hausfrau, die ihre Gäste begrüßte; aber auch nicht die Geschäftsfrau, die sich nur schwer hatte losmachen können. Rosalie erinnerte sich, daß auch sie Geschäftsfrau gewesen war, in der Simmeringerstraße an der Kasse der Fleischhauerei. Dunkel empfand sie, daß der Heinrich und sie damals doch eher wie kleine Geschäftsleute gewirkt haben mußten.

Die da hereingestürzt war, hatte dagegen ein sehr schönes Kleid an, ein dunkelgrünes Moirékleid, nur auf Modebildern hatte Rosalie je so ein Kleid gesehen. Auch daß die Spitzen am Ausschnitt écrufarbige, echte Brüssler waren, sah sie sofort. Und ebenso, daß Netties kastanienroter voller Schopf sehr kunstvoll frisiert war.

So schön kann unsereins sein, staunte die Rosalie und dachte, daß diese da viel eher in die Stockwohnung in der Fugbachgasse gehörte als hierher zwischen Bauern und Gänse. Der Heinrich war weniger beeindruckt. Die Frauen, die ihm gefielen, hatten gesund und lustig zu sein. Und die manchmal so strenge, manchmal so larmoyante Rosalie hatte seinen Sinn fürs Lustige geradezu herausgefordert. Piruska, der sprudelnde Wuschelkopf war auch rothaarig gewesen. Aber diese da? Nicht nur Operette hatte man in Preßburg gespielt, auch Tragödie, und das war sehr langweilig gewesen. Wie die Tragödin dort auf der Bühne, so war diese da hereingestürzt. In der Tat, Netties Bewegungen hatten etwas Theatralisches an sich. Gott mochte wissen, wo sie es her hatte, vom Theater hatte sie es gewiß nicht abgeguckt, denn sie war nie in einem gewesen. Und das Gesicht war, gleich ob es dem Heinrich gefiel oder nicht, ein schönes und seltsames Gesicht. Das Gesicht einer Tragödin war es, und was immer sie tat, wie immer sie sprach, immer war es ein »Auftritt«.

»Setzt euch, setzt euch«, drängte sie die anderen zu Tisch, »Ihr werdet Hunger haben. Der Josef wird gleich die Bestellungen aufnehmen.« Da kam er auch schon. Der Ober in speckigem Frack, mit Speisekarten, von denen jeder eine in die Hand bekam, und mit einem Block, auf den er das Gewünschte notierte. Auch die Kinder sollten wählen, trotz Rosaliens Protest. Der Aufregungen an diesem Tag gab es aber wirklich zu viele. Von einer großen Speisekarte – solche hielten sie zum ersten Mal in Händen – sollten sie wählen. Die Wahl machte sie völlig entschlußunfähig, nur auf Erdbeerstanitzel konnten sie sich einigen, alle vier. Das, was davor war, fand wenig Interesse und mußte schließlich doch von den Großen bestimmt werden.

Man aß und sah sich dazwischen heimlich prüfend an, nur stokkend kam ein Gespräch in Gang. Der Fleischeinkauf eines so großen Betriebes ergab immerhin so etwas wie ein Gesprächsthema zwischen der Nettie und dem Heinrich.

»Wo sind die Kinder?« fragte er schließlich. Es war durch dieses Gespräch der Höflichkeit Genüge getan, aber er war nicht hierher gekommen, um vor den Ohren der Kinder über sein Geschäft zu sprechen. Ochsen mußten verhandelt werden, seine Kinder aber sollten von anderem sprechen hören, oder besser, er wollte hören, wie sie von anderem sprachen, mit den Vorzugsschülern. Wo blieb er, der Nettie ihr Schatz, wollte sie einem den etwa vorenthalten, dann hätte man sich ruhig die ganze Landpartie ersparen können.

»Sie werden nicht wissen, daß wir heute zusammen essen«, sagte die Nettie. »Irgendwann werden sie schon auftauchen. Ich hab' vergessen ihnen zu sagen, daß Besuch kommt.«

Da hatte man die Bescherung! Die Vorzugschüler, am Ende bekam man sie gar nicht zu Gesicht. Ganz einsilbig wurde der Heinrich, und die Rosalie mußte rasch nach einem neuen Thema su-

257

chen, damit das Gespräch nicht ganz ins Stocken geriet. Die Ernestine half ihr auch gar nicht dabei. Die fand, sie hatte das Ihre geleistet, indem sie die Familien zusammenbrachte. Sie war müde von der langen Kutschenfahrt, und sie schätzte das Essen, das in ungeheuren Portionen aufgefahren wurde. Seit sie Mutter eines Beamten war und nicht mehr selbst Restaurateurin, hatte sie nicht mehr so viel gegessen. Nettie hatte eine präzise Vorstellung von Gastfreundschaft: die gehäuften Teller nicht leer werden zu lassen. Unbekümmert um die Aufnahmefähigkeit der Mägen legte sie immer wieder neu auf.

»Aber das ist ja nicht genug«, sagte sie, als der Heinrich seinen Teller noch halb voll hatte und häufte ihm Neues dazu und klingelte und ließ den Kellner weitere Portionen auffahren. Da half kein Weigern. Und als dann gar die Erdbeerstanitzel erschienen, da schüttete sie eigenhändig jedem der Kinder noch Zucker darüber, obwohl die tief in Schlagobers gebetteten Erdbeeren mit einer dicken Zuckerschicht bestreut aus ihren Teigtüten herausleuchteten. Das »Es ist schon gezuckert«, wiewohl es hier weit eher als zu Hause der Wahrheit entsprach, schien hier keine Geltung zu haben. »Wollt ihr noch eine Torte?«, fragte sie. »Wir haben Sachertorte und Traunkirchner und Linzer und Grazerln.« Rosalie protestierte entsetzt über so viel Verwöhnung. Die Kinder sahen einander ratlos an. Niemand hatte sie darauf vorbereitet, daß der Ausflug ins Schlaraffenland ginge. Und wie sollte man wählen zwischen Torten, die man noch nie gegessen hatte! Torten überhaupt gab es höchstens bei den Ardittis. Die neue Tante sah die Ratlosigkeit. »Bringen Sie halt ein paar Stück von jeder«, ordnete sie an.

Und als der Kinder Weltbild gerade im Begriff stand, um die Kenntnis von vier Tortenarten erweitert zu werden, nachdem sie bereits erfahren hatten, was Erdbeerstanitzel, doppelt und dreifach bezuckerte, waren, und der Erwachsenen Gespräch endgültig ins Stocken geriet, weil die Nettie schließlich hatte einsehen müssen, daß alle ihr Äußerstes geleistet hatten, um die aufgehäuften Teller zu leeren – erschienen sie: Sie, das »eigentliche Glück der Nettie«, der »Schatz«, der ihnen also doch nicht, wie Heinrich schon gefürchtet hatte, vorenthalten wurde. Drei Buben, vierzehn-, dreizehn- und zwölfjährig, gaben jedem die Hand mit weniger formvollendeten Verbeugungen als die Lanzerbuben – Rosalie bemerkte das sofort – und setzten sich, ohne sonderliches Interesse für die Gäste zu zeigen, mit an den Tisch.

Der Heinrich besah sie sich genau, diese Wunderkinder. Etwas Besonderes war, aufs erste jedenfalls, nicht an ihnen festzustellen. Klein sind die, dachte er verwundert, der Edi und der Rudolf sind viel größer. Ein wenig befriedigte ihn das. Meine Buben sind viel hübscher, dachte auch die Rosalie. So eine schöne Frau, die Nettie, aber meine sind hübscher. Es gab also doch eine ausgleichende Gerechtigkeit auf der Welt.

»Wollt ihr nicht ein Stück Torte?« fragte die Mutter. Alle drei schüttelten den Kopf und schenkten der Herrlichkeit auf dem Tisch keinen Blick.

»Wir haben Erdäpfel gebraten auf dem Feld, hinter dem Wokurka seiner Hütte«, erklärte der Kleinste, der auffiel, weil er als einziger eine Krawatte trug, eine knallrote, und einen mächtigen Haarschopf hatte, der schwarz und bürstig in die Höhe stand.

»Da«, sagte der Älteste, der schlau und pfiffig dreinsah, und leerte seine Hosentaschen auf den Tisch. Salz spritzte nach allen Seiten. Mit soviel Salz hätte man die Erdäpfel vieler Monate salzen können. »Der Wokurka sagt, Torten, da macht er sich nichts draus.«

»War viel besser als die Torten«, sagte der mittlere Bub, der eine Brille trug, und wies geringschätzig auf die Herrlichkeit. »Ich hab' sechs gegessen. Jeder so groß.« Und er formte in der Luft etwas Kolossales.

»Ich hab' nur drei gehabt«, sagte der Kleine. »Ich ess' unten noch ein G'selchtes mit dem Pokorny, bevor er in den Dienst geht.« Und weg war er.

Der Heinrich geriet in ziemliche Aufregung. Jetzt hatte man diese große Expedition nach Gänserndorf unternommen, und erst bekam man sie gar nicht zu Gesicht, kostbare Zeit war verloren gegangen, und nun rannten sie schon wieder fort. Wie sollte sich denn der heilsame Einfluß der Vorzugschüler entwickeln, wenn sie überhaupt nicht da waren.

Das Mittagessen, das wäre eine gute Gelegenheit gewesen für die Kinder. Die Buben hätten nebeneinander sitzen sollen, so hatte er sich das vorgestellt, und während des Essens, langsam, hätten seine angefangen zu verstehen, wie man das macht, ein Vorzugschüler sein. Und jetzt verschwand gar der kleine Frechdachs mit der roten Krawatte, um mit dem Pokorny ein Geselchtes zu essen. Und dabei war gerade der Kleine, wie Heinrich durch eine Antwort Edis auf seine ehrfurchtsvoll gestellte Frage erfahren hatte, das Allereigentlichste von Netties Glück, der war nicht nur der Vorzugschüler, der war der Primus. Wie konnte man der Nettie zu verstehen geben, ohne unhöflich zu sein, daß man schließlich nicht ihretwegen, sondern der Buben wegen zu Besuch gekommen war? Sie sollte ihren Fratzen gefälligst befehlen, dazubleiben und sich mit den fremden Kindern anzufreunden. Ihre verdammte Pflicht war das, war schließlich das Geringste, was man zum Ausgleich der Gerechtigkeit unternehmen konnte, wenn man so glückbegünstigt war und drei Vorzugschüler zu Söhnen hatte, und einer davon sogar Primus war! Fast gehässig blickte er auf die schöne, rothaarige Frau, deren Kleidung und Gestik so gar nicht zu seiner Familie paßte. Höchstens von Tante Ernestine, mit ihrem langen, eleganten Witwenschleier, konnte man es sich vorstellen, daß sie mit Nettie gemeinsame Ahnen hatte – bei ihrem Anblick kam man nicht auf den Gedanken, daß diese Ahnenreihe irgendwo von einer russisch-polnischen Branntweinschenke ihren Ausgang genommen hatte.

Die Nettie ahnte nichts von Heinrichs Unwillen. Sie fuhr weiter fort, Traunkirchner, Grazerln und Linzer mit gleicher Energie in Kinder und Erwachsene hineinzustopfen, so daß der Atem aller immer schwerer und schwerer ging und die ohnedies nicht sehr lebhafte Unterhaltung immer mehr ins Stocken geriet.

Die Rosalie versuchte es immer wieder, ein Gespräch in Gang zu bringen. Schließlich war die Hauswirtschaft ein unerschöpfliches Thema. Sie fragte artig nach Netties Waschtagsgebräuchen: Ob sie auch für die Wäscherin gut ein halbes Kilo Fleisch mehr rechnen mußte. Ob Linsen und Wurst sich auch bei ihr als das billigste und sättigendste Mahl für diesen Tag ergeben hatte, oder ob sie ihr vielleicht ein ähnlich ökonomisches, neues Menü empfehlen könnte. Das fragte sie nur um der Konversation willen. Sich durch irgend jemanden Neueinführungen in ihrem Haushalt anraten zu lassen, kam schon längst nicht mehr in Frage. In all ihrer Bescheidenheit war sie eine ganz selbstsichere Person geworden, sogar die Tante Ernestine drang nicht mehr so unbedingt und sicher mit ihren Vorschlägen durch, obwohl sie noch immer letzte Instanz in schwer entscheidbaren Fällen blieb. Aber solche schwer entscheidbaren Fälle gab es immer weniger, meist wußte die Rosalie sofort und ohne Nachdenken Entscheidungen zu treffen.

Aber die Frage nach den Waschtagsgepflogenheiten erfüllte nicht einmal den Zweck der Ankurbelung eines Gespräches.

»Ich weiß nicht«, gab die Nettie zur Antwort, »die Wäscherinnen bestellen sich, was sie wollen, in der Wirtschaft. Kommt nicht darauf an, in so einem Betrieb.« Sie sagte es ohne Stolz und ohne Herablassung, ganz nebenbei sprach sie von Wäscherinnen im Plural.

Die Rosalie versuchte es noch einmal mit einem ähnlichen Thema, und auch da geriet das Gespräch sofort wieder ins Stokken. Die Rosalie kam zum Schluß, daß Nettie entweder eine maßlos leichtsinnige Verschwenderin war, oder daß eben kaum etwas Gemeinsames zwischen ihnen bestand, worüber man hätte sprechen können. Als die Nettie sah, daß Grazerln, Linzer, Traunkirchner und Sacher nicht mehr in die Gäste hineinzustopfen waren, klingelte sie, und Kellner und Pikkolo brachten volle Obstschüsseln mit den erlesensten Früchten, Kaffee und Schokolade mit hochaufgetürmten Kaputzen aus Schlagobers – nie hatten die Lanzerkinder dergleichen gesehen.

Der Heinrich hatte kaum einen Blick für die Herrlichkeit, sah nur nach dem unteren Ende des Tisches, zu den Kindern, ärgerte sich, daß die dort unten schlecht placiert waren. Der da vorhin das schmutzige Salz aus der Hosentasche geschüttet hatte und der offenbar der Älteste war, saß jetzt zwischen Lina und Roncza, seine beiden Buben saßen nebeneinander denen gegenüber. Gewiß, auch gegenüber, einander ins Gesicht blickend, konnte man lernen, wie man's macht, um es zum Vorzugschüler zu bringen. Aber würde der kleine Abraham, den die Nettie Alfred genannt hatte, sich auch ernstlich bemühen, es ihnen beizubringen? Der Heinrich hatte sich gewünscht, den Alfred *zwischen* seinen Buben sitzen zu sehen. Unklar hatte er das Gefühl, daß dann der Vorzugschülerbazillus sich nicht wie eine Krankheit, nein, wie eine herrliche Gesundheit, übertragen würde, gleich, ob der Alfred auch wirklich gewillt war, ihnen diese herrliche Eigenschaft zu gönnen. Nun, mißgünstig sah der Bub eigentlich nicht aus, dachte der Heinrich, ihn heimlich messend, aber sakra noch einmal! Warum saß er zwischen den Mädels! Zum Überfluß kicherten die jetzt auch noch, und die Roncza lachte sogar laut heraus. War das nicht schon ein richtiges Frauenzimmerlachen von dem Fratzen? Der Heinrich wurde immer wütender, wütend über Ronczas Lachen, das er zum ersten Mal hörte, ohne daß es ihm galt. Der Mistbub, der Alfred dort unten, brachte die Mädels zum Lachen, da konnte es ja unmöglich ein ernstes Gespräch sein, von dem seine Buben profitieren könnten. Er sah den letzten Silberstreif am Horizont verschwinden. Schließlich war es recht beschwerlich gewesen, eine solche Landpartie würde man nicht oft wiederholen können. Jetzt oder nie hatten sich die Buben anzufreunden, so daß man sicher sein konnte, sie würden öfters auf Besuch kommen; sie gingen ja in Wien aufs Gymnasium, hatten abends immer den Zug abzuwarten, der sie, wie er aus den stockenden Gesprächen erfuhr, erst sehr spät nach Hause brachte. Mit halbem Ohr hörte er zu, ohne die geringste Anstrengung zu machen, selbst ein Gespräch anzukurbeln. Er sah ganz gut Rosalies verzweifelte Bemühungen, sah ganz gut, daß auch Ernestine, die einzige, die unermüdlich und gänzlich uninteressiert an allen Vorgängen in sich hineinstopfte, sie völlig im Stich ließ. Es wäre ihm ein leichtes gewesen, Rosalie beizuspringen und ein Gespräch in Gang zu bringen, aber er war viel zu verärgert dazu. Da saß der Alfred zwischen den Mädls und brachte die zum Lachen, und der Ischidur, wie man ihn rief, saß an der Breitseite zwischen Lina und dem Rudi und hatte einen Angelhaken, den er zeigte, und die beiden Buben unterhielten sich ganz angeregt übers Fischen. Der Heinrich war empört und schielte nach der Tür. Ob der Herr Primus nicht geruhen würde, doch noch einmal zu erscheinen, nachdem er mit dem Pokorny durchaus G'selchtes hatte speisen müssen. Schlecht erzogen, der Nettie ihre Buben, entschied er. Nie hätten seine sich so gegen Gäste benommen. Aber sind halt Vorzugschüler, dachte er seufzend und beschloß aus diesem Grund noch einmal, ihnen vieles nachzusehen, was er seinen nicht nachgesehen hätte.

Inzwischen hatte die Rosalie endlich doch ein Gespräch in Gang gebracht. Das mit dem Brünner, den die Buben jeden Tag abzuwarten hatten, um nach Haus zu kommen, hatte sie aufgefangen. Die Schule sei doch um zwei Uhr aus, meinte sie, was denn da die Buben bis acht Uhr, bis der Brünner käme, täten?

Als sich herausstellte, daß drei Buben zwischen zwölf und vierzehn Jahren jeden Nachmittag sich völlig überlassen blieben oder bei Freunden herumsaßen, die die Mutter nicht kannte, da war die Rosalie wohlerzogen genug, sich ihr Entsetzen nicht anmerken zu lassen und zu schweigen. Was wiederum bewirkte, daß das Gespräch abermals ins Stocken geriet.

Der Heinrich nahm das gelassener. Er war nicht viel älter gewesen als diese, als er nach Wien gekommen war. Die große Stadt hatte ihn damals vieles gelehrt, auch ohne daß er ins Gymnasium gegangen wäre. Aber die freien Nachmittage entsetzten ihn auch nicht, brachten ihn vielmehr auf eine Idee.

»Könntet ja mal unsere Buben besuchen, am Nachmittag«, schlug er vor. So leicht gab er nicht auf.

Der Alfred, der zwischen den Mädln saß und was sehr Spaßiges an sich haben mußte, denn die Mädln hörten nicht auf zu kichern, sehr zu des Heinrichs Mißvergnügen, würdigte ihn überhaupt keiner Antwort. Nur der mit dem Angelhaken hatte es gehört und nickte erst seinem Nachbarn, dann aber auch dem Heinrich gnädig zu.

»Wird gemacht«, sagte er ein bißchen schnoddrig und herablassend. Ein »Danke« zu sagen, kam ihm gar nicht in den Sinn.

Heinrichs Laune hob sich durch diese Antwort auch nicht gerade. Über die Respektlosigkeit hätte er sich noch hinweggesetzt. Was tat man nicht alles seinen Kindern zulieb! Aber daß es gerade der Realschüler war, der die Einladung angenommen hatte, das erbitterte ihn. Gewiß, auch dieser Realschüler war ein Vorzugschüler. Und doch, von einem Realschüler konnten seine Lateinschüler nichts lernen. Waren sie bisher auch immer nur knapp dem Durchfallen entgangen, so waren sie eben doch Lateinschüler, vom Ischidur konnten sie gewiß nichts lernen.

»Nur der Jakob«, jammerte es in seinem Inneren, »nur der Tschagl kann helfen.«

Ob der Pokorny tatsächlich sein G'selchtes fertiggegessen hatte und abgegangen war zu seinem Dienst, oder ob Heinrichs inständiges Flehen bis hinunter in den Restaurationsraum gereicht und dort den Tschagl unruhig gemacht hatte, jedenfalls erschien er.

Viel Notiz nahm er auch jetzt nicht von den Anwesenden. Weder am Tischende, wo die Kinder saßen, noch auf der Seite der Erwachsenen nahm er Platz, sondern er sprang mit einem Satz auf die Fensterbank, ließ die Beine baumeln und musterte die Anwesenden. Dann wendete er sich halb ab und der Straße zu, als ob es dort etwas zu sehen gäbe. Die Bewegung, mit der er sich der Straße zuwendete, schien zu sagen: Sonderlich interessieren könnt ihr mich wirklich nicht.

Der Heinrich jedenfalls deutete es so und wußte nicht, sollte er sich ärgern über des Buben Unverschämtheit, oder mußte er nicht gerechterweise einem Primus zugestehen, an dieser Gesellschaft und besonders an seinen armen Buben nichts, durchaus nichts Bemerkenswertes zu finden? Er sah sich den Tschagl an, wie er dasaß, mit den Füßen baumelte und nur gelegentlich mehr als sein Profil sehen ließ.

Der Edi saß eingekeilt zwischen seinem Bruder und der mächtigen Ernestine, die noch immer kaute. Dem Edi war es ganz recht so, denn an den Angelgesprächen zu seiner Linken mußte er sich nicht beteiligen, sein Bruder wußte, daß er das Zappeln der Fische nicht sehen konnte, und zog ihn auch nicht ins Gespräch.

Was ihm gegenüber gesprochen wurde, konnte er nicht genau verstehen: Der Bub, der dort die Mädchen zum Kichern brachte, hatte keinen Blick für ihn, nur Roncza nickte ihm manchmal aufmunternd zu. Und daß der eben eingetretene Tschagl sich abseits auf die Fensterbank placiert hatte, war ihm mehr als recht. Ein Primus, wie unangenehm! Dem und allen Vorzugschülern ging man am besten aus dem Weg. Es war heiß, das viele Essen machte schläfrig, er wünschte sich an die frische Luft, zurück auf den Juckerwagen, neben Roncza, vom Vater getrennt durch sie, also nicht bedroht von seinen Fragen, aber doch unter seinem Schutz.

Der Heinrich war aufgestanden, nicht länger konnte er den Dingen einfach ihren Lauf lassen, da in vielen Stunden damit offenbar rein gar nichts erreicht worden war. Von hinten tupfte er seinem Sohn energisch auf die Schulter, so daß der zusammenfuhr, hieß ihn aufstehen, nahm ihn bei der Hand und trat so entschlossen an die Fensterbank, direkt vor die baumelnden Füße des Primus.

»Ihr seid wohl ganz gleich alt«, sagte der Heinrich und meinte: Befreundet euch bitte, befreundet euch, bei Gleichaltrigen muß das doch ganz rasch möglich sein.

»So«, sagte der Tschagl gleichgültig und unterbrach das Füßebaumeln nicht für einen Augenblick. »In welche Klasse gehst du denn?« Gleichaltrig sein bedeutet in diesem Alter nicht im gleichen Jahr geboren zu sein, sondern in die gleiche Klasse zu gehen.

»Er ist Tertianer«, gab der Heinrich rasch, statt seines Sohnes, zur Antwort. Er fürchtete, der würde einfach sagen: »In die dritte Klasse«, und dem wollte er zuvorkommen. Wenn der Edi nicht einmal »Tertianer« sagte, mußte der Tschagl gleich ahnen, daß es mit den Lateinkenntnissen nicht sehr weit her sein könne.

»Ja, ich bin auch Tertianer«, geruhte der Primus, noch immer recht mundfaul, zuzugeben. Der Edi wollte unter allen Umständen ein Gespräch über die Schule vermeiden.

»Spielst du Klavier?« fragte der, da ihm sonst nichts einfiel. Er spielte gerade Clementisonaten, und einmal hatte er eine vierhändig mit dem Julius im Familienkreis spielen dürfen. Wenn jetzt vielleicht die Rede auf Clementi kam, dann würde es nicht ganz dumm sein, was er zu sagen wüßte.

Da lachte der Tschagl auf, mit voller Überlegenheit. Und dabei war es gar nicht die Überlegenheit des Primus, sondern eine ganz andere. »Klavierspielen«, sagte er verächtlich. »Klavierspielen tun Mädln. Männer spielen nicht Klavier.«

Der Heinrich war viel zu unglücklich darüber, daß da offenbar ein Gespräch nicht so leicht in Gang zu bringen war, als daß er ganz begriffen hätte, aus wessen Mund dieser Ausspruch männlicher Überlegenheit kam. Der, der diesen Ausspruch tat, war einen halben Kopf kleiner als der Edi, und sah er auch gesund und kräftig aus, war er doch winzig. Daß er überhaupt schon ins Gymnasium ging, konnte man bezweifeln: Der erste Anflug von Männlichkeit würde noch Jahre auf sich warten lassen. Des Edis Flaum um Kinn und Wangen begann schon etwas stärker zu werden.

»Der Julius spielt Klavier *und* Geige«, erwiderte Edi trotzig. »Er wird Musiker. Und ich spiel' auch.«

Den frechen Tschagl ließ das kalt, gleichmütig zuckte er die Achseln und schwieg. Er bemühte sich nicht im geringsten, das Gespräch fortzuführen.

»Habt ihr heuer auch den Cäsar gelesen?« versuchte der Heinrich von neuem ein Gespräch in Gang zu bringen.

Da er mit der Musik so abgeblitzt war, fiel dem Edi rein gar nichts ein, womit er das drohende Schulthema hätte abwenden können.

Die Antwort war durchaus nicht so, wie der Heinrich sich die Antwort eines Primus vorgestellt hatte. »Ja, ja, natürlich«, gab er, auch jetzt keineswegs getragen von seiner Gymnasiastenwürde, sondern durchaus gleichmütig, zu Antwort. »Natürlich, den Cäsar. Aber jetzt sind ja Ferien.«

Von der Schule wollte er offenbar nicht sprechen. Trotz der kalten Dusche, daß Musik eine Weiberangelegenheit sei, war Edi jetzt bereit, den frechen Beinebaumler ins Herz zu schließen.

»Hast du den Bellamy gelesen?« fragte der Tschagl. Jetzt ließ er sich sogar zu einer Frage herbei! Und die führte – welch ungeheure Erleichterung – noch weiter vom Schulthema ab. Das war so wunderbar, daß man es gerne in Kauf nahm, sich auch hier nicht gewachsen zu zeigen.

»Nein«, sagte der Edi und strahlte. Er hatte den Namen nie gehört, nur daß es einer war, über den Bescheid zu wissen man ihn nie vergeblich in der Schule aufgefordert hatte. Deshalb beschwor sein »Nein« für ihn keine unangenehme Erinnerung herauf.

»Du hast ihn nicht gelesen?« fragte vorwurfsvoll der Heinrich.

»Warum nicht?« Da hatte man es. War es auch traurig, den Primus Zeuge des blamablen Eingeständnisses sein zu lassen, er war wenigstens auf der Spur dessen, was zum Vorzugschüler führte. Er würde schon veranlassen, daß Edi das Versäumte nachholte.

»Es ist nicht vorgeschrieben«, sagte der Edi und konnte für diesmal seinem Vater ruhig in die Augen blicken.

»Nein, es ist wirklich nicht vorgeschrieben«, lachte der Tschagl spöttisch. »Ist gar nicht so gern gesehen, wenn es die Schüler lesen. Liest du denn nur, was vorgeschrieben ist?«

»Ja, was ist es denn?« fragten Vater und Sohn aus einem Munde. Aus Artigkeit der Sohn – was den Primus interessierte, war gewiß nichts für ihn. Was konnte denn einen gar interessieren, der behauptete, Klavierspielen sei nur für Mädln. Edi hatte seit langem den Verdacht, daß Vorzugschüler strohdumm seien.

»Vom Rückblick aus dem Jahr 2000 habt ihr wohl noch nie gehört, was?« fragte der Tschagl und machte in seinem inquisitorischen Ton keinen Unterschied zwischen Vater und Sohn.

Er hatte das Baumeln aufgegeben als einzige Konzession an die beiden. Das ging schließlich doch nicht, daß er mit den baumelnden Beinen den beiden direkt vor den Magen schlug. Er hatte die Knie angezogen, Füße auf der Fensterbank, Hände um die Knie geschlungen, Kopf schief auf den Knien und blickte so von oben her auf die beiden.

Der Tschagl hatte große blaue Augen unter einem schwarzen Haarschopf, eine Nase, die nicht sonderlich groß, aber allzu abrupt aus dem Gesicht stieß, einen vollen Mund, rot und noch völlig kindlich, und ein weit ausladendes Kinn, was seinen Eindruck von Trotz und Entschlossenheit noch verstärkte.

Vater und Sohn schüttelten den Kopf. Auch ließ Heinrichs Interesse nach, unter dem Titel konnte er sich nichts vorstellen und dieser schien auch nicht darauf hinzuweisen, daß er einen Leitfaden anzeigen könnte des Inhalts etwa: »Wie werde ich Vorzugschüler?« Von allen Büchern der Welt war, dieses zu finden, im Augenblick des Heinrichs Hauptinteresse.

»Was ist es denn?« fragte er dann aber doch nochmals, es galt, sich diesen da warm zu halten, ihn ins Haus zu locken zu häufigen Besuchen.

»Eine Utopie ist das, aber was für eine – tuli«, antwortete er und pfiff durch die Zähne, dem Mann mit den grauen Fäden im Bart direkt ins Gesicht.

Der Edi zuckte zusammen bei diesem Pfiff.

»Eine Utopie?« fragte der Heinrich gedehnt und blickte seinen Sohn an.

Und tatsächlich, der wußte es zu erklären, leise, aber doch verständlich, konnte er dem Vater sagen, was das sei, und nannte noch ein Beispiel, das selbst den frechen Gnom, der da auf dem Fensterbrett hockte, zu einem anerkennenden Brummen nötigte: Er wußte Thomas Morus zu nennen, daß dieser eine Schrift, »Utopia« genannt, geschrieben und im 16. Jahrhundert gelebt habe.

Der Heinrich strich dem Edi fast gerührt über das kurzgeschnittene Haar. Aus dem »Mein armer Edi«, das er eben noch gedacht hatte, wurde ein hoffnungsvolleres »Mein lieber Bub«, aber auch das wurde nicht ausgesprochen.

Der Heinrich erkundigte sich weiter, was denn dieses Buch so bemerkenswert für den Tschagl mache, und setzte alles daran, das Gespräch nicht ins Stocken geraten zu lassen. Es galt auf Teufel komm raus Interesse zu heucheln für die Vorlieben von diesem Frechdachs.

Er wendete es also bedenkenlos an, dieses unwürdige Mittel – Heuchelei hieß es. Heucheln mußte man, Interesse heucheln, ob es nun Schmetterlinge, Briefmarken, das Erdäpfelbraten oder Utopien waren. Die ehrfürchtige Scheu vor dem Primus war allerdings gewichen, seit der da in Fleisch und Blut so ungezogen vor ihm saß. Aber benützen wollte er ihn doch, um jeden Preis ausnützen.

Er nickte also vorerst mechanisch, ohne recht hinzuhören auf Tschagls Rede, die ohne Stocken den Inhalt des Buches wiedergab, das zur Zeit in aller Leute Mund war.

Der Edi stand verblüfft da. Neidlos bewunderte er, wie die Rede in ruhigem Fluß dahinströmte. Um was es dabei ging, hatte er aufgegeben weiter zu verfolgen, nicht aus Unvermögen, sondern weil er nach den ersten Sätzen bereits festgestellt hatte, daß es ihn gar nichts anging, dieses Buch, in dem offenbar von nichts anderem die Rede war als von Arbeitszeit und Löhnen und Fabriken und Gesundheitsdienst und vom Staat und vom Einzelnen. Dieser Bellamy ging ihn genauso wenig an wie alles, was sie ihm im Gymnasium aufhalsten, und was der Vater durchaus wünschte, daß er in sich hineinstopfe. Die Rede des Tschagl entzückte ihn gerade deshalb, weil er sie mit interesselosem Wohlgefallen anhören durfte, denn daß er sich je für den Inhalt dieser Rede interessieren solle, konnte doch nicht einmal des Vaters Wunsch sein. Das machte es ihm leicht, zustimmend mit dem Kopf zu nicken.

Anders erging es dem Heinrich, der begonnen hatte zuzuhören, aus verachtungswürdiger Heuchelei, und dem der Fluß der nie stockenden Rede noch nicht einmal aufgefallen war. Er hatte völlig vergessen, daß da ein Kind vom Fensterbrett herunter zu ihm sprach. Was ihn gefangennahm, war der Inhalt des Buches.

»Vier-Stunden-Tag«, fragte er ungläubig, »Vier Stunden nur sollen die Menschen täglich arbeiten, das wird genügen, sie satt zu machen, meinst du, das ist möglich?« Atemlos kam seine Frage.

»Es ist eine Utopie«, sagte der auf dem Fensterbrett kauernde Gnom belehrend. »Eine Utopie, das ist ja nicht Wirklichkeit. Sie malt nur aus, was alles sein könnte. Aber wenn das vielen gefällt, was sich einer ausmalt, dann können vielleicht viele was dazu tun, daß es Wirklichkeit werde, sagt der Pokorny.« Der Pokorny hatte offenbar noch andere Funktionen als einem beim G'selchten Gesellschaft zu leisten.

»Und wer soll dann die schwere Arbeit tun, beim Bau die Ziegel tragen und die Schmiedeketten hämmern?«

»Jeder, der kräftig genug ist und es gelernt hat«, sagte das Orakel. »In seiner Arbeitsdienstzeit vom einundzwanzigsten bis zum fünfundvierzigsten Jahr dient jeder in einem Beruf, gehört er dem Arbeitsheer an, wie man heute beim Militär dient.«

»Und nachher?« fragte der Heinrich und fand das brennend interessant, vergaß völlig, daß es seit Stunden sein einziges Streben gewesen war, dieses Buben da habhaft zu werden, damit man ihm abgucke, abspüre, wie man Primus werde.

»Nachher«, wiederholte Tschagl zögernd und blieb zum erstenmal die Antwort schuldig, das fünfundvierzigste Jahr schien so unendlich fern. »Dann, dann tut man halt, was man will, lesen und reisen oder was lernen.«

»Und die Familie?« fragte der Heinrich aufgeregt, als käme unversehens von irgendwoher die Hoffnung, noch ein Fetzchen Leben für sich retten zu können.

»Für die Familie sorgt ja der Staat«, sagte der Kleine. »Für Essen und Erziehung der Kinder. Niemand muß sich abschuften für seine Kinder.«

»Das muß ein sehr interessantes Buch sein«, fand der Heinrich, und plötzlich stand ein Abend vor ihm, der Jahre zurücklag, und an den er lange, lange nicht mehr gedacht hatte. Der Abend, da er die Lotti in so merkwürdiger Gesellschaft wiedergefunden hatte. Was hatten die damals geträumt? Vom Elf-Stunden-Tag? Jetzt gab es schon einen gesetzlichen Zehn-Stunden-Tag, und hier hörte er von einem, der schrieb, man müsse nur bis zum fünfundvierzigsten Jahr arbeiten, habe nicht für Alter, nicht für Familie zu sorgen.

Er roch plötzlich die Kühle des damaligen Wirtshausgartens, hörte von irgendwoher einen Werkelmann spielen, sah den Himmelblauen in seiner Konfederatka zum Greifen deutlich vor sich, fühlte sich jung und stark: Schlosser würde er werden.

»Kennst du den Lenau?« fragte er plötzlich. »Da gibt es ein Gedicht, das geht, warte, wie geht es nur? ›Ihr könnt den Drang nicht hemmen und nicht stillen, den unerbittlich hellen Frühlingswillen.‹«

Der Edi blickte den Vater verwundert an: Daß der Gedichte auswendig konnte, das ließ ihn in ganz neuem Licht erscheinen.

»Schön ist das«, sagte er anerkennend.

Der Heinrich hörte es gar nicht. Der Himmelblaue war da und der Korbflechter und die Lotti und ihr Anton, und plötzlich dachte er, daß er doch gern gewußt hätte, ob das Geld, das er vor Jahren der Lotti gegeben, wirklich einem Unbekannten zur Flucht in die Schweiz verholfen habe. Und wie der wohl ausgesehen hatte, das hätte er auf einmal auch gerne gewußt.

Auch den Tschagl hatte er vergessen, und daß der ein Primus war. Aber der machte sich rasch wieder bemerkbar. »Nein, ich kenn' es nicht«, sagte er gleichgültig, aus Gedichten machte er sich nichts.

»Ich bring' euch einmal das Buch«, sagte der Tschagl herablassend und sprang vom Fensterbrett. Daß er ein Frauenverächter war, hatte er gezeigt durch seine Bemerkung, daß Klavierspielen nur für Mädls sei, aber das Gekicher dort drüben konnte er auch nicht so ganz dem Alfred überlassen.

Der Edi erschrak, wie selbstverständlich der den Vater und ihn in ein »Euch« zusammenfaßte. Frech war der, aber eben ein Primus, der durfte sich halt was erlauben.

269

Den Heinrich aber hatte das gnädige Angebot Tschagls doch rasch in die Wirklichkeit zurückversetzt und gemahnt, daß er nicht mit Lottis Freunden zu debattieren hatte; aber auch nicht von einem kleinen Buben zu lernen brauche, was irgend ein Unbekannter zusammengeträumt und in einem Buch niedergeschrieben hatte. Was ging ihn das an? *Er* hatte es nicht schwer. Er brauchte nicht um Altersversorgung und gekürzte Arbeitszeit zu kämpfen. Er war Prokurist der Firma Segal, er hatte seinen Sparpfennig, keinen so unbeträchtlichen, er besaß Wagen und Pferd, und er hatte nur eine Sorge; daß die Buben ihm keine Schande machten, daß die Buben durchs Gymnasium rutschten; dafür hatte es seinen Sinn, daß er Prokurist war und einem Haus vorstand und ein ganzes Stockwerk bewohnte und der Rosalie in allem ihren Willen ließ. Und wegen der Buben war schließlich auch dieser Ausflug unternommen worden, damit sie sich mit einem Primus anfreundeten. Daß er sich da hatte interessieren lassen für irgendein Buch, das ihn nichts anging, das war einfach läppisch.

»Ja, komm uns besuchen und bring uns das Buch«, sagte er und wußte schon, daß er das Buch nie lesen würde. Es hatte keinen Sinn, sich auf Träume, nicht auf eigene und nicht auf die anderer, einzulassen. Aber mit dem Versprechen zu Besuch zu kommen, hatte der Heinrich erreicht, was er mit dem Ausflug bezweckt hatte, und was er, zu seiner Verzweiflung, in den letzten Stunden hatte als Fehlschlag ansehen müssen. Die Buben würden also einander wiedersehen, und aus dem Zusammensein würde, müßte sich, das Vorzugschüler-Werden seiner Söhne schon von selbst ergeben.

»Ja«, echote der Edi. »Bring uns das Buch.« Gar so unleidlich schien der Tschagl nicht zu sein, obwohl er ein Primus war, von der Schule war jedenfalls nicht die Rede gewesen, und er würde schon darauf achten, daß auch bei künftigen Gesprächen dieses leidige Thema vermieden würde.

Der Tschagl hatte gar nicht mehr richtig hingehört auf die Einladung von Vater und Sohn, sondern sich an das untere Ende der Tafel herangemacht. Ehe man sich's versah, hatte da eine Umgruppierung stattgefunden: Die zwei Grüppchen, die da konversierten, wußte er zu zerschlagen, jetzt war *er* der Mittelpunkt, *er* sprach. Alle hörten ihm zu. Es gab keine zwei Kindergruppen mehr, aber nach dem Gelächter zu schließen, das er auslöste, konnte auch jetzt nicht gut von der Schule die Rede sein. Dem Edi schien es richtig, sich dazuzugesellen. Nichts konnte dem

Heinrich erwünschter sein. Der Gänserndorfer Ausflug war also doch ein Erfolg, man ließ die Jugend noch ein wenig lachen, dann konnte man langsam an Aufbruch denken.

Die Nettie wollte sich partout nicht einverstanden erklären, daß man nicht zum Nachtmahl blieb, nachdem das Mittagessen langsam in die Jause übergegangen war und in eine Nach-Jause durch weitere Kannen von Kaffee und Schokolade mit Riesenhauben von Schlagobers und Ablösung der Linzer, Grazerln, Traunkirchner und Sachertorten durch Guglhupf und Preßburger Beugeln. Der Gedanke, nochmals alle Kräfte zusammennehmen zu müssen, erfüllte die Erwachsenen, diesmal selbst Tante Ernestine, mit Schrecken. Nur die Kinder machten große Augen, aber auch sie waren nicht ernstlich fähig weiterzuessen.

Jedenfalls mußte die Nettie für eine Weile in die Küche: Der »Krakauer«, wie sie sagte, das heißt der Sechsuhr-Zug aus Krakau, wurde erwartet und brachte Gäste, die hier umstiegen, und Bahnbedienstete, die jetzt und hier ihren Dienst für heute beendeten – sie alle wollten rasch und zur Zufriedenheit bedient sein. Man nahm den Krakauer gern als Anlaß zum Aufbruch, trotz flehentlicher Bitten Netties, trotz ihrer Versicherung, daß ihre Abwesenheit keine Verzögerung in der Servierung des Nachtmahls bedeute, denn sie würde sofort die nötigen Anweisungen geben.

An einem Haar hatte es gehangen, und die so listig eingefädelte Verbindung der Lanzer- und Biedermann-Buben wäre nicht geknüpft worden. Aber kommen würde er, der Tschagl, das hatte er versprochen. Und ein zweitesmal würde ihm, dem Heinrich, das nicht passieren, daß er sich ablenken ließ. Das nächste Mal mußte es zu einem Gespräch über den Lehrstoff kommen, dafür würde er Sorge tragen. Als ein Sieger fühlte sich der Heinrich, als er auf den Bock kletterte, und die stud. jur. oder stud. med. der Familie nahmen wieder Gestalt an.

Man saß in den beiden Wagen, in gleicher Verteilung, wie man gekommen war. Roncza neben dem Vater, den großen Strohhut, trotz dem mißbilligenden Blick der Mutter, in der Hand. Unmöglich konnte sie ihn jetzt aufsetzen, die Schande des Gummibandes enthüllen. Sie zog es vor, ihn einfach in der Hand zu schlenkern. Die drei Buben sollten es nicht erleben, sie das Gummiband unterm Kinn festmachen zu sehen.

Die Nettie war unter vielen Entschuldigungen bereits in der Küche verschwunden. Rosalie und Tante Ernestine lehnten sich aufatmend zurück. Man verspürte Magenbrennen und Übelkeit, und außerdem war man todmüde. Alles in allem war so ein Ausflug doch eine anstrengende Sache. Ehe die Pferde anzogen, gab es noch einen letzten Aufenthalt.

»Halt, halt«, schrie es vom Torbogen her, und heran keuchte der Oberkellner und hinter ihm eine Magd und dahinter der Pikkolo. In jedem Wagen wurde ein schwerer Korb placiert, auf jeden legte der Pikkolo oben drauf noch ein Extrapaket. »Für die Fahrt« wurde ihnen erklärt – da half kein Protest. So verproviantiert konnten sie getrost durch die ganze Monarchie kutschieren.

Ernestine schmunzelte. Der Gedanke, daß auch ihr Isidor noch von diesen Herrlichkeiten würde genießen können, an denen sie sich allzu gütlich getan hatte, erfüllte sie mit Wohlgefallen.

Rosalie schüttelte den Kopf über so viel Verschwendung. Dann fuhr man endlich los. Die drei Orgelpfeifen zeigten bei der Abfahrt doch noch ein gewisses Interesse, mehr jedenfalls als bei der Ankunft, sie winkten, solange noch ein Wagenrad zu sehen war.

Dem Heinrich mit seinem leicht lenkbaren Wägelchen gelang es, da und dort zwischen schweren Leiterwagen, die ihnen entgegenkamen, durchzujonglieren und für kurze Zeit die freie Straße zu gewinnen. Oft aber mußte er den Fuchs in Schritt fallen lassen und hinter einem vollbeladenen Leiterwagen herfahren. Die Kinder waren eingenickt. Nur wenn er in ganz langsamen Schritt verfiel, schreckte Roncza auf, weil sie dachte, sie seien schon angekommen.

»War das schön heute!« sagte sie. »Eine herrliche Idee war diese Landpartie!«

Der Heinrich wußte nicht genau, warum dieses Lob seiner Tochter ihm nicht die gleiche Freude bereitete wie sonst.

»Na, das ist schön, daß es dir gefallen hat«, sagte er und wußte nicht, was ihm unbehaglich war.

Die Roncza gab dem Edi einen Puff. »Es muß doch ganz herrlich sein, an einer Bahnstation in so einem Dorf zu wohnen«, sagte sie und wußte nicht, warum sie sich mit ihrem Enthusiasmus doch lieber nicht direkt an den Vater wandte.

»Meinst du?« gab schläfrig der Edi zurück. »Warum eigentlich?«

Die Roncza zuckte die Achseln. »Dummkopf«, sagte sie verächtlich. Man mußte schon ein großer Dummkopf sein, um nicht zu verstehen, um wieviel schöner es war, mit drei Buben, die nicht die Brüder waren, Erdäpfel zu braten. Übrigens zählte ja nur der eine, der, der so lange auf dem Fensterbrett gehockt hatte, und von dem sie nicht einmal den Namen wußte. Für ihr Leben gern hätte sie nach dem Namen gefragt. Aber das unterließ sie.

Die Landstraße lag noch hell, aber da man sich der Stadtgrenze näherte, gingen dort die ersten Lichter an.

»Am schönsten ist es doch zu Hause«, hörte sich der Heinrich sagen und war selbst erstaunt, daß er es sagte. »Ich bin froh, daß wir nach Hause kommen.«

»Ja«, pflichtete der Edi ihm bei, »ich freu' mich auch.« Überhaupt jetzt, wenn man in der Früh aufwachte und es waren Ferien, keine Angst vor Schularbeiten. Vielleicht würde der Julius sich herbeilassen und mit ihm ein paar Mozartsonaten spielen. Und es gab die Briefmarkensammlung, und vor allem, man konnte tun, was man wollte, ohne dauernd ein schlechtes Gewissen haben zu müssen, weil man ja eigentlich lernen sollte. »Am schönsten ist es zu Hause«, wiederholte der Edi, und es kam aus ehrlichem Herzen. Roncza aber blieb stumm.

»Heißt der ›Brünner‹ ›Brünner‹, weil er aus Brünn kommt, oder weil er dorthin fährt?« fragte sie nach einer Weile, als man bereits auf holprigem Pflaster der Stadt fuhr. »Was dich alles interessiert!« lachte der Heinrich. »Ich weiß es nicht. Aber warum ist es denn so wichtig, das zu wissen?«

»Ach, nur so«, sagte die Roncza leichthin und fand, daß jedes Glück sie verlassen habe. Den Namen wußte sie nicht, nur daß er mit dem Brünner kam, dem Sechsuhr-Brünner, aber hieß das, daß er um sechs Uhr aus Brünn wegfuhr oder aus Wien?

Dies war die erste Landpartie der Lanzerfamilie, und sie sollte so bald keine Wiederholung finden. Auch stellten sich die gewünschten Folgen vorerst nicht ein. Von den drei Buben der Nettie ließ sich kein einziger blicken: Aber es waren ja auch Ferien, in denen sie nicht nach Wien kamen, mit dem »Brünner« nicht und auch mit keinem anderen Zug.

Über die Nettie und ihre Buben fiel erstaunlicherweise von keiner Seite ein Wort. Aus verschiedenen Gründen nicht. Die Rosalie sagte niemandem gern was Böses nach, am wenigsten vor den Kindern. Aber Ernestines Ruhmreden über Netties Wohltätigkeit konnte sie jetzt, da sie sie kennengelernt hatte, doch nicht so ganz beipflichten. Es mußte wohl auch ein großes Maß Verschwendung dabei sein. Von dem, was man dort bei einer Mahlzeit aufgefahren und ihnen in Körben mitgegeben hatte, mußte sie, die Rosalie, bestimmt den Haushalt einer Woche bestreiten. Auch machte es ihr Sorge, wie man sich revanchieren sollte. Vom Heinrich, dem sie davon sprach, kam ihr auch diesmal weder Verständnis noch Rat.

»Aber laß das doch sein!« sagte er. »Die tut's ja gern. Das war doch zu sehen. Und wenn die Buben der Nettie kommen, werden sie eben bei uns mitessen.«

»Aber doch nicht so, wie wir dort«, antwortete die Rosalie mit gerunzelter Braue. Sie war gewiß nicht verschwenderisch, aber sie hielt auf Gerechtigkeit.

Der Heinrich winkte ab und ging aus dem Zimmer. Es war Zeit zur Tarockpartie. So ließ er sie oft allein. Da saß sie nun und wußte noch immer nicht, wie sie sich revanchieren sollte.

Noch im gleichen Sommer begann sie eine neue Handarbeit. Ein Bezug für Netties Schaukelstuhl sollte es werden. Es war eine mühsame petit-point-Arbeit, die sie sich vornahm, und einmal fertig, sollte es auf schwarz-gelben Samt gespannt werden. Ein volles Jahr stickte sie an der Revanche für Nettie.

Die jungtürkische Revolution, zehn Jahre mochte es her sein, daß sie bei den Lanzers eingebrochen war und der Rosalie erste Bekanntschaft mit einem Hotel bewirkt hatte. Der degenschwenkende Bernhard und seine Emilie, die den Professor hatte konsultieren wollen und nur an den Polizeiarzt geraten war, der Huren ihre Bescheinigung ausstellte, die beiden, die die Lanzers beneideten um das Leben in der Kaiserstadt, die meldeten sich plötzlich. Eine Woche lang hatten die damals die Nächtigung im Verwandtenhaus erzwungen, Heilung hatte Emilie gefunden, aber nie mehr, seit diesem Überfall, hatten sie von sich hören lassen. Rosalies Ängstlichkeit, die sie bereits seit Wochen »Revanche sticken« ließ, war ihnen offensichtlich fremd gewesen. Immerhin, jetzt meldeten sie sich. Wenn auch erst nach zehn Jahren.

Eines Tages sagte der Heinrich bei Tisch schmunzelnd zu Roncza: »Du liebst doch das Leben an den Bahnstationen so, wie wäre es mit einem Besuch in Cebinje, das liegt an der russischen Grenze und ist eine ganz wichtige Bahnstation?«

Die anderen sahen verwundert auf, Ronczas Vorliebe für Bahnknotenpunkte war ihnen bis jetzt verborgen geblieben. Roncza wurde rot und sehr verlegen.

Als es klar war, daß man zu Besuch, nicht auf eine Woche oder zwei, sondern vielleicht auf Monate sollte, weil die zwölf Stunden lange Reise sonst ja nicht lohnte, stieg die Aufregung. Die Weite der Welt wurde plötzlich fühlbar, da man an den Bahnhofsvorstand in Cebinje dachte. Edi schwieg und fand es ungerecht, daß für diese Reise nur die Mädchen in Betracht gezogen wurden, während er den unvermindert andauernden Ängsten des Gymnasiums überlassen bleiben sollte. Rudi hatte Grund genug zu ähnlichen Ängsten, aber er nahm es leichter und beneidete niemanden; seine heimlichen Rendezvous an einem versteckten Platz im Augarten mit zwei Buben, die nicht ins Gymnasium gingen und mit denen er regelmäßig seine marmorierten Kugeln verglich, tauschte, im Spiel gewann oder verlor, welche Tätigkeit sich im Staub der Anlagen oder gar auf der Straße und an Mademoiselles Ausgangstag vollzog und »Anmäuerln« hieß, hielten ihn solide gefesselt und ließen ihn der doch nicht alltäglichen Eröffnung nur geringes Interesse entgegenbringen.

Mademoiselle hingegen sagte »epatant« und »quelle chance!«, als ob es sich um eine Studienreise nach Paris handelte. Rosalies Gerechtigkeitssinn wies darauf hin, daß solche Abwechslung doch eigentlich Lina als der Ältesten zustünde, umso mehr, als sie Fräulein Schmidts Institut im Vorjahr absolviert hatte und demnach keine Schulstunden versäumen würde. Lina war jetzt achtzehn, half in der Wirtschaft und bei den kleinen Geschwistern und verschlang nachts im Bett heimlich bei Kerzenbeleuchtung unter Mademoiselles Schutz einen Roman nach dem anderen, vorzugsweise die Werke der Natalie von Eschstruth. Von Lina ist im übrigen als bemerkenswert nur ihr Romanlesen zur Nachtzeit festzustellen. Was in ihr vorging, wußte man nicht recht. Sie war ein großes, etwas derbes Mädchen, das bereits Mutter wie Vater überragte, ein wenig zu schwer für ihr Alter, mit etwas zu langsamen Bewegungen, wie die Mutter fand, besonders, wenn sie angewiesen wurde, das Klavier abzustauben, was mehrmals am Tag von ihr verlangt wurde, einerseits weil sich auf dem schwarzen Ebenholz die Stäubchen im Laufe weniger Minuten wieder sammelten, andererseits auch zur Übung, weil nach Rosalies Ausspruch kein Mann ein Mädchen zu heiraten gedenke, das nicht unaufgefordert das Klavier dauernd staubfrei halte.

Ob dieses Staubwischen wirklich dazu angetan war, die Männer anzulocken, sei dahingestellt, besonders da es nur höchst widerwillig getan wurde. Hingegen schien Linas blühende Hautfarbe eher geeignet, einem Mann aufzufallen. Dies muß auch Rosalie irgendwann erkannt haben, daß diese zarte Pfirsichhaut ein probateres Attraktionsmittel für eventuelle Bewerber war, denn sie wachte streng darüber, daß Linas Teint nicht der Sonne ausgesetzt wurde und schenkte ihr sogar einmal ein grünseidenes Schirmchen.

Sie war es auch, die vorschlug, daß man Lina »die gütige Einladung der Rosenthals«, wie sie sich ausdrückte, annehmen lassen sollte, da Roncza ja doch noch bis zum Sommer in Fräulein Schmidts Institut ginge.

Es versteht sich, daß die Eltern zu entscheiden hatten und die Mädchen noch nicht einmal mit Mienen verrieten, was ihr Wunsch sei. Für Lina wäre allein der Gedanke, vielleicht für Wochen ihre Romane nicht heimlich, sondern in aller Offenheit lesen zu dürfen, genug Ansporn zu dieser Reise gewesen, wenn sie hätte sicher sein dürfen, im Sommer wieder daheim zu sein. Im Sommer waren die Manöver zu Ende und, wie sie wußte, auch des Julius Militärjahr. Seine Rückkehr hätte sie nicht gerne versäumt.

Die Kleinen, Camilla und Vally, zehn- und siebenjährig, flehten heimlich, daß die Wahl auf Lina fallen möge, die ihnen, seit sie nicht mehr ins Institut ging, durch Ermahnungen und Überwachung lästig wurde.

Roncza wünschte innig, daß die Wahl auf die Schwester fiele, denn sie wollte um keinen Preis fort. Die Schule freute sie, das Frühstück mit dem Vater, auch hatte sie die Hoffnung nicht aufgegeben, daß es eines Tages klingeln würde und der da stünde, von dem sie inzwischen erfahren hatte, daß er Tschagl hieß. Sie wartete schon Monate, aber sie wartete doch nicht ausschließlich. Es war angenehm zu wissen, daß man etwas wünschte und erhoffte. Der Gedanke an den Tschagl kam dem Wunsch nach Neuem, Abenteuerlichem, entgegen, und dabei genoß sie es, so geborgen im Schoß der Familie zu sein. Nein, Ronczas Interesse an Bahnstationen war durch den Besuch im Vorjahr völlig gedeckt, es war zwar vornehm, so weit zu reisen, bis nach Cebinje, sie aber wollte zu Hause bleiben.

Die Wahl fiel nach kurzem Kampf zwischen den Eltern doch auf sie. Ob es einfach Widerspruch gegen Rosalies Ordnungssinn und Einteilungsgeist war, der nie Raum für etwas Unerwartetes ließ, was den Heinrich dazu bestimmte, die Roncza auf Fahrt zu schicken? Oder überließ er sich nur seiner Vorliebe für dieses Kind? Sein Liebling war nun einmal Roncza, während man von Rosalie beim besten Willen nicht hätte sagen können, daß sie einen Liebling hatte. Genug, Rosalie wurde jedenfalls überstimmt, denn was wog der Mutter Stimme, wenn der Hausvater einmal entschied.

Roncza erschrak zutiefst, als ihr klarwurde, daß das Los auf sie gefallen war und daß eine zwölfstündige Reise zu unbekannten Verwandten vor ihr lag. Nur der Gedanke an ein pelzverbrämtes Kostüm, von dem Rosalie sofort sprach, wegen der großen Kälte dort, und auch weil die Verwandten sehr viel auf Kleider hielten, linderte ihren Schreck. Der Gedanke an ein erstes, nicht von Fräulein Motzkoni geschneidertes, Stück mußte aber auch ein siebzehnjähriges Mädchenherz höher schlagen lassen.

Rosalie begann noch am Mittagstisch mit Mademoiselle über die Garderobe zu beraten. Sie erinnerte sich sehr wohl einer Spitzenmantille Emiliens und schilderte das Toilettenverständnis der Cousine, aus dem sie schloß, daß Cebinje ein Klein-Paris sei. Mademoiselle nickte aufmerksam, sie verstand, daß dem Rechnung zu tragen war, die Welt war so groß, warum sollte es schließlich nicht einen ihr unbekannten Ort Cebinje geben, in dem man nur Brüssler Spitzen und Lyoner Seide trug?

Roncza fuhr in den letzten Januartagen in einem pelzbesetzten Schneiderkostüm, das schon Wochen, ehe es fertig war, nur das »Pelzbesetzte« genannt wurde, und mit einem Kosakenmützchen aus Plüsch, tränenüberströmt, von den Segenswünschen der ganzen Familie begleitet, auf eine Vergnügungsreise, die erste Vergnügungsreise, die in dieser Familie jemals unternommen wurde.

Als der Kondukteur bereits »Alles einsteigen!« rief und am entfernteren Ende des Zuges schon daran ging, die Türen zuzuwerfen, sprang Roncza plötzlich noch einmal die Waggonstufen hinunter, den erschreckten Vater heftig, blind vor Tränen, umhalsend.

»Aber Roncza«, sagte er und verdeckte seine Rührung hinter einem Klaps, »es ist ja kein Leichenbegängnis, wir sind alle da und gesund, und es geht auf eine Vergnügungsreise!« Damit schob er sie zurück in den Waggon, und das war auch höchste Zeit, denn jetzt warf der Kondukteur die letzten Türen zu.

Die Familie kehrte nach all den Aufregungen, die Vorbereitung der Reise und Abfahrt bedeutet hatten, zu ihrer Alltagstätigkeit zurück. Nachmittags erging sich Rosalie, emsig über ihre Revanchestickerei gebeugt, Mademoiselle gegenüber in dunkle Vermutungen über die Vergnügungen, die Roncza erwarteten. Denn Vergnügungen mußten es sein, es war ja schließlich eine Vergnügungsreise. Aber da sie selbst nie eine gemacht hatte, konnte sie sich eigentlich nichts Rechtes darunter vorstellen. Dennoch erfüllte sie der Gedanke an Ronczas Reise mit einem nicht ganz erklärlichen Wohlbehagen, ähnlich dem, das sie beim Engagement der Mademoiselle, beim Ankauf des Klaviers und bei jeder neuen Übersiedlung empfunden hatte. Nun war es sogar schon so weit, daß eines der Kinder auf Vergnügungsreise ging. In Rosalies Arbeitsleben mußten natürlich auch Vergnügungen ihren Zweck haben. Nicht von ungefähr fiel der Rosalie gerade in diesen Tagen ein Chock in ihrem jungen Eheleben ein, ein Chock und eine Person, deren sie seit vielen Jahren nicht gedacht hatte. Der Ferdinand kam ihr in den Sinn, der Lügenschippel und Windbeutel, der nach Ischl hatte fahren wollen und dem Heinrich das erste Ersparte davongetragen hatte. Damals hatte sie gezweifelt, ob je wieder der Grundstock für die Mitgift der Töchter gelegt werden könnte. Man brauchte härtere Menschen, stärkeren Willen, als den ihres Heinrichs, um sowas in Jahren aufzubauen, so hatte sie damals gedacht. Es erfüllte sie heute mit Dankbarkeit und Befriedigung, wenn sie an die unbestimmten Vergnügungen entgegenrollende Roncza, und an die Sparkassenbücher und Bankbelege dachte, die wohlgeordnet in des seligen Kammerrats Wertheimkasse ruhten, die jenem so wenig Glück gebracht hatte. Die Dankbarkeit galt dem Leben, galt Heinrich, Genugtuung über die eigene Leistung mischte sich auch darein. Selbst für den Ferdinand, der nie wieder etwas von sich hatte hören lassen, den Grundstock der Mitgift nie zurückgegeben hatte, galt ein kleines Lächeln, als sie an seine lustigen Verslein und Geschichten dachte. Befriedigung über die Güte des Lebens war es, was in Rosalie Sehnsucht nach der verreisten Tochter nicht aufkommen ließ.

Fehlte dem Heinrich sein Liebling? Ja, er fehlte ihm. Ihr tränenüberströmtes Gesichtchen am Bahnsteig wollte sich nicht verscheuchen lassen. Er ging jetzt häufiger zum Stammtisch und

278

konnte es kaum erwarten, nach Tisch nach seinem Hut zu greifen.

Und dann begannen ihre ersten Briefe einzutreffen. Von Liebe und Sehnsucht war da viel die Rede, und daß sie die Tage bis zur Heimkehr bereits zähle. Onkel und Tante wären sehr freundlich, am Abend würde musiziert, und es kämen Gäste aus der Nachbarschaft. Das »Pelzbesetzte«, dieses Prachtstück, hätte die Tante »einfach« genannt und hätte ihr zwei Abendkleider bestellt, denn die brauche sie in Cebinje. Die Cousine sei verheiratet mit einem Major, man würde sie nächstens besuchen fahren. Der Cousin lebe im Elternhaus, sei aber sehr alt, schon fünfundzwanzig, und sie hätte ihn nur einmal zu Gesicht bekommen. Er scheine viele Freunde zu haben, die er aber nie ins Haus brächte.

Das alles klang unbefriedigend und ärgerte die Eltern, freilich aus verschiedenen Gründen. So sah es also aus, wenn man darauf stolz war, es sich leisten zu können, seine Tochter auf Vergnügungsreise zu schicken, dachte er. Und Rosalie fand es frech, daß Emilie ihrer Tochter Kleider machen ließ. Wenn die Eltern sie ohne Abendkleid schickten, so sollte Emilie das Kind gefälligst so vorführen. Mit siebzehn ein Abendkleid! Mit Schleppe vielleicht! So stronzte man junge Mädchen vielleicht im unsoliden Cebinje auf, nicht aber in Wien. Selbst bei den Ardittis hatte noch keines der Mädchen ein Abendkleid. Und das »Pelzbesetzte«, das eine so empfindliche Lücke in ihre Haushaltskasse gerissen hatte, nannten die »einfach«. Das war kein Lob in Emilies Mund. Die Rosalie ärgerte sich über ihre Tochter. Das konnte ja noch gut werden, wenn die schon beim ersten Flug in die Welt sich so wenig behauptete. Sie hätte die Abendkleider ablehnen und das Wort »einfach« überhören müssen. »Polnische Wirtschaft«, brummte sie heimlich. »Sollen froh sein, daß wir ihnen die Roncza überhaupt auf Besuch schicken. Wir sind nicht auf der Einbrennsuppe dahergeschwommen. Auch wenn der Bernhard Rosenthal schließlich Stationsvorstand geworden ist.«

Den Heinrich wiederum ärgerte es, daß die Roncza schrieb, sie zähle schon die Tage bis zur Rückkehr. *Er* strich sich die Tage in seinem Kalender an, wo der weiße Raum bis zum rot umrandeten Datum ihrer Rückkehr immer kleiner wurde. Wie er mit ihrer Abwesenheit fertig wurde, war seine Sache, aber *sie* sollte sich nicht sehnen, sondern sich unterhalten. Und warum brachte ihr dieser Lümmel von Verwandtem dort nicht andere junge Leute, und warum hatten die Rosenthals denn nicht geschrieben, daß die Tochter verheiratet war? Wieso war die überhaupt mit einem Major verheiratet? Weiß Gott, in was für Gesellschaft man sein Kind da geschickt hatte, am Ende tranken die sogar bei solchen Gesellschaften. Er hatte Angst um seinen Liebling und wollte andererseits auch wieder hören, daß sich die Trennung lohne, und dieses Gemisch von Gefühlen machte ihn ganz verwirrt. Nun, es blieb noch immer zu hoffen, daß spätere Briefe zeigen würden, daß die Trennung doch lohnte.

Seit einer Woche ging der Heinrich abends nicht aus, es war naßkalt und eisig, und er konnte seinen Husten wieder einmal nicht loswerden. Roncza war nicht da, also war aller Grund zu schlechter Laune. Rosalie hatte es nicht gern, wenn der Heinrich einsilbig und verdrossen durchs Haus schlich, so hatte sie ihm die Tarockpartie eingeladen, wiewohl sie den vielen Zigarrenrauch nicht ausstehen konnte, der sich auf Möbel und Teppich legte. Aber schlechte Laune bei Männern darf man nicht anstehen lassen, und so brachte sie das Opfer. Zweimal in dieser Woche hatte die Tarockpartie im Haus stattgefunden, freilich ohne den Übelhör. Auf den Gedanken, den Übelhör einzuladen, auf den kam nicht einmal Heinrich selber. Von dem ließ er sich gern belehren, und er brachte ihm alle Achtung entgegen, aber einladen? Erst einmal war gar nicht so sicher, ob der angenommen hätte, man wäre geniert vor einander gewesen. Wie sah es in dessen Wohnung aus? Man wußte es nicht. Vielleicht hätte er die Lanzer-Wohnung unpassend gefunden. Nein, der war von unbekanntem Terrain, der Übelhör. Aber Moritz kam, der sich im Militärjahr des Julius völlig überflüssig und ausgeliefert vorkam, und auch der Ingenieur ließ sich herab.

War Besuch schon nicht häufig in diesem Haus, so war unangesagter Besuch beinahe unerhört. Aber nun schneite ausgerechnet heute doch jemand ganz plötzlich ins Haus: Der Primus, der Tschagl. Wenn er kam, um sein Versprechen einzulösen und dem Heinrich den Bellamy zu bringen, das Buch, dessen Inhalt den Heinrich so interessiert hatte, daß er darüber fast den Zweck des Ausflugs vergessen hatte, dann geschah dies reichlich spät, nach vielen Monaten, und war gerade jetzt dem Heinrich nicht sehr gelegen. Vor dem Moritz schadete es nicht weiter, aber was der Ingenieur aus dem Münzamt sagen würde, dessen konnte man nicht so sicher sein, der witterte in allem Gefahr für die Monarchie und witterte sie jetzt wahrscheinlich doppelt, nach dem »unersetzlichen Verlust, der uns betroffen«, wie er sich über den Tod des Kronprinzen geäußert hatte.

Die Rosalie führte den Tschagl zur Begrüßung zu den Herren und wies auf die Tür, durch die er dann zu den Buben gelangen sollte, dann verschwand sie. Sie nahm den Besuch des Tschagl durchaus gelassen, hoffentlich blieb er nicht zu lang und störte die Buben nicht beim Lernen. Sie hielt offenbar nichts von der Ansteckung der Vorzugschülerqualität durch Umgang und Nähe.

Heinrich sah kaum auf bei der Begrüßung, und auch seine Erklärung an die anderen, »das ist der Nettie Biedermann ihr Ältester aus Gänserndorf«, war nur so hingebrummt.

Der Tschagl mit stehendem Schopf, flinken, aufmerksamen Augen und auch heute wieder mit roter Krawatte, nickte, grüßte, aber nicht gerade devot, durchaus nicht so, wie man zum Beispiel einen k. u. k. Staatsbeamten zu grüßen hatte, fand der Ingenieur. Moritz Feldmann warf ihm rasch einen amüsierten Blick zu, Tschagls Ausspruch über Musik, die grad für Mädels gut genug sei, war natürlich auch bis zu ihm gedrungen. Den kleinen Barbaren wollte er sich doch mal angucken. Aber mit einem einzigen Blick war seinem Interesse Genüge getan, was sollte der Vater eines Musikers für so einen übrig haben?

Man erwartete, daß der Tschagl seinen Weg fortsetzen würde, ins Bubenzimmer. Aber er machte nicht die geringsten Anstalten dazu. Denn er bemerkte, daß im Hintergrunde des Raumes jemand, auf einer Leiter stehend, Tapeten an die Wand klebte – was die Kartenspieler kaum bemerkt hatten und sie auch nicht interessiert hätte. Den Tschagl dagegen interessierte es: »Sind Sie der Meister?« rief er hinauf. So laut hatte ein Bub in Gegenwart Erwachsener überhaupt nicht zu reden.

»Nein, junger Herr«, antwortete der da oben und wendete dem Fragenden sein Gesicht zu: Es war klar, daß dies nicht der Meister sein konnte. Ein Milchgesicht war's, das da herunterblickte.

»Warum arbeiten Sie dann noch um diese Zeit? Wozu kämpfen wir eigentlich für gesetzlich festgelegte Arbeitszeit?«

»Wir«, was sollte das heißen? Der Sprecher war so winzig, er sah nicht einmal wie ein Obergymnasiast aus.

»Ja, ja, junger Herr«, sagte der Angeredete gleichmütig und

begann langsam von der Leiter zu steigen, wohl weil er endlich fertig war, nicht etwa, weil es ihm den geringsten Eindruck gemacht hatte, was der Kleine da faselte.

»Ihr Meister hat kein Recht, Sie noch zu dieser Stunde auf Arbeit zu schicken«, fuhr der Tschagl eindringlich fort und trat ganz dicht an die Leiter heran, so daß der andere sich mühen mußte, ihm nicht direkt auf den Kopf zu steigen. »Sind Sie organisiert?«

»Wo denken Sie hin, ich will nichts zu tun haben mit den Anarchisten«, wehrte der Geselle erschrocken ab.

»Nur die Einigkeit macht stark. Nur alle zusammen können was erreichen. Sie müssen beitreten!« proklamierte der Tschagl.

»Ich hab', was ich brauch'«, meinte unbeeindruckt der Tapezierer und begann seine Sachen zusammenzupacken.

»Mensch, Sie wissen ja nicht, was Sie brauchen«, schrie da der Tschagl und rüttelte den anderen an den schmächtigen Schultern. »Sie können sich's nur nicht vorstellen, wie es ist, wie es sein wird, was Ihnen entgeht. Kennen Sie den Bellamy? Da, den müssen Sie lesen.« Und er schob dem Tapezierer ein Buch in die Tasche, das der sofort wieder herauszog und mit spitzen Fingern von sich hielt, als wäre zwischen den Seiten mindestens eine Bombe versteckt, die jeden Augenblick losgehen könnte.

Jetzt legte sich doch der Hausherr ins Mittel. »Laß mir den Mann in Frieden«, sagte er und zog den Tschagl am Kragen fort und steckte ihm den Bellamy wieder in die Hand. »Da, der will weder organisiert werden, noch deine Utopien lesen.« Ganz gut wußte der Heinrich, daß der Bellamy eine Utopie geschrieben hatte.

Der Tapezierer hatte seine Sachen zusammengepackt und verschwand eilig, als ob er allen Grund zur Flucht hätte. Solchen Reden ging man aus dem Weg, aber daß man vor ihnen selbst in solchen hochherrschaftlichen Häusern nicht mehr sicher war!

Nicht nur er, auch die Kartenspieler horchten auf. »Gymnasiast Biedermann«, sagte der Hofrat keuchend, »ich werde es Ihre arme Mutter wissen lassen, wie Sie sich aufführen.« Für ihn war, wer einen solchen Sohn hatte, eine arme Frau, auch wenn ihr Geschäft eine Goldgrube und alle ihre Kinder Vorzugschüler waren. Selbst ein Primus konnte nicht gut enden, der solche Reden hielt.

»Ja, ja, Herr Hofrat«, sagte der Tschagl, und der so schwer erworbene, hochheilige Titel klang aus dem Mund des Kleinen aus irgendeinem Grund gar nicht überwältigend. »Sagen Sie's nur der Mama.« Eindruck schien diese Drohung gar nicht auf ihn zu machen.

Und nun, wahrhaftig, ohne aufgefordert zu sein – man hatte überhaupt nicht die Absicht, ihn aufzufordern, sich zu reifen Männern an den Tisch zu setzen, man hatte nur den dringenden Wunsch, ihn loszuwerden, nachdem er sich da so an den Arbeiter hatte anbiedern wollen – zog er sich einen Stuhl heran und lümmelte sich hin. Anders konnte man es wirklich nicht nennen, wie er da seine Beine von sich streckte und schließlich mit der Hand die eine Fußspitze ans Knie des anderen gestreckten Beines zog und so, Fuß in der Hand, hin und her wiegte, während er sprach und zuhörte. Er genoß es jedenfalls, im Kreis dieser Männer zu sitzen, wenn auch auf seine Art.

»Ich werde es Ihrem Schuldirektor sagen, wie Sie die Menge aufwiegeln«, trumpfte der Hofrat auf, da er mit seiner früheren Drohung so wenig Eindruck gemacht hatte.

»Die Menge«, lachte der Tschagl. »Einen einzigen hab' ich mir erlaubt, darauf hinzuweisen, daß wir einen Arbeiterschutz haben, wenn auch noch einen ziemlich unvollkommenen.«

»Sie werden noch bei den Anarchisten enden, junger Mann, bei den Brandstiftern«, schrie der Hofrat und sah sich nach Hilfe um. Die beiden Herren ließen ihn ganz allein bei seinem Bemühen, mit diesem unverschämten Buben fertig zu werden.

»Sie sollten wirklich auch den Bellamy lesen, Herr Hofrat«, sagte der Tschagl jetzt mit ganz ernstem Gesicht und warf klatschend das Buch auf den Tisch, so daß die anderen zurückfuhren ob der Ungebührlichkeit, mit der man ihnen da etwas hinschmiß.

»Der Bellamy nämlich, der weiß das schon«, fuhr der Tschagl fort, »daß diese ganze Anarchisten- und Sozialistenhetze nur von den Unternehmern gemacht wird, damit sie alle die, die unbequem sind, weil s' was fordern, hinter Schloß und Riegel setzen lassen können.«

»Ich glaube, junger Mann«, ließ sich gedehnt Moritz Feldmann vernehmen und kam nun doch dem Hofrat zu Hilfe, »Sie sollten sich lieber hinter Ihre Schulbücher setzen, sonst kommen Sie wirklich noch in schlechte Gesellschaft, was ich im Interesse Ihrer bedauernswerten Mutter vermieden wissen möchte.« Jetzt war die Nettie mit der Goldgrube und dem Glück der Vorzugsschüler endgültig zu einer bedauernswerten Frau geworden.

»Hinter meinen Schulbüchern brauch' ich offenbar nicht länger zu sitzen, als ich es eben tue, sonst wäre ich wohl nicht Primus«, sagte der Tschagl lächelnd und wiegte seinen Oberkörper hin und her, während er sich an der Fußspitze des einen Beines festhielt. Es sah aus, als verbeuge er sich dauernd im Sitzen, aber sein pfiffiges Gesicht, das, was er sagte, und wie er zu den Herren sprach – es war die lebendige Unverschämtheit. »Der Pfeifenklub Lassalle und der Arbeiterbildungsverein, die halten halt andere für schlechte Gesellschaft. Kommt immer nur auf den Standpunkt an, Herr Medizinalrat«, sagte er. Der »Medizinalrat« war eine ganz besondere Frechheit. Der Moritz hatte, wiewohl zehn Jahre im Staatsdienst, noch immer nicht den geringsten Titel.

»Na, wer sind denn die Herren von diesem Pfeifenklub und dem Arbeiterbildungsverein?« zischte noch einmal der Hofrat. »Dort lernen Sie wohl gut, wie man zündelt, alle Augenblicke brennen ja die Holzhütten in den Vorstädten.«

»Ich hab' dem Herrn Hofrat schon gesagt, es wär' gut, den Bellamy zu lesen. Bis nach Amerika ist es nämlich gedrungen, was es auf sich hat mit den Anarchisten. Aber falls es bis zu den Herren noch nicht gedrungen sein sollte, der Viktor Adler wird es Ihnen schon zeigen, der hat alle geeinigt, in Hainfeld hat man sich auf ein Programm geeinigt, jetzt gibt es nur *eine* Partei.«

»Ich weiß wirklich nicht, mein lieber Lanzer«, sagte der Hofrat und schnappte nach Luft, »ob du einen Verkehr mit deinen Söhnen zulassen solltest. Der ist ja durch und durch verrottet und auch keineswegs besserungswillig.«

»Aber er ist ja doch Primus«, wagte der Heinrich zu erwidern und fühlte sich plötzlich hingezogen zu dem frechen Bengel.

»Sagen Sie ruhig ›verrottet‹, Herr Hofrat, und spielen Sie weiter Tarock. Ihretwegen wird die Welt nicht still stehen. Eines Tages werden Sie aufwachen, Sie, ein k.u.k. Staatsbeamter, und Ihr Staat wird weg sein, futsch, wir werden das Wahlrecht haben, den Volksstaat, ganz ohne daß Sie es gemerkt haben. Aber vielleicht erinnern Sie sich dann an ein paar Namen, das kann Ihnen dann nur nützlich sein. ›Lassalle‹«, sagte er und zählte an den Fingern weiter auf, »›Pfeifenklub‹ und das ›Hainfelder Programm‹. Womit ich mich bestens empfehle.« Er sprang auf, machte eine tadellose Verbeugung und verschwand nun doch durch die Tür, die in das Bubenzimmer führte.

Der Heinrich wäre am liebsten aufgesprungen, hätte den

Tschagl noch an der Tür erwischt und richtig umarmt. So freute er sich. Worüber eigentlich? Was wußte er vom Pfeifenklub und vom Hainfelder Programm? Und was ging ihn dieses Programm an? Genauso wenig wie der Volksstaat und der Prozeß vom Scheu und Oberwinder. Das Gerede darüber im Umkreis seiner Schwester hatte ihm damals rechtes Unbehagen verursacht. Und das Geld für diesen Freund vom Schwager Anton, der durchaus in die Schweiz hatte flüchten müssen, nachdem er, weiß Gott was, ausgefressen hatte, hatte er zwar gegeben, weil er es seiner Schwester nicht gut hatte abschlagen können, aber als eine Frechheit hatte er es doch empfunden, daß man es gerade von ihm verlangte. Warum also die Freude jetzt? Und warum das Einverständnis gegen die eigene Generation und die Solidarisierung mit einem unverschämten Lausejungen? Der Heinrich hätte es nicht zu sagen gewußt, warum ihm während des ganzen Gespräches das Herz im Leibe vor Freude gehüpft war; vielleicht war es nichts anderes als ein wenig Genugtuung des Getretenen, des Nicht-Akademikers, des Grade-noch-Geduldeten, den man zwar leutselig und nicht offen, aber doch täglich und bei jedem Beisammensein, immer Überlegenheit hatte spüren lassen. Und nun kam da so ein Bub und siegte in einem Redegefecht gegen zwei Erwachsene, und das ohne die geringste Mühe. Da sollte man sich etwa nicht freuen? Und hatte er auch den Bellamy noch immer nicht gelesen, der vertrackte Junge hatte das Buch da auf dem Tisch liegen lassen, und er brannte darauf, es an sich zu nehmen. Volksstaat und Wahlrecht, was bedeuteten sie in seinem Leben? Aber plötzlich stand der Fleischerladen in Simmering vor ihm und der Himmelblaue, wie er total verregnet hereingejubelt war und von der Amnestie erzählt hatte. Der Himmelblaue, der damals am nächsten Tag umsonst hatte warten müssen an der Ecke Mariahilferstraße, obwohl er ihm doch versprochen hatte, nach der Amnestierung auch zu kommen und dabei zu sein. Wer weiß, dachte der Heinrich, die Historie, vielleicht hätte ich die Historie doch besser verstehen gelernt, wär' ich damals mit dabei gewesen. Er war so mit sich und seiner Gäste Niederlage beschäftigt, daß es ihm gar nicht zu Bewußtsein kam, erreicht zu haben, wonach er sich so sehr gesehnt hatte: den Besuch des Primus bei seinen Buben.

»Man muß die Nettie aufklären, wo sich der Bub herumtreibt. Ich werde es meiner Mutter sagen«, meinte der Hofrat. »Die unglückliche Frau muß ihm die Leviten lesen.«

»Sonst wird er noch einmal am Galgen enden«, grollte der Moritz.

Der Hofrat sah ihn verwundert an, der sanfte Moritz, der nur für die Musik und seinen Julius lebte, wer hätte den für so blutrünstig gehalten?

»Ach, was so ein Bub daherredet«, meinte der Heinrich und wollte scheinheilig beschwichtigen. »Das schleift sich ab, wenn er erst älter wird.« Kleiner, frecher Tschagl, dachte er fast zärtlich, man wird sie dir schon noch nehmen, deine Träume. Laß dir s' nicht so aus der Hand schlagen, wie ich's geschehen ließ. Behalt' deinen Pfeifenklub und dieses Programm!

Und während er das dachte und vom Nebenzimmer her dreistimmiges Gelächter hereintönte, nickte er respektvolle Zustimmung zu des Hofrats Worten.

»Anarchist oder das neue Programm, von dem der Fratz da herumgeschwafelt hat, es ist nur ein Glück, daß all die Unruhestifter Ausländer sind! Abschieben, wir schieben sie alle ab. Und sich's dann lange in der Schweiz gutgehen lassen, wird für die auch nicht mehr lange möglich sein. Die Brut wird ausgehoben. Wir haben gemeinsam mit Rußland und Deutschland eine sehr scharfe Note an die Schweizer Regierung geschickt, damit die Herrschaften, die glauben, ein Asyl gefunden zu haben, auch dort etwas schärfer angefaßt werden.«

»Es gibt aber Asylrecht«, wendete der Moritz ein, dem es nicht so in jeder Minute um die Verteidigung der Monarchie ging, einmal weil seine Ernennung zum Medizinalrat noch immer ausstand, dann aber auch weil er fand, daß die Monarchie sich ganz gut selbst verteidigte.

»Pah, Asylrecht«, wiederholte der Hofrat verächtlich und blies in die Luft, als ob er das Asylrecht direkt vom Tisch blasen könnte. »Und eine gemeinsame Note? Und die kleine Schweiz, die soll davor nicht Angst bekommen? Macht ist Macht, mein Lieber«, sagte er und klopfte dem Moritz auf die Schulter. Er mußte sich richtig strecken, um die Schulter des anderen zu erreichen. »Macht ist Macht«, wiederholte er langsam und fühlte sich nicht klein und bucklig, sondern als Hofrat, Träger des Willens dieses Reiches, nein, dreier Reiche, als hätte er soeben an ein zitterndes winziges Schweizerland die drohende Note im Namen dieser drei überreicht.

286

Die Tarockpartien wurden bald wieder ins Withalm verlegt, so daß die Herren nicht erfuhren, daß dieser erste Besuch des Tschagl der Beginn regelmäßiger Besuche wurde, ja daß, war der Tschagl eine Woche lang nicht erschienen, sehr bald irgend jemand am Mittagstisch sagen würde:»Man muß nach Gänserndorf schreiben, vielleicht ist der Tschagl krank, er war schon so lange nicht da.« Den Buben fehlte der Tschagl, wenn er nicht kam, allerdings am wenigsten. Der Rudolf war zwar ein robuster Bub, der gern fischen ging, was auch der Tschagl liebte, aber sie gingen nie zusammen. Sie hatten einander nichts zu sagen. Mit dem Edi ging es nicht viel besser, wenn auch aus anderen Gründen. Der Tschagl hatte von vornherein das Übergewicht durch seinen Rang als Primus. Aber der Edi wieder hatte eine leise Verachtung für einen, der die Musik als Weiberangelegenheit abtat und den Julius, wenn er ihm einmal im Haus begegnete, nicht wie ein höheres Wesen ansah, wie die Lanzerkinder es zu tun gewohnt waren. Der Edi las gern Gedichte und sparte die Kreuzer, die er für die seltenen guten Schularbeiten bekam, oder die Tante Lotti bei gelegentlichen Besuchen ihm überließ, fürs Burgtheater. Der Tschagl hatte reichlich Taschengeld und erzählte von Büchern, die, wenn man einmal in sie hineinsah, sich als heillos trockenes Zeug erwiesen.

Das Jahr 1889 hatte mancherlei Welterschütterungen mit sich gebracht. Der Dreierbund hatte noch gerade den drohenden Krieg mit Rußland verhindert; das Stadtbild Wiens war total verändert worden; das tragische Ereignis im Kaiserhaus hatte unabsehbare Folgen; in den böhmischen Gruben löste ein Streik den anderen ab.

Was von den Ereignissen der Außenwelt in das Bewußtsein der Familie hineindrang, bewirkte höchstens, daß Linas romantische Gefühle durch die Gerüchte um den Kronprinz Rudolf weiter genährt wurden, daß die Kleineren die Spottversen auf die Ringstraßenerbauer, auf den »Siegharts und auch den Null« nach Hause brachten und sangen. Die nationalen Konflikte Polens erreichten die Unseren in merkwürdigen Äußerungen Ronczas, die manches bei den Verwandten aufgeschnappt zu haben schien. Aber da diese sogenannte Vergnügungsreise sich als ein Fehlschlag erwiesen hatte – denn die heitere, mundflinke Roncza war schweigsam, fast verbrummt, zurückgekehrt –

brachte man ihren düsteren politischen Äußerungen über die polnische Minderheit kein sonderliches Interesse entgegen. Heinrich allein hörte ihr mit Wohlwollen zu, einmal, weil er es nicht leiden konnte, daß sein Liebling in einer Gemütsverfassung zurückgekehrt war, die ihm unverständlich war und ihn mit tiefem Mißtrauen gegen die Jungtürken, wie er die ganze Bande da hinten in Cebinje noch immer nannte, erfüllte, sondern auch seiner unauslöschlichen, nie gesättigten Liebe zum Historischen wegen. Seine Söhne, die sorgenbeladen und ängstlich von einer Klasse in die nächste turnten, hatten nicht vermocht, dieses sein Interesse zu befriedigen, und auch am Stammtisch, wo man noch am ehesten diesem Interesse entgegenkam, war das Gespräch seit langem auf ein viel engeres Thema beschränkt, auf die anwachsende Majorität im Gemeinderat.

Man war sich einig mit dem Übelhör in der Besorgnis um das Aufsteigen einer neuen Macht. Aber die Quellen, aus denen diese Besorgnis bei den Stammtischlern gespeist wurden, waren doch so verschiedene, daß ein gedeihliches Gespräch nicht mehr oft aufkommen konnte. Der Stammtisch war nicht mehr der Ort, wo der Heinrich gebildeten Gesprächen lauschen konnte.

Der Tschagl, der sich so merkwürdig eingeführt hatte, war zu einer ständigen Einrichtung geworden. Er hatte dem Heinrich den Bellamy mitgebracht, ohne daß dieser sich zur Lektüre je hatte entschließen können. Weiß Gott, warum er damals in Gänserndorf gemeint hatte, daß dieses Buch ihn etwas angehe. Weder der Bellamy noch der in die Schweiz Geflohene, dem er zur Flucht verholfen hatte, kamen ihm je wieder in den Sinn. Zu tief war er verstrickt in sein Berufsleben. Der Tschagl kam regelmäßig, aber das Einvernehmen mit den Buben glich eher einer gegenseitigen Duldung. Brachte Tschagl eine neue Zeitung, Bücher, etwa den Stirner, so blieben sie ungeöffnet liegen. Ziemlich ostentativ ließ man sie liegen, Rudolf holte sein Angelzeug, und Edi verschwand in den Salon und ließ von dort die Pathétique erklingen, so als wollte er justament zeigen, daß Klavierspiel keine Weiberangelegenheit sei.

Die großen Mädchen aber lasen den Bellamy, sie lasen auch den Stirner, sie lenkten ihrerseits die Aufmerksamkeit auf Ibsen, und Vally, zart und putzig, mit einer amüsanten Stupsnase und etwas hochgezogenen Augenbrauen, die ihr einen leicht erstaunten Ausdruck verliehen, was ihr bei den älteren Geschwistern den Namen »Fräulein Verdutzt« eingetragen hatte, war die ewig

Sangesfreudige in der Familie. Sie lernte von Tschagl neue Lieder, die sie nicht verstand, aber mit großer Begeisterung durchs Haus trällerte.

So lebte man. Rosalie hatte ihre »Revanchestickerei« beendet. Der Haushalt lief wie am Schnürchen, der von Schwangerschaften ermattete Körper begann sich zu erholen, der verschleuderte Grundstock der Mitgift der Töchter war längst wieder aufgefüllt und vervielfacht, es gab Muße. Wie irgendeine Bürgersfrau saß die Rosalie im Sommer oft im Prater, bei Kaffee und Kuchen in der Meierei des Konstantinhügels, mit Tante Ernestine und den Segalmädchen, von denen die eine längst eine behäbige Frau geworden war, während Pauline, das Nesthäkchen, die das dreißigste Jahr auch bereits überschritten hatte, gierig den Gesprächen über Schwangerschaften, Dienstbotenmisere und den Fortschritten der Kinder in der Schule lauschte. Für sie enthüllten diese banalen Gespräche Märchenwelten. Daß sie mit einer Handarbeit dabeisitzen durfte, wenn ein so wichtiges Frauenleben vor ihr enthüllt wurde, erschien ihr das Höchste, was sie vom Leben noch erwarten durfte.

Rosalie hatte es mit Fassung hingenommen, daß Ronczas Reise offenbar mißglückt war. Glücklich genoß sie es, im Kreise der anderen Frauen ihre Nadel zu führen, und ließ sich gern und oft von Tante Ernestine erzählen, was ihr Edi alles würde erreichen können, wenn er, wie nun doch zu hoffen stand, nächstes Jahr die Matura ablegen würde.

»Wenn sie es vielleicht doch *beide* erreichen«, sagte sie eines Tages ernst, als ihr Tante Ernestine wieder die atemberaubende Karriere ihrer Söhne vorgaukelte bis zu der schwindelnden Höhe eines k.u.k. Beamten, der Dr. jur. sei. »Am Ende«, sagte sie, »am Ende wird auch eines der Mädchen einen Doktor heiraten.«

»Oh, von den drei Mädchen bestimmt zwei«, versicherte Pauline, die sich für die interessanten Gespräche gern erkenntlich zeigen wollte. »Wenn zwei Brüder mit Doktorat im Haus sind, dann können bestimmt zwei damit rechnen, einen Doktor zum Mann zu bekommen.«

»Zwei Söhne und vielleicht zwei Schwiegersöhne, die Doktoren sein werden!« malte sich's die Rosalie aus und stickte emsig den vorgezeichneten Flügel eines Schwans in perlgrauer Seide mit winzigen Kreuzstichen aus.

»Es kann ja auch für eine ein großer Geschäftsmann werden«,

meinte Emilie Feldmann, die ältere Segaltochter. Sie hatte einen Doktor zum Mann und zweifelte manchmal, ob sein Beruf, der es mit sich brachte, daß man sich immer wieder an die Eltern um geldliche Aushilfe wenden mußte, etwas gar so Erstrebenswertes sei. Daran zweifelte sie um so mehr, als ja der Moritz selbst oft von »verpfuschtem Leben« sprach und die Musikerlaufbahn des Julius seinen einzigen Trost nannte.

Ein vernichtender Blick der drei anderen traf sie. Man hatte es schon immer gewußt: Mit der Emilie Feldmann stimmte etwas nicht. Sie hatte einen Arzt zum Mann, einen Musiker zum Stiefsohn und wußte ihr Glück so gar nicht zu schätzen. Polizeiarzt, das war in Ernestines Augen fast so viel wie ein k.u.k. Beamter im Münzamt. Und außerdem diesen Stiefsohn!

Die Rosalie dachte da anders. Sie lehnte sich zurück und betrachtete den Schwan im Stickrahmen: »Wenn ich sterbe, dann stehen auf meiner Todesanzeige doch ein Doktor als Sohn und zwei Doktoren als Schwiegersöhne, vorsichtig gerechnet, als Leidtragende.«

Ehrfürchtiges Schweigen der anderen folgte. Pauline ließ die Häckelspitze sinken. Emilie trafen verächtliche Blicke: Wie kam sie mit *einem* Sohn, dazu noch einem Stiefsohn dagegen auf! Gewiß, er hatte mit der Patti konzertiert. Aber unterschrieb man sich vielleicht mit »ehemaliges Wunderkind«? Möglich, er würde Kapellmeister werden. Aber was ist ein Kapellmeister, gemessen an einem oder gar an drei Doktoren?

Nur Tante Ernestines Stricknadeln klapperten gleichmäßig und ungerührt. Sie war hinaus über die Luxusbegierden der Jüngeren, die petit-point stickten und Richelieu häkelten, und sie war auch hinaus über Gedanken an so vermessene Todesanzeigen. Sie war siebzig, dem Tode näher als die anderen, sie strickte »zwei glatt, zwei verkehrt«, gerillte Kinderstrümpfe. Es war ihr genug, daß sie einen Ingenieur, einen k.u.k. Beamten zurücklassen würde, wenn es einmal ans Sterben ginge.

Aber was bringt Rosalie auf Todesanzeigen? Sie ist schließlich eine stattliche Frau. Diese dunklen Knopfaugen, dieses winzige Stupsnäschen, sollte das alles nur Fassade sein? Ist das Waisenkind, das Dienstmädchen bei Segals, die Fleischersfrau aus Simmering bereits den Bedürfnissen des Alltags so sehr entrückt, daß sie Gedanken an den Tod bewegt? Falsch geraten. Der ernste, würdig tuende und weil nicht besonders kluge, ein wenig komisch, ein wenig geziert wirkende Gesichtsausdruck sollte es uns lehren: Gewiß, die Rosalie kennt auch die Todesangst; aber gerade jetzt ist sie solchen Gedanken ganz fern. Todesangst, die kannte sie in den Stunden der Schwäche, im Kindbett, aber jetzt fühlt sie sich stark und täglich stärker. Und in diesem Gefühl ihrer Kraft nimmt sie den Tod als eine Krönung des Lebens, eine, die zwar eines Tages kommen wird, aber noch weit entfernt ist. Ein Partezettel mit drei Doktoren als Familienmitglieder, damit würde sie es der ganzen Welt beweisen, daß sie ihre Sache gut gemacht hat, daß der Heinrich und Gott und die Welt mit ihr zufrieden sein können. Ein Partezettel mit drei Doktoren als Hinterbliebenen – dieser Gedanke kommt ihr nicht aus Todesangst, höchster Lebenswille spricht aus ihm: die Krönung des Lebens, die Bestätigung, daß sie erreicht haben würde, was ihr aufgetragen worden war, faßt sie darin zusammen.

Noch immer waren die Mohnnudeln »schon gezuckert«, noch immer gab es nur für den Heinrich Bohnenkaffee zum Frühstück, noch immer wurde ein Kleidungsstück von der Ältesten bis zur Jüngsten aufgetragen, noch immer setzte es Prügel für die Zweitjüngste, wenn es sich erwies, daß das Kleid, das schon die Lina und dann die Roncza getragen hatte und das auch noch für Camilla reichen sollte, bei dem Reißteufel Vally sich beim besten Willen nicht mehr flicken ließ. Und doch waren außerdem schon luxuriöse Bürgersbräuche bei den Lanzers eingezogen, ohne daß sich Rechenschaft darüber hätte ablegen lassen, wer dazu den Anstoß gegeben hatte. Rosalies feine Handarbeiten, die regelmäßigen Klavierstunden, das mühelose französisch Parlieren, auch gelegentliche Theaterbesuche der Kinder waren zu Selbstverständlichkeiten geworden. Zum Klavierüben wurde zwar der Salon noch immer nicht geheizt, aber eine ständig wachsende Bibliothek, ein halb gefüllter Bücherschrank aus schönem Holz und mit vielen altdeutschen Schnörkeln gehörten zu den Neuerwerbungen der Familie, bei denen Heinrich seine Gattin gewähren ließ. Was die Kinder von dem mageren Taschengeld einander schenkten, nahm kaum ein halbes Regal des mächtigen Bücherschrankes ein; aber er füllte sich dennoch systematisch mit den Werken der Klassiker, die Rosalie nach eingehender Rücksprache mit Tante Ernestine und dem Ingenieur aus dem k.u.k. Münzamt von einem Ratenhändler bezog, der alle zwei Monate eine bestimmte Anzahl von Bänden lieferte.

Ihre Kinder brauchten eine Bibliothek, hatte die Rosalie entschieden, so wie sie einst entschieden hatte, daß sie ein Klavier und Französischkenntnisse brauchten. Sie unterbrach wohl auch ihre Stickarbeit und sah andächtig zu, wenn eines der Kinder dem Schrank einen Band entnahm und aufschlug oder gar etwa, was nach den seltenen Burgtheaterbesuchen geschah, ganze Monologe des Sonnenthal oder der Wolter hersagte, das Buch nur zur Bestätigung, ohne hineinzusehen, aufgeschlagen vor sich. Dies alles gehörte nach der Rosalie Meinung zum Wohlstand, war nicht Luxus, war der Weg zum Ziel, zur Vollendung eines Lebens mit Doktoren als Hinterbliebenen, nahm dem Tod seinen Stachel. Luxus hingegen war des Heinrichs »Zeugerl«, das verursachte ihr Unbehagen, wohlweislich hatte der Heinrich ihr diesen Besitz so lang wie möglich verschwiegen. Luxus war Ronczas Vergnügungsreise gewesen, das pelzbesetzte Kostüm, das man ihr nicht vererbt, sondern funkelnagelneu, eigens für die Reise hatte anfertigen lassen. Luxus war ein Ausflug, wie der nach Gänserndorf.

Was aber sollte man von dem neu auftauchenden Projekt der Sommerferien halten? Man wußte, daß Windbeutel und Falotten sowas ernstlich ins Auge faßten und daß es ihnen nicht gut bekam. Man wußte auch, daß so reiche Leute wie die Ardittis alljährlich, vor Schulschluß sogar, in eine Villa nach Vöslau übersiedelten und die Kinder die letzten Schulwochen im Fiaker zur Stadt gebracht wurden, was man des Aufwandes wegen unmöglich gutheißen konnte. Man wußte auch, daß weniger begüterte Kinder, die mit den Lanzers zur Schule gingen, manchmal zu Verwandten nach Tirol oder sonstwohin geschickt wurden. Man hörte auch gelegentlich, daß Vater oder Mutter von dem oder jenem, mit dem man die Schulbank teilte, nach Gleichenberg zur Kur oder nach Teplitz ins Bad gefahren war. Nun, gottlob, sie hatten das nicht nötig, es zwickte zwar manchmal tüchtig in den Beinen, wenn das feuchte Wetter kam, und es gab Jahre, in denen der Heinrich seinen Husten nicht los werden konnte, aber wenn der Moritz zu Badereisen riet, kam er schön an. Das war Luxus, man war kerngesund, das bißchen Husten hatte nichts zu bedeuten. Für sich etwas tun, das hatte man nicht gelernt, es war beruhigend zu wissen, daß man genug Geld auf der Bank hatte, daß man sich's später würde leisten können, wenn die Buben ausstudiert, wenn die Mädln verheiratet sein würden.

Nein, diesmal galt das Projekt einem Luxus, an dem *alle* teil haben sollten, alle, einschließlich des Personals oder eines Teils des Personals. Es gab in diesem Haus, in dem an allen Ecken und Enden so sichtbar gespart wurde, doch eine Köchin, ein Stubenmädchen, eine Wäscherin, eine Büglerin, die Französin, die Hausschneiderin und den Schuhputzer.

Man erwog ernstlich Sommerferien, in denen noch keiner je gewesen und unter denen man sich auch nichts Rechtes vorstellen konnte. War Moritz Feldmann mit seinen Vorschlägen für Badereisen nicht durchgedrungen, so war er erfolgreicher durch seinen Hinweis, daß der kleinen Camilla Gesundheitszustand nicht recht zufriedenstellend wäre, ohne daß man einen rechten Grund dafür hätte angeben können. Als er vorschlug, man könnte es doch einmal mit einer Luftveränderung versuchen und dabei der ganzen Familie einen Sommeraufenthalt zugute kommen lassen, nahm man seine Anregung auf.

Die Wahl fiel auf einen kleinen Ort im Niederösterreichischen, Gutenstein, weil Heinrich dort einen guten Kunden hatte, durch dessen Vermittlung eine Sommerwohnung ausfindig gemacht wurde. Die Gerüchte am Mittagstisch über die bevorstehenden Genüsse dieser Ferien waren schwindelerregend und blieben doch ganz vage. Man sprach vom Fischen und von Waldspaziergängen. Aber fischen konnte man eigentlich auch im Heustadelwasser. Und Wald? Ja, das würde eben wie im Prater sein. Plötzlich fiel das Schlagwort »Dirndlkleider«, keiner wußte, wer es aufgebracht hatte. Dieses Wort zündete. Fräulein Motzkoni wurde bestellt und sollte für die Mädchen Dirndlkleider schneidern. Das war billig und schonte die guten Stadtkleider für den Herbst.

Wochenlang vorher wurden Kisten gepackt, war die Wohnung auf den Kopf gestellt, war nicht nur Fräulein Motzkoni beschäftigt, sondern auch andere, war Jankl, der Schuhputzer zum Packer avanciert. Es ging zu, als ob man auswanderte, schalt der Heinrich und meinte, daß er nie seine Einwilligung gegeben hätte, hätte er gewußt, mit welchen Unbequemlichkeiten diese Reise von *drei* Stunden verbunden sein würde. Ihm, der in seiner Jugend so weit herumgekommen war, der noch jetzt gelegentlich geschäftlich zu verreisen hatte, der regelmäßig zwischen Wien und Preßburg hin- und hergefahren war, erschien diese Reise nicht als das große Wagnis, als das sie der Rosalie erschien.

Ja, er hatte gut reden. Aber wie sollte sie einteilen, berechnen, wenn dort vielleicht andere Preise herrschten? Wie konnte sie einen Speisezettel festlegen, wie im Juli die Münder mit schmackhaften und billigen Marillenknödeln stopfen, wenn dort die Marillen vielleicht sündhaft teuer waren? Und was sollte, bitte, mit dem Einkochen geschehen? Unmöglich konnte man es der Božena allein überlassen. Gewiß, sie war nicht verschwenderisch. In nahezu fünfzehn Jahren war ihr Rosalies Sparbesessenheit auch zur zweiten Natur geworden. Freilich nur zur zweiten. Würde sie wirklich den günstigsten Tag zum Einkauf auf dem Markt abwarten? Und würde sie, um ganz sicher zu sein, daß das große Werk gelinge, nicht lieber mehr Zucker als unbedingt notwendig verwenden? Und war Lina, die immer ihre Romane im Kopf hatte, auch schon reif und verständig genug, um die Božena zu überwachen und ihr mit der genügenden Autorität entgegenzutreten? Und konnte ein junges Mädchen von neunzehn Jahren allein, war die Einkochzeit vorüber, nachreisen? Das war nun wieder gewiß nicht schicklich. Und was hieß »Ende« der Einkochzeit? Die Himbeeren und Brombeeren und Zwetschken, die kamen erst im August in billigen Massen auf den Markt. Man konnte aber doch nicht die Lina um die ganzen Ferien bringen. Aber auf Roncza wieder war kein Verlaß. Wie immer, wenn die Schwierigkeiten ausweglos schienen, entschied Tante Ernestines Machtwort. Lina sollte in der Stadt bleiben, um das Einkochen der Marillenmarmelade für den Winter zu überwachen und vierzehn Tage später als die anderen mit dem Vater nachkommen, der sich dann auch acht Tage Urlaub nehmen würde. Für die einzukochenden Zwetschkenröster und die so billige Brombeermarmelade würde Rosalie vorzeitig zurückkommen, während man auf Wintervorräte von Himbeergelee und Heidelbeerkompott in diesem Jahr eben verzichten würde.

Rosalie schmuggelte, ohne ihre geheimen Absichten laut werden zu lassen, noch einige Einsiedegläser in das Übersiedlungsgut, es kam bei dieser Fracht schon wirklich nicht darauf an, und, wer weiß, vielleicht konnte man dort Erdbeeren und Himbeeren im Wald sammeln und einsieden.

Während so die Großen ihre Sorgen hatten mit Disponieren, blieb die Bangigkeit der Buben vor der Zeugnisverteilung unbemerkt. Zum Glück entfiel auch die ausführliche Besprechung der Zeugnisse am Familientisch. Daß beide durchgekommen waren, genügte diesmal.

294

Schließlich fuhren die ratternden Möbelwagen, beladen, als gälte es eine endgültige Übersiedlung, ab. Dann folgten Mademoiselle und Fini, mit tausend Instruktionen und Warnungen, die sie unmöglich alle befolgen konnten, weil immer eine der anderen widersprach, versehen mit dem Speisezettel, mit dem sie zwei Tage später die Familie empfangen sollten. Eier, hatte Rosalie entschieden, waren billig am Lande und gewiß auch Schwämme. Also sollte es Schwämme mit Eiern geben und Butterbrot, das stand bereits fest. Die Kinder machten heimlich Bemerkungen, malten der ängstlich besorgten Mutter lausbübisch scheinheilig die Katastrophe aus, wenn dort vielleicht gar keine Schwämme wüchsen. Oder wenn die von Landkindern zu Markt gebrachten gar giftig wären? Rosalie hatte gar mancherlei im Lauf der Jahre gelernt. Nur eines würde sie nie lernen: Humor. Wie hätte sie diesen auch lernen können, da sie den Aufbau ihres Hauses, die Verwaltung des ihr anvertrauten Gutes so tödlich ernst nahm? Humor hatte sie nicht gelernt, dazu hatte ihr das Leben keine Zeit gelassen. Wohl aber den Kindern. Jetzt, besonders da diese Sommerreise bevorstand, da kein »Nicht genügend« unmittelbar drohte, überboten sie einander in Scherzen, die immer ein wenig auf Kosten der Mutter gingen. Sie hielten sich genügend im Zaum, um den gebotenen Respekt nicht ernstlich zu verletzen, aber das mühsam unterdrückte Schmunzeln des Vaters über so viel Übermut bewirkte, daß sie sich bis an die Grenze des Erlaubten wagten.

Selbst Ronczas Melancholie schien vorbei. Sie war auf Lina ein wenig neidisch, weil die allein mit dem Vater zurückblieb, andererseits malte sie sich aus, wie ratlos sie sein würde beim en gros Obsteinkauf am Naschmarkt, und so lieferte sie, von der Muse der Schadenfreude ein wenig befeuert, eine Szene des Einkaufs, bei der eine alte Geizige von den Obstlerinnen übers Ohr gehauen wird, und das spielte sie so komisch, daß die Kleinen und Edi und Rudolf zu prusten begannen. Rosalie blickte etwas ratlos und hilfesuchend zu Lina, aber bevor sie sich noch entscheiden konnte, ob sie trotz Heinrichs sichtlicher Amüsiertheit ihre Würde als angetastet erachten und deshalb Schweigen gebieten sollte, ging es schon weiter, und Edi und Rudolf übernahmen nun die führenden Rollen und spielten Gast und Kellner im Landgasthof, bewiesen witzig, daß Schwämmeessen gefährlich sei, ergingen sich in tiefsinnigen, einander widersprechenden Betrachtungen über den silbernen Löffel der Köchin, der durch sein Nicht-grün-Anlaufen die Ungiftigkeit der Schwämme beweise, stritten, indem sie einander mit den höflichsten Ausdrükken und den verdrehtesten Beschimpfungen bedachten, und waren dann ganz unvermittelt einer Meinung, da sich Kellner wie Gast entschieden, daß alles, was nicht Fleisch sei, an und für sich giftig und ein »G'selcht's mit Knödl« unbedingt die einzige gesunde Speise sei. »Und ein Seidl dazu«, rief der Edi dem geschäftig davoneilenden Kellner nach, der sich viel zu lang mit dem Stadtfrack aufgehalten hatte. Man sah ihn laufen, wiewohl der Rudolf sitzenblieb, um dann unlustig in seinem fleischlosen Essen herumzustochern. Man lachte, und Rosalie verstand den Wink und erklärte, die Buben müßten nicht glauben, daß sie sich während des Sommers, weil der Vater nicht da sein würde, als Männer aufspielen dürften und schon ein Anrecht auf ein abendliches Bier hätten. Der Heinrich dagegen fand, daß die kleine Szene und das Aufsteigen in die nächste Klasse des Gymnasiums – für den Edi die letzte – doch ihren Lohn haben müßten und setzte für die Buben das Seidl durch, nicht ein tägliches, aber doch für ein paarmal in der Woche.

So verlief das letzte Mittagessen vor der Abreise. Und am nächsten Morgen fuhr man, ein ganzes Coupé dritter Klasse besetzend, ab. Lina versprach noch einmal, aufgeregt und mit feuerroten Backen, einen billigen Obsteinkauf und ein gutes Einsieden. Und Heinrich hielt zu guter Letzt die Rosalie zum besten, indem er den Proviantkorb mit Hilfe Vallys rasch unter einem Sitz versteckte und danach suchen ließ. Und dann war es soweit und der Zug fuhr an.

Lina fand es nett, mit dem Vater allein nach Hause zu kommen, die schwere Verantwortung über die einzukochende Marmelade verlor ihren Schrecken. Die beiden Zurückgebliebenen, die vorerst um die ersten Familiensommerferien gebracht worden waren, betraten in durchaus gehobener Stimmung die Wohnung, die, durch herabgelassene Jalousien, zusammengerollte Teppiche, Sommerbezüge der Möbel und Naphtalingeruch des Glanzes einer wohlanständigen Bürgerswohnung beraubt, doch einladend wirkte. Keine Mutter war da, die dauernd mahnte, die kostbaren, unersetzlichen Stücke zu schonen. Bequem konnte sich Lina mit ihrem Buch in dem besten Fauteuil, der sonst nur dem Vater oder Ehrengästen vorbehalten blieb, lümmeln. Während Heinrich in wahrer Ausschweifung die Asche seiner Zigarre herumstreute, wo es ihm paßte, selbst im Schlafzimmer, wo er Alleinherrscher war und so exzedierte, daß er die Zeitung im Bett las und dabei rauchte.

Die Sommerfrischler indes nahmen bei ihrer Ankunft zuerst wohlgefällig wahr, daß die schon offensichtlich für städtische Mieter eingerichtete Wohnung eine Veranda besaß, eine geräumige Veranda, über der schützend ein Dach lag, so daß man auch bei Regenwetter dort wohl geborgen war, rückte man Tisch und Stühle nur ein wenig gegen die Hauswand.

Hier richtete sich sofort Camilla in einer Ecke ein und war nur selten auf Spaziergänge und zu gemeinsamen Spielen hervorzulocken. Und da Onkel Moritz verordnet hatte, man sollte die zarte Kleine gewähren lassen, so ließ man sie, ja man zwang sie auch nicht eisern zum Strumpfstricken, wie Vally voll Neid feststellte, die man mindestens zwei Stunden täglich ans Haus fesselte, zwecks Herstellung besagten Strumpfes, der nicht bestimmt war, je getragen zu werden, sondern einfach das Meisterstück darstellte, dessen Verfertigung von jedem Mädchen erwartet wurde. Diese zwei Stunden biß Vally die Zähne zusammen, die Tränen saßen locker, während die Maschen fielen und man von Glück sagen konnte, wenn sie, unbemerkt von den gestrengen Augen der Mutter, von Mademoiselles rettender Hand aufgenommen werden konnten. Das waren aber auch die einzigen traurigen Stunden für Vally in diesem Sommer.

Denn sonst, o eitel Glück und Wonne, die großen Brüder gaben sich erstmals mit ihr ab, ja Edi und sie wurden in diesem Sommer ein unzertrennliches Paar. Fräulein Verdutzt hatte allen Grund, verdutzt dreinzublicken: Flankiert von den Brüdern, durfte sie über die Dorfstraße stolzieren. Bloßfüßige Kinder liefen um sie herum und blickten mißtrauisch drein. Die mit Vally Gleichaltrigen hatten nicht bloß für zwei Stunden Hausarrest, sondern mußten in der Wirtschaft tüchtig helfen, weshalb sich eine Annäherung schwer ergab. Auch hatten ja unsere Kinder überhaupt noch nicht gelernt, sich an andere anzuschließen, selbst ein regelmäßiger Kontakt mit Schulkameraden war, außer mit den Ardittis, nie recht gelungen. Brachte man jemanden ins Haus, dann wurde er von Mutter und Mademoiselle mißtrauisch betrachtet, auch schämten sich die Kinder des zu dünnen Ka-

kaos, den sie anzubieten hatten, und da sie selbst ja auch kaum je eingeladen worden waren, hatten sie wenig Gelegenheit gehabt festzustellen, ob es anderswo besser war.

Eine Annäherung an die Dorfjugend ergab sich auch nicht im Gasthof, wohin die Buben eines Abends ausrückten, weil sie gehört hatten, daß man dort bei einem Glas Bier kegelte, was ihnen faszinierend erwachsen vorkam. Dieses Unternehmen war kein allzu großer Erfolg, sie kamen jedenfalls vorzeitig zurück, lange vor Ablauf der von der Mutter bewilligten Stunde, und, dringlich nach den Ereignissen befragt, wurden sie beinahe grob und erklärten, daß dort nichts losgewesen sei. Und sie gingen nie wieder dorthin.

Hinter dem Haus war ein Sägewerk, sauber und hochgeschichtet lagen die Bretter, es roch herrlich nach frisch geschnittenem Holz und es war ein guter Versteckplatz. Da man Vally im Hause ja nicht suchte, wenn sie unter der Obhut eines Bruders war, saßen sie und Edi dort abends oft stundenlang, bis es Zeit war, zu Bett zu gehen. Man hatte es ruhig und verschwiegen hier, die immer ein wenig zu schrille, zu energische Stimme der Mutter, die beschwörende Mademoiselles drang nicht hierher, man war auch sicher vor Ronczas Spott, der leicht verletzend werden konnte, man fühlte sich geborgen, einer beim anderen, und man konnte seine geheimsten Gedanken und Wünsche verraten, ohne sich preisgegeben zu fühlen.

»Wenn du erst einmal ein Advokat bist«, sagte Vally, »dann gehen wir jeden Abend ins Theater, und nachher essen wir im Bierwinterhaus Schnitzel.« Im Bierwinterhaus waren sie einmal gewesen, als der Vater in besonderer Geberlaune sie trotz des Protestgezeters der Mutter mitgenommen hatte.

»Aber Vally, wenn du nicht früher zu Theater und Schnitzel kommst, ist es schlecht um dich bestellt. Jetzt muß ich doch erst einmal die Matura machen!« Edi seufzte. »Und dann kommen vier Jahre Jusstudium, und dann sieben Konzipientenjahre.«

»Ein Jahr und vier Jahre und sieben Jahre«, rechnete Vally. »Elf Jahre!« Sie schüttelte den Kopf. Nein, das war auch ihr zu lang.

»Und durchfallen kann man auch.«

Vally nickte. Von dem Grauen vor dem Durchfallen der Buben, das ständig das Haus erfüllte, wußte natürlich auch sie. »Ja aber mußt du denn Advokat werden?«

Glühwürmchen umschwirrten sie, Edi haschte nach einem und

setzte es ihr sanft ins Haar. »Laß doch!«, bat er, da sie abwehrte, und so glühte ihr über der schön gewölbten Stirn der Stern. Die Glühwürmchen, das Glühwürmchen in Vallys Haar, Millionen Sterne über ihnen, Edis glimmende Zigarette, die hie und da Lichter über die Gesichter huschen ließ, – all dies war eigentlich nichts Besonderes, aber sie erlebten es zum ersten Mal. Diese Szene wiederholte sich täglich mit kleinen Abwandlungen, einen ganzen Sommer lang, später haben die beiden sie freilich vergessen, und in den folgenden gemeinsam verbrachten Sommern hat es nichts dergleichen mehr gegeben.

Aber warum wohl saß Jahre später Fräulein Verdutzt, dann schon Frau und Mutter, mit einer Miniaturausgabe ihrer selbst, eng an sich gedrückt, in eleganter Sommerfrische am liebsten abseits vom Treiben der Wiener Gesellschaft und ihren Vergnügungen, denen sie bereits zugehörte, und blickte verdutzt und ratlos in den Sternenhimmel? Verdutzt über all das, was ihr geschehen und was doch so anders geworden war, als sie damals auf dem Holzstoß erträumt und erhofft hatte. Wahrscheinlich wußte sie gar nichts mehr von diesem Holzstoß, und doch gab es ihr auch später noch vorübergehend Ruhe und Frieden, auf einem Holzplatz zu sitzen.

Und warum wohl saß Edi, als er es 1914 tatsächlich erreicht hatte, nämlich die Matura und das Doktorat und fünf absolvierte von elf Konzipientenjahren, nun in des Kaisers Rock irgendwo in den Karpaten in einem zerschossenen Dorf auf einem Holzplatz, während ringsum Häuser schwelten und Pferdekadaver herumlagen? Der Holzplatz war es, der ihm den Gleichmut gab, von dem er noch erfüllt war, als er mit dem dritten Infanterieregiment zum Angriff antrat, zur großen Brussiloffensive – aus der er dann nicht mehr zurückkommen sollte.

»Warum ich Advokat werden soll, das frag’ ich mich auch«, bestätigte der Edi damals jedenfalls achselzuckend, aber auch völlig ergeben in das über ihn verhängte Schicksal. »Der Vater sagt immer, wenn ich nicht lern’, muß ich Schuster werden.«

»Aber es riecht doch so gut beim Schuster«, meinte Vally. Beide lachten, denn auch ihnen schien das kein genügender Grund für eine Berufswahl. »Du kannst ja auch ein Geschäft haben«, meinte Vally altklug und kam sich sehr praktisch vor.

»Wir sind keine Geschäftsleute«, sagte der Edi plötzlich hochmütig. Das hatte man von allen Seiten immer wieder in die Kinder hineingelegt.

»Wieso?«, fragte Vally. »Der Vater ist doch auch in einem Geschäft!«

»Er ist dort angestellt, das ist etwas anderes. Außerdem müssen Kinder es weiter bringen als ihre Eltern«, erklärte der Edi entschieden. Wenn er nicht an diesen Satz wie an ein Axiom glaubte – wozu sollten dann seine ganzen Schindereien, seine Todesängste, sein Nachtschweiß während der letzten Gymnasialjahre gut sein?

»Beim Schuster ist es aber doch schön«, sagte Vally und grenzte sich damit ab gegen diese Erwachsenenwelt, der leider offenbar auch der Bruder zugehörte.

»Wie kommst du also, bevor ich Advokat bin, zu deinem Theater und dem Schnitzel?« neckte der Edi.

»Schnitzel«, rief Vally sehnsüchtig. Sie konnte zwar Wallenstein auswendig und die Jungfrau, die beiden Stücke, die sie gesehen hatte, auch den Monolog aus Hamlet wußte sie herzusagen. Aber momentan überwog die Schnitzelsehnsucht. Rosalies Portionen waren nie allzu üppig, waren hier sogar noch eingeschränkt worden, da es sich bestätigt hatte, daß alles teurer als in der Stadt war, während der Hunger der Kinder in der ungewohnten frischen Luft natürlich mächtig gewachsen war. Sie schrien alle dauernd nach mehr, was ihnen aber nur als gefräßig verwiesen wurde.

»Du mußt eben bald heiraten, einen Mann, der ein Abonnement fürs Burgtheater und die Oper hat und uns nachher beide auf Schnitzel einladet«, schlug Edi lachend vor.

Vally schüttelte stolz den Kopf. »Ich heirate nie«, sagte sie.

»So, so«, meinte der Edi und sah sie wohlgefällig an, »aber alle Mädln heiraten. Willst du vielleicht wie die Tante Pauline werden?« Tante Pauline war das Schreckgespenst, deren Altjungfernleben man den Mädchen bei jeder Gelegenheit ausmalte. Wenn sie ihre Strümpfe nicht ordentlich stopften, das Klavier nicht nach jedem Üben abstaubten, dann, so hieß es, würden sie enden wie Tante Pauline, nie würde sich ein Mann um sie bewerben. Eine Drohung, die jeder Logik entbehrte, was ihre Wirksamkeit freilich nicht abschwächte. Pauline hatte zwar keinen Mann bekommen, galt aber trotzdem als mit allen Hausfrauentugenden ausgestattet, so gut ausgestattet, daß sie, wann immer in einem Familienhaushalt etwas nicht klappte, zu Hilfe gerufen wurde.

»Ich heirate nicht, und ich werde auch nicht wie Tante Pau

300

line«, sagte Vally energisch und schien ganz bestimmte Pläne zu haben.

»So, so, du heiratest nicht.« Edi schmunzelte.

»Ich singe«, sagte sie.

»Das tust du ja ohnedies«, lachte der Edi. Denn die Vally sang tatsächlich den ganzen Tag lang Schullieder und Gassenhauer und Arien, und alles völlig rein, und ohne daß man wußte, wo sie es her hatte, und ohne jede Rücksicht darauf, ob die Buben gerade eine schwierige Griechischaufgabe machten oder ob der Edi sich am Klavier erholen wollte.

Sie schüttelte den Kopf. »Ich meine, ich lerne singen, richtig singen, und dann geh' ich nach Breslau und sing' beim Julius.«

Julius wurde jeden Tag erwartet, nach Ablauf des Manövers, mit dem sein Freiwilligenjahr beendet war. Er hatte als jüngster Kapellmeister mit neunzehn Jahren einen Vertrag für den Herbst an die Oper in Breslau bereits in der Tasche. Seine Karriere war am Mittagstisch gelegentlich erwähnt und von den Großen beredet worden, aber Vally hatte kein Zeichen von sich gegeben, aus dem zu schließen gewesen wäre, daß sie an dem Gespräch Interesse genommen hatte.

»So, so, zum Julius gehst du«, lachte der Edi halb ärgerlich, halb amüsiert und fand es plötzlich über alle Maßen albern, daß er mit dem Naseweis heimlich im Dunkel auf dem Holzstoß saß. »Was singst du denn beim Julius?«

»Oh, alles«, antwortete sie und machte eine weit ausladende, vage Handbewegung. »Die Aida und die Sieglinde und die Königin der Nacht und die Fricka und vielleicht auch die Leonore im Fidelio, der Julius wird mir schon sagen, was.« Das Vertrauen in den Julius schien grenzenlos.

»Was du nicht sagst«, neckte der Edi. »Einmal singst du Koloratur, und einmal Alt und manchmal Sopran, was du nicht sagst!«

»Das gibt es auch, manchmal«, sagte Vally und tat sehr selbstsicher. »Der Julius wird mich schon anlernen.«

»Der Julius wird dich anlernen«, wunderte sich der Edi, nun aber schon ernstlich erbost. »Weiß der überhaupt schon von seinem Glück?«

Das Glühwürmchen, das über Vallys Stirn saß, begann ihn zu irritieren mit seinem Blinken.

»Wieso Glück?« fragte die Vally verständnislos. »Viel Arbeit ist das, fleißig muß man da sein.«

»So, so«, brummte der Edi versöhnlich und war schon wieder halb gewillt, es doch nicht so unsinnig zu finden, hier heimlich auf dem Holzstoß zu sitzen.

»Natürlich weiß er noch nichts, das darf er doch erst dann wissen, wenn ich groß bin. Du«, sagte sie erschrocken, »schwör mir, du mußt mir schwören, daß du ihm nichts sagst, niemandem darfst du es sagen, die anderen lachen nur. Es ist ein Geheimnis, unser Geheimnis.«

Edi drückte ihr beruhigend die Hand. Nie würde jemand von ihm erfahren, daß die Vally mit Julius am Dirigentenpult die Aida singen würde.

»Nein, so schwört man nicht«, sagte die Vally ungeduldig. »Komm, sprich mir nach.« Und Fräulein Verdutzt sprang auf von ihrem Holzstoß, reckte die Schwurfinger der Rechten zum ausgestirnten Himmel und sprach drohend und feierlich eine Variation des Tellschwurs. Konnte sie doch auch den Wilhelm Tell auswendig.

Edi konnte nicht umhin, ihr den Willen zu tun, und danach saßen sie wieder einträchtig beisammen und flüsterten ganz leise, wiewohl niemand außer dem Glühwürmchen sie hätte hören können. Aber ein tiefes Geheimnis, ein Schwur verband sie.

Ansonsten unterschieden sich diese ersten Landferien nicht wesentlich von denen in der Stadt, man war etwas freier, dafür war alles etwas unbequemer als zu Hause, aber weder Natur noch Menschen kamen den Lanzers näher oder brachten irgendwelche Erschütterungen, jedenfalls in diesem ersten Landsommer nicht. Erlebnisse wachsen nicht über Nacht, brauchen einen gut vorbereiteten Boden, auf dem sie gedeihen können.

Gewiß, man ging mit Mutter und Mademoiselle früh in den Wald, auf sonnenbeschienenen Halden pflückte man Erdbeeren. Man suchte auch Heidelbeeren und wetteiferte, wer sein Gefäß früher gefüllt hatte. Die Buben gingen mit, weil sich doch keiner der Dorfjugend seit jenem ersten, mißglückten Kegelabend ihnen genähert hatte. Ja, es ließ sich eigentlich kein Gleichaltriger auf der Landstraße blicken, weiß Gott, wo die sich herumtrieben. Manchmal sah man einen Dorfburschen Heu aufladen, den anderen einen Wagen kutschieren. Schließlich war man Gymnasiast und kam aus der Großstadt und konnte denen hier nicht gut nachlaufen. So schloß man sich eben dem Weibervolk an, mit einem Buch, in dem man nicht las, warf sich ins Heidekraut und ließ sich von den Mädln die Beeren servieren. Aber selbst das Beerenpflücken artete unter der Führung der Erwachsenen in Arbeit aus, man wurde angetrieben, mehr zu sammeln und weniger zu essen, bald mußten auch die Buben mittun.

Es war nicht immer einzusehen, warum es hier im Wald so viel schöner sein sollte als im Prater, wie Mutter und Mademoiselle einem ständig einreden wollten. Gewiß, man mußte keine weißen Handschuhe tragen und immer flüstern, aber gar so gewaltig wie die taten, war der Unterschied eigentlich auch nicht.

Am hübschesten war es noch, nach einem Regentag auf Pilzsuche zu gehen. Die Mutter konnte die Pilze gut unterscheiden und wußte zu erklären, welche man pflücken, welche man stehen lassen sollte. Diese Kenntnisse waren neu und ließen die Mutter vorübergehend in einem interessanten Licht erscheinen. Sie war doch ebensowenig wie die Kinder je auf dem Land gewesen, woher kamen ihr diese Kenntnisse? »Sie hat es vielleicht studiert«, meinte Rudolf. »Aus einem Buch?« fragte Vally. Es kam ihnen allen unwahrscheinlich vor, und die Kenntnisse blieben geheimnisvollen Ursprungs.

Die Pilze wurden geschnitten, getrocknet und auf Fäden aufgezogen – eine Beschäftigung, an der alle teilnahmen und sich dazu einträchtig um den Tisch fanden. Manchmal ließ Rudolf, dessen einzige offenkundige Begabung eine schöne Stimme und ein Deklamiertalent mit einem ziemlich hohlen Pathos waren, sich herbei und las vor. Er las »Die Räuber« und »Wilhelm Tell«, durchaus auch zu Rosalies Wohlgefallen, denn dies war klassisch und Bildung. Er las aber auch »Wildfeuer« und sogar Ibsen vor, womit er aber bald vom Tisch verwiesen wurde, weil Ibsen keine Lektüre in Anwesenheit Vallys wäre. Da half auch kein Einspruch Ronczas oder Edis, kein Hinweis darauf, daß diese Dramen doch in der »Neuen Freien Presse« lobend besprochen worden waren. Mochten die größeren Kinder es lesen, wenn sie es nicht lassen konnten, an den Familientisch kamen der Rosalie solche Bücher nicht.

Wenn man es recht betrachtete, so war in diesem ersten Sommer, der für die Kinder ergötzlich sein sollte, eigentlich nur Rosalie restlos glücklich. Das Beeren-, das Schwämmesammeln, niemand der Ihren bemerkte es, aber es versetzte sie fast in einen Glückstaumel. Am liebsten wäre sie schon um vier Uhr morgens allein aufgebrochen. Nur mühsam konnte sie sich bis sechs Uhr im Bett halten. Es hätte zu viel Fragen gegeben, zu vieler Erklärungen bedurft, hätte sie die ganze Hausordnung, ohne ersichtlichen Grund, so durchbrochen. Manchmal hielt sie es einfach nicht aus, machte sich heimlich davon, war aber zum Frühstück schon wieder zurück und versuchte das harmloseste Gesicht aufzusetzen, wiewohl sie ein großes Geheimnis vor den anderen verschloß. Das Beerensuchen, das Schwämmebrocken – es sei gestanden –, das tat sie am liebsten allein.

Es ist nur gut, daß keines der spottlustigen Kinder beobachten konnte, wie sie frühmorgens loszog, durch vom Tau benetztes Heidekraut stieg, sich plötzlich kurz entschlossen auf einem weichen Moosteppich niederließ und Schuhe und Strümpfe auszog. Wahrhaftig, die plumpe, schwerfällige Rosalie, Mutter von sechs Kindern, wippte bloßfüßig auf dem weichen Moosteppich und schwenkte dabei übermütig die Schuhe in der Hand. Später saß sie dann, die Hände schwer im Schoß, fast andächtig, auf einer Bank und blickte verwundert auf ihre von schlechtem Schuhwerk verkrüppelten Zehen herab. Waren das ihre Füße, war das sie, Rosalie? Auf die zu Hause eine ganze Familie wartete? Und war doch noch gestern die Rosi, die Gänserosi gewesen, die weit und breit keine Familie hatte, außer der Tante Sarah, die in einer Hütte am Rande des Dorfes lebte, der sie die Gänse hütete und den Mist führte und den ewig rauchenden Herd betreute, und von der sie beten und stricken lernte; die es aber auch ganz als selbstverständlich nahm, wenn das Kind allein stundenlang durch den Wald streifte, allein oder mit anderen bloßfüßigen Dorfkindern, die auch am Rande des Dorfes hausten, gleich ihr zu den Ärmsten der Armen gehörten, sprachen sie auch andere Gebete als sie. Damals hatte sie gelernt, welche Schwämme man aß und welche man besser stehen ließ. Sie hütete sich wohl, das ihren Kindern zu erklären. Sie hatte niemandem zugeschworen, es als Geheimnis zu bewahren, sie war mit niemandem abends auf dem Holzplatz gesessen und hatte nie einen Schwur frei nach Schiller erfunden, aber sie hütete sich wohl, ihr Geheimnis preiszugeben. Es war *ihre* Sache, ihre ganz allein, daß sie täglich Begrüßungen vornahm, Wiedersehen mit alten Waldbekannten feierte, deren sie nicht gedacht hatte seit Kindertagen. So jung und so fromm wie in Kindertagen fühlte sie sich, und voll Staunen überdachte sie den Weg des dörflichen Waisenkindes in den schlesischen Bergen bis zu der Frau, die sie heute war.

Sie war eine pflichtgetreue, ernsthafte Person, die Rosalie, und ihr jauchzender Übermut ging nie so weit, daß sie bloßfüßig über die Wiesen getanzt hätte, nur ganz heimlich und rasch wippte sie, schwerfällig und schon ein bißchen kurzatmig, auf dem Moosboden oder ging vorsichtig eine kurze Strecke, wenn sie sicher sein konnte, von niemandem gesehen zu werden. Die Kinder nahmen es wohl als mütterliche Wichtigtuerei, wenn auf einem gemeinsamen Spaziergang die Mutter prüfend eine Ähre ansah und sagte: »Steht gut in diesem Jahr.« Verraten hat sie sich den Ihren selbst durch solche Bemerkungen nicht. Die Fratzen fanden es nur ungeheuer komisch, daß die Mutter vorgab, etwas von Getreide zu verstehen. Keines von den Kindern ahnte, daß die schon recht würdige Matrone, die auch hier in den Ferien noch allzuviel mit ihnen herumkommandierte, selbst ein beseligtes Kind war, das bei jedem Schritt Wiedersehen feierte und die Todesängste der Kindbetten vergessen hatte, so als wären diese nie gewesen. So fremd kann man plötzlich neben den Seinen sein, so fremd und so glücklich war die Rosalie. Ihre Pflichttreue aber hielt sie an, trotz heimlichem Jauchzen und innerer Frömmigkeit genau nach dem Rechten zu sehen und den Einkauf auch hier weder Mademoiselle noch der Fini zu überlassen. Ihre wiederentdeckte Kindheit, ihre Wiedersehensfreude machten sie nicht gegen die Tatsache blind, daß hier in der Sommerfrische alle, aber auch alle Lebensmittel wesentlich teurer als in der Stadt waren.

So schritt sie gleich in den ersten Tagen zielsicher über den Marktplatz in die Fleischhauerei. Würdig, bescheiden, aber mit Bestimmtheit, trug sie ihre Wünsche vor, verglich sie die Preise, ließ sich dieses zeigen, wies jenes voll Sachkenntnis zurück und erwarb so durch ihre Kenntnis, die über die der üblichen Hausfrauen ging, sofort des Fleischers Achtung.

Sommergäste gab es nicht allzu viele, man wollte sie halten, zum Wiederkommen veranlassen, auch wenn das Fleisch, wie man zugeben mußte, um einiges teurer als in der Stadt war. Da eine Bestellung aufgegeben wurde, bat man um den Namen der neuen Kundin. Bescheiden nannte sie ihren Namen. Da aber geschah Unerwartetes. Der Fleischer schlug die Hände über dem Kopf zusammen. Er rief die Gehilfen, er holte seine Frau. »Ist's möglich«, schrie er verzückt. »Die Ehre! Die Frau Gemahlin vom Herrn Lanzer von der Firma Segal? Ja, freilich«, wiederholte er, da es ihm durch ein Nicken bestätigt wurde, »eine solche Dame kann nicht mit jedem Stückl Fleisch zufrieden sein, das unsereins ihr bietet. Eine Frau Lanzer hat andereAnsprüche. Eine Frau Lanzer wünscht anders bedient zu sein. Jesaß, wer hätt' es gedacht, daß ich die Frau Lanzer einmal höchstpersönlich zu Gesicht bekommen werd', die Ehre, wer hätt' das gedacht! Wo sind denn die Herrschaften untergebracht, daß es der Dame nur nicht zu bescheiden ist, in unserem bescheidenen Ort.«

Rosalie ließ den Redestrom über sich ergehen, sie verstand gar nicht gleich, was der Mann meinte, es waren auch zu verschiedene Emotionen, die dieses kleine Örtchen ihr bereiteten. Nun hatte sie, die kaum je an die Kindheit gedacht hatte, hier zuerst die Wonnen, die kärglichen und doch so süßen Wonnen der Kindheit des Waisenkindes neu durchlebt; und nun wurde sie sogar gefeiert als diejenige, die sie heute war: als Frau Heinrich Lanzer, als Frau von höchstem Rang und Ansehen.

Langsam begriff sie, was sie nicht hätte in Worte fassen können, und was doch einen entscheidenden Einschnitt in ihrem Leben bedeutete: Nicht nur die Frau eines erfolgreichen und geachteten Mannes war sie, sondern sogar die eines berühmten Mannes! »Frau Lanzer«, wiederholte sie im Stillen fast andächtig den Namen. »Frau Lanzer, Frau des Heinrich Lanzer«, und der Name bekam jetzt nach zwanzigjähriger Ehe einen ganz neuen Klang.

Beim Mittagessen aber ist sie wieder völlig gefaßt, wacht streng darüber, daß der Zuckerstreuer ein nicht zum Gebrauch bestimmter Ziergegenstand bleibt, und betont in des Vaters Sinn, daß von den Buben erwartet werde, daß sie auch die Ferien zum Teil für ihre Schulbücher verwendeten. Nun hat sie auch noch erfahren, wie es ist, wenn man aus der Anonymität herausgehoben wird zu Ruhm. Und ob Ruhm bei erlesenem Publikum oder Ruhm beim Fleischermeister in Gutenstein – der Unterschied ist eigentlich gar nicht so groß. Das süße Gefühl, herausgehoben zu sein aus der Masse, ist immer dasselbe Gefühl, gleich, aus welcher Gruppe und von wem man herausgehoben wird.

Wie schon bemerkt, sich mit der Dorfjugend anzufreunden, damit hatte es gehapert. Umso vehementer stürzte man sich – auch die Lina, die unterdessen nach vollbrachtem Einsieden von fünfzig Kilo Obst zu ihnen gestoßen war – auf Besucher. Besonders auf einen, der, längst angekündigt, nun fällig war, auf einen jungen Mann in Uniform. Diese war es, die den Julius Feldmann in diesem Sommer viel attraktiver machte als seine Musikerqualität. Als Wunderkind hatte man ihn schließlich schon immer gekannt, und was unter einer Korrepetitortätigkeit an der Breslauer Oper vorzustellen sei, das wußten die Lanzerkinder nicht so genau. Nun spazierten sie also zu dritt, rechts und links die feschen Mädchen Roncza und Lina, das Weltkind in ihrer Mitte, über die Dorfstraße – und das gefiel ihnen allen.

Julius war ausgelassen wie nie zuvor, den mit Üben überlasteten, schwerfälligen, zu dicken Buben – niemand hätte ihn diesmal wiedererkannt. Durch das Soldatenleben hatte er seinen Bauch verloren; und beschützt durch den Stern am Kragen, durch das Zauberwort »einjährig freiwillig« hatte er mehr Selbstvertrauen gewonnen als durch die lautesten Applause in Wien, Berlin oder Paris.

Jetzt eröffnete sich ihm das Leben, das selbständige Leben: mit neunzehn allein nach Breslau – das war schon ein Start, nicht zuletzt deshalb, weil er sich dadurch den Streitigkeiten der Eltern um seinen Ruhm endlich entzog. Kein Wunder also, daß Julius, gerade noch in Uniform, in diesem Sommer vergnügt und sprühend war wie nie zuvor und daß er allen den Kopf verdrehte. Nicht einmal musikalischen Dünkel zeigte er dabei, die Mädln behandelte er als musikalisch ebenbürtig, vierhändig spielte er auf dem völlig verstimmten Pianino mit wem immer. Geduldig nahm er es hin, wenn der andere danebengriff oder aus dem Takt geriet. Aufs witzigste parodierte er allerhand Opernlieblinge und studierte schließlich, für das Volk, wie er sagte – und damit war die verehrte Tante, Mademoiselle und Fini gemeint –, einen Akt des »Bettelstudenten« mit den Kindern ein, bei dem Publikum und Mitwirkende sich vor Lachen nicht halten konnten und dessen Clou entschieden Vally war, die, mit Julius' Tschako auf dem Kopf, salutierend durchs Zimmer marschierte und dazu sang: »Ach, ich hab' sie ja nur auf die Schulter geküßt«. Ihre Miene schien dabei zu sagen: »Und deshalb all die Aufregung?« Das Gelächter nahm kein Ende und Julius wirbelte, sie abbusselnd, durchs Zimmer. Als sie wieder, noch etwas benommen, Boden unter den Füßen hatte, suchte ihr Blick nur den Edi, der es aber vermied, sie anzusehen. Später saß sie still, erschöpft und mit ziemlich abwesendem Blick in einer Ecke. Nur Edi wußte, daß ihr Ausdruck zu sagen schien: »Natürlich, nie werde ich heiraten, ich geh' zum Julius, und er

307

wird mich anlernen.« Aber weil das so absolut sicher feststand, mußte sie sich ja auch nicht weiter um Julius bemühen, brauchte sie auch nichts mehr zum besten zu geben. Es war durchaus nicht notwendig, daß Julius schon jetzt um ihren unumstößlichen Entschluß wußte.

Julius spielte am letzten Abend, an dem auch Heinrich aus der Stadt herausgekommen war und an dem Rosalie, dem Abschied nehmenden und dem ankommenden Gast zu Ehren, einen großen Krug Bier hatte holen lassen, mit Roncza eine Szene zwischen zwei Verlobten vor, im Stil der Fragen und Antworten aus dem Leserkreis einer Familienzeitung, und man mußte sich nur fragen, woher ihnen so viel Laune kam.

Sie spielten die Verliebtheit zweier Leute, die keine Verliebtheit, sondern nur die Konvention dieser Verliebtheit ist, sie waren vor allem um das Schickliche besorgt. Der junge Mann war steif, ängstlich und unfähig, den Draufgänger zu mimen, der doch von ihm erwartet wurde. Roncza kicherte bei jedem, ach, so harmlosen Wort des jungen Mannes verschämt, weil es ja doch eine Anzüglichkeit hätte sein *können*.

Alle lachten und unterhielten sich, und die beiden Schauspieler gerieten, angefeuert durch den Beifall, immer mehr in Eifer, warfen sich immer komischere verliebte Blicke zu, als plötzlich Heinrich, der anfangs sich gleich den anderen gern hatte amüsieren lassen, an sein Glas klopfte und »genug!« sagte.

»'s ist kein Geschmack drin, mit solchen Sachen Allotria zu treiben«, sagte er, stand auf und verließ das Zimmer. Die Kinder sahen einander ratlos an. Vom Vater, der doch immer durch einen Scherz zu gewinnen war, hatte man das am wenigsten erwartet. Selbst Rosalie, die doch sonst um Fragen der Schicklichkeit sich allzu leicht besorgt zeigte, hatte sich diesmal von der Welle der guten Laune der anderen ohne alle Reserve mitreißen lassen, und auch sie war von des Vaters Unmut völlig überrascht worden.

Man schwieg betreten. Noch eine Weile saß man stumm beisammen und blickte von der Veranda hinaus auf die immer mehr in Dämmerung versinkende Landschaft. Roncza grübelte und konnte es nicht recht begreifen. Wer war es, der sie angespornt hatte zu dieser Bravournummer? Der Vater war es gewesen, der die gute Laune seines Lieblings in den letzten Monaten hatte vermissen müssen, und für den allein sie eigentlich gespielt hatte. Die Buben nahmen es gleichgültig hin, sie waren väterliche Donnerwetter gewöhnt, sollte es sich ruhig einmal auf die anderen entladen. Ebenso wenig war der Julius von der Szene beeindruckt, seine Gedanken waren schon wieder in Breslau, beim Korrepetieren der Aida. Auch Rosalie verstand nicht eigentlich den Grund von Heinrichs plötzlicher Schroffheit, aber sie dachte doch, daß sie sich solidarisch mit ihm zu zeigen hatte und verließ den Familientisch. Mademoiselle schließlich, die es für das beste hielt, keine Stellung zu beziehen, ging hin und her und räumte das Geschirr fort. Lina hatte das Gesicht in die Hand gestützt und sah an allen vorbei. »Ganz recht hatte der Vater«, dachte sie, man spaßte nicht mit solchen Dingen. Wie oft hatte sie sich's ausgemalt zwischen dem Einkochen und in den Pausen ihres hemmungslosen Romanlesens, wie sie feierlich vor die Eltern hintreten würde, nein, wie *er* feierlich vor *sie* hintreten und um ihre Hand anhalten würde. »Darf ich dich um dein Jawort bitten?« und sie hatte schweigend genickt und ein Kuß hatte ihren Bund besiegelt. Dies hatte sie gelesen und in tausend Varianten, sie hatte es sich ausgemalt, und weil es in ihrem Umkreis weit und breit kein männliches Wesen, außer den Brüdern gab, hatte der Partner eben die Züge des Julius angenommen, den sie nun schon Monate nicht gesehen und auch vor seiner Militärzeit nur selten zu Gesicht bekommen hatte. Aber als er gekommen war, in Uniform, strahlend und in guter Laune und mit ihr und Roncza, Arm in Arm, die Dorfstraße entlanggeschlendert war, da hatte sie ihre Phantasien bestätigt gefunden und war fest überzeugt gewesen, daß es, vielleicht noch nicht dieses Jahr, aber bestimmt nächstes, so enden mußte, wie sie sich es ausgemalt hatte. Und diese Szene mit Roncza *war* geschmacklos. Und bewies sie nicht auch, daß Julius eines edlen Gefühls gar nicht fähig war? Lina war erbost, sie fühlte sich betrogen, fast zurückgewiesen, während der Held ihrer Träume nicht ahnen konnte, was zwei der Mädchen gegen ihn im Schilde führten.

Vally dagegen sah gleichmütig über den Julius hinweg, des Vaters Unmut, der alle betreten gemacht hatte, hatte sie schon wieder vergessen, sie dachte an Gesangstunden, an Opernbesuche, und wie sie dazu gelangen könnte und wann. Es war nicht notwendig, mit dem Julius darüber zu sprechen, fast tat es ihr schon leid, sich dem Edi anvertraut zu haben. Es war überflüssig, über Dinge zu reden, die so eisern feststanden. Reden konnte nur bewirken, daß die Dinge unwahrscheinlicher wurden. Sie sah nicht verdutzt, sondern entschlossen in die Luft.

Edi blickte sie an und wußte, was in ihr vorging, und wünschte sich mit ihr auf den Holzplatz, fort jedenfalls von dieser mürrisch gewordenen Tafelrunde.

Julius stand auf, sah über Lina hinweg, lächelte Roncza vertraulich zu und klopfte Vally gönnerisch auf den Rücken. »Singst du eigentlich vom Blatt?« fragte er und gähnte.

Vally stand auf, wie in der Schule, wenn man aufgerufen wird, holte tief Atem und setzte zur Antwort an.

Schon stand Edi neben den beiden. »Gehen wir noch ein wenig spazieren«, schlug der dem Julius vor, »für Vally ist es Zeit, zu Bett zu gehen.« Und fort waren sie, ohne Gutenachtgruß, ohne eine Antwort abzuwarten. Rudolf schlenderte ihnen langsam nach, und die Mädchen, allein gelassen, waren nicht zu Gesprächen aufgelegt. So stand der Verandatisch bald verlassen, und am nächsten Morgen war der Julius schon fort, und es wurde seiner auch kaum mehr Erwähnung getan.

Eines Nachmittags erschien mit Rucksack auf dem Rücken und schweren Genagelten, an denen noch ansehnliche Lehmklumpen hingen, (die er nicht für nötig befand, an der Matte vor der Wohnungstür abzuklopfen, wie die Rosalie mißbilligend sofort feststellte, die überhaupt den ganzen, überfallsartigen Besuch mißbilligte) der Tschagl. Wahrhaftig, er war's, obwohl doch das Sich-Anfreunden mit den Buben nicht sehr weit gediehen war. Der Bellamy hatte die nicht weiter interessieren können, und Klavierspiel war für ihn eine Weiberangelegenheit geblieben. Und doch war er immer wieder aufgetaucht und hatte jedesmal einen in der Familie schockiert.

Diesmal tat er eine Bemerkung Ronczas über die berechtigten nationalen Forderungen der »Stiefkinder der Monarchie«, wie sie nachplapperte, verächtlich ab, während die Geschwister diese respektvoll aufnahmen. »Mädln sollen Klavierspielen«, erklärte er wieder frech, »laß' dir doch nicht alles aufschwatzen!« Und gerade weil das mit dem »Aufschwatzenlassen« nicht ganz unberechtigt war, wäre Roncza ihm gern sofort an die Gurgel gesprungen. Ein Bursch, zwei Jahre jünger als sie, man denke, also noch gar nicht vorhanden, und erfrechte sich, ihr so zu kommen. Jüngere zählten nicht nur nicht, sie waren geschlechtslose Knirpse, Männer waren nur Väter, und Männer, die in Betracht kommen sollten, mußten dem Alter des Vaters näher stehen als dem eigenen.

Roncza war deshalb Tschagls Todfeindin, weil er mit seiner

verächtlichen Bemerkung gegen »ihre« Ansichten den ersten Mann traf, den sie kennengelernt hatte, einen edlen Polen, der, war er auch ein Cousin, ihr eine neue Welt eröffnet hatte, in der es um »hohe Ideale«, fast wie im Burgtheater, gegangen war. Dann allerdings hatte er sie mit gebrochenem Herzen wieder zu den Ihren ziehen lassen. Doch weil er so edlen Zielen sein Leben geweiht hatte, durfte man ihn auch nicht hassen dafür, daß einer wilden Umarmung keine Bitte um ein Jawort gefolgt war, nein, leider überhaupt keine weitere Bitte. Den edlen Vetter also durfte man nicht hassen, und aus der ohnmächtigen Melancholie, die sie nach der Rückkehr überfallen hatte, konnte sie also nur dadurch gerissen werden, daß sie ein Haßobjekt für sich fand. Dieses Haßobjekt hieß nun Tschagl und war als solches deshalb so gut geeignet, weil man ja mit jedem Satz, den man gegen ihn schleuderte, damit für den edlen, fernen Geliebten eintrat.

»Ach, Unsinn, überhaupt alle diese blöden nationalen Konflikte«, fand der Tschagl. »Der Adler sagt, das sind Vorwände. Diese nationalen Plänkeleien werden sich alle geben, wenn die soziale Ungerechtigkeit aus der Welt geschafft sein wird.«

»Na, dein Adler muß es ja wissen«, erwiderte darauf spöttisch der Rudi, froh, einmal mitreden zu können. Er las zwar in der Zeitung meist nur die Theaternachrichten und noch lieber, im Unterschied zu den Geschwistern, die Mordfälle, aber diesmal hatte er auch andere Seiten überflogen und wußte also, daß es sich um Viktor Adler handelte, der vor kurzem wieder einmal wegen Aufwiegelung eine Gefängnisstrafe erhalten hatte. »Der hat ja oft Zeit nachzudenken, wie er alles besser machen könnt' wie der Kaiser«, höhnte er, ganz glücklich, dem Vorzugschüler eines auswischen zu können. »Sitzt ja genug im Häfen.«

Auf den Tschagl machte Rudolfs Frechheit natürlich überhaupt keinen Eindruck. »Lernst ja deine Lektionen ganz gut, jedenfalls die, die du aus der ›Presse‹ aufgeschnappt hast.«

»Der Vater liest die ›Presse‹ und ›Blochs Wochenzeitung‹«, ließ sich jetzt Lina vernehmen, die immer zur Versöhnlichkeit neigte und auf ein anderes Thema ablenken wollte. Die Antwort, die sie bekam, bewies, daß auch sie mit ihrer Weisheit nicht viel Eindruck machte.

»Ich hab' schon gesagt, daß wir meinen, daß die nationalen Gegensätze ausgeglichen sein werden, wenn's erst die sozialen sind.«

»Du scheinst nicht zu wissen«, erwiderte Roncza so leise und von oben herab, wie es sich ihrer Meinung nach schickte, wenn eine Dame zu einem Rotzbuben sprach, »daß Blochs Zeitung eine jüdische ist, und also weder mit sozialen noch nationalen, sondern mit religiösen Problemen zu tun hat.«

»Ach«, sagte der Tschagl und sah sie nicht einmal an, sondern auf seine Fußspitzen, es lohnte ja wirklich nicht, wenn man nur ein Mädl als Diskussionsgegnerin hatte. »Religiöse Probleme behandelt der Bloch also? Ich sage dir, das sind dort auch nur soziale Fragen, keine religiösen. Wenn es nicht reiche und arme Juden, nicht reiche und arme Menschen geben wird, wird es auch keine Zeitschrift von Bloch mehr geben.«

»Reich und arm ist gottgewollt«, sagte die Lina, die es nicht nur mit den Romanen, sondern auch mit der Religion hielt. »Es wird immer Reiche und Arme geben.«

»Jedenfalls so viel reiche Juden, daß der Lueger sagen kann, daß er die armen so gern hat wie die Christen«, höhnte der Tschagl. »Aber so hören wir doch auf damit«, schloß er, denn es begann ihm langweilig zu werden, und zur Versöhnung spielte er mit dem Rudi eine Schachpartie, während der Edi sich justament ans Klavier setzte und seine Mozartsonate übte. Sollte der nur sagen, daß die Musik nur für Mädln war, einfach weil er nicht spielen konnte und lieber per »wir« von einem sprach, der, wie man eben erfahren hatte, im Gefängnis saß.

Und trotzdem führte der Umweg über Roncza auch zu einer, wenn auch nicht gerade leidenschaftlichen, Beziehung zu den Buben. Konnte sich sein Benehmen auch nicht mit dem der Lanzerkinder messen, hatte der Tschagl auch meist nicht sehr tadellose Fingernägel, so bewirkte es sein Vorzugsschülertum, daß ihm aus der Tatsache der mangelnden Familienerziehung kein Minderwertigkeitsgefühl erwuchs. Ja, er unterstrich das schlechte Benehmen noch, was dem Buben mit dem wilden schwarzen Haarschopf einen Charme verlieh, dem sich niemand in der Familie entziehen konnte. Selbst Rosalie nicht.

Tschagl, der schließlich selbst vom Lande kam, hatte natürlich nicht dieselben Schwierigkeiten, mit der Dorfjugend in Verbindung zu kommen wie die Lanzers. Von den mißtrauisch abwägenden Blicken der abends auf der Dorfstraße herumlungernden Kinder ließ er sich keineswegs einschüchtern. Vielmehr bestand er auf einem Gespräch, obwohl die ersten Antworten einsilbig und nicht gerade ermutigend ausfielen.

Beim Kegeln warf er gleich alle neun, von den Cousins bestaunt und von der Landbevölkerung mit wachsendem Interesse betrachtet. Am nächsten Tag grüßte man ihn bereits wie einen alten Bekannten, und am übernächsten blieb man bereits stehen, wenn man ihm begegnete, und der junge Schmied, ein Bärenklachl, der den Tschagl mit einer Handbewegung hätte umfegen können, erklärte sich unaufgefordert bereit, sie alle nach Gstötterboden zu führen, wo seine Tante eine Milchwirtschaft betriebe.

Was die Lanzerkinder in wochenlangem Aufenthalt nicht erreicht hatten, bewirkte der Tschagl in wenigen Tagen, und nun bekam man doch noch eine Ahnung von dem, was Landfreuden bedeuten können.

Man stieg, von Rosalie und Mademoiselle mit Proviant und weisen Ratschlägen versehen, gegen sechs Uhr morgens auf. Der Tschagl verlachte die Ratschläge und erklärte, daß dies hier keine Kreuzotterngegend sei, und die paar Blindschleichen, die sich vielleicht irgendwo behaglich sonnen würden, sollte man getrost sich sonnen lassen. Vally blickte verwundert. Die Kenntnis der Schlangennamen erschien ihr bereits hochinteressant und vielversprechend.

Nun, es war gewiß keine Hochtour, die die Lanzers da erstmals unternahmen. Immerhin, man stieg, stieg drei Stunden, mit nur kurzer Rast, und durfte nicht zeigen, daß man müde war. Vally allein war immer weit voraus, sie sah nicht viel vom Wald, aber es war schön still hier, sie konnte gut ihren Gedanken nachhängen, sich ihr Leben an der Oper in Breslau ausmalen und wie der Julius ihr das Zeichen zum Einsatz geben würde. Da nahm sie des Julius Zeichen auf, erhob ihre klare Stimme, die Feuersbrunst lohte und Brunhilde wurde von ihrem Herrn und Meister in den Schlaf versenkt. »Nur dem hehrsten Held der Welt, der das Feuer durchbricht.« Und »Loge, hierher«, gab sie sich selbst die Antwort. Ach ja, Wald, Felsen, das war schon etwas, das war die Kulisse, in der man Brunhilde war und sich demütig des Wotans Beschlüssen beugte. Kam aber von unten nochmals des Wotans Ruf »Loge, hierher«, vom Bruder gesungen, der sie immer wieder zurückholte aus ihren Träumen und Zwiegesprächen mit Julius, dann lief sie, den ganzen Vorsprung, um den sie so eifrig bemüht gewesen war, schnurstraks zurück und landete beglückt in des großen Bruders Armen, um dann das gleiche Spiel von neuem zu beginnen und so den Weg, den die anderen einmal zurücklegten, mehrmals zu machen.

»Wie ein kleines, unvernünftiges Hundl benimmst du dich«, schalt der Tschagl. »Im höchsten Grade untouristisch ist das. Aber freilich, wer kann von so einem Mädl auch was anderes erwarten.« Jetzt konnte er der Roncza zurückgeben, daß sie ihn immer als Kind behandelte. Aber die Vally, wiewohl als Halbwüchsige sonst in diesem Punkt sehr empfindlich, hörte überhaupt nicht auf ihn. Sie hörte höchstens auf den Edi, und sonst befand sie sich ja, wie wir wissen, in gänzlich anderer Gesellschaft.

Die übrigen waren nicht so unermüdlich wie Vally, da sie den Weg nur einmal machten. Aber sie, die ja nur in der nächsten Nachbarschaft ihre Beeren pflückten, waren so lange und steile Wege nicht gewöhnt. Gegangen waren sie, wenn überhaupt, nur im Prater. Alle waren außerdem neugierig, was wohl die Eßpakete enthielten, die der Tschagl in seinem Rucksack trug. Und da es schließlich rasch heiß wurde, schlugen sie eine Rast vor. »Das ist absolut nicht touristisch«, wies er dieses Ansinnen ab. Unter »touristisch« konnte sich freilich keiner von ihnen etwas vorstellen, und deshalb hatte auch keiner den Ehrgeiz, es zu sein. Wissen wollten sie, womit ihre Butterbrote belegt waren, und sie essen. Auch spürte Roncza bereits eine Blase an der Ferse, was sie dem Tschagl natürlich nicht eingestehen wollte. Die Lina und die Buben waren einfach faul und gefräßig. Das rührte den Tschagl nicht im geringsten, er trug seinen Rucksack mit den Fressalien voraus und gewährte ihnen keine Rastpause, hieß sie sogar in grober Weise den Mund halten, weil es – da war das Wort wieder – nicht »touristisch« wäre, beim Aufstieg zu reden. Was verschaffte ihm diese Autorität? Die Tatsache, daß er Vorzugschüler war, konnte es doch nicht sein. Vermutlich beugten sie sich einfach deshalb, weil ihnen alles Rebellieren fern lag. Außer vielleicht der Vally, der Jüngsten, die ja ohnehin rebellische Opernpläne hegte. Nach einer weiteren Stunde erlaubte er ihnen schließlich doch haltzumachen und neben einem Bach zu lagern. Roncza ließ er huldvoll zuerst aus seinem Aluminiumbecher trinken, der ausziehbar war, was sie noch nie gesehen hatten und was allgemeine Bewunderung erweckte.

Man zog auf Tschagls Geheiß – was auch ganz neu und sogar etwas genierlich war – Schuhe und Strümpfe aus und plätscherte im Bach herum. Vally versuchte einen Fisch zu greifen, was ihr ein mitleidiges Schulterklopfen Tschagls eintrug. Roncza war natürlich glücklich, ihre Wasserblase kühlen zu können. Aber alles in allem war man doch, obwohl zu reden nun erlaubt war, recht stumm. Man aß gierig. Und sie hätten am liebsten alles ratzekahl aufgegessen, aber auch da legte Tschagl wieder sein Veto ein und verlangte, Brote zurückzubehalten, um diese dann auf der Hütte zum Käs zu essen.

Plötzlich kam von irgendwoher ein knarrendes Geräusch, das alle aufschauen ließ zu den hohen Stämmen am Rande der Lichtung. Tschagl erklärte, daß das ein Specht sei, der die Würmer aus dem Stamm treibe. Alle blickten achtungsvoll auf den Tschagl, auch der Rudolf fand, daß das doch Kenntnisse seien, die man gelten lassen und um deretwegen man dem Tschagl vielleicht die vielen »Sehr gut« im Gymnasium nachsehen könnte. Man war sanfter gestimmt nach dieser kurzen Rast, Lina sah zu, wie ein Käfer langsam über ein Huflattichblatt kroch, Edi horchte auf die dumpfen Holzfällerschläge, die aus der Ferne herüberklangen, und Roncza beobachtete staunend – denn das hatte sie noch nie gesehen – die auf dem Heidelbeerkraut spielenden Sonnenkringel.

Es sollte gleichfalls auf einer Waldlichtung geschehen, daß sich, freilich ein Jahrzehnt später, der Tschagl das Jawort der Vally holte, obwohl er diese eigentlich nie gemeint hatte, und die er trotzdem bestürmte, um die quälende Frage zur Ruhe zu bringen, ob er nicht Roncza gegenüber versagt habe und ob diese nicht vielleicht den ungeheuren Altersunterschied von zwei Jahren zwischen ihnen doch in Kauf genommen hätte, wenn, ja wenn er sich aktiver gezeigt und ihrer Heirat nach Triest irgendwie Widerstand entgegengesetzt hätte.

Es sollte ebenfalls auf einer Waldlichtung geschehen, daß Vally, traurig verdutzt über sich selbst, dem Edi gestand, daß sie doch nicht den Mut habe, sich an den Julius zu wenden: Es wäre nicht viel los mit ihrer Stimme, und der Julius hätte ja auch nie wieder nach ihrer Ausbildung gefragt. Und daß sie gestand, daß sie den Tschagl heiraten würde, denn zu etwas müsse das Leben ja schließlich gut sein, und es scheine, daß der der Meinung sei, sie könne ihn glücklich machen.

Und es sollte schließlich auch auf einer Hochgebirgslichtung geschehen, wo es nur noch Kieferholzlatschen gab, daß der Doktor Eduard Lanzer, Konzipient einer Advokaturkanzlei, der sanften und beharrlichen Pacquita Arditti endgültig abwinkte, die ihn nicht zum ersten Male bedrängte, daß die Eltern einverstanden wären und nur darauf warteten, ein Verlobungsdiner in dem eleganten Dolomiten-Hotel zu bestellen.

Jetzt und hier aber fanden alle, daß das Weitergehen eine Schinderei wäre, daß die Füße schmerzten, und hätte jemand ausgerufen: »Ist es nicht herrlich, hier in der Einsamkeit der Natur?« so hätten sie alle dies als lächerlich empfunden.

Jetzt aber mußten sie, heimlich fluchend, weitermarschieren. Ronczas Blasen begannen wieder zu schmerzen, und Vally konnte nicht mehr in ihre Zweisamkeit mit Julius flüchten und zurückkehren in die reale Geborgenheit mit Edi, denn sie erreichten nun die Höhe, und es begann, wie Tschagl erklärte, die »Kammwanderung«. Er wies auf ein Häusl, das zum Greifen nah stand, und meinte, das sei wohl die Milchwirtschaft der Tante vom Windhammer Franz.

Man schwitzte nicht mehr, obwohl die Sonne tüchtig brannte, denn ein frischer Wind blies und das Ziel schien so nah. Der Wind machte alle ganz übermütig, und das Wort »untouristisch« hatte seine einschüchternde Wirkung verloren. Man lief stellenweise um die Wette, Edi und Vally Hand in Hand, und ihrem Beispiel folgend hatten die beiden großen Mädln den Rudolf in die Mitte genommen und liefen lachend dem Wind entgegen.

Fast erweckte es den Anschein, als hätten sie alle statt des Quellwassers aus Tschagls Aluminiumbecher Champagner getrunken, so beschwingt spielte man Haschen und Jagen, so vollständig verwandelt war diese brave Schar.

Dann gelangte man schließlich zu der Almwirtschaft der Tante Windhammer. Es gab einen Almkäs, der ganz fremdartig schmeckte. Tschagls Verteidigung des eisernen Vorrats erwies sich als eine übertriebene Vorsichtsmaßregel, denn es gab köstliches Landbrot, und auch von einem ganz dunklen Honig durften sie kosten, der dickflüssig aufs Butterbrot tropfte.

Die Mädchen wußten nicht, ob sie knixen sollten vor der Hausfrau, die eine statiöse und würdige Bäuerin war. Aber vielleicht war das auch wieder ganz unpassend, denn vor der Božena knixte man auch nicht, und diese da sah der Božena viel ähnlicher als den Tanten, vor denen man es tat.

Auch genierten sie sich plötzlich ihrer hochdeutschen Sprache, während Tschagls »A«s plötzlich eine dunkle Färbung annahmen und er sich in fachgemäßen Erkundigungen nach Viehstand und

Butterproduktion kaum von der Sprache der Wirtin unterschied und dadurch sofort deren Vertrauen gewann.

Man ging durch die Ställe, die jetzt leer standen, man bewunderte die großen Zylinder aus Butter, man sah den Mägden bei der Arbeit zu und ließ sich die riesigen Schaffeln mit Milch zeigen.

Dann saß man vorm Haus, bekam saure und kuhwarme Milch angeboten, vor der ihnen allen grauste, was sie aber um keinen Preis gezeigt hätten, denn dazu waren sie zu wohlerzogen. Auch lagerten nicht unweit die Kühe und schienen herüberzublicken. Ihre wiederkäuenden Mäuler waren unheimlich, wiewohl man ja wußte, was da vorging, denn das hatte man in der Schule gelernt. Auch fielen ihnen die Warnungen der Mademoiselle ein, die sich nicht nur auf Schlangen, sondern auch auf wilde Stiere bezogen. Man schluckte also mit heimlichem Grausen seine Milch und blickte dabei verstohlen nach den Wiederkäuern, ängstlich, ob sich nicht doch einer plötzlich als wilder Stier erweisen werde.

Obwohl sie im Wind und auf der Höhe zum ersten Male in ihrem Leben verspürt hatten, wie man durch ziehende Wolken und den Kranz von Bergen ringsum verwandelt werden kann – was sie freilich nicht in Worte hätte fassen können –, so fühlten sie sich doch hier oben geniert, ängstlich und fremd. Diese Hauswand, hinter der sich das Fremde verbarg, gab ihnen keinen Schutz wie die unten im Dorf. Und sie wünschten sich zurück.

Man war also froh, als es schließlich an den Aufbruch ging, und die großen Mädchen wurden plötzlich redselig und bedankten sich überschwenglich, und dann stürzte man geradezu davon, so daß der verwunderte Tschagl kaum folgen konnte.

Als man am Abend todmüde und sonnverbrannt – was bei den Mädchen rügend vermerkt wurde, denn auf den Teint hatte man zu achten – auf der Veranda saß, fiel der Bericht über den Ausflug allerdings völlig anders aus als der hier geschilderte Ablauf.

Die Mühen des Aufstiegs wurden kaum erwähnt, denn sie waren vergessen, und als Tschagl vorrechnete, daß man alles in allem gute sechs Stunden gewandert sei, erklärten alle im Chor, daß das nicht der Rede wert und man überhaupt nicht müde sei. Die Rast am Bachrand wurde kaum erwähnt, von der Kammwanderung unter wehenden Wolken, während derer man albern gekichert hatte, wurde nur des Fachausdruckes »Kammwanderung« wegen erzählt. Hingegen erging man sich umständlich über die Wirtschaft der Windhammer-Tante, berichtete man scheinbar sachverständig über den Viehstand, die Butter- und Käsproduktion, so als habe man sich nicht vor der Milch gegraust, nicht vor den Kühen und auch nicht vor der Frau Windhammer, die man als überaus freundlich schilderte, geängstigt.

Abschied nahte. Wirklich traurig über das Ende der Ferien war – was natürlich niemand merkte – nur Mutter Rosalie. Zwar hatte sie es nicht gemocht, daß Heinrichs Platz am Mittagstisch leer geblieben war, daß er während des Sommers nur ein einziges Mal, und auch das nur für wenige Tage, gekommen war. Aber sie war doch oft allein durch Wald und Wiesen spaziert, und dabei war sie manchmal wieder zu dem dankbaren und fröhlichen Kinde geworden, das sie vor Jahrzehnten gewesen war.

»Am besten hat sich die Rosalie erholt«, sagten verwundert Cousinen und Tanten nach der Rückkehr. Was man bemerkte, ohne sich Rechenschaft darüber zu geben, war nicht gesundes Aussehen, sondern ein neuer Ausdruck. Ein Ausdruck des Erstaunens darüber, daß es, alles in allem, mit ihr so gut gemeint gewesen war, namentlich ein Ausdruck des Stolzes darauf, die Frau eines Mannes zu sein, dessen Name und Ansehen bis in den Fleischhauerladen einer kleinen Sommerfrische gedrungen war. Zu Zeiten hatte die doch gar nicht mehr so Junge nun sogar den kindlichen Ausdruck von Fräulein Verdutzt, so daß von all ihren Kindern nun Vally ihr am ähnlichsten sah, obwohl diese ihr durch ihre hochfliegenden Opernpläne am allerwenigsten glich.

Lina, die Älteste, war nun einundzwanzig, Roncza zwanzig. Sie hatten die Ausbildung junger Mädchen der Zeit hinter sich, sie spielten Klavier, sie parlierten französisch, sie hatten den Haushalt erlernt, wenn auch natürlich lange noch nicht perfekt, sie hatten das Institut bei Fräulein Schmidt absolviert, und es war doch nicht abzusehen, wie man sie an den Mann bringen sollte.

Hatte man auch über den eigentlichen Zweck von Ronczas Vergnügungsreise nie ein Wort fallen gelassen, so war diese doch, zumindest von Rosalies Seite, als ein Versuch angesehen worden, dort in Cebinje, von der Tante geführt, in einen neuen Bereich einzudringen, in einen, in dem es junge Männer gab und in dem man gleichzeitig doch unter Familienobhut blieb!

Roncza, die muntere, lustige, war schon weinend abgefahren und auch nicht gerade heiter zurückgekehrt. Über die Menschen, die sie dort getroffen hatte, war wenig aus ihr herauszubringen gewesen. Aus dem wilden Geplänkel mit Tschagl hätte ein Menschenkenner heraushören können, daß im Hintergrund von so erbitterten Meinungskämpfen anderes stand. Rosalie aber war keine Menschenkennerin, die die versteckten Wünsche ihrer Kinder verspürt hätte, sie hatte anderem nachzuspüren, ihr ging es jetzt um Höheres: um die Verheiratung ihrer beiden älteren, wie sie meinte, überfälligen Töchter. Wo aber die passenden Männer hernehmen? Ihre Töchter, die Absolventinnen des Institutes Schmidt, die französisch parlierten, den »fröhlichen Landmann« auswendig und Mozarts »Sonata facile« vom Blatt spielten, hatten jede eine Mitgift von 15.000 Gulden, Ausstattung und Einrichtung zu erwarten, sie waren Töchter eines angesehenen Mannes, dessen Ruhm sogar bis zum Fleischhauer von Gutenstein reichte – sie hatten schon Anspruch auf etwas Vornehmes und Gediegenes. Aber weit und breit gab es keinen für ihre Töchter in Betracht kommenden Mann. Wie sollte man einen herbeischaffen? Studienkollegen der Brüder kamen kaum ins Haus, und selbst wenn junge Männer von dieser Seite zur Verfügung gestanden wären, die zählten nicht, denn fast jeder hatte noch Jahre des Studiums vor sich, und auch die erste Zeit der Niederlassung war eine unsichere. Am besten wäre es gewesen, Heinrich hätte solide Geschäftsfreunde eingeführt. Aber da kam sie schön an bei ihm, und sie sah es auch gleich ein; einen Studierten für ihren Partezettel würde sie von dieser Seite nicht zu erwarten haben. Auch fand sie bei Heinrich überhaupt nicht genügend Verständnis für den Ernst der Lage. Er sah nicht ein, warum seine Töchter schon heiraten sollten. Keinen konnte man schließlich auf Herz und Nieren prüfen, weiß Gott, wer einem da die Mädchen fortnehmen würde. Rosalie wagte einen Einwurf und beschwor das drohende Gespenst der Altjungfernschaft. Aber da stieß sie erst recht auf kein Verständnis. Die Mitgift läge bereit und sei nicht unbeträchtlich, und für seine hübschen Töchter, mit solchen Mitgiften, stünden noch immer genügend Männer zur Auswahl. Von seiner Seite war also keine Unterstützung zu erwarten. Und sie besprach die Sache bei einer Handarbeit in der Meierei auf dem Konstantinhügel im Prater mit Tante Ernestine. Vorsichtig, denn es war die altjüngferliche Pauline anwesend, deren Gefühle zu schonen waren. Die hätte schließlich eine weit höhere Mitgift als ihre Töchter mitbekommen, war zu ihrer Zeit wohl auch gar nicht so uneben, und doch nicht an den Mann zu bringen gewesen. Jetzt, mit fünfunddreißig hatte sie sich längst damit abgefunden, daß sie nicht mehr in Betracht kam.

Den Julius hatte die Rosalie manchmal in Betracht gezogen, wiewohl er natürlich reichlich jung war. Aber Jugend war ja nur deshalb ein Fehler, weil mit ihr eine ungesicherte Existenz verbunden war. Und der Julius, der schon mit zweiundzwanzig eine gesicherte Existenz zu haben schien, das war etwas anderes, wiewohl er kein Akademiker war und kein »Dr.« vor seinem Namen trug. Die Lina würde jeden Tag im Theater sitzen können, was der Rosalie als der Inbegriff von Luxus erschien, und es war auch vornehm und konnte für den mangelnden »Dr.« entschädigen. Auch hatte des Julius' Uniform nicht verfehlt, auf sie Eindruck zu machen, und sie dachte gerne daran, wie er in Gutenstein mit der Lina links, der Roncza rechts, die Dorfstraße entlanggezogen war.

Schade, daß das dumme Verlobungsspiel, das der Julius mit Roncza am letzten Abend aufgeführt hatte, den Vater so verärgert und die Absicht ein bißchen gestört hatte. Denn es kam natürlich nur Lina in Frage. Man konnte die Verheiratungskampagne nicht gut damit beginnen, daß man Heinrich seinen Liebling, die Roncza, fortnahm, bei deren Anblick er so gerne lachte, auch wenn ihm eigentlich gar nicht danach zumute war. Überdies war Lina die Ältere und hatte also zuerst zu heiraten. Vorsichtig, aber beharrlich, begann die Rosalie bei jeder Zusammenkunft mit den Cousinen sich nach Nachrichten von Julius zu erkundigen, obwohl sie an dem Werdegang des einstigen Wunderkindes sonst herzlich wenig Anteil genommen hatte.

Der Julius saß schon das dritte Jahr in Breslau und kam zweimal im Jahr zu Besuch nach Wien. In der Zwischenzeit aber gab es kaum einen Brief, nur wöchentliche Postkarten, die die Mutter stolz hervorholte, wiewohl darauf weder liebend nach der Eltern Ergehen gefragt war, noch viel von ihm selbst berichtet wurde. Oder war es wirklich das einzig Meldenswerte von ihm, was auf diesen Postkarten stand? »Liebste Eltern« hieß es da in monotoner Gleichmäßigkeit: »Montag: Fidelio, Probe. Dienstag: Wildschütz, am Pult: J. F. Mittwoch: Zauberflöte, am Pult: J. F. Donnerstag: ausschlafen. Freitag: Lucia, Probe. Sonntag, nachm.: Ballett, am Pult: J. F. Gruß und Kuß, Euer Jul.« War das wirklich alles, was er seinen Eltern, seit Jahren nun schon, zu berichten hatte? Die Rosalie zog ihre Schlüsse aus diesen Postkarten und begann, die Sache nicht als ganz aussichtslos anzusehen.

»Daß man vom Julius so gar nichts hört«, meinte sie eines Mittags bei Tisch. »Wär' doch gut zu wissen, wie es ihm geht.«

»Frag' doch die Emilie«, gab der Heinrich ziemlich uninteressiert zurück. »Wird nichts Besonderes von ihm zu melden geben, sonst hätte der Moritz schon was erwähnt.«

Die Rosalie unterdrückte einen Seufzer. Nicht nur, daß man keine Hilfe vom Heinrich hatte, man lief auch Gefahr, daß er zerstörte, was man so vorsichtig einzufädeln gedachte. Aber so leicht ließ sie sich nicht abschrecken. »Der Edi könnte ihm doch einmal schreiben«, schlug sie vor. »Der Julius weiß vielleicht noch gar nicht, daß du ein Jurist bist.«

Der Edi lächelte über der Mutter Stolz und unterdrückte zu sagen, daß das den Julius ziemlich sicher nicht sehr interessieren würde. Aber er blickte die Mutter an, die sich so außerordentlich bemühte, harmlos dreinzusehen, daß er sofort verstand. Er verstand überhaupt die Menschen und ihre Beweggründe ziemlich rasch und mühelos, der Edi. »Ja«, sagte er schließlich. »Man kann ihm ja einmal schreiben.«

»Wir machen ein Gedicht«, schlug die Vally vor, »aus lauter Opernzitaten«, und kaum war der Tisch abgeräumt, machten sich alle unter Lärm und Gelächter an das Gedicht. An wen es gerichtet sein sollte, war längst vergessen im Eifer aller Beteiligten. Diesmal rief die pflichtstrenge Mutter sie nicht fort von ihrem Vergnügen.

Lina trug zu dem Machwerk am wenigsten bei, sie war überhaupt die Stillste, war nur voll Bewunderung für jeden Scherz, auch für jede Gelehrsamkeit.

Antwort kam keine vom Julius, selbst die wöchentlichen Karten an die Eltern blieben jetzt manchmal aus, wie die Rosalie erfuhr. Sie sah ein, daß es ganz neue Wege zu finden galt, ihre Töchter an den Mann zu bringen. Aber welche?

Sie ahnte nicht, daß sich gerade im Herzen ihrer Lina, um die sie sich sorgte, eine Tragödie abspielte, und daß der Held darin jener war, den sie sich als ehrsamen, bürgerlichen Schwiegersohn vorgestellt hatte.

Er war so gar nicht ein Künstler mit wild flatternder Mähne und unordentlicher Krawatte, selbst als Wunderkind hatte er immer schon so sauber und ordentlich ausgesehen. Und das war es auch, was Mutter und Tochter, eigentlich sogar zwei der Töchter (denn wir wissen ja, daß auch Vally ihn bereits fest in ihren Lebensplan einbezogen hatte) mit so viel Vertrauen erfüllte.

In den Tagen von Julius' kurzem Besuch in Gutenstein war es tatsächlich geschehen, daß Lina ihre Verliebtheit beschlossen hatte, und sie war noch einen Schritt weiter gegangen und war zur Tat geschritten, wohlverstanden, erst nach Julius' Abreise und gewiß nicht in Form von Liebesbriefen. Dennoch, sie schrieb an ihn. Sie schrieb seltsam gespreizt, in einem unerträglichen Stil, Briefe, die ruhig jeder hätte lesen können und in denen sie von allem sprach, nur nicht von ihren Gefühlen oder gar etwas von ihren Gefühlen für den Adressaten. Und wiewohl man höchstens an der Tatsache dieser Briefe, gewiß nicht an ihrem Inhalt, hätte Anstoß nehmen können, war Lina schlau genug, sich Antworten nicht etwa nach Hause, sondern an die Adresse der Schulfreundin Arditti zu erbitten.

Das Erstaunliche war, daß Julius tatsächlich antwortete. Nicht etwa auf den ersten, aber doch auf den dritten Brief. Sei es, daß ihm die Geheimnistuerei Spaß machte, sei es, daß es ihn kitzelte, dieser ehrsamen Familie ein, wenn auch reichlich harmloses, Schnippchen zu schlagen, sei es, daß er doch noch recht einsam war in der fremden Stadt und es ihm schmeichelte, daß ein junges Mädchen auf seine Briefe wartete – er schrieb. Er schrieb wöchentlich, manchmal sogar öfter, jedenfalls weit ausführlicher als an seine Eltern, und dies, obwohl er sich zwar gut an Ronczas Übermut und an Vallys Arienträllerei, sogar an den rührenden Gesichtsausdruck der kleinen Camilla erinnerte, dagegen der Lina Gesichtszüge vergeblich heraufzurufen versuchte. An schöne, klare Augen glaubte er sich zu erinnern, und diesen Augen erzählte er nun. Er machte Lina zu seiner Vertrauten und, sehr im Gegensatz zu ihr, berichtete er von sich, nur von sich schrieb er. Bei den Lanzers war es gewiß nicht bekannt, daß man sich allzu wichtig nehmen könnte. Man tat, was einem aufgetragen war, ob man Geschäfte für die Firma Segal machte oder Jus studierte, wozu man nicht die geringste Neigung verspürte. Hatte man aber Neigungen, so verschloß man sie tief, im geheimsten Fach seiner Seele, wie etwas ganz Unerlaubtes.

Vally sang zwar, aber daß sie damit noch etwas anderes vorhatte, als das, was sie tat, nämlich als im Haus zu trällern, hatte außer Edi noch niemand erfahren. Und hätte etwa Heinrich auch nur sich selbst zugegeben, welcher Neigung für *sich* er folgte, wenn er die Söhne zum Gymnasium zwang?

Julius aber war seiner Neigung gefolgt und hatte sogar einen Beruf daraus gemacht. Und nun schüttete er vor der erstaunten Lina ein Gemisch aus Eitelkeit und Triumph über das Erreichte aus, seine Ansichten über Wagner, und daß er diesen anders auffasse als der alte und angesehene, aber doch schon recht verkalkte erste Kapellmeister. Und je öfter er eine Demütigung einstecken mußte, je öfter er, als das jüngste Mitglied des Ensembles, das, was er sich vorgenommen hatte, nicht durchsetzen konnte, desto triumphaler berichtete er der bewundernd lesenden Lina. Auch er mußte sich eine Traumwelt bauen, sollte er die Enttäuschungen des ersten Engagements ertragen. Nur, daß diese Traumwelt eine andere Breslauer Oper betraf und durchaus nicht Lina hieß. Auch von Frauen berichtete er, kühl, überlegen. Es tat gut, Kühle und Überlegenheit im Brief zeigen zu können, und Lina erglühte bei dieser Lektüre, denn wie hätte sie es anders nehmen sollen, als daß die Kühle und Überlegenheit das Zeichen eines »besetzten« Herzens wären, besetzt mit dem Bild derer, an die er schrieb? Er ließ es nicht dabei bewenden, Lina seiner Gleichgültigkeit gegen die Sängerinnen im allgemeinen zu versichern, er ging auch auf die Schilderung einer Sängerin ein, die, völlig unverständlicherweise, immer wieder die tragenden Rollen bekam. Eine unscheinbare, schlampige Person, Lina sollte sich ja nicht vorstellen, daß Künstlerinnen immer etwas Leuchtendes und Glänzendes anhaftete. Diese da sei nur, trotz fraglos schöner Stimme, maßlos arrogant, markiere oft nur auf Hauptproben, man bedenke, welche Frechheit, und der Kapellmeister, jener besagte, verkalkte Trottel, sei auch kriecherisch genug, das zu dulden. Unter ihm würde sie lernen müssen, Einsätze richtig zu bringen, das garantiere er der Lina. Ihm sei das alles nur recht, denn wiewohl die Belotti unleugbar eine schöne Stimme habe und auch eminent musikalisch sei, wären ihm ihre Temperamentlosigkeit und Trägheit einfach zuwider, würden es ihm unerträglich machen, mit ihr zu arbeiten.

Nach diesem Brief kam keiner mehr, durch Wochen. Und Rosalie schüttelte den Kopf, weil die Lina immer bei den Ardittis steckte. Früher war diese Freundschaft doch nicht so dick gewesen. Aber die Lina mußte dorthin, denn einmal mußte doch wieder ein Brief kommen! Wenn sie dem Brief schon nicht entgegenreisen konnte, wollte sie ihn doch ohne Verzug erhalten.

Nicht einmal der Trost, sich um den Julius ängstigen zu können, blieb ihr, ihn sich verunglückt, nach ihr um Hilfe rufend vorzustellen. Es kamen nämlich lakonische Karten an die Eltern, also war er nicht verunglückt, er war nicht krank. Er schrieb nur einfach nicht. Und dann kam eine Karte an die Eltern, die diesmal nicht nur über den Wochenspielplan berichtete, sondern Mitteilung von einem Gastspiel an der kaiserlichen Oper in Petersburg machte, wohin das Ensemble sich begeben würde.

»Er wird vor dem Zaren spielen«, sagte die Lina, und die Rosalie fand das zwar auch überaus ehrend, aber doch recht umständlich, daß man für diese Ehre in eine so abenteuerliche Gegend mußte, und es schien ihr mit einem Mal nicht so sicher, ob am Ende diese von ihr projektierte Eheschließung auch das Richtige sei.

Und dann sollte noch einmal das tagelange Herumsitzen bei den Ardittis, das Horchen auf jedes Läuten nicht umsonst gewesen sein, denn es kam ein Brief, ein letzter Brief. Tägliche aufreibende Proben, hieß es dort, hätten ihn davon abgehalten zu schreiben. Er habe völlig neue musikalische Erfahrungen gemacht, eine Probenintensität erreicht, die für manche Schwierigkeiten, denen nun einmal der Anfänger im Theaterbetrieb begegne, entschädigte. Und er wünschte ihr alles Gute.

Einige Tage später brachte die Rosalie eine der Kritiken der Aufführung mit; es war ein enthusiastischer Bericht. Unter des jungen Feldmann Leitung, hieß es dort, habe die Belotti sich selbst übertroffen. Das ganze Ensemble war stürmisch gefeiert worden. Die Belotti und Feldmann mußten ungezählte Male vor den Vorhang.

Der Rosalie schien diese weite Reise und das Musizieren im Zarenreich mittlerweile so unheimlich und unübersehbar, daß sie ihn von der Liste präsumptiver Bewerber, auf der er freilich bisher als einziger figuriert hatte, endgültig strich.

Was sich die Vally damals wohl dachte? Keiner fragte sie. Aber ihre Gedanken werden wohl auch dem Julius gegolten haben, wenn auch nicht eigentlich seiner Person, sondern seiner Funktion: demjenigen, der jeden Abend da oben stehen und jedem seinen Einsatz geben und dazu bestimmt sein würde, sie hier heraus und ins Rampenlicht zu führen. War sie dieser seiner Bestimmung wirklich noch immer so sicher?

Edi mußte spüren, daß da etwas ins Wanken geraten war, denn er holte sie jetzt manchmal ab. Mit dem Bruder statt mit der faden Mademoiselle spazierenzugehen, war immer ein Fest, besonders da diese Gänge stets in der kleinen Konditorei in dem winzigen Schanigärtchen mit verstaubten Oleanderbüschen und echten Indianerkrapfen endeten. Vally wurde überhaupt reichlich verwöhnt: Tschagl, der einzige männliche Besucher, der aber wegen seines jugendlichen Alters als Mann von niemandem gezählt wurde, war zu einer, wenn auch recht merkwürdigen, Ritterlichkeit erwachsen. Hatte das Streiten mit Roncza gar zu heftig getobt, so schlug auch er immer einen Gang in die Konditorei vor, und in diese Einladung war dann Vally mit eingeschlossen, denn unmöglich konnte sich die erwachsene Roncza herablassen, mit dem Kinde Tschagl auszugehen.

Lina hatte sich in letzter Zeit ausgeschlossen von diesen Gesprächen und begleitete nachmittags oft mit ihrer Handarbeit die Mutter zu den Tanten. Fast ängstlich schloß sie sich an die älteren Frauen an. Erwartete sie sich in deren Schutz den Seelenfrieden, den sie verloren hatte? Oder war sie so grausam gegen sich selbst, daß sie sich das Bild der altjüngferlichen Pauline dauernd vor Augen zu halten wünschte, da sie doch, wie sie meinte, nach so grausamer Enttäuschung nur dieses Los zu gewärtigen hatte?

Eines Tages kehrte Lina von dem Tantenklatsch, wie Roncza den neuen Familienanschluß nannte, zurück und sagte: »Die Berittenen ziehen in den Prater.« Träge nahm sie den riesigen weißen Strohhut ab.

»Die Berittenen?« fragte Vally zurück und sah auf vom Ausbessern eines Wäschestücks, was sie unter Ronczas Anleitung tat und auf den Tod haßte.

»Beim Achleitner soll geschossen worden sein«, berichtete die Lina und genoß es, daß heute die Roncza hatte die Wäsche nachzählen müssen.

Sie gähnte und besah sich die beiden Schwestern an der Arbeit. Diese ahnungslosen Kinder, dachte sie, ja, auch Roncza war noch eines. Keine von ihnen wußte schon, wie das Schicksal einen zurichten kann, wie man ausgehöhlt sein kann von Gram.

»Na ja«, sagte sie ungeduldig, als die beiden sie aus großen Augen entsetzt ansahen. »Der Achleitner liegt doch auf der an-

deren Seite, beim Volksprater, dort kommen wir ja nie hin.« Als
ob es beruhigend wäre, daß sie alle drei hier heil beisammen saßen. »Die Arbeiter müssen halt feiern dort, à tout prix müssen
s' halt Massenansammlungen machen, wo das Volk hinkommt,
da geht es rasch los«, fügte sie altklug hinzu, und »unsere Husaren sind halt ausgeritten aus der Burg, die werden schon Ordnung machen. Schön haben s' ausgesehen mit den roten Hosen
auf den prächtigen Pferden.«

»Der Tschagl«, schrien Roncza und Vally entsetzt auf und ließen ihre Arbeiten fallen. »Der Tschagl ist dabei«, jammerte es
aus der Roncza. »Erster Mai ist's, und sie schießen auf die Arbeiter«, schrie sie und hielt sich gleich fest die Ohren zu, als
wollte sie das Schießen nicht hören.

»Sie haben den Tschagl erschossen«, sagte Vally mit finsterer
Entschlossenheit. »Der Tschagl ist mit den Arbeitern marschiert
und die Husaren ...«

»Red' keinen Unsinn«, meinte die Lina. »Die Arbeiter jagen
ihn nach Haus. Lächerlich, so ein kleiner Bub. Was hat der
überhaupt mit den Arbeitern zu schaffen? Ein Gymnasiast!«

Da kam sie aber schön an bei den beiden, die plötzlich ein
Herz und eine Seele waren.

»Du blöde Gans«, schrie die Vally und vergaß ganz, daß die
Älteste Autorität genug besaß, ihr die unangenehmste Hausarbeit aufzuhalsen. »Der Tschagl kämpft für die Arbeiter, das ist
schon der zweite erste Mai, den er mitmacht.«

Die Lina lächelte etwas gekränkt, aber solche Kinderfrechheit
konnte sie, eine von Liebesleid Zerfressene, gewiß nicht treffen.
»Deswegen werden ihn doch die Husaren nicht erschießen. Es
wird doch nur beim Achleitner geschossen, dorthin kommt er ja
gar nicht.«

»Aber er *ist* beim Achleitner«, jammerte die Roncza und rang
die Hände. »Dort versammeln sie sich ja.«

»Er ist *nicht* beim Achleitner«, behauptete die Lina mit der
ganzen Autorität, die ein liebesgebrochenes Herz unerfahrenen
Kindern gegenüber aufbringen kann. »Wer geht denn je zum
Achleitner?«

»Die Arbeiter«, rief Roncza wild, »und der Tschagl mit.«

»Dort ist er nicht mehr«, sagte Vally finster, und vor ihrem
geistigen Auge stand die Füsilierung der 48er, die sie irgendwo
abgebildet gesehen hatte.

»Man muß ihn suchen«, rief Roncza aufgeregt.

»Ich bitt' um Gnad'«, rief Vally und sah Leonore zu den Füßen des Gouverneurs und sich näher dem erträumten Ziel, als sie sich je seit des Julius Abreise nach Petersburg gewähnt hatte.

»Die Tante Nettie hätt's nie erlaubt, er war nie beim Achleitner«, versuchte die Lina zu beruhigen.

Aber das löste erst recht einen Verzweiflungsausbruch bei der Roncza aus. Alles, was in ihrem wilden, monatelangen Streiten der Tschagl ihr entgegengehalten hatte, das bekam jetzt die Lina zu hören. »Der fragt nicht viel, der verläßt Vater und Mutter für höhere Ziele« – es war unwichtig in diesem Augenblick höchster Erregung, daß der Tschagl ja gar keinen Vater mehr hatte. »Er kämpft für die Menschheit, jawohl, er ist ein Held.«

»Jawohl«, rief Vally. »Ein Held war er.« Dann aber schöpfte sie noch einmal Hoffnung. »Wir müssen ihn suchen. Vielleicht lebt er noch, und man muß ihn verbinden.« Sie raffte einen von Mutter Rosalie gestickten Kissenüberzug zusammen und zerknüllte ihn und schob ihn entschlossen unter den Arm.

Lina fielen keine Argumente mehr ein, mit denen sie die beiden hätte zurückhalten können. So wurden die drei von den übrigen Familienmitgliedern aufgefunden: Lina ratlos beschwichtigend und Vally und Roncza wild gestikulierend und zum Äußersten entschlossen, ohne zu wissen, worin dies Äußerste bestehen sollte.

»So einem jungen Buben tut doch niemand was«, versuchte auch die Rosalie zu beruhigen und war selbst erschrocken.

»Er ist kein Bub«, wimmerte die Roncza. »Ein Mann ist er. Wie der reden kann!«

»Ein Held *war* er«, bestätigte die düster blickende Vally.

Der Vater, die Brüder kamen, versprachen Erkundigungen einzuholen. Dem Heinrich blieb nichts übrig, als mit den zwei heulenden Mädchen loszuziehen. Dabei schimpften er und die Rosalie gehörig auf den Lausbuben und konnten es nicht einsehen, warum der sich da hatte einmischen müssen. Aber seine Roncza konnte der Heinrich nicht gut weinen sehen, selbst wenn es um diesen Teufelsracker ging.

Auf der Praterstraße konnte man nichts in Erfahrung bringen, und wiewohl der Heinrich mit der schluchzenden Roncza rechts und der düster und entschlossen blickenden Vally links bis zum Praterstern zog, waren auch dort zwar mehr Menschen als sonst anzutreffen, aber kein Tschagl. Friedlich zerstreute sich die Menge in kleinen Grüppchen nach allen Richtungen.

Der Edi ging sogar bis aufs Bezirkspolizeiamt, konnte aber auch dort nichts in Erfahrung bringen. Die Vally als Marketenderin der Revolution, mit Rosalies Kissenbezug als Verbandzeug unter dem Arm, das paßte dem Edi gar nicht, und im geheimen schimpfte auch er auf den Tschagl, der sich in Dinge mischte, die ihn nichts angingen. Seit er selbst Student war und das Vorzugsschülertum ihn nicht mehr beschämen konnte, fand er den Tschagl eigentlich nur dumm: hatte keine Ahnung von Musik, und was bedeutete es schon, Griechisch zu können, wenn man dann hinging und für den Acht-Stunden-Tag demonstrierte? Was ging den Tschagl der Acht-Stunden-Tag an?

Die Rosalie saß inzwischen zu Hause. Kopfschüttelnd erklärte sie Mademoiselle und Lina, daß der Tschagl, wenn er ihr Sohn wäre, bestimmt von ihr zwei tüchtige Ohrfeigen bekäme, auch wenn er ein stud. jur. sei. Das berechtige ihn noch lange nicht dazu, alle so in Angst und Schrecken zu versetzen und sich um Dinge zu kümmern, die ihn nun einmal nichts angingen. Sie hoffe, die Nettie werde derselben Meinung sein und ihm ein paar herunterhauen.

Die Nettie in Gänserndorf hat tatsächlich einen großen Schrecken davongetragen. Denn die ankommenden Züge brachten Eisenbahner aus der Stadt und mit ihnen immer wildere Gerüchte. Nur der Tschagl kam mit keinem Zug. Sie hat zwar nicht so genau wie die Lanzermädchen gewußt, ob der Tschagl bei der Demonstration beim Achleitner dabeigewesen war. Was sie aber wußte, war, daß der Tschagl früh fortgegangen war, wie gewöhnlich mit einer knallroten Krawatte, was auf sie keinen so besonderen Eindruck gemacht hatte, wiewohl sie es nicht sehr mochte. Aber der große schwarze Kalabreserhut fiel ihr ein, der ganz neu war und unter dem der kleine Tschagl wie ein Pilz aussah. Von solchen Kalabreserhüten wußte sie, daß nur Aufrührer sie trugen.

Daß sich irgendwer um ihn Sorgen machen würde, fiel dem Tschagl nicht ein. Für ihn war dieser Tag der schönste seines Lebens. Und als er mit den Arbeitern durchs Grüne zog, wußte er, diesen Tag würde er so bald nicht vergessen.

Gefährdet war er überhaupt nicht gewesen. Die Husaren waren zwar gekommen, aber sie waren dann wieder über die Praterstraße nach Hause getrabt. Und außer dem Nasenbein des

Polizeipräsidenten hatte es keine Opfer gegeben. Erst spät nachts war der Tschagl nach Hause zurückgekehrt, zwar todmüde, aber als Sieger.

Als Sieger ist er freilich zu Haus nicht empfangen worden, denn was in den Nachmittags- und Abendstunden die Eisenbahner und Passagiere an Gerüchten aus der Kaiserstadt ausgestreut hatten, das hatte der Nettie gereicht.

Da sie aber nicht die »Goldgrube«, sondern eben ihre Söhne als eigentliches Glück ansah, konnte sie sich natürlich, als Tschagl endlich um ein Uhr morgens eintraf, nicht an ihm vergreifen. Die beiden Brüder, die auch nicht zu Bett gegangen waren, standen hölzern und etwas beleidigt dabei. Wo war da Gerechtigkeit! *Sie* hatten den Tschagl gewarnt, *sie* hatten der Mutter keinen Kummer bereitet. Und wo war der Dank? Den kriegte der Tschagl. Denn er wurde empfangen, als wäre er Jahrzehnte abwesend gewesen. Nur eines konnte sie nicht durchgehen lassen. Daß er da hatte mitmarschieren müssen, und warum der erste Mai ihn so begeistert hatte, das ging sie nichts an. Aber der Kalabreser! Der Kalabreser! Was das war, das wußte sie. Den riß sie ihm vom Kopf, als sie in die Küche ging, um ihm noch schnell etwas aufzuwärmen. Und der war bereits im Herdloch verschwunden und loderte schon hoch auf, noch ehe sie den Topf aufs Feuer stellte.

Der Tschagl hatte gewiß Vorwürfe erwartet. Aber er war zu verblüfft und zugleich auch zu gerührt darüber, was sie sich als Objekt ihrer Revanchelust für ausgestandene Sorgen ausgewählt hatte, als daß er herbeigesprungen wäre, um das schöne neue Stück zu retten.

Er saß vielmehr glückselig im Gastzimmer und ließ sich das verspätete Nachtmahl schmecken, umringt von Eisenbahnern und von Küchenpersonal, die alle von den Ereignissen in Wien Näheres hören wollten. Zwar gab es wohl bedenkliche Stimmen, aber die Mehrheit war auf Seiten derer, die den ersten Mai gefeiert hatten. Macht und Erfolg haben geheimnisvolle Wirkung, und hier saß lebendig und vergnügt, mit wirrem schwarzem Schopf und verrutschter roter Krawatte, ein Held. Einer, der es gewagt und gewonnen hatte. Das Fehlen des Kalabresers nahm ihm nichts von seiner Gloriole.

Draußen in der Küche schwelten indessen die Reste im Ofenloch, verbreiteten Rauch und Gestank, so daß dem Küchenmädchen die Augen brannten und es die Fenster aufreißen mußte.

So verschwand das Zeichen des Aufruhrs. War es damit aus der Welt geschafft? Ach, das Taschengeld, das die Nettie aus ihrer Goldgrube ihrem Herzpinkerl, dem »eigentlichen«, zugestehen konnte, war so hoch, daß der Tschagl sich ohne weiteres bei nächster Gelegenheit einen neuen Kalabreser wird erstehen können. Den wird er vor der Mutter sorgfältiger verstecken, aber den wird er noch manches Mal an manchem ersten Mai, vor dem Parlament, tragen. Denn als das stolze Zeichen des Aufruhrs empfand er und empfanden seine Freunde den Kalabreser, wenn sie auch nicht, wie die Nettie, meinten, daß eine geheime Kraft in diesem Hute stecke.

In den nächsten Tagen aber hatte der Tschagl noch einige schluchzende Umarmungen über sich ergehen zu lassen. Die Rosalie drückte ihn an sich, als er erschien, und auch Lina tat es, obwohl sie sich ja am wenigsten beunruhigt hatte. Sie war auch jetzt felsenfest davon überzeugt, daß er nicht bis zum Achleitner gekommen war, weil eben »unsereins« nicht zum Achleitner geht.

Beider Umarmungen waren dem Tschagl reichlich genant, und er löste sich so entschieden aus dem Umarmungsrummel, daß es schon recht unhöflich war. Aber Wohlerzogenheit erwartete sich ja auch niemand vom Tschagl.

Roncza hatte die letzten vierundzwanzig Stunden dumpf und niedergeschlagen verbracht, in der jagenden Angst, sie habe vielleicht die ganze Zeit neben jemandem hergelebt, den sie, ohne es zu wissen, geliebt hatte und den sie auf nicht wiedergutzumachende Weise versäumt habe, da er doch irgendwo unerkannt verblute. Nun, da er wieder da war, war sie ihrer selbst nicht ganz sicher. Sollte sie ihn wie einen kleinen Bruder umhalsen? Eigentlich sah es wieder ganz so aus, daß dies das Richtige und Gegebene gewesen wäre. Aber dann waren da noch die Gefühle des gestrigen Tages, und die verboten eine Umarmung angesichts der Familie. Sie hatte Angst vor Umarmungen im Umkreis der Familie. Schon einmal war ihr das nicht gut bekommen. Die armselige Hecke in Cebinje, hinter der die Züge endlos dahinratterten, die hätte durchaus ihre Rolle als Beschirmerin der Liebenden spielen können, hätte nicht das kreischende Rufen der Tante damals alles kaputtgemacht. Roncza war also ein gebranntes Kind, das erfahren hatte, daß Politik jede Zärtlichkeit im Keim erstickt. Kein Wunder also, daß sie den Tschagl bei der Begrüßung weit von sich schob.

Vally lagen solche Erwägungen fern. Sie war ein Kind, und ein sehr einsames dazu. Der sie zur Musik hätte bringen sollen, saß irgendwo am Ende der Welt und wußte nichts von seiner Bestimmung. Daß er von dieser auch nichts gewußt hatte, als er leibhaftig neben ihr gestanden war, erleichterte nicht die Herzenspein. Was der Tschagl da immer mit der Roncza stritt, interessierte sie nicht. Auch Tschagl selbst interessierte sie nicht, da er keine Ahnung von Musik hatte. Sollte der erst mal den Julius hören. Aber Schach spielte sie mit ihm und nahm auch gnädig sein Lob an, das besagte, daß sie einen Kopf wie ein Bub habe. Mit dem Tschagl brachte sie es zu remis, und die Indianerkrapfen zu dritt beim Karasek waren auch nicht zu verachten, da es an Süßigkeiten zu Hause selten anderes gab als die Mohnnudeln. Und dann machten sich alle ausgehbereit, um den guten Ausgang des Abenteuers zu feiern. Und auch Rosalie und Lina und sogar Mademoiselle sollten mitfeiern und waren diesmal mit von der Partie.

Da saßen sie nun und futterten mit Vergnügen. Er, der junge Student sah sich, schon gar nicht mehr wie ein Bub, die zwei Mädln an. Roncza war zu alt, zwei Jahre älter als er, und das bedeutete um zwei Jahrzehnte älter. So war es in den Anschauungen der Zeit, und auch in denen Tschagls verankert, viel fester als der Kampf um das allgemeine Wahlrecht und um den Acht-Stunden-Tag, denn die konnte man schließlich erkämpfen. Aber die um zwei Jahre ältere Roncza, die blieb unerreichbar. – Und die Vally? Die war zu jung. Nur daß dieser Fehler sich einmal geben würde. War Roncza schlagfertig im Streit, so konnte diese Schnippische, Vorlaute es noch werden. Sie hatte nicht der Roncza kühnes Profil, sondern ein keck in die Luft ragendes Näschen. Sie sang. Sollte sie nur. Auch war sie Ronczas Schwester, und in ihr würde er auch Roncza besiegen. Noch ein paar Jahre und man würde beweisen, daß man besiegen könne. Vorerst aber machte man sie alle schweigsam durch Indianerkrapfen; heute kam sogar noch eine Cremeschnitte und eine Dobostorte dazu. Wo das magere Kind das so mühelos hinstopfte? Sie kaute glückselig, dachte wohl, daß Petersburg doch nicht ganz so weit entfernt liege. Aber während er sie begutachtete, war er gleichzeitig tief im Gespräch mit Roncza über Wahlreform und über die Bedeutung des ersten Mai. Diese erfaßte die Roncza gut, denn sie hatte sich unmerklich von den nationalen Ansprüchen der Polen zu den sozialen der Arbeiter Wiens geschlagen.

Man sieht, daß die Rosalie schon sehr recht hatte, wenn sie sich um die Zukunft ihrer Kinder Sorgen machte. In der Sorge um die Söhne war den Eltern ein Aufschub gewährt. Der Edi büffelte Römisches Recht, ohne daß ihn das interessiert hätte. Der Vally zeigte er Botticellis und Tintorettos und hängte ihr die Melonen essenden Murillo-Buben übers Bett. Das war seine Welt, die Neunte war es auch und der Figaro. Nichts verband das Römische Recht mit diesen Freuden, höchstens daß man hoffen konnte, als Dr. jur. und Konzipient sich das alles leichter verschaffen zu können. Das Leben zu Hause war erträglicher, freier für ihn geworden. Einen Studenten an der Universität fragte man nicht mehr Tag für Tag nach seinen Studien aus, auch war ja anzunehmen, daß er sich schon würde durchwinden können, war er doch schließlich acht Jahre ohne ernstlichen Zwischenfall durchs Gymnasium gesegelt.

Der Rudi, robuster, bereiter, sich den väterlichen Wünschen ernstlich zu widersetzen, hatte sich nach Beendigung des Gymnasiums der weiteren Tierquälerei, wie er es nannte, entzogen und war als Banklehrling nach Triest abgegangen. Er fehlte nicht sonderlich, hatte er doch immer neben der Familie gelebt. Roncza und Lina nahmen ihm übel, sich so wenig des Vaters Herzenswunsch gefügig gezeigt zu haben. Edi war froh, ein Zimmer für sich allein zu bekommen.

Aber die Mädchen! Zweiundzwanzig und dreiundzwanzig waren sie inzwischen geworden. Und Rosalie klopfte immer wieder vergeblich beim Heinrich an, wenn sie nach Geschäftsfreunden fragte und um Einführung passender junger Männer bat. Heinrich lehnte das so schroff ab, daß sie das Thema schließlich fallenlassen mußte. Gewiß, sie hätte auch am liebsten einen Arzt oder einen Beamten zum Schwiegersohn bekommen; aber es erwies sich, daß es außer der Verwandtschaft überhaupt keinen Bekanntenkreis gab. Da waren noch die älteren Söhne der Nettie, die man sich doch wenigstens noch einmal hätte ansehen können. Aber Heinrich hatte genug von den Mühen, die es ihn einst gekostet hatte, den frechen Tschagl ins Haus zu ziehen. Und wozu war das gut gewesen? Von seinem Vorzugsschülertum hatte er nichts abgegeben, als Bewerber kam er den Jahren nach ganz und gar nicht in Betracht, unmanierlich und unhöflich war er, wie zu sein keines seiner Kinder sich gegen Ältere je getraut hätte, und die Mädln hatte er trotzdem in wildeste Aufregung versetzt, an diesem blöden ersten Mai, von dem er immer mehr geneigt schien, ihn für eine Frechheit zu halten. Nein, von der Nettie ihren Buben wollte er nichts hören und schon gar nicht sich um sie bemühen. Und so war die Rosalie wieder bei völliger Ratlosigkeit angelangt.

Eines Abends aber verblüffte sie den Heinrich mit einer Einladung zu einem Kegelklubabend, einer gedruckten Einladung sogar, die sie von Tante Ernestine heimbrachte. Der Heinrich meinte übellaunig, warum er denn auf seine alten Tage zu kegeln anfangen sollte. Er spielte nicht einmal Billard, und für den Rest seines Lebens würde ihm das Tarockieren ausreichen.

Die Kinder wollten sich ausschütten vor Lachen bei dem Gedanken, daß etwa die Mutter Lust aufs Kegeln bekommen hätte. Nur der weiter übelgelaunte, aber umso autoritärere Blick des Vaters hielt sie davon ab, sich diese Situation in etwas despektierlicher Weise auszumalen. Aber die Rosalie ließ sich nicht so leicht abschrecken. Sie hatte schon andere Schwierigkeiten überwunden und durchaus würdevoll, unangefochten von den Bemerkungen der Kinder, für die die Vorstellung der kegelnden Mutter etwas überwältigend Komisches hatte, erklärte sie, daß ein Kegelklub kein Klub sei, in dem notwendigerweise gekegelt werden müsse. Es sei ein Geselligkeitsverein, wo anständige Leute zusammenträfen, und wer nicht kegeln wolle, könne Karten spielen oder aber auch sich unterhalten, Familie mit Familie, nicht immer nur die Männer beim Tarock und die Frauen bei ihren Handarbeiten, und wenn man nichts zu reden habe, so könne man ja zusehen, wie die Jugend tanze, das wäre ja vielleicht auch für die Kinder interessant.

Eine so lange Rede hatte die Rosalie noch nie gehalten. Auch so offene Kritik an festgelegten Lebensformen noch nie gewagt. Tatsächlich, die Trennung in tarockierende Männer und handarbeitende Frauen, die sich zu verschiedenen Zeiten, in verschiedenen Lokalen zusammenfanden, mußte schließlich nicht ewig gültig sein.

Unterhalten? Der Heinrich dachte vergeblich nach, worüber man sich in einem Geselligkeitsverein unterhalte. Würden dort nur Doktoren sein, die ihn nicht gelten ließen? Oder Viehhändler, die schon längst nicht mehr sein Umgang waren?

»Tanzen? Das können wir doch gar nicht!« riefen Lina und Roncza gleichzeitig und entsetzt.

»Ich *kann* tanzen«, rief Vally und holte sich mit zierlichem Knix den Edi. Aber es zeigte sich, daß sie noch viel zu jung für den Kegelklub, und daß auf ihre Tanzkünste niemand in der Familie neugierig war.

Immerhin, die Rosalie setzte es durch, und es wurde ein Abend festgesetzt, an dem man sich mit Tante Ernestine und Onkel Isidor in diesen sonderbaren Kegelklub begeben sollte, in dem nicht gekegelt wurde oder nur auf besonderen Wunsch; in dem man sich »unterhielt« und dem Tanz zusah.

Die Idee war reichlich durchsichtig auch für Lina und Roncza. Aber vorerst war dieser Familienausgang etwas Neues, und da die zwei älteren Mädchen große Enttäuschungen hinter sich hatten, eine wegen des plötzlichen Abbruchs eines Briefwechsels, der noch nicht einmal ein Liebesbriefwechsel gewesen war, die andere wegen der nachträglichen Sorge um einen gewissen Jemand, der vielleicht doch mehr als ein »Erzfeind« hätte werden können, gingen die zwei widerspruchslos, wenn auch leise geniert mit.

Es geschah vorerst nichts, als daß einige Herren sich steif und linkisch verbeugten und die Unterhaltung zwischen den Familien nach mißglücktem Versuch rasch in eine Tarockrunde der Männer und ein Austauschen von Kochrezepten der Frauen zerfiel. Edi saß mit den Mädchen, und die drei waren glücklich, sich lustig machen zu können über Pärchen, die aus dem Takt gerieten und einander auf die Füße traten.

Rosalie hörte scheinbar aufmerksam den langatmigen Geschichten einer Frau zu, die die Tante Ernestine mit allen Details ihrer letzten, zehn Jahre zurückliegenden Entbindung unterhielt, und musterte dabei heimlich die tanzenden Paare. Ihre eigenen Töchter erschienen ihr weit hübscher als die Tänzerinnen, und doch dachte keiner daran, sie zum Tanze zu holen. Sie bemerkte, daß die meisten einander seit langem zu kennen schienen und daß wohl deshalb keiner ihre Mädchen zum Tanz aufforderte.

Das Ergebnis dieses ersten Ausgangs war, nach Rosalies Strategie, daß man regelmäßig kommen mußte und daß es zu Hause nach solchen Abenden sehr lustig wurde, denn Edi und Roncza zeigten sich als unwiderstehliche Nachahmungskomiker.

Der Heinrich murrte, weil er sich an solchen Abenden noch einmal zurechtmachen mußte. Und selbst die Rosalie seufzte manchmal heimlich, weil sie es sich ausrechnete, wieviel Wäsche geflickt und wieviel Lebensmittel eingekauft werden könnten für die Ausgaben, die ein einziger Kegelklubabend mit sich brachte.

Aber ihre Hoffnung war unerschütterlich. Wahrscheinlich wird sie es eines Tages doch erreichen, daß ein im Alter passender junger Mann mit gesichertem Einkommen, aus einer Familie, die man sich vorher noch genau wird besehen müssen, ihre Töchter oder wenigstens eine von ihnen, nicht nur zum Tanz auffordern, sondern vielleicht auch ernstere Schritte unternehmen wird, nachdem er sich seinerseits über das Einkommen des Prokuristen Lanzer erkundigt haben wird und daraus die ungefähre Mitgift der Töchter sich wird errechnet haben.

Nach unserer Kenntnis Linas und Ronczas wird es wohl eher die Lina sein, die sich in diese grobmaschigen Netze wird einfangen lassen. Ja, Lina wird vielleicht sogar noch ein übriges tun, und, all den Liebesgeschichten, die sie gelesen hatte, gehorsam, auch noch imstande sein, sich einzureden, eine wahre Neigung zu empfinden, wenn sich ihr ein junger Mann mit Absichten schüchtern nähern sollte. Der jähe Abbruch des Briefwechsels damals ist ihr eine Lehre gewesen und machte sie bereit, sich zu jedem hingezogen zu fühlen, der es ernst zu meinen scheint. Als alte Jungfer wie Pauline will sie unter keinen Umständen enden.

Und Roncza? Wird man auch mit ihr ein so leichtes Spiel haben? Schon in Cebinje hatte sie sehr gut begriffen, daß man sich, was des Habens wert scheint, selbst nehmen muß. Der zu Tod erschrockene Stani hätte es gewiß nie gewagt, sie auch nur zu berühren, wenn sie ihn nicht hinter die Hecke gelockt hätte, und sie hatte genau gewußt, was sie gewollt hatte, als sie sich, ach, so schwach werdend, in seine Arme sinken ließ. Ihm war damals der schrille Ruf der Mutter »Zu Tisch! Zu Tisch!« zu Hilfe gekommen, und Hals über Kopf hatte er sich davongemacht. Es ist gewiß nicht Ronczas Schuld gewesen, daß ihr vom Stani nur die sogenannte »nationale polnische Frage« geblieben war. Und selbst die interessierte sie ja überhaupt nicht mehr. Sie war nun zur Realistin geworden. Wie könnte sie sonst so klug die Gemeinderatsdebatten mit dem Vater und die Parlamentsvorgänge mit dem Tschagl durchsprechen? Aber das Herz? Das Herz ist besetzt, unwiderruflich und unerschütterlich besetzt. Das gehört dem Vater seit jenem Tage in grauer Vorzeit, an dem sie für ihn zum ersten Male hatte Bier holen dürfen. Bier holen? Das war heute gar nicht mehr vorzustellen.

Denn man war aufgestiegen, gewaltig aufgestiegen. Es ist Pflicht, sich dessen in Dankbarkeit zu erinnern. Namentlich deshalb, weil das in Ehren hatte geschehen dürfen, in Rechtschaffenheit, sieht man davon ab, daß auch der Heinrich sich einmal dem Spekulationsrausch der Gründerzeit ganz nicht hatte entziehen können. Vielleicht war die Rechtschaffenheit nach seinem ersten Versuch nur die Folge davon, daß dieser erste ihm so schlecht bekommen war und daß der Kammerrat ihn bei den Segals hatte unterbringen können.

Die Kegelklubabende, an denen nicht gekegelt wurde, waren längst eine ständige Einrichtung der Familie Lanzer geworden. Schon hatten sich einige blasse, nicht sehr attraktive, aber immerhin wohlerzogene junge Männer aus der Provinz der Familie vorstellen lassen. Erstaunlich war es, daß diese jungen Männer meist aus mährischen und böhmischen Fabriksorten kamen, wo sie offenbar weder vom deutschen noch vom tschechischen Bürgertum so weit zugelassen waren, daß sie unter deren Töchtern hätten wählen können. Für die dort ansässigen jüdischen Familien kamen sie entweder deshalb nicht in Frage, weil sie deren arme Angestellte waren; oder aber weil die jungen Männer auf Brautschau sich denen, die den jüdischen Gemeinden noch angehörten, turmhoch überlegen fühlten. Das war armes Pack, das waren Proleten, mit denen man nichts zu tun haben wollte.

Dieser Zusammenhang war den Lanzers nicht klar, wäre er es gewesen, hätten sie daran auch kein Interesse genommen. Rosalies Interesse war es einzig und allein, junge, in Betracht kommende Männer heranzuziehen, mit Anstand, ohne sonderliche Eile, aber doch, ohne je das Ziel aus den Augen zu verlieren. Heinrich murrte zwar über diese abendlichen Ausgänge, er hustete viel in letzter Zeit und war oft geneigt, abends die geliebte Tarockpartie im Stich zu lassen. Statt aber zu Hause bleiben zu können, mußte er die Familie zu diesen Kegelabenden begleiten, bei denen nicht einmal gekegelt wurde, sondern er mit Unbekannten tarockieren mußte. Denn das war das Äußerste, was zu tun er bereit war, um den Wünschen der Rosalie entgegenzukommen. Ernstlich diese jungen bepickelten Männer zu begutachten und zu entscheiden, ob sie für seine Töchter in Frage kämen, hatte er nicht die mindeste Lust. Sein Wunsch, sein wirklich einziger Wunsch, war es, sie alle, besonders Roncza, so lange wie möglich im Hause zu behalten. Rosalie dachte nicht weiter darüber nach, ob es ihr angenehm oder unangenehm war, zu diesen Abenden zu gehen, wie dies denn überhaupt nicht der

Maßstab war, den sie je in ihrem Leben an ihre Handlungen angelegt hatte. Es war einfach ihre Pflicht, dort hinzugehen.

Die Kinder nahmen es bald als erwünschte Abwechslung, sie waren zu dritt und liebten es, am nächsten Tag die ganze Gesellschaft so übermütig nachzuahmen, daß ein Zuschauer von heute nur bedauert hätte, wieviel Laune, wieviel Begabung damals unerkannt verpufften, weil man in diesen Kreisen nicht daran dachte, sie anders als für die Familien zu verwenden. Vally sah mit großen verdutzten Augen zu und verschluckte sich manchmal vor Lachen. Heinrich schmunzelte in seinen Bart und beugte sich über seinen Teller, weil er sein Vergnügen nicht zeigen wollte und seine Genugtuung darüber, daß die Töchter es so gar nicht eilig zu haben schienen, ihn zu verlassen. Nur Rosalie klopfte energisch auf den Tisch und brachte stirnrunzelnd alle zum Verstummen. Sie allein behielt das Ziel im Auge, und es erschien ihr unstatthaft, sich über Menschen lustig zu machen, aus deren Reihen, bepickelt oder unbepickelt, eines Tages, in nicht zu ferner Zukunft, ein Bräutigam hervorgehen mußte.

Übrigens tauchte der Julius noch einmal auf und bestimmte wiederum die Entschlüsse der Lanzerkinder. Sein erstes Konzert war seinerzeit der Anlaß dafür gewesen, daß ein Klavier angeschafft worden war, was ihnen allen eine neue Welt erschlossen hatte. Nun war der Julius aus dem fernen Petersburg siegreich zurückgekehrt, zunächst noch einmal zurück nach Breslau, wo er aber nur mehr wenige Monate bleiben würde. Denn nun sollte er vom Korrepetitor in Breslau zum Kapellmeister in Berlin aufrücken, wenn auch nur zum zweiten stellvertretenden Kapellmeister, und auch nicht gerade an der königlichen Hofoper. Im übrigen gedachte er, baldmöglichst zu heiraten und den Eltern die Braut beim kurzen Besuch in Wien vorzustellen, ehe sie beide das neue Engagement antreten würden. Heinrich brachte diese Neuigkeit von der Tarockpartie nach Hause, Rosalie wußte bereits Details, die Emilie beim Handarbeitstratsch erzählt hatte.

Die Rosalie konnte nicht umhin, den Kopf zu schütteln. »Zehn Jahre älter als er ist sie!« sagte sie. »Und eine Sängerin! Daß der Moritz so was erlaubt!«

»Ja«, meinte der Edi scheinheilig, »wie Eltern so was erlauben können!« Ein indignierter Blick Linas strafte ihn.

»Die teure Ausbildung!« klagte die Rosalie. »Und jetzt bekommt er eine Frau, die zehn Jahre älter als er ist! Keinen Doktortitel hat er und so weit fort, bis nach Berlin muß er!« Andererseits war sie erleichtert darüber, daß der Julius sich um keine ihrer Töchter beworben hatte, wo das doch so leicht hätte kommen können.

»Wieso keinen Titel?« wagte sich erstaunlicherweise jetzt Fräulein Verdutzt zu Wort. »Er wird doch jetzt zweiter stellvertretender Kapellmeister heißen.«

Die Rosalie zuckte unendlich überlegen die Achseln. Noch ein Jahr, und ihr Edi wird *Dr. jur.* sein. »Der Moritz kommt zwar aus Ungarn«, gab sie zu. »Aber seine Eltern sollen aus Polen gekommen sein. Es war ja doch immer eine recht polnische Wirtschaft bei ihnen. Sonst hätte sowas nicht passieren können.« Es blieb unklar, ob sie des Julius Heirat oder seine Ernennung zum zweiten stellvertretenden Kapellmeister in Berlin für das Ergebnis dieser polnischen Wirtschaft und der dementsprechenden Erziehung ansah.

Die Mädchen äußerten sich nicht weiter zu der Nachricht, und doch bestimmte sie den weiteren Verlauf ihres Lebens. Die gefügige Lina wurde noch gefügiger, und sie begann sogar einen der jungen Männer, einen der künftigen Fabriksdirektoren in einer der Spinnereien jener Orte, die eigentlich nur aus Fabriken bestehen, vor allen übrigen bepickelten jungen Männern auszuzeichnen. Sie würde der Haupt- und Residenzstadt den Rücken kehren und sich Höherem zuwenden. Dort, in irgendeinem böhmischen Provinznest wird sie weiter ihr Romane lesen, ihrer Bildung frönen und die Personalnachrichten aus dem Allerhöchsten Kaiserhaus verfolgen, ohne aus dem warm hegenden Familienkreis heraustreten zu müssen. Schon einmal war ihr dies schlecht bekommen, eine Liebeskorrespondenz, die keine gewesen war, ein solches Debakel war genug für ein Leben, so entschied sie. Sie war nicht geeignet, ihr Schiffchen auf tosendem Meer zu steuern.

Auch bei Roncza tat die Nachricht von Julius' bevorstehender Eheschließung ihre Wirkung, wenn auch in weniger entschiedener Weise und nicht der Person des Julius wegen. Das Verlobungsspiel in der Sommerfrische, sie hat es in lustigster Erinnerung, die Erinnerung an den Julius war ihr nie anders als eine an einen Spielkameraden gewesen. Zehn Jahre jünger, dachte sie nur, maßlos verwundert. Es gab Gegenden – merkwürdigerweise erschien ihr die bestaunte Tatsache geographisch bedingt –, wo sowas möglich war. In unseren Breitegraden sind zwei Jahre unüberwindlich. Sie gedachte des Erzfeindes, des frechen, ungezogenen, klugen Erzfeindes mit dem wirren schwarzen Schopf, der einen täglich neuen Ausblick in täglich neue Welten eröffnete und von dem sie doch eine nicht übersteigbare Schranke trennte: zwei Jahre Altersunterschied.

Am tiefsten traf es Vally. Ob sie Belotti hieß, ob sie zehn Jahre jünger war, das berührte sie dabei wenig.

Vally lief zur Schule. Sie war spät dran. Zum dritten Mal in dieser Woche war sie in Gefahr, zu spät zu kommen. Der Kakao war brühend heiß gewesen. Mademoiselle hatte darauf bestanden, daß sie ihn trinke, wiewohl ihr, wie eben jetzt, manchmal in der Frühe so übel war, daß sie viel darum gegeben hätte, ohne Frühstück davonlaufen zu dürfen. Dabei hatten die Großen erneut das Thema von Julius' Heirat erörtert, ein Grund mehr dafür, daß sie sich gern aus dem Staub gemacht hätte.

So hatte sie den Kakao viel zu heiß in sich hineingeschüttet und trabte die Straße entlang, vorbei an dem Parapluimacher, dessen Rolladen noch herabgelassen waren. Einen Augenblick lang atmete sie erleichtert auf, so spät war es also doch noch nicht, daß der schon aufschloß. Vorbei am Bäcker Ledl, dessen Ladentür offen stand und der köstlicher Duft von warmem Gebäck entströmte. Vally entlockte es heute nicht einmal ein Schnuppern. Ihr war übel, und sie verzichtete gern, dort einzutreten und sich ihr Kümmelweckerl zu erstehen, wie sie es sonst täglich tat für die Zehnuhr-Pause.

Es war ein trüber, nebeliger Novembermorgen, und Vally knöpfte sich den karierten Mantel hoch, was aus irgendwelchen Abhärtungsprinzipien zu Hause nicht als statthaft galt. Sie wollte aber nicht heiser sein und sollte doch noch zurechtkommen, das Morgenlied aus voller Kehle mitsingen können.

Sie trabte weiter, es war schon fast ein Laufschritt, das Federpenal in der Schultasche, die sie zu ihrem Leidwesen noch immer auf dem Rücken tragen mußte, klapperte. Sie faßte rechts und links die Riemen an, damit der Ranzen nicht hin und her schwenkte, und weiter ging es mit gesenktem Kopf, den Blick auf das Katzenkopfpflaster. Sie trug ein rotes, gestricktes Wollmützchen, das unter dem Kinn gebunden war und das sie haßte;

es kratzte und rutschte so tief in die Stirn, daß man nur ein Rändchen der Ponyfransen sehen konnte, auf die sie so stolz war.

»Hoppla«, sagte jemand, da sie um die Ecke bog, und es waren gleich zwei, mit denen sie zusammenstieß.

»So spät ist es schon?« fragte eine ängstliche Stimme, und es war die eines Ardittibuben. Die Brüder traf sie sonst erst, wenn sie auf die Hauptstraße einbog, ihr Schulweg kreuzte sich, die beiden gingen ins Gymnasium. Man grüßte, täglich, durch Jahre zogen der Große und der Kleine den Hut, und Vally nickte huldvoll, ganz wie eine Große. Sonst sah man einander nur noch einmal im Jahr, auf dem Ardittischen Kinderball. So aufeinandergeprallt war man noch nie.

»Jetzt ist schon alles egal«, sagte der Größere ergeben und hielt sie in seiner Verzweiflung am Ärmel fest. Er hatte schöne, scheue, graue Augen, und Vally fragte sich plötzlich, ob der wohl Klavier spiele.

»Komm, komm«, drängte, weniger schicksalsergeben, der Kleinere ihn fort, »wir machen es vielleicht noch.«

»Viel Glück«, rief Vally, »für uns alle!« und trabte weiter. Sie war etwas getröstet, hatte sich selbst mit diesem Ruf Mut zugesprochen. »Glück«, das konnte sie brauchen. Wenn ich doch noch zurechtkomme zum Morgenlied, nahm sie sich vor, dann wird vielleicht doch noch eine Sängerin aus mir, auch ohne den Julius.

Das Morgenlied war so tröstlich, jeden Morgen, selbst wenn darauf Rechenstunde folgte, in der man nur fest die Hände ineinanderkrallen konnte, in der Hoffnung, nicht »dranzukommen«, denn man verstand ja bestimmt nicht, was die da wollten, wenn sie einen eine Zahl unter dieses komische Zeichen, das sie »Wurzel« nannten, schreiben ließen und oben drauf eine ganz kleine Drei setzten. Das Morgenlied war wirklich hübsch, täglich freute man sich darauf, es war viel hübscher als das »Sch'ma«, das man im Jugendgottesdienst sang, obwohl sie auch das gerne sang. Solange es ums Singen ging, konnte ihr nichts geschehen. So empfand sie auch zu Hause, wenn die Geschwister sie zum besten hielten und sie als Schutz ihr verdutztes Gesicht aufsetzte.

»Und Gott die hohe Sonne«, sang sie innerlich. Es wird doch eine Sängerin aus mir, dachte sie und keuchte jetzt, denn sie rannte nun wirklich, und die Straße stieg an. Sie war jetzt bereit zum Äußersten, und ihr Herz klopfte. Was geht mich der Julius an, dachte sie trotzig, und seine Belotti, ich werde es schon schaffen, nicht durch den Julius, aber doch. Und bog eine Seitenstraße ein.

Es wird ihm schon leid tun. Ich werde dort oben stehen und ein anderer wird mir das Zeichen zum Einsatz geben. Bitte, laß mich zum Morgenlied zurechtkommen, bat sie inständig, es hängt doch so viel davon ab. Ich werde auch Kubikwurzel ziehen lernen, wirklich, verlegte sie sich aufs Betteln bei der unbekannten Instanz. Laß mich das Morgenlied mitsingen, bat sie und stolperte, so daß sie sich nur im letzten Moment hochreißen konnte.

Sie sah wieder auf. Überall gingen die Rollbalken hoch, und nur ganz vorn im Nebel konnte man noch einige Schulkinder sehen. Ja, wenn sie die einholen wird, dann wird aus ihr doch noch eine Sängerin. Dem Julius zum Trotz. Sie reißt den Mantel auf, um besser rennen zu können, heiser oder nicht, bei dieser Lebensentscheidung war das wirklich nicht so wichtig.

Noch eine Ecke, da lag die Holzhausergasse, in der die Schule steht, und jetzt galt es, nur noch fünf Häuser zu nehmen. Beim ersten Haus rannte sie fast ein Dienstmädchen um.

»Na, na«, sagte das Dienstmädchen mißmutig. »So kleine Mädln sollten früher aufstehen, statt andere Leute umzurennen.«

»Hast du eine Ahnung«, dachte die Vally und lief schon wieder weiter. Ihr habt ein leichtes Leben. Aber für mich entscheidet sich's jetzt. Ob ich eine berühmte Sängerin werde.

Zwei Ranzen verschwanden, drei Häuser vor ihr, im Tor. Sonst war weit und breit kein Schulkind mehr zu sehen. Dort, ganz fern, tauchte noch ein kleiner Trupp auf, der ihr entgegenkam. Man konnte noch nicht erkennen, ob es Schulkinder waren. Wenn es Schulkinder waren? So viele kamen kaum zu spät. Dann hatte man gewonnen.

»Laß mich eine Sängerin werden«, bat sie. »Laß mich zum Morgenlied zurechtkommen.« Diese Bitte war vielleicht bescheidener und bedeutete schließlich dasselbe. Der Trupp, der ihr entgegenkam, war nun wirklich ein Trupp Schulkinder geworden. Wir kommen zurecht, jubelte es in ihr, und wagte sich doch noch nicht ganz vor zum richtigen Jubel.

Da, es klingelte. Man hörte es bis hierher, auf die Straße. Es war das zweite Läuten, man konnte das an den kurzen Intervallen erkennen, das erste Läuten war ein langgezogenes, ununterbrochenes Klingelzeichen. Sie schlüpfte ins Haus. Gerettet. Das dritte Klingelzeichen gab genügend Zeit, die zwei Stockwerke im Sturmschritt zu nehmen. Wenn man sich im Lauf des Ranzens und Mantels entledigte, konnte man noch rechtzeitig vor der Lehrerin im Klassenzimmer sein.

»Guten Morgen, liebe Kinder«, erklang es wie jeden Tag. Dreißig kleine Mädchen standen kerzengerade zum Gruß und warteten, daß die Lehrerin den Katheder erreichte und ihnen das Zeichen zum Singen gebe.

Vally stand blaß und erschöpft in der zweiten Reihe an ihrem Platz, neben der dicken, blondzopfigen Hulda, die von ihr so überaus verehrt wurde, ohne daß es je zu einer intimen Freundschaft gekommen wäre. Die Hulda konnte Wurzel ziehen und ließ abschreiben, was sie lebensnotwendig machte. Aber außerdem war sie im höchsten Grade verehrungswürdig, denn sie hatte eine Tante, die im Kirchenchor sang, worüber die Hulda lang und breit zu berichten wußte. »Jesus, meine Zuversicht« durfte diese Tante sogar solo singen, was wunders, daß die Hulda protzte und die Vally neidisch staunte.

Der Vally war übel vom Kakao, vom Laufen und der eben überstandenen Angst. Das Herz klopfte gewaltig. Aber sie stand kerzengerade, war sehr blaß und blickte aus ernsten Augen auf die Lehrerin. Ein heimlicher Triumph leuchtete aus ihrem Gesicht. Wie konnte die Lehrerin ahnen, daß das Zeichen, das sie jetzt geben würde, nicht nur das Zeichen zum Morgenlied war, sondern das Zeichen zum Einsatz für ein großes, erfülltes Leben, das Leben einer Sängerin, einer, die der Belotti um nichts nachstehen würde.

Jetzt stand das Fräulein Sigel auf ihrem erhöhten Platz. Sie hatte ein pausbäckiges, freundliches Gesicht und trug blonde dicke Zöpfe um den Kopf gewunden, weshalb die Mehrzahl der Klasse das Haar ebenso trug, jedenfalls die, deren Mütter nicht so hartherzig und einsichtslos waren, daß sie fanden, Zöpfe hätten zu hängen und für Frisuren wäre man noch zu jung.

Fräulein Sigel schien leicht verlegen, und statt wortlos durch Handbewegung das erwartete Zeichen zu geben, sagte sie: »Liebe Kinder, von nun an werden wir das Morgenlied in der Gesangstunde singen. Den Tag aber werden wir, weil er ja Gott dem Herrn gehört, mit einem Gebet beginnen. Mit einem ›Vater unser‹. Einem christlichen Gebet«, fügte sie leiser hinzu. »Es wird nur von den christlichen Kindern erwartet, daß sie mitsprechen«, sie erhob ihre Stimme wieder, und dann ratschte sie das, was zu sagen ihr aufgetragen war, wie eine amtliche Verlautbarung herunter. Je rascher sie damit fertig wurde, desto besser. »Zu diesem Zweck ist eine neue Sitzordnung erforderlich. Die Kinder mosaischen Glaubens bleiben in den Bankreihen, in denen sie sich befinden, wechseln aber auf die Bankseite links vom Mittelgang. Die christlichen Kinder besetzen die Bankseite rechts vom Mittelgang.«

Verwirrung entstand. Füße scharrten, Federpenale fielen krachend zu Boden. »Ja, nehmt nur eure Schultaschen gleich mit an eure neuen Plätze, denn so bleibt von heute an die neue Sitzordnung.«

Getuschel und unterdrücktes Gekicher. Man nahm die Umgruppierung als willkommene Unterbrechung, Juden und Christen waren gleich entzückt, nicht still sitzen zu müssen. »Es ist dies kein Anlaß zum Schwätzen«, rief Fräulein Sigel in den Lärm hinein und mußte ihre Stimme erheben, um verstanden zu werden.

Der dicke Ziegelmayer, der Schuldiener, trat ein. Sein Klopfen war in dem allgemeinen Lärm überhört worden. Er hielt einen Hammer in der rechten Hand, ein Kruzifix unter den linken Arm geklemmt. Etwas ratlos blieb er stehen, blickte auf die geschäftige Kinderschar, die Gänge zwischen den Bankreihen waren versperrt durch die auf andere Plätze umziehenden und schnatternden Mädchen, die einander zuriefen.

»Laßt den Herrn Ziegelmayer durch«, rief die Lehrerin, und die Mädchen traten beiseite, gaben ihm den Weg frei. »Damit wir auch täglich daran erinnert sind, daß der Heiland für uns am Kreuz gestorben ist, wird der Herr Ziegelmayer jetzt neben das Bild seiner Majestät das Kruzifix befestigen. Bitte, Herr Ziegelmayer«, sagte sie und trat vom Katheder ab.

Herr Ziegelmayer kam unter vielen Bücklingen näher, rückte den Katheder zurecht, suchte nach dem Lappen, der zur Reinigung neben der Tafel hing, breitete ihn auf der Platte des Katheders aus, ehe er dort hinaufstieg. Er hielt das Kruzifix hoch, in gleicher Höhe mit dem Kaiserbild, warf einen fragenden Blick zu Fräulein Sigel, die ihm zunickte, als Zeichen, daß das Kruzifix tatsächlich in gleicher Höhe mit dem Kaiserbild sei. Dann schlug er den Nagel ein.

Die Kinder hatten inzwischen alle ihre neuen Plätze bezogen. »Wer macht mir den neuen Sitzspiegel?«, rief Fräulein Sigel.

343

Mit dieser Aufgabe betraut zu werden, war eine Ehre, und außerdem war das auch eine hübsche Beschäftigung. Viele Hände flogen diensteifrig hoch, sowohl aus den rechten wie aus den linken Bankreihen. Die Vally saß jetzt neben Emma Schlesinger, einer Verwandten der Ardittis, die sie deshalb nicht mochte, weil die Hulda sie nicht mochte, die vor allem an den Gabelfrühstückspäckchen der Emma Schlesinger Anstoß nahm. Emma hatte täglich zu ihrem Brot ein hartes Ei mit, das war der Hulda uninteressant, das war kein Tauschobjekt. Vally war am Tauschen von Frühstücksbroten nie interessiert gewesen und hatte nur aus Solidarität die Emma abgelehnt. Jetzt aber, da die Emma es war, die sie von der Hulda trennte, haßte sie sie geradezu.

Die von den durch sie ausgelösten Gefühlsstürmen nichtsahnende Emma Schlesinger bekam den Auftrag, den neuen Sitzspiegel anzufertigen. Sie versprach ihn knixend für den nächsten Tag und sah sich dabei triumphierend um, ob auch alle die Ehre bemerkt hätten, die ihr da zuteil geworden war.

Der Ziegelmayer hatte zu hämmern aufgehört und stieg vom Katheder. Fräulein Sigel seufzte erleichtert, schließlich würde man, wenn auch reichlich verspätet, doch mit dem Unterricht beginnen können.

»Danke«, sagte sie, da der Ziegelmayer sich unter Verbeugungen zur Tür zurückzog. »Also, Schlesinger, nicht vergessen, für morgen den Klassenspiegel.« Es war gut, einer aus der linken Bankreihe diese Auszeichnung erteilt zu haben.

»Also, wir stehen gerade.« Sie war auf den Katheder geschritten und faltete die Hände. »Wir falten die Hände, alle«, kommandierte sie. »Linke Bankreihe schweigt, rechte Bankreihe spricht mir nach. ›Vater unser‹.« Schon beim »Unser« verfiel sie in ein Gemurmel, die ganze Klasse murmelte, nur die Minna in der dritten Bank, die zu denen gehörte, die die Zöpfe aufgesteckt tragen durften, wie Fräulein Sigel, sagte so laut, daß ihre Stimme aus allen anderen herauszuhören war: »Wie auch wir vergeben unseren Schuldigern.« Auf einen Wink fiel auch sie ins Murmeln zurück.

Luegers Wahl zum Bürgermeister war also schließlich doch vom Kaiser bestätigt worden. Ein neues Schulgesetz war in Kraft getreten: das Morgenlied war abgeschafft, Vally hat es nie mehr gesungen.

Ein feuchter, naßkalter Märztag. Nebel liegt, und Schneeflokken fallen, die zergehen, sobald sie das Straßenpflaster berühren. Die Straße ist leer, nur dort hinten an der Ecke steht ein Maronibrater hinter seinem Öfchen: »Heiße Maroni, fünf für einen Kreuzer«, ruft er dringend, wiewohl weit und breit niemand zu sehen ist. Als ob er die Kinder mit dem Ruf aus den Häusern herauslocken könnte, so dringend, immer dringender wird sein Ruf.

Dort drüben, an der Ecke der Waschhausgasse steht auch ein Mann. Er lehnt schwer atmend gegen die Hauswand. Was dabei seinem guten Stadtpelz passiert, scheint ihn nicht zu kümmern. Er hat die Rechte gegen das Herz gepreßt und die Linke hält er gegen die Mauer, als ob er sich so stützen könnte. Der Heinrich ist es. Sein Gesicht ist kalkweiß, der graue Bart läßt es noch weißer erscheinen, und auf der Stirn stehen ihm kleine Tröpfchen, wiewohl es doch noch recht empfindlich kalt ist. Und sein Hut, der graue Stösser, auf den er immer so besonders heikel ist, der liegt drei Schritte vor ihm, im Rinnstein, richtig im Dreck, und er sieht es nicht einmal. Auf der Stirn schwitzt er und die Beine sind ihm eiskalt, bis in die Knie spürt er sie kaum, und er lehnt sich ganz fest gegen die Wand und hat nur einen Wunsch: nicht umfallen, bitte, nicht umfallen. Kein Aufsehen, nur kein Aufsehen, denkt er, obwohl es hier ja außer ihm keinen anderen gibt, weit und breit keinen, und dem Maronibrater dort drüben ist er durch die nächste Hauseinfahrt unsichtbar.

Mir war schon in der Früh nicht gut, denkt der Heinrich. Ich hätt' nicht zwei Stunden auf dem zugigen Bahnhof stehen sollen, wegen der Viehtransporte. Die anderen hätten das auch ohne mich fertig bekommen. Wenn ich nur bis ins Withalm komme, ein starker Kaffee und die Wärme dort, dann ist alles wieder gut. Nur kein Aufsehen. Nach Hause geh' ich nicht, denkt er trotzig. Wenn ich jetzt nach Hause komm' und ins Bett geh', dann glauben die gleich, daß es ans Sterben geht bei mir. Bah, denkt er, so weit sind wir noch lange nicht. Fünfundsechzig, lächerlich.

Die Schweißtropfen stehen ihm noch immer auf der Stirn, und die Füße sind noch genau so kalt, aber er sieht jetzt doch, daß sein Stösser im Rinnstein liegt, und mit dem Atmen geht es ein bißl besser. Mit der Linken krallt er sich noch immer an die Wand, weil er Angst hat, daß er sonst zusammenfällt. Nur kein Aufsehen, denkt er wieder. Und: nicht nach Haus. Ins Withalm.

Und wenn's wirklich was ist, der Moritz wird mir schon was geben zur Stärkung. Ein Schwächeanfall, nichts sonst. So war ihm schon paar Male, fällt ihm jetzt ein, nur auf der Straße hatte es ihn bis jetzt niemals erwischt, so hat er dem keine Beachtung geschenkt. Die Knie, spürt er, die Knie tragen ihn keinen Schritt weit. Und er lehnt sich an und ist ruhiger, weil ja keiner da ist, bei dem er ein Aufsehen machen könnte. Wird schon vorübergehen, redet er sich zu. Nur schade, daß der Hut gar so im Dreck liegt, der schöne Hut. Noch ein Momenterl, dann heb' ich ihn auf. Das Herz geht jetzt ruhiger, das verdammte Klopfen, bis man nicht mehr weiß, ob's in einem ist oder ob's von draußen kommt. Hat sich gegeben.

Er lehnt jetzt fast kommod an der Wand. Wenn nur keiner kommt und fragt. Reden kann ich jetzt nicht. Und nur kein Aufsehen. Er steht ganz ruhig, aber seine Augen blicken schon wieder ein wenig herum. Die Mauer vis-à-vis, die ärgert ihn plötzlich. Bröckelt ab, seit Jahren muß die dort bröckeln, das ganze Haus bröckelt ab, schlampig sieht das aus, direkt baufällig und gefährlich auch. Warum hat denn niemand geschaut auf das Haus? Blinde Fenster hat es auch. So ein schönes Haus, ärgert er sich, ein feines Haus hätte das sein können, für gute Leute, und jetzt steht es da, schlampig und verwahrlost, und niemand hat was gemacht daraus.

Dann ist der Ärger wieder weg, und er denkt an den Moritz. Der wird ihm schon was geben zur Stärkung, wenn er nur schon dort wär', im Withalm. Der Moritz! Wozu haben wir denn den Doktor in der Familie. Der Moritz ist doch ein guter Arzt. Der Moritz wird mir was geben, und bis morgen ist das Ganze vergessen, und die Rosalie braucht es gar nicht erfahren. Und die Kinder auch nicht. Die Roncza kriegt gleich so große Augen und greift gleich nach seinen Händen, ob sie kalt sind, wenn er im schlechten Wetter nach Hause kommt.

Die Hände sind natürlich kalt, von der glitschigen Mauer eben, die er sich nicht getraut loszulassen. Aber das ist nicht so schlimm, die Hände erwärmt er sich schon, wenn er sie nur um die heiße Kaffeetasse legt. Aber die Füße, die Füße müßten warm werden. Es ist, wie wenn die Kälte höher steigt von den Füßen. Kein Wunder, wo er in dieser Nässe steht.

Bis ins Withalm wird er schon noch kommen, redet er sich zu. Aber daß er so müde ist, das ist unangenehm. Am Ende schläft er ein im Withalm. Das wäre unangenehm. Er will kein Aufsehen machen. Der Ingenieur erzählt alles gleich seiner Mutter und die der Rosalie, und auf nichts und wieder nichts ist das ganze Haus bei ihm in Aufregung. Der Moritz muß ihm halt was geben zum Aufpulvern.

Der nasse Schnee ist zuwider. Der sollt' wenigstens aufhören. Am Ende erkältet er sich noch und holt sich eine Lungenentzündung von dem blöden Stehen in der Nässe. Er muß wirklich dazuschauen, daß er da fortkommt. Was ist das eigentlich dort drüben für ein Geschäft?

Eine Molkerei ist das. Spaßig. Warum ist eine Molkerei spaßig? Spaßig, daß er da schräg vis-à-vis von der Molkerei steht. Da hat er nämlich schon einmal gestanden. Ganz bestimmt hat er da schon einmal gestanden. Und schlecht war ihm auch. Wann ist das gewesen? Vor einer Woche? Oder voriges Jahr? Die Lotti wollte er suchen. Ja, richtig, die Lotti ist da. Die wartet ja zu Haus' auf ihn. Nur kein Aufsehen machen, er mag das nicht, daß man gleich nach seinen Händen greift, ob die kalt sind. Jawohl, sie sind kalt, sehr kalt sind sie, aber die Lotti braucht das gar nicht zu wissen. Soll lieber geigen. Schön kann s' spielen. Er findet es schön. Aber sie darf ja gar nicht geigen, sie darf nur so ausschauen, als ob s' geigt. Komisch, eigentlich, daß man ihr dafür noch zahlt.

Was geht ihn eigentlich die Lotti an. Er ist ein fescher Feldwebel, und er hat einen Batzen erspartes Geld, und er bleibt im Teppichbazar. Ein Durcheinander ist das, denkt er, es wird höchste Zeit, daß ich ins Withalm komme. Der Moritz, der hilft bestimmt. Der Moritz war immer mein Freund, vom ersten Tag an, wo ich ihn gesehen hab'. Wenn ich ihn neben mir hab', dann kann mir nichts geschehen. Nicht nur, weil er ein Doktor ist, der helfen kann, sondern, wenn man einen Doktor zum Freund hat, das ist schon was. Da kann man ruhig auch heiraten. Kommt gar nicht darauf an, wen. War ja auch ein hübsches Mädl, die Rosalie, und brav war s' auch. Man hängt doch aneinander nach so vielen Jahren. Viele Jahre ist das her. Das war doch gestern, daß er den Freund, den Moritz gefunden hat, den er nie mehr verlieren wollte.

Wieso steht er da eigentlich wieder vis-à-vis von der Molkerei? Wo war er inzwischen? Es ist wirklich zu dumm, wie er sich gehen läßt und ins Spintisieren kommt, und er wird nicht einmal merken, daß ihm schlecht ist. Gleich wird er wieder von der Oper anfangen und vom Julius, den er nicht leiden kann. Ein frecher Bursch ist das, der Julius, da kann er noch hundertmal vorm Zaren dirigieren. Spielt sich da auf als der Verlobte von der Lotti und macht das Ganze nur zum Spaß. Ist aber kein Spaß mit dem Heiraten. Er will den Julius nicht, und den Moritz braucht er auch nicht. Er wird sich einen Sliwowitz bestellen und dann wird alles gut sein. Nur hinkommen muß er. Na, es geht schon besser. Anlehnen muß er sich nicht mehr unbedingt. Nur noch ein Momenterl Geduld und dann geht er bis zum Maronibrater dort, der wird ein Geschäft machen! Die heißen Maroni stopft er sich dann in beide Rocktaschen, soll die Rosalie nur schimpfen, wenn sie die Schalen drin findet. Hauptsache, sie machen warm, und er steckt die Hände in die Taschen, und so kommt er schon bis zum Withalm. Freilich, bücken, das traut er sich nicht, der Hut dort im Rinnstein, nur die Hand müßte er ausstrecken. Aber das stimmt doch wieder nicht, der Hut ist zu weit, der muß dort liegen bleiben. Wird ein Aufsehen machen, wenn er ohne Hut nach Hause kommt. Herrgott noch einmal, er ist schließlich der Prokurist Lanzer, und auf der Sparkasse liegen dreimal 20.000 Gulden als Mitgift für die Mädln und noch extra ein ganz schönes Stückl Geld, da wird er sich schließlich noch einen neuen Hut leisten können, jawohl, das wird er der Rosalie sagen. Überhaupt, glaubt sie vielleicht, er wird noch einmal einen Hut aufsetzen, der im Rinnstein gelegen hat? Nein, er muß sich wirklich nicht bücken nach dem dort. Ganz erleichtert ist er durch diesen Entschluß.

Jetzt muß er nur bis zum Maronibrater kommen, dann ist alles gut. Die heißen Maroni, die machen alles gut, redet er sich zu. Überhaupt, er muß sich beeilen, der Himmelblaue wartet ja, wegen der Amnestie. Er hat ihm doch versprochen, daß er kommt. Na, er kommt auch, der kann sich verlassen drauf. Nur die Maroni muß er zuvor noch kaufen. Und er läßt sich los von der Wand. Siehst du, es geht. Es geht alles, wenn es sein muß. Natürlich, er hat es ihm doch versprochen, und die vielen wird man nicht warten lassen. Schließlich ist er ein Militär, ein Feldwebel. Aufsehen wird das machen beim Bahnhof. Ein Aufsehen! Aber ihm ist schon besser, viel besser. Niemand wird ihm anmerken, daß ihm schlecht war. Jetzt nur noch die paar Schritte bis zum Maronibrater. Zu dumm nur, daß er keinen Hut hat. Weit ist das, die paar Schritte. Der wird jetzt schauen, was er für ein Geschäft macht.

»Für einen Gulden Maroni«, sagt der Heinrich.

»Für einen Gulden?«, wiederholt der andere ungläubig.

Aber er bekommt keine Antwort mehr. Der Heinrich schlägt hin vor dem Ofen des Maronibraters. Sein Kopf fällt gegen den Sack Kastanien, der dort steht, und des Heinrichs Hände liegen bleich auf dem nassen Pflaster.

Ruhe in Frieden, Heinrich Lanzer! Dein Grab steht unangetastet vom Ersten und vom Zweiten Weltkrieg. Die Asche deiner Kinder ist verstreut über die Schlacht- und Schandfelder Europas.

Inhalt